haur.

Knaur.

Im Knaur Taschenbuch Verlag sind bereits folgende Bücher des Autors erschienen:
Das Schmetterlingskästchen
Der Geisterbaum

Über dieses Buch:
Argentinien 1946. Mitten im turbulenten Buenos Aires liegt Hurlingham – eine Gemeinde, in der es englischer zugeht als in England. Hier wachsen die Schwestern Audrey und Isla Garnet auf; von Wohlstand umgeben, müssen sie sich allenfalls um romantische Skandale Sorgen machen.
Als die Brüder Cecil und Louis Forrester aus Übersee eintreffen, stürzt sich die gesamte feine Gesellschaft auf die neuen Heiratskandidaten, und der attraktive Cecil wirbt sogleich um die allseits beliebte Audrey. Audrey aber fühlt sich unwiderstehlich zu Louis, dem begnadeten Klavierspieler, hingezogen, der sie nachts zum Tangotanzen entführt.
Bald darauf beendet eine Familienkatastrophe die unbeschwerten Zeiten. Audrey hat sich in die Ehe mit Cecil zu fügen, geht mit ihm nach England und gründet dort eine Familie. Louis flüchtet sich verzweifelt in die Musik. Er komponiert ein Klavierstück für Audrey, die »Vergissmeinnicht-Sonate«, deren Klänge sie auf fast magische Weise, über Zeit und Raum hinweg, immer wieder erreichen.
Jahre später, Audreys Töchter sind selbst schon junge Mädchen, wird der Zauber dieser Musik die lebenskluge Audrey vor ihre schwierigste Entscheidung stellen …

Über die Autorin:
Santa Montefiore, 1970 im englischen Winchester geboren, studierte nach einem langen Argentinien-Aufenthalt an der Universität von Exeter Spanisch und Italienisch. Sie ist mit dem Schriftsteller Simon Sebag-Montefiore verheiratet und Mutter zweier kleiner Kinder. In England ist sie mit fünf Romanen bereits eine Bestsellerautorin; »Das Zauberlied« ist ihr drittes auf Deutsch erschienenes Buch.

Santa Montefiore

DAS ZAUBERLIED

Roman

Aus dem Englischen von
Elisabeth Hartmann

Knaur Taschenbuch Verlag

Die englische Originalausgabe erschien 2003
unter dem Titel *The Forget-Me-Not-Sonata*
bei Hodder & Stoughton, London.

Besuchen Sie uns im Internet:
www.knaur.de

Vollständige Taschenbuchausgabe Dezember 2005
Knaur Taschenbuch
Ein Unternehmen der Droemerschen Verlagsanstalt
Th. Knaur Nachf. GmbH & Co. KG

Umschlaggestaltung: ZERO Werbeagentur, München
Umschlagabbildung: Maur Fein
Satz: Ventura Publisher im Verlag
Druck und Bindung: Nørhaven Paperback A/S
Printed in Denmark
ISBN-13: 978-3-426-63232-1
ISBN-10: 3-426-63232-2

2 4 5 3 1

Für Lily Bathsheba

Die Sage vom Vergissmeinnicht

Nach einer österreichischen Sage gingen ein Mann und seine Verlobte am Vorabend ihrer Hochzeit Hand in Hand am Ufer der Donau spazieren. Als die junge Frau aufs Wasser hinausblickte, sah sie eine wunderschöne blaue Blume, die von der Strömung mitgerissen wurde. So traurig war sie darüber, dass eine so hübsche Blume verloren sein sollte, dass ihr Liebster heldenhaft in den Strom sprang, um sie für seine Braut zu retten. Doch der Fluss war wild und reißend, und als das Wasser den jungen Mann in den Tod riss, warf er die Blume ans Ufer und rief: »Vergiss mein nicht, ich werde dich lieben bis in alle Ewigkeit.«

1. Teil

Prolog

England
Herbst 1984

Der Himmel war beinahe zu schön für einen Tag wie diesen. Ein Oktoberhimmel, der die darunter liegende Landschaft mit einem blendend goldenen Strahlen segnete, als hätte Gott der Herr persönlich die herbstlichen Bäume und sauber gepflügten Äcker mit Licht übergossen, um diesen herrlichen Tag der Vergänglichkeit auszuzeichnen. Kräftige Streifen in Flamingorosa und Blutrot überzogen den Himmel, um ihn so eindrucksvoll wie möglich zu gestalten, während die sterbende Sonne langsam wie Lava herabsank und mit dem Abenddunst am Horizont verschmolz. Die Natur feierte ihren Triumph, was der demütigen Seele Cecil Forresters nicht angemessen erschien.

Grace war die einzige von Cecil Forresters Töchtern, die auf seinem Begräbnis nicht weinte.

Alicia weinte. Sie weinte mit dem gleichen Gespür für Theatralik, das auch jeden anderen Aspekt ihres Lebens kennzeichnete, so als stünde sie stets auf der Bühne, ihr schönes Gesicht immer im Rampenlicht. Sie weinte glitzernde Tränen und schluchzte so anhaltend, dass ihre schwarz behandschuhten Hände zitterten, wenn sie sich mit ihrem bestickten Taschentuch die Wangen tupfte. Sie gab sorgfältig Acht, dass ihr zur Schau gestellter Schmerz nicht ihre Züge verzerrte, drückte ihre Gefühle vielmehr mit einem lieblichen Zittern der Unterlippe und mit der anmutigen Neigung ihres Kopfes aus, das Gesicht reizvoll verborgen hinter dem an der Hutkrempe befestigten zarten schwarzen Schleier.

Auch Leonora weinte leise. Nicht um den Vater, den sie verloren hatte, sondern um den Vater, den sie nie besaß. Der Mann dort im Sarg hätte ebenso gut ein Fremder sein können, ein entfernter Onkel vielleicht oder ein alter Lehrer. Mehr Nähe hatte er ihr nie zugestanden. Sie blickte zu ihrer jüngeren Schwester hinüber, die ungerührt zusah, wie der Sarg in die ordentlich ausgehobene Grube in der Erde gesenkt wurde, und fragte sich, wieso diese überhaupt keine Gefühle zeigte, obwohl sie doch von ihnen dreien am meisten Grund zur Trauer hatte.

Grace war über zehn Jahre jünger als ihre Schwestern, die Zwillinge. Im Gegensatz zu ihren Geschwistern, die im zarten Alter von zehn Jahren zur Ausbildung nach England geschickt worden waren, wuchs Grace in dem grünen englischen Vorort Hurlingham in Buenos Aires auf. Doch nicht der Altersunterschied war schuld daran, dass sie sie kaum zu kennen glaubten, auch nicht die vielen Jahre der Trennung, die eine unüberwindliche Mauer zwischen ihnen aufgerichtet hatten, sondern die Tatsache, dass Grace so anders war. Wie die Elfen ihrer Kinderzeit war sie nicht zu greifen, nicht von dieser Welt. Alicia meinte, ihr ätherisches Wesen wäre dem Umstand zuzuschreiben, dass ihre Mutter sie nicht losließ und sie verwöhnte, nachdem sie vorher so sehr unter der Trennung von den Zwillingen gelitten hatte und allein und verloren zurückgeblieben war. Leonora aber stimmte ihr nicht zu. Grace war eben so. Ihre Mutter hatte recht getan, sich nicht von ihr trennen zu lassen. Grace wäre in den kalten englischen Schulen, in denen sie selbst Tränen des Heimwehs in harte Kissen geweint hatte, wie eine wilde Wiesenblume verwelkt.

Grace sah unbewegt zu, wie der Sarg unter dem übertriebenen, um der dramatischen Wirkung willen deutlich vernehmbaren

Schluchzen und Schniefen ihrer Schwester in die Erde herabgelassen wurde. Sicher war es verlockend, sich an einem solch spektakulären Abend, unter diesem prachtvollen Himmel in dieser Weise in Szene zu setzen. Grace verurteilte sie nicht deswegen. Sie sah nur heiter zu, wohl wissend, dass ihr Vater nicht in diesem Sarg lag, wie alle glaubten. Sie wusste es, weil sie gesehen hatte, wie sein Geist im Augenblick des Todes seinen Körper verließ. Er hatte sie angelächelt, als wollte er sagen: »Du hattest also von Anfang an Recht, Grace.« Begleitet von seiner verstorbenen Mutter und seinem Lieblingsonkel Errol war er in die andere Dimension hinübergeschwebt und hinterließ nichts als einen verwelkten Leichnam. Grace war es leid, ihnen die Wahrheit zu berichten. Schließlich würden sie es ja selbst erfahren, wenn sie an der Reihe waren abzutreten. Sie richtete den Blick auf ihre Mutter neben ihr, deren Gesicht eine Mischung aus Schmerz und Erleichterung verriet, und griff nach ihrer Hand. Dankbar drückte Audrey die Finger ihrer Tochter. Obwohl Grace jetzt eine junge Frau war, besaß sie doch eine Reinheit und Unschuld, die sie noch immer wie ein Kind erscheinen ließen. Für Audrey würde sie immer ein Kind bleiben.

Für Audrey war Grace etwas Besonderes. Seit dem Augenblick ihrer Geburt im Krankenhaus in Buenos Aires wusste Audrey, dass Grace anders war als ihre übrigen Kinder. Alicia war mit der ihr eigenen Ungeduld schreiend auf die Welt gekommen, und Leonora folgte ihr unterwürfig und zitternd angesichts der großen Unsicherheit, die sie erwartete. Doch Grace war anders. Ohne Umstände war sie aus dem kleinen Körper ihrer Mutter geschlüpft, wie ein zufriedener Engel, und hatte mit einem wissenden Lächeln auf ihren rosigen Lippen zu ihr aufgeblickt, mit einer solchen Zuversicht, dass der Arzt vor Verblüffung erst errötete und dann in aschfahlem Schrecken erstarrte. Doch Audrey war nicht überrascht. Grace war ein Himmelswesen, und Audrey liebte sie mit einer Heftigkeit, die sie fast erstickte. Sie drückte das winzige Baby an ihre Brust und blickte ehrfürchtig in das durchscheinende Gesichtchen, unverkennbar das Gesicht eines Engels.

Für Audrey war Grace eine ihr von einem mitleidigen Gott erwiesene Gnade. Ihr Haar war ein wilder Heiligenschein unzähmbarer blonder Locken, und ihre Augen waren wie ein tiefer grüner Fluss, der die Geheimnisse der Welt in seinen Tiefen barg.

Grace bezauberte die Menschen und machte ihnen gleichzeitig Angst, denn sie schien sie zu durchschauen, als würde sie sie besser kennen als diese selbst. Keinen aber beängstigte sie so sehr wie ihren eignen Vater, der sein Bestes tat, um den Kontakt mit diesem Wesen, so fremd, als käme es von einem anderen Universum, zu vermeiden. Sie besaß keinen seiner Vorzüge, keine seiner körperlichen Eigenheiten und war immun gegen seine Willenskraft und die Gewalt seines Zorns. Sie lächelte lediglich belustigt, als begriffe sie sein Wesen und die Gründe, warum er dieses ständig bekämpfte. Er hatte sie nie verstanden, jedenfalls nicht bis kurz vor seinem Tod. Daher hatte er nach all ihren Differenzen plötzlich genauso gelächelt wie sie, wissend, beinahe selbstzufrieden, und sie mit seiner Liebe umfangen. Dann war er gestorben, mit diesem fremden Lächeln auf dem Gesicht, das er zu Lebzeiten nie gezeigt hatte.

Audrey ließ die Hand ihrer Tochter los, trat vor, den silberhaarigen Kopf erhoben mit einer Würde, die ihr über viele wild bewegte Jahre hinweggeholfen hatte, und warf eine einzelne weiße Lilie ins Grab. Sie flüsterte ein hastiges Gebet und hob dann den Blick zur untergehenden Sonne hinter den Bäumen, die lange Schatten über den Friedhof warfen. Es war in diesem Augenblick, als ihre Gedanken abschweiften und sehnsuchtsvoll zurück in eine Zeit glitten, als die Liebe geblüht hatte wie die Jacarandabäume. Jetzt war sie alt und würde nie wieder lieben – jedenfalls nicht auf die Art, wie sie in ihrer Jugend geliebt hatte. Vor dem düsteren Grab ihres Mannes gab Audrey endlich

der Macht ihrer Erinnerungen nach und sah sie wie Geister vor ihrem inneren Auge aufsteigen.
Sie schüttelten ihre Fesseln ab, und plötzlich war Audrey wieder ein junges Mädchen, und ihre Träume waren glänzend und neu und voller Versprechungen.

Eins

Die englische Kolonie Hurlingham
Buenos Aires 1946

Audrey, komm schnell!«, zischelte Isla, packte ihre sechzehnjährige Schwester am Arm und zog sie aus ihrem Gartenstuhl. »Tante Hilda und Tante Edna trinken Tee mit Mummy. Anscheinend ist Emma Townsend im Arm eines Argentiniers gesehen worden. Komm mit, hör dir das an. Es ist zum Schreien!« Audrey klappte ihren Roman zu und folgte ihrer Schwester über den Rasen zum Clubhaus.

Die Dezembersonne brannte unbarmherzig nieder auf dieses kleine Stückchen England, das sich mit aller Macht gegen die Integration in die zu einer Nation verschmolzenen früher angekommenen Nationalitaten wehrte. Wie ein zerbrechliches Floß auf dem Meer hüteten die Engländer ihren Stolz und ihre Fahne. Doch der berauschende Duft von Eukalyptus und Gardenien vermischte sich mit dem von Tee und Kuchen, und das englischsprachige Gemurmel und Tennisgeräusche hallten über das Gelände, bemüht, sich gegen das Donnern argentinischer Pferde und das Geplauder der Gauchos, die sie betreuten, durchzusetzen. Beide Kulturen liefen nebeneinander her wie zwei Pferde, kaum bewusst, dass sie im Grunde denselben Karren zogen.

Audrey und Isla waren in diesem ausgesprochen britischen Winkel Argentiniens aufgewachsen, in einer eleganten Vorstadt von Buenos Aires. Die Kolonie, angesiedelt um den Hurlingham Club, wo Roastbeef und Fleischpastete im holzverkleideten Speisesaal unter den strengen Porträts von König und Königin serviert wurden, war groß und einflussreich, und das Leben gut. Palastähnliche Häuser standen sauber angeordnet hinter hohen Eibenhecken und englischen Bauerngärten, verbunden durch unbefestigte Wege, die hinausführten in die ebene Pampa. Die Schwestern wetteiferten auf dem Sportplatz, spielten Tennis, gingen schwimmen und ärgerten den Strauß des Nachbarn, indem sie Golfbälle in sein Gehege warfen und belustigt zusahen, wie er sie fraß.

Sie ritten über die endlose Pampa und jagten die Präriehasen durchs lange Gras. Wenn dann die Sonne unterging und das Zirpen der Grillen das Schnauben der Pferde übertönte, picknickten sie mit ihrer Mutter und den Cousins und Cousinen im Schatten des Eukalyptusbaums. Es waren geruhsame, unschuldige Zeiten, unberührt von den Zwängen der Erwachsenenwelt. Diese Zwänge erwarteten auch die Mädchen, wenn sie volljährig wurden, doch bis dahin waren Intrigen und Skandale, hinter vorgehaltener Hand bei Teegebäck und Gurkensandwiches weitergegeben, nur willkommene Quellen der Erheiterung, besonders für Isla, die nur allzu gern alt genug sein wollte, um selbst derartige Aufregungen erzeugen zu können.

Als Audrey und Isla das Clubhaus betraten, fiel ihnen sofort auf, wie man sich von Tee und Gebäck losriss, um den Schwestern entgegenzublicken, die anmutig zwischen den Tischen hindurch näher kamen. Sie waren solche Aufmerksamkeit gewohnt, doch während Audrey verschämt den Blick senkte, trug Isla den Kopf hoch und schaute hochmütig über die Tische hinweg. Ihre Mutter hatte ihnen erklärt, dass sie so viel Beachtung fänden, weil ihr Vater ein Industriemagnat und äußerst bedeutender Mann wäre, doch Isla wusste, dass es eher mit ihren dichten, hüftlangen Korkenzieherlocken und den klaren grünen Augen zu tun hatte.

Isla kam fünfzehn Monate nach Audrey zur Welt und war die Auffälligere von ihnen. Eigensinnig und mutwillig, gesegnet mit

einem Teint von der Farbe hellen Honigs und Lippen, die gern schelmisch lächelten, was die Menschen bezauberte, selbst wenn sie wenig tat, um ihre Zuneigung zu verdienen. Sie war kleiner als ihre Schwester, wirkte aber dank ihres beschwingten Gangs und ihres übermäßigen Selbstbewusstseins größer als diese. Sie genoss jede Art von Beachtung und hatte sich angewöhnt, wie die Latinos beim Sprechen mit den Händen zu gestikulieren, was stets ins Auge fiel und entzückte.
Audrey war eine eher klassische Schönheit. Sie hatte ein ovales, empfindsames Gesicht und helle Alabasterhaut, die zum Erröten neigte. Ihre Augen verrieten einen Hang zur Nachdenklichkeit, hervorgerufen durch die romantischen Romane, die sie gern las, und die Musik, die sie so mochte. Sie war ein verträumtes Kind, saß gern stundenlang in einem Gartensessel auf dem Rasen des Clubhauses und malte sich die Welt jenseits der abgeschiedenen Insel aus, zu der sie gehörte, eine Welt, in der die Männer leidenschaftlich und hemmungslos waren und mit ihren Geliebten unter den Sternen, umweht von Jasminduft, auf den gepflasterten Straßen von Palermo tanzten. Sie sehnte sich danach, sich zu verlieben, doch ihre Mutter erklärte ihr, sie wäre zu jung, um ihre Gedanken an solche Romanzen zu verschwenden. »Für die Liebe ist noch reichlich Zeit, mein Schatz, wenn du volljährig bist.« Audrey jedoch wusste instinktiv, dass ihre Mutter sich irrte. Sie kannte die Liebe, als hätte sie sie in einem anderen Leben bereits erfahren, und ihre Seele sehnte sich schmerzhaft danach.

»Ah, meine hübschen Nichten!«, rief Tante Edna aus, als sie der beiden Mädchen ansichtig wurde. Sie neigte sich ihrer Schwester zu und flüsterte: »Rose, sie werden mit jedem Tag schöner. Es dauert nicht mehr lange, dann fangen die jungen Männer an, ihnen den Hof zu machen. Auf diese Isla musst du aber gut Acht geben, sie hat so ein freches Glitzern in den Augen, wirklich.« Tante Edna war Witwe und kinderlos, schaffte es aber mit typisch britischem Stoizismus, die Tragödien ihres Lebens mit einem gesunden Sinn für Humor zu ersticken und ihren Mutterinstinkt auszuleben, indem sie ihre Neffen und Nichten als eigene Kinder betrachtete. Tante Hilda straffte sich und betrachtete Isla und Audrey voller Abneigung, denn ihre eigenen vier Töchter waren dünn und unscheinbar, mit fahler Haut und nichts sagendem Wesen. Sie hätte stattdessen lieber vier Söhne gehabt, dann wären die Aussichten, diese günstig zu verheiraten, erheblich besser gewesen.

»Kommt, setzt euch, Mädchen«, fuhr Tante Edna fort und klopfte mit ihrer fleischigen, schwer beringten Hand auf den Stuhl an ihrer Seite. »Wir sprachen gerade über …«

»Pas devant les enfants«, fiel Rose ihr ins Wort und schenkte sich mehr Tee ein.

»Ach, Mummy, bitte erzähle doch!«, flehte Isla und zog eine Grimasse in Tante Ednas Richtung, die ihr daraufhin zuzwinkerte. Wenn sie es jetzt nicht erfuhren, würde die Tante sie später informieren.

»Es kann nicht schaden, diese Geschichte zu erzählen, Rose«, sagte sie zu ihrer Schwester. »Meinst du nicht auch, Hilda, dass so etwas zu ihrer Erziehung gehört?« Hilda schürzte die trockenen Lippen und spielte mit der Perlenschnur an ihrem dürren Hals.

»Vorbeugen ist besser als heilen«, erwiderte sie mit gepresster Stimme, denn Tante Hilda öffnete beim Sprechen kaum den Mund. »Ich wüsste nicht, was dagegen spricht, Rose.«

»Nun denn«, gab Rose nach und lehnte sich resigniert in ihren Sessel zurück. »Aber erzähle du, Edna, es macht mich zu traurig, wenn ich darüber sprechen muss.«

Tante Ednas blaue Augen blitzten verschmitzt, und sie zündete sich bedächtig eine Zigarette an. Ihre beiden Nichten warteten ungeduldig, während sie tief den Rauch inhalierte, um die dramatische Wirkung zu erhöhen. »Eine tragische und doch ausgesprochen romantische Geschichte, meine Lieben«, hob sie an und stieß den Rauch aus wie ein freundlicher Drache. »Während der ganzen Zeit ihrer Verlobung mit Thomas Letton war Emma Townsend rettungslos in einen argentinischen Jungen verliebt.«

»Und das Schlimmste ist, dass dieser Junge nicht einmal aus einer *guten* argentinischen Familie stammt«, warf Tante Hilda ein und zog zum Zeichen ihrer Missbilligung die Augenbrauen hoch. »Er ist der Sohn eines Bäckers oder so.« Sie schob ihre knochigen Finger in die Zigarettenschachtel ihrer Schwester und zündete sich voller Entrüstung ein Stäbchen an.

»Die armen Eltern«, jammerte Rose kopfschüttelnd. »Welch eine Schande für sie.«

»Wo hat sie ihn denn kennen gelernt?«, fragte Audrey, auf Anhieb gerührt von der Aussichtslosigkeit dieser Affäre und begierig, mehr zu hören.

»Das weiß keiner. Sie sagt es nicht«, antwortete Tante Edna, begeistert von dieser geheimnisvollen Geschichte. »Aber wenn ihr mich fragt: Er stammt aus der Nachbarschaft. Wie hätte sie ihm sonst über den Weg laufen sollen? Es muss wohl Liebe auf den ersten Blick gewesen sein. Ich weiß aus einer sehr zuverlässigen Quelle, dass sie aus ihrem Schlafzimmerfenster gestiegen ist, um sich um Mitternacht mit ihm zu treffen. Man stelle sich vor: so etwas Ungehöriges!« Isla zappelte vor Aufregung auf ihrem Stuhl. Tante Ednas Augen quollen hervor wie die eines Frosches beim Anblick einer dicken Fliege. »Mitternächtliche Rendezvous! Das ist ein Thema für einen Roman!«, schwärmte sie in Erinnerung an die geheimen Stelldicheins im Pavillon, die sie in ihrer Jugend genossen hatte.

»Erzähl schon, wie sie erwischt wurden«, bat Isla, ohne den milde rügenden Blick ihrer Mutter zu beachten.

»Entdeckt wurden sie von ihrer Großmutter, der alten Mrs. Featherfield, die unter Schlafstörungen leidet und spät in der Nacht häufig im Garten spazieren geht. Sie sah ein Pärchen, das sich unter der Platane küsste, und nahm an, es handle sich um ihre Enkelin und deren Verlobten, Thomas Letton. Ihr könnt euch ihr Entsetzen vorstellen, als sie den fremden dunklen Jungen sah, der die kleine Emma in den Armen hielt und sie ...«

»Das reicht, Edna«, bestimmte Rose plötzlich und stellte mit lautem Klirren ihre Teetasse auf den Unterteller.

»Der liebe Thomas ist bestimmt am Boden zerstört«, fuhr Tante Edna fort, indem sie taktvoll das Thema wechselte, um ihre Schwester zufrieden zu stellen. »Jetzt wird er sie auf keinen Fall mehr heiraten.«

»Nach meinen Informationen behauptet das dumme Mädchen, sie wäre verliebt, und sie fleht ihre armen Eltern an, ihr zu erlauben, dass sie den Bäckersohn heiratet«, fügte Tante Hilda spitz hinzu und drückte ihre Zigarette aus.

»Du liebe Güte!«, rief Tante Edna aus und fächelte sich erregt mit der Speisekarte Luft in ihr rundes Gesicht, wenngleich sie eindeutig jede Einzelheit der Affäre genussvoll auskostete.

»Oje!«, seufzte Rose sorgenvoll.

»Wie wunderbar!«, hauchte Isla entzückt und zappelte auf ihrem Stuhl. »Was für ein köstlicher Skandal! Was meint ihr, werden sie durchbrennen?«

»Ganz sicher nicht, mein Schatz«, antwortete Rose und tätschelte ihrer Tochter beruhigend die Hand. Isla konnte sich wegen der nebensächlichsten Dinge in eine maßlose Aufregung hineinsteigern. »Sie wird doch keine Schande über ihre Familie bringen.«

»Wie traurig«, flüsterte Audrey, die den Schmerz der Liebenden empfand, als erlebte sie ihn am eigenen Leib. »Wie schrecklich traurig, dass sie nicht zusammen sein dürfen. Was wird denn jetzt aus ihnen?« Mit großen, verträumten Augen sah sie ihre Mutter an.

»Ich schätze, sie kommt früher oder später wieder zur Vernunft, und wenn sie Glück hat, heiratet der arme Thomas Letton sie trotzdem. Er mag sie jedenfalls sehr, das weiß ich.«

»Er müsste ein Heiliger sein«, bemerkte Tante Hilda und tat das

Mädchen mit einem flinken Schwingen ihres Messers ab, als sie Konfitüre auf ihr Hörnchen strich.

»Das wäre er wirklich«, pflichtete Tante Edna ihr bei und streckte die Hand nach einem Teekuchen aus. »Und sie könnte sich glücklich schätzen. Auf Grund des Kriegs herrscht enorme Männerknappheit, und viele junge Frauen werden unbemannt bleiben. Sie sollte klug genug sein, ihren Verlobten zu halten.«

»Und der arme Junge, in den sie verliebt ist?«, fragte Audrey leise.

»Er hätte sich niemals Hoffnungen machen dürfen«, erwiderte Tante Hilda barsch. »Übrigens, wusstet ihr schon, dass Moira Philips endlich ihren Chauffeur entlassen hat? Meines Erachtens haben sie da richtig gehandelt, angesichts der Möglichkeit, dass er ihre Gespräche an die Regierung weitergibt«, fuhr sie mit lautem Zischeln fort. »Man kann sich kaum vorstellen, wie grauenhaft das wäre.«

Audrey saß still da, während ihre Mutter und ihre Tanten über Mrs. Philips' Chauffeur herzogen. Sie kannte Emma Townsend nicht näher, denn sie war gut sechs Jahre älter als Audrey. Im Club war sie ihr jedoch des Öfteren begegnet. Emma war ein hübsches Mädchen mit mausbraunem Haar und einem freundlichen Gesicht. Audrey hätte gern gewusst, was sie jetzt tat und wie sie sich fühlte. Sie stellte sich vor, dass das Mädchen furchtbar litt und ihre Zukunft als ein schwarzes Loch ohne jede Liebe betrachtete. Sie warf einen Blick zu ihrer Schwester hinüber, die jetzt aus lauter Langeweile mit ihrem Sandwich spielte. Mrs. Philips' Chauffeur war schrecklich fade im Vergleich zu Emma Townsends verbotener Affäre. Doch Audrey wusste, dass ihrer beider Interesse an dem Skandal völlig verschiedenen Ursprungs war. Isla war begeistert von dem Aufruhr, den das Mädchen heraufbeschworen hatte. Die romantischen oder vielmehr tragischen Aspekte der Geschichte interessierten sie herzlich wenig. Es entzückte sie, dass keiner mehr von etwas anderem sprach, dass alle sich in dieser gedämpften Tonlage unterhielten, in die sie verfielen, wenn sie zum Beispiel vom Tod sprachen, und dass sie jede unerquickliche Einzelheit mit gieriger Faszination in sich aufsogen, um es dann an Freunde weiterzugeben. Doch in erster Linie war sie geblendet von der Wirkung des Vorfalls. Wie leicht war es doch, das geordnete Leben dieser Menschen aus dem Gleis zu werfen. Insgeheim wünschte sich Isla, sie, nicht Emma Townsend, wäre diejenige, die im Zentrum dieses Wirbelsturms stand. Sie würde die Beachtung wenigstens zu genießen wissen.

Es dauerte gut zwei Wochen, bis Emma Townsend wieder im Club gesichtet wurde. Der Skandal breitete sich aus wie ein Waldbrand und wuchs, bis sie von den Klatschbasen Hurlinghams fälschlich bezichtigt wurde, schwanger zu sein. Die Klatschbasen Hurlinghams, das waren vier ältere Damen, *die Krokodile*, wie Tante Edna sie boshaft nannte. Sie organisierten mit großer Tüchtigkeit sämtliche Festivitäten im Club. Die Polo-Turniere, Sportfeste, Blumenausstellungen, Gartenpartys und Tanzveranstaltungen. Dienstagabends spielten sie Bridge, mittwochmorgens Golf, donnerstagnachmittags malten sie und schickten Einladungen zu Teepartys und Gebetsabenden heraus, alles mit schöner Regelmäßigkeit. Wie Tante Edna betonte, waren sie die *Protokoll-Polizei*, und jeder wusste, dass er in Ungnade gefallen war, wenn die kleine fliederfarbene Einladungskarte mal nicht den Weg ins Haus fand, wenngleich es auch manchmal eine Erlösung war, sich keine angemessene Ausrede für eine Absage ausdenken zu müssen.
Isla und Audrey hatten vierzehn Tage lang Ausschau nach der armen Emma Townsend gehalten. Sie war am Sonntag nicht in der Kirche erschienen, was die Klatschbasen erzürnte, die wie schnatternde Gänse die Köpfe mit den federbewehrten Hüten zusammensteckten, das Mädchen kritisierten, weil sie Gott dem Herrn nicht ihr Antlitz zeigte und ihn um Vergebung anflehte. Als Thomas Letton mit seiner Familie eintrat, schwieg die ge-

samte Gemeinde und folgte mit ihren Blicken der schönen Gestalt, die mit großer Würde den Gang entlangschritt. Sein beherrschtes Gesicht verriet nichts von der Demütigung, die, wie Audrey meinte, sicherlich heiß unter seiner Haut brannte. Die Klatschbasen nickten mitleidig, als er an ihnen vorbeischritt, doch er gab vor, sie nicht zu sehen, und richtete den Blick fest auf den Altar, bevor er sich still zu seiner Mutter und seiner Schwester in die Bank setzte.

Auch beim Polo und beim darauf folgenden Picknick, organisiert von Charlo Osborne und Diana Lewis, zwei von den Krokodilen, hatte Emma sich nicht blicken lassen. Die beiden Damen ließen während des gesamten Nachmittags Bemerkungen fallen, in der Richtung, dass sie, falls Emma es wagen sollte, auf ihrer Veranstaltung in Erscheinung zu treten, sie mit Schande überhäuft nach Hause schicken würden, während sie doch im Stillen ihr Kommen herbeisehnten, damit sie noch mehr Stoff zum Klatschen hatten. Dann, nach zwei langen Wochen, tauchte Emma schließlich am Sonnabend im Club auf, um mit ihren Eltern das Mittagessen einzunehmen.

Audrey und Isla saßen mit ihren Brüdern und Eltern und, natürlich, der unvermeidlichen Tante Edna in der Lounge, als Emma Townsend mit gesenktem Kopf hereinschlich, entschlossen zu Boden starrend, um nur nicht irgendeinem Blick zu begegnen. Audrey schaute um sich, als das Plaudern aussetzte und alle Augen die feierliche Prozession vom Einzug in den Raum hin zu einem Tisch in der Ecke verfolgten. Alle, das heißt, abgesehen von Colonel Blythe, der, den grauen Schnurrbart in die *London Illustrated News* versenkt, zu beschäftigt war, seine türkischen Zigaretten rauchte und den stillen Aufruhr, der ihn isolierte, nicht wahrnahm. Selbst Mr. Townsend, ein grobknochiger Mann mit silbernem Haar und krausem Backenbart, schien seine Empörung hinunterzuschlucken und das Schweigen einer Konfrontation vorzuziehen, die in einem solchen Augenblick seine normale Reaktion gewesen wäre. Demütig bestellte er

Getränke und kehrte dann dem Rest der Gemeinde, die wie Schakale auf seine nächste Bewegung lauerte, den Rücken zu.

»Nun«, platzte Tante Edna in lautem Flüsterton heraus, »es passt gar nicht zu Arthur, dass er uns jetzt nicht alle anknurrt.«

»Das reicht, Edna«, schimpfte Henry und nahm sich eine Hand voll Nüsse. »Ein Kommentar steht uns nicht zu.«

»Wohl nicht«, gestand sie lächelnd ein. »Die Krokodile übernehmen das schon in unser aller Namen.«

»Sie werden schäumen vor Wut, weil sie diese Szene versäumt haben.« Isla kicherte und versetzte ihrer Schwester einen Rippenstoß. Doch Audrey konnte sich ihrer Fröhlichkeit nicht anschließen. Sie empfand tiefstes Mitgefühl für die Familie, die in aller Öffentlichkeit so mit ihrer Tochter litt.

Als die Schande der Townsends immer greifbarer wurde, ging plötzlich ein kollektives erstauntes Luftanhalten durch den Raum. Audrey drehte sich um und sah Thomas Letton mit entschlossen erhobenem Haupt durch den Raum schreiten. Isla fuhr mit weit offenem Mund von ihrem Stuhl hoch und sah aus, als wollte sie vor Aufregung gleich schreien. Albert, der nur ungern eine Gelegenheit verpasste, seiner Schwester jahrelange Hänseleien heimzuzahlen, nahm eine Erdnuss aus der Schale und warf sie zielsicher in Islas Mund. Sie sah ihn verblüfft an, bevor sie rot wie eine Tomate wurde, denn die Nuss blieb ihr in der Luftröhre stecken und benahm ihr den Atem. Mit lautem Scharren stieß sie den Stuhl vom Tisch ab und wischte dabei alle Gläser herunter, sodass sie klirrend auf dem Boden zerbrachen. Alle Aufmerksamkeit wandte sich von Thomas Letton und der Familie Townsend ab und ihrem Tisch zu. Man war begierig zu sehen, was diese Störung hervorgerufen hatte. Islas blutunterlaufene Augen verdrehten sich, während sie hustete und mit den Armen ruderte und verzweifelt Hilfe herbeiwünschte. Bevor Audrey begriff, was geschah, hatte ihr Vater Isla von hinten umfasst, hochgezogen und seine starken Arme fest um ihren Leib gelegt. Mit den Handgelenken stieß er wieder und wieder in ihre

Lungen. Sie hustete und keuchte, wurde immer roter im Gesicht, bis sämtliche Gäste des Clubs sie im Kreis umstanden wie eine Herde neugieriger Kühe und besorgt beteten, dass Henry Garnet seine Tochter vor einem so hässlichen Tod bewahren möge. Rose stand starr vor Schrecken da und sah hilflos zu, wie das Leben in entsetzlichen Krämpfen aus dem Körper ihres kleinen Mädchens zu weichen schien. Schweigend betete sie zu Gott. Später dann pries sie ihn für seine Gnade, denn mit einem mächtigen Stoß wurde die Erdnuss gelöst, und das Kind rang keuchend nach Luft. Albert brach in Tränen aus und warf, geschüttelt von Gewissensbissen, die Arme um seine Mutter. Tante Edna schloss Isla in die Arme, die, von der Schwelle des Todes zurückgerissen, nun unkontrolliert zu zittern begann. Die Zuschauerschar klatschte und jubelte. Nur Audrey sah, dass Emma Townsend mit Thomas Letton den Club verließ. Ihr entging auch nicht, dass sie Händchen hielten.

»Großonkel Charlie ist durch Ersticken zu Tode gekommen«, bemerkte Tante Edna feierlich, als das Klatschen aufhörte. »Aber es war keine Erdnuss. Es war ein Stück Käse, ein schlichtes Stück Bauern-Cheddar, sein Lieblingskäse. Danach nannten wir ihn nur noch Cheddar-Charlie, stimmt's, Rose? *Der gute* Cheddar-Charlie.«

Zwei

Sehr zur Empörung der Klatschbasen von Hurlingham heirateten Thomas Letton und Emma Townsend im Herbst. Rose war heilfroh, dass die Familie Townsend endlich den Kopf wieder hoch tragen konnte, doch Tante Hilda war der festen Überzeugung, dass das Mädchen einen so anständigen Mann überhaupt nicht verdiente.

Auf Audrey hatte Emma Townsends Liebesgeschichte tiefen Eindruck gemacht. Sie konnte sie nicht vergessen. Aus der Ferne beobachtete sie die Hochzeit und stellte sich die passive Schicksalsergebenheit der Braut vor, die pflichtschuldigst ihr Ehegelöbnis sprach und sich auf ein Leben ohne Liebe einließ. Für Audrey war ein so trostloses Schicksal unverstellbar, schlimmer als der Tod. Doch als das Pärchen vierzehn Tage später aus den Flitterwochen zurückkam, wirkte die junge Ehefrau ganz zufrieden in ihrer neuen Rolle. Die Zeit und die Bereitschaft zu vergessen seitens der Gemeinde ließen das Interesse an dem Skandal langsam verebben. Bald schon gaben die Klatschbasen von Hurlingham ihre missbilligende Haltung auf und empfingen die frisch gebackene Mrs. Letton mit liebenswürdigem Lächeln und schickten wieder mit der gleichen sorgfältigen Regelmäßigkeit wie früher die besagten fliederfarbenen Umschläge. Audrey jedoch glaubte, erstickte Schmerzensschreie in Emmas melodischem Lachen zu hören. Sie glaubte, Qual in den Augen zu erkennen, die sich nur in den seltenen Augenblicken kundtat, wenn Emma die Beherrschung aufgab und ins Leere blickte, wie in Gedanken an jene zärtlichen Küsse unter der Platane. In Audreys Augen war Emma eine tragische Gestalt, und ihre Tragik verlieh ihr eine ernste Schönheit, die sie früher nicht besessen hatte.

Als Audrey im Januar 1948 achtzehn Jahre alt wurde, ging ihre Mutter im glanzvollen Harrods-Geschäft an der Avenida Florida mit ihr einkaufen, begleitet von Tante Edna und Isla. Anschließend nahmen sie den Tee im Alvear Palace Hotel ein. Tante Edna, die wie ihre Schwester Rose noch nie in London gewesen war, lief emsig durch das Geschäft und beschwerte sich, dass es nicht annähernd so nobel war wie das Original, welches viel größer und so prächtig wie Aladins Höhle wäre. Doch für Audrey und Isla war es ein Fest, auf das sie sich immer freuten, nicht nur wegen der Kleider, die ihre Mutter ihnen kaufte, sondern auch, weil es ein Abenteuer war, die eleganten Damen mit ihren eleganten Hüten und Handschuhen auf gefährlich hohen Absätzen durch die mit Teppich ausgelegten Abteilungen stöckeln und in aus Europa importierten Kosmetika und Modeartikeln stöbern zu sehen. Isla betrachtete sie neiderfüllt, während ihre ältere Schwester Kleider und Seidenblusen für Erwachsene anprobierte, und sie schmollte, als sie hinnehmen musste, dass sie erst mit achtzehn Jahren das von ihr gewünschte Paar Ohrringe bekommen würde. Um sie zu versöhnen, kaufte Tante Edna ihr ein Pringle-Twinset, was gleich wieder ein Lächeln auf Islas Lippen zauberte, weil sie wusste, wie sehr ihre Mutter es verabscheute, wenn Tante Edna ihre schwachen Disziplinierungsversuche unterwanderte.
Die Hitze war unerträglich, als sie die staubigen Straßen entlanggingen, ohne die schmutzigen kleinen Betteljungen zu beachten, die wie Äffchen aus den Schatten sprangen und um Geld für Süßigkeiten baten. Sie kamen an einem Zeitungsstand vorbei, von dem aus Eva Perons strahlendes Gesicht ihnen von der Titelseite jedes einheimischen Magazins entgegenlächelte. Das blond gefärbte Haar war zu einem strengen Knoten geschlungen, und die kalten braunen Augen wie

auch das triumphierende Lächeln spiegelten die Skrupellosigkeit einer Frau, die sich niemals zufrieden gab. Tante Edna und Rose gingen rasch weiter und behielten ihre Meinung für sich, aus Angst, dass sie belauscht werden könnten. Es kursierten zu viele Gerüchte über Menschen, die nur wegen einer unvorsichtigen Bemerkung von einem wütenden Mob gelyncht worden waren. Die Straßen von Buenos Aires waren nicht der rechte Ort, um schlecht über die First Lady zu sprechen. Man fühlte sich ja nicht einmal mehr in seinen eigenen vier Wänden sicher.

Audrey liebte die Stadt. Es vermittelte ihr einen Geschmack von Freiheit, wenn sie einen Nachmittag lang in der verlockenden Anonymität dieses mondänen Labyrinths schwelgen konnte. Sie liebte die Geschäftigkeit der Menschen, die zielstrebig zu ihrem Arbeitsplatz oder einem Termin unterwegs waren oder gleichmütig spazieren gingen, Schaufenster betrachteten oder an sonnigen Ecken herumlungerten, um das Treiben der Welt zu beobachten.

Die Autos und der Lärm erregten sie, die überschäumenden Plätze und die vornehmen, reich verzierten Häuser bezauberten sie, und sie hätte gern dazugehört, hätte sich gern wie ein Seidenfaden in einen riesigen Wandteppich in diese andere Welt hineingewoben. Sie liebte die bezaubernden kleinen Cafés und Restaurants, die sich bis auf den Gehsteig ausdehnten und als Oasen der Ruhe dienten, bevor die wilde Hektik sich wieder einstellte. Sie ließ sich bezaubern von den merkwürdigen Schuhputzern und Blumenverkäufern, die zusammen im Schatten eine Pause einlegten, über Politik und Wirtschaft diskutierten und Mate durch verzierte silberne Strohhalme tranken. Es roch nach dem Diesel der Busse und nach Karamell von den Kuchenständen, und begeistertes Kindergeschrei übertönte das geschäftige Summen der Stadt.

Audrey entging nicht die kleinste Einzelheit, während sie den raschen Schritten ihrer Mutter folgte. Als sie die jungen Paare sah, die Hand in Hand unter den Palmen der Plaza San Martín flanierten, schweiften ihre Gedanken mal wieder zur Liebe ab. Ihr Herz schmerzte vor Verlangen, als ihr der satte Geruch von Gardenien und geschnittenem Gras in die Nase drang und sie in die schwüle Welt ihrer geliebten Romane versetzte. Sie stellte sich vor, dass sie vielleicht eines Tages auch Hand in Hand spazieren gehen würde, wie diese jungen Liebespaare, und womöglich am Brunnen einen heimlichen Kuss empfing. Doch dann hatten sie den Tea-Room des Alvear Palace Hotels erreicht, und Rose berichtete von den zwei jungen Männern, die kürzlich aus England eingetroffen waren, um in der Firma ihres Mannes zu arbeiten.

»Cecil und Louis Forrester«, sagte sie offensichtlich schwer beeindruckt, denn ihr Mund verzog sich zu einem kleinen Lächeln.

»Brüder?«, fragte Tante Edna, knöpfte ihre Bluse ein kleines Stückchen weiter auf und fächelte ihrer feuchten Haut Kühlung zu.

»Ja, Brüder«, bestätigte Rose. »Cecil ist der ältere, er ist dreißig, und Louis ist zweiundzwanzig. Louis ist ein bisschen ...« Sie suchte nach einem passenden Wort, sehr darauf bedacht, nicht böswillig zu erscheinen. »Exzentrisch«, sagte sie dann mit Nachdruck und wandte sich gleich wieder dem Bruder zu. »Cecil ist sehr attraktiv und vornehm. Ein hinreißender junger Mann«, schwärmte sie.

»Darf ich mir *dulce de leche*-Pfannkuchen bestellen, bitte?«, wurde sie von Isla unterbrochen, die dem von einem weiß behandschuhten Kellner geschobenen Kuchenwagen nachblickte.

»Aber natürlich, Isla. Möchtest du das Gleiche, Audrey?«

Audrey nickte. »Sind sie allein hergekommen?«, fragte sie ihre Mutter.

»Ja. Der arme Cecil, er hat im Krieg gekämpft. Hat sogar eine wichtige Rolle gespielt, glaube ich.« Rose seufzte schwer. Sie hätte gern hinzugefügt, dass Louis anscheinend den Dienst mit der Waffe verweigert hatte, starrsinnig in London geblieben war und sogar während der Luftangriffe melancholische Stücke auf dem Piano spielte, aber sie hielt sich zurück. Es wäre unfair, ihre Töchter gegen ihn einzunehmen, bevor sie ihn überhaupt kennen gelernt hatten. »Sie sind hierher gekommen«, fuhr sie an Tante Edna gewandt fort, »um Europa und diesem deprimierenden Nachkriegstrübsinn zu entkommen. Ihr Vater, der früher geschäftlich mit Henry zu tun hatte, machte ihnen den Vorschlag, zu uns zu reisen. Wir sind ihm den einen oder anderen Gefallen schuldig. Er hat Henry viel Gutes getan. Ich bin so froh, dass wir den jungen Männern helfen können. Sie werden im Club wohnen.«

»Tja, junge Männer sind heutzutage dünn gesät«, bemerkte Tante Edna und schenkte sich eine Tasse Earl-Grey-Tee ein. »Der Krieg hat uns der Blüte unserer Jugend beraubt. Krieg ist nun mal eine Tragödie.«

»Nicht wahr?«, stimmte Rose ihr zu und nahm es Louis insgeheim übel, dass er seinen Beitrag nicht geleistet hatte, während ihr Gatte und viele andere auch die gefahrvolle Reise übers Meer auf sich nahmen und ihr Leben riskierten, um ein Land zu verteidigen, das sie für das ihre hielten, wenngleich einige von ihnen noch nie zuvor britischen Boden betreten hatten.

Sogar sie selbst hatte ihren Beitrag geleistet, indem sie sich der Damengilde von Hurlingham anschloss, die sich im Tischtennisraum des Clubs traf und Pullover, Tropenhelme, dicke Socken und Schals für den Krieg produzierte. Als der Krieg zu Ende war, hatte Rose sich geschworen, nie wieder auch nur eine einzige Masche zu stricken, denn jedes Klicken der Nadeln erinnerte sie an diese qualvollen Tage des Wartens und den Schmerz, den die Hoffnung mit sich brachte.

»Wirst du sie zu Audreys Party einladen?«, fragte Isla, deren Interesse jetzt, da ihr Teller gefüllt war, wieder erwachte. Rose straffte sich und neigte den Kopf zur Seite.

»Warum eigentlich nicht?«, antwortete sie und wartete auf die Zustimmung ihrer Schwester.
»Natürlich müssen sie kommen«, rief Tante Edna begeistert aus. »Das ist doch die ideale Gelegenheit für die beiden, nette englische Menschen kennen zu lernen. Außerdem sind Hildas Mädchen sämtlich auf der Suche nach Ehemännern, die Pearson-Zwillinge ebenfalls, ganz zu schweigen von der armen June Hipps. Wenn sie nicht bald einen Mann findet, wird noch eine vertrocknete alte Jungfer aus ihr. Im nächsten Frühling wird sie immerhin schon neunundzwanzig.«
Rose hatte Cecil Forrester keineswegs für die Tochter irgendeiner anderen Mutter vorgesehen, wenngleich ihre eigenen Töchter noch zu jung waren, um schon an Heirat zu denken. Hildas Mädchen waren keine Konkurrenz, June Hipps auch nicht, doch die Pearson-Zwillinge waren schlank und hübsch und ganz versessen darauf, einen eigenen Hausstand zu gründen. Sie schürzte die Lippen und schluckte den Kloß hinunter, der ihr in die Kehle steigen wollte.
»Das mag sein«, sagte sie gepresst. »Aber es ist Audreys Party, Edna, kein Heiratsmarkt.«
Tante Edna wirkte gekränkt und errötete bis hinunter zu ihrem bebenden Doppelkinn.
»Ach, Rose, ich wollte doch nicht ... na ja«, stammelte sie. »Du kennst sie schon, Rose, wie sind sie? Glaubst du, sie könnten deinen Mädchen gefallen?«
Rose lächelte und setzte ihre Teetasse ab. »Aber sicher. Louis ist Audrey altersmäßig etwas näher, aber er scheint mir ein bisschen ... tja, wild wäre wohl der richtige Ausdruck. Er muss erst zu sich kommen. Cecil dagegen ist ganz anders. Ein äußerst charmanter junger Mann, allerdings ein ganzes Stück älter als Audrey. Ich glaube nicht, dass das etwas ausmacht, man genießt schließlich gern die Gesellschaft eines Mannes, der die Welt schon gesehen hat. Nun, Audrey, möchtest du, dass ich die beiden zu deiner Party einlade?«

Sie wandte sich ihrer älteren Tochter zu.

Audrey versuchte, ihre Erregung zu kaschieren, indem sie ein Gebäckstück butterte, das sie gar nicht wollte. Sie nickte zustimmend und fing nervös an zu knabbern.

»Ich wette, diese Forrester-Jungen verlieben sich in Audrey.« Isla kicherte. »Wirklich, darauf möchte ich wetten«, beharrte sie, als ihre Schwester ihr einen verlegenen Blick zuwarf. »Sei nicht schüchtern, Audrey. Du bist hübscher als alle anderen Mädchen, einschließlich der Pearson-Zwillinge. Wie auch immer«, fügte sie schelmisch hinzu, »ich werde mit beiden tanzen.«

»Du wirst warten müssen, bis sie dich auffordern, Isla«, mahnte ihre Mutter. Dann wandte sie sich mit einem Lächeln Tante Edna zu. »Was würden die Krokodile sagen, wenn Isla herumliefe und alle Männer zum Tanzen aufforderte?« Sie lachte leise.

»Schnapp, schnapp, schnapp!«, erwiderte Tante Edna, und ihr Doppelkinn bebte so heftig, dass alle herzlich lachen mussten.

Audrey und Isla mussten nicht lange darauf warten, die Forrester-Brüder kennen zu lernen, denn schon ein paar Tage später lud ihr Vater die beiden zum Essen in sein Haus in der Canning Street ein. Der Tisch war unter den Ranken auf der Terrasse gedeckt, beleuchtet von großen Sturmlaternen und kleinen Kerzen, die nicht nur Licht spendeten, sondern auch zur Dekoration dienten. Audrey und Isla pflückten im Garten frische Blumen und arrangierten daraus einen hübschen Tischschmuck, während Rose das Menü mit Marisol, der Köchin, besprach. Nicht nur aus Freundlichkeit hatte sie Tante Edna eingeladen, sondern auch, weil sie die Meinung ihrer Schwester über Cecil Forrester hören wollte, der eines Tages womöglich der passende Ehemann für Audrey sein würde. Sie hatte beschlossen, dass ihre kleinen Söhne nicht an der Tafel teil-

nehmen sollten. Sie würden zu viel Ablenkung in die Runde bringen, und Isla benahm sich immer daneben, wenn Albert anwesend war.
Audrey und Isla, beide in neuen Kleidern, die ihre Mutter ihnen bei Harrods gekauft hatte, warteten im Garten. Isla fiel auf, dass ihre Schwester bereits wie eine junge Frau aussah, und kam sich an ihrer Seite linkisch vor. Sie war nur fünfzehn Monate jünger als Audrey, doch an diesem Abend gab Audrey sich anders, würdiger, und wirkte um Jahre älter. Zum ersten Mal in ihrem Leben empfand Isla etwas wie Nachdenklichkeit. Ihre Kindheit neigte sich eindeutig dem Ende zu.
»Mädchen, ihr seht beide hinreißend aus«, rief Tante Edna, als sie in elfenbeinfarbener Seidenbluse und Rock aus dem Haus trat und mit einer langen Perlenschnur spielte, die über ihren großen Busen hinweg bis zur Taille hing. Sie duftete stark nach Christian Dior und hatte beim Pudern ihres Gesichts ein Staubhügelchen auf der Nase hinterlassen, das aussah wie eine Schneewehe. Isla beabsichtigte keineswegs, sie darauf aufmerksam zu machen. Es wäre zu lustig zu beobachten, wie sie während der gesamten Mahlzeit in schöner Unwissenheit darüber am Tisch saß. Audrey aber war nicht so gehässig. Sie informierte ihre Tante unverzüglich und wischte die ungewollte Schneewehe mit zärtlichem Finger fort.
»Du bist ein liebes Mädchen«, hauchte Tante Edna dankbar und zog ihr Puderdöschen aus der Tasche, um nachzuschauen, ob ihr sonst noch ein Makel entgangen war. Überzeugt, das Beste aus dem gemacht zu haben, was die Natur ihr gewährt hatte, zog sie noch ihre Lippen nach, klappte ihre Tasche zu und sah auf die Uhr. »Sie müssen jeden Augenblick eintreffen«, sagte sie. »Ich freue mich wirklich rasend darauf, sie kennen zu lernen. Der ganze Club bebt vor Aufregung. Erst heute habe ich gehört, dass Cecil gestern Nachmittag der alten Diana Lewis ins Auto geholfen und sie mit seinem Charme bezaubert hat. In der *panadería* bin ich Charlo begegnet, und sie sagte, Colonel Blythe

hätte gestern Abend mit ihm gespeist und bis in die frühen Morgenstunden mit ihm Karten gespielt. Sie sind jetzt beste Freunde. Der alte Colonel erzählt so gern vom Krieg, was uns alle scheußlich langweilt, aber der gute Cecil hat stundenlang mit ihm über seine Erfahrungen geredet. Ich glaube, er hat sich geradezu als Held erwiesen – der Colonel sagt, in London genießt er einen vorzüglichen Ruf –, im Gegensatz zu seinem Bruder, der gewissermaßen ein Müßiggänger ist, wie ich hörte. Soviel ich weiß, hat Louis die ganze Nacht lang Klavier gespielt, was den übrigen Bewohnern nicht sonderlich behagte. Wenn er etwas Vernünftiges gespielt hätte, wäre es ja kein Problem gewesen, aber anscheinend spielte er nur ausgesprochen ungewöhnliche Melodien. Unheimliche Melodien, von denen alle Albträume bekamen.« Sie schniefte und wandte sich erwartungsvoll zum Haus um.

In diesem Augenblick traten Henry und Rose auf den Rasen hinaus, dicht gefolgt von zwei jungen Männern. »Ah, endlich«, seufzte Tante Edna und lächelte so breit, dass ihr Doppelkinn sich dehnte wie Marshmallows. »Seid ihr bereit, Mädchen?« Und sie schritt über den Rasen hinweg der Gruppe entgegen. Audrey und Isla warfen einander aufgeregte Blicke zu. Isla brachte es nicht fertig, das breite Grinsen zu unterdrücken, nicht einmal, als sie den Gästen vorgestellt wurde. Audrey aber zeigte Haltung und senkte scheu den Blick, als sie den Männern die Hand schüttelte.

Was ihr sofort ins Auge stach, war die Verschiedenheit der beiden Brüder: Cecil war groß und schlank mit wunderbar regelmäßigen Zügen, strahlend blauen Augen und einer langen aristokratischen Nase. Seine Aufmerksamkeit stand in starkem Kontrast zu seinem Bruder, dessen unstete, umherschweifende Blicke in eine ihm eigene Welt gerichtet zu sein schienen. Cecils braunes Haar war ordentlich gekämmt und seitlich gescheitelt und glänzte mit seinen polierten Schuhen um die Wette. Er lächelte selbstbewusst und nickte leicht, als er die beiden Mädchen begrüßte. Ihm fiel sogleich auf, wie hübsch und anmutig die ältere Tochter war.

Louis war kleiner als sein Bruder und hatte weichere, unregelmäßige Gesichtszüge, und der unsicher lächelnde Mund verriet sein launenhaftes Wesen sowie eine tief gehende Sensibilität. Er war nicht schön, aber sein Gesicht lebte durch Lachfältchen und Sorgenfalten, und als Audrey ihm in die Augen sah, erschrak sie, denn sie versank in seinem Blick wie in einem Strudel. Erschrocken schlug sie die Augen nieder und bemerkte sogleich, dass Louis' Schuhe unter dem Hosenaufschlag abgetragen waren und dass er eine blaue und eine schwarze Socke trug. Seine Finger waren lang und blass und bewegten sich kaum merklich, als ob er die Tasten eines imaginären Klaviers berührte.

Als Audrey den Blick wieder hob, stellte sie fest, dass er sie unter einer hellbraunen ungekämmten Haartolle hervor immer noch interessiert musterte. Zu ihrer Beschämung stieg ihr die Glut in die Wangen und verriet den inneren Aufruhr, der ihr Herz zum Rasen brachte. Sie wandte das Gesicht ab und hoffte, dass niemand es bemerkt hatte. Louis war nicht schön, er hatte auch keine sonderliche Ausstrahlung, doch etwas in seinem Blick raubte ihr die Fassung. Er hatte eine düstere Aura, die sie anzog, obwohl sie instinktiv spürte, dass sie sich um jeden Preis dagegen wehren musste.

Die Champagnergläser in der Hand, spazierten sie gemeinsam durch den Garten. Cecil ging mit Henry, Rose und Tante Edna, während Audrey und Isla Louis in die Mitte nahmen und ein paar Schritte hinter ihnen folgten. Nur Rose bemerkte, dass Cecil einen raschen Blick hinter sich warf, um nach seinem Bruder zu sehen, so wie ein Vater sich nach einem ungezogenen Kind umsehen mochte. Audrey versuchte unbeholfen, ein Gespräch in Gang zu bringen, und wünschte sich insgeheim, sie könnte an der Seite der Eltern gehen.

»Mummy sagt, Sie sind zum ersten Mal in Argentinien«, sagte sie und verbarg ihr Unbehagen hinter einer höflichen Fassade.

»Ja«, antwortete er und seufzte schwer, und sein Gesicht wurde plötzlich schlaff vor Gedankenschwere. »Europa scheint unter einem ewig andauernden Winter zu leiden. Hier ist Frühling, und mit dem Frühling kommen neues Leben und neue Hoffnung. Man vergisst das Elend, wenn die Sonne scheint.«

Audrey sah verwundert zu ihm auf und fragte sich, wie er das meinte und wie sie darauf antworten sollte.

Isla kicherte und grinste ihre Schwester vielsagend an, doch Audrey gab vor, es nicht gesehen zu haben, um den Gast nicht zu kränken.

»Der Frühling hier ist wunderschön«, sagte sie und hoffte, dass es nicht allzu dumm klang. Impulsiv fügte sie dann hinzu: »Der Frühling folgt immer auf den Winter, auch in Europa.«

Daraufhin wandte Louis sich ihr plötzlich errötend zu. Audrey schluckte, als sie einen Ausdruck großer Zärtlichkeit auf seinen Zügen bemerkte.

»Sie haben Recht, so ist es«, erwiderte er, sah sie versonnen an und versuchte zu ergründen, ob sie ihn wirklich verstand oder nur gedankenlos dahergeredet hatte. »Aber warum muss es überhaupt einen Winter geben?«, fuhr er fort. »Manchmal frage ich mich, warum Gott die Menschen geschaffen hat, wenn sie einander doch nur ständig bekämpfen.«

»Das weiß ich nicht«, sagte sie und schüttelte den Kopf, »aber ich weiß durchaus, dass wir, wenn immerzu Frühling wäre, ihn gar nicht zu schätzen wüssten. Menschen müssen leiden, um zu wissen, was Glück bedeutet. Ich glaube nicht, dass unser Leben einfach sein soll. Krieg ist etwas Furchtbares, etwas ganz Furchtbares. Aber er führt den menschlichen Geist an seine Grenzen und kann in manchen Menschen die besten Seiten zum Vorschein bringen«, erklärte sie in Gedanken an die unglaublichen Geschichten von menschlicher Größe, die ihr Vater ihr erzählt hatte.

»Und auch die schlechtesten«, setzte er zynisch dagegen. »So etwas dürfte niemals geschehen.«

»Haben Sie im Krieg gekämpft?«, fragte Isla fröhlich. Audrey wand sich innerlich, denn man brauchte Louis nur anzusehen, um zu wissen, dass er nicht gekämpft hatte. Eine plötzliche Röte der Verlegenheit stieg ihm in die Wangen, und seine Lippen zuckten nervös. Louis ließ die Schultern sinken, redete aber weiterhin höflich mit seinen Gastgebern.

»Nein, nein, ich war nicht im Krieg«, erwiderte er hastig.

Audrey wechselte taktvoll das Thema, um weitere Peinlichkeiten zu vermeiden.

»Ich hörte, Sie spielen ganz wunderbar Klavier«, sagte sie voller Begeisterung. Louis fand seine Haltung wieder, und er lächelte dankbar zu ihr herab.

»Tante Edna sagt, Sie hätten den ganzen Club am Schlafen gehindert und Albträume hervorgerufen«, mischte sich Isla lachend ein.

Louis schmunzelte. »Ich habe nach meinem Herzen gespielt, und nicht einmal ich selbst verstehe mein Herz.«

»Sie reden merkwürdiges Zeug!«, bemerkte Isla, verzog den Mund und sah ihn forschend an.

»Isla!«

»Keine Sorge, Audrey, ich mag Menschen, die sagen, was sie denken. Das tun leider nur die wenigsten.«

»Tja, ich fürchte, Isla sagt immer, was sie denkt. Besser gesagt«, sagte Audrey lächelnd hinzu, »sie denkt oft gar nicht.«

»Audrey denkt zu viel. Viel zu viel.« Isla kicherte.

Wieder blickte Louis zu ihr herab und forschte mit versonnenem Blick in ihren Zügen. »Das sehe ich wohl«, sagte er, und Audrey blickte zu Boden, peinlich berührt von der Intimität seines Blicks, den sie als ungehörig empfand. Und doch stellte sie zu ihrem Entsetzen fest, dass er sie erregte. Isla unterbrach das lastende Schweigen.

»Haben Sie einen Schatz in England zurückgelassen?«, fragte sie und nahm noch einen großen Schluck Champagner.

»Wenn ich einen Schatz hätte, wäre ich nicht hergekommen«,

antwortete er. »Schließlich ist Argentinien ein Latino-Land, nicht wahr? Das Land des Tango und der Romantik.«
Isla kicherte erneut.
Audrey spürte, dass sie rot wurde, und nippte an ihrem Glas, um ihre Verlegenheit zu verbergen.
Kein Windhauch regte sich, die Luft war schwül und geschwängert von den fruchtbaren Aromen der Natur und von Audreys aufgewühlten Sinnen.
»Tante Edna sagt, uns fehlen die passenden Männer, weil so viele in den Krieg gezogen und nicht zurückgekehrt sind«, bemerkte Isla. Audrey wünschte sich, ihre Mutter hätte ihr nicht erlaubt, Champagner zu trinken. Er reizte zweifellos ihre Sinne.
»Wirklich, Isla!«, schimpfte sie. »Der arme Mr. Forrester ist gerade erst hier angekommen, und du wirst ihn schon vor dem Abendessen verheiratet haben.«
Louis schüttelte lachend den Kopf. »Keine Sorge, Audrey, ich verstehe Ihre Schwester. Sie sagt, was ihr in den Sinn kommt, ein bisschen wie ich selbst.« Dann wandte er sich ihr zu und fügte leise hinzu: »Nennen Sie mich bitte Louis. Wenn Sie Mr. Forrester sagen, fühle ich mich so alt. Mr. Forrester ist jemand anderer – Cecil zum Beispiel. Ihn kleidet der Mr. Forrester gut, sehr gut sogar.«
»Lebt Ihre Schwester in England?«, fragte sie und folgte ihren Eltern, die jetzt den Weg zum gedeckten Tisch unter den Ranken der Terrasse einschlugen.
»Cicely, ja, sie lebt in England. Sie wohnt in einem furchtbar kalten alten Bauernhaus«, erklärte er.
»Sie ist bestimmt furchtbar traurig darüber, dass sie beide Brüder an Argentinien verloren hat.«
»Das glaube ich nicht«, entgegnete er lächelnd. »Wenn Sie meine Schwester kennen würden, könnten Sie das verstehen. Sie ist keine sonderlich warmherzige Frau.«
»Aber meine Schwester ist sehr warmherzig«, sagte Isla bereits

mit leicht schleppendem Tonfall. »Aber sie lebt in ihrer eigenen Welt. Sie ist eine Träumerin.«
Louis sah aus kornblumenblauen Augen zu Audrey herab und lächelte gedankenverloren. »Ich bin ebenfalls ein Träumer«, sagte er, und für einen Moment war Audrey überzeugt, einen plötzlichen düsteren Schatten auf seinem Gesicht gesehen zu haben, so, als wäre die Sonne kurz hinter den Wolken verschwunden.
»Ich würde vor Kummer sterben, wenn Audrey mich verließe, um in einem fremden Land zu leben«, warf Isla theatralisch ein. »Versprich mir, dass du das niemals tun wirst, Audrey.«
Audrey wechselte einen Blick mit ihrer Mutter, die missbilligend feststellte, dass ihre jüngere Tochter bereits zu viel getrunken hatte.
»Ich verspreche es dir«, antwortete Audrey nachgiebig. Als sie Louis wieder ansah, hatte sich die Wolke verflüchtigt, und sein Gesicht wirkte wieder unbekümmert.
»Isla, Liebes, gehst du bitte in die Küche und sagst Marisol Bescheid, dass sie jetzt servieren kann?«, bat Rose.
Und als Isla an ihr vorbeiging, fügte sie im Flüsterton hinzu: »Und trink ein großes Glas Wasser, wenn du schon mal dort bist. Dein Vater wird zornig, wenn er sieht, dass du beschwipst bist.«

Die beiden Gäste saßen rechts und links von Rose, Isla bekam den Platz zwischen Louis und ihrem Vater, während Audrey Cecil zur Linken und Tante Edna zur Rechten hatte. Sie blickte zu Louis hinüber und wünschte sich, den Platz mit ihrer Schwester tauschen zu können. Louis hob den Blick und ertappte sie, wie sie ihn mit kaum verhohlener Faszination betrachtete. Sofort senkte Audrey den Blick auf ihre Suppentasse, bevor sie sich Tante Edna zuwandte und sich mit ihr unterhielt, denn ihre Mutter sprach bereits mit Cecil über den Krieg und war sichtlich hingerissen von ihm. Hätte sie ihrem Blick ein etwas längeres

Verweilen gestattet, wäre ihr nicht entgangen, dass ein bezauberndes Lächeln auf Louis' Gesicht getreten war.

»Ist er nicht umwerfend?«, bemerkte Tante Edna leise. Audrey wusste, dass sie nicht von Louis sprach.

»Oh ja«, erwiderte sie automatisch, um ihrer Tante eine Freude zu machen.

»Er sieht sehr gut aus. Ein gut aussehender Offizier, das ist unheimlich romantisch, nicht wahr? Ich glaube, du gefällst ihm, Liebes. Ich habe gesehen, wie er dich anschaute.«

»Ach, das glaube ich nicht«, widersprach sie. »Außerdem bin ich wohl noch zu jung für die Liebe.«

Tante Edna lachte. »Du bist jetzt achtzehn Jahre alt, meine liebe Audrey. Ich war achtzehn, als ich mich in Harry verliebte. Der liebe Harry«, setzte sie mit Nachdruck hinzu. »Er war ein so guter Mann.«

»Hast du ihn sehr geliebt?«, fragte Audrey, um das Thema zu wechseln.

»Ja, sehr«, antwortete Tante Edna, doch sie ließ nicht zu, dass Erinnerungen an ihren verstorbenen Gatten ihr die Freude an einem so angenehmen Abend verdarben. Sie lächelte leicht melancholisch und besiegte auch diesmal die kleine Verstimmung durch ihren Humor. »Harry war ein begnadeter Imitator«, hob sie an.

Audrey blickte über den Tisch hinweg zu Louis, der ausgelassen mit Isla lachte. Isla kicherte kokett. Unwillig verspürte sie einen beunruhigenden Stich von Eifersucht beim Anblick ihrer Fröhlichkeit und wandte sich wieder ihrer Tante zu, entschlossen, diese ihr unbekannten wie auch primitiven Empfindungen zu ignorieren.

»Er konnte perfekt meine Mutter, also deine Großmutter, nachahmen«, erzählte Tante Edna weiter, der der innere Aufruhr ihrer Nichte völlig entging. »Als mein Vater einmal vom Garten her rief: *Elizabeth, was meinst du? Was machen wir mit diesem Kirschbaum?*, antwortete Harry mit der Stimme meiner Mutter, bevor sie auch nur den Mund aufmachen konnte: *Reiß ihn raus, Lieber, reiß sie alle aus.* Mein Vater war über alle Maßen verblüfft.«

»Woher wusstest du, dass Harry der Richtige für dich war?«, fragte Audrey und kämpfte gegen den Drang, noch einen Blick über den Tisch zu werfen.

Tante Edna sah sie stirnrunzelnd an. »Bist du aber ein neugieriges Kind«, bemerkte sie versonnen. Dann spielten ihre pummeligen Finger mit dem Rubin geschmückten Verlobungsring, den sie noch immer trug, und sie seufzte wehmütig. »Er war anders als alle anderen, die ich je kennen gelernt hatte. Er brachte mich mehr zum Lachen als alle anderen. Ich glaube, ich wusste es einfach. Instinktiv, ähnlich wie ein Tier, ziemlich simpel. Seinetwegen fühlte ich mich wunderbar. In Harrys Nähe herrschte für mich immer Sonnenschein. Harry, mein Sonnenschein. Seither ist die Sonne nicht mehr ganz dieselbe«, fügte sie hinzu, schmatzte dann mit den Lippen und zwang sich zurück in die Gegenwart. »Weißt du, Audrey, mein Liebes: Wenn es passiert, wirst du es wissen.«

Audrey war überzeugt, es jetzt schon zu wissen. Verstohlen sah sie zu Louis hinüber, wohl wissend, dass beängstigende Mächte am Werk waren, die sie zueinander hinzogen.

Als der Hauptgang serviert war, wandte sich Rose Louis zu und gab Cecil Gelegenheit, mit Audrey zu reden. Die Unterhaltung mit Cecil war leicht und unkompliziert. Sein Gesichtsausdruck war freundlich, seine Aufmerksamkeit ungeteilt, während er sie ansah und sie der Ausstrahlung seines schönen Gesichts aussetzte. Wäre sein Bruder nicht gewesen, der ihnen gegenüber lauerte wie ein wilder Hund, eben noch fröhlich und im nächsten Moment in Melancholie versunken, hätte dieser strahlende Offizier vielleicht ihr Herz erobert. Doch Audrey fand Louis unwiderstehlich. Gegen ihren Willen lauschten ihre Ohren dem Gespräch auf der anderen Seite des Tisches. Ihr war klar, dass sich so etwas nicht gehörte, und sie kämpfte gegen ihre Gefühle.

Doch je bewusster die Gefahr ihr wurde, desto tiefer begab sie sich hinein.

»Wie lange gedenken Sie und Ihr Bruder, in Argentinien zu bleiben?«, fragte sie.

»Ein paar Jahre«, erwiderte Cecil. Er sah sie mit festem Blick an und begriff, dass er sich überreden lassen könnte, länger zu bleiben. Eine Brotkrume blieb ihm im Halse stecken, und er hustete und löste sie dann mit einem Schluck Wasser. Entwaffnet vom Liebreiz dieser heiteren jungen Frau fühlte er sich befangen und unbeholfen.

»Und dann kehren Sie nach England zurück?«

»So ist es vorgesehen.«

»Sie könnten Ihr Herz an Argentinien verlieren. Es ist schon vielen so ergangen«, bemerkte sie, und seine Lippen verzogen sich zu einem leisen Lächeln. Er hatte sein Herz bereits verloren, doch Audrey wusste nicht, dass es ihr gehörte.

»Sie kennen England gar nicht, oder?«, fragte er.

Audrey schüttelte den Kopf. »Nein, aber Daddy erzählt oft von England, und daher habe ich das Gefühl, es recht gut zu kennen.«

»Es gibt kein Land, das annähernd so ist wie England. Vielleicht finden Sie Gelegenheit, diese Insel einmal zu besuchen.«

»Das würde ich gern tun. Aber ich kann mir nicht vorstellen, woanders als hier zu leben.« Dann lachte sie leise. »Colonel Blythe ist auf merkwürdige Weise fasziniert vom Wetter in London. Er pflegt die *London Illustrated News* zu lesen und gibt seine Kommentare dazu ab, wenn die Nachrichten schon eine Woche alt sind. Anscheinend regnet es unablässig.«

»Ach, der unvergleichliche Colonel Blythe.« Cecil lachte leise und lehnte sich in seinem Stuhl zurück. »Er ist ein herrlicher Exzentriker. Ein wahrer Engländer, denn wie wir alle redet er selten von etwas anderem – immer nur vom Wetter und vom Krieg.«

»Regnet es denn wirklich immerzu?«, fragte sie.

»Mein lieber Freund«, sagte Cecil in der tiefen, gaumigen Stimme des Colonels, »ich möchte meinen, es wird wieder einmal ein nasser Sommer. Verdammtes Pech für all die Leute beim Pferderennen.« Cecil lachte und war hingerissen, als Audreys Schultern bebten und auch sie in perlendes Gelächter ausbrach. »Colonel Blythe hat nicht Unrecht. Ich fürchte, es regnet tatsächlich sehr häufig. Man fühlt sich nass bis in die Knochen. Die feuchte Kälte im Winter ist besonders unangenehm, aber dafür ist der Frühling in England schöner als irgendwo sonst auf der Welt, sogar schöner als hier. Der Regen lässt alles so herrlich grün werden. Und wenn die Sonne scheint, kannst du dir die Freude der Menschen gar nicht vorstellen. Deswegen reden sie ständig darüber, weil Sonnenschein eben so rar ist und daher umso schöner.«

Während Cecil sich mit Audrey unterhielt, fiel ihm nicht auf, dass ihre Aufmerksamkeit in Gesprächspausen immer wieder über den Tisch hinweg zu seinem Bruder abschweifte. Dank Audreys höflichem Lachen und ihren lebhaften Kommentaren hatte er das Gefühl, sie gut zu unterhalten, und er war ja auch als guter Gesellschafter bekannt. Alle mochten Cecil Forrester; Mütter wollten ihn für ihre Töchter, und einige hätten ihn auch liebend gern für sich selbst gehabt. Junge Mädchen wussten instinktiv, dass er eine gute Partie war, und gaben ihr Bestes, um ihn auf sich aufmerksam zu machen. Doch Audrey war anders. Sie raubte ihm sein Selbstvertrauen. Sie wirkte genauso unzugänglich wie sein Bruder, doch gerade diesen Zug fand Cecil an Audrey ungemein anziehend. Sie wirkte auf ihn so unerreichbar und ätherisch, wie er es noch bei keiner anderen Frau erlebt hatte.

Er sah hinüber zu Louis und wand sich innerlich vor Scham. Louis hatte sich nicht einmal die Mühe gemacht, sich dem Anlass entsprechend zu kleiden. Cecil war überzeugt, dass Louis sich schlecht benahm, um ihn zu verärgern. Doch Louis war unzähmbar und wild, beunruhigend, wo immer er auftauchte.

Cecil dachte an die Erleichterung seiner Eltern, als er anbot, Louis nach Südamerika mitzunehmen. Sie gaben vor, traurig zu sein, doch er wusste, dass sie froh waren, Louis gehen zu sehen. Er hatte sie böse enttäuscht.

Rose führte ihre Schwester und ihre Töchter ins Haus, während die Männer auf der Terrasse rauchten und die Vor- und Nachteile der Privatisierung diskutierten. Isla nahm Audrey beim Arm und flüsterte ihr ins Ohr: »Er ist der attraktivste Mann, den du je gesehen hast, oder?«

»Wer? Louis?«

Isla schüttelte gereizt den Kopf. »Rede kein dummes Zeug! Louis ist komisch. Nein, Cecil. Er sieht so gut aus, dass mir die Augen brennen.«

»Ja, stimmt«, sagte sie leichthin. »Er ist ein Gentleman.«

»Du hast ein Glück, du hast dich während der gesamten Mahlzeit mit ihm unterhalten. Ich konnte nur sehnsuchtsvoll zuschauen. Ich bin so froh, dass er zu deiner Party kommt, Audrey. Ich werde als Erste mit ihm tanzen.«

»Wenn du magst.«

»Nur zum Vergnügen. Nichts macht mir mehr Spaß, als die anderen Mädchen zu ärgern. Er ist die beste Partie in ganz Buenos Aires, Audrey, und er gehört dir, wenn du nur willst.«

»Ach, Isla, du bist immer noch beschwipst!« Sie lachte.

»Mag sein, aber nicht zu beschwipst, um zu merken, wie er dich angeschaut hat.«

»Unsinn. Er wollte nur höflich sein.«

»Der Höflichkeit sind Grenzen gesetzt, und die hat er um einiges überschritten!«

Audrey fühlte sich geschmeichelt. Schließlich war auch sie nicht immun gegen die Aufmerksamkeiten eines derart attraktiven Mannes, und sein Interesse beflügelte ihre Stimmung.

Erst als die Gäste im Aufbruch begriffen waren, fand Audrey sich allein mit Louis im milden Schein einer Straßenlaterne. Sie warf einen besorgten Blick über die Schulter und sah ihre

Familie mit Cecil an der Tür verweilen. Sie deuteten auf den merkwürdigen Baum in einer Ecke des Gartens, dessen Name nicht bekannt war und der jedermann verblüffte, selbst die zahlreichen Botanik-Experten, die aus ganz Südamerika herbeiströmten, um ihn zu identifizieren.
Mit unsicherer Hand wischte Louis sich das hellbraune Haar aus der Stirn und blickte auf die nervöse junge Frau an seiner Seite, völlig verunsichert, da sie jetzt mit ihm allein war. »Tanzen Sie?«, fragte er.
Audrey war klar, dass diese Frage nicht der Höflichkeit, sondern einer ehrlichen Neugier entsprang, denn er sah sie so eindringlich an, als wäre ihre Antwort von größter Bedeutung für ihn.
»Ein wenig«, erwiderte sie und lächelte trotz ihrer Schüchternheit. »Aber nicht besonders gut, glaube ich.«
»Ich könnte mir vorstellen, dass Sie eine ausgezeichnete Tänzerin sind. Schon Ihr Gang ist von einer naturgegebenen Anmut. Sehen Sie nur«, sagte er versonnen, als sie ihr Gewicht von einem Fuß auf den anderen verlagerte. »Sie tanzen ja jetzt schon, ohne sich dessen bewusst zu sein.«
Sie senkte den Blick auf ihre Füße. »Das glaube ich nicht«, sagte sie. »Ich tanze nicht sehr oft. Ich habe kaum Gelegenheit dazu.«
»Ich möchte gern Tango tanzen können«, sagte er und schnippte mit den Fingern wie zu einer Melodie, die nur er allein hörte. »Ich möchte auf den Pflasterstraßen von Buenos Aires tanzen. Mit Ihnen möchte ich tanzen.«
Audrey biss sich auf die Unterlippe und sah staunend zu, wie er zu summen begann, seinen Körper zu der Melodie wiegte und Hände und Knie mit der Geschmeidigkeit eines geübten Tänzers bewegte. Audrey lachte, und jetzt erblickte sie das offenste, anziehendste Lächeln auf seinem Gesicht, das sie je gesehen hatte. Er war am glücklichsten, wenn er den unablässigen Rhythmen in seinem Kopf nachgeben konnte, und seine Freude ließ ihn von innen heraus strahlen. Audrey dachte an Tante Ednas Sonnenschein-Gatten und verstand, was sie meinte.

»Sie können aber wirklich tanzen«, bemerkte sie aufrichtig und wünschte sich den Mut, mit ihm zu tanzen.

»Ja, aber leider nicht den Tango.«

»Das ist ein wunderschöner Tanz.«

»Wunderschön«, stimmte er zu. »Trotz seiner festgelegten Figuren brodelt er vor Sinnlichkeit. Es ist der romantischste aller Tänze. So nah und doch nicht nah genug. Mir rieselt es kalt über den Rücken, wenn ich nur zusehe, aber ihn selbst zu tanzen, nun, das wäre wirklich ein Erlebnis.« Seine Augen weiteten sich vor Erregung.

»In Palermo tanzen sie Tango«, erklärte Audrey. »Waren Sie schon mal in Palermo?«

Er schüttelte den Kopf.

»Dort gibt es ein kleines Café, in dem Tango-Abende veranstaltet werden. Das weiß ich, weil Tante Hildas Hausmädchen mal dort war. Es ist übrigens ein Geheimnis, Tante Hilda wäre entsetzt darüber. Sie findet den Tango so intim wie ...« Sie errötete.

»Wie Liebemachen?«, half er ihr aus.

»Ja«, antwortete sie gepresst und schluckte.

»Da hat sie Recht. Deswegen gefällt er mir so gut. Ihre Tante muss eine vertrocknete alte Dame sein.«

Audrey lachte und griff an ihre glühenden Wangen, in der Hoffnung, sie abkühlen zu können.

»Vielleicht geht irgendein glücklicher Mann eines Tages mit Ihnen zum Tangotanzen nach Palermo«, sagte er leise.

»Nicht, wenn meine Tante es verhindern kann, oder auch meine Mutter. Das ist wohl nicht das Verhalten, das man von einer wohlerzogenen jungen Dame erwartet.«

»Wie langweilig, eine wohlerzogene junge Dame sein zu müssen. Wohlerzogene junge Damen sollten nur bis Mitternacht ihre Rolle spielen, danach sollten sie von ihrer Bühne treten und Spaß haben. Ich würde gern sehen, wie Sie das Theater durch die Hintertür verlassen und in den Sonnenuntergang hinein Tango tanzen.« Dann fügte er mit leiser Stimme hinzu: »Sie sind eine

Träumerin, genauso wie ich ein Träumer bin. Die Menschen können Träumer nicht verstehen. Wir machen ihnen Angst. Haben Sie keine Angst zu träumen, Audrey.«

Das Schweigen war lastend, während Audrey gegen ihre Verlegenheit ankämpfend nach Worten suchte, und Louis betrachtete sie hingerissen. Er war sicher, dass sie beide von gleicher Art waren, dass sie der erste Mensch war, der ihn verstand. Mit dem Instinkt eines Kindes erahnte Louis Audreys weiches Herz und ihre unendliche Liebesbereitschaft, und er fühlte sich zu ihr hingezogen mit einer Sehnsucht, die ihn am ganzen Körper zittern ließ.

Als Audrey schon im Begriff war, etwas zu stammeln, kam die kleine Gruppe, geführt von ihren Eltern, den Weg entlang auf sie zu. Sie lachten immer noch und sprachen über den merkwürdigen Baum. »Und wie nennen Sie ihn?«, fragte Cecil.

»Den Vogelbaum«, erwiderte Henry.

»Denn aus irgendeinem unerfindlichen Grund lockt er im Sommer alle Vögel an«, sagte Rose und hakte sich am Arm ihres Mannes ein.

»Nun, das ist eine Freude, wie immer er auch heißen mag«, sagte Cecil abschließend. »Ganz herzlichen Dank für die Einladung, Rose. Es war ein hinreißender Abend für uns.«

»Es war mir ein Vergnügen«, erwiderte sie begeistert. »Sie sind immer herzlich willkommen in Hurlingham. Besuchen Sie uns bitte, wann immer Sie mögen. Schließlich gehören Sie fast zur Familie.« Sie bemerkte noch, dass Cecil Audrey besonders viel Aufmerksamkeit widmete, bevor er und sein Bruder sich auf den Weg zum Club begaben. Angenehm überrascht hatte sie beobachtet, wie gut die beiden sich verstanden, und es war ihr auch nicht entgangen, dass sich Audrey, während sie selbst und die Übrigen sich unter dem Vogelbaum unterhielten, nicht nur einmal, sondern gleich zweimal nach Cecil umgeschaut hatte. Tief atmete sie die süße Abendluft ein und ahnte das Erblühen einer jungen Liebe.

In dieser Nacht lag Audrey im Bett und beschäftigte sich grübelnd mit der plötzlichen Verliebtheit, die völlig unverhofft alles in ein anderes Licht tauchte. Sie konnte nicht schlafen und war viel zu unruhig, um zu lesen. Sie hörte das gespenstische Pfeifen der Polizisten, die auf den Straßen patrouillierten und einander Signale gaben. Eine warme Brise wehte durchs offene Fenster ins Zimmer hinein und brachte den Duft von Orangenbäumen und Jasmin mit sich, aber weder die süßen Aromen aus dem Garten noch das beruhigende Pfeifen konnte ihren aufgewühlten Geist besänftigen. Es war schwül, zu heiß, um eine erträgliche Stellung in den Laken zu finden. Deshalb warf sie die Bettdecke von sich und schlich auf Zehenspitzen die Treppe hinunter, durch die blauen Schatten in den stillen Flur. Draußen im Garten konnte sie endlich wieder frei atmen. Der Tau sickerte zwischen ihre Zehen, kühl und nass und angenehm. Auf dem Weg durch den Orangengarten, den sie Stunden zuvor schon einmal beschritten hatte, dachte sie an das kurze Gespräch mit Louis, das sie so sehr aus dem Gleichgewicht gebracht hatte. Sie stellte sich sein Lächeln vor und das ferne Leuchten in seinen Augen und dachte an seine beängstigende Unberechenbarkeit und seine herrliche Impulsivität. Für ihn schienen die Regeln, nach denen alle hier lebten, nicht zu gelten; er folgte seinen Wünschen ohne Rücksicht auf Protokoll und Etikette. Audrey war bezaubert von diesem Mann, dessen lässiger Charme in starkem Kontrast zu seiner offenen Redeweise stand. Sie konnte ihn nicht einordnen – es gab keinen Menschen, an dem sie ihn hätte messen können. Trotz ihres Instinkts, der sie vor ihm warnte, konnte sie doch den inneren Sturm, der ihre Gefühle aufpeitschte, nicht bändigen. Louis hatte etwas beängstigend Labiles an sich, erschien ihr aber gleichzeitig seltsam vertraut. Sie fühlte sich wohl mit ihrer Furcht.

Als sie wieder im Bett lag, floh der Schlaf sie nicht mehr, sondern hüllte sie in so angenehme Träume, dass sie nicht daraus erwachen wollte. Im dämmrigen Zwielicht ihrer Phantasie tanzte sie mit Louis auf den Kopfsteinpflasterstraßen von Palermo. Ihre Körper waren eins, waren einander so nahe, dass sie die Hitze seiner Haut durch ihr Kleid und seinen warmen Atem an ihrem Hals spürte, und beide beherrschten die Tanzschritte, als hätten sie schon ihr ganzes Leben lang Tango getanzt.

Drei

Als die Familie Garnet Anfang März, nachdem sie sechs Wochen in dem uruguayischen Ferienort Punta del Este verbracht hatte, nach Buenos Aires zurückkehrte, stellten alle zu ihrer Enttäuschung fest, dass Louis Forrester wenig getan hatte, um in der Achtung der Leute zu steigen, während Cecil weiterhin jedermanns Wertschätzung gewonnen hatte. Natürlich waren seine Eskapaden der Aufmerksamkeit der Krokodile nicht entgangen, die während ihrer Malstunden am Donnerstagnachmittag in Diana Lewis' wild wucherndem Garten voller Begeisterung diskutiert wurden.

»Er spielt tatsächlich äußerst merkwürdige Melodien auf dem Klavier«, sagte Diana und tauchte ihren Pinsel in ein Glas voll schlammigem Wasser, bevor sie ihn an die Lippen führte, um ihn trockenzulecken. »Er fällt in einen Trancezustand, und sein Gesicht ist dabei völlig ernst. Ausgesprochen sonderbar.« Von den vier Krokodilen schien sie die Argloseste zu sein und gab unschuldige Bemerkungen ab, über die die anderen herfielen wie Hyänen, um sie zu interpretieren. Auf diese Weise distanzierte sie sich von deren eigentlicher Bosheit. Doch sie genoss das Zerfleischen eines Opfers nicht weniger als die anderen. »Himmelblau, ich finde Himmelblau so furchtbar schwierig«, beklagte sie sich nörgelnd. Während sie darauf wartete, dass die anderen den ausgelegten Köder nahmen. Auf Charlotte Osborne konnte sie sich stets verlassen.

»Diana, unsere Königin der Untertreibung. Er ist eindeutig verrückt. Das Klavier ist noch das geringste Übel; schließlich ist er ein begabter Musiker, daran ist nicht zu rütteln. Aber ich finde sein Benehmen insgesamt beunruhigend. Ich glaube, er ist nicht ganz richtig im Kopf.« Sie senkte die Stimme und zischte: »Verrückt, total verrückt. Und er hat nicht im Krieg den Verstand verloren wie so viele tapfere Helden. Nein, Louis Forrester ist unbeständig und ein Bohemien ohne irgendeinen guten Grund. Ich habe keine Vorurteile gegen Menschen, die anders sind; der Sohn der armen Dorothy Franklin ist ein Schwachkopf von Geburt an, und dafür hat man aufrichtiges Mitgefühl. Aber Louis ist kein Schwachkopf, sondern nur arrogant. Jawohl, es ist eine Art von Arroganz, zum Beispiel beim Essen keine Krawatte zu tragen, keinen Wert auf seine äußere Erscheinung zu legen. Er trägt ganz offen seine Nichtachtung der Konventionen zur Schau, und schließlich sind es gerade die Konventionen, die unsere Gesellschaft formen und uns zu zivilisierten Menschen machen. Louis Forrester ist nicht sonderlich zivilisiert, oder?« Charlo schniefte missbilligend. »Diana, du hast blaue Lippen«, setzte sie knapp hinzu und beobachtete die Freundin über den Rand ihrer Brille hinweg, mit Augen, so eng wie die einer Schlange. »Ich verwässere das Blau für den Himmel einfach.«

»Wie meinst du das, verwässern?«, fragte Diana und vergaß, sich den Mund abzuwischen.

»Nun, ich tauche den Pinsel ins Wasser und trage es auf das Blatt auf, dann gebe ich ein winziges Tröpfchen Blau hinzu, nur ein ganz winziges. Schau, so geht das.« Sie zeigte es ihr mit übertriebenen Pinselstrichen auf ihrem Papierbogen. »So, findest du nicht, dass das recht effektvoll ist?« Sie lehnte sich zurück und bewunderte ihr Gemälde, wie sie alles, was sie in ihrem Leben vollbrachte, voller Selbstbewusstsein bewunderte. Trotz ihrer achtundsechzig Jahre war sie noch immer attraktiv mit ihrem schönen Gesicht, den klugen blauen Augen und dem feinen silbrigen Haar, und sie war der Meinung, dass Ausstrahlung von Selbstsicherheit abhing, nicht von Schönheit. Es war gleichgültig, was man tat; solange es mit äußerster Entschlossenheit geschah, würde man immer Bewunderung finden.

»Sehr effektvoll, Charlo«, hauchte Phyllida Bates ehrfürchtig und fuhr mit trockener Zunge über schmale, schuppige Lippen. Phyllida war möglicherweise die Allergiftigste von den vieren, feige und doch skrupellos bis zum Äußersten. Mit dem Rückgrat eines Reptils drehte und wendete sie sich stets in die Richtung, die die Mehrheit einschlug, und genoss das Waschen schmutziger Wäsche mehr als jeder andere. »Willst du damit andeuten, Charlo, dass Louis Forrester, gelinde gesagt, geistig nicht ganz auf der Höhe ist?«, fragte sie und rieb sich vor Vergnügen die arthritischen Hände.

Charlo lachte. »Typisch Phyllida, dass sie es gelinde sagt. Gelinde, aber messerscharf.«

»Verrückt«, warf Cynthia Klein hinter ihrer Staffelei hervor ein. Cynthia, die am wenigsten bösartige von den Krokodilen, besaß nur das Laster, die Dinge beim Namen zu nennen, so, wie sie sie sah, ob gut oder schlecht. »Er ist eindeutig verrückt.«

»Finde ich auch.« Charlo nickte. »Sein Blick verursacht mir eine Gänsehaut. Er hat so etwas Unberechenbares an sich, ganz zu schweigen von seiner Zügellosigkeit. Er sieht recht gut aus, aber sein schändliches Drückebergertum, seine Weigerung, für sein Land zu kämpfen, schließt alles Positive aus. Wisst ihr, dass ich ihn neulich abends nach dem Dinner ganz allein für sich habe tanzen sehen? Ich war im Begriff, mich zu verabschieden, als ich seine Silhouette im Mondschein bemerkte. Es war unverkennbar Louis. Den Hut schief auf dem Kopf, kein Mensch trägt seinen Hut so, schon gar nicht am Abend! Stellt euch vor, er tanzte ganz allein, ohne Musik. Höchst merkwürdig. Sein Bruder schämt sich unübersehbar für ihn, und ich kann es ihm nicht verübeln. Cecil ist ein anständiger junger Mann mit hervorragenden Manieren und er ist als Held aus dem Krieg zurückgekommen. Ein wahrer Held. Nur Männern wie ihm haben wir es zu verdanken, dass wir von den Schrecken Nazi-Deutschlands verschont geblieben sind. Er hat für uns alle sein Leben in die Waagschale geworfen, während sein dummer Bruder getanzt hat, bis der Krieg zu Ende war. Welch eine Schande! Man fragt sich, warum um alles in der Welt er überhaupt hierher gekommen ist.«

»Es liegt doch wohl auf der Hand: Weil er sich in London unmöglich gemacht hat.« Diana lachte leise und wischte sich die ungeschickten Hände an ihrem Malerkittel ab.

»Tja, hier wird er es nicht leicht haben«, sagte Charlo. »Wir alle kennen sein Geheimnis. Vor einer derartigen Schande kann er nicht davonlaufen. Was mag seine Ausrede sein? Dass er Pazifist wäre?«

»Bestimmt – oder irgendeine verrückte Religion«, sagte Diana und genoss es, dem Thema noch einen neuen Aspekt hinzuzufügen.

»Oh ja, er ist bestimmt Mitglied einer Sekte«, pflichtete Phyllida ihr mit dünner Stimme bei. »Schwarze Magie unter dem Deckmäntelchen des Pazifismus.«

»Also, meine Lieben, das geht jetzt wirklich zu weit. Er ist kein schlechter Mensch, nur ein bisschen zu unberechenbar für uns alte Leute«, sagte Cynthia, riss das Papier von ihrer Staffelei und warf es zu dem anderen unfertigen Gemälde auf den Rasen. »Man kann ihm keinen Vorwurf daraus machen, dass er nicht gekämpft hat, solange man seine Gründe nicht kennt. Vielleicht hat er einen vollkommen legitimen Grund. Außerdem finde ich ihn auf verwegene Weise attraktiv. Und ich mag es, wenn ein Mann verletzlich wirkt. Er braucht unbedingt jemanden, der sich um ihn kümmert. Man möchte ihn bemuttern.«

»Was dich betrifft, Cynthia, du würdest ihn höchstens begroßmuttern«, bemerkte Charlo höhnisch.

»Wer im Glashaus sitzt, sollte nicht mit Steinen werfen, liebste Charlo. Du hast deine Blütezeit schon so weit überschritten, dass man sich kaum daran erinnert.«

»Diese armen Mädchen, die alle hoffnungsvoll auf eine Ehe warten, wo doch junge Männer so dünn gesät sind.« Diana seufzte, hob den Pinsel an den Mund und fügte ihren blauen Lippen noch einen Hauch von Grün hinzu. Charlo beobachtete, wie sie mehr Farbe in ihrem Gesicht als auf dem Papier verteilte, und grinste spöttisch.

»Keine vernünftige Mutter wünscht sich Louis zum Schwiegersohn«, sagte Cynthia. »Wenn ich fünfzig Jahre jünger wäre, würde ich auf seinen Bruder Cecil setzen. Das ist mal ein anständiger junger Mann.«

»Oh, aber ganz gewiss«, schwärmte Diana in Gedanken an seine vornehme Art an dem Tag, als er ihr in den Wagen geholfen hatte. »Was für ein Gentleman. Er besitzt wahren Adel.«

»Leider können Mädchen ausgesprochen dumm sein«, bemerkte Cynthia von oben herab. »Sie wissen nicht immer, was gut für sie ist. Irgendein dummes Ding wird bestimmt auf Louis' flüchtigen Charme hereinfallen.«

»Er taugt wohl für einen Flirt, aber nicht für ein ganzes Leben«, fügte Cynthia hinzu. »Man wünscht sich doch einen Mann, der zuverlässig und solide ist, wie eine Eiche. Mein Ernie war eine Eiche, wie sie im Buche steht.«

»Eine Eiche!«, rief Charlo. »Ein Zweiglein vielleicht. Nachdem du ihn zurechtgestutzt hattest, war kaum noch etwas von dem Mann übrig.«

»Wirklich, Charlo, manchmal gehst du zu weit«, schalt Diana.

»Du brauchst dich nicht in die Bresche zu werfen, Diana«, sagte Cynthia lächelnd. »Ich bin besser in der Lage, mich selbst zu verteidigen, als Ernie, Gott hab ihn selig. Charlo, von deinen drei Männern war nicht einer eine Eiche.«

»Gut, da magst du Recht haben«, stimmte sie zu, tauchte ihren Pinsel in die Farbe und nahm die Arbeit wieder auf. »Vielleicht habe ich mehr Glück mit dem vierten«, fügte sie provokant hinzu. Cynthia zog die Augenbrauen hoch. »Ah«, seufzte sie, nicht fähig, diesem Köder zu widerstehen. »Colonel Blythe ist schon eher eine Eiche. Aller guten Dinge sind vier, sollte es vielleicht heißen.« Charlos blasses Gesicht brannte vor Verlegenheit unter ihrem Sonnenhut.

»Colonel Blythe?«, riefen Diana und Phyllida wie aus einem Mund und erhoben sich, so schnell ihre alten Beine es gestatteten, um über ihre Staffelei hinwegblicken zu können.
Cynthia triumphierte. »Wie oft hat er dich denn schon gebeten, ihn zu heiraten?«, wollte sie wissen. »Sag schon!«
Charlo straffte sich auf ihrem Hocker und hob das Kinn in einem Versuch, Haltung zu bewahren. Sie hatte nicht die Absicht, den Colonel zu heiraten. Und er fragte sie nur zum Spaß. Er genoss das Spielchen, das war alles.
»Zwei Mal«, erwiderte sie gleichmütig.
Phyllida und Diana sahen einander staunend an.
»Und was hast du geantwortet?«, fuhr Cynthia fort.
»Also wirklich, das ist doch kindisch«, wehrte sich Charlo, legte den Pinsel nieder und stand auf.
»Nun, Charlo, was hast du geantwortet?«, drängte Diana und wandte sich dann Cynthia zu. »Was hat sie ihm geantwortet?«
»Ich habe ihm gesagt«, meldete sich Charlo mit großem Nachdruck, »dass ich die scheußliche Angewohnheit habe, meine Ehemänner zu Grabe zu tragen. Ich glaube nicht, dass er mich ein drittes Mal fragt.«
»Der arme Colonel Blythe«, seufzte Phyllida und setzte sich wieder. »Worauf kann ein alter Mann wie er sich denn noch freuen?«
Charlo verdrehte die Augen und stapfte ins Haus.

Audrey hatte diese sechs Wochen am Meer in einem versponnenen romantischen Nebel zugebracht und sich im Geiste an die Seite der launenhaften Heldinnen ihrer Romane gestellt. Sie hatte im Sand gelegen und in ihrer Phantasie Szenen durchlebt, in denen Louis sie liebte, hatte jeden Moment seiner Werbung bis ins kleinste Detail ausgearbeitet, bis ihre Sehnsüchte auch in ihre Träume eindrangen und sie des Morgens gern im Bett geblieben wäre, um sie länger auskosten zu können. Niemandem war der gedankenverlorene Ausdruck in ihren Augen aufgefallen, weil sie schon immer, sogar schon als Kind, diesen Ausdruck gezeigt hatte. Ihre Mutter führte es auf die romantischen Romane zurück, die sie verschlang, und Tante Hilda schimpfte, sie solle solchen Unsinn nicht lesen, weil er ihr Gehirn aufweichen würde. »Die Liebe ist noch niemandem gut bekommen«, bemerkte sie säuerlich. »Schau dir nur Romeo und Julia an.«

Voller Vorfreude war Audrey nach Hurlingham zurückgekehrt. Nervös und aufgeregt angesichts der Aussicht, Louis wiederzusehen, freute sie sich, wieder in derselben Stadt zu weilen wie er, die gleiche Luft zu atmen. Doch Audrey stand eine bittere Enttäuschung bevor. Als sie von ihrer Mutter und Tante Edna erfuhr, dass Louis sich im Club mehr und mehr in Verruf brachte, verbarg sie ihre gekränkten Gefühle hinter einem entschlossenen Lächeln und weinte erst später, als sie allein im Garten war. Sie setzte sich auf die von Rosen umrankte Bank ihrer Mutter und schluchzte vor Enttäuschung. Ihre Träume zerfielen zu Staub, bevor sie überhaupt Zeit zum Reifen gehabt hatten. Eine Romanze mit Louis war offensichtlich ausgeschlossen, und sie konnte herzlich wenig daran ändern.

Von den Hoffnungen ihrer Mutter in Bezug auf sie und Cecil hörte sie zum ersten Mal, als sie sie im Gespräch mit ihren Schwestern unter den üppigen Weinranken belauschte, die sie inzwischen, wie alles andere im Garten auch, ständig an Louis erinnerten.

»Aber er ist doch gerade erst hier angekommen«, gab Rose zu bedenken und schüttelte stirnrunzelnd den Kopf. »Ich finde, jeder hat eine Chance verdient. Schließlich kann die äußere Erscheinung auch täuschen.«

»Manchmal spiegelt die äußere Erscheinung aber auch den wahren Charakter eines Menschen«, hielt Tante Hilda dagegen und schürzte missbilligend die schmalen Lippen. »Louis ist innerlich genauso schlampig wie diese seltsamen Hosen, die er trägt. Du kannst dir denken, was die Krokodile so reden.«

Tante Edna spielte nervös mit der bernsteinfarbenen Perlenkette auf ihrem Busen und schnaubte gereizt. »Diese Krokodile sind solche Giftspritzen«, erklärte sie. »Es liegt daran, dass er nicht im Krieg gekämpft hat. Ich bin sicher, er hatte gute Gründe dafür.«

»Sieht er etwa aus, als hätte er gute Gründe? Hinkt er, hat er nur eine Hand?«, warf Tante Hilda barsch ein. »Es gibt keine Entschuldigung.«

»Oh je, der arme Cecil, er macht sich bestimmt schreckliche Sorgen wegen seines ungeratenen Bruders«, bemerkte Rose.

»Der gute Cecil.« Tante Edna seufzte lächelnd. »Ich habe gleich erkannt, wie angetan er von Audrey war, als er und sein Bruder mit uns gegessen haben.«

»Ich auch«, stimmte Rose bescheiden zu, war aber nicht in der Lage, ihren Stolz zu verbergen, der ihr die Wangen rosig färbte. »Ich kann nur hoffen«, fügte sie hinzu und zuckte resigniert mit den Schultern.

Tante Edna fächelte sich mit dem roten Zigeunerfächer, den Harry ihr während dieser rauschhaften Tage ihrer Flitterwochen in La Boca geschenkt hatte, Luft zu. »Ich auch. Er wäre eine so gute Partie«, schwärmte sie. »Was für ein Glück, dass er nach Hurlingham gekommen ist.«

»Ist er nicht ein bisschen alt für Audrey?«, fragte Hilda gepresst, die Stimme dünn vor Verärgerung, weil Cecil ihre Töchter noch nicht kennen gelernt hatte.

»Ach, Hilda, man sollte Kleinigkeiten nicht so hochspielen«, fuhr Tante Edna sie gereizt an. Tante Hilda ließ keine Gelegenheit aus, aus Verbitterung über ihr eigenes freundloses Leben anderen die Freude zu verderben.

Hilda straffte sich. »Aber er ist zwölf Jahre älter als sie«, wandte sie ein. »Audrey ist noch viel zu jung, um schon ans Heiraten zu denken. Du liebe Zeit, Nelly ist fünfundzwanzig und verschwendet noch keinen Gedanken an eine Ehe.«

»Die Trauben hängen zu hoch, Hilda«, bemerkte Tante Edna taktlos. »Ich mag Nelly von Herzen gern, aber sie ist nicht eben

die Bezauberndste von deinen Töchtern und gibt sich auch keine rechte Mühe. Wenn sie es hin und wieder mal fertig bringen würde zu lächeln, könnte sie vielleicht die jungen Männer ermutigen, um sie zu werben.« Hilda musste eingestehen, dass Edna ausnahmsweise einmal Recht hatte. Nelly war zum Weinen unscheinbar.
»Als ob das Alter in Herzensangelegenheiten je eine Rolle gespielt hätte«, sagte Rose. »Wie auch immer, ich habe tatsächlich die Anfänge von Zuneigung zwischen den beiden bemerkt. Ich kann nur beten, dass es sich zu etwas Stärkerem auswächst. Ich habe die beiden Jungen zu Audreys Party am Sonnabend eingeladen«, fügte sie hinzu. »Cecil, weil er ein Gewinn für jegliche Art von Gesellschaft ist, Louis aus Großmut. Man sollte Güte zeigen.«
»Und du bist ein gütiger Mensch, Rose«, erklärte Tante Edna. Tante Hilda jedoch war nicht fähig, ihrer Schwester ein Lob auszusprechen, weil die Eifersucht ihr die Kehle zuschnürte und die Worte, die in ihrem Inneren sprudelten, nicht herausließ.
Audrey zog sich ins Haus zurück und kämpfte gegen die Tränen. Sie freute sich überhaupt nicht mehr auf die Party. Sie wollte Louis niemals wiedersehen. Sie wünschte sich, ihm nie begegnet zu sein. Doch wie ihr Vater zu sagen pflegte: »Alles geht vorbei«, und trotz ihres Widerwillens kam der Sonnabend und brachte die betrübliche Aussicht mit sich, dass sie den Brüdern Forrester begegnen musste.
»Was hast du nur, Audrey?«, fragte Isla beim Frühstück. »Heute Abend steigt deine Party, und du müsstest doch eigentlich übers ganze Gesicht strahlen. Denk nur, wie man dich hofieren wird! Ich werde tanzen bis zum Morgengrauen!«
»Ich habe nichts«, erwiderte sie ausdruckslos. »Ich habe nur keine Lust.«
»Die kommt schon noch bis heute Abend. Du bist einfach nur mit dem falschen Fuß aufgestanden.« Dann sah sie ihre Schwester aus schmalen grünen Augen an und nickte wissend.

»Du bist verliebt, stimmt's?«, fragte sie.
Audrey hätte um ein Haar ihre Kaffeetasse fallen gelassen. »Natürlich nicht«, wehrte sie sich und setzte die Tasse ab, um das Zittern ihrer Hände nicht zu verraten.
»Doch, doch.« Isla lachte. »Ich sehe es dir an. Den ganzen Sommer über hast du Trübsal geblasen. Seit du Cecil Forrester kennen gelernt hast.«
»Ist es wirklich so offensichtlich?«, hörte sie sich fragen.
»Ich fürchte, ja. Aber nur für mich, weil ich dich so gut kenne.«
»Du verrätst es niemandem, ja?«
»Natürlich nicht. Ich schwör's dir. Aber wenn du in Cecil verliebt bist, warum freust du dich dann nicht auf die Party?«
Audrey wollte Zeit gewinnen, indem sie sich herabbeugte und vorgab, ihre Serviette aufheben zu müssen. Isla hatte Recht: Wenn sie verliebt wäre, musste ihre Übellaunigkeit wirklich unlogisch erscheinen.
»Weil meine Gefühle nicht erwidert werden«, antwortete sie vorsichtig, selbst erstaunt über ihre Geschicklichkeit im Lügen.
Isla seufzte theatralisch. »Du bist dir deiner eigenen Anziehungskraft so wenig bewusst, Audrey«, rief sie aus. »Um Gottes willen, alle Jungen verlieben sich in dich, und Cecil noch mehr als die anderen. Das hat er an jenem Abend beim Dinner deutlich gezeigt.«
»Aber seitdem sind Wochen vergangen, und er hat mich wahrscheinlich ganz vergessen.«
»Das glaube ich nicht. Trennung verstärkt die Liebe im Herzen und so weiter. Ich wette, er sehnt sich nach dem Wiedersehen mit dir«, sagte Isla überzeugt. »Er ist äußerst korrekt. Nicht wie sein Bruder«, fügte sie hinzu, tiefe Bewunderung in der Stimme. »Du wirst ihm heute sicherlich im Club begegnen. Lass uns frühzeitig hingehen, Tennis spielen und schwimmen. Daddy ist mit den Jungen ausgeritten, und Mummy spielt Golf mit Tante Edna. Wir können den ganzen Tag im Club verbringen. Himmel, wie schön, wieder hier zu sein!«

»Meinst du nicht, wir sollten lieber abwarten bis zu meiner Party?«, fragte sie matt.
»Auf gar keinen Fall«, erwiderte Isla. »Beeil dich mit dem Frühstück, dann können wir gleich aufbrechen.«

Auf ihren Fahrrädern machten sie sich auf den Weg zum Hurlingham Club. Die Straße hallte wider von Hundegebell, Kindergeschrei und den schrillen Stimmen der Hausmädchen, die über die Gartenzäune hinweg auf Spanisch miteinander klatschten. Audrey vertraute ihrer Schwester ihre Verliebtheit an und die Qualen, die sie deswegen litt. Zu ihrer Überraschung erleichterte es sie, offen über ihre Gefühle sprechen zu können, obwohl sie beide über zwei völlig verschiedene Männer redeten.
Als sie sich dem Tor näherten, beschleunigte sich Audreys Puls, und sie fühlte sich plötzlich erhitzt und unbehaglich.
»Beruhige dich, Audrey«, riet Isla ihr belustigt, sprang vom Fahrrad und lehnte es gegen die Mauer. »Himmel, dich hat es aber erwischt, wie?«, rief sie und nahm ihre Schwester bei der Hand. »Vielleicht sollten wir lieber erst schwimmen und dann Tennis spielen. So kannst du dich erst einmal ein wenig abkühlen.«
Audrey war einverstanden, und sie schlugen den Weg zum Schwimmbad ein. Es war noch früh, und das Gelände lag im strahlenden Licht der Morgensonne verlassen da. In der Ferne waren ein paar Leute zu sehen, die ihre Hunde ausführten oder die Platanenallee entlangritten. Ansonsten waren sie ganz allein und konnten das Schwimmen ungestört genießen.
Während Audrey ihre Bahnen im Pool schwamm, behielt sie den Park im Auge, und ihr Herz klopfte vor Anspannung, da sie jeden Moment mit Louis' Erscheinen rechnete und es in einer Mischung aus widerstreitenden Gefühlen gleichzeitig herbeisehnte und fürchtete. Jedes Mal, wenn jemand auf der Treppe auftauchte, verspürte sie ein erwartungsvolles Kribbeln

im Bauch, nur um dann wieder enttäuscht zu werden, bis Isla vorschlug, Tennis zu spielen, bevor die Hitze unerträglich würde.

Doch auch aufs Tennisspiel konnte Audrey sich nur schwer konzentrieren. Isla war ihr weit überlegen und reagierte gereizt, als Audrey aus reiner Unachtsamkeit immer wieder den Ball verfehlte oder ins Netz schlug.

Audrey wünschte sich, zu Hause geblieben zu sein, um unter dem Vogelbaum ihren Roman zu lesen und zu träumen. Das Träumen erschien ihr plötzlich so viel angenehmer als die Wirklichkeit.

Schließlich bestand Isla verärgert darauf, ins Clubhaus zu gehen und Cecil zu suchen.

»Nein, das können wir nicht tun!«, rief Audrey entsetzt.

Doch Isla war unerbittlich. Nichts würde ihr mehr Spaß machen, als ihn zu suchen und zu stellen, bevor sie Amors Pfeile auf ihn abschoss.

»Wir gehen hinein und trinken etwas, schauen uns ein bisschen um. Ganz unauffällig«, drängte sie. Doch Isla und Audrey hatten verschiedene Vorstellung von dem, was unauffällig bedeutete. Isla hatte noch nie im Leben eines von Audreys Geheimnissen bewahrt, nicht etwa aus Boshaftigkeit, sondern aus einer überbordenden Unfähigkeit, etwas für sich zu behalten. Jetzt musste Audrey damit rechnen, vor Cecil gründlich bloßgestellt zu werden. Sie hätte sich gar nicht auf Islas Vorschlag einlassen dürfen.

Isla jedoch, hingerissen von der Verliebtheit ihrer Schwester, war entschlossen, diese in die rechten Bahnen zu lenken. Audrey wusste recht gut, dass es nicht die Romantik war, die Isla verführte, sondern die Herausforderung. Audrey bot ihr eine höchst spannende Mission.

Widerstrebend folgte sie ihrer Schwester, die beschwingt dem Clubhaus zustrebte, und hoffte, die Brüder würden den Tag woanders verbringen oder, besser noch, mit demselben Schiff,

mit dem sie gekommen waren, nach England zurückgekehrt sein. Doch dann stürzte es sie in tiefste Verlegenheit, als sie eine vertraute Stimme vernahm, gefolgt von Islas aufgeregtem Schrei.
»Cecil!«, rief sie. »Wie schön, Sie wiederzusehen.«
Audrey hob den Blick und begegnete Cecil Forresters höflichem Lächeln, der beim Anblick der jungen Frau, deren Gesicht nun schon bald zwei Monate lang seine Gedanken und Träume beherrschte, vor Freude errötete. In ihrer Nähe fühlte er sich unbeholfen, er kämpfte um seine Haltung. Audrey warf impulsiv einen raschen Blick über seine Schulter, um zu sehen, ob sein Bruder ihn begleitete. Er war nicht da.
»Hallo, Audrey«, sagte Cecil und nickte steif. »Wie ich sehe, haben Sie Tennis gespielt.«
»Ja«, antwortete sie. »Allerdings nicht sehr gut, fürchte ich. Wir wollten gerade etwas trinken.«
»Schließen Sie sich uns doch an!«, zwitscherte Isla fröhlich.
Cecils Gesicht verriet mit strahlendem Lächeln seine Begeisterung, und Audrey gelang es nicht, böse auf ihn oder Isla zu sein. Seine Freude schmeichelte ihr.

Die drei saßen an einem kleinen runden Tisch im gefliesten Durchgang und tranken Limonade. Audrey gab sich redliche Mühe, unterhaltsam zu sein, während sie sich am liebsten in einen der Liegestühle niedergelassen und an Louis gedacht hätte. Während sie Cecils Fragen beantwortete und Islas taktlose Kommentare abwehrte, beschäftigte sie sich in den stillen Räumen ihrer Phantasie insgeheim mit Louis. Sie erinnerte sich des plötzlichen Feuers in seinen Augen, als er über den Tango sprach, während sein Körper sich zu seinem eigenen Summen bewegte, als wäre er machtlos dagegen, als er zu ihr gesagt hatte, sie solle keine Angst vorm Träumen haben. Nach außen hin lächelte sie, sodass Cecil glaubte, sie lächelte ihn an und nicht seinen unsichtbaren Rivalen.
Isla triumphierte. Die beiden fühlten sich unübersehbar wohl

miteinander. Doch weder Isla noch ihre Schwester bemerkten, dass auch Cecils Herz in Aufruhr geraten war. Wochenlang hatte er bang mit sich gerungen, ob er Audrey zum Dinner ausführen dürfe, nur sie beide ganz allein. Immerhin war sie die Tochter seines Chefs, und er war gerade erst in Buenos Aires eingetroffen. Ihm war klar, dass es sich nicht gehörte, so mit der Tür ins Haus zu fallen. Er musste sich zuerst Henry Garnets Achtung verdienen, bevor er seine Gefühle offenbarte. Und er konnte nur hoffen, dass kein anderer Audreys Herz gewann, bevor er Gelegenheit hatte, es zu versuchen.

Nach etwa einer Stunde war es noch heißer geworden, und Isla wurde unruhig. Die Gefühle ihrer Schwester für Cecil konnten sie nicht mehr fesseln, da sie die Herausforderung angenommen und gewonnen hatte. Sie hatte die beiden zusammengeführt, suggestive Bemerkungen gemacht und ihre Freundschaft gefördert – der Rest lag bei ihnen.

Plötzlich wehte vom Saal her eine seltsame Melodie zu ihnen herüber, ein trauriges Lied in Moll, und Audrey erkannte es auf Anhieb, denn es war Louis' melancholisches Wesen, in Musik übersetzt. Ihre Wangen spannten sich an vor Sehnsucht, als ihr plötzlich klar wurde, dass gleichzeitig auch eine Saite in ihr angeschlagen wurde, die ihrem eigenen entwurzelten Sein entsprach. Nicht fähig, noch eine Minute länger am Tisch auszuharren, murmelte sie eine hastige Entschuldigung und floh, folgte dem hypnotischen Klang des Klaviers.

Als Audrey beim Klavier stand und Louis' lange Finger über die Tasten gleiten sah, fiel ihr auf, dass er nicht vom Blatt spielte, sondern die Melodie während des Spielens komponierte. Er hatte die Augen geschlossen und folgte nur seinem Gefühl, als triebe er auf einer Meereswoge, Audreys Gegenwart erspürend, ohne sie sehen zu müssen. Seine Finger bebten leicht, und sein Mund verzog sich zu einem Lächeln. Und nach und nach, während seine Stimmung sich aufhellte, gingen die Moll-Töne in

Dur über, bis seine Melodie erstaunlich heiter und hoffnungsfroh klang.
Nach einer Weile öffnete Louis die Augen. Er sah die errötende junge Frau an, die sich unwissentlich zu seiner Musik wiegte. Dann wurde sein Lächeln breiter, und auch Audrey lächelte, weil Louis so unverbildet war wie ein Kind, das sich innerhalb von Augenblicken von tiefer Melancholie zu heller Freude aufschwingen konnte. Audrey fand seine Spontaneität entwaffnend, und ihre Stimmung hob sich mit der seinen.
»Kommen Sie, spielen Sie mit«, sagte Louis und rückte auf der Bank zur Seite.
»Nein, wirklich, Sie spielen so gut«, wehrte sie ab. »Ich kann nicht improvisieren.«
»Natürlich können Sie das. Kommen Sie, ich zeige es Ihnen.«
Audrey nahm neben ihm Platz und spürte unvermittelt die Wärme seines Körpers durch die Kleider hindurch. Sie legte die unruhigen Finger auf die Tasten und wartete auf seine Anweisungen.
»Das sind die Noten, die wir benutzen wollen, g-Moll«, sagte er und schlug einen Ton an. Audrey tat es ihm gleich und spielte die g-Moll-Tonleiter. »Na also, das ist doch nicht schwierig, oder?«
»Ich habe Jahre damit verbracht, nur die Tonleitern zu erlernen.«
»Sie spielen sie wunderschön. Und jetzt komponiere ich eine Melodie für Sie, *Sonate für Audrey*, und wenn Sie sich mit der Melodie vertraut gemacht haben, müssen Sie die Augen schließen und Ihre Gefühle langsam in Ihre Finger fließen lassen. Keine Sorge, falls Ihnen Fehler unterlaufen; es macht gar nichts. Bald werden Ihre Finger ein Fortsatz Ihres Herzens sein, und Sie denken nicht mehr in Form von Noten, sondern von Gefühlen. Dann empfinden Sie den Drang, diese zum Ausdruck zu bringen. Und jetzt schließen Sie bitte die Augen.«
Audrey gehorchte und lauschte, als er langsam zu spielen be-

gann, eine traurige, anrührende Melodie, die ihre ruhelose Seele bewegte. Dann sprach er zur Musik mit leiser, hypnotischer Stimme, zog sie mit sich fort aus dem Saal im Hurlingham Club an einen fernen Ort, wo sie beide allein waren unter einem dunklen Himmel in einem verzauberten Tal. Zögernd glitten ihre Finger über die Tasten. Zuerst nur stockend, hier eine Note, dort eine Note, bis dann ganze Sätze entstanden, sich in Louis' Musik woben und mit ihr eins wurden – eine schmerzliche Sonate der Träume.

Als die seltsam anrührende Melodie durch den Saal klang, ließ der alte Colonel, der in seinem angestammten Ledersessel saß und die *London Illustrated News* las, die Zeitung sinken und lauschte. Er saß da wie versteinert, während die Musik sein Herz von der Altersstarre erlöste, und er spürte, wie seine Gelenke geschmeidig wurden, sodass er sich, als er sich schließlich aus dem Sessel stemmte, bewegte wie ein deutlich jüngerer Mann. Er schnaubte verwundert und schüttelte den Kopf, während die Musik noch immer in seinen Ohren nachhallte. Als er sich umschaute, sah die Welt viel weicher aus. Er blinzelte, blinzelte noch einmal. Die Weichzeichnung blieb, als hätte eine unsichtbare Hand alle scharfen Kanten fortgewischt. »Merkwürdig«, murmelte er. »Höchst merkwürdig.«

Später am Tag, als Audrey sich mit ihrer Familie zum Mittagessen im gefliesten Durchgang traf, wiegte sich ihr Körper immer noch zu der gemeinsam erschaffenen Musik, und ihre Augen verschwammen von Vorstellungen, die Louis und seine unstete Seele in ihr wachgerufen hatten. Sie fürchtete ihn nicht mehr. Im Gegenteil, sie hatte das Gefühl, ihn zu verstehen.

Sie wusste, dass sie ihn nicht lieben durfte, doch er war der liebenswerteste Mensch, dem sie je begegnet war. Er stammte aus einer anderen Welt und er hatte mit seiner Musik, seiner Leidenschaft und seiner Impulsivität, die ihn irgendwie verletzlich machte, ihre Seele gebannt. Die leise Stimme ihres Gewissens hörte sie nicht mehr, denn die Melodie ihrer Liebe übertönte sie.

»Freust du dich auf deine Party?«, fragte Tante Edna, als sie sich zum Essen niederließen.

»Ja«, antwortete sie. Tante Edna runzelte die Stirn angesichts ihres Mangels an Begeisterung.

»Sie ist nervös, weil sie so verliebt ist«, erklärte Isla in unüberhörbarem Flüsterton.

Audrey wurde glühend rot vor Verlegenheit und bedachte ihre Schwester mit einem gekränkten Blick,

»Entschuldige, Audrey.« Isla lachte. »Aber man sieht es dir einfach an, und sie hätten es letztendlich doch erfahren.« Die drei jüngeren Brüder kicherten hinter vorgehaltener Hand.

»Bring deine Schwester nicht in Verlegenheit«, schalt Rose milde und brachte ihre Söhne mit einem tadelnden Blick zum Schweigen, während es sie drängte, ihre Tochter nach dem Objekt ihrer Verliebtheit zu fragen.

Audrey senkte den Blick und wünschte sich, wie von Zauberhand verschwinden zu können, doch Islas Temperament war inzwischen nicht mehr zu bremsen.

»Sie ist in Cecil Forrester verliebt«, platzte sie heraus, und ihre üppigen Locken hüpften um ihr Gesicht, als sie die Neuigkeit mit begeistertem Nicken betonte. »Aber sie glaubt nicht, dass ihre Gefühle erwidert werden. So bescheiden kann auch nur Audrey sein.«

»Wechseln wir das Thema«, verlangte Henry streng. Rose tauschte einen Blick mit ihrer Schwester und teilte ihr wortlos und mit äußerster Diskretion ihre Freude mit. Tante Edna antwortete in gleicher Weise. Nach lebenslangem stummen Austausch von Botschaften verstanden sich die Schwestern perfekt. Cecil wäre nun wirklich eine gute Partie für Audrey.

Vier

Audrey saß allein im Schatten eines Eukalyptusbaums und blickte in müder Resignation über das Clubgelände hinweg. Sie hätte sich Isla niemals anvertrauen dürfen, aber wie eine Närrin hatte sie sich wieder einmal verlocken lassen. Jetzt glaubten ihre Eltern, sie hätte ihr Herz an Cecil verloren. Wenn sie die Wahrheit wüssten, würden sie sich tief gedemütigt fühlen.

Ihre Gedanken schweiften ab zu Emma Letton. Sie fragte sich, wie anders Emmas Leben wohl verlaufen wäre, wenn sie den Argentinier geheiratet hätte. Wäre sie glücklicher geworden, oder war es nicht mehr als eine Schwärmerei gewesen, die mit der Zeit vergangen wäre? Vielleicht war ihr Fehltritt auch Ausdruck des unbewussten Wunsches, die Regeln zu übertreten. Zu erfahren, wie das Leben außerhalb der Grenzen ihrer wohlbehüteten isolierten Gemeinschaft war.

Audrey wusste, dass Cecil der richtige Mann zum Verlieben war. Nicht nur, weil sie instinktiv begriff, was von ihr erwartet wurde, sondern auch, weil sie hörte, was man allgemein über die Brüder redete. Cecil war der vernünftige, verantwortungsbewusste, gut aussehende, charmante Mann mit der Aussicht auf eine solide, gesicherte Zukunft. Louis war der ungeratene, impulsive Mann. Der Mann, der sich vor dem Krieg fürs Vaterland gedrückt hatte.

»Geht es Ihnen gut?«, ertönte eine tiefe Stimme in ihrem Rücken.

Audrey drehte sich um und sah Cecil vor sich aufragen.

»Oh ja«, erwiderte sie und seufzte dann entschuldigend. »Tut mir Leid, dass ich heute Morgen einfach so hinausgelaufen bin. Es lag an der Hitze, mir war plötzlich schwindlig.«

»Nun, ich hoffe, es geht Ihnen jetzt besser. Hier im Schatten ist es angenehm kühl.« Er lächelte sie an, sodass die Falten um seinen Mund herum in seiner von der heißen Sonne Argentiniens bereits gebräunten Haut sichtbar wurden. »Darf ich mich zu Ihnen gesellen?«
Audrey nickte, und er setzte sich neben sie. Erst jetzt fiel ihr auf, dass er Reitkleidung trug. Glänzende braune Lederstiefel zu weißen Breeches und einem Polohemd.
»Sie spielen Polo?«, rief sie erstaunt aus.
»In England habe ich ein bisschen gespielt«, antwortete er und lachte leise. »Aber ich bin nicht sehr gut.«
»Hier werden Sie sich verbessern. Argentinien ist die Heimat des Polo.«
»Ich weiß. Ich spiele recht gut Tennis, habe ein gutes Auge für den Ball, also müsste Polo mir eigentlich liegen. Übung macht den Meister.«
»So ist es«, pflichtete sie ihm bei und blickte in die Ferne. »Finden Sie es hier nicht einfach herrlich?«
»Ich fühle mich schon wie zu Hause. Reizende Menschen und ein idyllisches Leben. In diesem Teil der Welt gibt es keinen grauen Himmel und keine Nachkriegsdepression.«
»Ich hörte, Sie sind als Held aus dem Krieg zurückgekehrt«, sagte sie und überlegte, wie sie das Gespräch auf Louis bringen konnte. »Sicher sind Sie sehr mutig.«
»Man weiß nie, wie man im Krieg reagiert. Ich hatte Angst, entdecken zu müssen, dass ich ein heimlicher Feigling wäre. Doch der Krieg hat einen Mann aus mir gemacht.«
»Alle reden von Ihrer Heldenhaftigkeit, besonders Colonel Blythe. In ihm haben Sie einen großen Bewunderer.«
Cecil schmunzelte. »Ich mag den Colonel sehr.«
»Louis war nicht im Krieg, nicht wahr?«, fragte sie. Zwar kannte sie die Antwort, doch sie suchte einen Vorwand, um seinen Namen aussprechen zu können. Cecils Gesicht wurde fahl, und ein Mundwinkel zuckte.

»Er ist nicht wie andere Menschen, fürchte ich.«
»Das macht einen Teil seines Charmes aus«, sagte sie und wandte das Gesicht ab, um ihr Erröten zu verbergen.
»Sie stehen allein da, wenn Sie ihm Charme zusprechen«, sagte er, verblüfft und dankbar, weil sie gute Seiten an Louis suchte und gefunden hatte. Dieses Mitgefühl ermutigte ihn, sich ihr anzuvertrauen. »Ach, Audrey, manchmal könnte ich verzweifeln«, stöhnte er. »Ich sorge mich um ihn, um seine Zukunft.«
»Aber er macht sich doch gut in Daddys Unternehmen, oder?«
Er schüttelte den Kopf und lachte. »Sie sind so lieb, Audrey. Louis bezieht ein Gehalt, weil Ihr Vater ein äußerst großzügiger Mensch ist. Louis will nur träumen und Klavier spielen. Wenn er seine Musik nicht hätte, wäre wohl Hopfen und Malz an ihm verloren. Er ist sehr begabt. Schade, dass er sein Talent nicht in andere Dinge einfließen lassen kann. Aber er will nicht arbeiten. Er könnte Konzertpianist werden, einer der besten. Er könnte Musik unterrichten, komponieren, doch ihm fehlen der Wille und die Disziplin. Stattdessen sitzt er in einem stickigen Büro in der Stadt hinterm Schreibtisch und skizziert die Gesichter seiner Kollegen als Karikaturen. Er lebt in seiner eigenen Welt, wo niemand zu ihm vordringen kann. Nicht einmal ich.«
Audreys Herz setzte bei seinen letzten Worten für einen Schlag aus, denn sie wusste, dass sie zu ihm vorgedrungen war. Louis hatte sie in seine Welt eingeladen, und sie hatte sich dort eingerichtet. Cecil wirkte so angespannt, wenn er von seinem Bruder sprach, dass sie ihn beruhigen wollte, indem sie ihm von ihrer gemeinsamen Liebe zur Musik und zum Klavierspiel berichtete, doch sie hielt sich zurück. Als Cecil sie fest anblickte, erkannte sie, wie sehr er sie bewunderte, und sie wollte ihn nicht kränken. Zuvor war er ihr nie verletzlich erschienen, aber jetzt, da er über seinen Bruder redete, wirkte er niedergeschlagen.
»War er schon immer so?«, fragte sie, hob ein Blatt vom Boden auf und rieb es zwischen den Fingern, sodass der medizinische Duft von Eukalyptus freigesetzt wurde.

»Ja. Er war immer glücklicher allein mit sich selbst als mit anderen Kindern. Er schien nie Beziehungen aufzubauen. Nur wenn er Klavier spielte, erwachte er zum Leben. Meine Mutter hatte einen großen Flügel zu Hause im Wohnzimmer, und dort saß er Stunde um Stunde und spielte, komponierte Melodien, bevor er noch gelernt hatte, Noten zu lesen und zu schreiben. Er konnte alles spielen, man brauchte nur ein Liedchen zu summen, und schon verwandelte er es in etwas Unglaubliches. Ich weiß nicht, woher er diese Gabe hat, keiner von meinen Eltern ist besonders musikalisch. Meine Mutter spielt Klavier, weil ihre Eltern sie als junges Mädchen zum Unterricht gezwungen haben, aber sie ist kein Naturtalent wie Louis. Und dann hat er sich nicht gemeldet, als alle jungen Männer seines Alters sich freiwillig zum Kriegsdienst einziehen ließen. Das war ein schrecklicher Schlag für meinen Vater, der im Großen Krieg gekämpft und einen Orden verliehen bekommen hatte. Er ist ein stolzer Mann, durch und durch Soldat, und er hat Louis nie verstanden. Mama, als Frau natürlich viel sensibler, tat ihr Bestes, gab jedoch auf, als Louis sich immer mehr entzog.«

»Und Cicely?«

»Ach, Cicely ist die weibliche Ausgabe von Papa. Louis war ihr immer peinlich. Sie gab vor, er wäre ein Adoptivkind. Sie behauptete es so oft, dass ich beinahe anfing, es zu glauben, weil Louis so völlig anders ist als der Rest der Familie.«

»Wie grausam«, hauchte Audrey. »Wusste Louis davon?«

»Ich fürchte ja, aber es störte ihn anscheinend nicht. Ich glaube, er wollte gar nicht zu uns gehören. Er will zu niemandem gehören. Ich habe ihn hierher gebracht, weil ich hoffte, eine neue Umgebung täte ihm gut. Ein Ort, wo ihn niemand kennt, wo er von vorn anfangen kann.«

Audrey sah ihn an, und ihr Gesicht strahlte vor Bewunderung. »Sie sind ein sehr guter Mensch«, sagte sie, Dankbarkeit in den Augen. »Louis kann sich glücklich schätzen, von Ihnen behütet zu werden.«

»Ich tu, was ich kann, aber manchmal frage ich mich nach dem Sinn. Ich bekomme wenig Dank dafür, und es schmerzt mich, wenn ich höre, wie man ihn kritisiert.«
»Die Menschen sind grob, weil sie es nicht besser verstehen. Wir sind eine kleine Gemeinde, und wer sich nicht anpasst, ist ein Ausgestoßener. Ich habe es selbst erlebt«, sagte sie in Gedanken an Emma Letton.
»Ich fürchte, Louis hat keinerlei Chance.«
»Oh doch. Letztlich wird er die Herzen aller gewinnen. Ich habe noch keinen Menschen erlebt, der so wunderbar Klavier spielt wie er – wie auch immer, er ist überhaupt nicht sonderlich, nur exzentrisch, ein Künstler eben. Er ist einzigartig, ein sehr begabter, ganz besonderer Mensch.«
»Sie sind lieb«, sagte er und verlor von neuem sein Herz an sie.
»Wenn ich Ihnen ein Geheimnis anvertraue, versprechen Sie mir, es unter allen Umständen zu bewahren?«
Audrey nickte ernst. »Ich verspreche es«, antwortete sie.

Cecil blickte in die dunstige blaue Ferne. »Louis wollte ja kämpfen. Er wünschte sich verzweifelt, in den Krieg ziehen zu können, aber er durfte nicht. Aus gesundheitlichen Gründen, verstehen Sie?«
»Was fehlt ihm denn?«, fragte sie mit dünner, angstvoller Stimme.
Cecil seufzte schwer in dem Bewusstsein, etwas aufzudecken, wovon nur seine engste Familie wusste. Er schob seine Vorbehalte zur Seite und sagte mit leiser Stimme: »Er hatte vor einigen Jahren einen psychotischen Zusammenbruch.«
»Was ist ein psychotischer Zusammenbruch?«
»Ein Nervenzusammenbruch. Er musste einige Monate wegen schwerer Depressionen im Krankenhaus verbringen. Unter Druck ist er handlungsunfähig. Man kann sich nicht auf ihn verlassen, verstehen Sie?«
»Ich verstehe«, sagte sie langsam, und ihr Herz floss über vor

Zuneigung zu diesem sorgenbeladenen jungen Mann. Nach kurzem Überlegen fügte sie hinzu: »Ich bin überzeugt, dass die Liebe ihn heilen könnte. Er braucht jemanden, der ihn liebt und sich um ihn kümmert.«

»Das brauchen wir alle«, sagte Cecil weich. Er sah sie mit festem Blick an.

»Offenbar ist er zu sensibel für eine so grausame Welt«, schloss sie.

»Sie verstehen so vieles, obwohl Sie noch so jung sind. Woher schöpfen Sie diese Weisheit?«

Audrey lachte verschämt. »Ich halte mich nicht für sonderlich weise.«

»Das sind Sie aber.«

»Ich lese viel. Ich lese alles. Romane, Hunderte von Romanen. Durch die Literatur lernt man eine Menge über die menschliche Natur.«

»Nun, dann hat die Literatur Sie gut gelehrt.«

»Danke.«

»Nein, ich danke *Ihnen*, Audrey. Ich habe mich in letzter Zeit so niedergeschlagen gefühlt. Sie haben mich heute sehr glücklich gemacht. Ich freue mich schon auf Ihre Party heute Abend.«

»Ich mich auch.«

»Versprechen Sie mir einen Tanz?«

»Aber natürlich.«

»Darf ich Sie um einen Gefallen bitten?«, fragte er plötzlich, den Kopf zur Seite geneigt, die Stirn von Furchen durchzogen.

Sie nickte.

»Ich bitte Sie äußerst ungern darum …«

»Bitte, fragen Sie, es macht mir bestimmt nichts aus«, entgegnete sie und hoffte, dass es ihr wirklich nicht zu schwer fiele.

»Würden Sie mit Louis tanzen?«

Audrey blinzelte verblüfft. »Natürlich«, antwortete sie, kaum fähig, das Lächeln zu unterdrücken, das ihre Lippen kitzelte.

»Wenn Sie mit gutem Beispiel vorangehen, Audrey, dann wird

der Rest der Gemeinde sicher folgen. Alle haben eine so hohe Meinung von Ihnen.«
»Keine Sorge, Cecil, es wird mir ein Vergnügen sein«, sagte sie voller Zuversicht.
Cecils Schultern entspannten sich, er seufzte dankbar. »Sie haben ein sehr liebes Wesen, Audrey. Kein Mensch war je so großherzig Louis gegenüber. Ich fürchte, er wird es Ihnen nicht danken, aber ich danke Ihnen in seinem Namen.«
»Ich benötige keinen Dank. Jeder Mensch hat eine Chance verdient«, erwiderte sie, da sie nichts anderes darauf zu sagen wusste. Cecil aber hielt sie für das freundlichste, sanfteste Wesen, dem er je begegnet war. Später, als er über das Polofeld galoppierte, füllte Audrey seine Gedanken und sein Herz, und es störte ihn nicht, dass er immer wieder den Ball verfehlte, denn er hatte endlich die Frau kennen gelernt, mit der er den Rest seines Lebens verbringen wollte.

Für Audrey war ein Bad jedes Mal ein sinnliches Erlebnis. Sie lag umgeben von Dampf in dem rosafarbenen, mit Rosen- und Lavendelöl versetzten Wasser, sich selbst überlassen, um in die geheime Welt ihrer Träume zu versinken. Islas schrille Stimme hallte durch den Flur, als sie mit Albert stritt, doch Audrey war weit fort mit Louis, saß mit ihm auf einem Berggipfel, wo sie nur die Hände auszustrecken brauchten, um den Himmel zu berühren. Sie hatte nicht aufhören können, an die Musik zu denken, die sie zusammen am Klavier geschaffen hatten, und an seine Worte, die sie in seine Phantasiewelt entführten. Sie schloss die Augen und rief sich jeden einzelnen Moment mit solcher Intensität ins Gedächtnis zurück, dass sie alles noch einmal durchlebte. Sie sah sein hellbraunes Haar vor ihrem inneren Auge und wagte es, mit den Fingern hindurchzufahren, es mit den Fingerspitzen zu erfühlen und den würzigen männlichen Duft seiner Kopfhaut zu atmen. Sie berührte sein Gesicht, die Fältchen, die sich von seinen Augenwinkeln zu den Schläfen erstreckten, und

die Falten, die sich mit jedem Lächeln und jedem Lachen tiefer in seine Wangen gegraben hatten.
Dann fand sie die tiefen Furchen der Melancholie und küsste sie sanft, um sie zu glätten und die darin enthaltenen Erinnerungen zu vertreiben. Sie blieb in der Wanne, bis das Wasser kalt wurde und der Dampf sich legte. Sie schlug die Augen auf und tauchte widerwillig aus ihrer Phantasiewelt auf. In ihren Romanen hatte sie alles über Liebesqualen gelesen, doch jetzt erst verstand sie sie richtig. Ihre Glieder schmerzten und ihr Herz quoll über von der Flut von Gefühlen. Ihre Mutter wäre entsetzt, und was die Krokodile sagen würden, wenn sie wüssten, wie ihre Seele sich nach Louis verzehrte, wagte sie nicht, sich vorzustellen. Doch sie war nicht in der Lage, das Wachsen ihrer Zuneigung aufzuhalten. Sie konnte an nichts anderes denken als an Louis.

Der Speisesaal im Hurlingham Club war über und über mit Lilien und Gardenien, Flieder und Geißblatt geschmückt, die den dumpfen Geruch nach altem Holz und Förmlichkeit in ihrem berauschenden Duft ertränkten. Die hohen Türen zum vor Feuchtigkeit dunstig im gelben Abendlicht daliegenden Garten waren geöffnet. Audrey stand mit ihrer Schwester auf der Schwelle und sah zu, wie die Sonne am rosigen Himmel unterging. Abweichend von der herrschenden Mode trugen Audrey und Isla die dichten hüftlangen Locken offen. Ihre Seidenkleider waren bodenlang, raschelten bei jedem Schritt wie Herbstlaub und zeigten die schönen runden Schultern und ihre makellos schimmernde Haut. Islas Kleid war, passend zu ihren Augen, eisgrün, während Audrey sich für ein taubenblaues entschieden hatte. Beide trugen lange Handschuhe und erwachsene Mienen, die vor Erregung glühten.
»Ich liebe diese Tageszeit«, seufzte Audrey und dachte an Louis. »Sie ist so romantisch, man wünscht sich, sie möge dauern, aber plötzlich ist alles vorüber, die Schönheit vergangen. Ich glaube, diese Flüchtigkeit macht einen Teil der Anziehungskraft aus.«

»Mit wem wirst du tanzen?«, fragte Isla, viel zu aufgeregt, um einen Gedanken an etwas so Alltägliches wie einen Sonnenuntergang zu verschwenden. »Ich werde mit allen tanzen. Ja, ich werde die ganze Nacht lang pausenlos tanzen. Vermutlich tanzt du bis zum Morgengrauen nur mit Cecil.«
»Mag sein«, entgegnete Audrey zurückhaltend, und ein kleines Lächeln zitterte in ihren Mundwinkeln. Es gab nur einen einzigen Mann, mit dem sie tanzen wollte.
»Als Geburtstagskind kannst du tanzen, mit wem du willst.« Isla lachte.
»Ich bin sehr stolz auf euch beide«, sagte ihr Vater hinter ihnen. Die Mädchen drehten sich um und lächelten ihn liebevoll an.
»So schöne junge Damen«, fügte er mit einem Blick auf die erblühenden Gestalten und die ausgezeichnete Haltung seiner Töchter hinzu. »Ihr macht mir Ehre, alle beide.«
Audrey und Isla strahlten vor Glück, denn gewöhnlich war ihr Vater sparsam mit Lob. Selbst Isla, die so gern ihre Grenzen austestete, freute sich unwillkürlich darüber, ihm zu gefallen.
»Es ist noch gar nicht lange her, dass ihr kleine Mädchen wart«, fuhr ihr Vater fort, verwundert darüber, wie schnell die Zeit verging. »Wie du weißt, Audrey, fand in deinem Geburtsjahr der Besuch des Prince of Wales und seines Bruders, Prince George, statt. Es kommt mir vor, als wäre es erst gestern gewesen, dass ich mit eurer Mutter in genau diesem Saal tanzte, während du zu Hause in deinem Bettchen schliefst.«
»Und Mummy war die beste Tänzerin von allen«, ergänzte Audrey mit einem nachsichtigen Lächeln, denn diese Geschichte hatte sie schon tausend Mal gehört.
Henry Garnet straffte zufrieden die Schultern. »Genau«, erwiderte er, noch nachträglich erfüllt von Bewunderung. »Niemand tanzt den Walzer so gut wie eure Mutter.«
»Nicht einmal Tante Edna und Tante Hilda?«, fragte Isla mit provokantem Lächeln, wobei ihr Gesicht plötzlich wieder das eines vorwitzigen Kindes war.

Henry konnte angesichts der Erinnerung an Tante Ednas massive, unbeholfene Gestalt im Arm eines Mannes, der sie zum Tanzen aufgefordert hatte, seine Erheiterung nicht verbergen, ebenso wenig beim Gedanken an Tante Hilda, die so dünn und ausgetrocknet war, dass allein das Vibrieren der Musik sie umzupusten drohte.

»Sie verfügen nicht über die natürliche Anmut eurer Mutter«, antwortete er diplomatisch.

Isla lachte laut. »An den beiden ist überhaupt nichts Natürliches.«

Ihr Vater schmunzelte. »Aber Isla, ist das nicht ein bisschen ungerecht?«, fragte er und fügte dann hinzu: »Ihr beide könnt euch glücklich schätzen, dass ihr die Anmut eurer Mutter geerbt habt. Audrey, ich wünsche mir heute Abend den ersten Tanz mit dir.«

Audrey lächelte strahlend und sah ihn voller Freude an. »Von Herzen gern«, sagte sie.

»Die jungen Männer werden sich gedulden müssen«, fügte er hinzu, als er sah, wie seine Tochter sich freute. Sie gab ihm das Gefühl, wieder zwanzig zu sein.

Als die Gäste eintrafen und ihre Geschenke auf einem Tisch am Eingang ablegten, suchte Audrey nach dem Gesicht des Einzigen, der ihr wichtig war. Tante Edna kam mit Rose und Tante Hilda mit ihren vier blassen Töchtern. Ihnen voran schritt wichtigtuerisch ihr Gatte Herbert in Frack und weißer Krawatte.

Die Schwestern Pearson tänzelten herein, zwitschernd wie zwei Sperlinge im Frühling, gefolgt von Colonel Blythe und Charlo Osborne, die in einer langen silbernen Robe und mit hochgestecktem weißen Haar, schimmernd von Perlen, immer noch großen Eindruck machte.

Als die übrigen Krokodile sie am Arm des Colonels eintreten sahen, steckten sie sogleich die Köpfe zusammen und klatschten fanatisch, bis der Colonel sich wie ein Löwe auf sie stürzte und sie auseinander trieb, als wären sie Aasgeier, die an einem verrotteten Kadaver zerrten.

Die Kapelle spielte und die Gäste strömten herein, und Audrey konzentrierte sich nach Kräften darauf, sie alle zu begrüßen, jedem eine höfliche Bemerkung oder ein Kompliment zu Kleid oder Frisur zukommen zu lassen, sodass niemand es daraufhin versäumte, ihren Charme und ihre Liebenswürdigkeit herauszustreichen. »Rose, zu deinen Töchtern kann ich dir nur gratulieren. Ganz reizende Mädchen, besonders Audrey«, schwärmte Phyllida Bates in aufrichtiger Bewunderung.
Noch bevor Rose sich bedanken konnte, wandte sich Cynthia Klein, die der Gruppe den Rücken zugekehrt hatte, ihr zu, um gnädig auch ihre geschätzte Meinung kundzutun.
»Ich stimme Phyllida zu«, sagte sie mit Nachdruck. »Diese Vornehmheit und Klasse sind erfreulich anzusehen. Hier laufen genug unansehnliche Mädchen herum, um die jungen Männer zurück in den Krieg schicken. Wirklich, ihre nichts sagenden Gesichter treiben mir das Wasser in die Augen«, bemerkte sie laut.
Rose errötete und blickte sich ängstlich um, um sich zu vergewissern, ob jemand die Worte gehört hatte.
»Du hast völlig Recht, Cynthia, wenngleich ich so etwas nie im Leben derart offen ausgesprochen hätte«, bestätigte Phyllida, und ihr Käfergesicht wurde noch spitzer vor boshaftem Vergnügen.
»Schönheit ist nur äußerlich«, wandte Rose taktvoll ein, mit dem Versuch, die Unfreundlichkeiten durch Lachen zu entschärfen, und in der Hoffnung, dass schnell jemand zu ihrer Rettung käme.
»Aber, meine Liebe, das Äußere ist es doch, was wir ansehen müssen«, schnaubte Cynthia. »Was nützt ein liebenswürdiges Wesen, wenn es nicht äußerlich erkennbar ist?«, beharrte sie mit dem Starrsinn älterer Menschen, die es für ihr Recht halten, unverblümt zu sagen, was sie denken. Zu Roses Erleichterung näherte sich die hohe, steife Gestalt Cecil Forresters, der den Austausch unterbrach und Rose aus ihrer Verlegenheit erlöste.

»Guten Abend, Rose«, sagte er mit einer leichten Verbeugung. Dann wandte er sich den Krokodilen zu und begrüßte beide namentlich. »Was für ein schöner Abend«, bemerkte er, um die Gastgeberin diskret zu dem prachtvoll ausgestatteten Saal zu beglückwünschen. Rose, die diese taktvolle Reserviertheit verstand, bedankte sich herzlich.

»Also, das ist mal ein anständiger junger Mann«, sagte Cynthia, die Rose Garnet noch lange nicht vom Haken lassen wollte. »Cecil, in diesem Raum befindet sich nur eine junge Dame, die Ihrer würdig ist, und Sie sollten sie sich schnappen, bevor es ein anderer tut.«

Rose errötete wieder.

»Sie stellen mich auf einen Sockel, Mrs. Klein, und ich fürchte, das verdiene ich nicht«, entgegnete er bescheiden.

»Oh doch, das haben Sie verdient«, beharrte Phyllida.

»Sie haben sich doch hoffentlich einen Tanz mit dem Geburtstagskind gesichert?«, fragte Cynthia und zog erwartungsvoll die Brauen hoch.

»Ja«, antwortete er und wandte sich Rose zu. »Es wird mir eine große Ehre sein.«

»Das freut mich«, erwiderte diese ein wenig verwirrt. »Hören Sie nicht auf Cynthia, sie übertreibt in ihrer Freundlichkeit.«

»Aber, Rose, du müsstest mich besser kennen. Phyllida, erkläre Cecil, dass ich nie etwas sage, was ich nicht genauso meine.«

»Falls Sie von Audrey sprechen, Mrs. Bates, brauchen Sie mir ihre Qualitäten nicht anzupreisen«, sagte Cecil und suchte mit Blicken die Gästeschar nach ihr ab.

»Kommen Sie, Cecil, mein Mann würde Sie gern sprechen«, sagte Rose und nahm die Gelegenheit wahr, sich den Krokodilen zu entziehen.

»Entschuldigt uns«, fügte sie an die alten Damen gewandt hinzu.

Als Audrey inmitten bunter rüschiger Seidenkleider und Krawatten Louis entdeckte, überkam sie wieder das schon vertraute

Gefühl zu schweben, das sie früher schon, nach ihrem Duett am Klavier, erlebt hatte. Nicht fähig, ihre Gefühle zu beherrschen, lächelte sie strahlend, und vor Aufregung färbten sich ihre Wangen rosig. Dann sah Louis sie, und er erwiderte ihr Lächeln mit so entwaffnender Ehrlichkeit und Zärtlichkeit, als wäre er einzig und allein ihretwegen gekommen. In diesem kurzen, flüchtigen Moment, als ihre Augen unverhüllt ihre Gefühle preisgaben, die sich nicht mehr unterdrücken ließen, spürten beide, dass sie einander intimer kannten als irgendeinen anderen Menschen auf der Welt. Während um sie herum die Party übersprudelte, gestanden sich Audrey und Louis ihre Liebe, wortlos, aber unleugbar, und sie wollten den Blick nicht aus dem des anderen lösen.

Die Kapelle spielte den ersten Walzer, und Audrey musste mit ihrem Vater tanzen. Es machte ihr nichts aus, denn als sie über den Tanzboden schwebte, spürte sie Louis' Blicke, die ihr noch mehr Energie und Anmut verliehen, sodass ihr Vater sie ansehen musste, um sich zu vergewissern, dass er nicht mit seiner Frau tanzte, achtzehn Jahre zuvor.
Audrey spürte allerdings nicht, dass ihr von der anderen Seite des Saales her auch Cecils Blicke folgten. Ermutigt durch das Gespräch mit ihrer Mutter sagte Cecil sich, dass es ihm sehr bald, wenn sie einander näher kannten, gestattet sein würde, Audrey zum Essen einzuladen. Natürlich würde er zuerst ihren Vater fragen, schon aus Respekt, doch seine Absichten waren ehrenhaft und auf ein ganzes Leben gerichtet.

Beim Dinner saß Audrey zwischen Cecil und James Pearson, dem älteren Bruder der Zwillinge. Sie hatte immer noch nicht mit Louis gesprochen. Dazu blieb ihr keine Minute Zeit, als sie aus den Armen ihres Vaters in die ihres Onkels Herbert weitergereicht wurde. Onkel Herbert hielt sie zwei Tänze lang lüstern an sich gepresst, dann wechselte sie in Cecils unbeholfene

Umarmung, der geduldig und mit der Disziplin des Offiziers gewartet hatte, bis er an der Reihe war. Audrey brauchte ihm nicht über die Schulter zu spähen, um zu wissen, dass Louis sie immer noch beobachtete. Sie spürte seinen Blick wie Sonnenglut auf ihrer Haut, und sie lächelte so, dass sich ihr Gesicht verklärte. Cecil war überzeugt, ihr Lächeln gelte ihm, denn sie löste den Blick nicht aus seinem, sondern schien in seine Seele zu schauen, als verstünde sie ihn völlig.

Pflichtschuldigst füllte Cecil Audreys Teller am Buffet und unterhielt sich bis zum Dessert lebhaft mit ihr. Audrey brannte darauf, Louis zu finden, und suchte mit den Augen den Saal nach ihm ab, während Cecil sein Bestes tat, um sie zu unterhalten. Erschrocken, weil sie ihn nicht fand, entschuldigte sie sich und eilte zum Waschraum, wo sie auf Isla stieß, die frech lachte.

»Audrey«, kreischte sie, »ich habe mit Onkel Herbert getanzt, und ich schwöre dir, er hatte eine Nuss in der Tasche.«

»Eine Nuss in der Tasche?«, fragte Audrey verständnislos und schritt erregt auf und ab.

»Ja, du weißt schon eine *Nuss!«*, wiederholte sie, die grünen Augen groß vor Überschwang. Sie brach wieder in Gelächter aus.

Plötzlich verstand Audrey und schüttelte den Kopf. »Das ist empörend!«, rief sie aus. »Er ist schließlich dein Onkel.«

»Es war eine erbärmlich kleine Nuss, kein Wunder, dass Tante Hilda immer so verbittert ist.« Isla grinste frech.

»Isla!«

»Ist sie doch. Onkel Herberts kleine Nuss könnte nicht mal eine Maus zufrieden stellen.«

»Ich glaube, du hast schon wieder zu viel getrunken.« Audrey seufzte.

»Ich werde nie wieder mit ihm tanzen, nie im Leben«, fuhr Isla fort. »Was taugt denn ein Mann mit einer so kleinen Nuss? Ich muss es Tante Edna erzählen, sie wird ihre Freude daran haben!« Und sie stürmte aus dem Waschraum, ließ Audrey allein vor dem Spiegel zurück und betrachtete sorgenvoll ihr blasses

Gesicht. Das Fest würde bald vorüber sein, und sie hatte immer noch nicht mit Louis getanzt.
Plötzlich tauchte Louis' fröhliches Gesicht im Türspalt auf. Audrey fuhr ruckartig hoch. »Louis!«, rief sie entsetzt, als hätte sie laut gedacht und wäre dabei ertappt worden. Sein Blick ruhte voller Zärtlichkeit auf ihr, und ein Lächeln spielte in seinen Mundwinkeln, als hätte er tatsächlich ihre Gedanken vernommen.
»Ich weiß, dieser Ort ist für Männer strengstens verboten, aber Sie halten sich hier schon so ewig lange auf, und Cecil sagt, Sie haben mir einen Tanz versprochen«, erklärte er und zog eine Augenbraue hoch.
Audrey musste lachen. Mit glühenden Wangen stand sie auf und ging auf ihn zu.
»Ich warte schon den ganzen Abend«, fügte Louis hinzu und ergriff ihre Hand. Beide spürten innerlich einen Stromstoß, als sie einander zum ersten Mal berührten, und Audrey war froh über den Schutz der seidenen Handschuhe, als könnte das Gefühl seiner Haut an ihrer sie vollends ihrer Sinne berauben. Doch die Wärme seiner Hand durchdrang die Seide und kroch durch ihren Arm bis in ihre Brust, während er sie sanft durch den Raum führte. Sie war überzeugt, von innen heraus zu strahlen wie ein Lampion. »Sie haben doch nicht etwa an mir gezweifelt, oder?«, fragte er ernst, betrat den Tanzboden und zog Audrey selbstsicher in seine Arme.
Überwältigt von seiner körperlichen Nähe konnte sie nur den Kopf schütteln und lächeln. Sie sah zu ihm auf, und der Duft seiner Haut durchdrang ihre Sinne und weckte Gedanken, die sie sich, wie sie wohl wusste, nicht gestatten durfte.
Sie ließen sich von der Musik führen, sahen einander stumm in die Augen. Während sie elegant durch den Saal tanzten, bemerkten sie nichts von der Bewunderung und dem Staunen der Gäste, von denen keiner damit gerechnet hatte, dass Louis Forrester, der Exzentriker, dermaßen gut tanzte. Einen Moment

lang sahen sogar die Krokodile über die ungeputzten Schuhe und den staubigen Frack hinweg und waren fasziniert von seinem schönen Gesicht und dem Leuchten in seinen Augen, während seine Seele auf den Wogen der Musik schwebte.
»Mein Lieber«, flüsterte der Colonel Cecil zu und ließ mit zittriger Hand das Eis in seinem leeren Glas kreisen. »Er hat vielleicht keine Ahnung, wo bei einem Gewehr vorn und hinten ist, aber er tanzt verdammt gut. Wer hätte das gedacht, ausgerechnet der kleine Louis!«
Cecil verspürte einen Stich von Eifersucht, bevor ihm wieder einfiel, dass er selbst Audrey gebeten hatte, mit seinem Bruder zu tanzen. Plötzlich wünschte er sich, es nicht getan zu haben.
Audrey nahm nichts wahr außer dem Druck von Louis' Hand auf ihrem Rücken und der Wärme seines Oberkörpers an ihrer Brust. Ihr war bewusst, dass sie noch nie so gut getanzt hatte. Sie glitten dahin wie zu einem Wesen verschmolzen, als hätten sie schon ein Leben lang miteinander getanzt und als kennten sie die Reaktionen des anderen so gut wie die eigenen.
Als der Tanz zu Ende war, wartete Louis nicht auf den nächsten, sondern führte Audrey wortlos in die Abgeschlossenheit des Gartens, wo sie endlich allein sein konnten.
Vom klaren Sternenhimmel schien der Halbmond herab auf den Rasen. Es war schwül, die Luft war schwer vom süßen Duft taufeuchten Grases und der Gardenien. Louis ließ Audreys Hand nicht los, sondern hielt sie fest in seinem Griff, als sie sich von der Party entfernten, bis die Musik nur noch ein leiser, ferner Hauch war und die geheimnisvolle Stille der Nacht sie umfing.
»Ich bin sehr verliebt in Sie«, sagte Louis und bekräftigte den Ernst seiner Worte mit einem festen Druck seiner Finger. Dann schüttelte er den Kopf und seufzte schwer. »Ich empfinde ein Hochgefühl und bin zur gleichen Zeit tieftraurig, etwa wie beim Anblick eines schönen Sonnenuntergangs oder einer zauberhaften Landschaft. Ich bin melancholisch.«
Audrey war gerührt von seiner Aufrichtigkeit und Verletzlich-

keit. »Ich empfinde genauso«, antwortete sie, selbst erstaunt über ihre Kühnheit.
»Melancholie?«, fragte er und sah sie liebevoll an.
»Nein, Liebe«, sagte sie und wurde zu ihrer Verwunderung nicht rot, zitterte oder stammelte auch nicht.
So impulsiv, dass es sie fast zum Lachen brachte, nahm Louis sie in die Arme und zog sie fest an sich. Seine Lippen berührten die weiche Haut an ihrem Hals, und das Kitzeln seiner Bartstoppeln jagte ihr einen Schauer über den Rücken. Sie legte die Arme um seine Schultern, um nicht zu taumeln.
»Warum bin ich melancholisch?«, fragte er an ihrem Ohr.
»Weil schöne Dinge uns immer traurig stimmen«, antwortete sie, schloss die Augen und schmiegte ihre Wange an seine.
»Warum?«
»Weil wir sie nicht für immer festhalten können.«
»Nein, sie sind vergänglich, wie ein Regenbogen oder ein Sonnenuntergang. Nichts Schönes ist von Dauer. Oder vielleicht auch, weil sie uns daran erinnern, woher wir kommen, und weil unsere Seelen sich nach der Heimkehr sehnen«, flüsterte er.
»Vielleicht.«
»Glauben Sie an Gott?«
»Ja.«
»Ich auch. Glauben Sie an ein vorbestimmtes Schicksal?«
»Ja.«
»Ich glaube, dass Gott uns füreinander geschaffen hat. Ich glaube, dass das Schicksal mich Ihretwegen nach Argentinien geführt hat.«
Audrey lachte leise.
»Ich wusste es in dem Augenblick, als ich Sie zum ersten Mal sah. Es war wie ein Blitzschlag. Plötzlich und unerwartet. Ich musste an Sie denken, als Sie fort waren. Jede Sekunde des Tags musste ich an Sie denken. Mein Herz hat sich schmerzlich nach Ihnen gesehnt. Ich weiß nicht, warum, aber ich habe das Gefühl, Sie sind der einzige Mensch, der mich versteht. Der einzige

Mensch, in dessen Gegenwart ich ich selbst sein kann. Bei allen anderen bin ich ein anderer Mensch. Ich hatte sehr viel Zeit zum Nachdenken, Audrey, als Sie in Uruguay waren. Ich habe mich gefragt, ob Sie zum selben Himmel aufblicken wie ich und an mich denken. Ich habe versucht, meine Gefühle zu ignorieren, habe gehofft, sie würden verschwinden. Aber sie wurden nur noch stärker. Ich hatte Sie erst einmal gesehen, und doch war Ihr Gesicht immer bei mir. Als wäre es für mich bestimmt. Ich habe versucht, das alles zu ignorieren, denn schließlich ist Ihr Vater mein Chef, und ich bin nicht die Art von Mann, die er gern um seine Tochter werben lassen würde.«

»Ich weiß«, seufzte sie traurig. »Sie sind viel zu impulsiv.«

»Ich konnte mein Herz nicht ignorieren, Audrey. Ich habe es versucht. Aber ich konnte es nicht«, erklärte er. »Als wir uns an jenem Abend in Ihrem Garten unterhalten haben, wusste ich, dass Sie mich verstehen. Als wir heute gemeinsam musiziert haben, erhielt ich die Bestätigung. Sie verstehen mich, nicht wahr, Audrey?«

»Ja, ich verstehe Sie, Louis«, beteuerte sie ruhig, wohl wissend, wie viel es ihm bedeutete, verstanden zu werden.

»Ihnen ist gar nicht bewusst, wie ähnlich wir einander sind. Sie träumen unmöglich Träume, Ihr Herz ist zu groß für Ihren Körper. Ach, Audrey, Ihr Herz ist so groß wie das Meer, und meines ist so groß wie der Himmel. Ich danke Gott dafür, jemanden mit einem so großen Herzen gefunden zu haben, dass es zu meinem passt.«

Audrey schluckte, überwältigt von ihren Gefühlen. »Sie sagen so wunderschöne Dinge«, flüsterte sie.

»Weil ich in Ihrer Gegenwart wunderschöne Dinge empfinde. Wenn Sie da sind, kann die Musik in meinem Kopf mich nicht mehr quälen, denn ich erschaffe jede Melodie nur für Sie.«

»Zuerst hatte ich Angst. Sie machten mir Angst. Ihr eindringlicher Blick, Ihre Kühnheit, Ihre Impulsivität, aber jetzt habe ich überhaupt keine Angst mehr vor Ihnen. Ich möchte Sie in die

Arme nehmen und für Sie sorgen. Sie sind wie ein seltenes Lebewesen, ein schönes seltenes Tier aus dem Wald, und ich möchte Sie nähren und lieben und versorgen.«
»Jetzt sagen Sie wunderschöne Dinge«, flüsterte er, und Tränen schimmerten in seinen Augen, denn noch nie hatte er einem Menschen etwas bedeutet. Seine Eltern hatten sich immer seiner geschämt, weil er anders war, doch Audrey liebte ihn wegen seiner Andersartigkeit. Er fühlte sich wie ein kleines Boot auf rauer See, das endlich den sicheren Hafen ansteuerte. An Audreys Seite erschien ihm auch die reale Welt als sicherer Ort zum Leben.
Als die Partymusik an ihre Ohren drang, herangeweht mit dem Duft der Tannen und des feuchten Grases, zog Louis sie an sich und bewegte sich im Takt mit ihr. »Ach, Audrey, wie habe ich so viele Jahre ohne Sie leben können?« Er legte die Hände, im silbernen Mondlicht noch bleicher und schöner, um ihre Wangen und küsste sie sanft auf die Stirn, auf die Augen und schließlich auf den Mund. Sie wusste, dass sie ihn nicht jetzt schon küssen durfte, aber es war ihr gleichgültig. Sie schloss die Augen und gestattete ihm, sie so zu küssen, wie Liebesleute in ihren Romanen einander küssten, wie Emma Letton unter der Platane geküsst worden war. Sie war nicht nervös, sie empfand lediglich eine köstliche Traurigkeit, die Art von Traurigkeit, die einen angesichts großer Schönheit überkommt. Sie schlang die Arme um ihn und ließ sich wie an jenem Nachmittag am Klavier von ihren Sinnen leiten, und während sie ihn in den Armen hielt, hörte sie in ihrem Kopf immer wieder die Melodie, die Louis für sie komponiert hatte und die sie jetzt mit einer unbekannten Zaubermacht überwältigte und sich in ihr Bewusstsein einbrannte.

Fünf

Es war fünf Uhr morgens, als Audrey und Isla durch den dämmrigen Flur schlichen. Die Morgenröte färbte den Horizont und erleuchtete den Himmel, der noch vor wenigen Augenblicken dunkel und undurchdringlich gewesen war. Audrey war wie auf Wolken heimgeschwebt, ihr Körper wiegte sich noch immer zu der Musik, die auf einer warmen, süß duftenden Brise von der Party her in den Garten zu ihnen geweht war.

Überwältigt von der Schönheit des zarten Morgenlichts, das Straßen und Häuser mit gelbem Schimmer überzog, und wieder erfüllt von dieser süßen Melancholie, floss Audrey über vor Liebe. Sie war nicht müde. Sie hätte die ganze Nacht hindurch tanzen können, draußen inmitten der zirpenden Grillen und der Platanen, die ihren verbotenen Tanz wie gewissenhafte Wachtposten hinter ihren belaubten Zweigen verborgen hatten. Dort hatte er sie geküsst. Jetzt fühlte sie sich verändert, als hätte dieser Kuss ihr die Augen für eine schönere Welt geöffnet. Wenn sie sich umsah, erschien ihr alles klarer, strahlender, und sie wollte den Gott, der ihr Louis geschenkt hatte, voller Dankbarkeit annehmen.

Auch Isla war nicht müde. Sie hatte pausenlos getanzt, hatte das plötzliche Verschwinden ihrer Schwester gar nicht wahrgenommen, während sie von einem Partner zum anderen flog, in dem Wissen, dass sie zu den bezauberndsten Mädchen im Saal zählte, und schwelgend in der ihr gezollten Bewunderung. Sie folgte ihrer Schwester ins Zimmer und warf sich auf deren Bett. »Ach, Audrey, für mich war es eine himmlische Nacht.« Sie seufzte theatralisch und schlüpfte aus ihren Schuhen. »Ich wollte, sie wäre nie vergangen.«

»Ich auch«, erwiderte Audrey wahrheitsgemäß und verbarg ihr Geheimnis hinter einem wissenden Lächeln.

»Ich habe gesehen, wie du mit Cecil getanzt hast.«

»Ja.«

»Und beim Dinner hast du neben ihm gesessen.«

»Ja.«

»Du musst überglücklich sein. Wie er dich liebt, steht ihm deutlich in sein unglaublich schönes Gesicht geschrieben.« Sie kicherte.

»Er ist wirklich schön«, pflichtete Audrey ihr bei, zog ihr Kleid aus und hüllte sich in ihren Bademantel. »Aber er hat auch eine sehr liebe Art und eine Verletzbarkeit, die mir vorher nicht aufgefallen war«, fügte sie in Gedanken an das Gespräch vom Nachmittag hinzu.

»Wenn du das sagst.« Isla lachte. »Er ist nicht mein Typ.«

»Wer ist denn dein Typ?«

»Niemand«, antwortete sie gleichgültig. »Romantische Liebesgeschichten interessieren mich nicht.«

»Aber natürlich tun sie das, Isla«, widersprach ihre Schwester. »Du bist attraktiv und voller Energie, es muss doch jemanden geben, für den du schwärmst.«

Isla seufzte und blickte gedankenschwer zur Decke auf. »Nein, ich habe es versucht, wirklich versucht, aber niemand hat die Macht, etwas in mir zum Klingen zu bringen«, erklärte sie hochmütig.

»Noch nicht«, bemerkte Audrey, setzte sich an den Frisiertisch und begann, ihr langes cognacfarbenes Haar zu bürsten.

»Ich hätte lieber einen Hund«, sagte Isla. »Einen großen, zotteligen Hund. Weißt du, Hunde fordern nicht so viel, sie werden nicht eifersüchtig und wollen nicht geküsst werden, abgesehen von züchtigen Küssen auf die Nase. Ja, ein Hund wäre mir viel lieber.«

»Isla, manchmal redest du dummes Zeug.« Audrey lachte.
»Mummy ist ganz aufgeregt wegen Cecil. Sie denkt, er wäre der ideale Ehemann für dich.«
»Tja, ich fürchte, ihre Aufregung ist ein wenig verfrüht«, erklärte Audrey. »Schließlich haben wir noch nicht einmal Händchen gehalten.«
»Aber ihr habt miteinander getanzt.«
»Ja, aber …«
»Tanzen ist manchmal wie Liebemachen«, behauptete Isla provokant und beobachtete ihre Schwester aus schmalen Augen.
Audreys Haarbürste stockte mitten in der Bewegung. Sie starrte auf ihr Gesicht im Spiegel und erkannte die Frau kaum noch, die ihren Blick voller Selbsterkenntnis erwiderte. Mit dem richtigen Mann konnte ein Tanz wie ein körperlicher Liebesakt sein. Zwei Leiber, die sich gemeinsam bewegten. Zwei Seelen, nur durch die Haut voneinander getrennt. Zwei Herzen, die einander riefen. Isla wusste gar nicht, wie Recht sie hatte.
»Darf ich heute Nacht bei dir schlafen?«, fragte Isla und kuschelte sich tiefer ins Kissen.
Audrey sah sie stirnrunzelnd an. »Wir haben nicht mehr in einem Bett geschlafen, seit wir Kinder waren.«
»Ich weiß. Aber ich möchte so gern. Du bist meine Schwester, und ich fühle, dass du mir entgleitest«, erklärte Isla. »Bald heiratest du, und dann sind wir nie mehr unter uns. Du und ich gegen die ganze Welt. Nein, dann heißt es: ich gegen die ganze Welt, und du und Cecil, ihr seid irgendwo anders, im glückseligen Reich der Ehe.«
Audrey lachte. »Gut. Wenn du es unbedingt willst.«
»Es lohnt sich kaum noch, zu Bett zu gehen«, sagte Isla und gähnte. »Falls Albert uns wecken sollte, kriege ich einen Wutanfall.«
»Er würde dein Bett leer vorfinden und glauben, dass du noch immer tanzt.«
»Das werde ich auch tun, in meinen Träumen.«

Audrey schlüpfte unter das Laken und schloss die Augen. Auch sie tanzte immer noch, tanzte mit Louis durch die schattigen Gänge ihrer Phantasie. Als Islas erhitzter Körper sich an den der Schwester schmiegte, war Audrey schon fast eingeschlafen. An der Schwelle zum Schlaf fühlte sie sich geborgen in der Nähe eines anderen Wesens neben sich, hörte das leise Ein- und Ausatmen und eine gelegentliche Bewegung, wenn ihre Schwester eine bequemere Schlafstellung suchte. Sie fragte sich, wie es wohl wäre, in Louis' Armen zu liegen. Sie dachte so intensiv darüber nach, dass sie ihr Bewusstsein vor der Realität verschloss und der richtungslosen Welt der Träume öffnete.

Sie lag in Louis' Armen auf dem kleinen Dachboden des Hauses, der ihr im Traumreich ihres Unterbewusstseins seltsam vertraut erschien. Louis sah ihr zärtlich in die Augen, er liebkoste ihre Züge mit seinen Blicken und Fingern. Er liebte sie mit Küssen und ungesprochenen Worten in einer über viele Lebensalter hinweg geprägten Sprache. Ferne Tangomusik drang an ihr Ohr, als ob die Musiker sich unter ihrem Fenster aufgestellt hätten und nur für sie allein spielten. Sie schwelgte in der warmen Geborgenheit seiner Umarmung und in der Sicherheit, dass sie in ewiger, durch nichts zu zerstörender Verbundenheit zu ihm gehörte und er zu ihr. Dann schien die Musik in der Ferne zu verklingen und wurde ersetzt durch den kalten, methodischen Trommelschlag eines Marsches. Plötzlich wurde Louis' Gesicht zu Cecils, und seine Zärtlichkeiten waren auf Anhieb unerwünscht. Sie wand sich, versuchte aber trotzdem nicht, sich ihm zu entziehen, denn sie wusste, es war das, was sie gewählt hatte. Eine eisige Faust umklammerte ihr Herz und riss sie aus dem Schlaf. Sie öffnete die Augen und fand sich in der Sicherheit ihres blassblauen Schlafzimmers wieder. Die Leinenvorhänge blähten sich im Wind, das frühe Morgenlicht strömte mit der Brise und dem Gezwitscher aus dem Vogelbaum in den Raum. Von der Goodyear-Fabrik in der Ferne hörte sie die Sieben-Uhr-Sirene, neben sich das tiefe Atmen ihrer Schwester, und sie wusste wieder, wo sie war. Ihr Puls beruhigte sich, doch der Traum verfolgte sie weiter. Sie mochte die Augen nicht schließen, aus Angst, dass Cecils Bild mit dem bedrohlichen Gefühl der Schicksalhaftigkeit zurückkehren könnte, das im Schatten lauerte, bereit, ihr ihre Zukunft zu rauben.

Während Audrey sich auf eine geheime und gefährliche Romanze mit Louis Forrester einließ, wich ihr Traum zurück in die Schatten ihrer Erinnerung, bis er sie nicht mehr behelligte, so sicher war sie sich ihrer Zukunft. Allerdings mussten sie ihren gesamten Einfallsreichtum aufbieten, um einander sehen zu können. Louis arbeitete zusammen mit seinem Bruder täglich in der Stadt und fuhr frühmorgens vom kleinen Bahnhof in Hurlingham aus dorthin. Nicht willens, sich von der anscheinend unmöglichen Situation unterkriegen zu lassen, fand er eine Kommunikationsmöglichkeit mittels kleiner Briefchen, die er in einem Loch der Ziegelmauer des Bahnhofsgebäudes hinterließ, wenn er morgens zur Arbeit fuhr, und nach Feierabend holte er sich dort Audreys Antwort ab. Die Abende im Haus der Garnets verbrachte er still mit dem Zeichnen von Karikaturen Tante Ednas und Porträts von Audrey und Isla, während Cecil mit Rose und Henry auf der Terrasse saß und die zärtlichen Blicke der beiden Liebenden nicht bemerkte. Nachts, wenn die langen Stunden des Wartens endlich vorüber waren, schlich Audrey aus dem Haus in den Garten, wo Louis im Orangenhain unter dem Laubdach eines Kirschbaums auf sie wartete.

Um ihre Gefühle für Louis zu verbergen, schenkte sie Cecil ihre Aufmerksamkeit. Solange sie dieselbe Luft atmete wie Louis, war sie bereit, die Zuwendung seines Bruders hinzunehmen, denn wenn alle glaubten, ihr Herz gehöre ihm, würde man ihre wahren Gefühle natürlich nicht erahnen. Sie ging dermaßen in ihrer geheimen Welt auf, dass ihr Cecils zunehmende Zuversicht und die Spekulationen ihrer Eltern über ihre vermeintlich wachsende Liebe entgingen.

»Warum macht er ihr nicht den Hof?«, seufzte Tante Edna eines Samstagnachmittags, als die Mädchen mit Cecil und zweien von Hildas faden Töchtern, Agatha und Nelly, am Pool lagen.
Rose lächelte hoffnungsfroh und stützte sich auf ihren Golfschläger. »Henry sagt, er wäre nun mal ein sehr korrekter junger Mann«, erwiderte sie. »Versteh doch, der arme Cecil, er ist in die Tochter seines Chefs verliebt. Ich vermute, er will sich Zeit lassen und sich erst einmal ihrer Zuneigung sicher sein, bevor er Henry um Erlaubnis bittet.«
Tante Edna nickte zustimmend und griff wieder nach ihrem Golfschläger. »Er hat so ausgezeichnete Manieren. Die meisten anderen Jungen würden sich, ohne zu fragen, Hals über Kopf hineinstürzen.«
»Cecil nicht«, sagte Rose. »Er ist insgesamt ein ganz anderer Typ. Ich weiß, er ist erst vor kurzem in Argentinien angekommen, aber ich mag ihn jetzt schon schrecklich gern.« Sie beugte sich herab und legte den Ball auf die Abschlagstelle.
»Ich auch«, pflichtete Tante Edna ihr bei. »Aber Louis mag ich auch.«
Rose straffte sich und holte zum Schlag aus. »Oh, ich auch. In den letzten paar Wochen habe ich ihn näher kennen gelernt. Er ist ein großer Künstler und spielt herrlich Klavier. Allerdings ist er einfach nicht die Art von Mann, die man sich für seine Tochter wünscht.«
»Stimmt. Was für ein Glück, dass Audrey so vernünftig ist«, bemerkte Tante Edna.
»Ach, Audrey würde sich nie in Louis verlieben, dazu ist sie viel zu intelligent. Nein, sie braucht einen starken Mann mit einem soliden Beruf und gutem, festem Charakter. Isla gibt mir mehr Grund zur Sorge. Sie würde sich wahrscheinlich in den unpassendsten Mann überhaupt verlieben, nur um Ärger zu machen.«

»Auf Isla wirst du ein wachsames Auge haben müssen.« Tante Edna lachte leise.
»Du auch«, antwortete Rose mit spöttischem Lächeln. »Wir alle.« Rose schwang den Schläger ein paar Mal probeweise, stellte sich dann in Positur, holte aus und schlug den Ball. »Na also, schon viel besser als gestern, findest du nicht auch?« Sie lachte, als der Ball einen perfekten Bogen durch die Luft beschrieb.
»Du liebe Güte, Rose, das war sehr gut«, lobte ihre Schwester voller Bewunderung. »Die Gedanken an Audrey und Cecil bringen dich offenbar in Hochform.«
Rose war bemüht, die Selbstzufriedenheit in ihrem Lächeln zu verbergen, doch sie war so zuversichtlich im Hinblick auf die Verbindung, dass es ihr nicht gelang.
»In jeder Beziehung«, entgegnete sie.

Cecil war verwirrt. Oftmals widmete Audrey ihm ihre ungeteilte Aufmerksamkeit, ging des Abends mit ihm im Garten spazieren, unterhielt sich mit ihm am Pool, lachte mit ihm, während sie zusahen, wie sein Bruder im Saal Klavier spielte, und immer gab sie sich so angeregt, als wäre ihr kein Mensch wichtiger als er. Aber manchmal wirkte sie abgelenkt und blickte gedankenverloren in die Ferne, als wäre er gar nicht vorhanden. Er wusste, dass er während solcher Zwischenspiele nichts unternehmen konnte, um zu ihr vorzudringen. Diese kurzen Rückfälle in ihrer stetig wachsenden Freundschaft hinderten ihn immer wieder daran, sie offiziell um ein Rendezvous zu bitten. Sie weckten Zweifel in ihm. Er hätte gern mit Louis darüber gesprochen, doch Louis war nicht die Art von Bruder, dem man sich anvertrauen konnte. Er hätte ihn nicht verstanden. Louis war noch nie verliebt gewesen und würde sich wohl auch nie verlieben. Seine Gedanken schwebten in anderen Gefilden. Also beschloss Cecil, seine Sorgen für sich zu behalten und sich in Geduld zu üben. Immerhin legte ihr Verhalten ja nahe, dass sie

seine Gesellschaft jeder anderen vorzog, und demnach hatte er alle Zeit der Welt.
Während Cecil über das Objekt seines Verlangens nachgrübelte, glaubten Louis und Audrey, nichts könnte sich jemals zwischen sie drängen, und sie beglückwünschten einander zu ihren gelungenen Täuschungsmanövern.
»Ich möchte dir Palermo zeigen«, verkündete Louis eines Nachts früh im April. »Ich möchte mit dir Tango tanzen.«
Audrey furchte besorgt die Stirn, hinter ihrer Gartenmauer fühlte sie sich so sicher. Die Vorstellung, mitten in der Nacht heimlich in die Stadt zu gehen, machte ihr Angst.
»Ach, ich weiß nicht, Louis«, setzte sie an. »Wie kommen wir dorthin?«
Louis nahm ihre Hände und küsste sie nacheinander. »Du brauchst dir keine Sorgen zu machen, Liebste, ich werde niemals zulassen, dass dir etwas geschieht.« Er bemerkte ein zaghaftes Lächeln auf ihrem besorgten Gesicht. »Dein Problem ist, dass du zu viel nachdenkst.« Er lachte leise und strich ihr über die Wange. »Weißt du noch, wie ich dir gesagt habe, zu solltest keine Angst vorm Träumen haben?«
Sie nickte.
»Nun, ich habe keine Angst vorm Träumen und auch nicht davor, meine Träume in die Wirklichkeit umzusetzen.«
»Das möchte ich auch so gern«, erwiderte sie, während Angst und Aufregung gleichzeitig in ihr aufstiegen und sie trotz der Schwüle frösteln ließen. »Ich habe Angst, dass man uns sieht.«
»In Palermo?«, rief er aus. »Wer soll uns denn dort um ein Uhr morgens sehen?«
»Ich weiß nicht.« Sie lachte. »Ich weiß nicht, was ich tun würde, wenn man uns entdeckte.«
»Wir werden erst entdeckt, wenn der richtige Zeitpunkt gekommen ist. In der Zwischenzeit möchte ich mit dir tanzen.« Er sah, wie sie errötete, als sie an die schamlose Tanzdefinition ihrer Schwester dachte. Dann, als hätte er ihre Gedanken gelesen,

fügte er hinzu, indem er sie mit emotionsgeladenem Blick ansah: »Ich möchte dir nahe sein, Audrey, und hier auf dieser Bank bin ich dir nicht nahe genug.«

Sie wusste, was er meinte, und wurde noch tiefer rot. »Gut«, gab sie nach. »Gehen wir nach Palermo.«

Louis sprang auf, zog Audrey mit sich hoch, schloss sie in die Arme und presste seinen Körper an ihren, eine Hand in ihrem Rücken, die Finger der anderen verschränkte er mit ihren und drückte ihre Hand an seine Brust. Unter leisem Summen begann er, auf dem glitzernden Rasen des Orangenhains mit ihr zu tanzen.

Zuerst lachte sie über seine Impulsivität, hörte jedoch auf, als er seine Stirn versonnen an die ihre lehnte, und sie fühlte wieder diese vertraute Melancholie, das Gewicht der Liebe auf ihrer Seele. Sie sprachen beide kein Wort. Sie tanzten nur langsam zum leisen Summen seiner Stimme, zur Melodie der Sonate, die er für sie komponiert hatte.

Am nächsten Morgen radelte Audrey wie gewöhnlich zum Bahnhof, um Louis' Brief abzuholen. Es war ein weiterer heißer Tag in einer unablässigen Kette von heißen Tagen. Der Himmel war kornblumenblau, beinahe schon veilchenblau, und die Sonne schien zu pulsieren, als wäre sie kaum in der Lage, ihre eigene Kraft zu bändigen. Der Bahnhof lag ruhig da. Nur zwei knochige Köter trotteten die Schienen entlang und schnupperten wie ein Paar wilder Präriehunde nach Fressbarem.

Audrey lehnte ihr Fahrrad an die Mauer und lief eilig zum Bahnsteig. Aus dem Loch in den Ziegelsteinen zog sie das kleine weiße Papierchen, auf das sie sich seit einigen Wochen verlassen konnte.

»Heute Nacht tanzen wir auf dem Kopfsteinpflaster von Palermo zusammen Tango. Schau auf die Uhr und denk an mich, denn heute werden sich die Minuten endlos hinziehen. Ich sehne mich mit jeder Faser meines Körpers nach dir. Heute Abend

treffen wir uns am gleichen Ort zur gleichen Zeit. Hab keine Angst, meine Liebe wird dich schützen.«
Er unterschrieb immer mit »Von dem, der dich am meisten liebt«, und sie schloss ihre Briefe mit »Von der, die dich von Herzen liebt«, als Vorsichtsmaßnahme, falls irgendjemand die Briefchen entdecken sollte.
Lächelnd las sie die Zeilen immer und immer wieder, fuhr mit dem Daumen über das Papier, das er nur wenige Stunden zuvor in seinen Händen gehalten hatte, führte es schließlich an die Lippen und schloss die Augen, als hätte es die Kraft, sie ihm näher zu bringen. Dann faltete sie es und vergrub es tief in ihrer Tasche, zog ihren eigenen Brief hervor, den sie früh am Morgen geschrieben hatte, als Schlafen ihr wie eine unnütze Verschwendung von Zeit erschienen war, die sie doch besser mit Gedanken an ihn verbringen konnte. Sie faltete den Brief auseinander und las ihn noch einmal, und die Vorstellung, dass er am Abend heimkam und ihn selbst las, bereitete ihr Freude. Er lautete schlicht:
»Heute liebe ich dich noch mehr als gestern, was ich nie für möglich gehalten hätte. Meine Hingabe kennt keine Grenzen.«
Überzeugt, dass ihre Worte ihn beglücken würden, rollte sie das Papier fest zusammen und schob es in das Loch. Dann trat sie einen Schritt zurück und betrachtete die Mauer, um sicherzugehen, dass der Brief niemandem, der nicht danach suchte, ins Auge stach.
»Todo bien, Señorita?«, fragte Juan Julio, der aus dem kühlen Schatten seines Büros hinaus in den Sonnenschein wankte. Audrey fuhr wie ertappt herum und hoffte, dass er nicht gesehen hatte, wie sie das Papier in das Mauerloch schob.
»Oh, ja, danke, Juan Julio«, erwiderte sie auf Spanisch.
Er rückte seinen Hut zurecht und zog die Hose hoch über seinen runden Bauch. Sein Gesicht war rot und verschwitzt. Er war entschieden zu dick für die Hitze und zu faul für einen Beruf wie den seinen. Wie ein voll gefressener Pinguin watschelte er auf

Audrey zu und seufzte schwer. »Heiß heute«, bemerkte er, ohne sich daran zu stören, dass er diese Worte zu jedem, der ihm während der vergangenen zwei Monate über den Weg gelaufen war, gesagt hatte.

»Oh ja.« Audrey nickte. »Ich mag die Hitze.«

»Ach, mir bekommt sie gar nicht«, lamentierte er und wischte sich mit einem schmutzigen Taschentuch die Stirn. »Auf dem Bahnsteig ist es immer noch viel heißer. Das ist nicht gut für meinen Blutdruck. Überhaupt nicht gut.« Er ging an ihr vorüber zum Signal.

Audrey ließ erleichtert die Schultern sinken. Er war viel zu tief in seiner Dumpfheit versunken, um geheime Briefchen zu entdecken oder auch nur zu fragen, was Audrey überhaupt auf dem Bahnhof triebe. Sie hüpfte weiter zu ihrem Fahrrad und stieß auf Diana Lewis und Charlo Osborne, ausstaffiert mit cremefarbenen Hüten, Seidenkleidern und langen Perlenschnüren, als wären sie auf dem Weg zu einer Gartenparty.

»Sie sehen heute so glücklich aus, junge Dame«, bemerkte Charlo nach einem Blick in Audreys strahlende Augen.

»Es ist ja auch ein schöner Tag«, erwiderte sie und griff nach ihrem Fahrrad.

»Was tun Sie ausgerechnet hier?«, fragte Diana, während sie ihre Handschuhe auszog. »Viel zu heiß dafür«, murmelte sie und quetschte sie in ihre Handtasche.

Audrey hielt es für das Klügste, die Frage zu ignorieren. »Gehen Sie in die Stadt?«, fragte sie.

»Zu einem Wohltätigkeitsessen in der City.« Charlo seufzte. »Aber man muss ja seine Pflicht tun«, fügte sie scheinheilig hinzu und musterte Audrey mit scharfem Blick.

»Das muss man wirklich«, bekräftigte Diana. »Hören Sie, es ist viel zu heiß, um sich in der Stadt aufzuhalten. Gütiger Gott, ich glühe ja jetzt schon. Dennoch dürfen wir die Armen nicht vergessen und müssen unser Scherflein beitragen.«

»Wie geht es dem guten Cecil Forrester, Audrey?«, fragte Char-

lo aalglatt. »Ich schätze, er verbringt viel Zeit in Ihrem Elternhaus.«
»Ja, und sein Bruder ebenfalls«, antwortete Audrey unschuldsvoll. »Beiden geht es gut.«
Charlos Lippen zuckten vor Enttäuschung. Doch Diana wollte nicht gehen, ohne noch einen Köder ausgeworfen zu haben.
»Sie wirken so lebensfroh, Audrey«, sagte sie. »Ach, wenn man doch noch einmal jung und verliebt sein könnte!« Sie seufzte und schüttelte den Kopf, dass ihr Doppelkinn zitterte.
Audrey sah sie finster an.
»Komm, Diana, ich höre unsere Bahn kommen. Die möchte ich nicht verpassen.«
»Wodurch wir die Armen um ihre kostbare Unterstützung bringen würden! Nein, das darf nicht sein«, ergänzte Diana. Sie winkten Audrey nach, als sie die Straße hinaufradelte, dann traten sie ins Bahnhofsgebäude und klatschten über Audreys und Cecils wachsende Zuneigung, die irgendwann in der nahen Zukunft sicherlich in einer Hochzeit münden würde. »Sie wäre dumm, wenn sie den vom Haken ließe«, kommentierte Diana und zückte ihre Geldbörse.
»Und dumm ist sie nicht, das lass dir versichern.« Charlo schniefte zuversichtlich. »Sie weiß, was gut für sie ist. Hat sich schon immer richtig entschieden, schon als sie noch ein Kind war.«

Audrey verträumte den Tag, während Isla und ihre Brüder in der Schule waren und ihre Mutter mit ihren Schwestern im Club Golf spielte. Sie saß auf der Bank im Schatten und las, doch obwohl sie mit den Augen den Zeilen folgte, bewegten sich ihre Gedanken in anderen Gefilden, dort, wo Louis wohnte, wo sie am glücklichsten war. So lästig die Krokodile auch sein mochten, Audrey konnte sich zu ihrer gelungenen Täuschung gratulieren. Jedermann glaubte, sie hätte ihr Herz an Cecil verloren, und sosehr es sie auch drängte, ihre wahren Gefühle laut herauszuschreien, wusste sie doch, dass ihre Geduld sich am Ende bezahlt machen würde, wenn sie endlich in der Lage wären, der ganzen Welt ihre Liebe einzugestehen, ohne Tadel und Vorbehalte zu ernten. Irgendwann würden alle Louis' gute Seiten erkennen.

Die Stunden verstrichen genauso langsam, wie Louis es prophezeit hatte, und Audrey blickte auf die Uhr und stellte sich vor, wie auch Louis auf die Uhr sah und sich wünschte, dass die Zeit schneller verginge. Endlich wich der Tag dem Abend, und die Dunkelheit brach herein, um ihr Geheimnis zu verbergen. Wieder einmal zog Audrey ihre Schuhe aus und schlich die Treppe hinunter, sorgfältig die ihr bekannten knarrenden Bohlen vermeidend. Als sie das Haus verließ, war sie zu aufgeregt, um zu bemerken, dass ihr vom Fenster im Obergeschoss aus ein Augenpaar nachblickte.

Louis erwartete sie wie gewöhnlich im Orangenhain unter dem Kirschbaum. Manchmal suchte sie diesen Ort auch tagsüber auf, wenn Louis zur Arbeit war, und saß dort verträumt und spürte seine Nähe.

Nachdem Louis sie umarmt und heiß geküsst hatte, führte er sie hinaus auf die Straße zu einem Auto, das versteckt an der Ecke wartete wie ein Puma auf seinem Raubzug. Der Fahrer kannte ihr Ziel, und Audrey saß in Louis' Umarmung und sah die geheimnisvolle Welt der Nacht am Fenster vorüberhuschen. Als sie in die Innenstadt einfuhren, fiel ihr sogleich auf, dass die Straßen keineswegs verschlafen dalagen, sondern pulsierten vor Leben. Licht flackerte und Autos hupten, ungeduldig darauf bedacht, an ihr Ziel zu gelangen. In den verräucherten Restaurants drängten sich die Leute, und Musik hallte über die schattigen Avenuen und Plazas, wo Pärchen Hand in Hand im warmen Schein der Straßenlaternen flanierten. Audrey drückte Louis' Hand, um ihm zu zeigen, wie sehr sie sich freute, und er erwiderte den Druck in schweigender Zustimmung.

Als sie in Palermo eintrafen, sahen sie sich in einer völlig anderen Umgebung. Statt der breiten Straßen empfingen sie schmale, mit Kopfstein gepflasterte Gassen, die auf einen Hügel hinaufführten und sich zu einem kleinen Platz öffneten. Er war umringt von kleinen Restaurants, Straßencafés und zur Nacht geschlossenen Antiquitätenläden. Der Wagen hielt an, und Louis bat den Chauffeur, sie in ein paar Stunden wieder abzuholen.
Sie spazierten um den Platz herum, glücklich, sich öffentlich an einem Ort zeigen zu können, wo niemand sie kannte oder beachtete. Sie küssten sich auf der Plaza und umarmten sich dann, um zu der Musik zu tanzen, die aus einer alten Taverne drang.
»Jetzt wollen wir Tango tanzen lernen«, sagte Louis und führte sie in Richtung Musik.
Audrey sträubte sich. »Kennst du dieses Lokal?«, fragte sie ängstlich.
»Ja, ich war schon ein paar Mal hier, und Vicente erwartet uns«, erklärte er.
»Vicente?«
»Er wird dir gefallen, er ist ein Unikum.« Er küsste ihre Finger. »Hab keine Angst. Ich habe dich ja bereits kompromittiert, indem ich dich herbrachte, also können wir uns nun auch amüsieren.« Er lächelte sie an, und sein Charme hatte wieder einmal diese entwaffnende Wirkung auf sie, sodass sie ihm bereitwillig in die Taverne folgte.
Vicente erkannte Louis auf Anhieb und zwängte sich durch die dicht stehenden runden Holztische voller rauchender Gäste zu ihm durch. Er war ein alter Mann mit silbergrauem Haar, kleinen braunen Augen und einer scharfen Hakennase. In seiner jovialen Miene waren Diensteifer und Tüchtigkeit zu erahnen. Er war in Palermo für seine Tangonächte und guten Weine bekannt, und jetzt winkte er ihnen, ihm nach hinten zu folgen, wo er ihnen ein Glas seines besten *vino tinto* kredenzte, Audreys Schönheit und Anmut bewunderte und dann seiner Frau mit einem ungeduldigen Kopfnicken zu verstehen gab, sie möge die

Musik noch einmal von Anfang an spielen lassen. »Die Tanzschritte sind auf dieser Ebene noch nicht so wichtig«, begann er und krempelte die Ärmel des weißen Hemdes hoch, das er unter der schwarzen Weste trug. »Sie müssen die Musik spüren und sich von ihr führen lassen.« Er schlug sich mit der Faust an die Brust, um zu veranschaulichen, was er meinte, und betonte das Wort *fühlen*, indem er die Augen schloss.
Audrey lächelte zu Louis hoch, der das Lächeln erwiderte und ihrer Miene entnahm, dass sie diesen Schritt bereits bewältigt hatten. »Jetzt nehmen Sie einander fest in den Arm«, ordnete er an, und Louis zog Audrey an sich. »Enger, der Tango ist ein leidenschaftlicher Tanz. Er ist wie Liebemachen.« Audrey errötete und versuchte, ihr Gesicht an Louis' Hals zu bergen. »Seien Sie nicht so scheu, Señorita, der Tango ist ein sinnlicher Tanz. Werfen Sie alle Hemmungen ab und folgen Sie Ihrem Herzen.« Wieder schlug er sich mit der Faust an die Brust.
Louis schmunzelte und küsste Audrey aufmunternd auf die Schläfe. »Ich folge deinem Herzen, Audrey, denn es hat das meine gefangen genommen«, flüsterte er ihr ins Ohr.
»Dann bleibt uns nichts anderes übrig, als miteinander zu tanzen«, entgegnete sie und begann, sich zu den herzergreifenden Klängen von Geige und Akkordeon zu bewegen.

Zuerst war Audrey nervös. Jedes Mal, wenn Louis sie an sich drückte, lachte sie unsicher und versteifte sich, in dem Bewusstsein, dass sie tatsächlich eine körperliche Intimität erlebten, die sie bislang noch nicht gekannt hatten, und dass sie nicht einmal allein waren, um sie auskosten zu können. Aber nachdem sie die komplizierten Schritte immer und immer wieder geübt hatten, bis sie sie schließlich beherrschten, schloss sie die Augen, sodass sie nichts mehr wahrnahm außer Louis und der Musik und den leidenschaftlichen Tönen ihrer eigenen inneren Melodie.
Während der nächsten anderthalb Stunden lernten Louis und Audrey Tango tanzen unter der Anleitung des überschwäng-

lichen Vicente, der sie mit großer Begeisterung durch die einzelnen Schritte führte, unterstützt von seiner mürrischen Frau Margarita, die kein einziges Mal lächelte, aber mit der Geschmeidigkeit einer zwanzig Jahre jüngeren Frau tanzte.
Mit dem Versprechen, in der nächsten Woche zurückzukommen, hüpften sie hinaus aus der Taverne auf den Platz, wo sie einander erneut in die Arme nahmen und unter dem Mond aus den Schatten heraustanzten, begierig, das eben Gelernte in die Praxis umzusetzen.
»Ich bin so froh, dass wir hergekommen sind.« Audrey seufzte glücklich, während sie sich im Takt der fernen Musik aus der Taverne bewegten.
»Ich habe davon geträumt, dich hierher zu führen«, erwiderte Louis und schmiegte seine Wange an ihr Haar. »Ich wusste, dass du begeistert sein würdest. Siehst du, nun hast du dich durch die Hintertür von der Bühne geschlichen, und ist es nicht herrlich?«
»Ich liebe dieses Gefühl der Freiheit. Hier kennt uns niemand. Niemand verurteilt uns. Wir sind lediglich zwei Fremde, wie alle anderen auch, und tanzen in unserer eigenen geheimen Welt. Wenn ich dir so nahe bin, habe ich das Gefühl, dass nichts außer uns auf der Welt existiert.«
»Du hast mein Leben so schön gemacht, Audrey«, sagte er, wieder einmal angerührt von dieser vertrauten Melancholie. »Als Kind fühlte ich mich nur sicher, wenn ich Klavier spielte. Ohne Musik war die Welt grau und beängstigend. Niemand verstand mich. Es war, als lebte ich in einer anderen Dimension. Ich fühlte mich wie ein Ausgestoßener. Deshalb zog ich mich in meine Musik zurück und gab den Versuch auf, Verbindung zu meiner Familie und ihren Freunden zu halten. Du aber, Audrey, du hast mir den Mut zu lieben gegeben. Du hast mein Herz geöffnet, und jetzt werde ich es nie wieder verschließen. Es wird immer offen sein, und du wirst immer darin wohnen. Jetzt gibt es kein Zurück mehr. Wir gehören zusammen.« Er löste sich von ihr, um in ihr ernstes, vom goldenen Licht der Straßenlaternen

erhelltes Gesicht zu blicken. Dann folgte er mit den Fingern den Konturen ihres Kinns und küsste sie auf den Mund.
Im Bewusstsein, dass ihre Zeit sich dem Ende zu neigte, klammerten sie sich aneinander wie zwei Menschen, die sich auf Jahre hinaus trennen müssen. Doch Louis und Audrey legten einen Vorrat an Küssen an, der nur für einen Tag ausreichen musste, denn in der folgenden Nacht würden sie sich wieder im Orangenhain unter dem Kirschbaum treffen, und darüber hinaus wagten sie nicht zu planen.

Beschwingten Schritts, immer noch die Musik in den Ohren, schlich Audrey die Treppe hinauf. Zum ersten Mal im Leben hatte sie sich frei gefühlt und Abenteuer und Rebellion geschmeckt wie ein köstliches Mahl. Es war früh am Morgen, und ihre Kleidung roch nach Zigarettenrauch, was jetzt in der sauberen Luft ihres Elternhauses noch deutlicher zu Tage trat. Leise öffnete sie ihre Schlafzimmertür und trat ein in die Sicherheit. Zu ihrer Überraschung fand sie Isla schlafend in ihrem Bett vor. So geräuschlos wie möglich schloss sie die Tür hinter sich, doch Isla hatte einen leichten Schlaf und wartete selbst in ihren Träumen auf die Rückkehr ihrer Schwester. Sofort richtete sie sich auf. »Wo warst du?«, flüsterte sie aufgeregt. Dann lächelte sie verschmitzt. »Bist du mit Cecil ausgegangen?«

Sechs

Das Lügen fiel Audrey unglaublich schwer. Bisher war sie mit Halbwahrheiten zurechtgekommen, was ihr nicht so schlimm erschien und nicht so schwer auf ihrem Gewissen lastete wie richtige Lügen, aber jetzt, da sie in das fragende Gesicht ihrer Schwester blickte, war ihr klar, dass sie ihr alles gestehen und es wie immer hinterher bereuen würde. Sie konnte sich nicht bremsen. Sie war zu glücklich, und das Glück machte sie unvorsichtig.

Sie warf sich neben Isla aufs Bett und reckte sich wie eine zufriedene Katze. »Ich war in Palermo«, hauchte sie trunken vor Freude. »Ich bin so verliebt, es ist, als würde mein ganzer Körper von dieser Glut verzehrt. Sie lässt sich nicht löschen, wird nur immer heißer. Ach, Isla, es ist tatsächlich so, wie ich es in meinen Romanen lese. Einfach wunderbar. Mein Herz möchte zerspringen vor Glück.«

Islas Lächeln wurde breiter. »Cecil ist mit dir nach Palermo gefahren?«, fragte sie verwundert. »Ich dachte, Louis wäre der Abenteurer.«

Audrey errötete vor Scham und zögerte, bevor sie ihrer Schwester die Wahrheit sagte.

Doch Isla kannte Audrey gut genug, um zu wissen, wenn etwas nicht stimmte. Sie schüttelte den Kopf und kniff misstrauisch die Augen zusammen. »Es ist gar nicht Cecil, stimmt's?«, fragte sie gedehnt. »Es ist Louis.«

Audrey lächelte schmal, wohl wissend, dass Isla womöglich gekränkt war, weil sie sich ihr nicht früher anvertraut hatte, und nickte.

»Oh, Audrey, ich kann es nicht fassen. Das lässt ja alles in einem völlig anderen Licht erscheinen«, ereiferte sie sich im Flüsterton. »Es ging die ganze Zeit um Louis, wie? Du Heimlichtuerin! Ausgerechnet du, Audrey. Das hätte ich dir wirklich nicht zugetraut.«

»Ich liebe ihn«, erwiderte sie schlicht, in der Hoffnung, ihre Ehrlichkeit würde ihre früheren Lügen wieder gutmachen.

»Wie Tante Hilda immer sagt: Was hat denn Liebe mit Heiraten zu tun?«, antwortete sie leise. »Du weißt, dass Mummy und Daddy dir den Kopf abreißen, wenn sie es erfahren. Ihr Favorit ist Cecil.« Ihre Augen blitzten vor Begeisterung, als sie das volle Ausmaß der Rebellion ihrer Schwester begriff, das in ihrer Phantasie eine Vielzahl von Möglichkeiten eröffnete.

»Ich weiß«, erwiderte Audrey seufzend. »Deshalb halten wir unsere Liebe bisher noch geheim. Sie sollen ihn erst einmal kennen und lieben lernen. Schließlich ist er überhaupt nicht so, wie sein Ruf vermuten lässt. Ihm ist von allen Seiten großes Unrecht getan worden.«

»Du weißt doch, wie es hier ist: Ein schlechter Ruf ist nur sehr schwer wieder auszuräumen. Denk dran, wenn ihr erwischt werdet, wird man ihn noch mehr verteufeln, weil er dich vom rechten Weg gelockt hat.« Wieder schüttelte Isla den Kopf. »Ich kann es nicht glauben, Audrey. Und das alles ohne jegliche Anstiftung von mir.«

»Bin ich schlecht?«

»Herrlich schlecht.« Isla kicherte und ergriff Audreys heiße, zitternde Hand. »Ich bin so glücklich, weil du glücklich bist«, fügte sie aufrichtig hinzu. »Du siehst strahlend aus. Sich vorzustellen, dass ich die ganze Zeit geglaubt habe, es läge an Cecil!« Plötzlich wurde sie ernst. »Aber, Audrey, Louis ist verrückt. Er ist ein Künstler und Exzentriker. Sicher, er spielt wunderschön Klavier und malt wie Leonardo da Vinci, aber er hat diesen Ausdruck von Wahnsinn in den Augen, beängstigend. Eben noch ist er traurig, und im nächsten Moment ist er glücklich; man weiß nie,

was er als Nächstes tut. Ach, Audrey, hoffentlich weißt du, worauf du dich da einlässt!«
»Du kennst ihn nicht so wie ich. Er ist lieb und sanft, sensibel und großmütig. Tut mir Leid, dass ich dich nicht früher eingeweiht habe, aber ich hatte solche Angst, du könntest dich verplappern.« Sie sah ihre Schwester flehend an. »Du wirst dich doch nicht etwa verplappern, Isla? Du hast ja keine Ahnung, wie wichtig das für mich ist.«
»Doch, das weiß ich«, antwortete sie. »Wirklich.«
»Du verrätst mich also nicht?«
»Nein ...«, sagte sie gedehnt, »aber unter einer Bedingung.«
Audrey seufzte. »Und welche wäre das?«
»Du erzählst mir alles in allen Einzelheiten von Anfang an und auch Schritt für Schritt, wie es weitergeht.«
Audrey lächelte und richtete sich zum Sitzen auf. »Ich erzähle dir alles, wenn ich mich dafür weiterhin heimlich mit Louis treffen kann«, sagte sie, stieg aus dem Bett und schlüpfte aus ihren Kleidern.
»Ich werde dich decken«, schlug Isla begeistert vor, voller Sehnsucht, beteiligt zu werden. »Oh, das wird ein Spaß, wenn wir Pläne aushecken und sie alle an der Nase herumführen.« Audrey hängte ihr Kleid über die Stuhllehne. »Steh am besten morgen sehr früh auf und nimm ein Bad. Du riechst nach Rauch.«
»Tatsächlich?« Sie hielt sich eine Haarlocke vor die Nase und schnupperte.
»Oh ja«, sagte Isla. »Aber ich mag das. Es duftet nach verbotenen Früchten. Komm schon, kriech ins Bett und erzähl mir, wie alles begann. Fing es schon am ersten Abend an, als Cecil und Louis bei uns zum Essen eingeladen waren? Wusstest du da bereits, dass er der Richtige war? Als ich das Treffen im Club mit Cecil arrangiert habe, warst du überhaupt nicht in ihn verliebt, stimmt's?« Isla seufzte, noch immer fassungslos. »Nicht zu glauben, dass ich nichts gemerkt habe. Tja, aber nun muss ich nicht mehr im Dunkeln tappen, oder?«

Audrey schlüpfte unter die Bettdecke und kuschelte sich an ihre Schwester. »Ich habe mein Herz an Louis verloren, als ich ihn zum ersten Mal lächeln sah ...«, setzte sie an, als läse sie aus einer romantischen Liebesgeschichte vor. Es tat wohl, Isla alles zu erzählen. Es erleichterte ihr Gewissen und nahm ihr einen Teil ihrer Schuldgefühle. Außerdem gab es ihr die Möglichkeit, jeden Augenblick in aller Deutlichkeit noch einmal zu durchleben, in poetische Worte zu fassen und dadurch wirklicher werden zu lassen.
Völlig neidlos hörte Isla zu. Ganz sicher hätte sie es auch sehr genossen, sich zum Tanzen nach Palermo führen zu lassen, um Mitternacht zu einem geheimen Rendezvous in den Garten zu schleichen, inmitten aller anderen ein verborgenes Leben zu führen, ohne dass jemand etwas davon ahnte. Doch die bloße Vorstellung von Liebe weckte heftigsten Widerwillen in ihr. Nasse Küsse, feuchte Hände, körperliche Intimität – das reichte, um ihr eine Gänsehaut zu verursachen. Flirten machte Spaß, wie die Schmeicheleien und das Übertreten von Regeln. An Audreys Romanze faszinierte sie der Umstand, dass sie in krassem Gegensatz zu dem stand, was alle von ihr erwarteten. Audrey war die vernünftige Schwester; diese Art von Benehmen hätte besser zu Isla gepasst. Wenngleich Isla nicht eben übermäßig sensibel war, begriff sie doch diese Umkehrung der Rollen und verspürte instinktiv Angst für den Fall, dass Audrey erwischt wurde.
»Was willst du jetzt tun?«, fragte sie, nachdem ihre Schwester den Tanz auf dem Platz in Palermo geschildert hatte.
»Ich weiß es nicht. Ich versuche, nicht an die Zukunft zu denken«, antwortete sie, obwohl die Zukunft genau das war, wovon sie ständig träumte. »Aber ich werde den Rest meines Lebens mit Louis verbringen«, sagte sie entschlossen. »Ganz gleich, was geschieht.«
»Daddy wird dich *ihm* bestimmt nicht freudigen Herzens überlassen. Vor ein paar Tagen habe ich gehört, wie er sich im Garten

mit Mummy unterhielt, während du mit Cecil auf der Terrasse Schach gespielt hast. Sie halten Louis für erschreckend unzuverlässig.«

»Nur weil er nicht wie andere Menschen ist«, rief Audrey empört. »Er hat keinen Mord begangen. Du liebe Zeit, die Menschen sind so engstirnig und kleinlich.«

»Ich will dich nur auf das Schlimmste vorbereiten, Audrey. Es wird ihnen das Herz brechen. Mummy betet Cecil an.«

Audrey holte tief Luft, während unsichtbare schwere Hände sich auf ihre Schultern legten und sie niederdrückten. »Lass ihnen Zeit. Ganz gleich, wie lange es dauert. Am Ende werden sie Louis genauso mögen, wie ich ihn mag.«

»Hoffentlich«, sagte Isla.

Die Mädchen schlossen die Augen, konnten jedoch beide nicht ohne weiteres einschlafen. Schließlich ergaben sich beide dem Schicksal, erleichtert, sich dem Kampf zu entziehen und der Vorbestimmung zu überlassen, was sie nicht beeinflussen konnten. Eng umschlungen wie Liebende schliefen sie, und ihre langen Korkenzieherlocken ergossen sich seidig über die Kissen.

So fand ihre Mutter sie am Morgen. Aber weil Sonnabend und schulfrei war, ließ sie die Mädchen ausschlafen. Sie schloss leise die Tür und ging lächelnd fort; Audrey und Isla waren einander eng verbunden. Sie waren nicht nur Schwestern, sondern auch Freundinnen, und der Anblick der beiden, die schliefen wie zwei Welpen, entzückte sie. Sie ging die Treppe hinunter in Richtung des Lärms ihrer drei Söhne und ihres Mannes, die draußen unter den Ranken auf der Terrasse frühstückten.

Dank der gewitzten Pläne, die Isla für sie entwarf, konnten Audrey und Louis einander in den nächsten paar Monaten viel häufiger treffen als zuvor. Während Henry und Rose irregeleitete Hoffnungen für Audrey und Cecil hegten und ihre zunehmende Vertrautheit als deutliches Zeichen ihrer Liebe werteten, half

Isla, die Briefchen am Bahnhof zu hinterlegen, begleitete Audrey zum Club und deckte sie, damit sie mit Louis allein sein konnte. Sie ritt mit ihnen zusammen über die Ebene, und die beiden schickten sie nicht fort, weil es ihnen gefiel, ihre gegenseitige Liebe vorzuführen, und weil sie ihr außerdem so viel verdankten.

Ohne Isla wäre ihre Affäre auf den Orangenhain begrenzt gewesen. Isla war begeistert von ihren romantischen Nachtausflügen in die Innenstadt und hielt auf dem Treppenabsatz Wache, bis sie in der Dunkelheit verschwunden waren. Dann schlief sie, immer auf Geräusche von der Tür her achtend, in Audreys Bett, bereit, gleich aufzuspringen, wenn die Schwester mit vor Begeisterung blitzenden Augen aus Palermo zurückkehrte und die Abenteuer der frühen Morgenstunden mit verträumten, poetischen Worten zum Besten gab. Diese Augenblicke liebte Isla am meisten. Sie erlebte diese Romanze durch ihre Schwester, ohne den Schrecken körperlicher Intimität erfahren zu müssen. Dort lagen sie im blassen Morgenschimmer, hielten einander lässig im Arm und flüsterten, bis ihnen die Kehle rau wurde und die Augen vor Müdigkeit brannten. Für Isla war diese Intimität ein kostbarer Schatz. Es lag eine Unschuld darin, die sie sich aus Angst vor der Erwachsenenwelt bewahren wollte. Dieses Geheimnis konnte sie keinem Menschen offenbaren, nicht einmal Audrey. Sie wollte nicht erwachsen werden, niemals.

Als die Tage kürzer wurden und der Winter kam, nahm Cecil all seinen Mut zusammen und lud Audrey zum Essen ein. Je länger er sein Vorgehen probte, desto nervöser wurde er, bis seine Zuversicht wie der Herbst zu vergehen schien. Er kam sich vor wie ein unbeholfener Riese: seine Hände waren zu groß, die Zunge zu dick in seinem Mund, die Nase zu übermächtig in seinem Gesicht. Vorher hatte er sich nie unzulänglich gefühlt, doch Audrey unterwanderte seine Selbstsicherheit. Sie hatte etwas

Besonderes an sich: diesen entrückten Augenausdruck, diese ätherische Art, mehr zu schweben als zu gehen. Hätte er es nicht besser gewusst, hätte er vermutet, sie verhielte sich ihm gegenüber nur höflich, doch er zog ihren Charakter in Betracht: Sie war nicht so leidenschaftlich und impulsiv wie ihre Schwester. Also tröstete er sich damit, dass sie wahrscheinlich genauso nervös war wie er selbst.

Doch erst gegen Ende Juni, als der Winter den Vogelbaum seiner Blätter und des Gezwitschers beraubt hatte, lud Cecil Audrey endlich ein.

»Wie kahl es in dieser Jahreszeit doch ist«, bemerkte er, als sie durch den schlafenden Orangenhain spazierten.

Audrey wurde von einer Woge der Nachdenklichkeit überspült beim Anblick des entlaubten Kirschbaums, der ihr und ihrem Geliebten in mancher schwülen Sommernacht Versteck gewesen war, ein stummer Zeuge ihrer verbotenen Liebe. Trotz seiner Nacktheit barg er in seinen von Kälte starren Zweigen immer noch zärtliche Erinnerungen.

»Ja, nicht wahr?«, erwiderte sie. »Aber ich liebe den Wechsel der Jahreszeiten. Der Sommer war so heiß und schwül, dass ich es als Erleichterung empfinde, in der Kühle des Winters gemütlich am Feuer zu sitzen.

»Das ist tatsächlich so«, stimmte er zu und rieb sich nervös die Hände. »Hier ist es allerdings nicht so kalt wie in England.«

»Auch nicht so nass.«

»Stimmt.« Er lachte leise. Audrey bemerkte sein Unbehagen und seine belegte Stimme und fragte sich, was in ihn gefahren sein mochte.

Eine peinliche Pause entstand, als sie durch das Törchen am Ende des Orangenhains zurück in den Hauptgarten gingen. Die Blumenbeete schlummerten unter vermoderndem Laub wie auf einem botanischen Friedhof, dachte Audrey, auf dem die Seelen der Pflanzen noch lebten und auf ihre Reinkarnation im Frühling warteten. Cecil hüstelte. Jenseits der Rasenfläche sah er schon das Haus auftauchen, und er wusste, dass er sich mit der selbst gestellten Aufgabe beeilen musste.

»Audrey«, hob er an. Sie sah ihn an und lächelte. Ein aufforderndes Lächeln, dachte er und stürmte tapfer voran. »Ich möchte Sie gern zum Essen einladen.«

Ihre Augen flackerten vor Überraschung, und ihre Wangen röteten sich. »Oh«, sagte sie nur.

»Ich habe Ihre Eltern nicht um Erlaubnis gefragt, denn zuerst wollte ich Ihre Antwort hören«, erklärte er. Sie senkte den Blick auf ihre Schuhe und lachte. Wie förmlich und ernst er plötzlich war.

»Das ist sehr nett, Cecil«, antwortete sie. »Wie lieb von Ihnen, zuerst mich zu fragen.« Er war nicht sicher, ob sie die Bedeutungsschwere seiner Bitte erkannte – dass er sie quasi um Erlaubnis bat, ihr den Hof zu machen.

»Ich habe Sie in den vergangenen paar Monaten mächtig lieb gewonnen«, fuhr er fort und hoffte, jeden Zweifel an seinen Absichten in ihr auszuräumen.

Ihr entschlüpfte ein etwas gepresstes Lachen. »Nun ja, Sie und Louis gehören inzwischen zur Familie«, sagte sie, ihn absichtlich missverstehend. »Mummy und Daddy behandeln Sie beide fast wie eigene Söhne.«

»Sie sind sehr freundlich«, stimmte er ihr zu und sah, wie sie die Arme vor der Brust verschränkte. Er fand ihre Schüchternheit liebenswert und fühlte sich infolgedessen zuversichtlicher.

»Das sind sie«, erwiderte sie, wohl wissend, wie sehr ihre Eltern sich darüber freuen würden, dass er nun offiziell begonnen hatte, um sie zu werben. Sie war verunsichert und ging schneller, um die Unterhaltung abzukürzen. Sie musste unbedingt Louis und Isla um Rat fragen. Sie würden wissen, was zu tun war.

Als sie ins Haus traten, bemerkte Louis den angespannten Ausdruck auf Audreys Gesicht und das stolze Lächeln in den Mundwinkeln seines Bruders, und er spürte, dass etwas Unerhörtes geschehen war, während er Isla malte. Hastig bedeutete er Audrey mit den Augen, sie möge sich zurückziehen und mit ihrer Schwester unter vier Augen reden. Audrey blinzelte ihm dankbar zu und verließ eilends das Zimmer. Louis blieb besorgt zurück und überlegte, was sich da anbahnen mochte.

Cecil fand Henry allein mit seiner Korrespondenz beschäftigt in seinem Büro vor und fragte mit seiner gewohnten Höflichkeit, ob er ihn für ein paar Minuten stören dürfte. »Bitte«, erwiderte Henry und forderte Cecil mit einer Handbewegung auf, am Kamin Platz zu nehmen. »Schauderhafter Tag, schrecklich kalt«, sagte Henry, legte den Füllfederhalter zur Seite und wandte sich Cecil zu, um ihm seine ungeteilte Aufmerksamkeit zu widmen. »Ich möchte um die Erlaubnis bitten, um Audrey zu werben«, sagte er.

Henry schmunzelte wohlwollend. »Sie brauchen meine Erlaubnis nicht, Cecil. Audrey hat ihren eigenen Kopf, sie sollten Sie fragen.«

»Oh, das habe ich bereits getan, und sie hat meine Einladung zum Essen angenommen.«

»Ich bin entzückt!«, rief Henry. »Sie ist zwar kein Kind mehr, aber sehr unerfahren. Ich bin froh, dass sie in Ihre zuverlässigen Hände geraten ist.«

Cecil fühlte sich geschmeichelt. »Ich habe monatelang über dieses Problem nachgedacht, Henry. Da ich für Sie arbeite, fürchtete ich, es stünde mir nicht zu.«

»Was für ein Unsinn, mein lieber Cecil. Rose und ich haben eine Weile zugesehen, wie die Freundschaft zwischen Audrey und Ihnen aufblühte. Sie haben unseren Segen, und wenn Sie auch Audreys haben, brauchen Sie nichts mehr zu befürchten.«

»Gut, dann gehe ich jetzt und besiege meinen Bruder im Schachspiel«, erklärte er frohgemut und erhob sich, mit einem Herzen so schwerelos wie eine Wolke, aus seinem Lehnstuhl.

Henry sah ihm nach, als er leise die Tür schloss, und wunderte sich über die Verschiedenheit der beiden Brüder. »Wie Feuer und Wasser«, sagte er kopfschüttelnd zu sich selbst. Einen schrecklichen Moment lang stellte er sich Isla und Louis als Paar vor und schauderte. Es wäre typisch für seine eigensinnige Tochter, sich in einen Mann wie Louis zu verlieben. Nicht dass an dem Jungen grundsätzlich etwas auszusetzen gewesen wäre – er wäre nur ein ausgesprochen unpassender Ehemann. »Tja, er ist verantwortungslos, der Louis«, sagte er, griff nach seinem Füllfederhalter und verscheuchte diese Gedanken. Henry machte sich nie Sorgen um Dinge, bevor sie eingetreten waren, das war seine Begabung. Rose jedoch sorgte sich, und sie hatte Islas wachsende Zuneigung für Louis bemerkt. Sie hatte Tante Edna ihre Ängste anvertraut, doch es gab nur einen Menschen, der vielleicht Einfluss auf das Mädchen nehmen konnte, und das war Audrey.

»Oh, Isla, ich weiß nicht, was ich tun soll«, klagte Audrey und ließ sich aufs Bett fallen. »Cecil hat mich zum Essen eingeladen.«

»Oh Gott!«, entfuhr es Isla. »Das sieht nicht gut aus.« Sie schüttelte heftig ihre Locken.

»Er ist so förmlich. Wie eine Gestalt aus einem Roman von Jane Austen. Jetzt bittet er Daddy um Erlaubnis.«

»Oh Gott! Sieht aus, als wollte er dich heiraten.«

»Lass die Scherze.«

»Ich scherze nicht.«

»Nun, das wird nie geschehen.«

»Natürlich nicht. Du musst keinen Mann heiraten, den du nicht willst«, beruhigte Isla sie. »Hast du seine Einladung angenommen?«

»Ich musste«, erklärte sie und richtete sich zum Sitzen auf. »Ich konnte doch nicht nein sagen, nachdem ich ihn wochenlang an der Nase herumgeführt habe.«

»Dann hast du deine Rolle besser gespielt, als wir je vermutet hätten«, sagte Isla grinsend.

»Danke.«

»Du musst es Louis sagen«, empfahl Isla, öffnete eine Schublade und entnahm ihr einen Block und einen Stift. »Schreib ihm jetzt gleich einen Brief, den stecke ich ihm dann zu, wenn er aufbricht.«

»Himmel, ich fühle mich so hilflos.«

»Du musst natürlich mit ihm essen gehen«, sagte Isla, setzte sich an Audreys Frisiertisch und griff nach deren Haarbürste. »Auf jeden Fall ist es die ideale Tarnung. Solange Cecil dir den Hof macht, ahnt kein Mensch die Wahrheit. Das gehört einfach dazu, Audrey.«

»Und wenn es zu weit geht?«, fragte Audrey angstvoll.

»Das hängt von dir ab«, erwiderte Isla und sah ihre Schwester im Spiegel an. »Du darfst ihn nicht zu nahe an dich heranlassen.«

»Ich komme mir so gemein vor, Isla. Er ist so lieb und freundlich. Ich mag ihn sehr. Wirklich. Aber ich will ihn nicht heiraten.«

»Es ist ein gefährliches Spiel, Audrey«, sagte Isla, die sich fühlte wie eine Spionin im Krieg. »Aber du hast keine Wahl. Wenn du Cecil jetzt abweist, besteht die Gefahr, dass deine Gefühle für Louis erkannt werden. Schau dich doch bloß mal an. Du siehst aus wie die Liebe in Person. Niemand zweifelt daran, dass du verliebt bist, sie setzen nur auf den falschen Mann. Stell dir vor, du siehst so aus, und ein Objekt deiner Liebe ist nicht erkennbar. Alle würden anfangen zu spekulieren, und früher oder später erraten sie es, so wie ich.«

»Oh, Isla, wie du das sagst, klingt es so beängstigend.«

»Es ist ja auch beängstigend. Das hier ist das richtige Leben, Audrey, nicht einer von deinen Romanen, und der Einsatz ist hoch. Beeil dich jetzt und schreib den Brief. Ich denke, du solltest ihn unbedingt heute Nacht im Orangenhain treffen. Ich gebe dir Deckung.«

Audrey schrieb den Brief, sammelte sich und ging mit ihrer Schwester zurück ins Wohnzimmer. Isla spreizte sich wichtigtuerisch und schritt zielstrebig voran. Rose sah die Mädchen

eintreten, doch ihre Aufmerksamkeit galt der jüngeren Tochter, die sich unverzüglich neben Louis setzte, um bei seinem Schachspiel gegen Cecil zuzuschauen.
Albert lag vor dem Kamin auf dem Boden und baute mit seinen jüngeren Brüdern Kartenhäuser. Audrey wagte sich nicht in Louis' Nähe, sie war viel zu aufgewühlt und hatte Angst, sich zu verraten. Deshalb gesellte sie sich zu ihren Brüdern und versuchte, sich mit dem Bauen von Kartenhäusern abzulenken. Erst als Cecil und Louis sich erhoben und aufbrechen wollten, sah Rose ihre Sorgen bestätigt. Sie sah, wie Isla Louis einen Brief zusteckte. Es geschah ganz verstohlen, sehr versteckt und sehr flink. Rose hätte es nicht bemerkt, hätte sie nicht ohnehin schon den Verdacht gehabt, dass sich zwischen den beiden etwas anbahnte. Als die Herren gegangen waren, rief sie Audrey in ihr Zimmer unter dem Vorwand, sie bräuchte Rat in Bezug auf ein Kleid für Tante Hildas Cocktailparty.
Audrey folgte ihrer Mutter ins Schlafzimmer und schloss nach deren Anweisung die Tür hinter sich. Rose lehnte sich gegen die Fensterbank. Sie war plötzlich sehr blass, und ihre Lippen zuckten vor Sorge. »Ich muss dich etwas fragen, Audrey«, begann sie in ernstem Tonfall. Audrey spürte, wie ihr unter den Achseln der Schweiß ausbrach und ihre Knie unter bösen Vorahnungen weich werden wollten. Sie setzte sich aufs Bett und beschäftigte sich mit ihren Fingernägeln.
»Worum geht es, Mummy?«, fragte sie so normal, wie sie konnte.
Rose war zu sehr in ihren eigenen Sorgen gefangen, um Audreys Unbehagen zu bemerken. »Ich fürchte, Louis und Isla haben …« Sie zögerte, suchte nach dem passenden Wort. *Affäre* war zu mondän, *Romanze* zu verspielt. »Ich fürchte, sie sind verliebt«, sagte sie schließlich. Audrey hätte aufschreien können vor Erleichterung.
»Wie kommst du darauf, Mummy? Das ist doch absurd«, erklärte sie.

»Ich hätte schwören können, dass Isla Louis heute Abend einen Brief zugesteckt hat.«
»Das glaube ich nicht«, tröstete Audrey sie. »Und wenn, dann war es bestimmt kein Liebesbrief, denn Isla hat kein Interesse an romantischen Affären. Sie erzählt mir alles, und ich wüsste es, wenn sie verliebt wäre.«
»Bist du ganz sicher?«, fragte Rose, löste sich vom Fenster und setzte sich zu Audrey aufs Bett. »Bist du wirklich sicher?«
»Ich weiß es genau«, bestätigte sie mit Nachdruck.
Rose wischte sich über die Augen. »Mir fällt ein Stein vom Herzen, Audrey.« Sie seufzte. »Du hast mir sehr geholfen.«
»Aber, Mummy, was hast du denn gegen Louis?«, wagte sie sich mutig vor.
Rose schüttelte den Kopf. »Ich habe nichts gegen ihn, Liebes«, erklärte sie leichthin, gern bereit, großmütig zu sein, nachdem die Gefahr für ihre Tochter gebannt zu sein schien. »Er ist nur ziemlich verantwortungslos. Weißt du, Henry hat von Freunden in London so einiges über ihn gehört. Er ist ein loser Vogel. Er ist unzuverlässig und hat einen endlos schlechten Ruf. Zwar ist er ein charmanter junger Mann und sieht auch gut aus, daran besteht kein Zweifel, aber ich möchte einfach nicht, dass er einer meiner Töchter den Hof macht. Das würde ich nicht dulden. Er ist kein Ehrenmann, mein Schatz. Stell dir nur vor, er hat nicht einmal für sein Vaterland gekämpft. Das ist eine Schande.«
Tränen brannten in Audreys Augen, sie schluckte schwer. »Ich glaube nicht, dass er auch nur annähernd so schlecht ist, wie ihr alle behauptet«, protestierte sie ärgerlich. »Ich finde, ihr seid alle grausam gegen ihn, und er hat das nicht verdient.«
Rose glaubte, Audrey verteidigte Louis, weil er der Bruder des Mannes war, den sie liebte. Sie tätschelte die Hand ihrer Tochter und lächelte nachsichtig. »Mein liebes Mädchen, kein Mensch hegt auch nur den geringsten Zweifel an Cecils Integrität und gutem Charakter.«
»Aber auch Louis ist ein guter Mensch. Er ist spontan und im-

pulsiv, offen und unkonventionell, aber deswegen ist er noch lange nicht schlecht.«

»Natürlich nicht«, pflichtete Rose ihr bei. »Es ist eine Freude, ihn im Haus zu haben.«

»Aber nur, solange er sich nicht mit einer deiner Töchter einlässt.«

»Nun, das wäre wohl auch höchst unwahrscheinlich, oder?«, erwiderte sie, und jetzt glühten ihre Wangen vor Erleichterung. »Sag mir, worüber hast du auf dem Spaziergang mit Cecil geredet? Er sah so glücklich aus, als ihr zurückkamt.«

Audrey seufzte tief auf; ihr war klar, dass sie ihre Rolle weiterspielen musste. »Er hat mich zum Essen eingeladen«, antwortete sie mit dünner Stimme.

»Oh, wie freundlich von ihm«, entgegnete sie und gab sich Mühe, nicht allzu hoffnungsvoll dreinzuschauen. »Nimmst du seine Einladung an?«

»Er sagt, er müsse zuerst euch um Erlaubnis fragen.«

»Nein, wirklich, was für ein korrekter junger Mann«, rief Rose bewundernd aus. Sie stand auf und fing an, die kleinen viktorianischen Kästchen auf ihrem Frisiertisch zu ordnen, um ihre flatternden Nerven zu beruhigen. »Er hat unsere Erlaubnis. Ich darf auch für Henry sprechen«, sagte sie ruhig. »Was *du* möchtest, meine Liebe, das ist allerdings das Wichtigste.«

»Oh, ich gehe gern mit ihm essen«, sagte sie in dem Versuch, begeistert zu wirken. »Mehr ist es ja nicht.«

»Natürlich«, bekräftigte ihre Mutter. *Sie hat offenbar Angst*, dachte sie, *schließlich ist es das erste Mal, dass sie allein mit einem jungen Mann essen geht.* Laut sagte sie: »Ich bin sicher, dass er dich in ein nettes Restaurant führt, er verfügt über seinen sehr guten Geschmack. Ah, was ziehst du an? Da müssen wir wohl in die Stadt fahren, oder?«

In dieser Nacht schmiegte Audrey sich hinter der kalten Mauer des Orangenhains fest an Louis' Körper, um sich warm zu halten. Er hatte den ganzen Abend damit zugebracht, seine Wut am Klavier auszulassen, bis Diana Lewis ihn gebeten hatte, entweder etwas Melodischeres zu spielen oder es ganz bleiben zu lassen. »Ich will nicht, dass du mit ihm gehst, mein Liebling, aber wenn es bedeutet, dass wir uns dann weiterhin treffen können, nehme ich es in Kauf. Bitte sag, dass deine Eltern anfangen, mich zu mögen.«

»Es geht langsam, lass ihnen Zeit«, antwortete sie. Sie wollte ihn nicht verletzen, indem sie ihm von dem Gespräch mit ihrer Mutter berichtete.

»Aber Zeit haben wir nicht mehr viel«, stöhnte er.

»Was soll das heißen?«

»Nun, Cecil meint es sehr ernst mit dir, und du führst ihn an der Nase herum«, erklärte er, wobei er den Namen seines Bruders ausspie wie Gift. »Du kannst nicht für immer dein Spielchen mit ihm treiben. Und du kannst dich auch nicht für immer mir verweigern.«

»Ich verweigere mich dir nicht, Louis«, hauchte sie, tief gekränkt von seinem Vorwurf.

»Dann lass uns einfach zusammen durchbrennen.«

»Du weißt, dass ich das nicht tun kann.«

»Welche Wahl haben wir denn noch?«

»Zum Teufel mit meinen Eltern!«, zischte sie böse, wich zurück und blickte auf in Louis' Augen. »Warum ist es mir bloß so wichtig, was sie denken?«

»Weil du, meine schöne Audrey, mit ihrer Liebe aufgewachsen bist«, sagte er und strich zärtlich mit seiner warmen Hand über ihr Gesicht. Er küsste sie auf die Stirn. »Da ist es nur natürlich, dass du sie nicht kränken möchtest. Und du brauchst sie. Ach, Audrey, du bist nicht der Typ, der durchbrennen würde, wie?«

»Und du?«

»Natürlich. Ich würde, ohne mit der Wimper zu zucken, mit dir durchbrennen. Aber schließlich bin ich ja auch verantwortungslos.« Er lachte traurig.

»Ach, Louis. Du bist wunderbar. Für mich bist du wunderbar.«

»Ich liebe dich, Audrey«, sagte er leise, zog sie wieder an sich und strich mit den Lippen über ihre Schläfe. »Ich liebe dich wirklich und wahrhaftig.«

»Und ich liebe dich, Louis«, erwiderte sie. »Ansonsten zählt nichts. Wir werden immer zusammenbleiben.«

»Natürlich. Ich bin nicht so dumm, dich gehen zu lassen. Außerdem liegt ein Leben voller Abenteuer vor uns. Was soll aus all deinen Träumen werden? Jemand muss sie doch in Erfüllung gehen lassen.«

»Wir haben doch schon in Palermo getanzt.« Sie lachte.

»Dann tanzen wir eben auch auf dem Gipfel des Machu Picchu und über die Atacama-Wüste, wenn sie in Blüte steht. Wir tanzen über den Atlantik nach Paris und Rom und Wien. Wir tanzen um die ganze Welt herum, und ich werde die Musik niemals enden lassen. Das verspreche ich dir, Audrey, mein Liebling. Die Musik wird niemals enden.«

Sie barg ihr Gesicht an seinem Hals, überzeugt, dass er Recht hatte.

Sieben

Audrey sah dem Abend mit Cecil mit Bangen entgegen, nicht, weil seine Gesellschaft ihr unangenehm war, sondern weil sie sich Cecils Zuneigung bewusst war und wusste, dass das, was sie tat, falsch und verletzend war. Sie war ständig in Sorge wegen der wirren Intrige, in die sie sich langsam immer mehr verstrickte und die sie in ihren Sog zu ziehen drohte. Es war nicht ihre Art, jemanden zu kränken. Doch Isla überzeugte sie, dass in diesem Fall der Zweck die Mittel heiligte. »Lass dich nicht täuschen, Audrey. Cecil ist viel zu unterkühlt, um ein warmes Herz haben zu können.«

Cecil war unfähig, sich auf seine Arbeit, sein Spiel oder sonst etwas zu konzentrieren, was ihn von dem bevorstehenden Abend mit Audrey Garnet hätte ablenken können. Er hatte sich viel Mühe gegeben, das Rendezvous zu gestalten, denn er wollte sie unbedingt beeindrucken. Deshalb hatte er sich Henrys Model T geborgt, um in die Innenstadt zu fahren, wo sie im Theater Colón in einer vergoldeten Loge ein Ballett anschauen würden. Er stellte sich vor, wie sie in der Dunkelheit zärtliche Blicke tauschen würden; vielleicht gestattete sie ihm sogar, ihre Hand zu halten. Diese Wünsche kreisten in seinem Kopf, bis das Telefon klingelte, seine Träume in Scherben schlug und seine Aufmerksamkeit zurück in die Wirklichkeit riss. Doch kaum hatte er den Hörer aufgelegt, schweiften seine Gedanken schon wieder ab, bis Audreys ovales, sensibles Gesicht vor seinem inneren Auge auftauchte und ihn festhielt.

Cecil hatte mit seinem Bruder nie über seine Gefühle für Audrey gesprochen, aber überwältigt von der Vorfreude und dem

Bedürfnis, sein Glück zu teilen, öffnete er Louis nach der Arbeit während der Heimfahrt im Zug sein Herz. Während Cecils Gesicht vor Stolz und Zuversicht strahlte, krampfte sich Louis' Magen vor Eifersucht zusammen. Er versuchte, vom Thema abzulenken, doch Cecil war entschlossen und redete, bis Louis keine andere Wahl blieb, als ihm zuzuhören.

»Ich hatte nicht gewagt zu hoffen, dass sie meine Einladung annimmt. Sie ist unberechenbar. Doch als sie ja sagte, war es, als würde die Zugbrücke endlich herabgelassen, um mir Eintritt in die Festung zu gewähren.« Er seufzte, überzeugt, dass der Kampf um Audreys Herz beendet und er der Sieger war. Louis sah sein selbstzufriedenes Lächeln und ärgerte sich.

»Wohin willst du sie denn ausführen?«, fragte er mit erstickter Stimme.

»Audrey ist eine kultivierte junge Frau und liebt Musik und Tanz«, begann Cecil in einem Tonfall, der implizierte, dass er mehr über sie wusste als sein Bruder. Louis blickte aus dem Fenster, aber es war völlig dunkel draußen, und er sah nur sein eigenes graues Gesicht, das zurückstarrte. »Ich gehe mit ihr ins Colón; man gibt die *Giselle*«, erwiderte er. »Sie liebt das Ballett, weißt du, hat aber selten Gelegenheit, eines anzusehen.« Dann fügte er mit einem untypischen Zwinkern in den Augen hinzu: »Es wird eine Überraschung.«

Louis unterdrückte ein Stöhnen und hustete hinter vorgehaltener Hand. »Du hast ja an alles gedacht«, bemerkte er düster.

»Das hoffe ich.«

»Aber du selbst hältst doch gar nichts vom Ballett.«

»Das macht nichts. Ihr gefällt es. Es wird mir ein Vergnügen sein zu sehen, dass sie es genießt.«

»Bedräng sie nicht«, mahnte Louis, nicht fähig, sich zurückzuhalten.

»Wie meinst du das?«

»Sie ist noch sehr jung. Wenn du mit der Tür ins Haus fällst, verscheuchst du sie. Lass dir Zeit.«

Doch Cecil war seiner Sache so sicher, dass er lediglich wissend lächelte und entgegnete: »Das hier ist kein Spiel, Louis. Sie mag ja noch jung sein, aber sie hat den Verstand einer viel älteren Frau. Meine Pläne mit Audrey sind langfristig angelegt, und ich glaube, sie weiß das.«
Louis schauderte. Sein Bruder war unerschütterlich in seinem Glauben daran, dass Audrey seine Gefühle erwiderte. Plötzlich fühlte er sich gelähmt von widerstreitenden Empfindungen. Einerseits fühlte er sich schuldig – als sollte Cecils Herz absichtlich gebrochen werden. Er dachte an Shakespeares armen Malvolio und bedauerte sein böses Spiel. Andererseits aber wurde sein schlechtes Gewissen aufgehoben von seiner Eifersucht, und er genoss auf verdrehte Weise das sichere Wissen, dass sein Bruder am Boden zerstört sein würde, wenn Audrey endlich die Wahrheit offenbarte. Er zwang sich zur Geduld. Die Zeit würde diesen Knoten schon entwirren.
Am Bahnhof von Hurlingham angekommen, holte Louis sich verstohlen das zusammengerollte Briefchen, das Audrey zwischen die Ziegel geschoben hatte, und fand seine gute Laune wieder. Audrey liebte ihn, und wie sehr Cecil sie auch umwerben und bedrängen mochte, sie würde es sich niemals anders überlegen und Cecil ihre Liebe schenken. Als sie durch triste winterliche Straßen dem Club zustrebten, spielten Louis' Finger mit Audreys Brief. Das gab ihm ein warmes Gefühl der Sicherheit. Allmählich aber nagte ihr Geheimnis an seinem Gewissen und an seinem Stolz. Es drängte ihn, alle Welt wissen zu lassen, dass sie die Seine war. Voller Ungeduld wartete er darauf, sich mit ihr brüsten zu können. Er wusste nicht, wie lange er noch im Dunkeln tanzen könnte.

Rose war so beglückt über die aufblühende Romanze ihrer Tochter, dass sie den unverzeihlichen Fehler beging, beim Bäcker Diana Lewis gegenüber das bevorstehende Rendezvous zu erwähnen. Diana rief flugs Charlo Osborne an, die die Neugkeit beim Tee im Club an Colonel Blythe weitergab. Der Colonel zwirbelte seine Schnurrbartspitzen und brummte nachdenklich. »Ich kenne keinen feineren Kerl als Cecil Forrester«, sagte er und paffte seine türkische Zigarette. »Und die kleine Audrey ist ein Schatz, war sie schon immer.«

»Ein schönes Mädchen, wirklich schön«, bemerkte Charlo. An einer Frau bewunderte sie kaum etwas so sehr wie Schönheit, und nichts bedauerte sie mehr als die Tatsache, dass sie diese verloren hatte. »Ein Mädchen muss sein Aussehen einsetzen, solange es jung ist, denn Schönheit ist nicht von Dauer. Sieh mich an. Ich war recht hübsch als junge Frau. Wirklich hübsch. Aber jetzt ...« Sie seufzte, im Wissen, dass ihre Bemerkungen die richtige Reaktion beim alten Blythe hervorrufen würden.

Er tätschelte mit seinen groben, schwieligen Fingern ihre Hand und blinzelte sie mit unverhohlener Hingabe durch das starke Glas seines Monokels an. Charlo war nicht entgangen, dass der alte Colonel sich seit dem Sommer verändert hatte. Sie wusste nicht, wieso, aber es war, als wäre sein innerer Ladestock zerbrochen, was ihn unendlich viel menschlicher und, durfte sie es hoffen, romantischer wirken ließ.

»Du wirst hübsch reif, wie ein guter Weißwein, altes Mädchen«, sagte er, und seine trockenen Lippen spannten sich zu einem schelmischen Lächeln. »Schönheit ist gewöhnlich, meine Liebe, es gibt viel zu viel Schönheit und nicht genug Pfeffer. Aber du hast genug Pfeffer, um den ganzen indischen Subkontinent außer Betrieb zu setzen.«

Charlo kicherte und tat den lüsternen, durch sein Monokel vergrößerten Blick mit einem Schulterzucken ab. War es möglich, dass die Liebe das alte Schlachtross gezähmt hatte?

»Wirklich, Colonel, du bist zu großzügig«, wehrte sie ab, strich mit der Hand über ihr dichtes silbernes Haar und fixierte ihn listig mit ihren blauen Augen, die trotz ihrer Reptilienlider immer noch eine hypnotische Wirkung ausübten.

»Lass nur, altes Mädchen, du weißt ja, wie sehr ich dich verehre«, fuhr er fort und paffte angestrengt seine Zigarette.
»Ich habe deine Verehrung nicht verdient, Colonel.«
»Du hast sie verdient, aber du willst sie nicht«, schnauzte er gereizt und schlug mit der Faust auf den Tisch, sodass das Porzellan hüpfte, als hätte ein Erdbeben den Club erschüttert.
»Nun …«
»Du magst ja schon drei Ehemänner begraben haben, aber, bei Gott, ich habe den Großen Krieg überlebt. Mich auf die Schlacht mit dir einzulassen, das wäre die großartigste Schlacht von allen und eine mächtige Herausforderung. Du wirst einem alten Mann doch sicherlich nicht ein letztes Gefecht verweigern?«
»Ich bin wie eine Schwarze Witwe«, warnte sie.
»Es braucht mehr als einen Insektenbiss, um mich ins Grab zu bringen. Ich bin zäh wie ein Rhinozeros«, bellte er belustigt.
»Du machst mir keine Angst, Charlo, du bezauberst mich.«
»Ich bin alt.«
»Ich auch.«
»Zu alt für die Liebe.«
»Das glaubst du doch selbst nicht.«
»Sollte ich aber.«
Colonel Blythe kaute eine Weile an seiner Zigarettenkippe und schmunzelte über seine Unfähigkeit, sich diese Frau gefügig zu machen. »Du bist eine Frau, die Rasse hat, Charlotte Osborne. Am Ende krieg ich dich vielleicht doch noch.«
Charlos schönes Gesicht brannte vor Freude. »Das Ende mag für uns beide näher sein, als du jetzt denkst.«
»Ganz recht, meine Liebe, und deshalb möchte ich auch nicht noch mehr Zeit mit der Jagd verschwenden.«
»Für mich war die Jagd immer der erheiterndste Teil vom Ganzen«, sagte sie schnippisch und betonte das Wort *erheiternd* besonders genüsslich.
Colonel Blythe entfernte die Zigarette von seinen zuckenden

Lippen und kniff die Augen zusammen. »An diesem Punkt in unserem Leben hat es wenig Sinn, Spielchen zu spielen. Himmel, altes Mädchen, du solltest dich auf die Erheiterung freuen, die auf die Jagd folgt, und dich vorsorglich einfangen lassen.«

»Ich habe mich drei Mal einfangen lassen, Colonel, und wurde jedes Mal enttäuscht. Jetzt bin ich zu alt, um eine weitere Enttäuschung zu verkraften.«

Colonel Blythe schob die Zigarette wieder zwischen die Lippen und lehnte sich, vorübergehend geschlagen, in seinem Sessel zurück. »So, der kleine Cecil Forrester, wie? Da ist wohl keine Enttäuschung zu erwarten«, gluckste der Colonel.

»Noch nicht«, konterte Charlo säuerlich. »Aber sie wird kommen. Herzensangelegenheiten beinhalten immer ein gewisses Maß an Enttäuschung. Je höher das Herz sich aufschwingt, desto tiefer kann es stürzen.«

»Junge Leute.« Er seufzte. »Naivität ist eine große Gnade, genau wie Dummheit.«

»Eben. Mit dem Alter wird man zynisch.«

»Nur, wenn man es zulässt, altes Mädchen.«

Es dauerte nicht lange, bis der gesamte Club über Cecils Werbung um Audrey redete. Die Mädchen lobten in herablassenden Tönen ihre Wahl, wütend darüber, dass er Audrey ihnen allen vorgezogen hatte. »Typisch Audrey, dass sie ihr Herz an Cecil verliert«, bemerkten Agatha und Nelly und versteckten ihre Eifersucht hinter zuckersüßer Liebenswürdigkeit. »Sie ist so vernünftig. Die beiden sind ein entzückendes Paar.«

Die Krokodile diskutierten die Verbindung beim Bridge und stellten zu ihrer Enttäuschung fest, dass sie wenig zu kritisieren fanden. Nur Tante Hilda gab mit verkniffenem Mund ihrer Verbitterung Ausdruck. Sie hätte Cecil gern für eine ihrer Töchter gehabt.

Audrey fand es peinlich, dass alle informiert waren, und mied den Club. Rose, die nicht wusste, dass sie selbst die Klatschtiraden in Gang gesetzt hatte, war empört über das allgemeine Interesse an einer Angelegenheit, die niemanden etwas anging, und tat ihr Bestes, um ihre Tochter zu trösten.

Als der Abend der Einladung schließlich gekommen war, fühlte Audrey sich so unbehaglich, dass sie die Verabredung wegen echter, von Angst hervorgerufener Kopfschmerzen beinahe abgesagt hätte. Doch Isla massierte ihr die Schläfen mit Lavendelöl und erinnerte sie an die Gründe, aus denen sie die Einladung überhaupt erst angenommen hatte. »Morgen liegst du wieder in Louis' Armen, und wenn du es klug anstellst, kannst du Cecil noch ein bisschen länger hinhalten«, ermutigte sie sie.

»Ich glaube, dazu fehlt mir die Kraft«, widersprach Audrey. »Ich werde morgen mit Louis reden, ich kann diese Scharade einfach nicht länger durchhalten. Ich finde, wir sollten Mummy und Daddy einfach die Wahrheit sagen und die Konsequenzen auf uns nehmen. So schlimm wird es schon nicht sein.«

»Es *wird* schlimm«, sagte Isla unverblümt. »Hör zu«, fuhr sie fort, »wenn ich an deiner Stelle wäre, würde ich ja nicht lange überlegen, nein, ich hätte meine Liebe erst gar nicht geheim gehalten. Aber du bist zu anständig und hast zu viel Angst, ihnen Kummer zu bereiten. Du bist liebenswürdiger, als gut für dich ist. Wenn ich du wäre, ich wäre schon vor langer Zeit in Richtung Sonnenuntergang mit ihm durchgebrannt. Du warst schon immer feige, Audrey, deswegen lieben wir dich ja alle so, und deswegen werde ich mir eines Tages den Zorn der gesamten Gemeinde aufs Haupt ziehen, dessen bin ich mir sicher.«

Isla hatte Recht. Audrey war feige, war schon immer feige gewesen. Sie brachte es nicht fertig, ihrer Mutter wehzutun. Gern wäre sie ihrer Schwester ähnlicher gewesen. Doch wie sehr sie sich auch Mut zusprach in der Vorbereitung auf die unangenehme Eröffnung, in ihrem Herzen wusste sie doch, dass es nicht viel Sinn hatte. Das Glück ihrer Eltern würde ihr stets wichtiger sein als ihr eigenes.

Als der schicksalhafte Abend gekommen war, stand Cecil geschniegelt und gebügelt wie ein Offizier zur Parade vor der Tür. Der Duft seines Rasierwassers war so übermächtig, dass Audrey ihre Kopfschmerzen vergaß und ihr stattdessen übel wurde. Cecils Hände waren vor Nervosität schweißnass, seine Miene war so ernst, als ginge er zu einer Beerdigung. Ihm war bewusst, dass er zu viel Parfüm aufgetragen hatte, und das Wissen, dass es zu spät war, um diesen Fehler zu korrigieren, ließ ihn vor Verlegenheit stammeln. Er machte Audrey Komplimente für ihr langes fliederfarbenes Kleid und fragte sich, warum der gewandte, weltmännische Cecil Forrester ihn im Stich ließ, wenn er ihn doch am dringendsten brauchte. Isla saß auf der Treppe und kaute an ihren Fingernägeln, während ihre Mutter und Tante Edna hinter den Vorhängen im Wohnzimmer verborgen dem Aufbruch des Paares zusahen. »Er sieht wahnsinnig gut aus«, schwärmte Rose, als die beiden ins Auto stiegen.

»Er ist ein wahrer Gentleman«, bemerkte Tante Edna, »und von dieser Spezies gibt es heutzutage nicht mehr viele.«

»Ich finde überhaupt nicht, dass er der Richtige für Audrey ist«, meldete Isla sich kühn von der Treppe her. Betroffen fuhren Rose und Tante Edna herum. »Nein, er ist nicht der Richtige. Sie haben gar nichts gemeinsam. Audrey liebt Poesie und Musik, Cecil liebt die Armee und Schach. Sie passen überhaupt nicht zusammen. Das Letzte, was Audrey jetzt braucht, ist, von allen Seiten unter Druck gesetzt zu werden.«

»Wirklich, Isla, was soll denn das?«, fragte Rose bestürzt. Isla erhob sich und stieg die Treppe hinauf. Tante Edna sah Rose mit gerunzelter Stirn an, und Rose antwortete mit einem Kopfschütteln.

»Letztendlich wird sie ihn noch heiraten, nur um euch und Daddy eine Freude zu machen!«, rief Isla verzweifelt nach unten.

Gern hätte sie noch hinzugefügt: »Und außerdem liebt sie ihn gar nicht«, doch sie konnte sich noch rechtzeitig bremsen, öffnete die Tür zu ihrem Zimmer und stapfte hinein. Rose zuckte mit den Achseln, als die Tür ins Schloss knallte.

»Oh weh.« Sie seufzte. »Was ist denn in Isla gefahren?«

Tante Edna blickte ihre Schwester von unten herauf wissend an.

»Das grünäugige Monster?«, sagte Rose, die Ednas Gesichtsausdruck spontan interpretierte.

»Ich fürchte, ja«, erwiderte Tante Edna. »Immerhin hat sich Audrey größter Aufmerksamkeit erfreuen können und Isla nicht.«

»Du hast Recht, Edna. Ich war ausgesprochen unsensibel. Keine Angst, das bringe ich wieder ins Lot«, sagte sie, erleichtert, dass der Ausbruch ihrer Tochter offenbar kein Körnchen Wahrheit enthielt.

Im Auto öffnete Cecil weit das Fenster und ließ die frische Winterluft ein, die mit einem einzigen angenehmen Hauch Audreys Übelkeit und seine Befangenheit hinwegwehte. Sobald die anfängliche Verlegenheit vorüber war, kam das Gespräch gut in Gang, und Cecil fand seine Selbstsicherheit wieder. Fern der hoffnungsvollen Blicke von Mutter und Tante fühlte Audrey sich ruhiger, und wenngleich sie in Erinnerung an diese verbotenen, zauberhaften Nächte in Palermo sehnsüchtig aus dem Fenster blickte, stellte sie doch fest, dass ihre Ängste übertrieben gewesen waren. Ihr Herz gehörte Louis, aber nichts sprach dagegen, dass sie Cecils freundschaftliche Gesellschaft genoss.

Audrey war hingerissen vom Teatro Colón, das die breite Avenida 9 de Julio wie ein großartiger, verschnörkelter Palast aus einer Märchenwelt dominierte. Von goldenen, in der Winterdunkelheit glitzernden Leuchten erhellt, verströmte es die Eleganz und Vornehmheit von Paris, erinnerte an die Romantik

von Rom und repräsentierte für Audrey Kultur und Kunst einer fernen Welt, die sie eines Tages mit Louis genießen würde.
Cecil parkte den Wagen und nahm sich dann die Freiheit, ihr seine Hand auf den Rücken zu legen und sie über den glitzernden Gehsteig und die Straßen zu steuern. Die Stadt bezauberte Audrey, und sie fühlte Erregung aufsteigen und Leidenschaft durch ihre Adern fließen, bis sie ungehemmt lachen und plaudern konnte, Bemerkungen über die Menschen fallen ließ, über ihre Kleidung und ihren Schmuck, über das imposante Theater und über ihre eigene ungezügelte Freude.
Cecil war überwältigt von Glückseligkeit. Alles an Audrey war köstlich, insbesondere ihre Begeisterungsfähigkeit, die er jetzt zum ersten Mal erlebte. Hatte er sie zuvor schon geliebt, so war diese Liebe doch recht blass gewesen. Er blickte in ihr angeregtes Gesicht und hatte das Gefühl, sie so zu sehen, wie kein anderer Mensch sie je gesehen hatte, und es schmeichelte ihm maßlos, dass er derjenige war, für den sie zum Leben erwachte.
Sie nahmen ihre Plätze in einer der zahlreichen Logen ein, die wie vergoldete Rettungsboote über dem Rumpf des Schiffs an den Theaterwänden entlang aufgereiht waren, und betrachteten die hereinströmenden Menschen in ihren glitzernden Kleidern, mit Perlenhalsbändern und Diamantschmuck. Erwartungsvolles Stimmengesumm hing zusammen mit dem schweren Duft von Parfüm und Champagner in der heißen Luft. Audrey legte die behandschuhten Hände vor sich auf die Balustrade und spähte hinab auf die Männer im Orchestergraben, die inzwischen schon ihre Instrumente stimmten.
Cecil schlug das Programmheft auf und reichte Audrey ein kleines Opernglas.
»Oh, das ist herrlich!«, rief sie selig und fasste die Musiker ins Auge. »Sehen Sie nur, da ist der Dirigent«, flüsterte sie, als das Publikum aufhörte zu plaudern und pflichtschuldigst applaudierte. Der Dirigent verneigte sich knapp, wandte sich dann seinen Musikern zu und hob mit großer Geste und Theatralik

die Arme. Nachdem er einen Moment lang ihre Aufmerksamkeit gefesselt hatte, ließ er die Arme sinken und bewirkte mit einer neuerlichen Aufwärtsbewegung eine ehrfurchtgebietende Explosion von Musik.

Von dem Augenblick an war Audrey wie gebannt. Mit der Anmut von Gazellen sprangen die Tänzer und Tänzerinnen über die Bühne, und sie wandte nicht eine Sekunde lang den Blick von ihnen. Cecil, der sich nicht sonderlich für Ballett begeisterte, beobachtete Audrey in der Dunkelheit und erfreute sich genauso an ihrem wechselvollen Mienenspiel wie sie an der Vorstellung.

»Das war so wunderschön«, schluchzte sie am Ende des ersten Aktes. »Als sie Selbstmord begangen hat.«

»Ich freue mich, dass es Ihnen gefällt«, entgegnete Cecil, verblüfft über ihre heftige Reaktion. »Darf ich Ihnen etwas zu trinken holen? Ein Glas Champagner vielleicht?«

Sie nickte und kramte in ihrer Handtasche nach einem Taschentuch. »Oh weh, angesichts von schöner Musik und Tanzkunst muss ich immer weinen. Aber es ist auch so traurig.«

»Es muss Ihnen nicht peinlich sein, es ist hinreißend«, sagte er und reichte ihr ein Glas kühlen Champagners und sein eigenes seidenes Taschentuch.

»Isla hält mich für hypersensibel. Es gibt nichts, was sie zum Weinen bringt.«

»Das kommt noch, wenn sie älter ist. Für diese Art von Vorstellung ist sie noch ein bisschen zu jung«, bemerkte er in belehrendem Tonfall, wohl wissend, dass das Alter nicht das Geringste damit zu tun hatte. Er war immerhin dreißig, und der Zauber von Musik und Tanz drang überhaupt nicht bis in sein Inneres vor.

Audrey lachte perlend, weil sie wusste, was er dachte, und weil ihr die Worte ihrer Schwester in den Sinn kamen: Was fühlt ein Fisch? Es lag auf der Hand, dass Cecil völlig unbeeindruckt blieb, aber es war ihr gleichgültig. Sie wusste, dass Louis mit ihr zusammen geschluchzt, ihre Hand gehalten und die Macht der Musik genauso empfunden hätte wie sie. Cecils Mangel an Begeisterung war nebensächlich. Sie dachte an Louis, und ihr Lachen ging in ein versonnenes Lächeln über. Sie nippte an ihrem Champagner und wartete darauf, dass das Licht verlosch und der Vorhang sich hob, damit sie sich wieder in Träumen verlieren und sich vorstellen könnte, dass Louis an ihrer Seite säße.

Es geschah während des letzten Akts, als Audreys Tränen wieder zu fließen begannen, dass Cecil seine Hand auf ihre legte. Zuerst bemerkte sie es gar nicht, so sehr ließ sie sich von dem Ballett verzaubern. Doch dann ging ein Ruck durch ihren Körper und alles Blut schoss ihr in den Kopf, sodass ihre Wangen vor Verlegenheit brannten. Sie wusste nicht, wie sie sich verhalten sollte. Wenn sie ihm ihre Hand entzog, kränkte sie ihn vielleicht unnötigerweise, hielt sie still, mochte sie den falschen Eindruck erwecken.

Plötzlich konnte sie sich nicht mehr auf die Vorstellung konzentrieren. Unter seiner Hand lag die ihre wie ein toter Fisch in ihrem Schoß, zwar in den seidenen Handschuh gehüllt, aber trotzdem nicht unempfänglich für die Wärme seiner Haut. Nachdem ihrem Empfinden nach eine Ewigkeit verstrichen war, wurde ihr klar, dass sie nichts tun konnte. Sie musste die Berührung einfach vergessen und sich, so gut sie konnte, auf den Schluss des Balletts konzentrieren. Und sie versuchte, sich einzureden, es wäre einfach nur eine freundschaftliche Geste. Immerhin hatte sie wieder angefangen zu weinen, und welcher Mann würde es sich versagen, eine tränenüberströmte Frau zu trösten? Er wollte nur nett sein. So bemühte sie sich, ihre Hand als vom Körper losgelöst zu betrachten, und dem Ensemble auf der Bühne ihre ungeteilte Aufmerksamkeit zu widmen.

Cecil fühlte sich ermutigt, weil sie ihm ihre Hand nicht unter irgendeinem Vorwand entzogen hatte. So wagte er sich noch ein bisschen weiter vor und drückte tröstend ihre Finger. Bislang war der Abend ein großer Erfolg.

Als die Vorstellung beendet war, führte Cecil Audrey die Treppe hinab und aus dem Theatergebäude zu einem kleinen Restaurant ganz in der Nähe. Audrey wirkte bedrückt. Cecil vermutete, dass sie zu bewegt war, um sprechen zu können. Aber unter der Seide brannte Audreys Hand noch immer, und ihr Kopf schmerzte unter dem Eindruck, dass ihre Grenzen überschritten worden seien – und dass sie es zugelassen hatte.

Audrey wollte Cecil den Abend nicht verderben, nicht, nachdem er sich solche Mühe gegeben hatte: Es wäre nicht fair gewesen, ihm den Genuss zu schmälern. So brachte sie unter Aufbietung aller Kräfte ein Lächeln zustande und unterhielt sich lebhaft mit ihm in dem verzweifelten Versuch, so zu strahlen wie zu Beginn des Abends, als ihre Vorfreude aufs Ballett sie so herrlich angeregt hatte. Cecil war zu dickfellig, um den leisen Stimmungswechsel wahrzunehmen, er sah nur oberflächlich ihr Gesicht und das Glitzern in ihren Augen, die ihn ihrer Zuneigung versicherten.

Erst als sie in der Kälte vor dem Eingang zu Audreys Elternhaus standen, gelang es Cecil endlich auszusprechen, was er schon sagen wollte, seit er im Theater seine Hand auf ihre gelegt hatte. »Audrey«, hob er an, »ich habe diesen Abend sehr genossen.«

»Ich auch, Cecil, ich kann Ihnen gar nicht genug danken«, entgegnete sie und wandte sich, froh, dass der Abend vorüber war, ab, um die Tür zu öffnen.

»Doch, das können Sie«, sagte er und ergriff plötzlich ihren Arm. Sie fuhr herum und erkannte noch rechtzeitig die beängstigende Absicht in seinem Blick. Aber ihr fiel nichts ein, was sie hätte sagen können, um ihn abzuschrecken. »Ich möchte Sie heiraten, Audrey«, sagte er und lächelte siegesgewiss, als wäre er überzeugt, dass sie diese Worte genauso dringend zu hören wünschte, wie er sie aussprechen wollte. Sie taumelte zurück und lehnte sich Halt suchend gegen die Tür. »Ich weiß, es kommt überraschend, und Sie müssen mir Ihre Antwort auch nicht schon heute oder morgen Abend geben. Denken Sie darüber nach. Aber ich weiß, dass Sie die Frau sind, mit der ich den Rest meines Lebens verbringen möchte, und ich denke, Sie wissen es auch. Sie wissen es, Audrey, nicht wahr?«

Audrey suchte verzweifelt nach Worten, doch in ihrem Kopf überstürzten sich die Gedanken plötzlich derartig, dass ihr nichts einfiel. Stattdessen stand sie unsicher mit offenem Mund da, blickte ihn fassungslos an und wäre am liebsten weinend zusammengebrochen.

Cecil öffnete ihr die Tür und geleitete sie in die Eingangshalle. »Ich warte voller Ungeduld auf Ihre Antwort«, flüsterte er aus Rücksicht auf den schlafenden Rest der Familie. »Gute Nacht.«

Mit Mühe wandte Audrey sich um und flüsterte verwirrt: »Gute Nacht«, als er die Tür schloss und seinen Lieblingsmarsch pfeifend den Weg zur Straße hinabschritt.

Audrey taumelte die Treppe hinauf, versuchte, ihr Entsetzen fortzublinzeln, hielt sich am Geländer fest, um nicht zu stolpern. Isla, die im Schlafzimmer ihrer Schwester wartete, hörte die schweren Schritte und schlich hinaus auf den Treppenabsatz. Als sie Audreys blasses Gesicht und ihre blauen Lippen sah, fürchtete sie sogleich das Schlimmste. »Oh Gott, ist er über dich hergefallen?«

Audrey schüttelte langsam den Kopf. »Das wäre vergleichsweise ein Segen gewesen«, antwortete sie tonlos.

»Was könnte denn noch schlimmer sein?«

Audrey zog die Brauen hoch. Isla verschränkte die Arme vor der Brust. »Er hat dir einen Heiratsantrag gemacht, nicht wahr?«

Audrey nickte und lächelte kläglich. »Jetzt bin ich wirklich gehörig ins Fettnäpfchen getreten.«

»Nicht so schlimm«, sagte Isla fest. »Du hast doch abgelehnt, oder?«

»Ich habe gar nichts gesagt.«

»Du hast *nichts* gesagt?«, wiederholte Isla und rümpfte die Nase. »Warum nicht?«

»Ich wusste nichts zu sagen; der Schock war zu groß.«

»Du hättest *nein* sagen können.«

»Ach, Isla, was soll ich nur tun?« Sie schniefte, zog ihren Handschuh aus und wischte sich mit Cecils seidenem Tüchlein die Tränen ab.

»Komm herein«, forderte Isla sie ruhig auf. »Ich schätze, es ist an der Zeit, allen die Wahrheit zu sagen.«

Acht

Als Audrey Louis' nächsten Brief las, erfuhr sie zu ihrer Verblüffung, dass Cecil ihm von seinem Heiratsantrag berichtet hatte. *Mich verzehrt eine brennende Eifersucht*, schrieb Louis. *Obwohl ich weiß, dass solche Gefühle überflüssig sind, verachte ich meinen Bruder wegen seiner Kühnheit.*

Audrey wurde noch mutloser. Sie hatte es ihm persönlich sagen wollen, in derselben Nacht noch im Garten, um die Angelegenheit gemeinsam zu besprechen und einen Plan zu schmieden. Sie dachte an Cecil, und ihre Abneigung wuchs. Dann schauderte sie angesichts der Möglichkeit, dass er auch noch mit anderen darüber redete. Sie hatte gehofft, aufzuwachen und zu erkennen, dass alles nur ein böser Traum gewesen war. Jetzt blieb ihr nur noch ein Ausweg: Sie musste Cecil gestehen, dass sie ihn nicht liebte und ihn niemals heiraten würde. Dann musste sie einfach ihren Eltern beichten, dass sie ihr Herz an Louis verloren hatte, und sich den Konsequenzen stellen.

Hastig stopfte sie ihren Antwortbrief in das Mauerloch und ließ den Bahnhof hinter sich, bevor Juan Julio sie wieder einmal auf dem Bahnsteig entdeckte. Sobald sie fort war, schlurfte der Bahnhofsvorsteher wie eine träge, fett gefütterte Katze aus seinem Büro, kratzte sich im Schritt und schaute in die Runde, um sich zu vergewissern, dass niemand ihn beobachtete, wenn er die nächste Entwicklung in einer Liebesgeschichte las, die ihn fesselte wie ein romantischer Roman ein junges Mädchen. Er lungerte an der Mauer herum, zitternd vor Erwartung, und blickte verstohlen auf dem Bahnsteig auf und ab. Als er sicher sein konnte, dass Audrey Garnet endgültig gegangen war, schob er die dicken Finger in das Loch und zog das weiße Briefchen heraus wie eine Schnecke aus ihrem Haus. Leise lachend suchte er nach dem Wort *Liebe*, eines der wenigen englischen Worte, die er verstand, und nach weiteren Begriffen, die Ähnlichkeit mit den spanischen hatten. Es war nicht wichtig, dass der Inhalt der Briefe ihm verschlossen blieb; das Geheimnis an sich faszinierte ihn so, dass er oft den nächsten Tag kaum erwarten konnte.

Nachdem er den Brief sorgfältig wieder an seinem Platz verstaut hatte – er würde sich seinen Spaß doch nicht durch Nachlässigkeit verderben –, schlurfte er weiter den Bahnsteig entlang zum Signal, wo er vor der Kälte geschützt sitzen konnte, bohrte in der Nase und grübelte über das Schicksal dieser unglückseligen Liebenden nach.

Als Isla aus der Schule zurückkam, war sie blass und weinerlich und behauptete, sich nicht gut zu fühlen. Albert verdrehte die Augen und warf ihr vor zu simulieren, um Aufmerksamkeit zu erregen, und Rose stimmte ihm im Stillen zu, bis sie Islas Fieber maß und zu der Überzeugung kam, dass sie sich eine scheußliche Grippe eingefangen hatte.

»Mir tut alles weh«, jammerte Isla, kroch unter die Bettdecke und rollte sich zu einer Kugel zusammen.

»Alles wird wieder gut, Isla, Schätzchen«, tröstete ihre Mutter sanft. »Ich mache dir eine schöne heiße Zitrone mit Honig, dann wirst du schnellstens wieder gesund.«

»Vermutlich braucht sie morgen wohl nicht in die Schule zu gehen«, murrte Albert. Es war nicht das erste Mal, dass Isla unter dem Vorwand einer vermeintlichen Krankheit die Schule schwänzte. Doch dieses Mal hatte sie Fieber als Beweis ihres Unwohlseins, und sie lag im Bett und verlangte melodramatisch wie eine Diva Zuwendung und Aufmerksamkeit.

»Ach, liebste Isla.« Seufzend ergriff Audrey die heiße Hand ihrer Schwester. »Du armes Ding. Geht es dir sehr schlecht?«

»Scheußlich«, erwiderte Isla. »Aber du kannst mich aufmuntern. Triffst du dich heute Abend mit Louis?«
»Natürlich, und dann sage ich Cecil die Wahrheit.«
Isla zog eine Grimasse, als bezweifelte sie, dass ihre Schwester den Mut dazu aufbrachte. »Nur Cecil, oder schenkst du auch Mummy und Daddy reinen Wein ein?«
»Allen. Ich habe es satt, zu lügen und meine Gefühle zu verbergen, und Louis geht es genauso.«
»Gut!«, rief Isla und lächelte strahlend. »Ich freue mich schon auf den Skandal.«
»Aber mir tut Cecil Leid, weißt du, er ist ein so netter Mensch. Er hat es nicht verdient, so behandelt zu werden, wie ich es getan habe. Ich habe auf grausame Art mit seinen Gefühlen gespielt.«
»Ach, du liebe Zeit, Audrey«, schimpfte Isla. »Es ist seine eigene Schuld, er hätte nicht so mit der Tür ins Haus fallen dürfen. Es war erst die erste Einladung zum Essen, und es gehört sich nicht, dass Männer so frühzeitig einen Antrag machen.« Dann blickte sie Audrey aus schmalen Augen an, die in einer Mischung aus Fieber und Schalk glänzten. »Du musst ihn dazu ermutigt haben, dass er so spontan handelte.«
Audrey wurde blass vor Entsetzen. »Ich habe nichts getan, was ihn hätte ermutigen können«, begehrte sie ob des Vorwurfs tief gekränkt auf. »Überhaupt nichts.« Sie verschränkte abweisend die Arme und dachte mit Schaudern daran, dass sie Cecil ihre Hand überlassen hatte.
»Entschuldige. Ich wollte ja nicht behaupten, dass du ihn absichtlich ermutigt hättest, sondern höchstens, dass er dich falsch verstanden hat.«
»Er hat mich eindeutig falsch verstanden«, erwiderte sie rasch und senkte den Blick unter der eindringlichen Musterung durch ihre Schwester.
»Du bringst das in Ordnung«, versicherte Isla. »Aber mach dich auf ein Donnerwetter gefasst.«

Tante Hilda saß vor ihrem Frisiertisch und massierte Feuchtigkeitscreme in ihre faltige Haut. Wie so viele Frauen, die in heißen Klimazonen leben, hatte sie sich das Gesicht allzu oft von der Sonne verbrennen lassen, und jetzt konnte auch die beste Pflege den Schaden nicht mehr beheben und auch nicht die immer deutlicheren Spuren der Verbitterung auslöschen, die ihre Züge mit der gleichen Intensität zerstörten. Hatte die Jugend sie einstmals mit einer gewissen Schönheit ausgestattet, war diese ihr doch vom Alter wieder genommen worden. Ihre kalten, blutunterlaufenen Augen wiesen kaum etwas Attraktives auf, genauso wenig wie ihr schmaler Mund, der selten lächelte, selbst in den wenigen Augenblicken, da sie wirklich etwas wie Glück erlebte. Sie war unfähig, sich über das Glück anderer Menschen zu freuen, und hatte sich angewöhnt, ständig vom Leben enttäuscht zu sein. Für Tante Hilda war ihre negative Welt so zuverlässig wie sicher und vertraut.

Als Nelly, ihre zweite und am wenigsten fade Tochter, mit der Nachricht, dass Isla mit der Grippe daniederlag, ihr Zimmer betrat, hörte Hilda auf, ihr Gesicht mit Creme zu traktieren, und bemerkte, dass sie nicht eine Sekunde lang daran glaubte. »Dieses Kind tanzt Rose auf der Nase herum.« Sie seufzte. »Ich habe guten Grund zu der Annahme, dass sie eine geheime Affäre mit diesem grauenhaften Louis Forrester unterhält. Grippe, dass ich nicht lache.«

Nelly, die mit der ungesunden Missgunst ihrer Mutter wegen der schöneren und anmutigeren Töchter ihrer Schwester aufgewachsen war, liebte nichts so sehr wie ausgedehnte Gespräche, die die Vollkommenheit ihrer Cousinen untergraben sollten. Der Umstand, dass sie selbst auch für Louis Forrester schwärmte, erhöhte noch ihre Kritiklust. »Wie kommst du darauf?«, fragte Nelly und versteckte ihr Gekränktsein hinter gespielter Entrüstung.

Hilda schraubte den Deckel auf die Dose und entfernte überschüssige Creme mit einem Tüchlein von ihrem Gesicht. »Für alle anderen ist es offensichtlich, Nelly, außer für die liebe Rose und den guten Henry«, erklärte sie. »Sie gehen völlig in Audreys Romanze mit Cecil auf. Ich sage dir, sie werden den Tag noch verfluchen, an dem diese beiden Jungen über Hurlingham hereingebrochen sind.«

»Aber woher weißt du, dass Louis in Isla verliebt ist?«, wollte Nelly gereizt wissen. Auf diesen Gedanken war sie selbst noch nicht gekommen. »Isla ist doch bestimmt noch viel zu jung, um sich für Jungen zu interessieren.«

Ihre Mutter schnaubte und zog die fein gezupften Augenbrauen hoch in die glänzende Stirn. »Liebes, Edna ist ganz meiner Meinung. Rose hat sogar gesehen, wie die beiden Zettelchen austauschten, und augenscheinlich sind sie unablässig mit Neckereien beschäftigt.«

»Warum sollten sie ein Geheimnis daraus machen? Isla ist doch bekannt für allen möglichen Ärger. Sie blüht auf, wenn sie Unruhe stiften kann.«

»Das mag schon sein, aber sie kennt den Unterschied zwischen Ärger und Skandal. Sie ist schlau wie ein Fuchs, die Kleine. Glaubt, sie könnte uns alle hinters Licht führen. Grippe, dass ich nicht lache. Sie stellt sich lediglich krank, um sich heimlich mit Louis treffen zu können. Du wirst schon sehen.«

»Wenn das stimmt, sind Louis und Isla füreinander geschaffen. Sie sind beide verantwortungslos«, bemerkte Nelly, um ihre Mutter zu weiteren Ausführungen zu reizen. Sie hatte Erfolg, denn Hilda fuhr auf ihrem Hocker herum und zog sich den rosa Morgenmantel über der dürren Brust zusammen.

»Du hast ja so Recht, Nelly. Ich ziehe wenigstens eine Tochter mit anständiger Gesinnung groß. Isla ist schlau wie ein Fuchs, hat aber den Kopf voller Flausen. Heutzutage respektieren die Männer Frauen, die denken können. Wer sich auf eine heimliche Affäre mit Louis Forrester einlässt, begeht gesellschaftlich gesehen Selbstmord. Ja, so ist es, glaub mir. Denk an die Geschichten, die über den Atlantik gekommen sind. Und er hat vermutlich gedacht, seine Vergangenheit könnte ihn hier nicht mehr einholen.«

Sie hob die Augenbrauen, als wollte sie auf alle möglichen Scheußlichkeiten hinweisen. »Ihre Tugend ist das höchste Gut einer Frau. Wenn sie die verliert, hat sie alles verloren«, erklärte sie feierlich, eindeutig, um die Erziehung ihrer Tochter in richtige Bahnen zu lenken.

Nelly konnte ihrer Mutter nicht in die Augen sehen. »Soll das heißen, dass Louis nur das eine will, Mummy?«, fragte sie und errötete tief angesichts der sinnlichen Vorstellungen, die ihr in den Kopf kamen und Louis nur noch attraktiver für sie machten.

»Genau das. Ich danke Gott, dass du und deine Schwestern zu viel Klasse habt, um sein streunendes Auge auf euch zu ziehen.«

Doch Nelly hätte liebend gern seine Blicke auf sich gezogen, und insgeheim bewunderte und verabscheute sie Islas Mut.

Es regnete in Strömen, als Louis und Cecil zum Aperitif bei den Garnets eintrafen. Cecil brannte darauf, Audrey zu sehen, und hoffte auf ihre Antwort, während Louis sich verzweifelt wünschte, der Scharade ein Ende zu setzen und allen die Wahrheit zu sagen. Isla schmachtete in ihrem Bett. Ihr Fieber stieg so schnell und grimmig, dass Rose den Arzt rufen musste. Der Atem des Schicksals streifte das Fenster, als suchte er nach einem Weg ins Zimmer, um Isla mit hinaus in die Dunkelheit zu tragen.

Sie hörte den Regen gegen die Scheiben prasseln, und in ihrem angegriffenen Zustand, geschwächt vom Fieber, glaubte sie, das Scharren der Klauen einer hässlichen Bestie zu hören, und rief nach ihrer Mutter.

Rose war zu beschäftigt mit ihrer jüngeren Tochter, um den Brüdern viel Beachtung schenken zu können, die aus der Kälte ins Haus schlurften und wie Hunde ihre nassen Schultern schüttelten. Also sprach Henry im Wohnzimmer am Kamin mit Cecil über Geschäftliches, während Louis mürrisch auf dem Sofa

hockte und wünschte, Audrey würde diesem Albtraum ein Ende setzen und allen die Wahrheit sagen.
Audrey jedoch wartete zusammen mit ihrer Mutter sorgenvoll auf den Arzt. Cecil spürte, dass es nicht der richtige Augenblick war, sie zu einer Antwort zu drängen, und Louis wurde klar, dass sie noch warten mussten, bevor sie die Bombe platzen ließen.
Als der Arzt eintraf, stürzten sich die beiden Frauen auf ihn. Audrey nahm ihm den durchnässten Mantel ab, während Rose ihn beinahe zur Treppe hin zerrte. »Sie phantasiert, Doktor, das Fieber ist schlimm, ganz schlimm«, wiederholte sie immer wieder und schüttelte angsterfüllt den Kopf. »Sie schwitzt stark und murmelt etwas von einer Bestie. Ich hoffe, Sie können etwas tun, um dem armen Kind zu helfen.«
Doktor Swanson, ein alter Brite mit dem dicken, wolligen Kopf eines Schafs und dem geröteten Gesicht eines Mannes, der nach seinem schweren Tagewerk gern ein paar harte Drinks genießt, folgte Rose zu Islas Schlafzimmer, in der Hand die schwarze Arzttasche, die die Schwestern als Kinder immer so fasziniert hatte. Jetzt wirkte sie nur noch bedrohlich, und Audrey wurde von Angst gepackt.
Als er Islas brennende Augen sah, stellte er seine Tasche hin und trat mit sorgenvoll gefurchter Stirn an ihr Bett. »Du hast aber ein gehöriges Fieber, Mädchen«, sagte er und legte ihr seine kühle Hand auf die Stirn. Isla blinzelte ihn stumm an, überwältigt von der Macht, die mit einer so rasenden Geschwindigkeit alle Energie aus ihr saugte.
»Sie war nur ein bisschen blass, als sie heute Nachmittag aus der Schule kam«, erklärte Rose händeringend. »Es ging furchtbar schnell. Eben noch hatte sie erhöhte Temperatur, und im nächsten Moment glühte sie am ganzen Körper.«
Doktor Swanson zog sich einen Stuhl heran, setzte sich und hob sich die schwarze Tasche auf die Knie.
»Muss ich sterben?«, fragte Isla plötzlich.

Doktor Swanson schmunzelte amüsiert. »Nicht an der Grippe, meine Liebe. Hier ist noch kein Mensch an der Grippe gestorben«, ermutigte er sie und entnahm seiner Tasche ein langes, schwarzes Stethoskop.

»Wirklich, Isla, sag doch nicht so etwas«, weinte Audrey und sah ihre Mutter Unterstützung suchend an.

»Typisch Isla, so zu übertreiben«, sagte Rose in gespielter Belustigung. Doch ihr war unbehaglich zu Mute, als wollte ihr Instinkt ihr etwas sagen. »Komm, Audrey, mach ein bisschen Platz für den Doktor«, sagte sie und führte ihre Älteste hinaus zum Treppenabsatz. »Geh hinunter und unterhalte dich mit den Jungen. Bestimmt langweilt Henry sie mit seinen Geschäften. Deswegen sind sie nicht hergekommen, und sie haben ja den ganzen Tag Zeit, über Geschäftliches zu reden«, sagte sie.

Doch Audrey wollte nicht gehen. »Ich will hier mit dir warten.«

»Nein, Liebes, Cecil wäre enttäuscht, wenn du nicht hinuntergehst.«

»Isla ist wichtiger«, widersprach sie.

»Und sie ist bald wieder gesund. Sie hat eine schwere Grippe. Wie der Doktor schon sagte: Kein Mensch stirbt an einer Grippe.«

»Gut, ich gehe hinunter, aber nur, wenn du mir versprichst, uns sofort, wenn der Arzt gegangen ist, mitzuteilen, was er gesagt hat.«

Rose nickte und schob ihre Tochter am Ellbogen sanft zur Treppe.

Audrey hörte noch, wie ihre Mutter zurück in Islas Zimmer ging und die Tür hinter sich schloss.

Die Atmosphäre im Wohnzimmer war angespannt, obwohl Albert und seine beiden jüngeren Brüder am Kartentisch in der Ecke Whist spielten. Audrey saß neben Louis auf dem Sofa, während Cecil sie steif aus seinem Lehnstuhl heraus im Auge behielt.

»Wie geht es ihr?«, fragte Henry in seinem üblichen phlegmatischen Tonfall, als ob es sich um eine Routineangelegenheit handelte.

»Gar nicht gut, Daddy«, antwortete Audrey feierlich.

»Das arme Mädchen«, sagte Louis und versenkte seinen Blick so lange, wie es als unverfänglich gelten konnte, in Audreys. Audrey wusste, was er dachte, doch zu ihrer eigenen Verwunderung empfand sie nichts anderes als Angst um ihre Schwester.

»Sie sieht schrecklich aus«, fuhr sie fort. »Vor einer Weile ging es ihr noch einigermaßen gut, aber jetzt hat es sie richtig erwischt.«

»Bei einer Grippe ist die erste Nacht immer die schlimmste«, bemerkte Cecil, getrieben von dem Wunsch zu helfen. Dann fügte er leise hinzu und blickte dabei von Audrey zu Henry: »Vielleicht sollten wir lieber gehen.«

»Auf gar keinen Fall, Cecil«, entgegnete Henry und griff nach dem Humidor. »Zigarre gefällig?« Cecil beugte sich vor und spähte in das Kästchen.

»Verdammt gute Zigarren, frisch aus Havanna«, erklärte Henry voller Stolz. »Louis?«

Louis schüttelte den Kopf. Cecil jedoch nahm eine, lehnte sich in seinem Sessel zurück und zündete sie an. »Isla ist aus dem rechten Holz geschnitzt. Morgen früh ist sie wieder wohlauf, du wirst es sehen«, fuhr Henry fort und lächelte Audrey an. »Die Frauen in unserer Familie sind sehr anfällig für Ängste.« Er lachte leise. »Kein Mensch ist je an der Grippe gestorben.«

Audrey saß schweigend da, während Cecil und ihr Vater über Politik und Wirtschaft redeten und dann auf die Insel in weiter Ferne zu sprechen kamen, die sie als ihre Heimat betrachteten. Louis hätte gern ihre Hand gehalten, um ihr Kraft zu geben, aber sie wirkte so abwesend, als hätte sie ihm für diesen Zeitpunkt ihre Liebe entzogen. Ihm schnürte sich die Kehle zusammen, wenn er daran dachte, dass sie ihm langsam entgleiten könnte. Er hatte das Gefühl, dass etwas Fürchterliches passieren

würde, und alle Farbe wich aus seinem Gesicht, bis ihm übel wurde.
Audrey hörte den Doktor am Kopf der Treppe leise mit ihrer Mutter reden. Sie spitzte die Ohren, konnte jedoch nicht verstehen, was sie sagten. Dann stiegen sie herab in die Eingangshalle, verweilten, während der Arzt in seinen Mantel schlüpfte, und verabschiedeten sich dann so laut, dass Audrey glaubte, es hätte etwas Positives zu bedeuten. Irgendwann dann trat Rose ins Wohnzimmer und zwang sich zu einem Lächeln, das unübersehbar gequält in ihren Mundwinkeln hockte. »Sie wird gesund«, sagte sie an Audrey gewandt. »Die Nacht wird schlimm für sie, aber morgen früh wird es ihr besser gehen.«
»Darf ich zu ihr?«, fragte Audrey.
»Ja, aber bleibe nicht zu lange. Sie braucht Ruhe«, antwortete ihre Mutter und ließ sich in einen Sessel sinken. »Mutter zu sein ist keine leichte Aufgabe«, bemerkte sie und seufzte. »Ständig lebt man in Angst um die Kinder, selbst dann, wenn sie schon lange keine Kinder mehr sind.«
Louis blickte Audrey nach, als sie aus dem Zimmer ging, und wäre ihr gern gefolgt. Zwar würde der Regen sie nicht von ihrem mitternächtlichen Rendezvous fern halten, wohl aber Islas Krankheit. Ihrer Schwester stand sie näher als irgendeinem anderen Menschen auf der Welt, ihn eingeschlossen. Er beobachtete, wie Cecil seine Zigarre rauchte, und verstand, dass sein Bruder hinter seiner stahlharten Fassade genauso besorgt war wie er selbst. Und dennoch nahm Louis ihm seine Besorgtheit übel. Wie konnte er es wagen, solche Gedanken zu hegen! Doch sosehr er sich auch wünschte, endlich die Hoffnungen seines Bruders zunichte zu machen, wusste er doch, dass er warten musste, bis Isla wieder gesund war, denn bis zu Islas Genesung gehörte Audrey der Schwester.

Der Regen prasselte unaufhörlich. Louis und Cecil eilten unter ihren Schirmen zurück zum Club, beide schweigend, allein mit ihren Gedanken. Während Cecil sich wegen Audrey sorgte und betete, dass Isla am Morgen wieder gesund sein möge, erreichte Louis den Club missgestimmt vor Enttäuschung. Audrey hatte ihn kaum wahrgenommen. Wütend, weil sie ihn behandelt hatte wie einen Fremden, setzte er sich in seinem durchnässten Anzug in den Gobelinsessel, betrunken von Kummer und Alkohol, und lebte seine Qual auf den Tasten des Klaviers aus, bis sein Bruder und Colonel Blythe gezwungen waren, den wild fluchenden Mann fortzuschleppen und in seinem Schlafzimmer einzuschließen.

»Mein lieber Freund«, sagte der Colonel zu Cecil, als sie dann in der Lounge bei einem doppelten Whisky zusammensaßen, »dieser junge Mann braucht dringend ein bisschen mehr Disziplin. Die Armee hätte ihm verdammt gut getan. Hätte einen Mann aus ihm gemacht. Sinnlos, wegen einer Frau zu heulen. Die Frauen sind es nicht wert, diese geldgierigen Biester.« Er trank sein Glas auf einen Zug aus und dachte an Charlo Osborne. »Geldgierige Biester, alle, wie sie da sind«, sagte er mit einem verächtlichen Schnauben.

Cecil überlegte, ob Louis womöglich in Isla verliebt war, doch dann benebelte der Whisky seine Gedanken, und er hörte auf, darüber zu grübeln, und dachte nur noch an Audrey.

Audrey leistete ihrer Mutter Gesellschaft in der angstvollen Nachtwache und sah, wie der glühende Leib ihrer Schwester nach und nach vom Fieber verzehrt wurde und ihre Kraft nachließ. Schließlich überredete Henry sie, schlafen zu gehen. »Ihr macht ihr nur Angst«, sagte er und führte seine Frau sanft beim Arm aus dem Zimmer. »Lasst sie doch in Frieden schlafen.«

Audrey konnte nicht schlafen. Sie lauschte dem Regen und hatte Angst um Isla, bis ihre Tränen ihr Kissen netzten. Cecil und Louis hatten keinen Platz in ihren Gedanken. Sie krallte die Finger ins Laken und dachte an all die Nächte, in denen sie an den warmen Körper ihrer Schwester geschmiegt gelegen und ihr von den mitternächtlichen Rendezvous mit Louis und den heimlichen Ausflügen nach Palermo erzählt hatte. Isla hatte jede Minute miterlebt. Audrey wäre gern zurückgeschritten in diese Zeit, um die schönen Momente noch einmal zu erleben, denn etwas Grauenhaftes, Bedrohliches hatte sie jetzt im Griff. Sie wagte nicht, es wahrzunehmen. Versuchte, es zu ignorieren. Doch je bemühter sie sich auf die schönen Zeiten konzentrierte, desto stärker wurde die Angst, sie könnte Isla verlieren, bis sie nicht länger zu unterdrücken war.

Leise schlich sie in das Zimmer ihrer Schwester. Die Fenster klapperten unter den Anprall des Regens, aber das Licht der Straßenlaternen drang ins Zimmer und beleuchtete das Bett und Islas fiebergeschüttelten Körper. Mit bangem Herzen setzte Audrey sich auf die Bettkante, nahm den Schwamm aus der Waschschüssel und tupfte mit großer Zärtlichkeit Islas schweißnasse Stirn ab. »Bitte werde wieder gesund«, flüsterte sie. »Oh, bitte, Isla, du musst kämpfen.«

Isla warf den Kopf von einer Seite zur anderen und stöhnte. Audrey fing an zu weinen. »Gott, hilf ihr, denn ich bin so hoffnungslos, ich weiß nicht, was ich tun soll.« Dann redete sie noch eindringlicher auf Isla ein, um ihre Schwester zu wecken und zum Zuhören zu bewegen. »Ich spüre, wie du entgleitest, Isla. Bitte, entgleite mir nicht. Ich brauche dich.«

In diesem Moment schlug Isla die Augen auf. Sie waren rot gerändert und glänzten wie feuchte Kiesel. Früher so scharf und lebhaft, wirkten sie jetzt abwesend, als stünde nur das halbe Haus zwischen dieser Welt und der nächsten. »Isla, kannst du mich hören?«, fragte sie mit zitternder Stimme und legte den Schwamm zurück in die Schüssel. Isla schaute sich um, als fühlte sie sich fremd in ihrem eigenen Schlafzimmer. Audrey spülte den Schwamm aus und betupfte die heiße Haut am Hals ihrer Schwester.

Isla jedoch schien es nicht wahrzunehmen und sah sich immer noch blinzelnd in dem kleinen Zimmer um, das ihr nur noch wenig bedeutete. Audrey beobachtete sie verzweifelt. Sie wollte ihre Mutter rufen, doch Isla hatte offenbar keine Schmerzen. Sie schrie nicht. Im Gegenteil, sie wirkte zufrieden und heiter. Audrey hoffte, dass sie das Schlimmste überstanden hatte.

Als Isla ihre Schwester ansah, hielt sie sie im ersten Augenblick für einen Engel, der sie in die nächste Dimension geleiten wollte. Sie hatte nie an eine übersinnliche Welt geglaubt. Dieser Glaube gehörte zu Audrey, doch jetzt, an der Schwelle des Todes, war sie überzeugt von der Existenz dieser anderen Welt. Sie fragte sich, warum sie so skeptisch gewesen war, da ihr jetzt alles so offenkundig erschien. Sie lachte und sah, wie es vor Verwunderung in Audreys Gesicht zuckte. Voller Enttäuschung erkannte Isla, dass Audrey doch kein Engel war, sondern ihre Schwester. Ihre Zeit war noch nicht gekommen.

»Audrey«, flüsterte sie und fragte sich gleich darauf, warum ihre Stimme ihr nicht gehorchte wie früher. Sie hatte nicht die Kraft, anders als im Flüsterton zu sprechen.

Audrey beugte sich zu ihr herab. »Isla, hast du Schmerzen?«

Isla schüttelte den Kopf. »Ich fühle mich wie betrunken«, antwortete sie und lächelte. »Es ist ein schönes Gefühl.«

»Ach, Isla, ich bin so froh. Du wirst wieder gesund. Morgen früh fühlst du dich besser, und dann können wir über deine Krankheit lachen.«

»Ich werde sterben«, entgegnete sie emotionslos.

Audrey erschrak. »Nein, das wirst du nicht.«

»Oh doch.«

»Isla!«

»Ich möchte eine große Beerdigung. Ihr sollt keine Ausgaben scheuen. Tränen, Heulen und Zähneknirschen.«

»Isla, bitte …«

»Ich werde zusehen, also seht ihr zu, dass ihr mir einen schönen Abschied bereitet. Ich werde es wissen, falls ihr das nicht tut.«

»Isla, das ist Unsinn. Du bist gemein. Du wirst nicht sterben.« Ihre Stimme brach. »Du darfst nicht sterben. Ich brauche dich.«

»Du wirst gut ohne mich zurechtkommen. Du hast doch Louis.«
»Ich will Louis nicht, wenn ich dich dafür hergeben soll.«
»Versprich mir nur eines.«
»Was denn? Ich würde alles für dich tun.«
»Hab den Mut, deinem Herzen zu folgen, Audrey«, sagte sie und genoss die Dramatik des Sterbens. Ihr war klar, dass sie redete wie eine der Heldinnen aus Audreys Romanen, und es hätte ihr gefallen, wenn es ihre letzten Worte gewesen wären. Doch zu ihrer Enttäuschung starb sie noch nicht. Deshalb musste sie fortfahren mit der Suche nach passenden letzten Worten, bis sie schließlich in Bewusstlosigkeit glitt, angezogen von dem strahlenden weißen Licht und ihrer Großmutter, die mit ausgebreiteten Armen auf sie zukam und eine Liebe ausstrahlte, die in der irdischen Dimension nicht existierte.

Als Rose und Henry beim Morgengrauen Islas Zimmer betraten, lag Audrey schlafend an ihre Schwester geschmiegt im Bett, einen Arm um Islas Taille geschlungen. Ihrer beider langen Korkenzieherlocken breiteten sich wie goldene Heiligenscheine auf den Kissen aus, und ihr sanftes Atmen verriet nichts von dem Kampf, den sie ausgefochten hatten. Audreys Wangen schimmerten wie reife Pfirsiche, Islas dagegen waren nahezu grau. Das Feuer war verloschen; Islas schmaler Körper quälte sich nicht mehr, sondern hatte Frieden gefunden.
Rose hatte plötzlich Angst und griff sich mit kalter Hand an den Hals. Sie eilte zum Bett, sank auf die Knie und betrachtete durch einen Tränenschleier hindurch ihre jüngere Tochter. »Isla«, schluchzte sie. »Wach auf, Isla.«
Audrey wurde abrupt wach und sprang in panischem Schrecken aus dem Bett.
Isla gab kein Lebenszeichen von sich außer flachen Atemzügen, die wie ein zufälliger Wind kamen und gingen. Als es den Eltern nicht gelang, sie wiederzubeleben, wurde ihnen zu ihrem Entsetzen klar, dass sie das Bewusstsein verloren hatte.

Der Arzt wurde erneut gerufen, und nachdem er die Patientin mit ernster Miene und schwerem Herzen untersucht hatte, erklärte er, dass sie ins Koma gefallen war. Während die ganze Familie am Bett stand und auf den Rettungswagen wartete, fand nur Albert den Mut zu sagen, was allen im Kopf herumging. »Kein Mensch stirbt an der Grippe«, sagte er, blickte mit verquollenen Augen zu seiner Mutter auf und wartete stumm auf eine Erklärung.

Rose wandte sich ihrem Mann zu, der tief aufseufzte und den Mund zu einem schmalen Strich zusammenkniff.

»Es ist nicht die Grippe, mein Sohn«, sagte er und schüttelte den Kopf, der sich schwer wie Blei anfühlte.

»Was ist es dann, Daddy?«

»Der Doktor sagt, es ist Meningitis.«

»Warum hat er das nicht schon gestern Abend gesagt?«

»Weil er es da noch nicht wusste. Meningitis hat die gleichen Symptome wie Grippe, Albert. Er konnte es nicht wissen.« Henry war nicht fähig, seine Frau anzusehen. Sie wussten beide, was Meningitis bedeutete.

»Aber sie wird wieder gesund?«, fragte Albert und dachte daran, dass sie auch wieder gesund geworden war, als er ihr eine Erdnuss in den Schlund geworfen hatte.

»Sie muss doch nicht sterben, oder?«, fragte George, einer von Roses und Henrys jüngeren Söhnen.

Alle sahen den kleinen Jungen an, der noch nicht verstand, was Sterben bedeutete.

»Nein, nein«, antwortete Henry tapfer. »Doch nicht unsere Isla.« Er tätschelte ermutigend Georges Schulter.

»Nein, George«, bekräftige Rose. »Sie wird gesund, bestimmt.«

»Die Ärzte machen sie wieder gesund, nicht wahr?«, erkundigte sich Albert hoffnungsvoll.

Da meldete sich Audrey zu Wort. »Isla ist tot«, sagte sie mit dünner Stimme. Seit den frühen Morgenstunden, als sie ihre Schwester angefleht hatte, sie nicht zu verlassen, hatte sie kein

Wort mehr gesprochen, und jetzt klang ihre Stimme fern und fremd. Doch Isla hatte sterben wollen. Der Tod schreckte sie nicht mehr, sondern nahm sie wie ein altvertrauter Freund an seine Brust.

Alle Blicke hefteten sich auf das Bett, wo Islas Körper nun still und reglos lag. Der Zufallswind war weitergezogen und hatte eine leere Hülse hinterlassen. Niemand sprach ein Wort. Erschrockenes Schweigen senkte sich herab. Rose weinte still, die Tränen strömten über ihre Wangen, und sie streckte die Hand nach ihrem Mann aus. Kein Kummer ist dem von Eltern vergleichbar, die um ihr totes Kind trauern. Rose und Henry standen isoliert in ihrem Schmerz, Hand in Hand, und rangen stumm mit ihrem Schicksal. Der kleine George und sein jüngerer Bruder Edward weinten, weil ihre Mutter weinte; sie waren zu jung, um die Endgültigkeit des Todes zu begreifen. Albert hätte gern geweint, doch seine Angst übertönte seine Gefühle und raubte ihm die Stimme, sodass nur sein Kinn zitterte und seine Qual verriet.

»Wir haben uns nicht verabschiedet«, flüsterte Rose. »Wir haben ihr nicht einmal sagen können, wie sehr wir sie lieben.«

»Sie wusste es«, sagte Henry.

»Ich war die Letzte, die mit ihr gesprochen hat«, bemerkte Audrey leise, ohne den Blick von ihrer Schwester zu wenden. »Sie wusste, dass sie sterben würde, aber sie hatte keine Angst. Sie ist gern gegangen, hat sich sogar darauf gefreut. Es war, als wüsste sie, dass sie ihre letzten Worte sprach. Sie hat mich gebeten, euch allen zu sagen, dass sie euch liebt und immer lieben wird und dass es ihr Leid täte, es euch nicht mehr persönlich sagen zu können. Dann sagte sie, sie müsse gehen.«

Rose schüttelte den Kopf und hob die Hand an die Lippen, um deren Zittern zu unterbinden. »Wohin?«, fragte sie mit rauem Flüstern.

Audrey zuckte mit den Schultern. »So untypisch für Isla.« Sie lächelte in Erinnerung an den Abschied ihrer Schwester. Er war heiter gewesen. Ein sanftes Davongleiten. »Sie blickte in die gegenüberliegende Zimmerecke, und ihr Gesicht fing an zu strahlen. Dann sagte sie: *Dahin bist du also gegangen, Großmutter. Ich wollte schon immer gern wissen, wie es im Himmel ist.*«

»Das hat sie gesagt?«, fragte Rose betroffen. Plötzlich verwandelte ihre Tochter sich in ihrer Vorstellung von einem Menschen mit Fehlern in eine Heilige oder einen Engel.

»Ja, und bevor ich es vergesse: Sie wünscht sich ein großes Begräbnis mit viel Heulen und Zähneknirschen.«

»Also, Audrey!«, schalt ihr Vater fassungslos. Jetzt war wirklich nicht der richtige Zeitpunkt zum Scherzen.

Doch Rose lächelte zittrig und schnupfte. »Natürlich«, sagte sie traurig. »Das ist typisch Isla!«

Neun

28. Juni 1948

Die Nachricht von Islas Tod traf die Gemeinde bis ins Mark. Wenige fanden Worte, so sehr verzehrte sie der Schmerz, und die, die welche fanden, redeten von nichts anderem. Perons Aneignung der in britischem Besitz befindlichen Eisenbahn, womit er sein Wahlversprechen einlöste, den ausländischen Einfluss auf die Wirtschaft zu mindern, erschien plötzlich so unwichtig inmitten dieser menschlichen Tragödie. Ihr Tod kam so unverhofft. Unverhofft und unvorstellbar. Die Schule blieb zum Ausdruck der Trauer an diesem Tag geschlossen, und zum Begräbnis am Nachmittag strömte ganz Hurlingham in die Kirche und füllte die Bänke wie schwarze Fledermäuse. Jeder gedachte Islas wegen ihrer Lust an Spaß und Streichen, wegen ihres Lachens und ihres einzigartigen Zaubers. Selbst die Krokodile erinnerten sich nur an das Gute in einem Kind, dem keine Zeit blieb, sich von den Versuchungen des Erwachsenseins verderben zu lassen. Sie war unschuldig und jenseits jeglicher Kritik.

Rose verbarg ihren Kummer hinter einem schwarzen Schleier und führte ihre vier weinenden Kinder zu ihrem Platz, von wo aus sie voller Ehrfurcht auf den kleinen Sarg unter einem Meer von weißen Lilien starrten. Isla hatte im Leben immer so viel größer gewirkt. Henry, der schon mit seiner Kindheit die Tränen hinter sich gelassen hatte, fand sie wieder und weinte, als wollte er all die Jahre der Beherrschung aufholen. Er gab sein

Bestes, um seine Familie zu trösten; schließlich durfte man die Lebenden nicht vergessen, doch er fühlte sich hoffnungslos unzulänglich unter dem Gewicht eines so schweren Verlusts.
Audrey war wie betäubt. Sie spürte kaum ihre Beine, die sie aus reiner Gewohnheit den Gang entlang zu ihrem Platz trugen. Wie hypnotisiert blickte sie auf den Sarg und versuchte sich vorzustellen, dass die unbezähmbare Isla demütig in dieser Enge lag. Es erschien ihr unfassbar, dass das Mädchen, das vor Leben gesprüht hatte, nicht mehr unter den Lebenden weilte. Doch dann richteten sich ihre Gedanken auf das wächserne Gesicht ihrer Schwester, als sie tot auf ihrem Bett lag, und sie wusste, dass Isla, so unfassbar es auch sein mochte, wirklich tot war. Ausgelöscht. Audrey fühlte sich plötzlich ganz allein auf der Welt, und sie fing an zu weinen, sowohl um sich selbst als auch um Isla, der ihre Tränen nichts mehr nützten. Isla befand sich nun an einem schöneren Ort, an einem Ort, wo sie mit im himmlischen Wind wehenden langen Korkenzieherlocken umher hüpfen und springen konnte, ein ewiges Lächeln auf den schelmisch verzogenen Lippen. Sie dachte an Islas Forderung, brachte es aber nicht über sich, vor der ganzen Gemeinde laut zu klagen.
Audrey erlebte das Begräbnis zum größten Teil nur verschwommen mit. Sie hörte ihren Vater die Lesung vortragen und sah, wie er gegen den Zusammenbruch ankämpfte, mit solcher Anstrengung, dass die Knöchel seiner Finger, die den Rand der Kanzel umklammerten, weiß hervortraten. Roses Schultern bebten; Henry hatte nie zuvor so verletzlich ausgesehen, und sie liebte ihn dafür umso mehr. Sie liebte ihn so sehr, dass es wehtat. Die Hymnen wurden mit unsicheren, schwachen Stimmen gesungen, begleitet von einer zu kräftig gespielten Orgel, und später sprach der Priester die Gebete vor einer Gemeinde, die in schweigender Ehrfurcht erstarrt war.
Audrey warf einen Blick in Tante Hildas und Tante Ednas Richtung, die inmitten von Hildas vor Fadheit beinahe unsichtbaren

Töchtern nebeneinander saßen. Hildas Mund war schmaler und verbitterter denn je; offenbar klagte sie den Herrn an, weil er die Familie schon wieder mitten ins Herz getroffen hatte, während Edna nur mit traurig gesenktem Kopf dasaß, voller Dankbarkeit an ihren geliebten Harry dachte und still betete, dass er Isla fand und sie behütete, wo immer sie auch sein mochten.

Audrey brachte nicht den Mut auf, einen Blick auf die Reihen der Trauergäste in ihrem Rücken zu werfen. Sie war sicher, dass Cecil und Louis sich unter ihnen befanden. Zwar hatte sie erwartet, sich Louis an die Seite zu wünschen, aber so war es nicht. Wenn sie Isla nicht haben konnte, wollte sie mit ihren Gedanken allein gelassen werden. Louis erschien ihr unwichtig. Cecil ebenso. Islas Tod hatte sie einiges über das Leben gelehrt. Nichts konnte wichtiger sein als die Familie.

Während des abschließenden Dankgebets geschah es, dass Audrey Islas Anwesenheit in der Kirche spürte. Sie empfand es nicht als Überraschung. Schließlich hatte Isla angekündigt, dass sie kommen würde. Zuerst spürte sie ein Prickeln in den Knochen, ein leises Flattern auf ihrer Haut, eine Präsenz, so nahe, dass sie den Atem im Nacken spürte. Alles Blut stieg ihr in den Kopf und ließ ihre Wangen vor Staunen erglühen. Hastig blickte sie um sich, um zu sehen, ob sonst noch jemand etwas bemerkt hatte. Offenbar niemand. Alle lauschten dem Dankgebet des Pfarrers.

Audrey hob den Blick und heftete ihn auf den Altar, wo sie intuitiv den Geist vermutete. Aber sosehr sie sich anstrengte, sie konnte nichts erkennen. Sie biss sich auf die Lippen. Schließlich kannte sie ihre Schwester und wusste, wozu sie fähig war. Dann, als wäre er verärgert über Audreys mangelnde Wahrnehmungsfähigkeit, wirkte der Geist ein kleines Wunder. Audrey hielt den Atem an und war eine ganze Weile unfähig, sich zu rühren. Sie blickte nur mit offenem Mund auf den Altar. Dann, ohne die Blickrichtung zu ändern, stieß sie sanft ihre Mutter an und flüsterte ihr ins Ohr: »Hast du gesehen, dass auf dem Altar gerade

zwei Kerzen verloschen sind?« Mit heißen Fingern umklammerte sie die Hand ihrer Mutter.
Rose schüttelte den Kopf. »Wieso?«
»Sieh doch.«
Rose schaute zum Altar. Audrey hatte Recht. Die erste und die sechste Kerze von zwölfen in einer Reihe waren einfach ausgegangen. Sie rauchten triumphierend.
»Wovon redest du, Audrey?«, flüsterte ihre Mutter schluchzend.
»Isla«, hauchte sie.
»Gütiger Gott!«, entfuhr es Rose betroffen. »Du glaubst doch nicht …?«
»Doch! Isla war sechzehn Jahre alt. Was sonst sollte es heißen?«
Beide blickten starr auf den Altar. Und wenngleich sie Isla nicht sehen konnten, waren sie doch beide überzeugt, dass Islas Geist irgendwo unter ihnen weilte.

Als die Begräbnisfeier zu Ende war, half Audrey ihrer Mutter beim Aufstehen. »Audrey, Schätzchen, du bist mein einziger Trost«, sagte Rose und lächelte ihre Tochter zärtlich an. »Wenn du nicht wärst, ich wüsste nicht, was ich tun sollte. Du bist jetzt mein einziges Töchterchen. Du warst mein erstes Kind; ich hätte nie gedacht, dass ich ein anderes Kind so lieben könnte wie dich. Doch dann kam Isla zur Welt, und mir wurde klar, dass Kinder bei ihrer Geburt die Liebe mitbringen, und ich liebte sie mit gleicher Macht wie dich. Aber jetzt sind wir beide wieder allein. Ich habe heute für dich gebetet. Ich habe dafür gebetet, dass Cecil für dich sorgt und jeden Schaden von dir abwendet.«
Audrey schlug beschämt die Augen nieder. Wenn ihre Mutter doch nur wüsste, wem in Wirklichkeit ihre Liebe galt!
»Ich weiß, dass deine Zukunft an Cecils Seite gesichert ist«, sagte Rose und streichelte Audreys Hand. »Geh jetzt zu ihm, Liebes, und lade ihn zu uns zum Tee ein. Alle sind eingeladen; Maria Sol hat *empanadas* vorbereitet.«

Audrey blickte ihrer Mutter nach, die mit ihrem Vater den Gang entlangschritt, und verspürte eine unendliche Traurigkeit. Langsam leerte sich die Kirche. Die gedämpften Stimmen der Trauergäste wurden immer leiser, bis Audrey endlich allein war mit Islas unsichtbarem Geist. Leise schlich sie zum Altar, wo die erste und die sechste Kerze immer noch rauchten, als Beweis dafür, dass ein Wunder geschehen war. Noch im Tod hatte Isla auf die Art, die ihr möglich war, gesprochen. Immer schon hatte sie einen ausgeprägten Sinn für Dramatik und Taschentricks gehabt. Mit zitternden Händen löste Audrey die beiden Kerzen aus ihren silbernen Haltern und betrachtete sie aus der Nähe. Dann kniete sie nieder und schloss die Augen, und in der Stille der Kirche glaubte sie, die Nähe ihrer Schwester so deutlich zu spüren, als lebte sie noch.

»Ach, Isla, ich hatte so darauf gehofft, dass du kommst. Ohne dich fühle ich mich verloren, ängstlich, entwurzelt. Wie konntest du uns so überstürzt und ohne Vorwarnung allein lassen? Uns blieb nicht einmal Zeit, dir zu sagen, wie sehr wir dich lieben und wie wichtig du für uns bist. Aber du weißt es ja ohnehin, nicht wahr? Du hast es immer gewusst, und jetzt weißt du es besser denn je, weil du von dort, wo du jetzt bist, alles viel klarer siehst. Ich wäre gern bei dir. Ich möchte ohne dich nicht weiterleben. Plötzlich erscheint mir das Leben so lang und mühselig. Was soll ich tun ohne deine Freundschaft, deine Hilfe, dein Lachen und deine Liebe? Ich glaube nicht, dass ich bereit bin, es durchzustehen.« Ihr war nicht mehr bewusst, wo sie sich befand. Hemmungslos sprudelten die Worte über ihre Lippen. Sie war sich nicht einmal ihrer Tränen oder ihrer Stimme bewusst, die inzwischen nicht mehr flüsterte. »Du warst so lebendig, Isla«, fuhr sie fort. »Wo ist dein Leben geblieben? Warum hast du nicht gekämpft? Ich werde nie aufhören, dich zu vermissen und zu lieben. Keiner von uns wird das tun. Und eines Tages sind wir wieder zusammen. Ach, Isla, ich kann nicht anders, ich sehne mich nach diesem Tag.«

Als sie geendet hatte, küsste sie die Kerzen und stellte sie zurück in ihre silbernen Halter. Dann wandte sie sich zum Gehen, wischte sich mit ihren Handschuhen die Tränen ab, rückte ihren kleinen Hut zurecht und strich sich das Haar aus dem Gesicht. Zu ihrer Überraschung saß noch jemand ganz hinten in der Kirche. Ihr stieg die Röte in die Wangen, peinlich berührt, weil jemand sie vielleicht belauscht oder, noch schlimmer, gesehen hatte, wie sie die Kerzen küsste. Als sie näher kam, erkannte sie Louis.

»Louis!«, rief sie. »Was tust du hier?«

»Ich warte auf dich«, antwortete er und stand auf. Als er ins Licht trat, sah Audrey, dass sein Gesicht unter seinem Hut aschfahl war. Die Augen waren rot und verquollen.

»Ach, Louis, ich kann nicht fassen, dass sie tot ist«, schluchzte Audrey und blickte befangen blinzelnd zu ihm auf. Louis hätte sie am liebsten zärtlich in die Arme genommen, doch irgendetwas hinderte ihn daran, seinem Impuls zu folgen. Audrey schien ihm ihre Liebe entzogen zu haben. An Stelle der warmen Aura, die sie gewöhnlich umgab, hielt eine deutliche Kühle ihn auf Abstand. Islas Tod hatte die Perspektiven verschoben.

Louis schluckte seinen Kummer hinunter und wollte sprechen, doch nur ein rauer Ton entfuhr seiner Kehle.

»Sie war mir die liebste Freundin auf der Welt«, fuhr Audrey fort, als hätte sie seinen Schmerz nicht bemerkt. »Ich weiß nicht, wie ich ohne sie weiterleben soll.«

Er sah sie an, so klein und verletzlich und blass, als wäre alle Farbe aus ihr gewichen. Seine langen Finger zuckten nervös an seiner Seite, als die Musik in seinem Kopf lauter wurde. Eine fiebrige, qualvolle Melodie. Er schüttelte den Kopf, um sie abzuwehren, doch sie wurde nur noch lauter, bis er kaum noch hörte, was Audrey sagte. Dann, als er schon im Begriff war, in die Knie zu gehen, schlang Audrey die Arme um seinen Nacken und schluchzte an seiner Brust.

Louis taumelte leicht und zog sie an sich, atmete den Duft ihrer

Haut, als wäre es die Luft, die er zum Leben brauchte. Er schloss die Augen und barg sein Gesicht in ihrem Haar. Die Musik wurde ruhiger unter seinem wilden Herzklopfen, bis nur noch die Tränen Zeugnis ablegten von seinem Schmerz, und sie flossen im Stillen. Sie klammerten sich aneinander, Audrey Hilfe suchend, Louis, um zu überleben. Doch sie wussten beide, dass Islas Tod ihre Träume zerstört hatte.

»Was soll jetzt werden?«, fragte er nach einer Weile. Er wusste instinktiv, dass es nicht der richtige Zeitpunkt für diese Frage war, konnte sich aber nicht zurückhalten. Seine Ungeduld riss ihn fort. Audrey löste sich von ihm und ließ sich auf eine Bank sinken. Sie dachte an den Skandal, den Emma Letton heraufbeschworen hatte, und vor ihrem geistigen Auge erschienen die Gift spritzenden Krokodile wie schattenhafte Richter, die sie zu einem Leben als Ausgestoßene verdammten, weil sie die Menschen, die sie am meisten liebte, so verletzt hatte. Dann sah sie das sanfte Gesicht ihrer Mutter, ohnehin schon gefurcht von Kummer, und da wusste sie, dass sie nicht stark und nicht egoistisch genug war, um gegen einen so furchterregenden Strom zu schwimmen.

Louis setzte sich neben sie. Er blickte in ihr hohlwangiges Gesicht und ließ enttäuscht die Schultern hängen. Ihre Miene verriet ihm, was sie jetzt sagen würde. »Wir müssen nicht jetzt darüber reden«, fügte er hastig hinzu, in dem verzweifelten Wunsch, die Frage zurückzunehmen. Aber es war zu spät.

»Ach, Louis. Verstehst du denn nicht? Ich kann es nicht riskieren, meinen Eltern wehzutun. Islas Tod hat sie vernichtet – hat uns alle vernichtet. Ich darf nicht nur an mich selbst denken. Ich darf nicht nur an mein eigenes Glück denken. Das verstehst du doch, nicht wahr?« Sie sah ihn traurig an. »Ich brauche Zeit«, fügte sie mit rauer Stimme hinzu.

»Ich warte so lange, wie du es wünschst.« Er nahm ihre Hand zwischen seine Hände, doch erneut bildete der Handschuh eine Barriere, die verhinderte, dass er die Nähe zu ihr wiederfand.

Audrey schüttelte den Kopf. »Ich weiß nicht, wie lange es dauern wird. Ich bin jetzt ihre einzige Tochter. Ich darf sie nicht enttäuschen.«
Louis war nicht mehr in der Lage, seinen Zorn zu beherrschen, und plötzlich verzerrte sich sein Gesicht vor Wut. »Und was ist mit mir?« Seine Stimme hallte von den Kirchenwänden wider. »Bedeute ich dir gar nichts mehr?«
Geschmeidig fuhr sie zu ihm herum und ergriff seine Hände. »Aber natürlich. Ich liebe dich.«
»Dann folge deinem Herzen.«
»Um dadurch allen, die mir lieb sind, das Herz zu brechen? Das kann ich nicht. Jetzt nicht mehr.«
»Was wird aus deinen Träumen?«
»Ich habe Angst zu träumen, Louis, denn meine Träume würden so viel Kummer erzeugen.«
Louis lehnte sich zurück und starrte mit leerem Blick vor sich auf den Boden. Es war kalt. Er fröstelte. Plötzlich hatte er das Gefühl, dass Audrey gestorben wäre, nicht Isla. Verzweifelt presste er die Lippen zusammen. Er hatte den Großteil seines Lebens ohne Liebe verbracht und es kaum bemerkt, doch nachdem er sich in Audreys strahlender Liebe gesonnt hatte, wusste er nicht mehr, wie er ohne sie überleben sollte. Langsam verschlang ein wirbelnder grauer Nebel seine Zukunft, und ihm blieb nichts anderes übrig, als tatenlos zuzusehen. Es gab anscheinend keine Erlösung.
»Das war es dann?«, fragte er mit hohler Stimme. Der Kampf war ausgefochten, und er hatte verloren.
»Ach, Louis, sei doch bitte nicht so niedergeschlagen«, flehte sie. »Ich kann jetzt nicht klar denken. Gib mir ein wenig Zeit, mehr verlange ich ja gar nicht.«
»Wozu?« Er zuckte mit den Schultern. »Du sagst es ja selbst: Du darfst deine Familie nicht enttäuschen. Ich bin offenbar eine einzige große Enttäuschung.«
»Louis ...«

»Nein, lass nur, es war ja schon immer so. Ich habe meine Eltern und Cecil enttäuscht. Ich bringe anscheinend nichts als Enttäuschung, ganz gleich, wohin ich mich wende. Nun ja, ich werde nicht bleiben, um deine Eltern zu enttäuschen.«

»Louis, rede nicht so. Deine Reaktion ist übertrieben.«

»Übertrieben? Ich liebe dich, Audrey, das ist alles, wessen ich schuldig bin. Meine Schuld besteht darin, dass ich dich liebe.« Seine Augen brannten vor Leidenschaft und Schmerz, und er wünschte sich genug Zuversicht, um fortfahren zu können. Doch Louis sah alles nur schwarz und weiß. Entweder liebte sie ihn, oder sie liebte ihn nicht. Zwischentöne gab es nicht. Und außerdem befand er sich jetzt in der Defensive. Auch mit geballter Willenskraft hätte er die Ungeduld, die sich erhob, um ihn zu verzehren, nicht bezwingen können.

»Und ich liebe dich auch, Louis. Ich liebe dich so sehr, dass es wehtut«, sagte Audrey mit erstickter Stimme. »Aber meine Schwester ist tot. Meine wunderschöne, quicklebendige Isla ist nicht mehr. Verstehst du? Sie kommt nie zurück. Wie kann ich an mich denken, wenn sie tot ist?«

»Weil du jetzt an die Lebenden denken musst.«

»Jetzt? Heute?« Sie rang entsetzt nach Luft und forschte in seinen Zügen, in dem Bemühen, ihn zu verstehen. Seine Ungeduld und sein Egoismus verblüfften sie. »Vielleicht morgen oder übermorgen. Aber heute? Wie soll ich an jemand anderen als Isla denken?«

»Ich liebe dich genug, um die Lücke zu füllen, die ihr Tod gerissen hat.«

»Kein Mensch wird diese Lücke jemals füllen können. Nicht einmal du, Louis, meine große Liebe. Nicht einmal du.«

»Lass es mich versuchen.«

»Dann gib mir Zeit. Lass uns allen Zeit, diese schreckliche Tragödie zu verwinden.«

»Aber nichts wird sich ändern. Deine Familie wird mich immer für einen Exzentriker halten. Ich kann nicht sein, was ich nicht bin. Ich kann kein zweiter Cecil sein, das ist mir nicht gegeben. Sie werden mich nie als ihren Schwiegersohn willkommen heißen, und mit etwas anderem werde ich mich nie zufrieden geben, Audrey.«

»Lass uns jetzt nicht darüber reden. Bitte, Louis, lass uns darüber reden, wenn wir Zeit hatten, Islas Tod einigermaßen zu verarbeiten.« Sie hätte gern hinzugefügt, dass sie seinen Trost, nicht seine Forderungen benötigte, doch er sah so zerbrechlich aus, dass sie fürchtete, er könnte sich etwas antun. So schwieg sie lieber und fragte sich, was aus dem Louis, den sie kannte, geworden war.

Doch Louis verstand ihre Bitte als einen verschlüsselten Versuch, den Todesstoß hinauszuzögern. Sie wollte ihn nicht mehr, und er wollte nicht länger in ihrer Nähe bleiben, so heftig schmerzte ihn ihre Abweisung.

Audrey bat ihn, zum Tee mit ihr nach Hause zu gehen, doch er bestand auf seiner Rückkehr in den Club. Audrey wusste, dass er sich unverzüglich ans Klavier setzen und die schmerzlichste Melodie spielen würde, die zu schaffen fähig er war. Sie neidete ihm die Fähigkeit, seine Gefühle umzusetzen, sie sehnte sich danach, ihre Seelenpein in schöne Musik verwandeln zu können, doch sie konnte lediglich weinen. Sie sah ihm nach, als er ging, hüllte sich dann in ihren Mantel und eilte mit dem Gefühl, nur noch eine leere Schale zu sein, im eisigen Wind nach Hause.

Sie betrachtete die kahlen Winterbäume und den blassen, wässrigen Himmel und dachte daran, wie wenig Isla sich aus den Schönheiten der Natur gemacht hatte. Sie hatte sie kaum wahrgenommen. Und trotzdem hatten sie einander so gut verstanden, trotz all der Unterschiede, die andere Geschwister getrennt hätten. Sie dachte an Islas Sinn für Späße und an ihren frechen Humor, an ihr Interesse an den Intrigen im Leben anderer Menschen und an ihren Drang, ihre Umgebung in helle Empörung zu versetzen. Nun, heute hatte sie zumindest die ungeteilte Aufmerksamkeit ihrer Umgebung erzwungen, aber auf andere Art, als sie es beabsichtigt hätte. Audrey blickte hinauf in die knorrigen alten Bäume und dachte an Isla, ewig jung, während sie und der Rest der Welt langsam alt werden mussten.

Islas Bild dominierte Audreys Denken und warf Gedanken an Louis aus dem Nest wie ein frecher Kuckuck. Sosehr Louis' Forderungen sie auch betroffen hatten, sie hatte nicht genug Kraft für ihn und sein Herzeleid übrig. Sie fühlte sich taub und wund und sehr, sehr müde und wollte sich nur noch in ihrem Bett zusammenrollen und all ihren Kummer im Schlaf vergessen. Es war unfair von Louis, sie zu bedrängen, während ihre Gedanken so offensichtlich woanders weilten. Hätte sie mehr Kraft gehabt, wäre sie zornig geworden, doch alles, was sie aufbieten konnte, war eine gelinde Enttäuschung.

Als sie heimkam, wartete Cecil sorgenvoll auf sie. Das Wohnzimmer hallte wider von den feierlichen Stimmen der Freunde und Verwandten, die gekommen waren, um Rose und Henry zu trösten, doch Audrey konnte sich ihnen nicht stellen. Stattdessen ließ sie sich von Cecil in den Garten führen. Es war dunkel, und der Garten lag still und starr und gnadenlos da, als protestierte er gegen Islas Tod. Audrey konnte sich einen Frühling ohne die Schwester nicht vorstellen, und wieder füllte sich ihr Herz mit schmerzhafter Trauer. »Ach, Cecil, ich bin so verzweifelt«, sagte sie, während sie unter dem schwarzen, sternenlosen Himmel spazieren gingen. »Die Seelenpein ist so viel schlimmer als körperlicher Schmerz. Ich kann mir nicht vorstellen, dass sie jemals heilt.« Sie ließ den Kopf hängen, und wieder verzog sich ihr Gesicht vor Kummer. Cecil, überwältigt von Mitleid, wandte sich ihr zu und zog sie in seine Arme.

Audrey war zu müde, um Widerstand zu leisten. Zu ihrer Verwunderung war diese Umarmung genau das, was sie brauchte, und sie lehnte ihren Kopf an seine Brust und ließ zu, dass ihr Körper ein wenig Trost aus seiner warmen, schützenden Geste zog. Er hielt sie fest und ließ sie ihren Zorn und ihren Schmerz in

den eisigen Wind hinausschluchzen, bis sie keine Kraft zum Weinen mehr hatte.
»Ihr zwei standet euch näher als alle Geschwister, die ich je kannte. Es ist, als hättest du einen Teil von dir selbst verloren, nicht wahr?«, bemerkte Cecil mit sanfter Stimme.
Audrey nickte schluchzend.
»Der Tod ist eine Tragödie, selbst wenn ein alter Mensch stirbt«, fuhr er fort. »Aber alte Menschen haben immerhin ein ganzes langes Leben erfahren. Die kleine Isla war noch ein Kind, ihr ganzes Leben lag vor ihr. Darüber könnte ich brüllen vor Zorn. In solchen Momenten frage ich mich, ob es einen Gott gibt.«
Audrey hörte mit Erstaunen, dass Cecil zu solcher Leidenschaft fähig war.
»Ich glaube an Gott. Islas Zeit war gekommen«, entgegnete sie. »Ich weiß, dass sie im Himmel ist. Das glaube ich ganz fest. Ich werde sie fruchtbar vermissen, das ist alles. Ich kann mir ein Leben ohne sie nicht vorstellen. Ich weine um mich selbst.«
»Du wirst nicht ohne sie sein. Wenn du glaubst, dass sie im Himmel ist, dann ist sie ein Geistwesen, wie Louis sagen würde, und sie wird im Geiste bei dir sein.«
Audrey dachte an Louis und fühlte sich schuldig, weil sie sich in solcher Intimität von seinem Bruder trösten ließ. Doch dann kamen ihr Louis' unangemessene Forderungen und sein Egoismus wieder in den Sinn, und Cecils Mitgefühl erschien ihr umso rührender.
»Ich kann dich nicht heiraten, Cecil«, sagte sie, ohne zu überlegen. »Mein Herz ist anderswo.«
Cecil streichelte ihren Rücken und lächelte. »Natürlich kannst du mich nicht heiraten, und dein Herz sollte nirgendwo anders sein als bei Isla. Das verstehe ich, meine liebe Audrey. Du solltest nicht einmal daran denken. Doch nicht in einer solchen Situation! Hältst du mich wirklich für einen so herzlosen Narren?«

Audrey war plötzlich überwältigt von Dankbarkeit. »Du bist kein herzloser Narr. Du bist der liebste, freundlichste Mann, der mir je begegnet ist.«
»Denk nicht daran. Lass die Zeit deine Wunden heilen. Dann eines Tages, wenn du bereit bist, wieder in die Zukunft zu schauen, überleg ein bisschen. Ich werde nie wieder darüber sprechen. Aber ich warte auf dich, solange du willst.«
»Danke, Cecil«, krächzte sie, löste sich von ihm und zog ein Taschentuch aus ihrer Manteltasche. »Du bist ein sehr lieber Mensch«, sagte sie noch einmal und erkannte eine andere Seite an dem Mann, den sie immer für kalt gehalten hatte. Fische haben doch Gefühle, dachte sie in Erinnerung an Islas freche Bemerkung, und putzte sich die Nase.

Als Cecil in den Club zurückkam, fand er Louis in einem Delirium von Alkohol und Reue über dem Klavier zusammengesunken. »Ich habe die einzige Frau verloren, die ich je lieben werde«, murmelte er, ohne im brutalen Licht der realen Welt die Augen zu öffnen.
»Es tut mir so Leid, Louis, ich wusste ja nichts davon«, sagte Cecil freundlich und klopfte ihm den Rücken. Also hatte der Colonel doch Recht gehabt: Louis hatte tatsächlich sein Herz an Isla verloren.
»Nichts weißt du, du Dummkopf!«, brauste Louis betrunken auf. Dann lachte er schrill wie ein Irrer.
»Morgen wird es dir schon besser gehen.« Cecil seufzte und zog seinen Bruder auf die Füße. Er konnte nicht mehr zählen, wie viele Male er ihn schon die Holztreppe hinauf in sein kleines Zimmer geschleppt hatte, um ihn wie ein krankes Kind zu entkleiden. Cecil hätte gern gewusst, ob er dieser Verantwortung jemals ledig sein würde.
»Nur der Tod kann mich aus dieser Hölle befreien«, sagte Louis schleppend.
»Komm schon, Louis, du wirst eine neue Liebe finden, alter

Junge.« Cecil versuchte, ihn aufzurichten, doch sein Geduldsfaden drohte zu reißen.
»Ich werde nie wieder lieben. Sie ist ein Engel, und keine ist wie sie.«
»Ja, sie ist ein Engel. Sie ist bei Gott.«
Louis sah ihn verblüfft an.
Cecil krauste die Stirn. »Die Zeit heilt alle Wunden«, fuhr er fort.
Louis wurde noch wütender. »Die Zeit! Zeit wollte sie auch haben. Ich habe aber keine Zeit.«
»Was soll das heißen?«, fragte Cecil, während er seinem Bruder Schuhe und Socken abstreifte.
»Ich will hier nicht bleiben, wenn ich sie nicht haben kann. Es würde mich umbringen.«
»So geht es heute allen. Wir empfinden den Verlust als schmerzlich, aber wir können vor dem Schmerz nicht davonlaufen.«
»Jetzt ist sie für mich gestorben. Da kann ich auch abreisen.«
»Wohin?«
»Wohin auch immer der Wind mich weht.«
»Mach dich nicht lächerlich«, erwiderte Cecil und half Louis in seinen Pyjama.
»Ich gehe fort, um zu vergessen.«
»Was willst du tun?«
»Sterben an gebrochenem Herzen.« Er lachte wieder, doch dieses Mal klang sein Gelächter leer und hoffnungslos.
»Um Himmels willen«, schalt sein Bruder ihn sanft und verfrachtete ihn ins Bett. »Morgen früh wirst du nicht einmal mehr wissen, was du geredet hast.«

Doch am nächsten Morgen war Louis fort. Cecil durchsuchte sein Zimmer nach einem Hinweis auf sein Reiseziel und die beabsichtigte Dauer seiner Abwesenheit. Doch Louis hatte all seine Habseligkeiten mitgenommen, bis auf einen Brief, den er auf dem Frisiertisch für seinen Bruder hinterlegt hatte.

Cecil öffnete den Brief. Langsam las er, was Louis geschrieben hatte. Während sein Blick über die Zeilen glitt, erblasste er, und seine Lippen zuckten. Er holte tief Luft und las die Nachricht dann noch einmal. Nach einer Weile setzte er sich nachdenklich hin und drehte das Stück Papier in den Händen. Schließlich ging er zurück in sein eigenes Zimmer. Dort faltete er das Blatt und legte es in eine Schachtel aus poliertem Walnussholz, in der er wichtige Dinge zu verschließen pflegte. Er straffte Schultern und Rücken und schritt zielstrebig zur Canning Street, um Rose und ihre Familie zu informieren. *Ich habe den Krieg überlebt, ich überlebe auch dies hier*, sagte er zu sich selbst. Doch er wusste, dass er vor der größten Herausforderung seines Lebens stand.

Zehn

Louis' plötzliches Verschwinden bestätigte nur, was alle geahnt hatten: dass er und Isla ein Liebespaar gewesen waren. Aber weil Isla tot und über jede Kritik erhaben war, wurde ihre heimliche Beziehung nicht mit Abscheu betrachtet, im Gegenteil, man verwandelte sie in eine romantische Tragödie von shakespearianischem Ausmaß, und Louis, der leidende Geliebte, wurde auf eine Art geachtet, die ansonsten nicht möglich gewesen wäre. Wenn er Islas Zuneigung würdig war, so schloss man, dann musste er tatsächlich ein ganz besonderer Mensch sein. Ohne eigenes Zutun hatte er seinen Ruf gerettet, doch Louis wusste nichts davon, denn er saß tief betrübt im Nieselregen an Bord eines Frachtschiffs nach Mexiko.

Rose weinte Ströme von Tränen, als sie die Nachricht von Cecil bekam, der beim ersten Morgenlicht in die Canning Street geeilt war. »Er hat meine Isla geliebt?«, schluchzte sie und ließ sich im Morgenmantel in einen Sessel sinken. »Ich dachte, ich wüsste alles über das Leben meiner Tochter, habe mich aber wohl geirrt. Ich war ungeheuer ungerecht dem armen Louis gegenüber. Isla hat ihn geliebt, und wenn meine Isla ihn geliebt hat, dann liebe ich ihn auch.«

»Er hat einen Brief hinterlassen, in dem er schreibt, er könne ohne ihre Liebe nicht mehr hier bleiben«, erklärte Cecil mit finsterer Miene. »Louis ist nicht wie andere Menschen«, fuhr er sehr ernst fort. »Aber er ist ein guter Mensch. Ich glaube, er wird seine Abreise bereuen und bald zurückkommen. Letzte Nacht war er tief bekümmert. Wir sind alle bekümmert, und Sie am meisten, Rose, Sie und Ihre Familie. Aber wie gesagt, Louis ist anders. Er denkt nicht gründlich nach. Er handelt nur nach seinem Gefühl, lässt den Verstand außer Acht. Ich habe ihm gesagt, dass sein Schmerz mit der Zeit erträglicher würde. Er erträgt es nicht, wenn ihm etwas misslingt. Ich bin verzweifelt. Ich glaube nicht, dass ich ihn vor Islas Tod jemals so glücklich und gesund erlebt habe. Er war wie ausgewechselt.« Cecil wandte sich ab und fuhr sich mit seinem Taschentuch über die Stirn. Er fühlte sich merkwürdig, so, als bestünde er aus dünner Luft.

»Ich hoffe so sehr, dass er zurückkommt, wirklich«, versicherte Rose. »Ich würde so gern mehr über ihre Freundschaft erfahren. Es ist mir unerträglich zu denken, dass ich keinen Anteil an einem Teil des Lebens meiner Tochter hatte. Ach, Cecil, glauben Sie wirklich, dass er zurückkommt?«

In diesem Augenblick trat Audrey ins Zimmer. Auch sie trug einen Morgenmantel, und ihre langen Locken hingen ihr wirr ins Gesicht und über den Rücken herab fast bis zur Hüfte.

Cecil stockte der Atem, denn er hatte sie nie schöner gesehen. Unvermittelt verspürte er einen neuen Energieschub.

Audrey jedoch fühlte sich hohl und leer, als hätte jemand alles Leben aus ihr gesaugt und nur die schmerzende Hülle übrig gelassen. »Wer ist fort?«, fragte sie teilnahmslos und umschlang in einem unbewussten Versuch, sich selbst zu trösten, ihren Oberkörper mit den Armen.

Cecil zögerte, entwaffnet durch ihre Verletzlichkeit.

»Wusstest du, dass Isla in Louis verliebt war?«, fragte Rose ungeduldig.

»Isla war in Louis verliebt?«, wiederholte Audrey verwirrt. »Nein, das stimmt nicht.«

»Doch, Liebes. Cecil hat einen Brief als Beweisstück. Und jetzt hat er uns verlassen. Er ließ Cecil wissen, dass er es ohne sie nicht länger in Argentinien aushält. Was für ein leidenschaftlicher junger Mann.«

»Louis ist fort?«, hauchte sie entsetzt und konnte kaum noch atmen. Voller Panik wandte sie sich Cecil zu.

»Er ist wohl heute Morgen abgereist«, bestätigte er.
Audrey setzte sich und brach in Tränen aus. Cecil hätte sie gern wieder in die Arme genommen, wie nach dem Begräbnis, doch er wusste, dass die Geste nicht willkommen sein würde.
»Mein liebes Kind«, tröstete ihre Mutter und streckte die Arme nach ihr aus. »Es ist ein furchtbarer Schock für uns alle. Eine Seite Islas, von der niemand von uns wusste. Ich hätte wirklich gedacht, sie hätte sich dir anvertraut.«
Audrey jedoch war nicht fähig, ihren Kummer zu verbergen. »Wo ist er?«, schluchzte sie.
»Ich schätze, er reist nach England«, antwortete Cecil. Dann hörte er sich selbst sagen: »Vermutlich kommt er zurück, sobald er sich ein wenig beruhigt hat. Gestern Abend war er nicht mehr Herr seiner Sinne. Außerdem hatte er zu viel getrunken. Ganz sicher kommt er wieder zu Verstand, wenn er nüchtern wird. Verzweifle nicht, er kommt ganz bestimmt zurück.«

Audrey lief nach oben ins Bad und übergab sich. Wie konnte er sie so verlassen, ohne Abschied, ohne ihr wenigstens eine Erklärung zu geben? Wenn er sie liebte, wie konnte er sie dann einfach so ihrem Schmerz überlassen? Dann dachte sie an Cecils Worte und klammerte sich in ihrer Verzweiflung an diesen letzten Strohhalm. Vielleicht kam er zur Vernunft und kehrte zurück, wenn ihm klar wurde, dass sie das Warten wert war. Wenn ihm klar wurde, dass noch nicht alles verloren war. Dann gab sie sich selbst die Schuld. Wie hatte sie so über seine Gefühle hinweggehen können? Schließlich brauchte er sie auch. Sie hatte nur an sich selbst gedacht.

»Seht ihr, ich hatte von vornherein Recht«, triumphierte Charlo und betrachtete ihre Karten durch ihre Brillengläser. »Diese Isla war ein Wildfang.«
»Ein sehr lieber Wildfang«, fügte Diana hinzu und setzte ein mitfühlendes Lächeln auf.

»Tja, wir haben uns alle in Louis Forrester getäuscht«, sagte Cynthia. »Ich gebe es gern zu, wenn ich mich geirrt habe.«
»Ich auch«, warf Phyllida ein und befingerte nervös ihre Karten. Sie war keine gute Bridge-Spielerin, und jedes Mal, wenn sie sich zu einem Spielchen trafen, kam sie sich vor wie eine Fliege, die von drei sehr großen Eidechsen bedroht wurde. Sie verzog das Gesicht und musterte ihre ausgesprochen nutzlosen Karten.
»Oh, ich habe mich nicht in Louis getäuscht«, wehrte Charlo ab. »Er ist wild und verantwortungslos und wird es auch immer sein.«
»Ach, du drehst dir selbst das Wort im Munde um!«, schimpfte Cynthia und legte ihre Karten verdeckt auf den Tisch. »Du hast gesagt, er wäre ein Wahnsinniger!«
»Nein, liebe Cynthia, *du* hast gesagt, er wäre wahnsinnig.«
»Ich bin wenigstens so anständig, es zuzugeben, Charlo, du Hexe. Er ist weder wahnsinnig noch ein Schurke. Er ist eine durch und durch romantische Gestalt, und solche sind heutzutage dünn gesät.« Cynthia schnaubte in Charlos Richtung. Charlo hob das Kinn und schnaubte zurück.
»Stimmt, denn drei davon habe ich zu Grabe getragen«, sagte sie und lachte über ihren eigenen abgeschmackten Witz.
»Ich hoffe, der vierte trägt dich zu Grabe!«
»Also wirklich«, mischte Diana sich mit sanfter Stimme ein. »Wir alle haben uns sehr in Louis getäuscht, und jetzt ist er fort. Er tut mir schrecklich Leid, der arme Junge. Nichts ist so schmerzhaft wie ein gebrochenes Herz.«
»Ganz recht«, bekräftigte Phyllida, entzückt darüber, dass die Diskussion den Spielbeginn hinauszögerte.
»Isla wird uns allen schrecklich fehlen.«
»Ganz schrecklich«, wiederholte Phyllida.
»Keine Angst, Audrey wird Cecil heiraten, und dann haben wir alle wieder guten Grund zum Fröhlichsein«, fügte Cynthia mit einem maliziösen Lächeln hinzu.
Charlo aber lachte nicht, sondern legte die gepuderte Stirn in

Falten. Colonel Blythe wirkte irgendwie verändert. Ein sentimentaler Ausdruck in seinen Augen, etwas Sanftes in seiner Stimme und eine traurige Melodie, die er ständig vor sich hin summte. Sie wagte leise zu hoffen, dass sie diese Veränderung bewirkt haben könnte. Doch diese Gedanken wollte sie nicht offen aussprechen. Man würde über sie spotten, wenn sie sich untypisch weich zeigte. »Vielleicht habt ihr viel früher Grund zur Fröhlichkeit, als ihr ahnt«, forderte sie die Freundinnen heraus.

Cynthia sah Charlo mit offenem Mund an. »Ich fasse es nicht«, sagte sie langsam. »Du willst wirklich noch einen Vierten begraben.«

»Nein, nein, ich glaube, ich hätte mehr Spaß mit einem lebenden als mit einem toten Colonel«, bemerkte sie versonnen und fügte dann mit unverhoffter Düsternis hinzu: »Ich finde, die Toten bringen einfach keinen Spaß mehr.«

Doch in der Zeit nach Islas Tod interessierte sich kein Mensch für Charlotte Osbornes Beziehung zum Colonel. Hurlingham wurde zur Vorstadt der Schatten, die Menschen wussten nichts mit sich anzufangen, dachten noch immer fassungslos an das sonnige Kind, dessen freches Lächeln und beschwingter Gang ihr Leben beflügelt hatte. Wie konnte ein so lebendiger Mensch plötzlich so tot sein? Alle dachten an ihr eigenes zerbrechliches Dasein und empfanden ihre Vergänglichkeit stärker denn je. Auch ihre Zeit würde kommen, und was dann?

Louis' und Islas angebliche Liebesgeschichte wurde zur Legende – eine moderne Fassung von Romeo und Julia, an der sich die Gemeinde sättigte, mit einer Neugier, deren Hunger durch die lange Trauerzeit gewachsen war. Die Männer bewunderten Louis' Heldenhaftigkeit, die Frauen beneideten Isla um ihre Furchtlosigkeit. Plötzlich schien jeder so einiges über die Affäre zu wissen, wie sie begonnen hatte, wo sie sich trafen, was ihre Träume für die Zukunft waren, und dass sie, am selben Abend, da Isla krank wurde, hatten durchbrennen wollen. Je mehr Geschichten in Umlauf gesetzt wurden, desto denkwürdiger wurden sie, und niemand wollte ihnen ein Ende setzen. Im Tod gehörte Isla jetzt allen.

»Nelly weint jetzt schon seit einem Monat«, jammerte Hilda. »Louis ist fort und hat ihr Herz mit sich genommen. Wirklich, so viele Tränen sind noch nie um einen Mann vergossen worden.«

Rose verbrachte die Nachmittage größtenteils in ihrem Wohnzimmer am Kamin, ständig fröstelnd, ganz gleich, wie munter das Feuer prasselte, und fand Trost in den regelmäßigen Besuchen ihrer Schwestern, die verhinderten, dass sie in einen bodenlosen Brunnen des Selbstmitleids stürzte.

»Nelly hat keinen Grund zum Weinen«, fuhr Edna gereizt auf. Sie war es satt, sich die Klagen ihrer Schwester über den angeblichen Herzschmerz ihrer Tochter anhören zu müssen. »Wie geht es Audrey, Rose?«, fragte sie mit sanfter Stimme.

Rose schüttelte den Kopf, während Hilda die schmalen Lippen schürzte. Es wurmte sie, dass alle Welt mit einer Achtung, die höchstens Heiligen zustand, über Roses Töchter redete. Wenn Isla noch lebte, hätte sie mit ihren Missetaten die Gemeinde in ihren Grundfesten erschüttert, doch jetzt war sie über jeden Tadel erhaben, und auch Audrey war mit diesem Weihwasser gesegnet. Wütend starrte Hilda in ihre Teetasse.

»Es hat ihr furchtbar zugesetzt«, sagte Rose mit tonloser Stimme. »Sie sitzt in ihrem Zimmer herum und blickt traurig aus dem Fenster, oder sie stapft wütend auf und ab. Keine Ahnung, warum sie wütend ist. Gott«, fügte sie fromm hinzu, »ihr Zorn wird sich gegen Gott richten. Schließlich ist ja alles Gottes Werk.«

»Und Cecil? Kann er denn nichts tun, um sie ins Leben zurückzuholen?«

»Sie braucht Zeit zum Trauern«, erwiderte Rose und senkte den Blick, denn sie schämte sich, weil all ihre Hoffnung auf ein zukünftiges Glück von Audrey und Cecil baute. »Er ist wie ein Fels in der Brandung. Fast jeden Abend besucht er Audrey, aber sie weigert sich, ihr Zimmer zu verlassen.«

»Oh weh, das ist kein gutes Vorzeichen, wie?«, bemerkte Hilda mit einer Stimme, die ihre Missgunst verriet.

»Das glaube ich nicht, Hilda«, sagte Rose. »Er ist ein sehr vernünftiger junger Mann und versteht, dass sie Islas Tod erst verarbeiten muss, bevor sie sich ihm zuwenden kann.«

»Aber in einer solchen Situation sollte Audrey doch dankbar sein für seinen Trost.«

»Jeder hat seine eigene Art der Trauer, Hilda«, warf Edna ein. »Audrey war schon immer ein bisschen anders als andere Mädchen. Sie ist ein sehr zurückgezogener Mensch, sehr introvertiert. Vergiss nicht, sie hat nicht nur ihre Schwester, Gott hab sie selig, sondern auch ihren besten Freund verloren.« An Rose gewandt fügte sie mit einem tiefen Seufzer hinzu: »Können wir denn gar nichts tun, um sie ein wenig aufzurichten? Zu viel Trauer kann der Gesundheit schaden.«

»Nun ja«, begann Rose zaghaft, »Cecil hätte wohl einen Vorschlag.«

»Und zwar?«

»Es klingt ein wenig merkwürdig, aber …«

»Ich würde alles versuchen«, sagte Edna.

»Er schlug vor, dass wir ein Klavier kaufen, nur ein kleines, du weißt schon, keinen Flügel.«

»Wozu, um alles in der Welt?«, fragte Hilda. »Sie spielt doch schon seit Jahren nicht mehr Klavier.«

»Cecil sagt, Louis spiele Klavier, um sein Gemüt zu besänftigen. Er hat einmal gesehen, wie Audrey mit ihm zusammen spielte, und es schien ihr sehr viel Freude zu machen.«

»Was für eine fabelhafte Idee, Rose. Was sagt Henry dazu?«, fragte Edna voller Begeisterung. *Was dieses Haus braucht,* dachte sie, *ist einfach nur ein bisschen Fröhlichkeit.*

»Er ist bereit, es zu versuchen«, antwortete sie.

»Nun, dann kauf so schnell wie möglich ein Klavier, bevor das Kind sich selbst alle Hoffnungen auf eine gute Zukunft zerstört. Cecil wird auch nicht ewig warten wollen.«

Rose kaufte in aller Eile ein Klavier, das schon in der folgenden Woche geliefert werden sollte. Audrey weigerte sich immer noch, ihr Zimmer zu verlassen, so sehr hatte sie sich in ihre Trauer eingesponnen. Albert und seine beiden jüngeren Brüder klimperten hingerissen auf den Tasten, bis Rose ihnen streng erklärte, das Klavier sei für Audrey bestimmt, und bevor sie darauf zu spielen begänne, dürfte niemand es anrühren.

Als sie bereits im Begriff war, alle Hoffnung aufzugeben, erwachte sie eines Nachts im Frühling von der traurigen Musik, die Audreys gequälte Seele hervorbrachte. Sie stieg aus dem Bett, schlüpfte in ihren Morgenmantel und schlich die Treppe hinunter. Je näher sie dem Musikzimmer kam, desto lauter wurde die Melodie. Rose spähte durch den Türspalt und erblickte Audreys geraden Rücken und ihre bebenden Schultern. Sie weinte zu der Melodie, die Louis für sie komponiert hatte. Ihre bleichen Finger glitten über die Tasten, als hätte sie ihr Leben lang gespielt, und sie hielt die Augen geschlossen, um sich von der Musik an all die exotischen Orte tragen zu lassen, die sie in ihren Träumen mit Louis hatte besuchen wollen.

Rose war überwältigt von ihren Gefühlen und hob die Hand an den Mund, um nicht laut nach Luft zu ringen. Sie stand im Dunkeln und sah und hörte, wie ihre Tochter ihren Schmerz zum Ausdruck brachte. Dann zog sie sich, so leise, wie sie gekommen war, zurück. Audrey sollte nie erfahren, dass ihre Mutter diesen überaus intimen Augenblick mit ihr geteilt hatte.

Audrey wurde inzwischen klar, dass Louis nicht zurückkommen würde. Sie hatte zugelassen, dass ihr Kummer ihren Geist verzehrte, bis kaum noch etwas übrig war. Sie hatte um ihre Schwester getrauert, bis die Gedanken an Louis Oberhand gewannen, und sie hatte gewartet und gewartet und gewartet, bis ihre Hoffnung der Verzweiflung und schließlich der Resignation wich. Das Klavier und ihre gemeinsame Musik war alles, was ihr von ihm blieb, und als sie dann zu spielen begann, konnte sie nicht mehr aufhören.

Sie hämmerte ihre Wut in hässlichen Dissonanzen heraus, die ihr in den Ohren schmerzten und die Möbel erzittern ließen. Louis hatte ihr keine Zeit zum Trauern gelassen, er hatte verlangt, dass sie ihr zukünftiges Leben just in dem Moment ordneten, da sie dazu wirklich nicht fähig war: an dem Tag, als sie Isla verlor. Und dann hatte er sie in einem Anfall von Ungeduld und Selbstmitleid im Stich gelassen. Wie konnte ein Mann sich so irrational verhalten? Was war nur über ihn gekommen? Und dann spielte sie ihre Traurigkeit in harmonischen Tönen, die sie mit liebevollen Fingern anschlug, bis sogar in Tante Hildas harte Augen Tränen traten. Der einzige Mann, den sie je geliebt hatte, war fort, und die Töne sangen von ihrem Schmerz und ihrer Hoffnungslosigkeit. Wenn sie in den dunklen mitternächtlichen Stunden allein war, fühlte sie Louis' Nähe, so deutlich, dass sie ihn fast riechen konnte, und ihre Finger tanzten wie von allein über die Tasten. Ihre Sonate hallte auch noch in den folgenden Monaten durch diesen Raum. Es war ihre Melodie, der einzige Ausdruck ihres unverbrüchlichen Bundes, und sie spielte sie, um ihn so in der Erinnerung zu behalten, wie sie ihn erinnern wollte, so, wie er vor dem Abend in der Kirche war, bevor ihre Träume vernichtet wurden. Und sie nannte die Melodie die ›Vergissmeinnicht-Sonate‹, denn solange sie sie spielte, würde sie Louis nicht vergessen.

Das Erstaunlichste aber war, dass sie sich mit jedem Stück, das sie spielte, besser fühlte. Ihr Geist regte sich, und ihre Wunden begannen zu heilen.

Und ohne dass sie es selbst überhaupt bemerkte, errang sich Cecil ihre Freundschaft und ihr Vertrauen und schließlich auch ihre Zuneigung.

Audrey saß im Sand und blickte aufs Meer hinaus, das für diese Zeit im Mittsommer erstaunlich aufgewühlt war. Die Sonne war im Begriff, ins Wasser zu sinken, und sie wartete, wie schon als Kind, auf das Zischen und Dampfen. Es erfolgte jedoch nicht. So viel hatte sich verändert, seit sie volljährig geworden war. Die Welt sah irgendwie anders aus. Islas Tod und Louis' Verschwinden lagen inzwischen zwei Jahre zurück, und seitdem lag ein Teil von ihr in tiefem Schlaf. Eine gute Möglichkeit, den Schmerz zu bewältigen.

»Woran denkst du?«, fragte Cecil und ergriff ihre Hand. Er fragte oft genug, was wohl in ihrem Kopf vorgehen mochte, besonders wenn er ihrem Klavierspiel lauschte. In letzter Zeit jedoch klangen ihre Melodien nicht mehr so gepeinigt, sondern harmonischer, und auch sie selbst war ausgeglichener geworden.

»Isla und ich haben in Uruguay oft an diesem Strand gesessen und den Sonnenuntergang angeschaut«, erwiderte sie. Mittlerweile zuckte sie nicht mehr zurück, wenn Cecil ihre Hand nahm. Seit er sie am Tag von Islas Begräbnis im Garten in die Arme genommen hatte, gewöhnte sie sich mehr und mehr an seine Berührung, ja, sie genoss sie sogar. Er war ihr eine zuverlässige Stütze, ein aufmerksamer Freund. Cecil übte keinen Druck aus, forderte nicht, bot ihr nur seine freundliche Kameradschaft. Sie hielt seine Hand ganz fest und erfreute sich an der vertrauten Wärme seiner Haut. »Isla hat sich nie sonderlich für die Natur interessiert, aber sie wartete immer auf das Zischen und Dampfen, wenn die Sonne ins Wasser tauchte. Sie schwor, dass sie es gehört hätte. Ich fühlte mich betrogen, weil ich nie etwas vernahm.«

»Sie war ein kleiner Frechdachs.« Er lachte liebevoll.

»Es vergeht kein Tag, an dem ich nicht an sie denke. Wir haben alles gemeinsam gemacht, alles. Sie fehlt mir schrecklich.«

»Aber natürlich.«

»Aber ich weiß jetzt, dass ich mich auf dich verlassen kann, Cecil«, sagte sie ernst.

Cecil blickte hinaus aufs Meer, traute sich nicht, ihr ins Gesicht zu sehen, aus Angst, die Verzweiflung in seinen Augen könnte die Sehnsucht in seinem Herzen verraten. »Gut«, sagte er leise.
»Etwas Gutes ist eben doch aus dieser Tragödie entstanden, und das bist du.« Sie lächelte ihn an, doch das Lächeln wurde nur sehr flüchtig erwidert. Sein Blick war auf den Horizont gerichtet, und er drückte ihre Hand noch fester. »Ohne Isla fühlte ich mich verloren, aber nach und nach habe ich mich dir zugewendet, wie ich mich früher an Isla gewendet hätte. Deine Freundschaft bedeutet mir sehr viel.«
»Das freut mich.«
»Ich konnte es nicht ertragen, mir eine Zukunft ohne Isla vorzustellen. Ich wollte nicht mehr leben. Alles war so trostlos, aber du hast die Sonne wieder scheinen lassen. Ich weiß, es sind mehr als zwei Jahre seit deinem Antrag vergangen, und du hast ihn, wie versprochen, nicht wiederholt. Ich hoffe, ich bin nicht zu kühn oder zu unverschämt, aber ich möchte gern deine Frau werden, wenn du mich haben willst.«
Cecil hätte vor Erleichterung weinen mögen. Jeder Tag seines Wartens auf Audrey hatte die Last der Hoffnung schwerer auf seine Schultern drücken lassen, sodass er inzwischen beinahe gebeugt unter dem Gewicht ging. Er hatte angefangen, sich zu fragen, ob sie überhaupt je lernen würde, ihn auch nur halb so heiß zu lieben, wie er sie liebte. Seine Gefühle waren mit der Zeit nur noch stärker geworden, sodass er sich mittlerweile ein Leben ohne Audrey nicht mehr vorstellen konnte. Tat er es doch, wollte ihm das Blut in den Adern erstarren. Es wäre eine wirklich kalte und leere Zukunft für ihn. Nun schien das lange Warten mit einem Schlag beendet zu sein. Sie hatte zugestimmt, die Seine zu werden, und sein Herz jubelte.
Mit vor übermächtigen Gefühlen glänzenden Augen wandte er sich Audrey zu und lächelte so begeistert, dass es ihr unmöglich war, nicht auch zu lächeln. »Ich hätte nie gedacht, dass ich fähig bin, so sehr zu lieben, wie ich dich liebe, Audrey. Du bist eine

einzigartige Frau, und es ehrt mich, dass du dein Leben mit mir teilen willst. Es ehrt mich wirklich.«

Audrey lachte leicht. Er wirkte immer so steif. »Nein, mich ehrt es, dass du mich noch haben willst. Ich habe dich so lange warten lassen.«

»Ich hätte bis in alle Ewigkeit auf dich gewartet«, sagte er und sah sie fest an.

Sie senkte ängstlich, in Erwartung seines Kusses, den Blick und versuchte, nicht an Louis zu denken. Jeden Morgen erwachte sie mit seinem Gesicht vor Augen, eingebrannt in ihre Erinnerung, und jeden Morgen vertrieb sie es wieder unter Aufbietung all ihrer Willenskraft. Sie hoffte, eines Tages ohne das Gefühl, in einen Abgrund zu stürzen, aufzuwachen, ohne dieses bittere Erkennen der Realität und dessen, was ihr fehlte.

Als Cecil sie küsste, empfand sie es als erstaunlich angenehm. Sein Kuss brannte nicht wie Louis', war aber auch nicht peinlich. Er war warm und zärtlich und beschützend. Sie schlang die Arme um seinen Nacken und spürte, wie ein beruhigendes Gefühl von Sicherheit die Knoten löste, die Kummer und Schmerz mit entschlossenen Fingern geknüpft hatten. Mit Cecil hatte sie eine Zukunft, vielleicht nicht die Zukunft, die sie sich erträumte, aber sie war des Träumens müde.

Elf

Charlotte Osborne bestand auf einer kirchlichen Trauung. Nicht, weil sie eine jungfräuliche Braut gewesen wäre; sie gab gern zu, dass sie keine Jungfrau mehr war, nachdem sie immerhin drei Ehemänner begraben hatte. Aber sie meinte, für sie als Witwe wäre es richtig und angemessen, einen kleinen, intimen Gottesdienst zu feiern, gefolgt von einer großen Teeparty im Club. Sie wünschte sich Blumen, Champagner, Pomp und charmante Plaudereien. Der Colonel hätte sie auch auf dem Mond geheiratet, wäre das ihr Wunsch gewesen, denn in seiner tiefen Dankbarkeit konnte er ihr nichts abschlagen. Seine sture Hartnäckigkeit hatte den Sieg davongetragen, und Charlotte hatte sich ergeben, hatte mit der Begeisterung einer Frau, die sich ohnehin erobern lassen wollte, die weiße Fahne gehisst. »Komm her, altes Mädchen, und lass dich küssen«, hatte er gesagt, sie in die Arme gezogen und ihr Gesicht mit seinem Schnauzbart gekitzelt.

»Und wie schmeckt dir das alte Mädchen?« Sie kicherte wie ein junges Mädchen, das zum ersten Mal die Liebe erlebt.

»Wie ein Jahrgangssekt, meine Liebe; sobald der Korken raus ist, prickelt und schäumt er. Das alte Mädchen steckt noch voller Leben!« Dann sah er sie zärtlich an und sagte verschämt: »Aber wenn das Prickeln und Schäumen nachlässt, schmeckt der Wein vollmundig und fruchtig. Ich wusste, dass du mich nicht enttäuschen würdest, Charlotte Osborne. Du bist immer noch eine Herausforderung und wirst es auch bleiben, aber, bei Gott, das Warten hat sich gelohnt.« Und in seinen Ohren hallte immer noch die Melodie nach, die er vor langer Zeit gehört und nie vergessen hatte und die ihn jetzt wieder mit einer köstlichen Melancholie erfüllte, einer Melancholie, die durch die Schwere der Liebe in seiner Seele entstand.

Im blassen Morgenlicht drang der Frühling in die Kirche, ließ die Gestecke aus Flieder und Lilien erglühen und den Schritt des alten Colonels trotz seines Hinkens beschwingter werden, während er stolz den Gang entlangschritt. Sein Schnauzbart zuckte mit der Befriedigung eines Heerführers in Erinnerung an seinen größten Sieg, und am Arm führte er eine eisig schöne, hochmütige Charlotte Osborne.

Diana Lewis' Blick wanderte über das perfekt geschneiderte fliederfarbene Kostüm, den breitkrempigen Hut in frechem Winkel über ein Auge gezogen, das silberweiße Haar zu einem eleganten Knoten im Nacken zurückgenommen, und sie konnte die Freundin nur bewundern, die im Herbst ihres Lebens noch so schön war. *Wären nicht diese schmalen Lippen,* dachte sie, *dann könnte man meinen, sie wäre auch innerlich schön.*

Phyllida Bates saß auf Grund ihres mangelnden Rückgrats zusammengesunken und verschrumpelt da. Sie verabscheute Hochzeiten, weil sie selbst nie geheiratet hatte, doch sie lächelte trotzdem, und niemand hätte vermutet, dass ihr Lächeln so viel Gift verbarg.

Cynthia Klein, zu faul, um sich zu verstellen, betrachtete das alte Paar, das nun vor dem Altar stand und gelobte, einander zu lieben und zu ehren, und fragte sich, ob Charlotte zu beidem überhaupt fähig war. Trotzdem konnte sie sich gewisser milder Gefühle für die beiden nicht erwehren, wie sie da alt und grau in ihrem festlichen Putz irgendwie verletzlich vor dem Angesicht Gottes standen, um aus den Jahren, die ihnen noch blieben, gemeinsam das Beste zu machen.

»Bis dass der Tod uns scheidet«, sagte Charlo mit bebender Stimme, und Diana warf Phyllida einen Blick zu und sah dann verstohlen zu Cynthia hinüber. Sie alle dachten das Gleiche. Wie lange würde es dauern, bis der Colonel vor seinen Schöpfer

treten musste? Aber seit Islas Tod betrachtete Charlo das Leben mit anderen Augen. Unter heftigem Applaus setzte jetzt der letzte Akt ein. Dieser befehlsgewohnte Mann würde mit ihr, nicht vor ihr, das Zeitliche segnen.
Audrey saß neben ihrem Mann und dachte an ihre Schwester, wie immer, wenn sie die Kirche besuchte. Sie erinnerte sich an das Begräbnis, als wäre es erst gestern gewesen, und Isla fehlte ihr nach wie vor. Auch wenn der Schmerz nicht mehr so heftig war, war er doch noch stumpf und unablässig da. Louis fehlte ihr auch, doch sie hatte sich mit ihrer einmal getroffenen Wahl abgefunden, und Cecil war ein liebevoller Ehemann. Sie konnte sich nicht beklagen.

Seit Audreys Hochzeit im vorigen April hatte ihre Mutter die Trauer abgelegt, und das Haus in der Canning Street kannte wieder fröhliches Lachen, auch wenn der zündende Funke, der Isla gewesen war, erkennbar fehlte. Die Hochzeit war groß und aufwändig gefeiert worden, und Audreys Mutter hatte sich mit ihrer geballten Energie und Begeisterung in die Vorbereitungen gestürzt. Tante Edna hatte beinahe fest im Haus gewohnt und fungierte als Sekretärin, schrieb Listen und vervollständigte sie, besprach sich mit dem Floristen, dem Partydienst, dem Schneider, und Audrey schwebte abwesend durchs Haus und störte sich nicht daran, dass ihr alle Entscheidungen abgenommen wurden. Sie gab so bereitwillig ab, wie sie ihr Herz verschenkt hatte, doch ihre Seele würde auf immer und ewig Louis gehören.
Cecil hatte ein paar Straßen von den Garnets entfernt ein Haus gekauft, und Audrey hatte ihr Äußerstes gegeben, um es in ein gemütliches Heim zu verwandeln. Es war lebenswichtig für sie, sich eine kleine Festung zu schaffen, in der sie sich verstecken und von ihren Erinnerungen zehren konnte, und deshalb machte sie sich eifrig daran, das Haus auszustatten. Sie brachte all ihre Liebe in die Einrichtung der Zimmer ein, bis sie widerhallten

von der Kraft ihres sehnsüchtigen Geistes. Sie stellte ihr Klavier ins Wohnzimmer und bedeckte es mit Kerzen, sodass das weiche, flackernde Licht, wenn sie des Nachts spielte, ihre Nerven beruhigte und sie gleichzeitig an einen fernen Ort versetzte, wo sich ihre Träume neu und frisch erhielten.
Nach Roses Worten strahlte das Haus eine Art Zauber aus, und Cecil lobte seine Frau, weil sie es mit Stil und Schönheit ausgestattet hatte.
Nur Tante Edna ahnte, dass ihre Nichte gewissermaßen einen Kompromiss eingegangen war, denn sie richtete ihr Heim mit der Hingabe ein, die sie eigentlich in ihre Ehe hätte einbringen müssen. Sie selbst hatte sich nach Harrys Tod genauso verhalten, um sich zu trösten und die Erinnerung an ihn wach zu halten. Aber Cecil war schließlich noch ausgesprochen lebendig.
Als Charlotte und der Colonel als Mann und Frau mit glückstrahlenden Gesichtern den Gang entlangschritten, riss Audrey sich von der Vergangenheit los und blickte zu den großen Fenstern auf, durch die helles Licht in die Kirche strömte. Sie folgte den Strahlen, bis ihr Blick an Emma Lettons Gesicht haften blieb. Emma trat still unter einer Platane hervor und sah der verträumten jungen Frau, die sie betrachtete, in die Augen. Beide musterten einander schweigend, spürten ohne Worte ein unsichtbares Band, das sie zueinander zog. Audrey lächelte scheu und freute sich, als Emma ihr Lächeln bereitwillig erwiderte. Das junge Mädchen hatte schon immer eine ganz besondere Ausstrahlung gehabt, die Emma merkwürdig fand. Sie hatte stets eine leise Scheu vor dem sensiblen Kind empfunden, das sie zu verstehen schien wie sonst niemand.
»Wie gefällt Ihnen das Eheleben?«, fragte Emma Audrey, als sie auf dem Weg aus der Kirche zueinander fanden. Es war eine peinliche Frage, denn Emma spürte in ihrem Lächeln, das nur an der Oberfläche blieb, dass Audrey ihre Träume zur Seite geschoben und sich den Konventionen gebeugt hatte. Audrey umklammerte mit behandschuhten Händen ihr feines Hand-

täschchen und bemühte sich, nicht auf die hinterste Kirchenbank zu schauen, die sie immer wieder an Louis erinnerte.
»Herrlich, danke«, antwortete sie. »Diese Kirche hat schon so viele Hochzeiten gesehen! Mit den Augen dieses Gebäudes betrachtet, würde man einen unablässigen Kreislauf von Geburt, Hochzeit und Tod sehen. Es erinnert mich an meine eigene Sterblichkeit.«
Emma dachte an Isla und schenket Audrey einen Blick tiefsten Mitgefühls.
»Kirchen erinnern mich an unbeherrscht kichernde Schülerinnen, an einen unverschämt gut aussehenden Missionar, der uns über Gott unterrichten wollte und doch lediglich unser Blut in Wallung brachte. Sie erinnern mich auch an den Tag, als ich Brautjungfer war und mich verängstigt unter dem Altartuch versteckt hatte, bis die Hochzeit vorüber und eine Begräbnisfeier im Gange war.«
Audrey lachte, und Emma war froh, einen leichteren Ton in ihr Gespräch gebracht zu haben.
»Wie sind Sie entkommen?«
»Gar nicht. Mein Vater fand mich, in der Dunkelheit zitternd, überzeugt, dass ich in die Hölle kommen würde.«
»Inzwischen ist Ihnen ja vergeben«, bemerkte Audrey. »Thomas hat eine ehrbare Frau aus Ihnen gemacht.«
»Ja«, seufzte sie und fügte im Flüsterton hinzu: »Das stimmt, aber manchmal wünsche ich mir, er hätte es nicht getan. Wenn man an seine Sterblichkeit denkt, erwacht doch von selbst der Wunsch, ganz intensiv zu leben, so, wie man wirklich gern leben würde, nicht, wie die Leute es verlangen, oder?«
Audrey sah Emma an und erkannte den fahlen Schimmer der Resignation in ihren Augen, die dadurch plötzlich traurig und niedergeschlagen wirkten.
»Wir sind schließlich doch nicht Herren unseres Schicksals«, erwiderte sie vorsichtig. »Als Kind habe ich geglaubt, ich könnte werden, was ich wollte.«

»Und das ist Ihnen nicht gelungen?«

»Nicht ganz. Aber ich bin glücklich«, fügte sie hastig hinzu und warf einen Blick auf Cecil, der an der Tür auf sie wartete. »Die Ehe ist etwas Wunderbares, und Sie haben sogar ein Kind.«

»Ja, Robert, und ich fühle mich reich gesegnet.«

»Das sind Sie auch«, sagte Audrey und lächelte ihrem Mann zu, der ihr winkte.

»Cecil ist so attraktiv und charmant! Wissen Sie, als Sie geheiratet haben, sind Sie von allen Frauen in Hurlingham, ob verheiratet oder nicht, glühend beneidet worden.«

»Das kann ich nicht glauben.«

»Es ist aber so, auch heute noch. Alle lieben Cecil. Aber was ist denn aus Louis geworden?«

»Ich weiß es nicht.«

Audrey zuckte die Achseln und wandte den Blick ab, aus Angst, Emma könnte in ihren Augen lesen und erfahren, dass auch sie einen anderen liebte. »Er ist abgereist, und man hat nie wieder von ihm gehört.«

»Tatsächlich?«

»Ich glaube schon.«

»Nicht einmal Cecil hat von ihm gehört?«

»Nein.«

»Nun, ich hoffe, er hat irgendwo, wo es schön ist, sein Glück gefunden. Ich fand ihn immer etwas rätselhaft. Er war ein Genie, von allen missverstanden. Haben Sie ihn mal Klavier spielen gehört?«

Audrey nickte. »Kommen Sie doch mit uns zum Club. Ist es nicht herrlich, dass das Wetter umgeschlagen und der Frühling gekommen ist?«

»Ja, nicht wahr? Ich hole jetzt Thomas, ich glaube, ich muss ihn retten, denn er redet seit geraumer Zeit mit Diana Lewis und Phyllida Bates. Sie schaffen es immer, ihn in die Ecke zu drängen, und der arme Thomas ist zu höflich, um sie einfach stehen zu lassen.«

»Ich habe Emma und Thomas Letton gebeten, uns in den Club zu begleiten«, sagte Audrey, als sie sich zu Cecil gesellte.

»Ist das nicht diejenige, die vor Jahren diesen riesigen Skandal provoziert hat, weil sie sich in einen jungen Argentinier verliebte?«

»Ja, aber inzwischen ist sie glücklich mit Thomas verheiratet.«

»Natürlich, diese jugendlichen Schwärmereien sind nie von langer Dauer.«

»Nein.« Audrey seufzte und dachte, wie wenig er doch von Frauenherzen verstand.

Sie gingen die mit den veilchenblauen Blütenblättern der Jacarandabäume übersäte Straße hinauf, atmeten den süßen Duft von Gardenien und Geißblatt, die mit Einsatz des warmen Wetters prachtvoll erblüht waren, und redeten über die Hochzeit, was sie alle in fröhlichem Lachen vereinigte.

»Man stelle sich vor: Da lässt sich der alte Colonel schließlich doch noch vor den Altar zerren«, bemerkte Thomas belustigt.

»War er vorher nie verheiratet?«, fragte Audrey.

»Doch, vor Jahren, aber seine Frau ist gestorben«, sagte Emma und zog vielsagend die Brauen hoch.

»Nun, dann haben die beiden ja etwas gemeinsam. Ich bin gespannt, wer wen überlebt«, sagte Thomas.

»Ich habe das merkwürdige Gefühl, dass die beiden dieses Mal gemeinsam gehen wollen«, bemerkte Audrey.

Cecil nahm ihre Hand und schmunzelte. »Typisch Audrey, die kleine Romantikerin.«

»Emma ist auch eine Romantikerin«, erklärte Thomas und lächelte liebevoll auf seine Frau herab. »Sie ist wohl der einzige Mensch weit und breit, der glaubt, dass die gehässige Charlotte Osborne …«

»Blythe«, korrigierte Cecil lachend.

»Charlotte Blythe, die ehrenwerte Charlotte Blythe«, betonte Thomas, »gestrahlt hat wie eine junge Braut.«

»Sie sah wirklich sehr schön aus«, hauchte Emma voller Bewunderung.
»Der Teufel tritt in vielerlei Masken auf«, warf Cecil humorig ein.
»Ich bin ganz Emmas Meinung«, sagte Audrey und lächelte die junge Frau an. »Charlo ist eine schöne, elegante Frau. Wenn ich als alte Dame nur halb so gut aussehe wie sie, will ich sehr zufrieden sein.«
»Liebling, deine Schönheit kommt von innen und wird niemals welken«, sagte Cecil ernst.
»Danke«, erwiderte Audrey und wurde rot.
»Das sage ich auch immer zu Emma«, schloss Thomas sich an. »Warum glauben sie uns nicht?«
Cecil zuckte mit den Schultern. »Ihr zwei habt eine Menge gemeinsam, nicht wahr?«
Emma sah Audrey an und lächelte wissend. »Oh ja«, antwortete sie.
Audrey sagte nichts. Sie schob ihren Arm durch den ihres Mannes und senkte den Blick im Wissen, dass sie beide mehr gemeinsam hatten, als Thomas und Cecil ahnten.

»Ich möchte ein paar Worte über meine Frau sagen«, hob der Colonel an, leicht schwankend, mit einer Hand auf dem Rednerpult abgestützt, in der anderen ein frisch gefülltes Glas Champagner. Er sah aus, als würde sein praller Bauch ihn vornüberziehen, doch er lehnte sich zurück und balancierte sein Gewicht auf den Ballen seiner großen Füße aus. Er zwinkerte Charlo zu, und sein Schnauzbart zuckte vor Rührung. »Wir sind alt«, stellte er fest und zog die Augenbrauen hoch, die an die Schwänze zweier struppiger Katzen erinnerten. »Daran besteht kein Zweifel. Charlo und ich befinden uns längst im Herbst des Lebens, aber für mich war es nie schöner. Ich dachte, das harte Schlachtfeld an der Somme wäre alles an Aufregung, was mir das Leben zu bieten hätte. Doch dann lernte ich Charlo kennen. Ich war aus der Armee ausgeschieden und glaubte, meine kämpferischen Tage wären vorüber. Charlo jedoch stellte ein Territorium dar, das ich unbedingt erobern musste. Sie weiß es nicht, und bitte verraten Sie es auch nicht: Sie ist der größte Sieg meiner ganzen Karriere. Ich musste sämtliche Reserven, meine geballte Energie und all meinen Mut aufbieten, um sie zu gewinnen, und sie ist eine einzigartige Trophäe. Sie ist schön, sie ist elegant, sie ist klug und sie ist stark genug, um mich vor mir selbst zu retten. Charlo«, sagte er, und seine kleinen Augen blinzelten sie voller Rührung an. »Ich habe keine Träne vergossen, als der kleine Jimmy MacMannus im Winter 1916 erschossen wurde, obwohl ich mit jeder Faser meines Körpers hätte weinen mögen, und ich habe keine Träne vergossen, als der alte Bernard Blythe, mein Vater, an Lungenentzündung starb, als ich ein kleiner Bursche von dreizehn Jahren war, aber du, altes Mädchen, hast die Macht, mir Tränen der Dankbarkeit zu entlocken, weil du deine letzten Jahre mit einem alten kampfesmüden Hund wie mir verbringen willst. Ich werde dich glücklich machen, bei Gott, das werde ich, und, Charlo, altes Mädchen, ich gedenke durchaus noch ein paar Jährchen auf dieser schönen Welt zu bleiben. Das Leben fängt an, interessant zu werden, und du gibst mir das Gefühl, wieder ein junger Mann von zwanzig Jahren zu sein. Erheben wir unsere Gläser auf Charlotte Blythe, Charlotte Hamilton-Hughes-Fordington-Blythe, und wenn Sie mich fragen, sind das genug Namen für eine einzige Frau. Im Leben der frisch gebackenen Mrs. Blythe wird es keine Begräbnisse und keine Hochzeiten mehr geben, denn wenn ich abtrete, altes Mädchen, dann nehme ich dich mit.« Er hob sein Glas und fügte mit einem Grinsen hinzu: »Wir haben verdammtes Glück mit dem Wetter; in London schneit es!«

Als der Applaus verebbte, setzte die Musik ein, und er führte seine Frau auf die Tanzfläche und schmiegte seine schweißnasse Wange an ihre. Charlo bemerkte, dass seine Hände zitterten, und ein zärtliches Lächeln trat auf ihre schmalen Lippen.

Tante Hilda sah Nelly an und fragte sich, ob ihre Tochter jemals einen Mann finden würde. Sie wurde nicht jünger, und derzeit standen nur wenige heiratsfähige junge Männer zur Verfügung. Hübscher wurde Nelly auch nicht; sie hatte nie den Luxus der Wahl gehabt, wie Audrey, um die zu werben sich jeder junge Mann in Hurlingham erträumt hatte. Nelly musste warten, bis sich jemand ihr näherte, und im Augenblick war im Umkreis von fünfzig Meilen kein einziger anständiger Mann in Sicht.

Hilda sah ihren Mann mit Emma Lettons kleiner Schwester Victoria tanzen, und sie schluckte ihren Abscheu hinunter, als er das Mädchen auf höchst ungehörige Weise an sich drückte. Die arme Victoria wand sich sichtlich und lächelte hilflos über seine Schulter hinweg. Hilda dachte daran, dass er schon immer auf höchst unpassende Weise für Isla geschwärmt hatte, aber da Isla nicht mehr lebte, ergriff er jede Gelegenheit beim Schopf, mit blutjungen Mädchen zu tanzen. *Widerlich*, dachte sie bekümmert. *Dieser lächerliche alte Mann.*

»Warum tanzt du nicht?«, fragte sie ihre Tochter, als Nelly gelangweilt und müde zu ihr trat, nur von dem Wunsch beseelt, endlich nach Hause gehen zu dürfen.

»Weil mich niemand aufgefordert hat, Mummy. Außerdem mag ich mit Daddy nicht tanzen; er hat zu viel getrunken und schwitzt wie ein Schwein.«

»Nelly, so spricht man nicht über seinen Vater«, schalt ihre Mutter eisig.

»Du bist nicht gerade ein Vorbild, Mummy. Die Namen, die du für ihn findest, sind bedeutend schlimmer.«

»Darum geht es nicht. Es muss hier doch einen Tanzpartner für dich geben.«

»Nein«, sagte Nelly mit Nachdruck. Sie schaute sich unter den langweiligen jungen Männern um, die ihre Mutter für passende Gesellschaft hielt, und verdrehte verzweifelt die Augen.

Audrey war zufrieden mit Cecil. Er war fröhlich, charmant, aufmerksam und großzügig. Aber sie hatten so wenig gemeinsam. Audrey liebte Literatur, Gedichte, Musik und die Natur, während Cecil sich fürs Geschäft, für Politik, Wirtschaft und Menschen interessierte. Er wünschte sich ständig ein Haus voller Freunde, wogegen Audrey sich nach Einsamkeit zwischen Bäumen und Blumen sehnte, um auf den sanften Wogen ihrer Träume zu schaukeln und die Menschen, die sie am meisten geliebt und verloren hatte, wieder zum Leben zu erwecken. Audrey wusste, dass ihr Mann sie nicht verstand, dass ein großer Teil ihrer Persönlichkeit ein Schattendasein führte und nur zum Vorschein kam, wenn das Zimmer in Kerzenlicht getaucht war und ihre Finger über die Tasten des Klaviers tanzten. Doch Cecil hatte ihr ein sicheres Heim gegeben, es fehlte ihr an nichts, und er gab sich verzweifelte Mühe, ihr Freude zu machen. Doch einen Blinden kann man nicht lehren, ein Gemälde zu schätzen, und Audreys gefühlsmäßigen Bedürfnissen gegenüber blieb Cecil blind.

Auch Cecil war zufrieden, doch er wünschte sich das Glück zurück, das er während jener ersten berauschenden Monate ihrer Verlobung genossen hatte. Jetzt erschien ihm Audrey verloren, zurückgezogen in ihrer eigenen fernen Welt, wo sie sich mit einer unsichtbaren, undurchdringlichen Schale umgab, sodass er nicht zu ihr vordringen konnte. Wenn sie auf dem Klavier diese traurigen Melodien in Moll spielte, die sie über Stunden hinweg variieren und wiederholen konnte, bis ihm schwindlig wurde, erinnerte sie ihn an seinen Bruder. Dann nahm ihr Gesicht den gleichen Ausdruck an, ihre Haut verlor alle Farbe und schimmerte seltsam durchsichtig. Er hatte sein Leben mit dem Bemühen verbracht, Louis zu verstehen, und jetzt wandte er genauso viel Zeit dafür auf, seine Frau zu verstehen. Doch sosehr er auch versuchte, Interesse für ihre Gedichte und ihre Musik aufzubringen, über die Vergänglichkeit der Natur und den Sinn des Lebens und des Todes diskutierte, er kämpfte vergebens.

Zeitweise schien sie eine völlig fremde Sprache zu sprechen, und kein Lehrbuch der Welt hätte ihn mit dem Wortschatz vertraut machen können. Oft genug fühlte er sich wohler bei Rose und Henry als bei deren Tochter.
Rose betete Cecil mit der Hingabe einer Mutter an, die eine Tochter verloren und einen Sohn gewonnen hat. Sie bewunderte ihn und blickte zu ihm auf. Er erinnerte sie an Henry zu der Zeit, als sie ihn kennen lernte – der gerade Rücken, die breiten Schultern, die edle Nase und diese Förmlichkeit, die sie als beruhigend empfand. Es gefiel ihr, wie er bis in die frühen Morgenstunden mit Henry zusammensitzen konnte, eine Havanna paffend, in ein Gespräch über den traurigen Zustand der Wirtschaft vertieft, in gedämpftem Ton über die Diktatur schimpfend, die ihrer beider Meinung nach ein böses Ende nehmen würde. Cecil verkörperte alles, was Rose und Henry sich von einem Schwiegersohn erhofft hatten. Nicht nur ihrer Tochter hatte er das große Glück gebracht, sondern auch ihnen. Sie waren stolz darauf, dass Audrey eine so gute Partie gemacht hatte, wenngleich sie immer fest damit gerechnet hatten. Audrey war stets vernünftig gewesen.
Um dem unablässigen Schmerz um Islas Tod zu entkommen, musste Rose ständig beschäftigt sein, und so hängte sie sich an Audrey und Cecil, Edna und Hilda, Henry und ihre kleinen Söhne. Immer fleißig, damit ihr keine Zeit blieb, an den schweren Verlust zu denken. Dann verkündete Audrey eines Abends im Spätsommer, dass sie ein Kind erwartete.
Niemals zuvor war sich Rose des Lebenszyklus so bewusst gewesen, der sich trotz Islas Tod fortsetzte. Darin fand sie endlich ihren Seelenfrieden, in dem sicheren Wissen, dass Geburt und Tod die zwei Seiten einer Münze waren und dass man an die Zukunft, nicht an die Vergangenheit, denken musste. Roses Zukunft war jetzt gesichert; ihre Söhne würden erwachsen werden und aus dem Nest fliegen, doch Audrey und Cecil blieben in ihrer Nähe und würden ihre Tage mit Enkelkindern bereichern.

Cecil hoffte darauf, dass die Geburt ihres Kindes ihnen eine gemeinsame Basis schenken würde, auf der sie ihre Ehe neu gestalten konnten. Und er hoffte zudem, dass die Mutterschaft Audreys Geist festigte und sein verträumtes Umherschweifen unterband.

Alicia und Leonora kamen im Oktober 1954 im Hospital of The Little Company of Mary zur Welt, wo auch ihre Mutter vor vierundzwanzig Jahren geboren war. Audrey betrachtete die beiden kleinen Wesen, die Gott ihr anvertraut hatte, voller Ehrfurcht. Trotz der neun Monate, die sie sie unter ihrem Herzen getragen, während deren sie ihre Bewegungen und ihr Strampeln im Mutterleib gespürt hatte, blickten sie mit den Augen von Fremden zu ihr auf. Sie drückte sie fest an sich und studierte die kleinen Gesichtchen, so voller Unschuld, so himmlisch, dass der Gedanke an die schmerzhafte Reise durchs Leben, die vor ihnen lag, ihr manchmal das Herz brechen wollte.
Alicia war lebhaft und kräftig, das feuchte blonde Haar klebte an ihrem Köpfchen, und mit ihrer kräftigen Stimme wollte sie schon jetzt ihren Willen durchsetzen, während Leonora nur schwach maunzende Töne von sich gab und sich mit aller Macht in das Handtuch festkrallte, in das man sie gewickelt hatte.
Audrey war zu gerührt und zu geschwächt, um zu sprechen. Sie drückte beide Kinder an ihre Brust, küsste ihre nassen Gesichter und schnupperte wie ein Tier an ihrer Haut. Zum ersten Mal seit Jahren tat ihr das Herz nicht weh, sondern schlug mit neuer Kraft und neuem Ziel. Die Last einer so großen Verantwortung riss sie aus ihren Träumen. Louis wich zurück in einen Winkel ihres Bewusstseins und nahm ihren Schmerz und ihre Traurigkeit mit sich, was zur Folge hatte, dass sie sich in den Jahren danach kaum noch ans Klavier setzte, es sei denn, um fröhliche Melodien und Kinderlieder zu spielen, zu denen alle im sonnigen Wohnzimmer bei geöffneten Fenstertüren mitsangen.
Audrey spürte Islas Nähe während der gesamten Geburt. Sie sah

ihr aufgeregt aus ihrer Geisterwelt heraus zu, nur getrennt von ihr durch eine unfassbare Mauer von Vibrationen. Audrey war innerlich glücklich, ein warmes Gefühl, das ihren ganzen Körper ausfüllte, als wäre ihr Blut zu goldenem Honig geworden.

Als Cecil eintrat, stach ihm sogleich diese Veränderung in seiner Frau ins Auge. Sie erinnerte ihn an jenen ersten Abend im Theater, als sie vor Freude und Optimismus strahlte. Sie lächelte zu ihm auf.

»Zwillinge!«, rief er verblüfft aus.

Sie nickte, und ihre Augen füllten sich mit Tränen. »Heute ist der glücklichste Tag in meinem Leben, Cecil«, flüsterte sie, denn mit lauter Stimme hätte sie den gottvollen Augenblick gewiss zerstört. »Ich fühle mich wieder ganz, ich habe den Kreis geschlossen, als hätte ich mich durch die Geburt unserer Töchter mit Islas Tod abgefunden. Zum ersten Mal seit Jahren spüre ich keinen Schmerz mehr.« Sie sprach mit einer Leidenschaft, die ihre Augen glänzen ließ.

Cecil traute sich nicht, sie anzusehen, denn in den Tiefen ihrer Augen brannte ein fremdes Licht.

Audrey entzog sich ihm und betrachtete die beiden Wesen, die ihrem Leben plötzlich einen Sinn gegeben hatten. Dann streckte sie die Hand aus, und Cecil ergriff sie. Ihre Zukunft erstrahlte wieder in den Farben der Liebe.

II. Teil

Zwölf

Die folgenden Jahre waren so erfüllt von Lachen und sonnigem Familienleben, dass Audrey kaum wahrnahm, wie schnell die Zeit verging. Ihre Kinder machten sie sehr glücklich und bauten eine Brücke zwischen ihr und Cecil, auf der sie sich in tiefstem gegenseitigen Verstehen treffen konnten. Cecil fand jene Leichtigkeit des Seins wieder, die er sich so gewünscht hatte, und Audrey hatte ihre Geister weggeschlossen.

Cecil fand zu seiner Frau zurück; die Nächte hallten nicht mehr wider von klagender Klaviermusik, sondern boten Zeit für Stunden der Liebe, und Audrey, für die die körperliche Intimität mit ihrem Mann bestenfalls eine Pflicht gewesen war, entdeckte eine neue Zärtlichkeit, die zwischen ihnen entstanden war. Sie öffnete ihr Herz und bemerkte zu ihrer Überraschung, dass darin Platz für Cecil war. Es war ein Fehler gewesen, ihn unablässig mit seinem Bruder zu vergleichen, der Funken sprühen ließ, indem er sie nur ansah. Diese Art von Zauber wäre bestimmt nicht von Dauer gewesen. Außerdem hatte sie sich entschieden, Cecil zu heiraten, und jetzt, im Nachhinein, wurde ihr klar, dass es das Beste für sie war. Sie war glücklich. Wer wusste schon, wie viel Glück Louis ihr gebracht hätte?

Audrey konnte die Zeit mit ihren Säuglingen genießen, denn Emily Harris, eine aus Brighton angereiste Kinderschwester, verbrachte die ersten paar Jahre bei ihnen, und sie war es dann auch, die durch die ständig gestörte Nachtruhe und die lastende Verantwortung für die beiden Babys an totaler Erschöpfung litt. Als sie sich verabschiedete, war sie zu einer kleineren, graueren Ausgabe der rosigen jungen Frau geworden, die in gestärkter

Uniform auf Audreys Türschwelle gestanden hatte, voller Begeisterung und Energie.
Sosehr die Zwillinge ihr auch im Lauf der Zeit ans Herz wuchsen, fand sie Alicia doch unbezähmbar. Das Kind saugte ihre Kraft aus, bis kaum noch etwas übrig war. Emily wusste, dass sie frühzeitig alt und zu einer vertrockneten Jungfer würde, wenn sie nicht kündigte.

Was ihre Kinder betraf, war Audreys Liebe grenzenlos. Manchmal brach sie unter der Fülle ihrer Dankbarkeit in Tränen aus und dankte Gott in stummem Gebet für das Geschenk der zwei kleinen Mädchen, die einander lieben und einander beistehen würden, wie Isla und sie es getan hatten.
Cecil war ein guter Vater, wenn auch ein distanzierter. Er verdiente gut in der Firma seines Schwiegervaters und sorgte dafür, dass es seinen Töchtern an nichts fehlte. Er war kein Mann großer Gesten wie sein Bruder, für den Körperkontakt so wichtig war wie die Luft zum Atmen. Cecil gab seiner Liebe durch ein gelegentliches Schulterklopfen, seine Bereitwilligkeit, Gute-Nacht-Geschichten vorzulesen, und sein starkes Interesse an der Ausbildung der Mädchen Ausdruck. Er sorgte gewissenhaft dafür, dass die Zukunft der Mädchen gesichert war, während die Mutter ganz in der Gegenwart lebte.
Leonora gehörte ihrer Mutter. Alicia gehörte nur sich selbst. Nach Emily Harris' Abschied klammerte Leonora sich an Audrey und weinte hysterisch, wenn sie von ihrer Mutter getrennt wurde. Wäre Alicias kühle Unabhängigkeit nicht gewesen, hätte Audrey vor Sorge den Verstand verloren, denn sie hätte nicht beide Mädchen des Nachts zu sich ins Bett nehmen können. Doch Alicia konnte überall schlafen, brauchte weiter nichts als ein Nachthemd und eine Matratze – vorausgesetzt, das Nachthemd wurde unter ihrem Körper glatt gezogen, denn Falten waren ihr unbequem und machten sie wütend. Dadurch hatte Audrey die Möglichkeit, Leonora in ihren Armen zu wiegen, bis

das Kind zufrieden, das blasse Gesicht glücklich an den Busen der Mutter geschmiegt, einschlummerte.
Cecil war strikt dagegen, dass Audrey die Tochter ins Ehebett mitnahm, konnte es jedoch nicht verhindern, denn offenbar war sie nicht fähig, allein zu sein. Widerwillig zog Cecil um in sein Ankleidezimmer und überließ Mutter und Kind das Bett, um nur an den Wochenenden zurückzukommen, wenn er darauf bestand, dass Leonora in ihrem eigenen Bett schlief, selbst wenn sie sich dann in den Schlaf weinen musste.

Leonora betete ihre Schwester mit der gleichen Inbrunst an, wie Audrey einstmals Isla angebetet hatte. Sie ließ sie kaum einmal aus den Augen und bewunderte alles, was sie tat, denn Alicia lernte leicht und war außerordentlich begabt. Keine Herausforderung war zu groß für Alicia; dank ihrer Schönheit und Intelligenz erreichte sie alles, wirklich alles; nur sich selbst fand sie nicht, und es sollte ein Leben lang dauern, bis sie erkannte, dass der gefährlichste Dämon der in ihrem Inneren war.
Leonora dagegen war sanft und sensibel wie ihre Mutter, verfügte allerdings nicht über Audreys anziehende Erscheinung. Sie war unscheinbar, hatte dünnes braunes Haar und abstehende Ohren, doch das störte nicht, denn sie war lieb und heiter und wurde von allen geliebt, außer von Alicia, die jegliche Form von Schwäche verabscheute. Je ärger sie ihre Schwester quälte, desto größer wurde Leonoras Bewunderung für Alicia, und gerade ihre rehäugige Demut weckte den Teufel in Alicia. Das mexikanische Hausmädchen Mercedes, selbst auch nicht mit großer Schönheit gesegnet, schüttelte oft den von Aberglauben schweren Kopf und behauptete, Schönheit sei Teufelswerk. »Solch ein Gesicht wird noch manchen guten Mann in den Ruin treiben«, weissagte sie feierlich, »aber Leonora wird ihr Glück finden, denn ihr Gesicht kann niemanden täuschen.«
Mercedes verbarg ihre stämmigen Beine unter langen Röcken und ihre Rezepte unter dem Papageienkäfig, in dem Loro ihre

Stimme perfekt zu imitieren lernte. Er war so überzeugend, dass Mercedes, als Oscar, der Chauffeur, an der Küchentür erschien und behauptete, sie hätte ihn zum Kaffee gerufen, ihm vorwurfsvoll mit dem Finger drohte, ohne zu ahnen, dass der harmlose Irrtum auf die brillante Nachahmungskunst des Papageis zurückzuführen war. Erbost schickte sie den Chauffeur zurück in den Hof, während Loro in seinem Käfig leise lachte, wie Oscar, wenn er Mercedes auf der kleinen Toilette hinter der Speisekammer beim Pinkeln beobachtete.
Mercedes liebte Kinder. Sie hatte zahlreiche eigene, gezeugt von den Hausdienern, Gärtnern und Chauffeuren von Hurlingham, die wie herrenlose Hunde auf der Straße umherliefen. Voller Stolz beschäftigte sie sich stundenlang mit den Zwillingen und weihte sie in die Geheimnisse der Küche ein. Sie erkannte aber bald, dass Alicia sich schnell langweilte und sich nur für Zuckerguss und Garnierung interessieren konnte, während Leonora die Küchenarbeit vom Backen bis zum Tischdecken liebte. Mercedes drohte Alicia oft genug mit dem Finger, wenn sie die Kreationen ihrer Schwester zerstören wollte, und aus der Zimmerecke rief Loro dazu fröhlich: »*Mala niña ja ja ja mala niña*«, und sah aus schwarzen Augen zu, wie Alicia zur Versöhnung ihren erstaunlichen Charme einsetzte und gespielt liebevoll die Arme um die mollige Taille des Hausmädchens schlang. Alicia liebte niemanden außer sich selbst.

Zur Erleichterung so manchen Einwohners von Hurlingham segnete Phyllida Bates im April 1960 das Zeitliche. Nur wenige nahmen an der Begräbnisfeier teil, und diese auch nur, weil sie sich verpflichtet fühlten oder weil sie, wie Charlo Blythe, in den länger werdenden Schatten des Herbstes das eigene Ende lauern sahen und glaubten, es durch den Beweis ihrer Tugend und Frömmigkeit noch ein bisschen länger hinauszögern zu können. Phyllidas hinfälliger Körper war schließlich dem verderblichen Gift in ihrem Blut erlegen und zu einem Haufen ledriger Haut und trockener Knochen zusammengefallen. So wenig blieb von ihr übrig, dass der Sarg mit ihrer sterblichen Hülle ungewöhnlich leicht und klein wirkte. Phyllidas Ende interessieret niemanden außer der sechsjährigen Alicia, die fasziniert war vom Tod und den dunklen Geheimnissen, die er barg. In ihrem Schulkittel lungerte sie am Tor herum, die Augen groß vor Neugier, als die feierliche Prozession die Kirche verließ. Sie schnupperte den schwülen Duft der Lilien, der sich mit dem süßlichen Geruch des Todes vermischte, und ein kaltes Prickeln lief über ihren Rücken. »Komm da weg, Schätzchen«, flüsterte ihre Mutter, die Leonora fest an der Hand hielt. »Lass die Leute in Ruhe trauern.«

»Sie trauern aber gar nicht«, sagte Alicia und lächelte, ohne den Blick von der feierlichen Szene vor ihren Augen zu lösen.

»Doch, Alicia«, widersprach ihre Mutter nachsichtig.

»Warum streichelt der Colonel dann Mrs. Blythes Po?« Audrey blickte über den Friedhof hinweg und sah zu ihrem Entsetzen, dass das Kind Recht hatte. Die verwelkte Hand des Colonels liebkoste unübersehbar das dürre Hinterteil seiner Frau.

»Er streichelt sie nicht, Schätzchen, er lindert ihre Schmerzen. Sie ist gefallen«, erklärte Audrey hastig und zog ihr freches Kind vom Zaun fort.

»Nun, es scheint zu wirken«, sagte Alicia und kicherte. »Denn Mrs. Blythe lächelt jetzt.«

Zu Cecils Ärger beschwerten sich Alicias Lehrer unablässig über ihr Benehmen. Sie behaupteten, sie wäre intelligenter, als es gut für sie wäre, dass sie den Klassenverband störte und gemein zu kleineren Kindern wäre. Sie erklärten verzweifelt und hilflos mit den Schultern zuckend, dass sie sie überhaupt nicht bändigen könnten.

Infolgedessen beschloss Cecil, sich selbst mehr um die Erziehung seiner Tochter zu kümmern, und ließ sich sogar ein oder zwei Mal zu Ohrfeigen hinreißen, als Alicia ihm trotzige Antworten gab, die ihn verblüfften. Derartige Vorwitzigkeit konnte man einem sechsjährigen Kind nicht durchgehen lassen. Doch nichts zeigte Wirkung, sie war hoffnungslos verdorben. Ihr Charme mag ja bei ihrer Mutter und bei ihren Tanten ankommen, dachte er, aber nicht bei mir.

Audrey weigerte sich zu glauben, dass eine ihrer Töchter nicht vollkommen sein könnte. Alicia schluchzte in ihren Armen, wimmerte herzerweichend, ihr Vater sei ein Monster und sie habe ihn überhaupt nicht mehr lieb, sie liebe nur noch ihre Mutter, und mit zitternder Hand wischte sie sich diese Krokodilstränen ab, deren Fluss bei Bedarf so schnell und einfach einzuschalten war wie der Rasensprenger.

Audrey drückte ihr kleines Mädchen an sich, dachte an die neun Monate, während deren sie Alicia unter ihrem Herzen getragen hatte, und versprach, mit ihrem Vater und den Lehrern zu reden und ihnen zu erklären, dass Alicia einfach nur ein überschwängliches Kind mit besten Absichten sei, nur noch zu klein, um ihr Temperament zu zügeln. Audrey war der Meinung, Alicia würde sich mit ein wenig Disziplin zu einer ganz außergewöhnlichen jungen Frau entwickeln. Doch das Problem wurde nur noch größer. Sie waren gezwungen, das Mädchen aus der Schule zu nehmen und in einer anderen anzumelden. Audrey gab den Lehrern die Schuld, Cecil Alicia und Alicia allen anderen, außer sich selbst.

Leonora litt unter der Aufsässigkeit ihrer Schwester. Auch sie musste die Schule wechseln. Sie weinte aufrichtige Tränen, denn ihr fehlten ihre Freundinnen und ihre Lieblingslehrerin, Miss Amy. Miss Amy hatte das liebe kleine Mädchen, das nie mit leeren Händen zur Schule kam, sondern stets schüchtern ein Stück Obst, einen Strauß Blumen, etwas Kuchen auf das Lehrerpult legte, tief ins Herz geschlossen. Leonora suchte immer noch Trost im Bett ihrer Mutter und verbannte ihren Vater ins Ankleidezimmer, in das von den frühen Jahren seines Exils gewohnte Bett. Schließlich entschied Cecil, dass ihm nur eine

Lösung blieb, und er wusste, dass er sich mit seinem Vorschlag äußerst unbeliebt machen würde.

»Ich möchte mit dir über die Ausbildung der Mädchen reden«, sagte er eines Abends zu seiner Frau und schenkte sich ein Glas Brandy ein. Es war Winter, die Tage waren kurz, wurden schon früh von der Nacht verschlungen. Die Zwillinge lagen in ihre Decken und die bedingungslose Liebe ihrer Mutter eingehüllt in den Betten, während draußen kaltes, stürmisches, feindseliges Wetter herrschte.

Audrey lächelte ihren Mann an und ließ ihr Buch sinken. »Ich habe den Eindruck, Alicia lebt sich gut in der neuen Schule ein, und Leonora akzeptiert, dass nichts im Leben immer so bleibt, wie es ist. Eine wertvolle Erfahrung, finde ich«, entgegnete sie glücklich.

»Ich bin anderer Meinung. Es gibt nur eines, was Alicia zur Vernunft bringen und sie Respekt vor Erwachsenen lehren kann.«

»Und das wäre?«

Cecil zögerte, wohl wissend, dass sein Vorschlag einen scheußlichen Streit nach sich ziehen würde, und er entzweite sich ausgesprochen ungern mit seiner Frau. Er straffte sich, sah sie mit seinen blassblauen Augen an und sagte rasch und entschlossen: »Ich wünsche, dass sie eine richtige englische Erziehung erhalten.«

Audrey erstarrte. Für einen Augenblick setzte ihr Verstand aus. Sie blickte Cecil nur ungläubig an, erschlagen von der Gefühllosigkeit ihres Mannes und nicht fähig, Worte der Abwehr zu finden.

»Eine *richtige* englische Erziehung?«, flüsterte sie schließlich nach langem, unbehaglichen Schweigen.

»Eine englische Erziehung, in England«, bekräftigte Cecil und sah, wie sich ihr Gesicht verzerrte. »Die Schulen hier sind einfach nicht gut genug«, fuhr er fort. Er konnte ihr nicht in die Augen schauen, die voller Entsetzen auf ihn gerichtet waren. »Wir sollten sie in Colehurst House anmelden, wo auch meine

Schwester Cicely zur Schule gegangen ist. Nichts in der Welt kann einer englischen Erziehung das Wasser reichen.«
»Sie sind Kinder«, wandte Audrey mit erstickter Stimme ein. »Erst sechs Jahre alt.«
»Gütiger Gott, ich schlage doch nicht vor, sie jetzt schon wegzuschicken. Nein, nein, meine Liebe, erst, wenn sie zehn sind. Ich würde bei dir doch nicht mit der Tür ins Haus fallen, wenn es um so schwerwiegende Entscheidungen geht.«
»Wenn sie zehn sind?« Sie zog sich die Strickweste fester um die Schultern. Als sie sich einigermaßen von dem Schock erholt hatte, fuhr sie langsam und vorsichtig fort: »Das kannst du mir nicht antun, Cecil. Ich lasse es nicht zu.« Sie kannte ein paar Familien, die ihre Kinder in England auf ein Internat geschickt hatten. Diese Kinder kamen als Fremde mit neuem Spleen, neuem Akzent, neuen Redewendungen zurück. Das wollte sie auf keinen Fall.
»Ich habe befürchtet, dass es dich schwer trifft. Schon seit geraumer Zeit wollte ich mit dir darüber reden.«
»Ich verstehe«, erwiderte sie mit gezwungener Ruhe und verzweifelt bemüht, nicht die Beherrschung zu verlieren. »Cecil, wie kommst du nur auf den Gedanken, mir die beiden Menschen zu entreißen, die ich mehr liebe als alles auf der Welt?«
Cecil wandte das Gesicht ab. Er schaute mit leerem Blick aus dem Fenster. Frauen sind immer so emotional, dachte er, vielleicht habe ich die Sache falsch angepackt. Dann seufzte er schwer und beschloss, einen anderen Weg einzuschlagen.
»Es ist meine Pflicht als Vater zu tun, was das Beste für meine Töchter ist, Audrey. Ich will sie genauso wenig wegschicken wie du, aber wir müssen doch an ihre Zukunft denken.« Seine Stimme klang jetzt fester.
Audrey stellte sich vor, dass er sich seinerzeit in der Armee genau dieses Tonfalls bedient hatte. »Die englischen Schulen hier reichen vollkommen. Habe ich vielleicht eine schlechte Erziehung genossen?« Sie funkelte ihn wütend an.

Cecil zündete sich eine Zigarre an und blieb vor dem Kamin stehen. »Deine Erziehung war angemessen, ja, für die damalige Zeit. Doch jetzt sind andere Zeiten angebrochen. Der Krieg hat alles verändert, nicht zuletzt auch die Stellung der Frau in der Gesellschaft. Alicia ist eigensinnig und launisch. Hier wird einfach niemand mit ihr fertig. Sie tanzt allen auf der Nase herum, und wenn wir ihr nicht ein bisschen Disziplin beibringen, wird aus ihr einmal eine ausgesprochen unattraktive junge Frau. Ich fürchte, Leonora ist auch betroffen, denn wir können die zwei nicht trennen, und außerdem wird eine englische Erziehung beiden gut tun. Leonora wird davon profitieren, etwas mehr Unabhängigkeit und Selbstvertrauen gewinnen. Ihre Bindung an dich ist viel zu eng.« Er sah seine Frau offen an und fügte hinzu: »Es wäre das größte Geschenk, das wir ihnen machen könnten. Eine englische Erziehung ist unbezahlbar.«
»Um Himmels willen, Cecil«, protestierte sie. »Ich würde jeden Preis dafür bezahlen, dass sie nicht ins Ausland geschickt werden.«
»Ihre Zukunft liegt in England. Ich habe nicht geplant, mein Leben lang hier zu bleiben, das weißt du.«
»Heißt das, wir alle sollten nach England ziehen?«
»Nicht jetzt schon, aber eines Tages vielleicht. Ich will es nicht ausschließen.«
»Aber ich will hier bleiben, Cecil. Ich will, dass meine Kinder hier bleiben. Argentinien ist unsere Heimat. Ich lasse mich nicht von meinen Töchtern trennen. Um nichts in der Welt.« Ihre Stimme hob sich, bis Audrey bewusst wurde, dass sie schrie.
»Beruhige dich, Audrey, und versuche, vernünftig zu überlegen. Betrachte es mal vom Standpunkt der Mädchen her. Du willst doch auch ihr Bestes, nicht wahr? Oder willst du nur für dich das Beste?«
»Ich bin ihre Mutter. *Ich* bin das Beste für sie«, rief sie hitzig. »Ach, Cecil, ich kann es nicht fassen, dass du eine so herzlose

Entscheidung treffen willst. Was ist in dich gefahren? Warum willst du unsere Familie auseinander reißen?«
»Meine Liebe …«, setzte er an, doch Audrey war zu verzweifelt, um zuhören zu können.
»Ich dulde es nicht, verstehst du? Nur über meine Leiche!«, erklärte sie und setzte hinzu, bevor sie aus dem Zimmer lief: »Das werde ich dir nie verzeihen.«
Cecil blieb allein am Kamin zurück und dachte über die Reaktion seiner Frau nach. Er hatte nicht damit gerechnet, dass sie es so übel aufnehmen würde; schließlich war es durchaus nicht ungewöhnlich, dass Anglo-Argentinier ihre Kinder im Ausland zur Schule schickten. Schulausbildung in England, dann die Schweiz für den letzten Schliff, das erzog die Kinder zur Selbstständigkeit, machte unabhängige, furchtlose junge Menschen aus ihnen. Es bereitete sie auf die wirkliche Welt vor. So gern er seine Frau auch versöhnt hätte, war er doch auch leicht verärgert über ihre verklärte Einschätzung der Kinder. Alicia war ein echter Problemfall, doch Audrey wollte es nicht wahrhaben. In ihren Augen waren die Zwillinge Engelchen, die ihre Flügel am Himmelstor zurückgelassen hatten, um sie dort bei ihrer Heimkehr wieder an sich zu nehmen. Audrey zweifelte nicht daran, dass sie etwas Besonderes waren und dass jeder, der ein böses Wort über Alicia äußerte, lediglich neidisch war. Nein, Cecil war entschlossen, an seiner Entscheidung festzuhalten.

Audrey hatte seit langer, langer Zeit nicht mehr Klavier gespielt. Jetzt aber hob sie den Deckel und setzte sich mit gestrafftem Rücken auf den abgewetzten Gobelinhocker, die Füße leicht auf die Pedale gesetzt. Tränen suchten sich ihren Weg durch ihre verklebten Wimpern und blieben zitternd an ihrem Kinn hängen, bevor sie auf die Tasten tropften, die nun den Schmerz in ihrer Seele in Musik umsetzten. Als sie so ihren Gefühlen freien Lauf ließ, drängte die lang unterdrückte Erinnerung an Louis aus den dunklen Winkeln ihres Bewusstseins ans Licht, und sein

Gesicht stand ihr so klar vor Augen, als hätte sie ihn erst gestern unter dem Kirschbaum im Orangenhain des Hauses in der Canning Street zum letzten Mal gesehen. Sie stellte sich sein hellbraunes Haar vor, stets zerzaust und ungekämmt, seine eindringlichen blauen Augen mit dem abwesenden, schweifenden Blick, seine vollen Lippen und sein schiefes Lächeln, das sie so oft geküsst hatte, und seine langen, bleichen Finger, die nervös zuckten, als glitten sie unablässig über die Tasten eines imaginären Klaviers. Jetzt sehnte sich ihr Herz so heftig nach ihm, dass das Klavier unter der Last ihrer gepeinigten Seele zu erschaudern schien. Sie hatte Isla verloren und sie hatte Louis verloren, jetzt war sie im Begriff, ihre Kinder zu verlieren. Sie fühlte sich machtlos. Die Musik jedoch hatte eine tröstliche Wirkung. Sie schwankte auf ihrem Hocker, bewegte den Kopf langsam von einer Seite zur anderen, holte tief aus dem Bauch heraus Luft und lichtete den Anker, der ihr Bewusstsein in der Realität festhielt, um in die grenzenlose Welt der Träume zu entschweben.

Dreizehn

Audrey stand vor der größten Herausforderung ihres Lebens. Nach außen hin musste sie ihren Mann unterstützen, während innerlich ihre Abneigung wucherte wie ein Tumor. Mit der Verzweiflung einer Ertrinkenden klammerte sie sich an ihre Töchter, durchlebte jeden Augenblick jeder Woche, jedes Monats, jedes Jahres, als wäre jeder Tag ihr letzter. England dräute am Horizont und wurde größer und schwärzer wie die düstere Gischt eines Wasserfalls, auf die die unentrinnbare Macht der Zeit sie und ihre Kinder zutrieb wie ins sichere Verderben. Und doch wusste sie, dass sie, um den Schock für die Kinder zu verringern, über England und das Internat reden musste, als wäre es tatsächlich das merkwürdige Land sanfter grüner Hügel und altmodischer Dörfer wie in Angela Brazils Romanen beschrieben. Ihre Schilderungen waren so anschaulich und fesselnd, dass selbst Leonora von Aufregung erfasst wurde und sich ihren zehnten Geburtstag herbeisehnte.

»Nächstes Jahr gehen wir in England zur Schule«, sagte Alicia zu Mercedes und schöpfte einen Finger voll *dulce de leche* aus dem Topf auf dem Herd.

Mercedes fütterte den Papagei durch die Gitterstäbe des Käfigs mit Sonnenblumenkernen. »*Gracias*«, krächzte er nach jedem Angebot, denn er wusste, dass seine Höflichkeit ihm einen Nachschlag einbrachte.

»Das ist ein weiter Weg, nur, um eine Erziehung zu kriegen, *niña*«, sagte sie gedehnt und fand die Idee an sich absurd. »Außerdem schadet zu viel Wissen nur.« Mercedes fand überall ein Haar in der Suppe.

»Daddy sagt, eine englische Ausbildung ist die beste auf der Welt«, erklärte Alicia.

»Schau mich an«, entgegnete Mercedes, öffnete die Käfigtür und ließ Loro in der Küche umherhüpfen. »Meine Mutter hat mir das Kochen beigebracht, meine Großmutter das Beten. Mit meiner Kochkunst habe ich einen guten Mann gewonnen, durch das Beten wird mir Vergebung meiner Sünden zuteil. Muss eine Frau denn noch mehr wissen? Du wirst heiraten und Kinder kriegen, ganz gleich, ob du weißt, dass die Erde rund ist und sich dreht oder nicht. Ändern würde es sowieso nichts daran.«

»In den Ferien wohnen wir bei Tante Cicely. Sie hat ein riesiges Haus. Ich glaube, es ist ein Schloss. Wahrscheinlich ein Spukschloss. Das würde dir sicher nicht gefallen, Merchi, du magst ja keine Geister.«

»Ich habe nichts gegen Geister, solange sie sich um ihre eigenen Angelegenheiten kümmern. Mein verstorbener Mann ist der einzige Geist, den ich nicht mag, weil er es immer noch für sein gutes Recht hält, das Bett mit mir zu teilen, vierzig Jahre nachdem er darin gestorben ist.« Loro kratzte sein schütteres grünes Gefieder und kletterte mit Hilfe seiner Krallen an dem Hocker hinauf, auf dem Alicia saß und ihre klebrigen Finger abschleckte.

»Warum verliert Loro seine Federn?«, fragte sie und sah zu, wie er nach den Knöpfen an ihrem Kleid hackte.

»Weil er einsam ist«, antwortete Mercedes. Sie schürzte die Lippen und fügte hinzu: »Das ist allerdings kein Grund, sich gehen zu lassen. Ich war mein ganzes Leben lang einsam und habe mich trotzdem gepflegt. Man kann ja nie wissen …«

»Warum heiratest du nicht Oscar?«

Die Frage des Kindes überraschte Mercedes nicht. Es war ihr schon häufiger in den Sinn gekommen. Nicht, weil sie ihn schön fand, sondern weil es nett gewesen wäre, eine dauerhafte Beziehung zu haben. Sie war allmählich zu alt, um sich Liebhaber zu halten, und außerdem war der Sex nicht mehr so gut wie früher, als sie noch genug Energie und einen schlankeren, festeren

Körper hatte, auf den sie stolz war. Heute sehnte sie sich eher nach Gesellschaft.

»Weil er nicht reich genug ist, um mich zu unterhalten, und weil er seine Zähne verliert«, erwiderte sie gleichmütig.

»Vielleicht ist er auch einsam, genau wie Loro.«

»Ja, vielleicht, *niña*, vielleicht liegt es aber auch nur an schlechter Gesundheit und Pech.«

»Er ist hässlich«, stellte Alicia fest und fuhr sich mit den Fingern durch die Korkenzieherlocken. Manchmal musste Mercedes zwei Mal hinsehen, so sehr erinnerte Alicia sie an Isla.

»Zu viel Schönheit ist schädlich. Das wirst du schon noch erfahren. Du kannst ein hässliches Wesen nicht hinter einem schönen Gesicht verstecken, denn letzten Endes sickert es doch in deine Züge ein. Man soll sich nie auf äußerliche Schönheit verlassen. Innere Schönheit jedoch strahlt auch noch, wenn die Jugend verblüht ist.«

Alicia streichelte Loros fast kahlen Rücken und seufzte. »Ich freue mich auf England.«

»Anderswo ist das Gras immer grüner. Ich weiß es wohl. Esteban hat sich Geliebte gehalten, ist aber immer zu mir zurückgekommen.«

»Auch heute noch«, bemerkte Alicia kichernd.

»Ja.« Mercedes seufzte. »Wenn ich noch einmal heiraten würde, gäbe er das Bett vielleicht frei für meinen neuen Mann.«

»Oder er spukt und verscheucht deinen Mann.«

Mercedes musterte das Kind wie ein mexikanischer Medizinmann aus schmalen Augen. »Was ist eigentlich los mit dir, Kind?«

»Wieso, Merchi?«

»Du bist klüger, als gut für dich ist«, sagte sie und kniff dem Mädchen in die Wange. »Ich warne dich, es wird noch ein schlimmes Ende mit dir nehmen.«

»Autsch! Ich kann das nicht leiden. Schließlich bin ich kein Baby mehr, ich bin fast zehn!«

»So eine Schande! Als Baby warst du richtig süß. Das Alter hat dich jetzt schon verdorben.«

Alicia lachte und schnalzte mit der Zunge. »Werde ich dir fehlen, wenn ich weg bin?«, fragte sie.

»Nein«, antwortete Mercedes. »Du kommst ja wieder.«

»Zu Weihnachten komme ich hierher.«

»Und hast eine Erziehung, mit der du prahlen kannst.«

»Dann bring ich dir das eine oder das andere bei.«

»Ein alter Hund lernt keine neuen Tricks.«

»Du bist aber kein Hund, Merchi.«

»Ein Hund vielleicht nicht, aber alt!« Sie warf den Kopf in den Nacken und lachte schallend.

Alicia sprang von ihrem Hocker, stieß Loro zu Boden, wo er wütend krächzte und nach ihren Knöcheln hackte. »Weißt du, was du für Loro tun könntest?«

»Außer ihn in den Kochtopf stecken und zum Abendessen kochen?«

»Du könntest einen Spiegel in seinen Käfig hängen.«

Mercedes war sprachlos vor Bewunderung und stemmte die Hände in die breiten Hüften. »Du bist ein Genie, *niña*, dann glaubt er, er hätte Gesellschaft«, sagte sie. »Und dein Vater meint, dich bis nach England schicken zu müssen, damit du eine Ausbildung bekommst!«

»Aber nein, Merchi! Wenn er sein hässliches, zerrupftes Gefieder sieht, hört er vielleicht auf, sich die Federn auszureißen.«

»Beurteile ihn nicht nach deinen Maßstäben; er ist nicht so eitel wie du. Nur einsam«, schalt Mercedes und drohte Alicia mit dem Finger. »Du brauchst keine Ausbildung, Kind, sondern einen ordentlichen Klaps auf den Po.«

»Knackiger Po! Knackiger Po!«, kreischte Loro und nahm ein Bad in seinem Wasserbehälter.

Mercedes schürzte die Lippen. »Das hat er nicht von mir gelernt«, sagte sie, und ihre Augen wurden schmal. »Oscar!«

Drei Jahre waren vergangen seit Cecils Vorschlag, die Mädchen in England zur Schule zu schicken. Audrey hatte erklärt, dass sie ihm das nie verzeihen würde, und es war ihr Ernst gewesen. Sie wütete nicht und sprach mit niemandem über ihre Abneigung gegen ihren Mann, außer mit Isla, mit der sie Kontakt aufnahm, wenn sie über die Grasebene der Pampa ritt, in der Gewissheit, dass der Geist ihrer Schwester bei ihr war und ihre Sorgen teilte. Cecil gegenüber zeigte sie ihren Zorn und ihre Kränkung durch die steife, höfliche Art, mit der sie ihn behandelte. Sie lächelte, sie plauderte, sie war Gastgeberin seiner Dinner- und Cocktailpartys im gepflegten Garten ihres gemütlichen Hauses, doch immer mit Distanz und kühler Reserve, so, als stünde er ihr nicht näher als irgendein beliebiger Gast. Sie bändigte ihre wilden Locken in einem strengen Nackenknoten, der ihr Gesicht länger und trauriger erscheinen ließ, und öffnete es nur des Nachts, wenn sie das Klavier mit Kerzen voll stellte und mit einer Verbissenheit spielte, die niemand an ihr vermutet hätte.
Cecil entging das alles nicht, doch er blieb hart. Er wollte sich nicht von seiner Frau manipulieren lassen. Er war überzeugt, das Richtige für seine Kinder und deren Zukunft zu tun, und er war altmodisch genug zu glauben, es wäre die Pflicht einer Frau, ihrem Mann zur Seite zu stehen. Er gewöhnte sich an ihre stumme Aufsässigkeit, bis diese so zu seinem Leben gehörte, dass sie ihm nicht mehr auffiel, höchstens in den langen Nachtstunden, wenn sich sein Körper auf dem großen, kargen Bett seines Exils nach Audreys Wärme und der Liebe sehnte, die sie ihm vormals geschenkt hatte.

Schließlich kam der Tag der Abreise. Cecil hatte eine Schiffspassage für die Familie besorgt, um noch einen vierzehntägigen gemeinsamen Urlaub genießen zu können, bevor die Schule begann, und Audrey war dankbar für diese kostbare Zeit mit ihren Töchtern.
Am frühen Morgen trafen Rose und Tante Edna ein, bewaffnet

mit Süßigkeiten und glänzend neuen Federmäppchen, gefüllt mit Malstiften für die Schule, und sie umarmten die Kinder herzlich. »Bitte vergesst uns nicht«, sagte die Großmutter, drückte die Mädchen an sich und kämpfte mit den Tränen.

Edna reichte Leonora ein altes, schlabberiges Plüschkaninchen aus ihrer Kindheit, denn Leonora war ihr Liebling. »Pass auf ihn auf, ja? Ich habe ihn als kleines Mädchen sehr lieb gehabt«, sagte sie und gab ihrer Großnichte einen Kuss auf die Stirn.

»Und vergesst nicht, oft zu schreiben, wir wollen alles wissen, bis ins kleinste Detail«, sagte Rose mit einem Blick auf ihre Tochter, deren Gesicht blass und spitz wirkte.

Tante Hilda kam mit leeren Händen, brachte aber Nelly mit. Die Zwillinge hatten sich nichts von ihr erhofft, freuten sich jedoch von Herzen, als Nelly ihnen je ein großes Glas voll *dulce de leche* überreichte. »Das gibt es in England bestimmt nicht«, sagte sie.

»Ihr Glücklichen, ihr dürft nach England reisen«, schwärmte Edna mit gezwungener Fröhlichkeit. »Dort gibt es von allem das Beste. Bringt Weihnachtspudding mit, wenn ihr zum Fest nach Hause kommt.«

»Und Fleischpasteten«, fügte Rose hinzu. Immerhin kommen sie zu Weihnachten heim, dachte sie betrübt, aber danach vergeht ein ganzes Jahr, bis ich sie zum nächsten Weihnachtsfest wiedersehe. Sie empfand tiefes Mitleid mit Audrey und fragte sich in vielen schlaflosen Nächten, wie ihre Tochter diese grausame Trennung überleben sollte, doch es war sinnlos, mit Henry darüber reden zu wollen, denn seiner Meinung nach tat Cecil genau das Richtige. Nichts ging über eine englische Erziehung.

Mercedes hatte sich geweigert, sich von den Mädchen zu verabschieden, denn sie hasste es, offen Gefühle zu zeigen, und betrachtete Tränen und zitternde Unterlippen als extreme Zeichen von Schwäche, die unbedingt zu vermeiden waren. So war sie lieber zum Einkaufen in die Stadt gefahren und hatte Loro allein in seinem Käfig zurückgelassen, wo er ein ums andere Mal, so laut er konnte, »So eine Schande, so eine Schande« krächzte, um jedem, der es hören wollte, den Kummer seiner Herrin zu verraten.

Der Winterhimmel war grau und apathisch und warf ein düsteres, freudloses Licht über den Hafen. Audrey ging an Bord der *Alcantara,* während Alicia und Leonora mit der Begeisterung von abenteuerlustigen Kindern um sie herumhüpften. Sie waren nicht nur nie zuvor in England, sondern auch noch nie an Bord eines so großen, luxuriösen Schiffs gewesen. Audrey überlegte, ob wohl auch Lämmer so fröhlich herumsprangen, bevor sie brutal zur Schlachtbank geführt wurden.

Das Gewimmel von Menschen, von Gepäckträgern mit schweren Koffern auf den Schultern, das Pfeifen der Schiffssirenen, die dröhnenden Motoren, winkende und weinende Familienangehörige, das Umarmen und Küssen erfüllte Audrey mit Panik. Alles war so fremd und beunruhigend. Sie verabscheute so viel Lärm und Chaos und hatte Angst um die Sicherheit ihrer Kinder. Doch ihre Sorge war überflüssig, denn die Zwillinge waren begeistert von allem und fanden kaum Zeit, sich von ihrem Vater zu verabschieden, der mit stoischem Gleichmut zusah, wie seine Familie die Gangway entlangging und im Bauch des Schiffs verschwand.

Audrey hatte ihm kühl die Wange geküsst und ihm mit eisiger Verachtung in die Augen gesehen, als wollte sie ihn daran erinnern, dass dieser Abschied auf sein Schuldkonto ging und sie ihm dies nie verzeihen würde. Er hoffte, dass die Zeit ihre Entfremdung aufheben könnte und dass sie den Wert seines Geschenks an die Mädchen erkannte, wenn sie mit besten Manieren und exquisiter Erziehung nach Hause zurückkämen. In der Zwischenzeit sollte die Ginflasche seine winterkalte Seele wärmen.

Die Mädchen liefen auf der Suche nach ihrer Kabine auf den Gängen umher und kreischten vor Entzücken. Audrey folgte

ihnen besorgt, abgestoßen von dem Geruch nach ungelüfteten Teppichen und Reinigungsmitteln und der klaustrophobischen Enge dieses Labyrinths. Sie war nicht fähig, den Optimismus ihrer Töchter zu teilen, schon deshalb, weil sie wusste, welche Schrecken sie in England erwarteten. »Mummy! Mummy! Mummy!«, schrie Alicia begeistert, als sie ihre Kabine betraten. »Etagenbetten, ich schlafe oben«, verkündete sie rasch, warf ihr Handgepäck auf die Matratze und kletterte hinauf. »Komm, Leo, wir gehen an Deck.«
»Moment mal …«, begann Audrey, doch Alicia stürmte bereits wieder zur Tür hinaus, gehorsam gefolgt von Leonora. Audrey blieb nichts anderes übrig, als ihnen nachzulaufen. Sie hatte Kopfschmerzen und hätte sich liebend gern ausgestreckt und die Augen einfach geschlossen, doch vor ihrem inneren Auge sah sie sogleich zwei kleine Körperchen, die wie Stoffpuppen tief hinunter ins Wasser stürzten. Mit Tränen in den Augen hastete sie durch den Wirrwarr von Gängen, immer dem Widerhall der Stimmen ihrer Töchter nach.
Das Deck pulsierte von Menschen, die Verwandten und Freunden zum Abschied winkten. Ihre Rufe erhoben sich über das tiefe Brüllen, das vibrierend aus dem Bauch des Schiffes drang. Audrey entdeckte Alicia und Leonora ganz vorn im Gedränge, auf die Reling gelehnt und winkend wie alle anderen auch. Doch ihr Vater war schon lange verschwunden, war heimgekehrt nach Hurlingham in das große, leere Haus, das ihn dort erwartete.
Audrey stand allein da, als das Schiff aus dem Hafen hinaus aufs offene Meer fuhr. Der Horizont zeigte nichts außer grauem Dunst, als wartete dort das Ende der Welt. Bei diesem Anblick wanderten Audreys Gedanken zu Louis und zu der Misere des Lebens, für das sie sich entschieden hatte.
Louis hat Recht gehabt, dachte sie mit rasendem Puls, sie hatte Angst zu träumen. Auf Grund dieser Angst hatte sie Cecil geheiratet und Louis gehen lassen. Hätte sie damals nur schon den gleichen Weitblick gehabt wie er, die Welt so zu sehen, wie sie

wirklich war – ein unermessliches Feld endloser Möglichkeiten. Umgeben von Fremden auf dem Weg in ein fremdes fernes Land, angesichts der entschwindenden Küste Argentiniens, wagte sie sich vorzustellen, wie ihr Leben hätte verlaufen können, wenn sie Louis geheiratet hätte. Sie hätten gehen können, wohin sie wollten. Sie hätten glücklich sein können. Nie zuvor war sie sich der Bedeutung des freien Willens so bewusst gewesen. Sie sah sich um und spürte, wie ihre Seele Flügel bekam dank des berauschenden Gefühls der Freiheit. Wieso hatte sie nicht schon früher davon gewusst?

So begann die vierzehntägige Reise, die sie an der Küste Südamerikas entlang nach Rio, übers Meer nach Madeira und dann Lissabon und schließlich zu Anfang September nach Southampton führen sollte. Dank ihres veränderten Bewusstseins konnte Audrey die Reise und die Gesellschaft ihrer Kinder genießen, ohne allzu viel an das denken zu müssen, was vor ihnen lag. Oft lag sie an Deck in ihrem Liegestuhl in der Sonne und las und träumte, während die Zwillinge mit anderen Kindern umherstreiften, im Swimming-Pool planschten, sich im Tennis versuchten und belustigt die Erwachsenen bei ihrem beharrlichen Wurfspiel beobachteten.

Audrey brauchte sich keine Sorgen um ihre Kinder zu machen, denn die unbezähmbare Mrs. Beetlestone-Magnus, kurz Mrs. B genannt, scharte die Kleinen schon bald um sich. Die energische Frau in den späten Sechzigern mit dem rundlichen Körper einer liebenswerten Kröte, den sie unter wallenden Kleidern verbarg, die an geblümte Zelte erinnerten, organisierte Mal- und Gesangswettbewerbe, Kostümfeste und Spiele, die sich als so unterhaltsam erwiesen, dass schon vor Ende der ersten Woche einige Erwachsene darum baten, mitspielen zu dürfen.

»Meine Lieben«, sagte sie dann gut gelaunt, wobei ihr Doppelkinn wackelte, »wenn Sie die Erniedrigung einer kleinen Nebenrolle hinnehmen wollen … Die Kinder sind allesamt äußerst begabt, müssen Sie wissen.« Und die Erwachsenen beschieden sich gern. Mr. Linton, ein ältlicher, würdiger Herr mit silbernem Haar und einem kleinen, akkuraten Oberlippenbärtchen, war es sogar völlig zufrieden, während der gesamten Aufführung von *Wind in den Weiden* als ausgesprochen überzeugende Weide in der Bühnenecke zu stehen.

Mrs. B hatte das Talent, die Kinder durch Bestechung mit Süßigkeiten aus dem kleinen Geschäft, von dem Audrey ihr Lieblingsparfüm von Yardley bezog, unter Kontrolle zu halten. »Das ist typisch England«, sagte sie zu ihren Töchtern und wies auf die altmodische Dame auf dem Etikett des Flakons, und die Kinder bebten vor Aufregung und wünschten das Ende der Reise herbei.

Die Überquerung des Äquators war ein großes Abenteuer, und Passagiere wie Audrey, Alicia und Leonora, die es zum ersten Mal erlebten, mussten sich einer Zeremonie unterziehen, in der sie unter anderem mit verbundenen Augen mit Schaum eingehüllt wurden. Die Zwillinge kreischten vor Vergnügen, während Audrey unter Mühen vorgab, sich nicht daran zu stören. Es war ein sehr derber Spaß, den Audrey in keiner Weise amüsant finden konnte, schon gar nicht, als eine Planke aufgestellt wurde, über die die Kinder balancieren sollten. Leonora versteckte sich hinter ihrer Mutter, Alicia jedoch meldete sich freiwillig und musste von zwei Passagieren zurückgehalten werden, die ihrem Gesichtsausdruck entnommen hatten, dass sie tatsächlich gewillt war zu springen.

Jeden Morgen wurde geraten, wie viele Meilen bereits zurückgelegt waren, und der Sieger erhielt einen Gutschein, den er im Geschäft einlösen konnte. Alicia gewann zwei Mal, nicht weil sie gut raten konnte, sondern weil Mr. Linton jedes Mal richtig riet und sie ihm ein paar Mal über die Schultern spähen und sehen konnte, welche Zahl er notiert hatte. Jedermann wusste, dass sie gemogelt hatte, aber auf Grund ihres Charmes und ihres zarten Alters liebte man sie dafür umso mehr.

Gegen elf Uhr erschien ein Steward mit einem Tablett mit heißer Brühe oder heißem Tee und Gebäck, das die Zwillinge abscheulich fanden, waren sie doch an Mercedes' *dulce de leche* und Torten gewöhnt. Der würzige Duft der Brühe würgte Audrey in der Kehle, und sie zog eine Grimasse, wenn sie sah, wie andere Passagiere sie genüsslich tranken.

Mrs. B, die geschäftig und hilfreich umherhuschte, pausierte stets bei dem Tablett, trank eine ganze Tasse und eilte dann weiter, um Farben oder Klebstoff oder ein verloren gegangenes Kind zu suchen, während sie herzhaft in das trockene Gebäck biss. An diesem Morgen aber hatte sie Muße, setzte sich neben Audrey und erklärte ihr in ihrer offenen Art, dass Alicia die anderen Kinder nicht nur zu schlechtem Benehmen anstiftete, sondern auch, was noch gemeiner war, ihre eigene Schwester beim Spielen ausschloss.

»Aber Leonora hat mir kein Wort darüber erzählt«, wehrte sich Audrey, die nicht glauben wollte, dass Alicia so boshaft sein könnte.

Mrs. B blickte sie nachsichtig an; sie war selbst Mutter und zudem noch Großmutter und kannte mütterliche Schwächen besser als mancher andere.

»Meine liebe Audrey, Alicia ist ein willensstarkes kleines Mädchen und äußerst lebhaft. Sie hat eine Ausstrahlung, die andere Kinder anzieht, und diese kann sie zum Guten oder zum Schlechten einsetzen. Wie viele Kinder, die noch nicht gelernt haben, sich in andere hineinzuversetzen, wählt sie zu Leonoras Schaden Letzteres. Darf ich Ihnen nahe legen, mit ihr darüber zu reden? Ansonsten muss sie in Colehurst House mit großen Schwierigkeiten rechnen.«

Audrey senkte den Blick, und flüchtig schoss ihr Cecils Bild durch den Kopf. Sie seufzte und senkte ihr Buch.

»Wissen Sie, mein Mann ist verzweifelt über Alicias Verhalten. Deswegen werden die Kinder ja auch zur Ausbildung nach England geschickt.«

»Keine Sorge, meine Liebe«, sagte Mrs. B und tätschelte mit ihren dicken, sommersprossigen Fingern Audreys Hand. »Es wird ihnen ganz sicher gut tun. Es gibt nichts Besseres auf der Welt.«

»Aber ich will sie viel lieber zu Hause bei mir haben«, erklärte Audrey traurig.

»Oh, ich weiß, es ist schwer, besonders, wenn man selbst nicht in dieser Tradition aufgewachsen ist. Man muss einfach die Zähne zusammenbeißen und weitermachen. Ich habe drei Töchter und acht Enkelkinder. Meine Älteste, Sally, lebte mit ihrem Mann in Belgrano. Vor fünf Jahren reiste ihr Mann geschäftlich nach Buenos Aires und kam nie zurück. Ich habe sie gerade besucht. Ich versuche, sie alle zwei Jahre einmal zu sehen. Wenn ich jetzt an die Jahre im Internat zurückdenke, kommt es mir vor, als wären sie wie im Flug vergangen. Es ist nicht das Ende eurer Beziehung, Audrey, sondern der Beginn einer neuen. Sie werden erwachsen und erblühen zu jungen Frauen, und nichts davon werden Sie versäumen, ich schwör's Ihnen. Danach liegen noch viele Jahre vor Ihnen, die Sie gemeinsam genießen können. Sie werden einander dank der langen Trennung besser zu schätzen wissen, glauben Sie mir.«

»Es erscheint mir so unnatürlich.«

»Ganz und gar nicht. Auf diese Weise werden sie selbstständig, und außerdem wünschen Sie sich doch sicher nette englische Ehemänner für die beiden. Argentinien ist ja schön und gut, aber England ist nun mal nicht zu übertreffen, oder?«

Audrey wusste es nicht, da sie noch nie in England war. Am liebsten hätte sie geantwortet, dass ihre Töchter gern Argentinier oder Afrikaner oder was auch immer heiraten dürften, wenn sie nur glücklich würden. Doch Mrs. B glaubte fest an Großbritannien und die Überlegenheit des englischen Volkes. Ihre Augen leuchteten vor Stolz, wenn sie über ihr Land sprach, und sie hätte Audreys unkonventionelle Einstellung einfach nicht verstanden.

»Ich werde also mit Alicia reden«, räumte sie ein, um das Thema zu wechseln.
»Gut«, sagte Mrs. B fest und stemmte sich aus ihrem Stuhl hoch. »Manchmal muss man grausam sein, um Gutes zu erreichen. Kinder müssen Benehmen lernen, sonst werden sie zu schrecklichen kleinen Wilden, und das sollte man um jeden Preis vermeiden.«
»Unbedingt«, bekräftige Audrey gehorsam.
»Ich muss mich beeilen. Um fünf Uhr proben wir *Peter Pan*.«
»Du liebe Zeit, ist das nicht ein bisschen hoch gegriffen?«
»Überhaupt nicht. Nein. Diese Kinder sind überaus begabt. Wenn ich Klavier spielen könnte, würden sie alle binnen kürzester Zeit *La Bohème* singen.«
Audrey bot ihr nicht ihre Hilfe an.

Am Abend, als die Zwillinge in die Kabine kamen, um sich zum Abendessen umzukleiden, erwartete Audrey sie bereits mit ernster Miene. Alicia hatte auf Anhieb ein schlechtes Gewissen, denn sie war sich ihrer Schandtaten durchaus bewusst. Sie konnte nur nicht anders. Die Macht, die sie besaß, empfand sie wie einen Rausch.
»Ich muss mit euch beiden reden«, begann ihre Mutter. »Setzt euch.«
»Kriegen wir Ärger?«, fragte Alicia, bereit, mal wieder ein paar Krokodilstränen zu vergießen.
»Ich glaube, dass du nicht nett zu Leonora bist«, sagte Audrey streng. Falls es der Wahrheit entsprach, hatte Alicia gehörige Schelte verdient.
»Das stimmt nicht«, mischte Leonora sich tapfer ein. Sie warf ihrer Schwester einen Blick zu, und Alicia lächelte sie so zärtlich an, dass Leonoras Herz weit wurde vor Dankbarkeit.
»Ich hörte, dass du sie nicht mitspielen lässt.«
»Ich *will* nicht mitspielen«, erklärte Leonora hastig, nahm ihren Plüschhasen Schlaffi vom Bett und drückte ihn zärtlich an sich.

»Sie will nicht«, wiederholte Alicia unschuldsvoll. »Ich bin doch kein Biest, Mummy. Ich wäre niemals böse zu Leo.«

»Hoffentlich nicht, Alicia. Bald kommst du ins Internat, wo du mit vielen fremden Mädchen zusammen lebst. Ihr beide müsst zusammenhalten. Blut ist dicker als Wasser, vergesst das nie. Das Leben ist oft hart, und ihr müsst euch aufeinander verlassen können, einander helfen und ermutigen. Isla und ich waren genauso verschieden wie ihr zwei, aber wir hielten fest zusammen und haben einander nie im Stich gelassen. Es wäre mir nie in den Sinn gekommen, sie zu verraten, denn sie war ein Teil von mir, genauso, wie ihr jeweils ein Teil der anderen seid.«

»Ich hätte Tante Isla gern gekannt«, lenkte Alicia absichtlich ab.

»Das wünschte ich mir auch. Sie war ein ganz besonderer Mensch, so strahlend, dass andere geblendet waren. Ohne sie ist die Welt dunkler, aber dennoch gibt es auch noch anderes Licht, und du und Leonora, ihr strahlt genauso hell für mich wie Isla.«

»Du wirst mir fehlen, wenn wir in der Schule sind.« Alicia brach unvermittelt in Tränen aus. Ihre Vorstellung war so überzeugend, dass sogar Leonora, die ihre Schwester besser kannte als jeder andere, fest glaubte, dass sie wirklich weinte.

»Ich kümmere mich um dich, Alicia«, tröstete ihre Schwester und legte ihr die Hand auf die Schulter.

»Mein Liebling, komm zu mir«, saget Audrey, zog ihre weinende Tochter an ihre Brust, streichelte ihr Haar und küsste ihre Stirn. »Wenn du erst dort bist, wird alles gut.«

»Ich will nicht mehr in diese Schule. Ich will nach Hause.«

Leonora wäre plötzlich auch lieber heimgekehrt, doch sie biss sich auf die Unterlippe und sagte im Kopf das Alphabet rückwärts auf, um nicht weinen zu müssen. Ihre arme Mutter wäre überfordert gewesen, hätten sie beide auf einmal geweint. Leonora betrachtete ihre Schwester in den Armen ihrer Mutter und wünschte sich selbst an ihre Stelle. Alicia war gewöhnlich so stark und selbstbewusst, es passte nicht zu ihr, dass sie sich plötzlich vor etwas fürchtete. Alicias augenscheinliche Krise nahm ihrer Schwester allen Mut. Jetzt erschreckte Leonora der Gedanke an das Internat, an England und an Tante Cicely, die sie nicht kannte, auf Grund aufgeschnappter Gesprächsfetzen aber für eine kalte, unfreundliche Frau in einem großen Spukhaus am Ende der Welt hielt. Sie wagte es nicht, ihrer Mutter von ihren Ängsten zu erzählen, denn sie wusste, dass es sie betrüben würde. Leonora wünschte, ihre Schwester hätte ihre Sorgen und ihre Tränen für sich behalten.

Audrey war angemessen bekümmert und abgelenkt, wie es Alicias Absicht entsprach. Alicia warf einen Blick auf Leonora und verachtete ihre Märtyrerhaltung. Leonora lächelte mitfühlend zurück. Jetzt hatte sie sich die Freundschaft ihrer Schwester aber redlich verdient. Alicia kniff die Augen zusammen und beschloss, für eine kleine Weile nett zu ihr zu sein. Nett zu sein war eine Herausforderung, und sie liebte Herausforderungen.

Während der letzten Tage der Reise erfuhr Audrey zu ihrer Freude von Mrs. B, dass Alicia ihre Schwester jetzt überall mit einbezog. »Was Sie auch gesagt haben mögen, meine Liebe, es hat Wirkung gezeigt. Jetzt sind sie ein Herz und eine Seele«, rief sie glücklich und eilte mit einem Arm voller Piratenkostüme für die Abschlussveranstaltung übers Deck. Sie hatte Mr. Linton die Rolle des Captain Hook angeboten, doch er hatte abgelehnt mit der Begründung, er könne sich kaum etwas Scheußlicheres vorstellen, als all diese lieben Kinderchen mit einem eisernen Haken bedrohen zu müssen. »Das ist gegen meine Natur«, behauptete er und zwinkerte Audrey belustigt zu.

Am nächsten Morgen, als einer der jungen Männer übers Deck lief und »Land ahoi, Land ahoi« schrie, geriet Audreys zeitlose Reise schließlich wieder in die reale Zeit. Der trostlose Anblick des aus dem Frühnebel auftauchenden Hafens von Southampton verankerte ihr Bewusstsein und ihr Herz wieder im Hier und Jetzt und in der schmerzlichen Reise, die ihr noch bevorstand. Es war ein freudloser Anblick, der jedoch in den Herzen derjenigen, die England liebten, ein aufgeregtes Flattern weckte und ihnen erleichterte Seufzer entlockte. Nirgends war es so schön wie zu Hause, und selbst der trübe Himmel und die graue Küste konnten ihre Freude nicht mindern. »Ah, England«, rief Mr. Linton glücklich. »Es gibt doch kein schöneres Land auf Erden.«

»Kein einziges«, bekräftigte Mrs. B und schürzte bewegt die Lippen.

Audrey blickte ausdruckslos auf das Land, von dem ihr Vater und ihr Mann mit solcher Liebe sprachen, und sie fragte sich, was ihnen daran gefiele. Sie dachte an das Märchen von des Kaisers neuen Kleidern und fühlte sich wie der kleine Junge, der in die Menge ruft, dass der Kaiser doch gar nichts anhabe.

»Ich dachte, hier sei jetzt noch Spätsommer«, war das am wenigsten Abwertende, was ihr zu sagen einfiel.

»Der Sommer geht zu Ende«, antwortete Mrs. B.

»Es geht doch nichts über den englischen Sommer«, seufzte Mr. Linton und zog seine Jacke fester um sich.

Audrey warf einen Blick zu ihren Töchtern hinüber, die genauso finster dreinschauten wie sie, und mit einem plötzlichen Frösteln stieg auch die Abneigung gegen ihren Mann wieder in ihr auf.

Vierzehn

Hier ist ja alles ganz sonderbar«, bemerkte Alicia belustigt, als sie ihrer Mutter und Schwester auf den Bahnsteig folgte. »Die Gepäckträger sprechen alle englisch.«

»Aber natürlich«, erwiderte ihre Mutter, »wir sind ja auch in England.« Doch sie verstand schon, was ihre Tochter meinte. In Argentinien sprachen die Arbeiter ausschließlich spanisch.

»Ich verstehe kein Wort«, flüsterte Leonora mit einer Kopfbewegung in die Richtung des Gepäckträgers, der, einen Turm von Koffern auf seinem Karren aufgestapelt, vor ihnen her eilte.

»Das liegt daran, dass er seinen Heimatdialekt spricht«, erklärte Audrey, bemüht, zuversichtlich zu erscheinen. »Ihr werdet euch daran gewöhnen.«

»Es ist so neblig.« Alicia kicherte. »Wie Suppe. Wenn der Mann noch schneller läuft, könnte er auf Nimmerwiedersehen im Nebel verschwinden.«

»Hoffentlich nicht, denn euer gesamtes Hab und Gut befindet sich in diesen Koffern«, sagte Audrey leichthin, doch das Lachen blieb ihr im Halse stecken. Sie unterdrückte ein Schluchzen und zog sich den Mantel fester um die Schultern. Es war kalt. Eine feuchte Kälte, die ihr bis in die Knochen drang.

Bevor Audrey sich noch weiter mit dem bevorstehenden Abschied beschäftigen konnte, tauchte ein glänzender grüner Zug auf den Gleisen auf, das Metall der Waggons glitzerte im stumpfen Morgenlicht. Ein erwartungsvolles Beben lief über den Bahnsteig, als er einfuhr, zischend zum Stehen kam und dicke Rauchwolken ausstieß. »Ein Drache, ein Drache«, kreischte Alicia, hüpfte wie ein Gummiball und schrie über das

Quietschen der Bremsen und das Drängen der Fahrgäste hinweg, die bereits einstiegen. Leonora imitierte ihre Schwester und fing auch an herumzuhüpfen.

»Los, Mädchen, wir wollen ihn nicht verpassen«, mahnte Audrey, nahm Leonora bei der Hand und schritt zu den Waggons. Das trübe englische Wetter störte Leonora und Alicia nicht mehr, da es so viel Neues und Aufregendes zu sehen gab. Sie warfen sich auf zwei Fensterplätze, knieten sich auf die Sitze und drückten sich die Nasen an der Fensterscheibe platt, während sie staunend hinaus in die fremde Welt schauten, die sich ihnen nun eröffnete. Audrey zog ihren Mantel aus, hängte ihn an den Haken und setzte sich neben Leonora. »Nehmt die Füße von den Sitzen«, befahl sie leise und beäugte die anderen Fahrgäste, die die drei verstohlen über ihre Zeitungen hinweg musterten.

Als der Zug durch die englische Landschaft ratterte, verschloss Audrey ihr Bewusstsein vor dem zwitschernden Geplapper der Zwillinge und erlaubte sich einige glückliche und unbeschwerte Gedanken an die zwei Wochen auf der *Alcantara.* Sie dachte an diese trägen Nachmittage an Deck, an den warmen Wind, der ihre Haut fächelte, an die glücklichen, heiteren Stimmen der Zwillinge, die der Wind wie fröhliche Kinderreime herüberwehte. Sie konzentrierte sich auf die Vergangenheit, um den Schmerz der Gegenwart zu vermeiden. Doch trotz aller Bemühungen drang die Gegenwart auch auf das sonnige Deck vor, und Bilder von Schule und Abschied, Koffern und Uniformen erhoben sich düster vor ihrem inneren Auge, bis ihr der Kopf dröhnte. Müde und von Gefühlen überwältigt, gelang es ihr nicht mehr, ihre Gedanken zu kontrollieren, und schließlich tauchte aus dem düsteren Bild von Colehurst House, das Audrey sich aus den Broschüren über die Schule und den Geschichten über englische Internate zusammengebraut hatte, Louis' Gesicht auf. Sie drängte ihre Sorgen beiseite und konzentrierte sich auf sein schönes Gesicht und sein schiefes Lächeln, und das Herz tat ihr weh vor Sehnsucht. Sie blickte verträumt hinaus in die neblige Landschaft und sah ihn im sterbenden Sommerlaub der Bäume und in den brennenden Stoppelfeldern. Und sie hörte seine hohle Stimme als Echo über die Jahre hinweg: »Ich bin offenbar eine riesige Enttäuschung.« Schmerzlich verzog sie das Gesicht, während die Worte ihr das Herz durchbohrten und sie mit Reue überschwemmten. Hier war sein Zuhause. Hier war er aufgewachsen, und sie stellte sich vor, wie er über die herbstlichen Hügel ritt und die gleiche Landschaft betrachtete, die sie jetzt sah. Hätte sie den Mut gehabt, das Unmögliche zu träumen, wäre diese ferne Insel auch ihre Heimat geworden. Vielleicht hätte sie sie lieben gelernt. Und dann strich er mit seinem langen Finger an ihrem Gesicht entlang und über ihre Lippen, und sie errötete, denn selbst in ihrer Phantasie nahm Louis sich mehr, als ihm angeboten wurde.

Wie ertappt blickte sie sich im Abteil um, als fürchtete sie, man könnte in ihren Kopf schauen und ihre Gedanken lesen. Doch ihre Sorge war überflüssig. Ein alter Mann rauchte seine Pfeife, den Schnauzbart hinter einer Zeitung versteckt, eine dünne Frau mit wohlerzogenen Kindern las ein Buch und lobte gelegentlich die säuberlichen Zeichnungen der Kleinen, und ein junges Pärchen hatte nur Augen füreinander.

Audrey legte eine Hand auf ihren Bauch und wusste, dass die Schmetterlinge, die darin flatterten, Louis galten und der Möglichkeit, dass ihre Wege sich noch einmal kreuzen könnten. Sie hatte Cicely noch nicht kennen gelernt, doch als Louis' Schwester kannte sie vielleicht seinen Aufenthaltsort. Sie hob die Hand und rieb sich angstvoll den Nacken, denn sie wusste, wenn sie ihn wiedersehen sollte, hätte sie nicht mehr die Kraft, ihren Träumen zu widerstehen, sondern sie würde sich in ihnen verlieren. Und wenn sie einmal verloren war, bestand dann noch die Hoffnung auf ein Wiederauftauchen?

Die Zwillinge kommentierten alles, was anders war als in ihrem

Geburtsland. Das Flickwerk üppiger, von Hecken und Zäunen eingefasster Felder, die kleinen Dörfer mit ihren strohgedeckten Puppenhäuschen und ordentlichen Gärten, der blasse, wässrige Himmel und die Sonne, die jetzt hinter den Wolken hervorkam und ihre Ankunft feierte, indem sie sich öffnete wie eine gigantische Sonnenblume. Alles war kleiner und ordentlicher als in Argentinien, und die Zwillinge versuchten, einander mit lauten, überschwänglichen Bemerkungen zu übertreffen.
Audrey riss sich aus ihren Tagträumen los und übernahm die Rolle des Schiedsrichters, als die Stimmen ihrer Töchter im Verlauf der Reise immer lauter und übermütiger wurden.
Der Zug lief in die Waterloo Station ein, und Audrey kämpfte sich durch das Gedränge der Fahrgäste. Sie hielt ihre Töchter so fest an den Händen, dass ihr Geplapper angesichts des Unbehagens ihrer Mutter einer stummen Neugier Platz machte. Doch als sie dann wohlbehalten in einem blitzenden Londoner Taxi saßen, äußerten sie sich erneut über die engen Straßen, die hübschen Stadthäuser und die roten Doppeldecker-Busse, die sie offenbar nur von Bildern her kannten.
»Es ist genauso, wie ich es mir vorgestellt habe«, sagte Leonora. »Dürfen wir mal mit solch einem Bus fahren?«
»Ich will oben sitzen«, meldete sich Alicia, bevor Audrey antworten konnte.
»Ich möchte sehen, wo die Königin wohnt.«
»Ich wette, ich bringe einen dieser Wachtposten dazu, dass er sich bewegt.«
»Du brauchst ihn nur unter der Nase zu kitzeln.« Leonora kicherte. »Dann muss er bestimmt lachen.«
»Vielleicht lädt die Königin uns zum Tee ein, wenn sie erfährt, dass wir hier sind.«
»Vermutlich ist sie viel zu beschäftigt«, sagte Audrey und strich lachend über Alicias langes Haar.
»Was machen wir jetzt?«, wollte Leonora wissen.
»Zuerst gehen wir in unser Hotel.«

»Oh fein, ich mag Hotels!«, rief Alicia, obwohl sie noch nie in einem Hotel gewesen war.

»Wir können im Bett frühstücken«, sagte Leonora aufgeregt.

»Wenn ihr mögt, aber zuerst müssen wir eure Schuluniformen kaufen«, erklärte Audrey und kramte in ihrer Handtasche nach dem Brief von Miss Reid, der Rektorin. »Man hat uns eine lange Liste von Dingen geschickt, die wir in einem bestimmten Geschäft besorgen müssen ... wie heißt es gleich? Tante Hilda, die anscheinend alles über London weiß, sagt, es wäre ein sehr vornehmes Geschäft.« Sie versuchte, nicht an ihre Familie zu denken, die ihr jetzt so fern war, als lebte sie auf einem anderen Planeten. »Ah, da ist es ja. Debenham & Freebody in der Oxford Street.«

»Was für ein lustiger Name«, bemerkte Alicia und rümpfte ihre Nase, genauso, wie Isla es einst zu tun pflegte. Audrey erkannte in Alicia viele Ähnlichkeiten mit ihrer Schwester. Der gleiche schalkhafte Blick, das gleiche Selbstbewusstsein, doch Audrey übersah Alicias Neigung zur Boshaftigkeit, die sie nicht geerbt, sondern aus eigener Kraft entwickelt hatte. Alicia konnte lieb und nett sein, aber nur, wenn es ihr passte. Da sie im Augenblick niemanden zum Spielen hatte, schenkte sie Leonora ihre Gunst, die sie mit der bedingungslosen Liebe eines Hündchens verehrte. Alicia freute sich auf die Schule, wo sie eine riesige Auswahl haben würde und Freundschaft schließen konnte, mit wem sie wollte. Außerdem wäre sie nicht mehr den wachsamen Blicken ihrer Eltern ausgesetzt. Sie erinnerte sich an die Angela-Brazil-Romane und freute sich auf den Spaß, Regeln zu überschreiten. Schließlich waren Regeln doch da, um gebrochen zu werden. Das sagte zumindest Großtante Edna.

»Wir bleiben heute Nacht im Hotel und nehmen dann den Zug nach Dorset, wo Tante Cicely wohnt«, fuhr Audrey fort, ohne etwas von Alicias bösen Gedanken zu ahnen.

»Und wann gehen wir zur Schule?«, fragte Alicia, unfähig, die Aufregung zu verbergen, die ihre Stimme zittern ließ. In Gedanken an die Tränen auf der *Alcantara* musterte Audrey sie nachdenklich.

»Am Mittwoch«, antwortete sie mit dünner Stimme und lächelte Leonora, die plötzlich sehr still war, unsicher an. »Tante Cicely und ich werden euch begleiten. Als sie so alt war wie ihr, hat sie diese Schule auch besucht. Es hat ihr ausgezeichnet gefallen.«

»Uns wird es auch gefallen, nicht wahr, Leo?«

Leonora nickte halbherzig, und Audrey legte ihr spontan den Arm um die Schultern und zog sie an sich.

»Ich bleibe noch ein paar Wochen bei Cicely, bis ihr euch eingelebt habt. Nach vierzehn Tagen darf ich euch zum Wochenende abholen, und dann könnt ihr mir alles erzählen.«

Nachdem sie sich im Hotel Normandie in Knightsbridge eingerichtet hatten, nahmen sie ein Taxi zur Oxford Street, und Audrey versprach den Mädchen eine Busfahrt, sobald die Einkäufe erledigt waren. Bei Debenham & Freebody drängten sich Mütter, die Kleidung für ihre Kinder kauften, und alle hielten die gleichen Listen in den Händen, auf denen alles von Unterhosen über Schuhe bis zu Audrey bislang völlig unbekannten Aertex-Hemden aufgeführt war. Die Mädchen musterten die anderen Kinder mit einer Mischung aus Misstrauen und Neugier, während Audrey Ausschau nach einer hilfreichen Verkäuferin hielt. Sie wandte sich an eine kleine Frau, die an einen Spatz erinnerte und gerade eine große Dame im Kamelhaarmantel bediente. Die Verkäuferin lächelte süßlich und gab Audrey mit einem Nicken zu verstehen, dass sie sich um sie kümmern würde, sobald sie die Dame zufrieden gestellt hatte. Audrey setzte sich in einen Lehnstuhl und sah zu, während die Mädchen in der Abteilung Fangen spielten.

»Es dauert nicht mehr lange«, sagte die Dame im Kamelhaarmantel und setzte sich neben Audrey. »In diesem Geschäft braucht man viel Zeit. Meine Caroline« – sie sprach den Namen wie Cairlain aus – »hat zwei ältere Schwestern, beide in der

Oberstufe in Colehurst House, aber deren Sachen sind größtenteils so abgetragen, dass wir das Wichtigste neu kaufen müssen. Ein ganz hübscher Aufwand, denn billig ist es nicht.«

Die Verkäuferin verschwand durch eine Tür in den Lagerraum, und die Tochter der Dame, ein sommersprossiges Kind mit dünnem Haar und Stupsnase, tauchte mürrisch in einer braunbeigefarbenen Uniform aus dem Umkleideraum auf. Audrey lächelte sie an, doch sie hob den Kopf und schob schmollend die Unterlippe vor. »Die Uniform ist nicht eben hübsch, wie?«, fuhr die Mutter des Mädchens fort.

Audrey nickte. »Es könnte schlimmer sein«, sagte sie diplomatisch, denn sie spürte das Unbehagen des Mädchens.

»Du liebe Zeit, sie ist scheußlich, aber immerhin brauchen die Kinder nicht ihre eigenen Kleider aufzutragen. Und dafür bin ich dankbar, wenn ich an all die Ponys und Hunde denke, die dort im Schmutz herumtoben.«

»Für meine Töchter ist das Internatsleben noch ganz neu«, sagte Audrey leise.

Die Dame zog die Augenbrauen hoch und lächelte. »Oh, welch ein Spaß, dann haben sie ja alles noch vor sich«, jubelte sie. »Es ist eine entzückende Schule, und die Mädchen sind nett und wohlerzogen. Diana Reid ist eine gute Rektorin und eine ausgezeichnete Reiterin. Meine Caroline hat sich riesig auf die Schule gefreut. Sie ist die Jüngste, verstehen Sie, und hatte bisher mit mir auskommen müssen. Ganz schön langweilig, nicht wahr, Schätzchen?« Sie wartete die Antwort ihrer Tochter nicht ab. »Ich wollte sie nicht schon mit acht Jahren gehen lassen wie ihre Schwestern, sie lernt langsam und braucht besondere Förderung. Jetzt ist sie zehn und im zweiten Jahr auf der Schule. Aber sie nimmt Teasel mit. Nichts auf der Welt könnte die beiden trennen, stimmt's, Caroline? Was würde er wohl ohne dich tun?«

»Teasel?«, fragte Audrey. Sie nahm an, dass es sich um einen Hund handelte.

»Ihr Pony«, antwortete die Dame knapp. »Ohne Teasel geht Caroline nirgendwohin. Falls Ihre Mädchen Ponys haben, sind sie in Colehurst House sehr willkommen. Wirklich, diese Schule ist wie ein Fünf-Sterne-Hotel für Pferde. Dort sind sie glücklicher als zu Hause, die kleinen Teufel«, fügte sie hinzu, flatterte mit den Augenwimpern und schürzte die Lippen, um ihrer Belustigung Ausdruck zu geben.

In diesem Augenblick tobten Leonora und Alicia laut lachend um die Ecke.

»Ah, sind das Ihre Mädchen? Sie müssen unbedingt Caroline kennen lernen.«

Die Zwillinge blieben neben ihrer Mutter stehen, und Leonora setzte sich auf ihr Knie und schlang einen Arm um ihren Nacken.

»Das sind Leonora und Alicia«, sagte Audrey, »und dieses überaus fesch gekleidete Mädchen ist Caroline.«

Die Zwillinge grüßten höflich, und Caroline lächelte ihnen zu.

»Ich finde deine Uniform schön. Bekommen wir auch so eine?«, fragte Leonora.

Carolines Blick wurde lebhaft, sie lächelte wieder.

»Genau so eine«, antwortete Audrey und sah, wie die Miene des Mädchens weicher wurde.

»Wenn ihr mitkommen wollt, kann ich euch zeigen, was ihr sonst noch braucht«, sagte sie, und Alicia und Leonora folgten ihr bereitwillig in den Umkleideraum und wühlten in dem Haufen von beigefarbenen Blusen und schweren braunen Röcken.

»Entzückende Mädchen«, sagte die Dame, der plötzlich zu ihrem Entsetzen einfiel, dass sie sich noch gar nicht vorgestellt hatte. »Es tut mir schrecklich Leid, aber ich weiß noch nicht einmal Ihren Namen.«

»Audrey Forrester«, sagte Audrey.

»Dorothy Stainton-Hughes. Klingt ziemlich hochtrabend, fürchte ich.« Sie lachte herzlich. »Woher kommen Sie? Sie haben einen ganz ungewöhnlichen Akzent.«

»Aus Argentinien.«
»Himmel, da haben Sie ja eine weite Reise hinter sich, wie?«, rief sie aus. »Sie brauchen sich um Ihre Mädchen keine Sorgen zu machen. Caroline wird sie unter ihre Fittiche nehmen.«
»Mummy, Mummy, Mummy!«, kreischte Alicia, stürmte aus der Umkleidekabine und hielt eine große braune Hose hoch. »Schau dir das an! Wie hässlich!«
»Oh weh, die Brownies sind wirklich übel«, stimmte Dorothy ihr lächelnd zu.
»Was ist das?«, fragte Audrey und hoffte, dass es sich nicht um Unterwäsche handelte.
»Die sind für den Sportunterricht. Die Mädchen tragen sie über der Unterhose, damit der Po unter der Turnhose nicht kalt wird. Man möchte ja auch nicht, dass man bei den Mädchen die Unterhose sieht, oder?«
Alicia zog sich die Hose über den Kopf und hüpfte zurück in die Umkleidekabine, aus der plötzlich lautes Gelächter ertönte.
Audrey hätte gern gefragt, was sie unter Gummistiefeln und Aertex-Hemden zu verstehen hätte, mochte aber ihre Unwissenheit nicht zugeben, aus Angst, ihre Töchter damit in Verlegenheit zu bringen. So wartete sie, bis die Verkäuferin Dorothy Stainton-Hughes mit einem Arm voll Kleidung zur Kasse begleitet hatte, und begann dann mit dem ersten Artikel auf der Liste – eine marineblaue Wolljacke.

Um ihnen eine Freude zu machen, ging Audrey mit den Zwillingen zu Hamleys, kaufte beiden ein Spielzeug und sah glücklich zu, wie sie durch die Abteilungen liefen und ehrfürchtig die unzähligen Regale voller glitzernder Spielsachen und plüschiger Tiere bestaunten. Sie waren bester Laune, nachdem sie Caroline Stainton-Hughes kennen gelernt hatten, die ihnen alles über Zeltausflüge, Ponyreiten und die große Zeder erzählt hatte. In der große Zeder durften die Mädchen im Sommer herumklettern, und ihre Äste hatten Namen wie Der Lange, Bärentatze oder Reiter. Audrey dachte an das strenge graue Herrenhaus aus der Broschüre, die Cicely ihr geschickt hatte, und fragte sich, ob ein so kalt wirkendes Gebäude tatsächlich so nett sein konnte.

Audrey führte die vom Toben im Spielzeugladen erschöpften Mädchen zu Fortnum & Mason zum Tee und dachte unvermittelt an Tante Edna und wie sehr es ihr in diesem englischen Teesalon gefallen hätte.

»Caroline sagt, wenn man neu ist, bekommt man einen Schatten«, erzählte Alicia und schaufelte sich ein großes Stück Biskuittorte in den Mund.

»Was ist ein Schatten?«, fragte Audrey, froh, ihre Beine ausruhen und eine Tasse des vertrauten Earl-Grey-Tees trinken zu können. Sie lächelte ihre Töchter nachsichtig an und freute sich an ihrer Begeisterung.

»Ein größeres Mädchen, das sich während des ersten Jahrs um einen kümmert«, erklärte Alicia mit vollem Mund.

»Was wir über die Schule gehört haben, hört sich doch wirklich prima an, nicht wahr?«, sagte Audrey in einem Versuch, optimistisch zu sein und die Enge in ihrer Brust zu ignorieren. »Als Caroline erzählte, wie die Mädchen am frühen Morgen auf ihren Ponys über die Hügel reiten, bekam ich Lust, selbst in diese Schule zu gehen.«

»Dazu bist du zu alt, Mummy«, sagte Leonora und lachte.

»Stimmt. Tante Cicely könnte mein Schatten sein.«

»Wie ist sie denn so?«, fragte Leonora.

»Hoffentlich ist sie nett, denn wir sollen ja die Ferien bei ihr verbringen. Ich hoffe, sie hat ein großes Haus mit einem Garten. Ob sie wohl Pferde und einen Swimming-Pool hat?«

»Nun, sie ist älter als euer Vater und war mal ein paar Jahre verheiratet«, begann Audrey, wurde jedoch von Leonora unterbrochen, die wissen wollte, ob die Tante Kinder hatte.

»Nein, leider nicht.«

»Ist ihr Mann gestorben?«, fragte Alicia ohne eine Spur von Mitgefühl.

»Ja.«
Ihre Augen blitzten. »Woran?«, wollte sie wissen und hoffte auf grausige Einzelheiten.
»Ich weiß es nicht.«
»Es war bestimmt etwas Grauenhaftes«, sagte Alicia und schaufelte die Torte in sich hinein. »Kein Mensch scheint schmerzlos zu sterben. Wenn ich an der Reihe bin, möchte ich im Schlaf sterben.«
»Welch unerfreuliches Gesprächsthema, Alicia. Lass uns lieber nicht über so morbide Dinge reden.«
»Merchi sagt, sie hätte nur Angst vorm Tod, weil sie im Jenseits ihren Mann und all ihre Liebhaber wiedersieht, die dann wegen ihr streiten und den ganzen Himmel durcheinander bringen«, fuhr Alicia fröhlich fort.
»Diese Angst wird sie wohl schwer beschäftigen«, bemerkte Audrey voller Ironie. »Ihr müsst nicht auf Merchi hören, sie redet eine Menge Unsinn.«
»Mir fehlt Merchi jetzt schon«, sagte Leonora.
»Ihre Kochkunst wird dir noch mehr fehlen«, fügte Alicia grinsend hinzu. »Das Essen in der Schule ist bestimmt scheußlich.«
»Macht euch darüber keine Gedanken, Kinder. Ich werde Tante Cicely bitten, euch regelmäßig Lebensmittelpakete zu schicken. Ich will schließlich nicht, dass ihr verhungert.«
»Lebt Tante Cicely ganz allein?«, fragte Leonora leise. Colehurst House machte ihr nicht mehr so viel Angst, wohl aber der Gedanke an Tante Cicelys großes, leeres Herrenhaus. Plötzlich vermisste sie ihr Zuhause in Hurlingham und erstickte fast an ihrem Heimweh.
»Ich weiß, dass sie Hunde hat, denn euer Vater sagte einmal, nach dem Tod ihres Mannes hätte sie sich mehrere Hunde ins Haus geholt, um nicht so allein zu sein. Aber sicher hat sie auch Nachbarn. Bestimmt gibt es Kinder, mit denen ihr spielen könnt.« Aber sie war sich nicht sicher. Cicely lebte mitten im ländlichen Dorset, und ihr Mann war Bauer gewesen. Audrey

stellte sich sanfte Hügel und grüne Wälder vor, eine Landschaft, wie sie sie vom Zug aus gesehen hatte.
»Ich möchte wetten, sie ist genauso wie Daddy«, bemerkte Leonora in einem Versuch, ihre Tante liebenswerter zu sehen.
»Ganz bestimmt«, ermutigte Audrey sie.
Doch sie stellte sich eine strenge Frau mit einem harten Gesicht vor, ähnlich wie Tante Hilda. Zu ihrer Überraschung war Tante Cicely dann aber ganz anders, als sie erwartet hatte, und das Haus ebenfalls.

Als Audrey die Frau sah, die vom Parkplatz neben dem Bahnhof aus wild dem Zug zuwinkte, kam sie nicht eine Sekunde lang auf die Idee, dass es sich um Tante Cicely handeln könnte. Ihr helles Haar war zu einem lockeren Knoten aufgesteckt, und der Wind wehte ihr feine Strähnen ins Gesicht und in den offenen, lächelnden Mund. Sie trug weite Hosen und ein blau gestreiftes Männerhemd. Nein, Cicely war, soviel sie gehört hatte, eher wie Cecil, elegant und von altmodischer Förmlichkeit.
Also dachte Audrey nicht mehr an die winkende Frau und konzentrierte sich lieber auf die Suche nach jemandem, der ihr half, ihr Gepäck auszuladen. Der Zug lief in den abgelegenen ländlichen Bahnhof ein, der aussah wie eine Zeichnung in einem der Kinderbücher, mit denen Audrey aufgewachsen war. Vom Vordach hingen Ampeln mit üppigen Geranien; das rote Ziegelgebäude war verwittert und alt.
Audrey führte ihre Kinder auf den fast leeren Bahnsteig und winkte einen Gepäckträger heran, der sich sofort an den Koffern zu schaffen machte. »Aber wo steckt Tante Cicely?«, fragte sie leise.
Auf dem Bahnhof herrschte Stille, nur wenige Fahrgäste waren ausgestiegen, und ein alter Mann, der nicht auf einen Zug wartete, saß müßig auf einer der harten Bänke unter dem Vordach. Audrey seufzte und nagte an ihrer Unterlippe. Hatte sie sich im Datum geirrt? Erwartete Tante Cicely sie überhaupt? Doch

bevor sie noch länger zweifeln konnte, stürmte die Frau, die vom Parkplatz aus gewunken hatte, auf den Bahnsteig.
»Du liebe Güte, es tut mir so Leid, aber Barley hat sich den Magen verdorben. Ich musste ihn zu einer Blutprobe zum Tierarzt bringen.« Sie umarmte Audrey, als kennte sie sie schon ein Leben lang, und tätschelte den Kindern den Kopf, als wären sie Hunde. »Hattet ihr eine angenehme Reise? Es ist ein so weiter Weg. Bestimmt seid ihr müde. Ich habe extra das Auto reinigen lassen, denn ich dachte mir, dass ihr nicht gleich am ersten Tag lauter Hundehaare auf der Kleidung haben wollt.«
Audrey blickte in das katzenhafte Gesicht ihrer Schwägerin und spürte, wie ihr das Blut heiß in die Wangen stieg. Beim Anblick dieser hellblauen Augen und des schiefen Lächelns wurde ihr schwindlig. Nicht eine Sekunde lang hatte sie damit gerechnet, dass Cicely Ähnlichkeit mit Louis haben könnte.
»Es ist sehr freundlich von dir, dass du uns abholst«, stammelte sie, weil ihr nichts anderes einfiel.
»Rede keinen Unsinn, ich konnte euch doch nicht auf dem Bahnsteig verschmachten lassen!« Sie lachte leise und musterte die Zwillinge. »Ihr seid also meine Nichten. Hoffentlich mögt ihr Hunde. Ich habe acht Stück. Nun kommt schon, wir dürfen sie nicht warten lassen.«
Alicia und Leonora, überwältigt von diesem Wirbelwind von Tante, folgten ihr schweigend den Bahnsteig entlang.
»Welch ein Glück, dass ich ein großes Auto habe«, sagte sie und öffnete den Kofferraum eines staubigen Volvos, damit der Gepäckträger die Koffer verstauen konnte. »Du liebe Zeit, ihr habt aber viel Gepäck. Vermutlich musstet ihr auch diese scheußliche Uniform kaufen.«
»Wir mussten alles Mögliche kaufen«, antwortete Audrey und schob ihre Kinder auf den Rücksitz.
»Nun, wenn sie bei mir sind, brauchen sie nicht viel, nur warme Pullover und Socken. Ich beheize das Haus nicht, mache höchstens Feuer im Herd, und im Winter wird es verdammt kalt.« Sie

warf den Zwillingen einen Blick zu und bemerkte deren entsetzte Miene. »Ihr könnt euch jederzeit einen der Hunde ausleihen oder eine Wärmflasche. Die Hunde stellen sich mit Freuden zur Verfügung, wenn es wirklich nötig ist«, fügte sie hinzu und lachte. »Auf nach Hause!«

Audrey setzte sich auf den Beifahrersitz, spürte etwas Hartes unter sich, rückte zur Seite und zog zwei große Hundekuchen hervor.

»Keine Sorge, Audrey, die habe ich nur für den Fall gekauft, dass ich Barley bestechen müsste, um ihn zum Tierarzt bringen zu können. Aber zum Glück tauchte Hilary Phipps im richtigen Moment mit ihrer Hündin auf, und Barley war fromm wie ein Lämmchen. Er hatte schon immer ein Faible für sie.«

»Sie ist bestimmt eine besonders schöne Hündin«, sagte Audrey, die wenig von Tieren verstand.

»Himmel, nein, ein scheußlicher, stinkender alter Köter. Barley ist ein junger Mann und sehr wählerisch, was seine Freundinnen betrifft. Er ist seit eh und je ein bisschen in Hilary verliebt. Ich glaube, sie wäscht sich nicht besonders häufig«, setzte sie mit einem vielsagenden Lächeln hinzu.

»Ah, verstehe«, sagte Audrey bestürzt. Cicely lachte, ein warmes, sanftes Lachen, und Audrey stellte wieder einmal fest, wie wenig Ähnlichkeit sie doch mit Cecil hatte.

»Wie geht es meinem Bruder?«, fragte sie, als hätte sie Audreys Gedanken gelesen.

Audrey hätte liebend gern nach Louis gefragt, hatte aber Angst, sich durch ihre Neugier zu verraten. Sie tröstete sich damit, dass der richtige Augenblick schon noch kommen würde. Über ihren Mann reden zu müssen erinnerte sie an ihre Verbitterung ihm gegenüber, und sie musste all ihre Willenskraft aufbieten, um Begeisterung zu heucheln.

Sie fuhren schmale, kurvenreiche Wege entlang, von Farn und welkem Spätsommerlaub überwuchert. Die milde Herbstsonne streifte die welligen Hügel und schien die Wälder in Brand zu setzen. Obwohl der Tag klar war, hing eine ferne Kühle in der Luft, wie zur Erinnerung daran, dass der Winter nahte, und plötzlich überkam Audrey eine tiefe Traurigkeit. In dem jetzt entstandenen Schweigen hörte Audrey plötzlich Louis' Stimme über die Jahre hinweg hallen: »Warum bin ich so melancholisch? ... Warum? ... Weil wir es nicht für immer halten können. Es ist vergänglich, wie ein Regenbogen oder ein Sonnenuntergang.« Und plötzlich war ihr zum Weinen zu Mute. Ob es auf das Wissen zurückzuführen war, dass sie in ein paar Tagen ihre Töchter würde hergeben müssen, oder darauf, dass sie angesichts solcher Schönheit an ihre eigene Sterblichkeit und an den Verlust ihrer Liebe erinnert wurde, hätte sie nicht sagen können. Doch in diesem Augenblick verstand sie, was Louis gemeint und gefürchtet hatte. Vergänglich, wie ein Regenbogen oder ein Sonnenuntergang. Sie hatte ihm ihre Liebe geschenkt und wieder genommen. Er hatte recht daran getan, ihr nicht zu vertrauen. Ihre Liebe hatte sich als unbeständig erwiesen. Sie hatte ihn enttäuscht.

Fünfzehn

Endlich zu Hause«, sagte Cicely, als sie den Wagen durch das Tor eines verwitterten weißen Zauns in eine Ansammlung von alten Wirtschaftsgebäuden lenkte, die alle aussahen, als würden sie im nächsten Moment in sich zusammenfallen. Die Zwillinge auf dem Rücksitz fuhren hoch und kreischten vor Begeisterung, als ein Rudel Hunde bellend und mit dem Schwanz wedelnd gelaufen kam und an den Autotüren hochsprang. Audrey musste plötzlich an Cecil denken, daran, wie ihn die Vorstellung von Hunden, die den Lack seines Wagens zerkratzten, entsetzen würde. Das Hunde-Begrüßungskomitee folgte ihnen durch ein weiteres Tor auf die kiesbestreute Zufahrt zum Haus.

»Es ist wunderschön«, hauchte Audrey und ließ den Blick über die wettergegerbte Front des Hauses schweifen, an deren abgenutzter roter Ziegelfassade grün belaubte Glyzinien kletterten, die schüchtern die Fenster umschmeichelten wie eine Federboa die Schultern einer eleganten alten Dame.

»Es gehörte der Familie meines verstorbenen Mannes. Ich halte es in Stand, so gut ich kann mit den geringen Mitteln, die mir zur Verfügung stehen. Schaut nicht so genau hin, sonst entdeckt ihr all die Risse und Schönheitsfehler. Es hat vierhundert Jahre überdauert, und ich denke, ich werde es auch nicht schaffen, es zugrunde zu richten.«

»Es ist wunderhübsch.« Audrey seufzte und fühlte ihre Melancholie weichen. »Es ist ein so glückliches Haus, ich spüre es jetzt schon. Du liebst es bestimmt über alle Maßen.«

Cicely lächelte ihre Schwägerin an. »Ich freue mich, dass du so denkst. Meine Eltern haben schon seit Jahren versucht, mich zum Verkauf zu überreden. Sie verstehen mich nicht so wie du.«

»Oh, ich weiß es jetzt schon. Die Mädchen werden hier sehr glücklich sein, und ich ebenfalls.«

Alicia und Leonora drängten aus dem Wagen, ließen sich auf die Knie sinken, streichelten die Hunde und lachten laut, als ihre feuchten Nasen und warmen Zungen ihre Haut kitzelten. Es waren zwei Schäferhunde, ein Spaniel, ein schwarzweißer Terrier, zwei braune Hunde undefinierbarer Rasse und ein dicker kleiner Dackel. Barley, der Golden Retriever, war beim Tierarzt. Cicely besaß insgesamt acht Hunde, lauter Rüden, und sie waren ihre Kinder. Sie hockte sich hin, als die Hunde von den Zwillingen abließen und sie mit ihrem feuchten Atem hechelnd umzingelten. Es störte sie nicht, dass sie Liebesbeweise in Form von schmutzigen Pfotenabdrücken auf ihren hellen Hosen und ihrem Hemd davontrug. Audrey stellte sich vor, dass Cicely extra für ihre Ankunft saubere Kleidung angezogen hatte, so wie sie auch den Wagen hatte reinigen lassen, doch nachdem sie einander nun kannten, durfte die makellose Fassade fallen und der Normalität Platz machen. Cicelys Normalität gefiel ihr ausgesprochen gut.

»Kommt ins Haus«, sagte Cicely, stand auf und ging voran zur Veranda. »Lasst das Gepäck, wo es ist, ich bitte später Marcel, es hereinzuholen.«

»Marcel?«, fragte Audrey.

»Ein junger Maler aus Frankreich, der ein Zimmer im Dachgeschoss als Atelier benutzt. Er ist unglaublich begabt.«

»Welch eine grandiose Idee, ein Zimmer zu diesem Zweck zu vermieten! Du hast unglaublich gute Einfälle.«

»Ja«, erwiderte Cicely, und ihr unbeschwertes Gelächter klang ein bisschen frech. Sie führte die Gäste in die Eingangshalle. Die hölzernen Bodendielen waren mit fadenscheinigen türkischen Läufern bedeckt, und auf einem alten Eichentisch stand ein mächtiges Blumenarrangement in einem Messingkessel. »Meine einzige Schwäche«, sagte Cicely, die offenbar schon wieder Audreys Gedanken las. »Blumen. Ich kann mir kaum den Lohn für die Zigeuner leisten, die mir das Gras mähen, aber Geld für Blumen und Pflanzen treibe ich immer auf. Sie sind wunderschön, nicht wahr?«

»Herrlich.«

»Gehen wir in die Küche, damit ich euch etwas zu trinken anbieten kann. Zum Mittagessen gibt es ein fettes Hühnchen. Ich hoffe, ihr mögt Hühnchen. Panazel hat es heute Morgen frisch geschlachtet.«

»Wie, das Hühnchen wurde richtig tot gemacht?«, fragte Alicia, die ihr hüpfend durch den Flur folgte.

»Nun, das hoffe ich doch, sonst springt es mir noch aus dem Ofen und läuft davon.«

»Was für ein merkwürdiger Name«, sagte Leonora.

»Panazel?«

»Ja.«

»Zigeuner haben nun mal merkwürdige Namen«, sagte Cicely, trat in die Küche und schaltete das Licht ein. »Panazel hat einen kleinen Jungen in eurem Alter«, setzte sie mit einem Stirnrunzeln hinzu. »Aber er ist ein ziemlich unangenehmer Bursche.«

»Wie heißt er?«, fragte Leonora, während sie einen der Schäferhunde streichelte.

»Florien.«

»Ein hübscher Name«, sagte Leonora lächelnd.

»Viel zu hübsch für ihn, wenn du mich fragst.«

»Leben sie in Wohnwagen, wie in unseren Büchern?«, fragte Alicia und kletterte auf einen der Hocker, die beim großen Küchenherd standen.

»Sie sind traditionsbewusste Roma, also leben sie in Wohnwagen. In wunderschönen, bunt bemalten Wohnwagen mit hübschen scheckigen Ponys. Fragt mich aber nicht, wie sie sich waschen. Sie sehen ziemlich sauber aus und stinken auch nicht. Ein Segen, nicht wahr? Heutzutage lassen sich oft schreckliche

Menschen auf dem Land nieder, wollen einfach nicht wieder fort und werfen überall ihren Abfall herum. Die stinken. Äußerst unangenehm. Ich habe Panazel und seinen Leuten den Aufenthalt auf meinem Land gestattet, und im Gegenzug halten sie meinen Garten in Ordnung …«

»Und machen Hühner tot«, fügte Alicia grinsend hinzu.

»Und machen Hühner tot«, wiederholte Cicely, während sie Gläser aus dem Schrank holte. In Übereinstimmung mit dem Rest der zusammengewürfelten Kücheneinrichtung sah kein Glas aus wie das andere, und eines war gesprungen.

»Ich mag nicht sehen, wie ein Hühnchen getötet wird«, sagte Leonora, verzog bei der Vorstellung das Gesicht und sah ihre Mutter Hilfe suchend an.

»Oh, ich würde es liebend gern mal sehen«, schrie Alicia. »Darf ich?«

»Wirklich, Alicia, ich glaube nicht, dass es dir gefallen würde«, mischte Audrey sich ein und fragte sich, warum der Tod ihre Tochter dermaßen faszinierte.

»Panazel freut sich bestimmt über eure Gesellschaft. Ihr könnt ihm auch beim Laubharken helfen, falls ihr Lust habt.«

Alicia rümpfte die Nase. »Wenn ich ein Huhn getötet habe, bin ich bestimmt müde und habe keine Lust mehr dazu.«

Cicely lachte und goss eiskalte Zitronenlimonade in die Gläser.

»Dürfen wir nach dem Mittagessen die Zigeuner sehen?«, fragte Leonora. »Ich bin noch nie einem richtigen Zigeuner begegnet.«

»Natürlich dürft ihr.«

»Hat Panazel eine Frau?«, wollte Audrey wissen. Sie beobachtete die Hunde, die jetzt wie hungrige Haie die Küche durchstreiften.

»Ja, sie heißt Masha und sie backt überaus köstliche Obstkuchen. Ich werde zum Tee einen anschneiden, denn Marcel liebt diese Kuchen über alles.« Sie hielt inne und blickte mit feuchten Augen in die Ferne. *»J'adore les gâteaux, mon amour«*, murmelte sie in sehr schlechtem Französisch vor sich hin.

»Ich dachte, Zigeuner hätten Hunderte von Kindern«, sagte Audrey und nahm das Glas Limonade entgegen, das Cicely ihr reichte, als sie aus ihrer Versonnenheit erwacht war.
»Sie haben eine ältere Tochter namens Ravena, die den Leuten die Zukunft weissagt. Sie behauptet, die Gabe von ihrer Großmutter geerbt zu haben, aber das sagen sie alle, glaube ich.« Cicely ließ sich in den Lehnstuhl sinken und nahm einen Schluck aus ihrem Glas.
»Hat sie dir schon mal die Zukunft geweissagt?«, fragte Alicia.
»Ja, schon oft, und nichts davon ist je eingetroffen. Trotzdem bezahle ich sie, das arme Ding. Sie muss ja auch leben. Von Zeit zu Zeit wäscht sie bei mir, aber sie erschreckt die Hunde, und deshalb habe ich sie nicht gern im Haus.«
»Sie sehen aus, als hätten sie Hunger«, bemerkte Leonora und tätschelte einen der Schäferhunde, der sie mit der Nase gegen den Ellbogen stupste.
»Was fressen sie?«, fragte Alicia. »Sie brauchen bestimmt eine Menge Futter.«
»Allerdings. Sagt mal, ihr beiden könntet mir doch helfen, sie zu füttern. Immerhin solltet ihr euch daran schon mal gewöhnen, denn das wird zu euren Aufgaben gehören. Ihr müsst genauso für euren Unterhalt aufkommen wie die Zigeuner.« Sie lächelte herzlich, und Audreys Herz machte einen Satz. Wenn Cicely so lächelte, bezauberte sie jeden, genau wie Louis.
Während Cicely und die Zwillinge acht große Metallnäpfe mit Hundefutter füllten und glücklich plauderten, als ob sie sich schon ein Leben lang kennen würden, saß Audrey da und betrachtete Cicelys Gesicht. Sie war schöner als ihre Brüder. Ihre Augen waren von dem gleichen Blau, standen aber weiter auseinander und schräg wie die einer Katze. Ihre Nase war lang und gerade wie Cecils, doch ihr Mund war wie Louis', groß und sinnlich und sehr ausdrucksvoll.
Als Marcel die Küche betrat, bestand für Audrey kein Zweifel mehr an der Art ihrer Beziehung, denn das Lächeln in Cicelys

Mundwinkeln erinnerte stark an Louis', als er sie zum ersten Mal angelächelt hatte.

»Marcel«, rief sie überschwänglich. »Ich möchte dir meine Schwägerin aus dem fernen Argentinien vorstellen.«

Marcel war achtundzwanzig Jahre alt, hatte einen olivfarbenen Teint, braune Augen und dichtes dunkles Haar, das sich an den Ohren und im Nacken kräuselte. Er sprach mit starkem französischen Akzent und verzog beim Lächeln nur einen Mundwinkel. Er trug einen kurzen Malerkittel mit einer Vordertasche voller Pinsel, was ihn wie eine Karikatur erscheinen ließ. Ganz zu schweigen von der großen Hakennase, die gewiss einen guten Wein von einem mittelmäßigen unterscheiden konnte. Ihm fehlte nur noch eine Baskenmütze und ein Strang Knoblauch, um das Klischee zu vervollständigen.

»Enchanté«, sagte er mit leiser, heiserer Stimme, nahm Audreys Hand und küsste sie langsam. Dann wandte er sich Cicely zu, die offenbar weiche Knie bekommen hatte, blickte unter seiner Stirnlocke hervor zu ihr auf und sagte: *»Mon amour*, wenn ich kreativ sein soll, muss ich auch essen. Meinem Körper ist der Treibstoff ausgegangen, und ohne Treibstoff kann ich nicht malen. Mein Pinsel ist trocken, meine Phantasie zum Stillstand gekommen. Wann erfahre ich, was der Ursprung dieses köstlichen Dufts ist?«

Alicia kicherte und zeigte ihm einen Hundenapf. Er sah sie stirnrunzelnd und keineswegs belustigt an, schob die Hände in sein Haar und schüttelte den Kopf.

»Das Hühnchen ist in *quinze minutes* fertig, Marcel. Vielleicht magst du ein Schlückchen *vin* mit uns trinken?«, schlug Cicely vor, die inzwischen nahezu durch die Küche tanzte.

»Oui, du vin«, sagte er und ließ sich auf einen Stuhl fallen. Cicely huschte zum Kühlschrank und entnahm ihm eine Flasche Sancerre.

»Möchtest du auch ein Glas, Audrey?«

»Ja, gern, danke«, antwortete sie und bemerkte Marcels gewollt schwülstige Lord-Byron-Pose. Unter seinen dichten Augenbrauen hervor beobachtete er Cicely.

»Wisst ihr, ich habe Marcel in Paris kennen gelernt«, erklärte sie und errötete hübsch. »Er war ein Straßenmaler. Könnt ihr euch eine solche Verschwendung von Talent vorstellen? Es hat mich umgehauen.«

»Cicely ist meine Schutzpatronin. Ohne sie hätte ich nicht überlebt«, sagte Marcel feierlich, schürzte die Lippen und schüttelte den Kopf, um anzudeuten, dass ihm ohne Cicely der Tod sicher gewesen wäre.

»Unsinn«, wehrte sie ab und wedelte mit den Gläsern durch die Luft. »Irgendwer hätte ihn schon entdeckt. Ein Talent wie das seine bleibt nicht lange im Verborgenen. Aber stellt euch vor, was für ein Glück ich hatte, dass er hierher gekommen ist, mitten hinein ins ländliche Dorset, um zu arbeiten!«

»Sollen wir den Hunden ihr Futter geben?«, fragte Leonora, die es müde war, die Näpfe umzurühren.

»Ja, ja, bitte. Stellt die Näpfe vor die Hintertür«, wies sie die Mädchen vage an, ohne den Blick von ihrem jugendlichen Liebhaber zu wenden.

»Und was ist mit Barley?«

»Ich hole ihn nach dem Essen vom Tierarzt ab. Stellt seinen Napf auf den Gefrierschrank in der Speisekammer.« Sie wies in einen Winkel der Küche.

»Cicely ist nicht nur meine Schutzpatronin, sondern auch meine Muse«, fuhr Marcel fort, während die Hunde den Zwillingen nach draußen folgten. Cicely warf Audrey einen Blick zu und lächelte sie beinahe wie um Entschuldigung bittend an.

»Ich verstehe auch, warum«, bemerkte Audrey wahrheitsgemäß. Cicely war tatsächlich von seltener Schönheit.

»Sie ist eine bezaubernde Frau, *n'est-ce pas?*«, sagte er, nahm ihr die Flasche und die Gläser aus den zitternden Händen und grinste lüstern. Audrey fiel auf, wie er sie ansah. Sein Gesicht hatte etwas Poetisches, die Lider waren schwer von seiner Hingabe und Verehrung, und Cicely wurde wieder zu einem jungen Mädchen. Ihr Mund konnte die Leidenschaft, die ihr Herz in Flammen setzte, nicht verbergen. Audrey war überzeugt, dass diese Cicely ganz anders war als die, die Cecil kannte. Marcel und die Liebe hatten sie verwandelt, wie es nur die Liebe kann.

Nach dem Essen zog Marcel sich in sein Atelier im Dachgeschoss zurück und verlangte absolute Ruhe. »Störungen bereiten mir Schmerzen. Dem großen Michelangelo ging es ebenso«, behauptete er theatralisch.

Audrey begleitete Cicely und die Zwillinge zu der Koppel hinterm Garten, auf der die Zigeuner ihr Lager aufgeschlagen hatten. Der Garten wucherte wild, die letzten Sommerblumen neigten sich von den Beeten her über den Rasen. Hohe Bäume standen würdig wie weise alte Staatsmänner und bewachten das Herrenhaus und das Tal, in das es eingebettet lag, wie sie es schon seit Jahrhunderten getan hatten, darauf wartend, dass der natürliche Kreis sich schloss, bis im nächsten Frühling der Zyklus von neuem begann. Der Himmel war zartblau; weiße und graue Wolken trieben wie Gischt auf dem Meer über ihn hin, und der frische Wind wurde kalt, sobald die Sonne verschwand. Audrey staunte erneut über die Schönheit der Gegend, und plötzlich begann sie zu verstehen, warum ihre Mitreisenden auf der *Alcantara* England so sehr liebten. Sie beobachtete ihre Töchter, die an der Hecke beim Zaun Brombeeren pflückten, umtobt von den Hunden, und sie hätte gern gewusst, ob sie dieses hügelige Land eines Tages als Heimat betrachten würden. Argentinien würde vielleicht zu einer zärtlichen Erinnerung verblassen, wenn die Jahre sie unentrinnbar von ihrer Kindheit entfernten und an diese neue Welt gewöhnten. Es war unvermeidlich.

Als sie näher kam, konnte sie zwischen den Bäumen hindurch auf die dahinter liegende Wiese blicken, wo drei leuchtend bunte, altmodische Wohnwagen im hohen Gras standen, die Türen weit geöffnet. Kleine Treppchen führten vom dunklen Inneren zum Boden. Eine Gruppe muskulöser Zugpferde graste träge im Sonnenschein, und vom Heck eines Wohnwagens war eine Wäscheleine zu einem offenbar aus dem Wald geholten krummen Stock gespannt.

Die Mädchen kletterten über den Zaun und liefen zu den Pferden, um sie zu streicheln, während diese weiter grasten, als hätten sie sie nicht bemerkt.

»Was für ein hübscher Anblick«, sagte Cicely versonnen und öffnete das Tor. »Ich habe diese Menschen gern um mich, weil sie so pittoresk aussehen. Marcel will sie malen. Panazel ist allerdings sehr stolz. Er wäre wütend, müsste er sich vorstellen, als Bild für eine Pralinenschachtel herhalten zu müssen. Man muss taktvoll sein. Aber unter uns gesagt, es ist doch wirklich ein malerischer Anblick, nicht wahr?«

Audrey pflichtete ihr bei und folgte ihr über die Wiese.

»Mummy, ist der nicht süß?«, rief Leonora entzückt und tätschelte einem der Pferde den Hals. »Meinst du, wir könnten auf ihm reiten?«

»Da müsst ihr Panazel fragen«, sagte Cicely. »Sie haben auch noch ein kleineres Pferd, ein Pony, aber ich schätze, auf dem ist er selbst ausgeritten.«

»Die Mädchen werden in Colehurst House auch reiten können«, sagte Audrey und lächelte Leonora zu, die versuchte, die Aufmerksamkeit ihrer Mutter auf sich zu ziehen.

»Himmlisch«, schwärmte Cicely und seufzte sehnsuchtsvoll. »Ich habe früher, als ich ein Kind war, den ganzen Sommer damit verbracht, über die Hügel zu galoppieren. Die Mädchen werden in dieser Schule über alle Maßen glücklich sein. Wenn ich Töchter hätte, würde ich sie auch dorthin schicken.«

Audrey fragte sich, warum Cicely keine Kinder hatte, da sie sie doch offensichtlich sehr gern hatte und ihr Haus für Kinder wie geschaffen war. Cicely wirkte allerdings überhaupt nicht verbittert, und außerdem hatte sie ihre Hunde, die jetzt die Wohn-

wagen und die Pferde laut bellend umkreisten. Die Pferde rupften seelenruhig weiter ihr Gras, warfen hin und wieder den Kopf auf, um sich zu orientieren und die Fliegen zu verscheuchen.
Als die Zwillinge sich gerade anschickten, einen verstohlenen Blick in einen der Wohnwagen zu werfen, wieherte eines der Pferde laut und stellte die Ohren auf. Panazel und Florien tauchten aus dem Wald auf, der die Wiese säumte. Sie führten ein kleines geschecktes Pony am Zügel, beladen mit zwei großen Wasserfässern.
»Er sieht ausgesprochen gut aus, findest du nicht?«, flüsterte Cicely Audrey zu.
»Wirklich sehr«, antwortete Audrey und sah den beiden entgegen. Panazel war ein hochgewachsener, kräftig gebauter Mann, eine raue, zerzauste Erscheinung, wie einer, der von seiner Hände Arbeit und von den Früchten des Feldes lebt. Seine Haut war dunkel vom Leben unter freiem Himmel und gegerbt von der Unbeständigkeit wie auch von den Jahren. Er ging o-beinig und langsam, als wäre der Tag lang und als gäbe es keinen Grund zur Eile.
Sein Sohn, Florien, betrachtete die Fremden, die bei den Wohnwagen auf sie warteten, mit teilweise hinter langen schwarzen Haarsträhnen verborgenen, misstrauischen Augen. Er war zwölf Jahre alt und ging im Dorf zur Schule, wenn er es nicht vergaß. Er hasste die Schule und saß mürrisch in der letzten Bank, wo er von Ritten durch die Hügel und der Arbeit in Mrs. Weatherbys Garten an der Seite seines Vaters träumte.
»Einen guten Tag, Mrs. Weatherby«, grüßte Panazel und neigte respektvoll den Kopf. Florien murmelte ebenfalls einen Gruß und musterte die Zwillinge mit dunkelbraunen Augen.
Die Mädchen starrten neugierig zurück; sie hatten noch nie im Leben einen echten Zigeunerjungen gesehen, und er war bedeutend hübscher als irgendeiner von den Jungen, die sie in Argentinien kennen gelernt hatten.
»Ich möchte dir meine Schwägerin vorstellen, die ein paar

Wochen bei mir wohnen wird, während ihre Töchter sich in ihrer neuen Schule eingewöhnen. Sie kommen von weit her, aus Argentinien.«

Panazel nickte Audrey zu, und Florien musterte die Zwillinge mit neu erwachtem Interesse. Zwar wusste er nicht, wo Argentinien lag, aber er stellte sich vor, dass es sehr weit entfernt sein musste. Er fragte sich, ob sie Englisch sprächen oder vielleicht Französisch; ein bisschen Französisch hatte er immerhin in der Schule gelernt.

»Das sind Alicia und Leonora«, fuhr Cicely fort und wies auf die Mädchen. Florien war auf Anhieb hingerissen von Alicia, deren Schönheit jeden untrüglich in ihren Bann zog, und Alicia, die den bewundernden Blick erkannte, der plötzlich sein Gesicht aufstrahlen ließ, lächelte ihn selbstbewusst an.

»Alicia würde gern sehen, wie du ein Huhn schlachtest«, sagte Cicely.

Alicia sah, wie Panazel missbilligend die Stirn runzelte. Er fand es merkwürdig, dass ein so hübsches Mädchen einen solchen Wunsch äußerte.

»Wann essen Sie das nächste Mal Hühnchen, Mrs. Weatherby?«, fragte er, verblüfft über den hochmütigen Blick des Kindes, das ihn aus hellen Augen unentwegt anschaute.

Cicely zuckte mit den Schultern. »Keine Ahnung. Wir könnten wohl morgen zu Mittag wieder eines essen, wir haben ja Tausende von Hühnern, nicht wahr, Panazel?«

»Hühner sind weiß Gott reichlich vorhanden«, sagte er und lachte leise.

»Florien könnte den Mädchen jetzt vielleicht die Farm zeigen. Es gibt so viel zu sehen, und sie sind zum ersten Mal in England.«

Florien machte ein Gesicht, als hätte man von ihm verlangt, er solle das Einmalneun aufsagen. Er errötete bis unter die Haarwurzeln.

»Dürfen wir auf den Pferden reiten?«, fragte Alicia, und die

peinliche Röte wich aus Floriens Wangen, als er erkannte, dass sie zumindest alle die gleiche Sprache sprachen. Er war nicht sehr gut in Französisch.
»Wenn Sie möchten«, erwiderte Panazel. »Aber es geht erst heute Abend, weil ich jetzt noch zu tun habe.« Das hörte Cicely gern, denn um den Hof funktionstüchtig zu halten, war wirklich eine Menge Arbeit nötig.
»Florien, ich will einen Blick in euren Wohnwagen werfen«, verlangte Alicia, und Audrey zuckte unter dem Befehlston ihrer Tochter zusammen. Doch Florien sah sie nur mit umso größerer Bewunderung an und bedeutete dem Mädchen mit einem Kopfnicken, ihm zu folgen, als er auf das Treppchen zuschritt. Leonora war es gewöhnt, übergangen zu werden, lief aber mit, wie immer, aus Gewohnheit wie auch notgedrungen.

Audrey und Cicely schlenderten über die Wiese zurück zum Garten. Die Hunde hechelten hinter ihnen her. Es drängte Audrey, nach Louis zu fragen. Seit sie englischen Boden betreten hatte, musste sie unablässig an ihn denken. Überall spürte sie seine Nähe, und sobald sie seine Schwester ansah, kam die Erinnerung an ihn hoch. Die Gelegenheit ergab sich schließlich, als Cicely sie in das Wohnzimmer führte, denn dort stand als Staubfänger unter großen Schwarzweißfotos in Silberrahmen ein Flügel in der Zimmerecke. Hungrig glitt ihr Blick über die Bilder, bis Louis' Gesicht ihr entgegenlachte. Und sein Lächeln beinhaltete all seine Hoffnungen und Träume, seine Sehnsüchte und Enttäuschungen, die sie kannte und verstand. Sie wäre gern mit den Fingern über sein Gesicht gefahren, um ihn sich in Erinnerung zu rufen, wie er war, als sie im Sommer ihrer Liebe auf dem Kopfsteinpflaster von Palermo getanzt hatten. So versunken war sie in den Anblick, dass sie kaum hörte, was Cicely sagte.
»Vermutlich kannst du wunderbar Klavier spielen«, bemerkte Cicely und ließ sich auf dem Kaminsims nieder, während die beiden Schäferhunde sich auf dem Teppich ihr zu Füßen warfen.

Audrey riss sich von dem Foto los und seufzte. »Ich fürchte, ich spiele nicht sonderlich gut«, erwiderte sie ausweichend und starrte auf Louis' Züge, als versuchte er, durch das stille, schweigende Medium des Fotos mit ihr zu kommunizieren.

»Cecil ist voller Bewunderung. Er selbst spielt nicht eine Note, im Gegensatz zu Louis«, sagte sie und schwieg dann.

Audrey wurde blass. Langsam drehte sie sich um und sah, dass Cicely sie mit einer Mischung aus Neugier und Mitleid betrachtete. Sie wusste nicht, was sie sagen sollte. Sie hatte keine Ahnung, wie viel Cicely wusste. Mit klopfendem Herzen wartete sie darauf, dass Cicely ihr einen Hinweis lieferte, in welche Richtung das Gespräch tendierte.

Ihre Schwägerin sah sie fest an und neigte den Kopf auf die Seite. »Der Tod deiner Schwester … es tut mir so schrecklich Leid für dich. Ich weiß, es ist schon lange her, aber ich weiß auch, wie es ist, jemanden zu verlieren. Man vergisst es nie, und die Wunde verheilt nie ganz. Man macht nur weiter, weil es sein muss.« Cicely lächelte mit schmalen Augen und blinzelte das Bild ihres verstorbenen Mannes fort, das sich vor ihr inneres Auge gedrängt hatte.

»Danke, Cicely«, antwortete Audrey leise. Aufrecht stehend fühlte sie sich plötzlich ausgeliefert, und so setzte sie sich auf eines der Sofas und verschränkte wie in Abwehr die Arme vor der Brust.

»Cecil hat mir erzählt, was für ein besonderer Mensch sie war, und Louis …« Audrey hob den Blick und furchte die Stirn. Cicely suchte behutsam nach den richtigen Worten. »Und Louis … ihm brach das Herz.«

»Louis ist damals einfach verschwunden«, sagte Audrey. Ihr wurde bewusst, wie dünn ihre Stimme klang; sie hustete und fuhr fort: »Von einem Augenblick auf den anderen war er fort.« Dann senkte sie den Blick auf den Teppich und sog die Wangen ein.

»Er ist nach Mexiko gegangen. Gott weiß, was er all die Jahre hindurch getrieben hat. Mich hat es nicht überrascht, Louis war schon immer sehr sensibel, sehr verletzlich. Nun, das weißt du sicher. Und dann eines Tages im vergangenen Frühling tauchte er hier auf. Aus heiterem Himmel. Ohne einen Brief oder ein Telegramm, um seinen Besuch vorher anzukündigen.« Ihre Augen wurden schmal, ihr Blick trübte sich, und ganz leise redete sie weiter: »Er sah älter aus. Sehr viel älter, als wäre er seiner Jugend beraubt worden. Du darfst nicht vergessen, dass Cecil und ich erheblich älter sind als er. Er war immer das Nesthäkchen und wird es für mich immer bleiben. Louis hat noch immer etwas sehr Kindliches.« Audrey fühlte sich plötzlich von einer Woge des Schmerzes geschwächt und rang um Fassung. Doch Cicely fuhr fort, ohne zu bemerken, welche Qual ihre Worte auslösten. »Louis war zwar immer unberechenbar, aber nie ein Geheimniskrämer. Hätte Cecil mir nicht von Isla erzählt, wäre mir nie klar geworden, was ihn quälte. Er hat sich mir nicht anvertraut, nein, er hat nicht einmal über seinen Schmerz gesprochen, auch nach all den Jahren nicht. Er wirkte aber immer noch so zerrissen. Ich habe versucht, ihn zum Reden zu bringen, weil ich dachte, es wäre besser, den Kummer herauszulassen, statt ihn in sich hineinzufressen. Doch er spielte nur immer und immer wieder diese eine Melodie auf dem Klavier. Zum Verrücktwerden. Das Instrument ist so verstimmt, dass es in den Ohren schmerzt. Nur Chip, mein Dackel, konnte das aushalten. Er saß immer zu Louis' Füßen und sah wie hypnotisiert zu, wie die Pedale sich bewegten.

»Wo hält er sich jetzt auf?«, fragte Audrey und hoffte, dass Cicely den verzweifelten Unterton in ihrer Stimme nicht bemerkte.

»Ich weiß es nicht. Ich habe ihn gebeten zu gehen.« Cicely schürzte reuevoll die Lippen und spielte mit einer ergrauenden Haarsträhne, die sich aus der Spange gelöst hatte. »Er lungerte nur mürrisch herum, spielte Klavier und unternahm endlos lange Spaziergänge. Er ist erwachsen, er kann nicht einfach nur herumsitzen und nichts tun und erwarten, dass seine Familie ihn unterstützt. Ich weiß auch nicht, was er in Südamerika getan hat, glaube aber, dass er Musikunterricht gegeben hat, denn offenbar hatte er dort ein Einkommen. Ich habe ihn aufgefordert, sich hier in der Gegend Arbeit zu suchen. Dass er unsere Eltern nicht um Hilfe bitten würde, wusste ich, und deshalb wagte ich nicht, ihm den Vorschlag zu machen.« Sie versuchte, sich zu rechtfertigen, weil sie nicht mehr für ihn getan hatte. »Ich habe ihn für ein paar Monate aufgenommen und durchgefüttert, und dann packte er eines Tages seine Sachen und ging. Ich möchte schwören, dass ich diese Melodie noch immer im Kopf habe ... wie war das gleich?« Audrey erstarrte, als Cicely begann, leise das Lied zu summen, das Louis für sie komponiert hatte.

Und plötzlich liefen ihr die Tränen über die Wangen, und sie wischte sie heftig ab, konnte aber ihren Schmerz nicht verbergen, und Cicely hörte auf zu summen und streckte die Hand nach ihr aus. »Tut mir Leid, Audrey. Ich wollte dir nicht wehtun. Bestimmt ist es schmerzlich für dich, von Louis zu hören. Er ist wahrscheinlich deine letzte Verbindung zu Isla.«

Audrey schüttelte den Kopf, schluchzte auf und fuhr sich mit der Hand übers Gesicht. »Entschuldige bitte. Mir geht's gut, wirklich. Es liegt nur daran, dass ich Louis seit Islas Tod nicht mehr gesehen habe. Und ich würde ihn so liebend gern wiedersehen.«

»Und ich würde alles dafür tun, ihn zu finden. Weißt du, er ist ohne ein Wort einfach abgereist, und seitdem hat keiner von uns etwas von ihm gehört oder gesehen. Ich fühle mich so schuldig, denn ich habe ihn quasi hinausgeworfen.« Kleinlaut fügte sie hinzu: »Er verstand sich nicht mit Marcel.«

»Auch in Hurlingham schien er mit niemandem zurechtzukommen. Aber ich sah ihn mit anderen Augen. Ich habe ihn verstanden.«

»Isla muss ein ganz besonderer Mensch gewesen sein. Louis hatte nie zuvor sein Herz an eine Frau verloren, und ich glaube nicht, dass er eine solche Liebe noch einmal erleben wird. Zwischen den beiden muss eine Übereinstimmung geherrscht haben, die wir uns nicht vorstellen können. Sicherlich war sie eine sehr, sehr feinfühlige Frau.«

Audrey war so erschüttert, dass sie keine Worte fand.

Plötzlich sah Cicely auf die Uhr und schnappte nach Luft. »Barley! Ich habe ganz vergessen, ihn vom Tierarzt abzuholen. Es macht dir doch nichts aus, wenn ich dich eine Weile allein lasse, oder?«, fragte sie und sprang auf.

Audrey schüttelte den Kopf. Allein sein, das war vielmehr genau das, was sie jetzt brauchte, ein bisschen Zeit für sich allein, um das eben Gehörte zu verarbeiten.

Cicely lächelte um Verzeihung bittend, stob mit den beiden Schäferhunden aus dem Zimmer und ließ einen leisen Duft von Hyazinthen zurück sowie ein immenses Gefühl der Erleichterung. Audrey wartete, bis sie die Haustür schlagen hörte, dann ging sie zum Klavier.

Als sie erneut in das Gesicht des Mannes sah, den zu lieben sie nie aufgehört hatte, erstickte sie nahezu an dem überwältigenden Gefühl der Einsamkeit. Langsam ließ sie den Blick über seine Züge gleiten, liebkoste sie mit ihren Tränen, als wäre er tot und sie müsste um ihn trauern. Das Leben war so kurz, und sie hatte ihn gehen lassen. Außerdem – wie sollte sie ihm erklären, dass sie seinen Bruder geheiratet hatte? War sein Herz jetzt schon gebrochen, so würde diese Nachricht es sicherlich zerreißen, und was dann? Wie seine Schwester gesagt hatte: Er war so verletzlich. Sie verfluchte ihren Mangel an Mut.

Von dem unwiderstehlichen Wunsch getrieben, ihren Kummer herauszulassen, setzte sie sich auf den Klavierhocker und legte die zitternden Finger auf die Tasten. Ihr war bewusst, dass Louis nur wenige Monate zuvor auf ebendiesem Hocker gesessen und dieselben Tasten angeschlagen hatte, und ihre Sinne waren hellwach, als könnte sie seine Gegenwart spüren und seine Haut riechen. Dann schloss sie die Augen und holte tief Luft. Sie hatte sie jahrelang nicht mehr gespielt, *diese* Melodie, *ihre* Melodie. Doch sie war allein im Haus, und ihr Verlangen, das Stück zu spielen, war zu stark, um ihm widerstehen zu können. Ihre Finger hüpften über die Tasten, als wären sie programmiert, auf ewig dieses Lied zu spielen. Mit dem vertrauten, anrührenden Klang der Vergissmeinnicht-Sonate hob sich der Druck von ihrer Seele, und ihr Herz wurde weit vor Hoffnung. Sie bemerkte nicht den kleinen braunen Dackel, der ins Zimmer schlich und sich unters Klavier legte, um zuzusehen, wie sich die Pedale auf und nieder bewegten, und sie wusste auch nicht, dass Marcel auf dem Dachboden den Widerhall ihrer Musik vernahm und beim Malen innehielt, um ihr zu lauschen.

Sechzehn

Florien war nicht sehr gesprächig. Alicia fiel es nicht auf, sie war viel zu beschäftigt damit, ihm von sich selbst zu erzählen. Leonora verfiel naturgegeben in ihre übliche Rolle, bemühte sich, nett zu sein und ihm seine Befangenheit zu nehmen – sie war es gewöhnt, dass ihre Schwester die Menschen so blendete, dass ihnen die Zunge zu groß und zu schwer im Mund lag und ihnen nicht mehr gehorchte. Sie wusste, dass es Florien genauso erging, wenngleich Tante Cicely gesagt hatte, er wäre ein mürrischer Junge. Er war nur schüchtern, dachte sie, und von Alicia überrumpelt.

Er führte sie in den Wohnwagen und beobachtete sie stumm, kaum fähig, den Blick von Alicia zu lassen.

Während Leonora hingerissen war vom ländlichen Charme der handgewebten Läufer und Decken, von dem Etagenbett an der Wand und den merkwürdigen Fotos und Bildern, die einfach grob an die abblätternden Wände geklebt waren, staunte Alicia über die Enge des Wohnraums und erklärte herablassend, sie könnte sich nicht vorstellen, dass Menschen wirklich so leben könnten. »Es ist wie ein Haus in einem Märchen. Ihr könntet eine Zwergenfamilie sein. Es ist richtig niedlich, nicht, Leo?«, zwitscherte sie, und ihre Schwester wand sich innerlich und versuchte, Alicias Taktlosigkeit wieder gutzumachen.

»Oh, ich finde es wunderschön hier. Ich würde liebend gern in einem so hübschen Heim leben, und außerdem kann man es mitnehmen, wohin man will. Solch ein Wohnwagen ist viel lustiger als ein Haus aus Stein.«

Florien jedoch war nicht beleidigt; vor lauter Ehrfurcht hatte er gar nicht gehört, was Alicia gesagt hatte.
»Zeig mir die Farm«, befahl Alicia und stieg aus dem Wohnwagen hinaus in die Sonne, die zwischenzeitlich hinter einer schweren grauen Wolke hervorgekommen war. »Habt ihr viele Tiere?«
Florien nickte.
»Was denn, Kühe, Schweine, Ziegen?«
Florien nickte wieder und ging in Richtung des Törchens, durch das sie hergekommen waren. Alicia wandte sich zu Leonora um und sagte absichtsvoll mit lauter Stimme: »Ich glaube, er hat die Sprache verloren.«
»Alicia ...«, begehrte Leonora auf, doch ihre Schwester warf den Kopf in den Nacken und lachte.
»Vielleicht kennt er auch gar keine.« Das hatte Florien gehört, und es stieg ihm heiß ins Gesicht. Er ging weiter den Mädchen voran, damit sie sein Erröten nicht bemerkten. Sie folgten ihm durch einen hohen, mit einer alten, bröckelnden Mauer umgebenen Gemüsegarten, dessen Beete zum Teil von Panazel und Florien sorgfältig gepflegt wurden.
»Du scheinst ja schwer zu arbeiten«, sagte Leonora, die sich beeilt hatte, um ihn einzuholen. »Der Hof ist wirklich riesig.« Als er nicht antwortete, fuhr sie fort, entschlossen, ihrer Schwester zu beweisen, das Florien mit ein bisschen Entgegenkommen durchaus aufgeschlossener sein und mit ihnen reden würde: »In Argentinien müssen wir unser Gemüse kaufen. Aber wir haben einen hübschen Garten, und unsere Großmutter besitzt einen Orangenhain, der im Sommer ganz herrlich duftet. Ich würde dir gern im Garten helfen; für zwei Leute allein ist das viel zu viel Arbeit.«
Florien blickte in das eifrige Gesicht dieses reichlich unscheinbaren Mädchens und spürte, wie sein Selbstbewusstsein wieder erwachte.
»Drei Leute«, sagte er mit überraschend sanfter Stimme und

öffnete das Törchen in der Mauer, das in einen von Wirtschaftsgebäuden umgebenen Hof führte.
»Oh, hilft deine Mutter auch? Trotzdem, für einen so großen Garten sind auch drei Leute noch zu wenig.«
»Das alles ist ja total baufällig«, bemerkte Alicia, die sie eingeholt hatte. »Und wo sind jetzt die Tiere?«
»Aber es ist so schön hier«, sagte Leonora seufzend.
Alicia rümpfte verärgert die Nase. Sie war ihrer Schwester einigermaßen überdrüssig und war begierig darauf, in der Schule neue Freunde zu finden.
Florien schlenderte hinüber zu einem Zaun, der ein grasbewachsenes Feld einschloss. Zu Alicias Entzücken wimmelte es dort von Hühnern, und ein sehr großer, stolzer Hahn schritt zwischen ihnen umher und rupfte ihnen die Federn aus, damit sie nur nicht vergaßen, wer der Herr war. »Wie schlachtest du sie?«, fragte Alicia.
Florien setzte sich auf den Zaun und blickte hinunter in ihr gebieterisches Gesicht. Auf seinem erhöhten Sitz fühlte er sich selbstbewusster. »Wir drehen ihnen den Hals um«, antwortete er gleichmütig.
»Ah, der Zigeunerjunge kann also doch sprechen!«, sagte sie.
Leonora war entsetzt. Im Wissen, dass sie wenig tun konnte, um Florien zu helfen, ging sie weiter, um die staubigen Gebäude auf eigene Faust zu erforschen.
»Wie machst du das?«, fuhr Alicia fort, als sie ihre Schwester in einer alten Scheune verschwinden sah.
Florien vollführte mit den Händen eine drehende und zugleich ziehende Bewegung. Alicias Augen blitzten im letzten Licht, bevor die Sonne hinter einer Wolke verschwand.
»Zeig's mir«, verlangte sie.
Florien schüttelte den Kopf. »Ich töte nur, um zu essen«, antwortete er.
»Nun, Tante Cicely hat doch gesagt, sie braucht ein Hühnchen für morgen.«

»Ich darf nicht.«
»Stell dich nicht so an.«
»Ich kann nicht.«
»Mach schon!«, zischte sie. »Solange Leo uns nicht bespitzelt. Ich schwör dir, ich sag es keinem Menschen. Das ist unser Geheimnis.«
»Ich weiß nicht.« Florien schüttelte den Kopf, und seine Augen verdunkelten sich, als eine schwere Regenwolke sich über ihnen zusammenzog.
»Ich glaube nicht, dass du das überhaupt kannst«, stichelte sie. »Du bist zu klein. Wie alt bist du?«
»Zwölf«, erwiderte er leise, drehte sich um und betrachtete die Hühner.
Alicia spürte, dass ihr der Sieg sicher war, und forderte ihn noch mehr heraus.
»Ich bin zehn, und wenn ich wüsste, wie man ein Huhn umbringt, hätte ich keine Angst, es auch zu tun. Du bist zwei Jahre älter als ich, du bist ein Junge, aber du hast Angst, dass du Ärger kriegen könntest. Wer sollte dich denn verraten? Ich bestimmt nicht. Wir können es im Garten vergraben, und niemand erfährt etwas davon. Möchtest du denn nicht ein Geheimnis mit mir haben?«
Mehr hielt Florien nicht aus. Alicia sah, wie er vom Zaun sprang, einen Moment innehielt, um die Hühner zu beobachten, die ahnungslos im Gras pickten. Vorbereitend rieb er sich die Hände. Er hatte schon vielen Hühnern den Hals umgedreht, doch nie vor so bezauberndem Publikum, und deshalb sollte ihm kein Fehler unterlaufen. Falls das Huhn nicht auf der Stelle tot war, hätte er versagt, und er würde diesem befehlsgewohnten Mädchen nie wieder in die Augen sehen können. Er hasste sie, wollte aber dennoch gern von ihr bewundert werden. Er spürte ihren Blick auf sich ruhen, seine Haut durchdringen und sein Inneres verbrennen, sodass er sich jedes Muskels in seinem Körper deutlich bewusst war. In seinem ganzen Leben hatte er nie jemanden

so beeindrucken wollen wie sie. Nicht einmal seine Mutter, die er heiß verehrte. Geschmeidig wie eine Katze schlich er durch den Hühnerhof. Ein paar schwere Regentropfen fielen, konnten ihn aber nicht abschrecken. Er musste sich konzentrieren, wollte sich nicht zum Narren machen. Er fixierte ein Huhn, das kurz den Kopf hob und vor Schreck erstarrte. Da schlug er zu.

Alicia schrie auf vor Freude und klatschte in die Hände. Floriens Herz wurde weit, ein Siegerlächeln trat auf sein Gesicht. Er hielt das Huhn in die Höhe und brach ihm unter Alicias Blicken mit einer flinken Drehbewegung den Hals.

In diesem Augenblick riss der Himmel auf, und Regen prasselte in großen Tropfen nieder. Alicia kreischte und riss sich los vom Anblick des toten Huhns in Floriens siegreicher Hand. »Leo, komm schon!«, rief sie und rannte zum Haus. Leonora tauchte aus dem Schuppen auf, folgte ihr und lachte laut, als Regentropfen auf ihrem Kopf und ihren Schultern platzten und ihren Rücken hinunterrannen.

Florien blieb bestürzt allein im Hühnerhof zurück, während die Tiere Schutz suchend in den Stall eilten. Er blinzelte den Regen fort, der ihm in Strömen übers Gesicht lief, und mit dem klaren Verstand kam die Scham. Selbstverachtung überwältigte ihn. Er hasste dieses schnippische kleine Mädchen. Er würde nie wieder ein Wort mit ihr reden. Wütend an der Unterlippe nagend stapfte er über den Hof zum Gemüsegarten, wo er auf die Knie sank und mit bloßen Händen eine Grube aushob. Er legte den warmen Körper des Huhns in die Erde und bedeckte ihn, so gut er konnte, mit Erde. Dann wischte er sich die Hände an den Hosen ab und schlug den Heimweg ein. Er fühlte sich so schlecht wie nie zuvor.

»Florien hat ein Huhn für mich getötet«, sagte Alicia zu Leonora, als sie sich in einer Ecke des Gartens unter den Baumkronen unterstellten.

»Nein!«, rief Leonora entsetzt aus und sah ihre Schwester ungläubig an.
»Was bist du doch für ein Baby«, höhnte Alicia. »Ich habe ihm versprochen, dir nichts davon zu erzählen, also petz gefälligst nicht.«
»Tu ich nicht. Versprochen.«
»Gut.«
»Musste das Huhn sehr leiden?«
»Ganz furchtbar«, sagte Alicia und lächelte triumphierend. »Zuerst hat Florien es über den ganzen Hühnerhof gejagt. Es rannte und rannte, bis seine kleinen Beinchen es nicht mehr tragen wollten. Es brach im Gras zusammen, und ich glaube, als Florien es packte, habe ich es vor Angst keuchen gehört. Dann hat er ihm die Hände um den Hals gelegt und langsam, ganz langsam zugedrückt, sodass das Hühnchen eines langen, qualvollen Todes starb.« Alicia sah, wie sich die Augen ihrer Schwester mit Tränen füllten. Sie wartete, bis sie ihr über die Wangen liefen, um sie dann aus ihrem Schmerz zu erlösen. »Wie blöd bist du eigentlich? Er hat es so rasch umgebracht, dass das dumme Vieh überhaupt nichts gespürt hat.«
»Ein Glück!«, hauchte Leonora und wischte sich hastig übers Gesicht. »Manchmal bist du richtig gemein, Alicia.«
»Und du glaubst einfach alles, was man dir sagt, Leo.«
Leonora lächelte schwach, dankbar für Alicias liebevollen Tonfall. »Wie findest du Florien?«, fragte sie.
»Ich finde, er sieht gut aus, ist aber dumm.«
»Weil er nicht viel redet?«
»Nein, richtig dumm.«
»Oh.« Leonora fand ihre Schwester ausgesprochen ungerecht, wagte aber nicht, es zu äußern.
»Es wird aber bestimmt lustig mit ihm in den Ferien«, fuhr sie fort. »Nur du und ich, das wäre langweilig. Vielleicht kann er uns eine Hütte im Wald bauen, und wir können ohne Sattel auf den Pferden reiten.«

»Mir gefallen die Wohnwagen. Darin können wir auch spielen.«
»Vielleicht«, sagte Alicia, mit ihren Gedanken wieder im Hühnerhof und bei Florien, der mit dem toten Huhn allein zurückgeblieben war. »Ich wüsste gern, ob er es begräbt oder seine Tat gesteht«, sagte sie mit schmalen Augen.
»Er wird es natürlich braten und essen.«
»Wird er nicht«, widersprach Alicia und lachte. »Er durfte es gar nicht schlachten. Sein Vater schlachtet ihn, wenn er das erfährt. Ich glaube nicht, dass er auf eigene Faust Tiere töten darf. Außerdem habe ich ihm gesagt, dass es unser Geheimnis bleibt, wenn er es tut.«
»Ah.« Leonora seufzte; sie hatte schon verstanden. Alicia hatte ihn dazu getrieben, und er war so beeindruckt von ihr gewesen, dass er die Gelegenheit, sich zu beweisen, nicht verstreichen lassen konnte.
»Jetzt ist er bestimmt wütend auf mich.« Sie kicherte. »Aber er kann mich nicht verpetzen, ohne zu gestehen, was er getan hat.«
»Der arme Florien«, sagte Leonora, blickte über den Rasen hinweg und träumte von heißen Sommertagen, an denen sie ihm und seinem Vater in den Blumenbeeten helfen würde. Jetzt wollte er wahrscheinlich nicht mehr, dass sie ihm half.
»Du musst viel härter werden, Leo. In der Schule wird dich niemand mögen, wenn du zu nett bist.«
Leonora sah ihre Schwester an und wusste, dass sie sich täuschte. Trotzdem konnte sie nicht anders, als sie zu bewundern; Alicia war alles, was sie selbst nicht war. Und als hätte die Natur ihre Gedanken gelesen, zog die Regenwolke weiter. Die Sonne kam hervor und badete Alicias schönes junges Gesicht in einem himmlischen, goldenen Licht.

Als Barley, der Golden Retriever, ins Wohnzimmer stürmte, saß Audrey mit Leonora auf dem Sofa und hörte zu, wie Alicia auf dem Klavier die Mondscheinsonate spielte.

»Du liebe Zeit!«, rief Tante Cicely aus. »Du spielst ja wunderschön.«
Alicia zog eine Grimasse. Sie mochte es nicht, wenn man sie unterbrach. Aber da sie Tante Cicely noch nicht so gut kannte, zwang sie sich zu einem Lächeln und spielte weiter, obwohl jetzt alle zu reden begannen.
»Mein Schätzchen Barley wird wieder gesund. Ihm fehlt überhaupt nichts, im Gegenteil, er war nie besser in Form. Wahrscheinlich hat er nur irgendwo auf der Farm etwas Schlechtes gefressen.«
Barley schnupperte an Leonoras Füßen, setzte sich dann vor ihr nieder und legte ihr ohne Vorwarnung zwei große Pfoten in den Schoß.
»Oh, Mummy, sieh mal!«, hauchte sie beglückt und kraulte dem Hund die Ohren. »Ach, ist der süß.«
Alicia trat mit einem Fuß aufs Pedal und spielte, so laut sie konnte.
»Er ist hinreißend«, sagte Audrey und strich mit einer Hand über den gelben Rücken des Hundes. »Er hat Locken wie Alicia.«
Daraufhin hörte Alicia auf zu spielen und hockte sich zu dem Hund, um ihn zu streicheln. »Er hat das gleiche Haar wie ich, stimmt's? Ich will, dass er mir die Pfoten auf die Knie setzt«, jammerte sie, zog den Hund fort von ihrer Schwester und hinüber zu dem anderen Sofa.
Leonora wehrte sich nicht, und Audrey sah mit einem nachsichtigen Lächeln zu.
Alicia setzte sich und befahl dem Hund zu sitzen, was er unverzüglich tat, und nachdem sie ihn eine Weile gestreichelt hatte, legte er ihr die Pfoten auf die Knie und hechelte ihr seinen süßen Hundeatem ins Gesicht.
Cicely zog die Augenbrauen hoch, erstaunt, dass Audrey ihrer Tochter solche Anwandlungen durchgehen ließ. Alicia hatte einige äußerst unangenehme Charakterzüge. Cicely hoffte, dass

man ihr diese Arroganz in Colehurst House schon austreiben würde.

Auf dem Lande war es bei Nacht besonders dunkel. Keine Straßenlaternen leuchteten durch den Vorhangspalt ins Zimmer, um goldene Streifen auf Boden und Wände zu malen. Es war eine dicke, schwere Schwärze, die alles auslöschte, sodass Audrey völlig allein war mit ihren Gedanken und einer erstickenden Einsamkeit, die ihr Angst machte. Nicht fähig, in einem Haus zu schlafen, das noch widerhallte von Louis' kürzlicher Anwesenheit, schaltete sie das Licht ein, richtete sich im Bett zum Sitzen auf und atmete hastig.

Leonora und Alicia teilten sich ein Stück weiter auf demselben Flur ein Zimmer. Sie hoffte, dass sie sich in der Dunkelheit nicht fürchteten. Cicely hatte, als sie zu Bett gingen, überall das Licht gelöscht, um Strom zu sparen.

»Ich muss an allen Ecken und Enden sparen, sonst verliere ich das Haus an irgendeinen ordinären Millionär mit mehr Geld als Geschmack«, hatte sie gesagt.

Doch Audrey sorgte sich um Leonora, die sich wahrscheinlich fürchtete und still litt, und deshalb schlich sie zum Zimmer der Zwillinge und zuckte jedes Mal zusammen, wenn eine Bodendiele knarrte und das gesamte Haus aufzuwecken drohte.

Es gab so viele Zimmer, und alle sahen gleich aus. Nicht sicher, in welchem sich ihre Kinder befanden, zögerte sie und überlegte schwitzend, ließ den Blick von Tür zu Tür huschen und hatte Angst, versehentlich Cicely oder Marcel zu wecken. Schließlich gab sie es auf und ging auf Zehenspitzen zurück in ihr Zimmer. Doch dann kam ihr eine Idee. Das Licht aus ihrem Zimmer beleuchtete die Treppe, die in die Eingangshalle und ins Wohnzimmer führte. Von dort aus lockte flüsternd Louis' Foto auf dem Klavier. Sie würde nicht spielen, nur so tun als ob. Sie konnte ja die Augen schließen und ihrer Phantasie freien Lauf lassen. So konnte sie Louis nahe sein, und die Einsamkeit wäre nicht mehr so schmerzhaft. Es würde ihr vorübergehend ein wenig Erleichterung bringen.

Mit qualvoller Sehnsucht dachte sie an die Zeit, als sie in ihrem Elternhaus in der Canning Street die Treppe hinunterschlich, um mit Louis nach Palermo zu fahren. So viele Geheimnisse, dachte sie, kein Mensch hätte das je von ihr gedacht.

Sie trat auf die äußersten Kanten der Stufen, damit das Holz nicht knarrte. Tagsüber war ihr das Ächzen gar nicht aufgefallen. Das Licht reichte gerade aus, dass sie den Weg ins Wohnzimmer finden konnte, und als sie vor dem Foto stand, konnte sie Louis' Züge nur erahnen. Sie nahm das Bild in die Hand und strich mit dem Daumen über das Glas. In der Stille der Nacht rief sie sich ihr gemeinsames Tanzen und ihr Träumen, ihr Lachen und ihr Lieben ins Gedächtnis, bevor Isla starb und die Illusion zerbrach. Sie waren so glücklich gewesen, und sie hatten geglaubt, ihr Glück würde ewig dauern. Es hätte auch ewig dauern können. Wenn sie nur stärker, tapferer, mutiger gewesen wäre. Stattdessen wurde sie geprüft und für zu leicht befunden. Sie hatte Louis nicht verdient.

Nach all diesen Jahren mit Cecil, mit Cecil, der ein guter, freundlicher Mann war, sanft und großzügig, gestand sie sich nun ein, dass sie einen schrecklichen Fehler begangen hatte. Die Vorstellung, den Rest ihres Lebens mit einem Mann zu verbringen, den sie nicht liebte, den sie nie wirklich geliebt hatte, war, als würde sie ihre Seele einem langen Winter verschreiben. Sie konnte nichts tun. Sie musste mit ihrer Entscheidung leben und sich bei jedem Schritt an ihre Fehlentscheidung erinnern lassen. Aber wenn ihre Kinder fort waren, wofür lebte sie dann überhaupt noch? Sie schickte ihre Gedanken übers Meer in die sonnigen Straßen ihrer Heimat, doch ohne Liebe waren auch diese Straßen trist, und ein eisiger Wind fuhr rasselnd durch die große Leere.

Sie stellte das Bild ab, setzte sich auf den Klavierhocker und legte die Finger wieder auf die Tasten. Undeutlich zuerst, doch dann immer klarer hörte sie die vertraute Melodie, mit der Louis' sanfte Seele sie von einem fernen Ort her erreichte, an dem sie sich immer noch treffen konnten, um jene Momente unaussprechlicher Zärtlichkeit noch einmal zu durchleben.

Plötzlich strahlte helles Licht ihr ins Gesicht. Sie zuckte zusammen und schlug die Augen auf. »Oh, Sie sind es«, sagte Marcel und knipste die Taschenlampe aus. Audrey blinzelte in die Dunkelheit. »Tut mir Leid, das ahnte ich nicht. Ich dachte, es wäre ein Einbrecher«, erklärte er ernst. Sein Akzent wirkte noch stärker als sonst.

Audrey legte die Hand auf ihre Brust, in der das Herz hüpfte wie eine verschreckte Maus. Sie hatte das Gefühl, bei einer Missetat ertappt worden zu sein.

»Schon gut«, flüsterte sie. »Ich konnte nicht schlafen.«

»Es ist dunkel, *n'est-ce pas?«*, sagte Marcel und lehnte sich an das Klavier.

Als Audreys Augen sich ein wenig an die Dunkelheit gewöhnt hatten, erkannte sie, dass er einen langen Morgenmantel und Hausschuhe trug. In ihrem Baumwollnachthemd und der Strickjacke fühlte sie sich verletzlich und verschränkte die Arme vor der Brust.

»Ja«, erwiderte sie, den Blick auf die Tastatur gesenkt.

»Als ich hierher aufs Land zog und die Nächte so dunkel waren und Cicely kein Licht duldete, glaubte ich, der Jüngste Tag wäre angekommen.«

»Ich kann es nachempfinden«, sagte Audrey und lachte befangen.

»Wenn ich nicht schlafen kann, dann male ich.«

»Im Dunkeln?«

»Ich zünde eine Kerze an. Kerzenlicht ist sowieso viel romantischer.«

»Was malen Sie denn?«

Marcel zuckte auf typisch französische Art die Schultern, schürzte die Lippen und hob die Handflächen zur Zimmerdecke. »Alles, was mich bewegt.«

»Cicely?«
Er blickte sie fest an, und dann spielte ein kleines Lächeln um seine Mundwinkel.
»Für wen *spielen* Sie?«
»Für mich selbst«, antwortete sie vorsichtig.
»Sie spielen mit viel Gefühl«, bemerkte er.
»Sie haben mich noch nicht spielen gehört«, wandte sie ein und lachte nervös.
»Oh doch. Heute Nachmittag drang die Melodie hinauf in mein Atelier auf dem Dachboden, und ich musste innehalten und lauschen. Ich habe die Melodie erkannt, konnte mich aber nicht erinnern, wo ich sie schon einmal gehört habe.«
Audrey stockte der Atem. »Es ist spät, und ich bin müde«, sagte sie und erhob sich. »Ich gehe jetzt zu Bett.«
»Aber sicher. Und ich bin zu müde, um zu malen«, entgegnete er im Flüsterton. »Ich bringe Sie zu Ihrem Zimmer, damit Sie nicht stolpern.«
»Danke«, sagte Audrey und folgte ihm, als er mit der Taschenlampe vorausging.
»Sie werden sich an die Dunkelheit gewöhnen. Mit der Zeit macht sie Ihnen keine Angst mehr, sondern wirkt tröstlich. Schließlich kann man seine Geheimnisse bei Tageslicht nicht so gut verbergen.«
Audrey schloss ihre Zimmertür hinter sich und lehnte sich rücklings dagegen. Marcel kam ihr unheimlich vor, so, als könnte er ihre Gedanken lesen. Angstvoll nagte sie an ihrer Unterlippe. Wenn er sie am Nachmittag spielen gehört hatte, dann musste er die Melodie erkannt haben, die auch Louis immer spielte, denn sie hatte ihn nach Cicelys Worten ja zum Wahnsinn getrieben. Ihr war klar, dass ihre Art zu spielen ihre Gefühle offenbarte, und Marcel war nicht dumm. Offenbar war er ihrem Geheimnis an einem einzigen Nachmittag auf die Spur gekommen. Sie seufzte matt und ging zum Bett hinüber. Bevor sie unter die Decke kriechen konnte, bemerkte sie eine kleine Erhebung

darunter. Diese regte und reckte sich, wälzte sich dann auf die andere Seite. Leonora schlug traumverloren die Augen auf. »Wo warst du?«, fragte sie leise, ohne den Kopf aus dem Kissen zu heben.
»Schätzchen, hattest du Angst vor der Dunkelheit?«, fragte Audrey, schlüpfte zu ihrer Tochter ins Bett und zog sie in ihre Arme.
»Ja«, antwortete das Kind. »Und ich habe Angst vor dem Internat. Ich möchte hier bei dir und bei Tante Cicely bleiben. Ich mag Tante Cicely und Barley.«
»Ich weiß, Liebling, und ich wünschte, du könntest bleiben. Aber du musst jetzt ein großes Mädchen sein. Wenn du erst da bist, wirst du begeistert sein von deiner neuen Schule.«
»Ich weiß, ich bin einfach dumm.«
»Nein, du bist nicht dumm, und ich verstehe dich vollkommen. Du musst sehr tapfer sein, auch ich muss tapfer sein, denn du wirst mir fehlen. Aber schlaf jetzt, Liebling, und morgen früh ist deine Angst wie weggeblasen.«
Leonora kuschelte sich an ihre Mutter und an Schlaffi, den Hasen, und Audrey knipste das Licht aus. Sie spürte den warmen Körper ihrer Tochter dicht an ihrem und erinnerte sich an Leonora als Baby, als die Zukunft noch unangetastet vor ihr lag, bevor die Angst vor der Trennung das Glück beeinträchtigte. Jetzt würde sie sie nicht aufwachsen sehen, durfte nicht Zeugin all der kleinen Veränderungen sein, die sich von Tag zu Tag einstellen. Sie konnte nicht für sie da sein, um ihr bei den Hausaufgaben zu helfen, um sie in den Arm zu nehmen, wenn sie Angst hatte oder sich schlecht behandelt fühlte. Sie horchte auf Leonoras Atem und roch den sanften Duft von Seife und Kindheit. Ihr Gesichtchen war warm und weich, und wenn sie es küsste, schmiegte Leonora sich im Schlaf noch enger an sie, sicher und geborgen in den Armen ihrer Mutter.
Doch Audrey blieb wach. Zuerst dachte sie an Isla, daran, wie sie und ihre Schwester oft ineinander verschlungen wie zwei

junge Hündchen geschlafen hatten. Dann kamen die Gedanken an Louis, doch es gelang ihr auch nicht, die merkwürdige Begegnung mit Marcel zu vergessen. Sie blinzelte in die Nacht hinein und ließ das Gespräch noch einmal an sich vorüberziehen. Er konnte sie nicht wirklich für einen Einbrecher gehalten haben, denn er hatte ja gewiss das Licht aus ihrem Zimmer bemerkt. Also musste er in der Absicht gekommen sein, ihr zu begegnen.

Siebzehn

Auf den ersten Blick wirkte Colehurst House kalt und bedrohlich. Es war ein großes Herrenhaus aus grauem Stein mitten in einem ausgedehnten, gut gepflegten Park, umgeben von samtig grünen Hügeln. Tante Cicely hatte erzählt, dass es einst der private Wohnsitz einer sehr bedeutenden Familie war, deren Porträts auch jetzt an den holzgetäfelten Wänden hingen und Staub fingen. Im späten neunzehnten Jahrhundert, als der letzte Spross der Familie starb, ohne einen Erben zu hinterlassen, wurde das Haus in eine Schule umgewandelt. Audrey kannte das Gebäude nur aus dem Prospekt und fand es in seiner natürlichen Größe nicht weniger imposant. Hohe Schiebefenster spiegelten das Licht, und eine breite Tür in einem Torbogen gähnte wie ein zahnloser alter Mann. Zur Linken, auf einem kleinen grasigen Hügel, befanden sich eine kleine Kirche und eine mächtige Zeder, die die Kinder noch kleiner erscheinen ließ. Die lange Zufahrt war gesäumt von sattgrünen Koppeln mit dicken Ponys, und Trauerweiden tauchten ihre Zweige in einen hübsch angelegten Teich. Vor dem Herrenhaus erweiterte sich der Weg zu einem kiesbestreuten Halbkreis, an diesem Tag voll gestellt mit Autos. Väter in Tweedjacken und V-Ausschnitt-Pullovern hoben schwere Gepäckstücke aus Kofferräumen, und Mütter plauderten mit anderen Müttern, während ihre Labradors, die Nasen am Boden, schnüffelnd umherliefen, mit den Schwänzen wedelten und sich über all die neuen Gerüche freuten.

Audreys Schultern verkrampften sich beim Anblick dieser fremden Welt, in der sich offenbar alle bis auf sie und ihre

Kinder zu Hause fühlten. Sie warf einen besorgten Blick über die Schulter auf die Zwillinge, die auf dem Rücksitz saßen und neugierig mit großen Augen aus dem Fenster blickten. Leonora hatte Angst. Ihr Gesicht wirkte spitz und blass; sie drückte Schlaffi, den Hasen, fest an sich. Alicia lächelte begeistert und betrachtete mit uneingeschränkter Zuversicht das Neuland vor ihren Augen. Sie war nicht betroffen von dem Gefühl der Fremdheit, das ihre Mutter und ihre Schwester im Griff hatte. Im Gegenteil, sie hielt ihre Andersartigkeit für ihre Trumpfkarte, die sie einsetzen würde, um die Führung des Rudels zu übernehmen.

»Seht euch all diese schönen Hunde an«, sagte Audrey, weil sie wusste, wie sehr Leonora Tiere liebte.

»Da ist dieser Baum, von dem Caroline gesprochen hat«, bemerkte Alicia und wies auf die Zeder. »Ich werde höher hinaufklettern als jeder andere.«

»Ich bin einmal von ihm abgestürzt«, erzählte Cicely lachend. »Ein Glück, dass ich damals so rundlich und gut gepolstert war.«

»Und so viele Ponys, auf denen ihr reiten könnt«, fuhr Audrey fort. »Du magst doch Ponys, nicht wahr, Leonora?«

»Sie sehen niedlich aus«, erwiderte sie. »Das Haus ist ziemlich groß«, setzte sie hinzu, und das nervöse Zittern in ihrer Stimme tat Audrey weh.

»Im Sommerhalbjahr dürft ihr frühmorgens hinaus in die Hügel reiten. Es ist himmlisch, im Morgengrauen durch die Gegend zu galoppieren. Dort oben steht eine alte Schlossruine, und wir sind oft hindurchgeritten. Es ist herrlich romantisch«, schwärmte Cicely, mitgerissen von ihren Erinnerungen.

»Hoffentlich spukt es in dem Haus«, sagte Alicia, als der Wagen vor dem Gebäude anhielt. »Wenn ich einen Geist gesehen habe, schreibe ich sofort einen Brief an Merchi.«

Alicia sprang aus dem Wagen, blieb auf dem Kiesplatz stehen und betrachtete aufgeregt die anderen Mädchen und ihre Eltern.

Leonora hielt sich an der Seite ihrer Mutter und fragte sich besorgt, wie um alles in der Welt sie allein die Koffer ins Haus schaffen sollten. Sie sah nicht eine einzige Mutter ohne Begleitung, sämtliche Mädchen waren mit beiden Elternteilen gekommen. Leonora wünschte sich ihren Vater herbei, in Tweed und Cord wie die anderen Väter auch. Sie bemerkte, dass ein paar Mädchen zuerst sie, dann ihre Mutter und ihre Tante abschätzig mit zusammengekniffenen Augen von Kopf bis Fuß musterten. Sie fühlte sich schmerzlich abgesondert von allen anderen und sehnte sich nach Hause. Doch es gab kein Zurück. Vor Angst schnürte sich ihr die Kehle zusammen, und sie hätte die Hand ihrer Mutter ergriffen, wären nicht die anderen Mädchen dort gewesen, die sie womöglich wegen ihres kindischen Verhaltens ausgelacht hätten.

»Gütiger Gott!«, rief Cicely laut aus und winkte heftig. »Dolly Hollinghoe, ausgerechnet!«

Audrey erkannte die Frau in Mantel und Kopftuch als die Dame, die sie bei Debenham & Freebody kennen gelernt hatte. Leonora erkannte Caroline und fasste neuen Mut.

»Audrey, komm, ich muss dir Dotty vorstellen, wir waren in einer Klasse. Du liebe Zeit, das liegt eine Ewigkeit zurück!«

Die Frau lächelte mit blitzenden Zähnen und schob ihre Tochter nach vorn.

»Cicely Forrester! Welch köstliche Überraschung! Allerdings heiße ich jetzt Stainton-Hughes.«

»Und ich Weatherby«, entgegnete Cicely und küsste sie.

»Wir kennen uns schon«, sagte Audrey und streckte die Hand aus. Zwar lag Dorothy Stainton-Hughes ihr nicht sonderlich, aber sie war sehr erleichtert, überhaupt jemanden zu kennen und sich in die Schar derer einreihen zu dürfen, die sich nach der langen Sommerpause über das Wiedersehen freuten. Sie sah, wie Caroline auf Leonora zuging, und war dem Kind unsagbar dankbar für seine Freundlichkeit ihrer Tochter gegenüber. Als sie sich nach Alicia umsah, konnte sie sie nirgends entdecken.

Alicia war es gewöhnt, dass man sie anstarrte. Sie war ein sehr schönes Kind und sich ihrer Ausstrahlung und ihrer damit einhergehenden Macht über andere durchaus bewusst – ungewöhnlich für ein kleines Mädchen von zehn Jahren. Sie schlenderte in die Eingangshalle und schnupperte den Duft von Bohnerwachs und altem Holz wie ein Hund, der sich mit einem neuen Revier vertraut macht. Eine Gruppe Mädchen drängte sich um ein schwarzes Brett im Eingang des Speisesaals, in dem lange Tische zu einem Quadrat aufgestellt und bereits fürs Abendessen eingedeckt waren. Ein Hauch von Kohlgeruch wehte hinein, als die Türen zum Flur und zur Küche sich öffneten und eine dicke Köchin mit weißer Schürze und Kochmütze einen Holzlöffel schwingend ins Dunkle hinüberlief. Alicia gesellte sich zu den Mädchen und sah, dass sie Namenslisten unter den hervorgehobenen Namen von Schriftstellern wie Shakespeare und Marlowe, Milton und Shaw studierten. Sie suchte nach ihrem Namen und fand ihn unter Dickens. Gerade als sie nach Leonoras Eintragung suchen wollte, tippte ihr jemand auf die Schulter, und sie wandte sich abrupt um.
»Wer bist du denn?«, fragte eine große, schlanke Frau mit kurzem silbernen Haar und verhangenen braunen Augen. Ihr Tonfall war gebieterisch und doch milde, und Alicia erkannte instinktiv, dass sie eine wichtige Persönlichkeit war.
»Alicia Forrester«, antwortete sie. Die Dame zog die Augenbrauen hoch und nickte.
»Ah, eine von den Zwillingen. Ich bin Diana Reid, die Rektorin«, sagte sie mit gepflegtem englischen Akzent.
»Guten Tag«, erwiderte Alicia kühn und sah sie fest an. Die Rektorin fühlte sich entwaffnet von der Selbstsicherheit dieses Kindes. *Mit der bekommen wir Probleme*, dachte sie unwillkürlich.
»Du bist in der Dickens-Gruppe, und deine Schwester in der Milne. Sie liegen nebeneinander.«
»Die Schlafzimmer?«

»Schlafsäle. In Dickens sind zehn Betten, in Milne acht. Sie gehen auf den Buchsbaumgarten hinaus. Sehr hübsch. Und wo ist deine Mutter?«

Alicia führte Miss Reid nach draußen, wo Audrey Dorothy Stainton-Hughes' und Cicelys Erinnerungen an ihre Schulzeit lauschte. »Nichts, aber auch gar nichts hat sich verändert«, sagten sie.

Als sie Miss Reid bemerkten, standen beide stramm wie Soldaten und zeigten sich plötzlich von ihrer besten Seite.

»Dotty und Cicely, Sie waren in einer Klasse, nicht wahr?«, sagte Miss Reid und sah die beiden an, als wären sie noch immer ihre Schülerinnen. Sie nickten lachend. »Reiten Sie noch, Cicely?«

»Nein, eigentlich nicht«, erwiderte Cicely wie um Verzeihung bittend.

»Schade, Sie waren eine vielversprechende Reiterin, wenn ich mich recht erinnere.« Dann blickte sie auf Alicia herab. »Diese kleine Streunerin habe ich in der Halle gefunden. Zu wem gehört sie?«

Audrey nickte und lächelte. »Zu mir. Audrey Forrester. Ich freue mich, Sie kennen zu lernen, Miss Reid«, sagte Audrey, die die Rektorin vom Foto im Prospekt her erkannte.

»Nennen Sie mich bitte einfach Diana.« Sie beugte sich steif herab, um einen zottig aussehenden Terrier hochzunehmen, der an ihren Strümpfen kratzte. »Das ist Midge«, sagte sie. »Midge regt sich furchtbar auf über all die fremden Hunde, und danach bricht er vor Erschöpfung zusammen. Ich glaube, er hat jetzt genug. Stimmt's, Midge?« Midge leckte seinem Frauchen die Nase und wedelte mit dem dicken Stummelschwanz.

»Das ist Leonora«, stellte Audrey ihre Tochter vor und legte dem Kind den Arm um die Schultern. Leonoras Wangen erglühten rosig, und auf Miss Reids Gesicht trat ein mildes Lächeln. Sie war an Neuzugänge gewöhnt und wusste um deren Ängste. Ihre eisige Schale verbarg eine mitfühlende Seele.

»Ach, der andere Zwilling. Kommt doch alle mit, dann zeige ich euch die Schlafsäle.«
»Wie sind die beiden eingeteilt, Miss Reid?«, fragte Cicely und zwinkerte Dotty zu.
»Dickens und Milne.«
»Oh, ich habe in Milne gewohnt!«, rief Dotty begeistert. »Erinnern Sie sich an Shoddy Hambro? Sie hat ihre Süßigkeiten immer an einem geheimen Plätzchen versteckt. Tun sie das heute auch noch?«
»Ganz gewiss. Hin und wieder drücken wir einfach beide Augen zu«, erwiderte die Rektorin und trat in das zahnlose Gähnen des Tors.
Die anderen folgten ihr die Treppe hinauf, über glänzend gebohnerte Eichenstufen, die ächzten wie morsche Knochen. Cicely dachte daran, dass sie immer in Schwierigkeiten geraten war, weil sie nicht die für die Kinder bestimmte Hintertreppe nahm, sondern diese hinaufgeschlichen war. »Diese Porträts haben mir immer eine Gänsehaut verursacht«, sagte sie und lachte. »Besonders dieses hier.«
Sie wies auf das düstere Konterfei eines alten Bischofs, dessen Augen sie direkt anstarrten. »Wohin man sich auch wendet, seine Augen folgen einem.« Als sie den Treppenabsatz hinter sich gelassen hatten, wandte Audrey sich um und sah, dass Cicely Recht hatte. Der Blick des Mannes verfolgte sie, und als sie sich wieder umdrehte, spürte sie ihn immer noch in ihrem Rücken.
Diana Reid führte sie durch eine Reihe von großen Schlafsälen, die früher vielleicht als elegante Empfangsräume gedient hatten, mit reich verzierten marmornen Kaminen und schwerem Stuck an den Decken. Einer war immer noch schöner als der andere. Audrey sah die Reihen von eisernen Bettgestellen und versuchte sich vorzustellen, wie die Räume zur Zeit der privaten Nutzung ausgesehen haben mochten.
Immer mal wieder blieb Diana Reid stehen, um Eltern oder ein Kind zu begrüßen und sich mit ihrer festen, aber freundlichen

Stimme zu einem liebevoll aufs Kissen gebetteten Teddybär zu äußern oder eine aufgeregte Schar von Mädchen zur Ruhe zu mahnen, die sich freuten, nach den langen Ferien wieder zurück zu sein.

Leonora blieb dicht bei ihrer Mutter, während ihre Schwester ungehemmt ihrer eigenen Wege ging und Fragen stellte.

Schließlich erreichten sie ein weiß gestrichenes Zimmer mit hohen Schiebefenstern und Blick auf den Buchsbaumgarten. Alicia stieg auf die Fensterbank und blickte hinunter auf das Labyrinth aus Buchsbaumhecken im goldenen Abendlicht. Mittendrin hockte ein dicker Fasan und pickte im Gras. Sie dachte an Florien und das Huhn und lächelte. Jetzt hätte sie gern gewusst, ob er Fasane schoss oder ihnen den Hals umdrehte. »Du darfst dir ein Bett aussuchen, Alicia«, sagte Miss Reid, die ihren Hund Midge immer noch unter dem Arm trug.

»Ich nehme das hier«, antwortete sie und setzte sich auf das Bett direkt beim Fenster. »Wenn es mal brennen sollte, kann ich aus dem Fenster springen.«

»Hoffen wir, dass das niemals nötig wird«, sagte Miss Reid. Sie wandte sich Leonora zu, und ihre Züge wurden weicher. Instinktiv verstand sie die Art der Beziehung zwischen den beiden Mädchen und war froh darüber, dass sie die beiden vorausschauend in verschiedenen Schlafsälen untergebracht hatte. Leonora stand eindeutig im Schatten ihrer Schwester, die ihr die Sonne nahm. »Und du, Leonora, du schläfst nebenan. Komm mit.«

Das Kind trat vor, löste sich von der Mutter, die mit Alicia und Tante Cicely die Aussicht bewunderte. Miss Reid zeigte ihr den Schlafsaal Milne, dessen Wände mit brauner Eiche getäfelt waren, dunkel von Alter und mit dem Geruch von Jahrzehnten der Abnutzung. »Caroline Stainton-Hughes schläft auch in diesem Saal«, erklärte sie, und Leonora verzog das ängstliche Gesicht zu einem zaghaften Lächeln. »Sie kennt sich schon aus, denn ihre beiden Schwestern gehen schon länger hier zur Schule. Sie wird sich ganz gewiss um dich kümmern.« Leonora mochte Miss Reid. Sie gehörte zu den Frauen, denen man Respekt zollte, die aber trotzdem gerecht und gütig waren, und hatte die für eine Lehrerin seltene Gabe, in den Kindern den Wunsch zu wecken, ihr Freude machen zu wollen. Leonora hätte gern Eindruck auf sie gemacht.

Als Audrey mit Alicia und Cicely eintrat, fasste sie Mut, denn ihre so empfindsame Tochter stand zufrieden neben ihrem Bett und unterhielt sich mit Miss Reid. »Gut«, sagte die Rektorin energisch, »Bob und John bringen euer Gepäck her, und dann, Mrs. Forrester, schlage ich vor, dass Sie die Mädchen allein lassen, damit sie sich einrichten können.« Sie sah Audrey mit hochgezogenen Augenbrauen an, bevor sie rasch durch die Säle zurückging. Cicely lächelte ihrer Schwägerin ermutigend zu. Audrey spürte Tränen in den Augen, und die Brust schnürte sich ihr vor Angst zusammen. Der Moment, vor dem sie sich schon seit drei Jahren fürchtete, war gekommen. Sie hatte darauf hingelebt, Pläne geschmiedet, aber nie an das Hinterher gedacht. Ein Hinterher hatte es nicht gegeben. Sie hatte nicht den Mut gehabt, es sich vorzustellen. Als sie an Alicias Bett vorüberging, warf sie einen Blick aus dem Fenster. Es war dunkel und leer, wie ihr Herz. Morgen früh, wenn Alicia aufwachte, würde sie aus diesem Fenster die Morgendämmerung sehen können. Morgen würde sie hinaussehen auf eine andere Welt. Wenn sie Heimweh oder Angst hatte, musste sie es allein ertragen.

Als Leonora ihre Hand in die ihre schob, glaubte Audrey, an ihrem Schmerz ersticken zu müssen. Doch sie zwang sich zu einem fröhlichen Gesicht. Ihre Kinder sollten nicht sehen, wie elend sie sich fühlte, denn wenn sie jetzt zusammenbrach, würde Leonora es sicherlich auch tun. »Gut«, sagte sie genauso energisch wie die Rektorin. »Suchen wir Bob und John.« Audrey lächelte zu Leonora hinab, doch das Mädchen war zu verängstigt, um darauf zu reagieren. Allmählich wurde sie sich ihrer Lage bewusst. Ihre Mutter ließ sie unter all diesen Fremden in diesem furchterregenden alten Haus zurück. Sie ergriff Audreys Hand noch fester und stieg schweigend die Treppe hinunter.

Es war kalt, als sie nach draußen kamen. Miss Reid war verschwunden, aber zwei stämmige Männer in Latzhosen warteten beim Auto. Leonora sah bereits ein paar Wagen die Auffahrt entlang zurückfahren, bis ihre Rücklichter von der Dunkelheit verschluckt wurden. Sie wehrte sich gegen ihre Angst und stand Nägel kauend da, als ihre Mutter den Kofferraum öffnete und Bob und John die Koffer überließ.

»Die erste Nacht ist die schlimmste«, sagte Tante Cicely sanft zu Leonora. »Doch der morgige Tag wird dann so aufregend, dass dir gar keine Zeit bleibt, an zu Hause zu denken. Du wirst reiten, Tennis spielen, Hütten unter den Kastanien bauen, das Kastaniendorf. Es gibt so viel zu tun, du wirst dich niemals langweilen. Und du vergisst nicht, uns zu schreiben, nicht wahr? Wir schreiben euch auch.« Sie legte ihrer Nichte nicht den Arm um die Schultern, weil sie instinktiv wusste, dass das Kind dann die Tränen nicht mehr würde zurückhalten können. Alicia hüpfte, wie Cicely jetzt bemerkte, ungeduldig von einem Fuß auf den anderen, als könnte sie die Abreise von Mutter und Tante kaum noch erwarten. Cicely hoffte, dass Audrey das Abschiednehmen nicht über Gebühr ausdehnte. Die Trennung würde dadurch nur noch schmerzhafter werden.

»Gut, meine Schätzchen, wir brechen jetzt auf«, sagte Audrey, aufrichtig bemüht, ihren Kummer zu verbergen. Doch Leonora ließ sich nicht täuschen, sie hörte das Zittern in der Stimme ihrer Mutter und brach in Tränen aus.

»Lass mich nicht hier zurück«, schluchzte sie und drückte den Hasen Schlaffi an ihre Brust. Ihre Schultern hoben und senkten sich unter ihrem keuchenden Atem. »Lass mich nicht allein, Mummy.«

Audrey zog das Kind in ihre Arme und presste es so heftig an sich, dass sie fürchtete, es zu ersticken. »Alles wird gut, wenn du dich eingelebt hast. Das Abschiednehmen ist das Schlimmste«, tröstete sie und wischte ihre eigenen Tränen am Mantel ihrer Tochter ab. Ihr Kind fühlte sich so entsetzlich klein und zerbrechlich in ihren Armen an, und Audrey musste sich gewaltig zusammenreißen, um sie nicht ins Auto zu setzen und mit sich zurück nach Hause zu nehmen.

»Keine Sorge, Mummy, ich pass auf sie auf«, sagte Alicia mit leiser Ungeduld in der Stimme. »Wenn ihr fort seid, geht's ihr bestimmt gleich besser.« Audrey versuchte, sich von Leonora zu lösen, doch diese klammerte sich mit aller Macht an sie.

»Mir gefällt es hier nicht, Mummy. Bitte nimm mich mit nach Hause«, bettelte sie heiser vor Angst. »Nimm mich mit nach Hause.«

»In vierzehn Tagen kommt ihr übers Wochenende zu Tante Cicely. Vierzehn Tage sind keine lange Zeit, oder?« Doch das Kind ließ sich nicht trösten und weinte jetzt so heftig, dass es kein Wort mehr hervorbrachte.

»Du musst sie loslassen«, sagte Cicely und berührte Audreys Arm. »Du machst alles nur noch schlimmer.«

Audrey befreite sich mit sanfter Gewalt aus der Umklammerung ihres Kindes, und während sie noch immer das kleine Händchen hielt, küsste sie Alicia. »Kümmere dich bitte um sie, ja?«, bat sie verzweifelt. »Jetzt braucht sie dich mehr denn je.«

»Mach ich«, erwiderte Alicia und versuchte, Leonoras andere Hand zu ergreifen, die Schlaffi den Hasen festhielt. »Komm, Leo, so schlimm ist es doch gar nicht. Es wird ein Riesenspaß.«

Audrey floh, ohne sich noch einmal umzusehen. Sonst hätte sie Leonoras verlorenes kleines Gesicht gesehen, das ihr ungläubig nachblickte, als der Wagen über den Kies davonrollte. Stattdessen warf sie den Kopf zurück gegen die Sitzlehne und weinte. »Wie kann ich meinen Töchtern so etwas antun? Ich bin ein Ungeheuer«, jammerte sie.

Cicelys Augen füllten sich mit Tränen, und sie gedachte ihrer ersten Nacht in Colehurst House. Die Einsamkeit und Leere würde sie ihr Leben lang nicht vergessen. Zwar hatte sie die

Schule dann leidenschaftlich lieben gelernt, aber diese erste Nacht war immer noch unvergesslich.

Alicia legte den Arm um ihre Schwester und führte sie ins Haus. Die anderen Mädchen starrten sie voller Neugier und Faszination an, die jüngeren nagten an den Unterlippen, bemüht, sich nicht von Leonoras Schmerz anstecken zu lassen. Auch ihnen fehlten die Eltern jetzt schon, auch sie hätten am liebsten geweint.
Leonora beobachtete sie angstvoll durch den Tränenschleier hindurch. Im Haus wimmelte es von Kindern, es hallte wider von Gelächter, und dennoch hatte Leonora sich nie im Leben so allein gefühlt. Es war wie ein Albtraum, aber sie war wach, und ihre Mutter war jetzt weit weg. Sie wollte sich wie ein Igel einrollen und jeden, der ihr zu nahe kam, mit ihren Stacheln vertreiben. Alicia versuchte, sie zu trösten, aber ihre Worte brachten ihr auch nicht die Mutter zurück und konnten auch nicht das tief sitzende Gefühl des Zurückgestoßenseins vertreiben, das schmerzte wie eine frische Wunde. Wie eine Schlafwandlerin folgte sie Alicia die Treppe hinauf und klammerte sich an ihrer Hand fest, als fürchtete sie, Alicia könnte, wenn sie sie losließ, ebenfalls verschwinden. Dann wäre sie endgültig allein; ein Lämmchen inmitten von Löwen.
Als sie in Milne ankamen, wurden sie an Leonoras Bett von einer großen Schar Mädchen erwartet. Sie verstummten in dem Moment, als die Zwillinge eintraten, und da setzte selbst Alicias Herz einen Schlag aus. Da sie gleich ins zweite Schuljahr des Internats eintraten, kannten die anderen Mädchen in ihrem Alter einander schon. Leonora und Alicia fröstelte es aus Angst vor Feindseligkeit. Doch zu ihrer Überraschung lächelten die Mädchen und kamen ihnen voller Mitgefühl entgegen. Miss Reid hatte ihnen erklärt, dass Alicia und Leonora aus einem fernen Land stammten und ihre Unterstützung brauchten. Und nun verschlangen die Mädchen sie mit den Augen wie seltene Tiere

aus einer anderen Welt und stellten Fragen. Da Leonora klein war und zitterte, nahmen die älteren sie aus Alicias Armen und bemutterten sie. Alicia war nur froh darüber und verschwand nach nebenan. Ein sommersprossiges Mädchen mit ovalem Gesicht drückte Leonora aufs Bett und legte ihr den Arm um die Schultern. »Ich bin Toadie Martin. Eigentlich heiße ich Victoria, aber alle nennen mich Toadie«, sagte sie. »Ich bin dein Schatten und schlafe in dem Saal namens Byron, ein Stück weiter unten am Flur. Wenn du irgendwelche Probleme hast, kannst du jederzeit zu mir kommen. Ich bin in der Klasse über dir.« Leonora schluchzte, und sie klopfte ihr den Rücken. »Du Arme. Beim ersten Mal ging es uns allen so, aber es wird besser. Mit jedem Tag wird es ein bisschen einfacher, und du bist ja nicht allein. Wir sind alle bei dir und passen auf dich auf.«

Leonora schniefte und trocknete sich mit Schlaffi dem Hasen die Tränen ab. Ganz zaghaft wurde ihr schon ein wenig leichter ums Herz.

Alicia kam aus Dickens zurück, einen großen Topf in der Hand, und lächelte breit. »Möchtest du einen Löffel voll *dulce de leche?«*

Weil es dunkel und die Heimreise lang und sie selbst so unglücklich war, vertraute Audrey sich Cicely an. »Ich habe mich gegen Cecil zur Wehr gesetzt«, erklärte sie. Aus Loyalität und Pflichtgefühl hatte sie mit niemandem über ihre Ablehnung ihrem Mann gegenüber gesprochen, nicht einmal mit ihrer Mutter oder Tante Edna, die sie verstanden hätten. Doch jetzt war Cecil weit fort, und Audrey hatte die Internatswirklichkeit mit eigenen Augen gesehen, und ihre Loyalität geriet ins Wanken wie eine kranke Eiche im Sturm. »Alicia musste die Schule verlassen, weil die Lehrer ihrem Unternehmungsdrang nicht gewachsen waren. Das war nicht weiter schlimm; es gibt andere gute Schulen in Buenos Aires. Leonora ging gern zur Schule, sie war glücklich dort. Dann kam Cecil plötzlich auf diese Idee, die

Mädchen nach England zur Schule zu schicken. Ich wäre fast gestorben. Du kannst es dir sicher vorstellen. Was erwartet mich denn jetzt noch zu Hause?«

»Dein Mann«, erwiderte Cicely streng. »Du darfst dich davon nicht unterkriegen lassen, Audrey. Du darfst dein Leben nicht deinen Kindern opfern, denn eines Tages heiraten sie und haben selbst Kinder, und was wird dann aus dir?«

»Eine Großmutter«, sagte sie schlicht.

»Davon rede ich nicht.«

»Ich habe kaum noch einen Bezug zu ihm. Wie kann ich einen Mann lieben, der so grausam und gefühllos ist? Er hat mir meine Kinder genommen.«

»So ist das nicht«, verteidigte Cicely ihren Bruder. »Es ist schwer zu verstehen für dich, weil du nicht hier aufgewachsen bist. Aber wir Briten sind wirklich der Meinung, dass die Internatserziehung die beste der Welt ist. Sie ist Teil unserer Kultur, und niemand stellt sie in Frage. Ich habe meine Eltern am ersten Tag natürlich auch bitterlich vermisst, genauso wie Leonora. Doch dann fand ich es herrlich im Internat und habe kaum noch an sie gedacht. Cecil war in Eton, und ich glaube nicht, dass er auch nur eine Sekunde an Heimweh gelitten hat. Er denkt in erster Linie an seine Töchter, und ich bin überzeugt, er glaubt, ihnen den bestmöglichen Start ins Leben zu gewähren.«

»Er liebt sie wohl nicht so wie ich.« Audrey betrachtete Cicelys Profil und wusste, dass sie feinfühlig genug war, die Situation aus beiden Blickwinkeln zu beleuchten.

»Cecil ist durch und durch Brite«, sagte sie nach einer Pause. »Er ist aufrecht und korrekt wie Papa und hat nicht gelernt, seine Gefühle zu zeigen. Das heißt aber nicht, dass er unfähig zur Liebe wäre. Ich wette, er liebt seine Töchter genauso innig wie du. Er ist bereit, seine Freude an ihnen ihrer Zukunft zu opfern. Verstehst du nicht? Er ist Brite und wird es immer bleiben.«

»Und Louis? Ist er auch ein Brite?«

Cicelys Mundwinkel zuckten; sie starrte nach vorn auf die

Straße. »Er lebt in einer künstlerischen Zwischenwelt«, erwiderte sie und lachte leise.

»Und wenn er Kinder hätte …«

»Er wird niemals Kinder haben«, fiel Cicely ihr mit gepresster Stimme ins Wort. »Der liebe Louis wird niemals sesshaft werden und eine Familie gründen. Er ist ein Geschöpf der Natur wie die Bäume und der Wind. Aufbrausend, impulsiv, irrational. Man weiß nie, was er als Nächstes tun wird, das war schon immer so. Wenn Cecil zu kalt ist, dann ist Louis zu hitzig, aber das ist, als würde man …«

Sie unterbrach und suchte nach einem passenden Vergleich. »Ich weiß nicht, als würde man ein Pferd mit einem Esel vergleichen.«

»Wie kommst du darauf, Louis so abzuurteilen?« Audrey musste vor Erstaunen nach Luft ringen. »Er ist zehn Mal begabter als Cecil«, platzte es leidenschaftlich aus ihr heraus.

Jetzt war es an Cicely, nach Luft zu ringen.

Audrey fing sich wieder und fügte geschickt hinzu: »Cecil kann keinen Ton auf dem Klavier spielen. Cecil ist viel eleganter als ein Pferd. Aber was den Vergleich von Esel und Pferd betrifft: Er ähnelt einer Großen Dänischen Dogge.« Es war ein untauglicher Versuch, das Gleichgewicht zu Gunsten ihres Mannes wiederherzustellen, und Cicely war nicht dumm. Sie blickte weiterhin stur vor sich auf die Straße.

»Ich weiß nicht, woher Louis seine Begabung hat, aber sie ist nicht von dieser Welt«, sagte sie und hoffte, die verstorbene Schwester wäre der Grund für Audreys leidenschaftlichen Einsatz. Dann streckte sie die Hand aus und berührte Audreys Arm. »Mach es Cecil nicht zum Vorwurf, Audrey. Er ebnet den Zwillingen den Weg in die Zukunft. Deine Zukunft liegt bei ihm, vergiss das nicht.«

Audrey blickte verloren aus dem Fenster und stellte sich Cecils alterndes Gesicht vor. Plötzlich erschien ihr das Leben als eine schmerzlich lange Zeit mit wenigen Lichtblicken. Sie dachte

daran, wie ihre Töchter in diesem ächzenden alten Haus zu Bett gingen, und der Magen wollte sich ihr umdrehen.
Warum wurden ihr alle Menschen, die sie liebte, wieder genommen? Zuerst Isla, dann Louis und jetzt ihre Töchter. Sie fühlte sich allein und orientierungslos und ohnmächtig ihrem weiteren Schicksal ausgeliefert.

Achtzehn

Leonora lag mit dem Hasen Schlaffi in der Dunkelheit und lauschte auf das Husten und Rascheln der sieben anderen Kinder, die den Schlafsaal mit ihr teilten. Die Geräusche waren tröstlich, denn sie sagten ihr, dass sie trotz ihrer Einsamkeit nicht allein war. An einem der langen Tische im Speisesaal hatte sie Abendbrot gegessen. Sie hatte sich neben Caroline Stainton-Hughes gesetzt, die verkündete, dass sie gern mit ihrem Spitznamen Cazzie angesprochen werden wollte. Dann wandte sie sich Leonora zu und erklärte ihr, dass sie sich auch einen Spitznamen zulegen musste. Sie wurde Leo getauft, wie Alicia sie nannte, und sie hatten Makkaroni mit Käse und dicke Scheiben Weißbrot mit Butter dazu gegessen, um die innere Leere zu füllen. Eine Wirtschafterin namens Sally brachte ein paar von Miss Reids Hunden herein, um die neuen Mädchen zu trösten, und Leonora hockte sich mit Cazzie und einigen anderen heimwehkranken Mädchen auf den Boden, streichelte die Tiere und trocknete ihre Tränen in ihrem Fell.

Dann war es Zeit zu duschen und zu Bett zu gehen. Zusammen mit Dutzenden von anderen hängte Leonora ihren Waschbeutel an einen Haken, und sie spürte einen schmerzhaften Stich, als ihr das Namensschild an ihrer Duschhaube, von ihrer Mutter so liebevoll aufgenäht, ins Auge fiel. Jetzt lag sie zusammengerollt in ihrem Bett und fror trotz der schweren Decke. Die Matratze war hart, und die Sprungfedern quietschten bei jeder Bewegung. Sie hörte die Schritte der Hausmeisterin, gefolgt vom leichten Tappen ihres schwarzen Labradors auf den engen Fluren. Die Frau blieb an der Tür eines jeden Saals stehen und leuchtete mit ihrer Taschenlampe die Betten aus, um zu sehen, ob jedes Kind an seinem Platz war. Dann ging sie weiter, und die Gummisohlen ihrer bequemen Schuhe schlappten über die Holzdielen.

Leonora war wohl doch eingeschlafen, denn in den frühen Morgenstunden erwachte sie von dem dringenden Bedürfnis, das Bad aufzusuchen. Sie überlegte, ob sie den Mut aufbrächte, allein zu gehen. Im Flur brannte Licht, und sie brauchte sich nur durch Dickens und über den Treppenabsatz zum Klo zu schleichen. Ihr war bewusst, dass die Bodendielen knarrten, und sie fürchtete, die anderen Mädchen dadurch zu wecken. Dann fiel ihr ein, dass vielleicht eines der anderen Mädchen das gleiche Problem haben könnte wie sie. »Ist irgendwer wach?«, fragte sie im Flüsterton. Ihre Stimme klang seltsam zischend durch die Stille. Sie versuchte es noch einmal, dieses Mal ein bisschen lauter. Niemand antwortete.

Als schließlich der Druck auf der Blase unerträglicher wurde als ihre Angst, stieg sie aus dem Bett und schlüpfte in ihre Hausschuhe. Sie zog den Bademantel an, knüpfte den Gürtel und sprach sich selbst Mut zu für den bevorstehenden Weg. Alicia hatte von Geistern gesprochen, davon, dass es in allen englischen Häusern spukte, und Leonora hoffte schaudernd, keinem zu begegnen. Das Licht war spärlich, reichte aber aus, um den Weg durch Milne und Dickens zu finden, ohne über Teddybären oder Hausschuhe zu stolpern.

An Alicias Bett zögerte sie und spähte in die Kissen. Ihre Schwester lag in tiefem Schlaf, die langen Korkenzieherlocken rieselten wie ein seidiger Wasserfall übers Kissen. Sie beneidete Alicia. Ihre Schwester durchlebte bestimmt nicht diese Leere, dieses Heimweh.

Jedes Mal, wenn eine Diele unter ihrem Fuß knarrte, zuckte sie zusammen und blieb wie erstarrt stehen, bis sie sicher war, niemanden geweckt zu haben. Endlich hatte sie den Treppenabsatz erreicht und stand vor dem Waschraum.

»Pssst, bist du das, Mattie?«, ertönte eine Stimme aus einer der kleinen Kabinen.
Leonora schaute sich um.
»Mattie?«, meldete sich die Stimme erneut, dieses Mal noch drängender.
»Ich bin's, Leonora. Ich bin neu«, antwortete Leonora und näherte sich der Tür, hinter der die Stimme hervorgekommen war. Ein Mädchen öffnete und lächelte gequält.
»Hallo, ich bin Elizabeth«, sagte sie mit einem Seufzer. Sie war ein bedauernswert dickes Kind mit rundem Gesicht und langem, zu Rattenschwänzchen gebundenem rotem Haar. Sie saß auf dem Toilettensitz, die Ellbogen auf die Knie gestützt, und sah aus, als säße sie schon sehr lange dort.
»Ich bin in Milne«, sagte Leonora.
»Ich in Milton. Ich warte darauf, dass Mattie aufs Klo muss.« Als sie Leonoras bestürztes Gesicht sah, erklärte sie: »Ich muss ihr immer den Sitz anwärmen.«
»Oh.«
»Es ist ja auch ziemlich kalt, findest du nicht?«
»Ja, doch.«
»Woher kommst du?«, wollte Elizabeth wissen. »Du hast einen komischen Akzent.«
»Aus Argentinien.«
»Wo ist das?«
»In Südamerika.«
»Oh. Das ist weit weg, oder?« Dann fügte sie mit der für sie typischen Taktlosigkeit hinzu: »Keine Sorge, in ein paar Wochen sprichst du genauso wie alle anderen hier.«
Leonora wollte so gern gemocht werden, daher antwortete sie: »Hoffentlich.«
»Mummy sagt, man muss sich eine damenhafte Sprache angewöhnen. Eine Dame bist du offenbar schon, jetzt musst du nur noch lernen, wie eine zu reden. Oh, und reiten musst du auch, das vergesse ich immer wieder. Weißt du, ich bin allergisch ge-

gen Pferde. Mir schwellen die Augen zu, und ich muss furchtbar niesen. Aber Mummy will, dass ich reite. Alle Damen von guter Herkunft reiten.«

»Ja«, sagte Leonora bemüht entgegenkommend und fragte sich, was Alicia wohl von diesem Gespräch halten würde.

Elizabeth seufzte und schaute auf ihre Uhr. »Ich sitze bestimmt schon mindestens eine Viertelstunde hier«, beschwerte sie sich. Dann blickte sie zu ihrer neuen Freundin auf. »Hör mal, geh du doch einfach an Matties Stelle aufs Klo. Die Brille ist jetzt schön warm, und Mattie kommt wohl gar nicht. Wahrscheinlich ist sie wieder eingeschlafen. Das passiert manchmal. Ich habe schon stundenlang hier gesessen und auf sie gewartet.« Sie stand auf und machte Platz für Leonora. »Bis morgen«, sagte sie und tappte barfuß davon.

Leonora blickte ihr nach und hätte gern gewusst, wer Mattie war, die ein anderes Mädchen dazu bringen konnte, mitten in der Nacht die Klobrille für sie anzuwärmen. Sie setzte sich. Elizabeth hatte gute Vorarbeit geleistet.

Als um sieben Uhr morgens vom Speisesaal her der Gong ertönte, war Leonora froh, endlich aufstehen zu dürfen. Es schürte ihre Angst, wenn sie still im Bett lag. Sie war mit diesem hohlen Gefühl des Heimwehs aufgewacht und hätte am liebsten gleich wieder geweint. So zog sie sich nun eilig an und folgte den anderen Mädchen hinunter zum Frühstück. Auf jedem Platz lag ein Apfel, und aus der Küche strömte der Duft von Toast und Porridge.

Alicia hatte gut geschlafen und war bebend vor Aufregung angesichts der zu erwartenden Herausforderungen aufgewacht. Als sie ihre Schwester sah, stellte sie erleichtert fest, dass sie zwar blass war, aber sich nicht mehr lächerlich machte, indem sie heulte wie ein Baby. Sie winkte ihr knapp zu, bevor sie an einem anderen Tisch auf einer der langen Bänke Platz nahm.

»Hier kannst du nicht sitzen«, sagte ein großes Mädchen, dessen glänzend schwarzes Haar zu einer Helmfrisur gekämmt war. »Du bist eine Neue. Du musst am Ende des Tisches sitzen. Wir sitzen hier in fester Reihenfolge.«
»Aber ich bin im zweiten Jahr«, wandte Alicia ein und blickte das Mädchen fest an.
Sie runzelte die Stirn. »Sei vorsichtig. Man mag es hier nicht, wenn jemand frech wird«, warnte sie. »Weil du hier neu bist, will ich es dir nicht übel nehmen.« In Wirklichkeit jedoch verzieh sie ihr, weil Alicias Schönheit sie bezauberte und Bewunderung verlangte. Alicia rückte widerwillig zum Ende des Tisches weiter und fand sich neben einer dicken Rothaarigen wieder, gegenüber einer hübschen Blonden mit Stupsnase und dunklen braunen Augen, die sie, ohne zu lächeln, von Kopf bis Fuß musterte.
»Du bist neu«, stellte die Blonde fest.
»Ja«, antwortete Alicia. »Ich heiße Alicia.«
»Ein ungewöhnlicher Name.«
»Es ist spanisch für Alice.«
»Das weiß ich. Dann kommst du wohl aus Argentinien«, bemerkte sie. »Elizabeth hat gestern Nacht auf dem Klo deine Schwester getroffen, stimmt's, Elizabeth? Sie sollte die Brille für mich anwärmen. Kalte Klobrillen kann ich nicht ausstehen. Du etwa?«
»Darüber habe ich noch nie nachgedacht. Aber wahrscheinlich mag ich das auch nicht. Wie heißt du?«
»Sie heißt Mattie, für Mathilda. Sie ist eine Adlige«, erklärte die Rothaarige.
»Was ist eine Adlige?«, wollte Alicia wissen.
Mattie lachte. »Mein Vater ist ein Vicomte«, sagte sie. »Wahrscheinlich weißt du auch nicht, was das ist.« Sie seufzte. »Elizabeth wird dich über unser Klassensystem hier aufklären. Es ist sehr wichtig, dass du es kennst.«
»Ich kenne es längst. Mein Vater ist ein Señor«, gab Alicia zu-

rück, wohl wissend, dass weder Mattie noch Elizabeth ahnten, dass das einfach nur eine Anrede war.

»Gut«, sagte Mattie angemessen beeindruckt. »Ist er ein wichtiger Mann?«

»Sehr. Er kommt gleich nach dem Präsidenten«, schwindelte sie, lachte dann selbstbewusst und fügte hinzu: »Ohne die Zustimmung meines Vaters macht der Präsident keinen Schritt.« Elizabeth kicherte, und Mattie grinste. Alicia war also nicht nur hübsch, sondern auch bedeutend. Mattie war sich des Mangels an Adligen in der Schule sehr bewusst und fand es nett, endlich jemanden kennen zu lernen, der ihr einigermaßen ebenbürtig war.

In diesem Moment trat Miss Reid in den Saal, nahm ihren Platz am Kopf des Tisches ein, und alle rüsteten schweigend zum Gebet. Miss Reid senkte den Kopf und faltete die Hände. Leonora tat es ihr nach und schloss die Augen, während Alicia sich unruhig im Saal umschaute.

»Du tust deine milde Hand auf und erfüllest, was da lebt, mit Segen. Amen.« Alle wiederholten das Amen und setzten sich unter geräuschvollem Stühlescharren und dem Klappern von Geschirr wieder, während die Aufsichtsschüler anfingen, aus großen Kesseln Porridge auszugeben.

»Ich hasse Porridge«, beschwerte sich Mattie.

»Ich nehme dir deinen gern ab«, bot Elizabeth eifrig an.

»Gut. Dafür kriege ich deinen Toast«, sagte sie. Elizabeths Gesicht verfinsterte sich flüchtig vor Reue. Sie mochte Marmeladentoast lieber als alles andere, doch ihre Miene hellte sich wieder auf, bevor Mattie etwas merkte.

»In Argentinien essen wir Croissants und Brioche zum Frühstück«, sagte Alicia und zog eine Grimasse, als man ihr eine Schüssel mit grauem Haferbrei vorsetzte.

»Bei uns zu Hause gibt es Eier mit Speck«, erklärte Mattie. »Mrs. Bruton brät sie uns jeden Morgen. Keiner kann das so gut wie Mrs. Bruton.«

»In Argentinien haben wir ein Hausmädchen namens Mercedes …«

»Wie das Auto?«, fragte Elizabeth, sah Mattie an und kicherte hinter vorgehaltener Hand.

»Ja, denn sie fährt schließlich einen«, behauptete Alicia rasch entschlossen, um nicht dumm dazustehen.

»Dann müssen die Hausmädchen in deiner Heimat ja ziemlich reich sein«, bemerkte Mattie. »Mrs. Bruton fährt einen kleinen Morris.«

»Ja, sie sind wirklich reich. Daddy bezahlt sie sehr gut«, setzte Alicia noch eins drauf und schaufelte Zucker in ihren Porridge.

»Hör mal«, sagte Mattie, beugte sich vor und fixierte ihre neue Freundin aus schmalen Augen. »Ich will dieses Zeug einfach nicht mehr hören.«

»Was meinst du denn?«, erkundigte Alicia sich verblüfft.

»Argentinien«, sagte sie. »Ich weiß jetzt, dass du aus Argentinien kommst, also musst du es nicht alle naselang wiederholen. Das ödet mich an.«

Im ersten Moment verschlug es Alicia die Sprache. Sie öffnete den Mund, um etwas zu sagen, doch ihr fiel nichts ein. Trotzig sah sie Mattie an. Elizabeth kicherte schon wieder. Sie war daran gewöhnt, dass Mattie die anderen Mädchen terrorisierte. Alicia jedoch war einen solchen Ton nicht gewöhnt. Sie lehnte sich vor und heftete den hochmütigen Blick ihrer blauen Augen auf die Gegnerin.

»Und woher kommst du?«, fragte sie ruhig.

»Aus Hertfordshire«, antwortete Mattie.

»Ah, verstehe.« Alicia lächelte wissend und lehnte sich zurück. Mattie ärgerte sich, verzog wütend das Gesicht und schob die Unterlippe vor.

»*Was* verstehst du?«, fragte sie. Elizabeths Lachen erstarb.

»Nein, schon gut. Ich will dich nicht kränken.«

»Du kränkst mich nicht. Sag's einfach«, verlangte Mattie gereizt.

»Nun ja, Hertfordshire, das beeindruckt doch keine Menschen-

seele, oder? Ich war in Hertfordshire, und es war, gelinde gesagt, grau und trostlos.« Alicia war nie auch nur in die Nähe von Hertfordshire gekommen.
»Überhaupt nicht!«, schrie Mattie.
»Merchi sagt immer, Neid ist die höchste Form der Schmeichelei. In Argentinien ist es heiß und sonnig und strahlend schön, und ich fühle mich geschmeichelt«, sagte sie und löffelte ihren Porridge.
Mattie sah Elizabeth an, doch die zuckte nur mit den Schultern.
»Dieser Porridge ist abscheulich. Und außerdem kalt. Elizabeth, möchtest du meinen auch haben?«
Elizabeth schüttelte den Kopf und wusste nicht, was sie sagen sollte.
Alicia war wie berauscht von ihrem Sieg.
»Lass ihn einfach stehen. Hier zwingt dich niemand, deinen Porridge zu essen«, murmelte Mattie.
Alicia schob ihre Schüssel zur Seite und bediente sich aus dem Toastkörbchen.
Mattie bewunderte sie. Sie war nicht nur schön, sondern auch klug und mutig. »Wenn du Lust hast, kannst du am Wochenende mal mit zu mir kommen«, sagte sie und reichte Alicia die Butter. »Hertfordshire ist eigentlich ganz schön.«
»Vielleicht«, antwortete Alicia. »Sag mal, hast du eine Hütte im Kastaniendorf?«

Leonora traf ihre Schwester nach dem Frühstück in Milton, wo sie mit der rundlichen Rothaarigen, die sie mitten in der Nacht auf der Toilette getroffen hatte, und einer hübschen Blonden auf einem Bett saß. »Ah«, sagte Alicia und lächelte strahlend. »Das ist meine Schwester Leo.«
»Tag, Leo«, grüßte Elizabeth. »Wir kennen uns ja schon.«
»Ach ja, euer mitternächtliches Rendezvous«, sagte Alicia widerwillig. Sie konnte es nicht leiden, wenn ihre Schwester in ihr Revier eindrang.

»Ja, es war nett, Gesellschaft zu haben«, ließ sich Elizabeth vernehmen.
»Mattie hier hat eine richtig große Hütte im Kastaniendorf, und ich teile sie mit ihr«, rief Alicia wichtigtuerisch. »Tut mir Leid, Leo, du kannst nur zu uns stoßen, wenn du die Parole kennst.«
»Macht nichts«, antwortete Leonora heiter.
»Wieso seid ihr beide im selben Schuljahr?«, wollte Mattie wissen und blickte von einer Schwester zur anderen.
»Wir sind Zwillinge«, erklärte Leonora.
Matties Augen weiteten sich. »Zwillinge?«, wiederholte sie gedehnt.
Leonora nickte.
»Müsstest du dich nicht auf die Kirche vorbereiten?«, fragte Alicia plötzlich grob. »Alle neuen Mädchen sollen in fünf Minuten im Saal sein.«
»Und du?«
»Ich bin fertig«, erwiderte Alicia und musterte ihre Schwester herausfordernd.
Leonora zögerte noch einen Augenblick, aber die drei Augenpaare starrten sie kalt an. Schließlich schluckte sie ihren Stolz hinunter und verließ den Raum, doch wie unter einem inneren Zwang blieb sie hinter der Tür stehen und lauschte. Mercedes sagte zwar immer, der Lauscher an der Wand höre seine eigene Schand', doch Leonora konnte nicht anders. Alicia hatte sie nicht ohne Grund einfach so weggeschickt. Sie hatte Recht. Kaum war sie fort, platzte es aus Mattie heraus.
»Zwillinge!«, schrie sie fassungslos. »Das glaube ich nicht. Du bist so hübsch, und sie ist so fade. Wie konnte das denn passieren?«
»Nun, offenbar habe ich damals in Mummys Bauch alle guten Eigenschaften an mich gerissen und Leo den Rest überlassen«, sagte sie. »Die arme Leo.« Alle lachten schallend.
Tränenblind lief Leonora ins Bad und schloss die Tür hinter sich. Sie stützte sich mit den Händen auf dem Waschbecken ab

und betrachtete ihr verzerrtes Gesicht im Spiegel. Vor Kummer zitterte sie am ganzen Körper. Ich will zu Mummy, dachte sie unglücklich. Ich will meine Mummy und ich will nach Hause. Wie üblich gab Leonora Alicia keine Schuld. Schuld gab sie dem Mädchen mit dem üblen Mundwerk und den schmalen Lippen, das so etwas Gemeines gesagt hatte. Mit zitternden Fingern wischte sie sich die Augen und musterte angewidert ihr rotfleckiges Gesicht. Sie war wirklich fade. Schrecklich fade. Doch ihre Mutter fand sie schön. »Mein Liebling, du bist ein schönes Geschöpf Gottes«, hatte sie oft gesagt, und Leonora wusste, dass sie es ernst meinte, denn ihre Mutter hatte sie dann immer mit einem Ausdruck tiefster, zärtlichster Liebe angesehen. Sie stellte sich ihr sanftes Gesicht vor und sehnte sich so heftig nach ihr, dass es wehtat.

In diesem Augenblick klopfte es an der Tür. »Wer ist da?« Es war die feste, aber freundliche Stimme Miss Reids.

»Leonora«, antwortete sie brav und schluchzte auf. Miss Reid öffnete die Tür und steckte den Kopf durch den Spalt.

»Genau dich suche ich gerade«, sagte sie, ohne das tränenüberströmte Gesicht des Kindes zu beachten. Sie hatte das Schluchzen gehört. »Ich muss dich um einen Gefallen bitten.«

»Oh«, sagte Leonora, bemüht, sich zu fassen.

»Komm mit.«

Leonora folgte der Rektorin durch die Schlafsäle und den Flur entlang bis zur Eingangstür. Am Kopf der Treppe zauderte Leonora, weil sie noch zu klein war, um den Haupteingang zu benutzen. »Komm, komm, nicht bummeln«, sagte Miss Reid mit ihrer exakten Aussprache, hinter der sich ein Vulkan an Emotionen verbarg. »Ich brauche ein sehr verantwortungsbewusstes, vernünftiges Mädchen, das mir aushilft, wenn ich zur Kirche gehe. Weißt du, Midge fühlt sich nicht gut« Mit ihren langen, faltigen Fingern streichelte sie den Kopf des kleinen Hundes. »Ich kann ihn nicht allein lassen, aber ich kann ihn auch nicht mit in die Kirche nehmen, weil ich den Gottesdienst leite.

Ich weiß, dass er dich mag. Also, wärst du so nett, dich um ihn zu kümmern?« Sie sah Leonora an mit den weisen alten Augen einer Frau, die seit beinahe vierzig Jahren mit Kindern arbeitete und für sie lebte. Unverheiratet und kinderlos, hatte sie ihnen ihr Leben geweiht, und trotz ihrer Bemühungen, Distanz zu halten, war sie auch nur ein Mensch, und manche Kinder erweichten ihr Herz. Leonora war eines von ihnen.

»Sehr gern«, sagte Leonora und nahm ihr den Hund aus den Armen. Sie hielt ihn sich vors Gesicht und küsste ihn auf die Nase. Midge hatte nie gesunder ausgesehen, doch das brauchte Leonora nicht zu wissen. Sie waren am Fuß der Treppe angelangt, wo die anderen neuen Mädchen warteten.

»Geh jetzt zu ihnen. Ich hole Midge nach dem Gottesdienst wieder ab«, sagte Miss Reid und schob das Kind sanft zu den anderen hinüber.

Leonora fühlte sich schon viel besser. Der Hund war eine Quelle des Trostes, und Miss Reid machte sie stolz. Sie beschloss, so bald wie möglich an ihre Mutter zu schreiben, auf dem Briefpapier, das Tante Cicely ihr geschenkt hatte, um ihr alles über Midge und Miss Reid zu berichten. Die Sache mit Mattie würde sie nicht erwähnen, denn das würde sie nur traurig machen, und Leonora war zu empfindsam, um ihrer Mutter Kummer zu bereiten. Sie küsste Midge noch einmal und gesellte sich zu Cazzie, die ihr glücklich zulächelte.

»Wo warst du?«, wollte sie wissen. »Ich habe dich überall gesucht.«

»Jetzt bin ich ja hier«, antwortete sie energisch. »Und mir geht's gut.« Dankbar für Cazzies Freundschaft erwiderte sie ihr Lächeln. Wenn sie auch fade war, war sie doch innerlich schön, und nur das zählte, tröstete sie sich. Wie Mercedes immer sagte: Man kann einen schlechten Charakter nicht hinter einem schönen Gesicht verstecken.

Im Verlauf der nächsten paar Wochen lebten sich Leonora und Alicia in ihrer neuen Schule ein. Während Leonora auf Anhieb die Herzen aller Mädchen in ihrer Klasse wie auch in den höheren und niedrigeren gewann, wurde Alicia bewundert und gefürchtet wie ein schöner Dämon, der jeden, der ihm nahe kam, mit seinem Charme und seiner Ausstrahlung verzauberte. Doch niemand geriet so sehr in ihren Bann wie Mattie.

Diana Reid behielt Alicia scharf im Auge. Sie besaß die typische Arroganz von Kindern, die häufig hörten, dass sie schön seien, und hatte eine Ausstrahlung, die sie nicht verdiente. Sie suchte nach den Schwachstellen der Menschen, und mit der Tücke eines eigentlich viel älteren Kindes, grausam wie jemand, der gern andere leiden sieht, ritt sie auf diesen herum. Andere Kinder zu demütigen erhöhte ihren Stellenwert. Für Alicia zählte niemand außer ihr selbst. Sie fand viele Freundinnen, aber echte Freundinnen waren es nicht, denn echte Freundschaft baut nicht auf Angst, sondern auf Zuneigung und Selbstlosigkeit auf. Alicia musste Selbstlosigkeit erst noch erlernen – keine leichte Aufgabe für einen Menschen ihrer Wesensart.

Und dann bot Alicia eines Abends Miss Reid selbst eine gute Gelegenheit.

»Komm, Mattie, wir reiten ohne Sattel über die Wiesen«, schlug sie ihrer Freundin vor. Mattie saß in der Ecke ihrer Holzhütte im Kastaniendorf. Es war eine große Hütte, erbaut aus den Resten alter Bäume, die der Sturm im Vorjahr gefällt hatte. Mattie und Elizabeth hatten die Hütte in zwei Räume unterteilt. Die Ritzen zwischen den Zweigen und Ästen hatten sie mit Heu ausgestopft. Das Dach bestand aus Stöcken und belaubten Zweigen von Büschen und Bäumen. Es war die gemütlichste Hütte im ganzen Dorf, und sie weckte den Neid aller anderen Mädchen. Daher fand Alicia es nur gerecht, dass sie nun auch ihr gehörte.

Mattie war Alicias Vorschlag nicht geheuer. Hatten sie nicht schon genug angestellt? Sie waren kaum zwei Wochen in der

Schule und waren schon mitten in der Nacht über die Feuerleiter aus dem Haus geschlichen, hatten Kekse aus der Speisekammer gestohlen und auf dem Bibliotheksklo verzehrt, und sie waren am Nachmittag nach dem Tennis nackt durch den Buchsbaumgarten gelaufen. Sie hatten Elizabeth gequält, indem sie ihr befahlen, bis in die frühen Morgenstunden statt eines Toilettensitzes jetzt zwei anzuwärmen. Ohne Aufsicht auf den Ponys zu reiten war jedoch ein wirklich ernstes Vergehen.

»Das ist keine gute Idee, Alicia«, sagte sie kopfschüttelnd. »Lass uns irgendetwas anderes tun.«

»Ich will nichts anderes tun.«

»Dafür können wir aus der Schule fliegen«, wandte sie ein, stellte sich den Zorn ihres Vaters vor und schauderte. Sie war zu ziemlich allen Schandtaten bereit, Strafen machten ihr nichts aus, aber vor dem Schulverweis hatte sie Angst.

»Ist mir egal. Ich bin schon einmal aus einer Schule rausgeflogen.« Alicia lachte, warf den Kopf in den Nacken und zeigte die anmutige Biegung ihres langen weißen Halses. »Was ist das Schlimmste, was sie uns antun könnten?«

»Mein Vater würde mich umbringen.«

»Nie im Leben«, sagte Alicia und forderte ihre Freundin mit einem eisigen Blick heraus.

»Na ja, aber er wäre wütend und würde mich anschreien.«

»Aber er bringt dich nicht um.«

Mattie dachte eine Weile darüber nach.

»Worte bringen einen nicht um, Mattie. Es bringt einen auch nicht um, wenn man aus der Schule fliegt. Im Grunde können sie uns gar nichts tun. Ich schreibe gern hundert Zeilen oder stehe in der Ecke. Solche Strafen machen mir überhaupt nichts aus.«

»Gut, tun wir's«, sagte Mattie, plötzlich angesteckt von Alicias Tollkühnheit. »Aber wir sollten bis nach dem Abendessen warten, wenn es fast dunkel ist. Dann stehen die Chancen besser, dass sie uns nicht erwischen.«

»Gut. Wusste ich's doch, dass du dich mit dem Gedanken anfreunden würdest.«
»Elizabeth sollten wir lieber nichts davon sagen, sonst will sie mitkommen und stürzt oder verletzt sich.«
»Ja, sie ist hoffnungslos blöde.«
»Aber gehorsam.«
»Ja, wir alle brauchen unsere Elizabeths. Wie Merchi sagt: Wenn alle so klug wären wie ich, gäbe es keine Dienstboten, die sich um mich kümmern. Wir sollten Gott danken, dass es Menschen wie Elizabeth gibt.« Sie lachten herzlich.
»Komm, wir schauen uns die Ponys an und überlegen schon mal, welche wir reiten wollen«, schlug Mattie vor und ging voran, aus dem Kastaniendorf hinaus. Sie wanderten zur Koppel und lehnten sich auf den Zaun. In dem langen, saftigen Gras weideten fünf dicke Ponys, sanftmütig wie Kühe.
»Ich nehme das weiße da drüben«, verkündete Alicia und wies mit dem Finger auf das betreffende Tier.
»Es ist grau«, berichtigte Mattie.
»Dann eben grau. Wie heißt es?«
»Mr. Snow.«
»Gut, ich reite Mr. Snow. Und du?«
Mattie überlegte einen Augenblick und zeigte dann auf einen Apfelschimmel, so klein und rund, dass sein Bauch fast über den Boden schleifte.
»Lucky.«
»Wie passend. Hoffen wir, dass er uns Glück bringt.«
»Er ist so klein, dass ich ohne Schwierigkeiten auf seinen Rücken springen kann.«
»Gut. Ah, es läutet zum Abendessen. Kein Wort zu irgendwem«, mahnte Alicia, und sie gingen die Zufahrt entlang zum Haus.
Nach dem Abendessen schlichen sie hinaus in die Dämmerung. Es hatte einiger Finten bedurft, um Elizabeth loszuwerden, die gern mitgegangen wäre. Sie sahen sich gezwungen, einen

falschen Treffpunkt anzugeben, wo Elizabeth jetzt auf sie wartete, auf die Uhr schaute und sich fragte, wo sie nur blieben. Alicia und Mattie jedoch stiegen indessen über den Zaun, blickten verstohlen wie Diebe um sich, drangen ins Verbotene ein und riskierten alles. Die Spannung, die eine solche Ungezogenheit mit sich brachte, war berauschend, und ihre Augen blitzten im Zwielicht.

»Du musst dich drei Minuten lang auf dem Pony halten, sonst zählt es nicht«, flüsterte Alicia, als sie geduckt über die Koppel liefen.

Kichernd näherte Mattie sich Lucky, der aufhörte zu grasen und den Kopf aufwarf. Mr. Snow glaubte wohl, er bekäme Nüsse, und wieherte leise, als Alicia auf ihn zulief. »Psst, du verrätst uns noch«, zischte sie ärgerlich. Sie sah sich nach Mattie um, die bereits Luckys Kopf streichelte und im Begriff war aufzusitzen. Getrieben von ihrem Ehrgeiz nahm Alicia sich nicht die Zeit, das Tier zu tätscheln, sondern nahm Anlauf und sprang auf seinen Rücken. Erleichtert seufzte sie auf, sie war die Erste. Mattie verzog finster das Gesicht, schwang ein Bein über Luckys Rücken, beugte sich dann über seinen Hals und vergrub das Gesicht in seiner Mähne. Doch Alicia triumphierte, und wie es ihre Art war, musste sie einfach noch ein bisschen weiter gehen. Nicht zufrieden damit, auf dem Pony zu sitzen und sich zu ducken, trat sie Mr. Snow seitlich in den Kugelbauch und trieb ihn zum Trab an. »Mach schon, du blöde Mähre, beweg dich!« Doch Mr. Snow senkte den Kopf und fing wieder an zu grasen, als wäre Alicia gar nicht da. Mattie warf ihr einen Blick zu und wedelte mit dem Handgelenk, zum Zeichen, dass die drei Minuten vorüber waren. Alicia jedoch schüttelte nur grinsend den Kopf und trat das Pony noch heftiger. Mr. Snow schnaubte ärgerlich, als wäre sie eine lästige Fliege, die ihm um den Kopf summte. »Verflixt noch mal, du lahme Ente, beweg dich!« Und sie trat ihn erneut, dieses Mal mit aller Macht.

Plötzlich hob das Pony ruckartig den Kopf und wieherte zornig, bevor es davongaloppierte, so schnell seine kurzen Beine es trugen. Alicia war begeistert, wenn auch ein bisschen erschrocken. Sie sah den schokoladenbraunen Jagdhund nicht, der zwischen seinen Hufen hervorschoss, und Mr. Snow sah ihn auch nicht. Bevor Alicia Zeit fand, den Ritt zu genießen, rutschte sie von seinem Rücken. Sie versuchte, sich festzuhalten, doch sein Fell war so weich und schlüpfrig, dass sie keinen Halt fand außer seiner Mähne, die sich in ihren Händen aufzulösen schien.

Mr. Snow trabte wütend weiter, als wüsste er, dass ein schneller Trab reichte, um sie abzuschütteln, und sie rutschte weiter ab, bis sie nicht mehr zu retten war und mit einem dumpfen Schlag im Gras landete. Lediglich in ihrem Stolz verletzt und mit zornesrotem Gesicht rappelte sie sich hoch und wischte sich die schlammigen Hände an ihrem Rock ab. Sie drehte sich um und sah den Jagdhund triumphierend zum Tor laufen, wo Mattie mit gekreuzten Armen stand und Alicia angstvoll entgegenblickte. Neben ihr wartete Miss Reid, ihr Gesicht zu einer Maske kalter Entschlossenheit erstarrt, und streichelte unentwegt Midges Rücken.

Als Alicia mit hängenden Schultern, in Erwartung des Zorns der Rektorin, am Tor anlangte, war sie erstaunt, ja, sogar ein wenig erleichtert, weil Miss Reid verhältnismäßig wenig sagte. »In meinem Büro, morgen früh um halb acht.« Dann stapfte sie die Zufahrt entlang zum Haus, umsprungen von ihrem Gefolge vierbeiniger Spione.

»Keine Panik, Mattie«, sagte Alicia bemüht zuversichtlich und hob das Kinn. »Die Strafarbeit zu schreiben hat noch niemanden umgebracht, und sie würde es nicht wagen, uns von der Schule zu weisen.« Schweigend gingen sie zurück zum Haus, beide allein mit ihrer Angst.

Am nächsten Morgen erschienen sie pünktlich vor Miss Reids Büro. Beide hofften, dass sie ihre Strafe, wie auch immer sie ausfallen mochte, im Verborgenen würden ableisten können.

Niemand wusste von ihrem nächtlichen Abenteuer, sie hatten nicht einmal Elizabeth oder Leonora eingeweiht.
Miss Reid ließ sie warten, um die Zeit ihrer Angst zu verlängern. Ein paar Minuten vor dem Gottesdienst erschien sie dann in einem Tweedrock und mit einer alten Perlenkette um den Hals. »Kommt mit«, befahl sie und ging an ihnen vorbei zum Speisesaal und dann zur Eingangstür. Bestürzt folgten die beiden Mädchen ihr über den Kiesplatz zur Kirche. Miss Reid hielt vor den Eingangsstufen an und wandte sich zu ihnen um. »Ihr beide seid jetzt Fußabtreter«, erklärte sie. »Ihr legt euch auf den Boden, und alle Mädchen steigen über euch hinweg, um in die Kirche zu gelangen. Sie wissen, was ihr zwei angestellt habt, und dass du, Alicia, nicht einmal eine gewisse Fähigkeit unter Beweis gestellt hast, sondern auch noch vom Pferd gefallen bist. Den ganzen Tag lang wird niemand mit euch reden. Außerdem steht ihr beide jeden Morgen um fünf Uhr auf und helft beim Ausmisten des Stalls. Nicht nur einmal, sondern während des gesamten Halbjahrs. Bis ihr gelernt habt, dass Regeln nicht ohne Grund aufgestellt werden. Mein oberstes Anliegen ist die Sicherheit meiner Schülerinnen und meiner Tiere. Ihr hättet euch gestern Abend ernsthaft verletzen und diesen armen Ponys Schaden zufügen können. Was ihr getan habt, geht über jedes Maß hinaus. So etwas wird nicht noch einmal vorkommen. Falls doch, werde ich mich nicht so großmütig zeigen. Alicia, du bist erst seit zehn Tagen hier und hast uns bisher einen sehr hässlichen Charakter gezeigt. Vielleicht könntest du im morgendlichen Gottesdienst die Gelegenheit nutzen, Gott um Verzeihung zu bitten. Jesus hat gesagt: *Liebe deinen Nächsten wie dich selbst.* Du musst noch viel lernen.
Alicia schluckte schwer. Sie fand es abscheulich, den Fußabtreter spielen zu müssen, über den alle Mädchen hinwegstiegen, und sie fand es genauso abscheulich, jeden Morgen um fünf Uhr aufstehen und die Ställe ausmisten zu müssen. Es war die denkbar schlimmste Strafe.

Miss Reid wusste es und war zufrieden. Alicia war ein Sonderfall und bedurfte besonderer Bestrafung. Sie stieg die Stufen hinauf und betrat die Kirche zum Gottesdienst, während die Mädchen aus ihren Klassenzimmern herbeiströmten. Sie hatte das Gefühl, den Fall gut gelöst zu haben, und dankte Gott für Seine Eingebung.

Neunzehn

Audrey hatte vierzehn Tage lang nur für das Wochenende gelebt, an dem sie ihre Töchter wiedersehen sollte. Jeden Morgen hatte sie ihnen am Kamin in Cicelys kleinem Wohnzimmer einen Brief geschrieben, denn es regnete unablässig, und draußen war es feucht und kalt. Sie stand unter dem Zwang zu schreiben, um eine gewisse Verbindung zu den Zwillingen aufrechtzuerhalten, wenngleich sie wenig Neues mitzuteilen hatte.

Alicia hatte nur zwei Mal geschrieben, den obligatorischen Sonnabend-Brief, den alle Schülerinnen an ihre Eltern schreiben mussten, und einen an Mercedes. Leonora dagegen hatte täglich geschrieben.

Leonoras Briefe waren ausführlich und poetisch. Sie berichtete von ihren neuen Freundinnen und von Miss Reid, die sie liebte und verehrte, und von den Ausritten auf diesen zotteligen rundlichen Ponys in der Reitschule, wo sie im Schritt und im Trab hintereinander herzockelten und über rotweiße Stangen sprangen. Sie verglich diese Ausritte mit der lässigen Art zu reiten in Argentinien und kam zu dem Schluss, dass die englische Art ihr besser gefiel, weil Frankie, der Reitlehrer, nett zu ihr war und sie vor den anderen Mädchen lobte. Sie lernte Klavier spielen und hatte sich entschieden, im Unterstufenchor zu singen. Am liebsten aber war ihr der Kunstunterricht, und sie war zusammen mit drei weiteren Mädchen in den Kunstausschuss gewählt worden. Dazu musste sie sonnabends zum Kunstclub erscheinen und dafür sorgen, dass der Kunstraum gut gepflegt und aufgeräumt war.

Als Gegenleistung hatten sie einmal wöchentlich einen Kurs bei Mrs. Augusta Grimsdale, die Tee und Kuchen mitbrachte und sich von ihnen Gussie nennen ließ. Sie trug lange geblümte Kleider und Ethnoschmuck, lange, mehrfach um den Hals gewundene Ketten, die ihr bis zur Taille reichten wie Großtante Ednas Ketten.

Leonora verschwieg rücksichtsvoll, wie sehr sie ihre Mutter vermisste, und sie verriet nicht, dass Alicia den Fußabtreter spielen musste, weil sie wusste, wie sehr ihre Mutter sich darüber aufregen würde. Stattdessen schmückte sie das Briefpapier mit Zeichnungen von Blumen und Herzen, die sie während der Vorbereitungsstunden mit rotem Filzstift gewissenhaft ausmalte. Einzige Hinweise auf ihr Heimweh waren gelegentliche Verwischungen der Tinte und Wasserflecken auf dem Papier. Audrey redete sich ein, es wären keine Tränen. Sie musste es tun, um durchhalten zu können.

Cicely schwebte in ihren schlabberigen Gummizughosen und Marcels himmelblauen Hemden im Haus umher, die sie jedes Mal, wenn sie an einem Spiegel vorbeikam, an ihn erinnerten. Sie half Panazel und Florien im Garten, schnitt die Hecken und pflückte Äpfel, Pflaumen und Brombeeren, bis die Speisekammer überquoll von den Gaben des Herbstes. Sie fuhr Audrey über das Farmgelände, wo ein Nachbar mit einem großen grünen Mähdrescher, der aussah wie ein gefährliches Untier, die Bestände an Leinsamen und Raps erntete. Sie erklärte Audrey, dass das Land ihr gehörte, aber seit dem Tod ihres Mannes vor acht Jahren von Anthony Fitzherbert, dem Besitzer des großen Nachbarguts, bewirtschaftet wurde. »Die Landwirtschaft bringt heutzutage wenig ein, es reicht aber aus, um mich zu kleiden und hier bleiben zu können. Für nichts auf der Welt würde ich Holholly Grange jemals verlassen«, sagte sie. »Außerdem ist es alles, was mir von Hugh geblieben ist.«

Cicely sprach nicht oft über ihren verstorbenen Mann. Vielleicht erschien es ihr nicht statthaft, während Marcel oben auf dem Dachboden herumlungerte. Doch jeder Mensch braucht jemanden, und Audrey war der Meinung, Marcel täte Cicely gut, wenngleich die Beziehung ganz augenscheinlich eher auf körperlicher Anziehung als auf Seelenverwandtschaft beruhte.

Marcel trat nur zu den Mahlzeiten in Erscheinung, die er oft genug mit nach oben in sein Atelier nahm. Schweigend stellte er seinen Teller dann auf ein Tablett und zog sich ebenso schweigend wieder zurück. Es schien Cicely nicht zu stören. Ihre Beziehung beschränkte sich auf die Dämmerstunden, denn zum Frühstück erschien sie stets verjüngt und strahlend, wie ihr Hund Barley nach einem langen Waldspaziergang. Ihre Augen glänzten, ihre Wangen glühten rosig, und ihr Lächeln wirkte frivol wie der Duft der Liebe, der ihr durchs Haus folgte, um Audrey an das zu erinnern, was sie verloren hatte.

Es gab anscheinend nur ein Foto von Louis, das auf dem Klavier, und es rührte an Audreys Herz, wann immer sie Gelegenheit hatte, es anzusehen. Doch eines Tages entdeckte sie auf der Suche nach Lesestoff ein paar abgenutzte Fotoalben auf einem alten Ahorntisch in der Bibliothek. Im Bewusstsein, dass ihre Neugier aufdringlich erscheinen könnte, ging sie das Risiko ein, Cicelys Erlaubnis einzuholen. Zu ihrer Erleichterung war Cicely nur zu gern bereit, sich mit ihr an den Kamin zu setzen und ihr die Fotos persönlich zu erläutern. »Du willst wohl Cecil als kleinen Jungen sehen?«, fragte sie und machte es sich auf dem Sofa gemütlich.

»Ja«, schwindelte Audrey, kaum fähig, ihre Begeisterung zu beherrschen.

Cicely schlug ein Album auf und blätterte langsam weiter. Es gab Fotos von ihren Eltern, von Cecil als Kind, Cicely als kleinem Mädchen und von ihrem Elternhaus, groß und bedrohlich wie Colehurst House. Audrey kaute vor Ungeduld an ihren Nägeln und wünschte sich, Cicely würde etwas schneller umblättern. Sie ließ die passenden Bemerkungen fallen, seufzte angesichts von Cecil im Taufkleidchen, bewunderte Cicelys lebhaftes Gesicht, das aus einem großen schwarzen Kinderwagen herauslächelte, und staunte über die kühle Eleganz ihrer Mutter. Und dann stießen sie auf ein Schwarzweißfoto von Louis. Auf dem Bildchen war er etwa sechs Monate alt. Wie wenig er sich verändert hatte!

Er hatte das weißblonde Haar und den weichen rundlichen Körper eines Säuglings, doch der Ausdruck von Staunen und Unschuld in seinen großen fragenden Augen mischte sich mit jenem verträumten, abwesenden Blick, der ihn so sehr von anderen Menschen unterschied. Schon damals lebte er in seiner eigenen Welt. So verletzlich, so neu, so zerbrechlich und leicht zu kränken. In ihrem Herzen dachte Audrey an den Erwachsenen, den sie liebte, und sah in ihm auch das Kind, das er geblieben war und das sie brauchte. »Wie war Louis als kleiner Junge?«, fragte sie leise.

Cicely wunderte sich nicht über ihre Frage, da sie sich schließlich auch alle anderen Fotos erläutern ließ. Doch sie zögerte, weil sie ein schlechtes Gewissen hatte.

»Er war lieb«, sagte sie nachdenklich. »Richtig süß. Als Baby war er hinreißend.«

»So sieht er auch aus«, bekräftigte Audrey mit einem zärtlichen Lächeln. »Er hat sich nicht sehr verändert, wie?«

»Nein, das war ja das Problem.«

»Problem?«

»Er lernte nur schwer. Er fing mit Verspätung an zu krabbeln, zu laufen, zu sprechen. Er ist nie richtig erwachsen geworden.«

»Ich verstehe.« Audreys Hände wurden feucht vor Nervosität. Sie spürte, dass Cicely im Begriff war, ihr den wahren Grund für Louis' Andersartigkeit anzuvertrauen.

»Aber als Baby war er wirklich ausgesprochen süß. Ich weiß es, weil ich so viel älter bin als er. Er war wie eine Puppe, und ich habe mit ihm gespielt, bis es mir keinen Spaß mehr machte. Er war sehr aufbrausend.« Sie lachte leise unter der Erinnerung und schob sich eine Haarsträhne hinters Ohr. »Ich glaube, er war mit sich selbst nicht zufrieden. Er wollte sich schneller entwickeln, als wüsste er im Herzen, dass er besser sein könnte, doch seine Gliedmaßen taten nicht, was sein Kopf ihnen befahl. Das machte ihn wütend.«

»Warum war er so, während Cecil und du doch ganz ... ganz ...«

»Während wir ganz *normal* waren?«

Audrey reagierte auf den implizierten Vorwurf wie eine gluckenhafte Mutter. »Oh, ich habe nie gesagt, Louis wäre nicht normal«, verwehrte sie sich heftig. »Er ist mehr als normal. Außergewöhnlich. Talentiert.«

»Ach, Audrey. Du weißt so wenig über ihn«, sagte Cicely plötzlich und seufzte schwer. »Wenn Isla ihn nicht so geliebt hätte, würde ich dir nichts über ihn erzählen. Aber du gehörst zur Familie, und ich verrate ihn nicht, wenn ich dich ins Vertrauen ziehe.«

»Sag schon.« Audrey wagte kaum zu atmen.

»Weil Louis viel zu früh geboren wurde, liebe Audrey. Gefährlich früh. Mama hätte ihn fast verloren und litt unter schrecklichen Depressionen, als er im Krankenhaus lag und die Ärzte um sein Leben kämpften. Es war entsetzlich. Das Aufatmen in unserem Haus, als er endlich zu uns kam, war grenzenlos. Es war, als wäre eine schwarze Wolke weitergezogen und hätte nichts als klaren blauen Himmel zurückgelassen. Bis festgestellt wurde, dass er doch leichten Schaden genommen hatte. Aber dieser trat kaum in Erscheinung. Louis hatte keine für alle sichtbaren Narben, sondern eher mentale Schwächen, die schwerer zu akzeptieren und noch schwerer zu behandeln sind.«

»Wie meinst du das?«, fragte Audrey angstvoll.

Cicely fuhr fort, als müsse sie das Verhalten ihrer Familie rechtfertigen, und während sie sprach, wurde ihre Stimme immer spitzer und dünner, als müsste sie an ihrer Schuld ersticken.

»Er hatte es schwer als kleiner Junge. Er hatte diese schrecklichen Schreikrämpfe, und niemand konnte ihn beruhigen. Er schrie und schrie und fuchtelte mit den Armen. Es sah aus, als hätte er schlimme Schmerzen. Grauenhaft. Papa, der gewöhnlich immer alles unter Kontrolle hatte, war bestürzt. Er wurde einfach nicht fertig damit. Als Louis größer wurde, zeigte er kein Interesse mehr an ihm. Tat, als wäre er gar nicht da. Mama hing zu Anfang sehr an Louis. Sie fühlte sich schuldig, weil sie ihn zu früh zur Welt gebracht hatte. Sie hatte das Gefühl, versagt zu haben. Doch er war einfach zu schwierig; niemand konnte mit ihm umgehen. Er wies sie zurück. Ich selbst habe auch Schuld«, sagte sie, und ihre Stimme brach. »Ich habe immer vorgegeben, er wäre adoptiert. Ich habe allen erzählt, er wäre nicht mit uns verwandt, Mama und Papa hätten ihn adoptiert. Es war schrecklich. Ich verstehe nicht, wie ich so grausam sein konnte. Es schien ihm nichts auszumachen. Er lachte darüber. Aber wahrscheinlich hat er mich dafür gehasst. Ich war so gemein zu ihm. Cecil dagegen war immer gut zu ihm. Cecil ist allerdings auch ein Heiliger. Ich bin viel egoistischer, das gebe ich zu. Es gibt vieles, was ich bereue, aber ich bin viel zu schwach, um etwas wieder gutzumachen. Cecil, der heilige Cecil, hat sich um Louis gekümmert, als wir ihn schon lange aufgegeben hatten. Erst als er anfing, auf Mamas Klavier zu spielen, als hätte er jahrelang nichts anderes getan, als hätte er professionellen Unterricht gehabt, wurde er etwas ruhiger. Ich glaube, die plötzliche Entdeckung, dass er sich mitteilen konnte, dass er schließlich doch eine Begabung hatte, milderte seinen Selbsthass, und die Anfälle hörten auf. Aber nun war er für uns alle verloren, denn er saß nur noch am Klavier und spielte Stunde um Stunde, schloss uns aus, war allein mit seiner Musik. Musik ist seine einzige große Liebe. Isla hatte keine Chance, Audrey. Der liebe Louis, er ist eine arg gequälte Seele.«

»Aber jetzt ist alles in Ordnung mit ihm?«, fragte Audrey. Sie war sicher, dass Cicely sich täuschte. Louis war durchaus fähig, einen anderen Menschen zu lieben. Er liebte sie, und die Musik

war das Rückgrat dieser Liebe. Die Musik schmiedete sie zusammen. Sie war ihr Verständigungsmittel, wenn Worte nicht reichten, um auszudrücken, was sie im Herzen empfanden.
»Er hat gelernt, mit seinem Handicap zu leben, und ich schätze, er kennt seine Grenzen. Aber er ist noch immer handlungsunfähig, wenn etwas nicht nach seinem Plan läuft. Dann bricht er zusammen.«
»Alles, was er braucht, ist Liebe«, sagte Audrey leise.
»Aber wer könnte ihn lieben, Audrey? Wer würde so viel Zeit und Kraft aufwenden, um ihn zu verstehen? Er lässt niemanden an sich heran. Niemand dringt zu ihm vor. Er lebt unerreichbar fern in seiner Traumwelt, und je älter er wird, desto weiter entfernt er sich. Eines Tages wird er endgültig verschwunden sein.«
In dieser Nacht lag Audrey wach in der Dunkelheit und weinte. Sie weinte um ihre Töchter, sie weinte um Isla und sie weinte um Louis. Sie hätte nicht sagen können, um wen sie am bitterlichsten weinte.

Endlich kamen Leonora und Alicia übers Wochenende zurück nach Holholly Grange. Audrey schloss sie beide stürmisch in die Arme, wenngleich ihre Freude gedämpft wurde durch das Wissen, dass sie, sobald die Mädchen zurück zur Schule mussten, in ein Flugzeug steigen und heim nach Buenos Aires fliegen würde. Sie wusste nicht, wie sie das bewerkstelligen sollte. Doch sie war entschlossen, sich die Zeit mit ihren Kindern nicht durch den bevorstehenden Abschied verderben zu lassen, sondern jeden Augenblick zu genießen.
Die Strafe für den sattellosen Ritt auf Mr. Snow hatte Alicia so beschämt, dass sie nicht darüber sprach, und auch Leonora schwieg. Es war eine ungeheuerliche Demütigung gewesen. Nicht einmal Mercedes würde sie davon erzählen, der sie gewöhnlich alles anvertraute. Stattdessen schilderte sie sämtliche Lehrer und imitierte sie wie eine professionelle Schauspielerin.

Sie saßen in der Küche am Herd und lachten, während Alicia wie auf der Bühne umherstolzierte, umgeben von den Hunden, die auf am Boden auf ihren Bohnensäcken lagen.
Zu Audreys Überraschung tauchte Marcel zum Mittagessen auf, und statt seine Mahlzeit auf einem Tablett in sein Atelier zu tragen, setzte er sich an den Tisch und musterte die kleine Runde, als warte er auf eine Inspiration. Er hockte grüblerisch in seiner Ecke wie der Held in einem Schmachtfetzen, auf Wirkung bedacht, und rauchte eine selbst gedrehte Zigarette.
Cicely verwandelte sich wieder einmal in ein kokettes Mädchen, schwirrte im Zimmer umher und gab sich mehr Mühe denn je mit der Lammkeule, während die Zwillinge seine Anwesenheit kaum zur Kenntnis nahmen und sie ganz bestimmt nicht wichtig nahmen. Marcel war still und aufmerksam, und Audrey konnte nicht übersehen, dass er sie beobachtete. Nicht mit den Augen eines Liebhabers, nicht so, wie er Cicely beobachtete, sondern wissend. Als wüsste er um ihr Geheimnis. Als wüsste sie, dass er es kannte, und als wäre es dadurch jetzt ihr gemeinsames Geheimnis. Sie fühlte sich unbehaglich. Marcel verkroch sich auf seinem Dachboden, und doch schien ihm nichts zu entgehen. Er hatte ihr Klavierspiel vernommen, als sie glaubte, allein zu sein, er hatte mitten in der Nacht, als sie nicht schlafen konnte, absichtsvoll ihre Gesellschaft gesucht. Wer wusste, ob er nicht bereits im Dunkeln gelauert hatte, als sie diese kostbaren Augenblicke mit Louis' Foto erlebte? Sie fing seinen Blick auf und sah ihn finster an, doch er hörte nicht auf, Rauchkringel in die Luft zu blasen und Audrey mit den Augen des Künstlers zu betrachten, der sie zum Objekt seiner Kreativität machen wollte.
Am Nachmittag unternahmen sie, ausgerüstet mit Eimern zum Brombeerenpflücken, einen langen Spaziergang mit den Hunden. Die Hecken quollen über von Beeren, und die Bäume im Obstgarten neigten sich unter der Last von Äpfeln und Pflaumen. Die Luft war mild, und die Sonne badete die Hügel in gol-

denem Herbstlicht, das an den Sommer erinnerte und daran, wie schön England bei gutem Wetter war.

Audrey dachte an Colonel Blythe, der offenbar doch nicht Recht hatte. Es regnete keineswegs immer in England.

Alicia lief mit den Hunden, während Leonora ihre Mutter untergehakt hatte, als wollte sie sie so lange wie möglich festhalten, bevor sie sich wieder trennen mussten.

Der Rückweg führte sie über die Wiese, auf der das Zigeunerlager stand. Panazel und Masha lagen mit ihren beiden Kindern im Gras. Alicia stürzte zu Leonora und zupfte sie am Ärmel. »Kein Wort über das Huhn, ganz egal, was passiert«, zischelte sie.

»Ist doch klar«, erwiderte Leonora. »Aber sei freundlich«, fügte sie hinzu.

Alicia rümpfte die Nase. Freundlich war so ein Wort wie nett, ihrer Meinung nach so langweilig, dass es aus der englischen Sprache gestrichen werden sollte. Audrey fiel auf, dass die Hunde, die sonst voller Begeisterung die Pferde anbellten, heute Abstand hielten und voller Unbehagen in ein paar Meter Entfernung sitzen blieben.

»Tag, Florien«, rief Alicia dem mürrischen Jungen zu, der sich mit dem Rest der Familie erhob.

»Ach, um Himmels willen, steht doch wegen uns nicht auf«, sagte Cicely und wedelte mit den Armen, als befehle sie der Hundemeute zu sitzen. »Im Wald gibt es so viele Brombeeren, Panazel. Ich hoffe, du hältst reiche Ernte.«

»Wir haben uns mit allem bedient, was das Land zu bieten hat. Danke, Mrs. Weatherby«, antwortete er und setzte seine Mütze wieder auf.

»Ah, Ravena, du hast Alicia und Leonora, meine Nichten, noch nicht kennen gelernt. Sie wohnen jetzt bei mir und können Panazel und Florien in den Ferien im Garten helfen. Dort gibt es ja immer genug zu tun.«

»Ich werde ihnen gern die Zukunft deuten«, erwiderte Ravena und zeigte beim Lächeln ihre schiefen Zähne.

»Ja, bitte«, rief Alicia begeistert. »Werde ich einen furchtbar reichen Mann heiraten?«
»Alicia!«, mahnte Audrey, beschämt über das schlechte Benehmen ihrer Tochter.
»Ach, warum nicht«, sagte Cicely und lachte. »Sie hat mir auch schon aus der Hand gelesen. Es ist ein Heidenspaß. Komm, ich gebe dir das Geld dafür.« Sie schob die Hand in ihre Hosentasche und zog zwei größere Münzen heraus.
»Prima!«, kreischte Alicia aufgeregt. »Mach doch auch mit, Leonora!«
Doch Leonora schüttelte den Kopf und sah ihre Mutter an.
»Leonora ist wie ich. Uns gruselt ein bisschen vor Weissagungen«, erklärte Audrey und drückte ihrer Tochter die Hand.
Alicia folgte Ravena die Stufen zum Wohnwagen hinauf. Ravena war groß und schlank, und das mit einem Kopftuch bedeckte Haar reichte ihr bis zur Taille. Wären ihre unregelmäßigen Zähne und der fahle Teint nicht gewesen, hätte man sie als Schönheit bezeichnen können. Sie wies auf einen kleinen runden Tisch mit zwei Stühlen, und Alicia vergeudete keine Zeit, sondern setzte sich sogleich und blickte die Zigeunerin erwartungsvoll an. »Hast du auch eine Kristallkugel?«
Ravena schüttelte den Kopf. »Nein, das kann ich mir nicht leisten«, bemerkte sie. »Ich lese aus der Hand. Das hat meine Großmutter mir beigebracht, und die brauchte keine Kristallkugel.«
»Gut, dann los«, sagte Alicia und streckte ihr über den Tisch hinweg die offene Hand entgegen. »Was siehst du? Werde ich reich und glücklich?«
Ravena ergriff die Hand des Kindes und studierte sie gründlich. Alicia beobachtete ihre Mimik, während ihr Blick über jede Linie und jede Falte glitt. Sie atmete schwer, und Alicia bemerkte, dass ihre Augenlider von Schweiß glänzten. Es war heiß und stickig in dem kleinen Wohnwagen, und das Schweigen der Zigeunerin trieb auch Alicia den Schweiß auf die Stirn. Schließlich seufzte Ravena tief auf und deckte ihre Hand über die offene

des Kindes. »Nun?«, drängte Alicia. »Du hast doch sicher irgendetwas gesehen.«
»Du bist reich gesegnet«, sagte Ravena endlich. »Du bist nicht nur sehr schön, sondern verfügst auch über großes Talent. Es liegt an dir, wie du diese Gaben nutzt. Entweder wirst du reich und glücklich oder ...« Sie zögerte.
Alicia beugte sich vor und drang weiter in sie. »Oder?«
Ravena lächelte resigniert und schüttelte den Kopf. »Nein, du wirst reich und glücklich. Du wirst einen sehr wohlhabenden Mann heiraten, der dich innig liebt. Du wirst in diesem Land leben, deine Kinder werden Engländer sein. Vier Kinder wirst du haben, und alle werden so schön und begabt sein wie du.«
»Wirklich?«, hauchte Alicia glücklich. »Das muss ich Mummy erzählen. – Ich werde reich und glücklich und bekomme vier Kinder!«, rief sie schon auf den Treppenstufen. »Du solltest es auch versuchen, Leo. Sie ist wirklich gut.«
Doch Leonora widerstrebte es noch immer, Näheres über ihre Zukunft zu erfahren. Vielleicht wäre es ja nicht das, was sie sich wünschte. Als sie auf das Tor zuschritten, sprangen die Hunde auf und trotteten ihnen schnüffelnd hinterher.
»Die gute Ravena, ich bezweifle, dass sie jemals etwas Richtiges geweissagt hat«, bemerkte Cicely an Audrey gewandt und zwinkerte ihr zu. »Aber wenigstens sind ihre Lügen von der freundlichen Sorte. Ich kann mir nicht vorstellen, dass sie die Leute jemals erschrecken könnte.«
»Nun, eine von uns ist jetzt sehr glücklich, also war die Prophezeiung schon ihr Geld wert«, entgegnete Audrey und lachte.

»Nun?«, fragte Masha und wandte sich ihrer Tochter zu.
Ravena hob seufzend die Schultern. »Ich musste Theater spielen«, gestand sie.
»Wieder einmal?« Ihre Mutter schüttelte tadelnd den Kopf. »Deine Großmutter würde sich im Grab umdrehen, wenn sie wüsste, wie du deine Gabe missbrauchst.«

»Ich konnte ihr nicht sagen, was ich gesehen habe. Wie damals bei Mrs. Weatherby konnte ich ihr nicht aufdecken, was vor ihr liegt. Einige Dinge sollte man besser nicht wissen.«
»Du wirst deine Gabe verlieren.«
»Vielleicht sollte ich es aufgeben und lieber mit Dad und Florien Pflaumen pflücken, statt den Leuten aus der Hand zu lesen.«
»Sei nicht so zimperlich. Das ist es, was du kannst. Du brauchst nur Mut. Schließlich sind wir selbst Herren unseres Schicksals; was du prophezeist, ist nicht in Stein gemeißelt. Du hättest das Kind auf einen besseren Weg lenken können.«
»Das wäre sinnlos gewesen. Das Kind ist jetzt schon viel zu weit vom rechten Weg abgewichen«, sagte sie ernst und schüttelte den Kopf. »Ich gehe reiten. Ich fühle mich schrecklich niedergeschlagen.« In Gedanken an Alicias finsteren Charakter ging sie davon, um das Pony loszubinden.

Es war weit nach Mitternacht, als Leonora mit Schlaffi, dem Hasen, barfuß den Flur entlang zum Zimmer ihrer Mutter tappte. Sie hielt eine Kerze, deren Flamme gegen den eisigen Zugwind aus den undichten alten Fenstern ankämpfen musste. Weil Cicely jede Stromverschwendung hasste, traute Leonora sich nicht, Licht zu machen. Zitternd vor Kälte zögerte sie einen Moment vor der Tür zum Zimmer ihrer Mutter. Eigentlich sollte sie inzwischen ein großes Mädchen sein, und am Morgen würde Alicia sie gewiss wieder aufziehen – sie machte sich ohnehin gern darüber lustig, dass Leonora *diesen stinkigen Hasen* ständig mit sich herumschleppte. Doch sie sehnte sich nach der warmen Umarmung ihrer Mutter, nach der Geborgenheit ihrer Nähe und nach dem tröstlichen Gefühl, sie für sich allein zu haben wie damals, als sie noch klein war.
Sie klopfte und drückte die Klinke. Die Laken raschelten, als Audrey sich umdrehte und aufrichtete. »Wer ist da?«, fragte sie und fürchtete im ersten Moment, es könnte Marcel sein, der ihr wieder nachspionierte. Doch dann sah sie das blasse Gesicht

ihres kleinen Mädchens im goldenen Kerzenschein, und sie lächelte zärtlich. »Ist alles in Ordnung?«, fragte sie und rückte zur Seite, um Platz zu machen.

»Ich fühle mich einsam«, erwiderte Leonora mit dünnem Stimmchen. Audrey lächelte nachsichtig.

»Dann komm zu mir, Liebling. Ich fühle mich auch einsam.«

Leonora kletterte ins Bett und blies die Kerze aus. Sie rollte sich zu einer Kugel zusammen und spürte, wie ihre Mutter sich an ihren Rücken schmiegte.

»Du fehlst mir, wenn ich in der Schule bin«, sagte Leonora. Im Dunkeln, wenn sie das traurige Gesicht ihrer Mutter nicht sah, war es leichter, über ihre Ängste zu sprechen.

Audrey drückte sie sanft an sich. »Du fehlst mir auch. Du fehlst mir ganz schrecklich. Es vergeht keine Minute am Tag, ohne dass ich an euch beide denke. Aber ihr werdet euch eingewöhnen und euch dort genauso wohl fühlen wie Tante Cicely damals. Sie redet über die Schule, als würde sie immer noch dort leben. Es klingt ganz wunderbar.«

»Es ist auch wunderbar. Ich mag Miss Reid und Gussie. Cazzie ist meine beste Freundin. Sie hat manchmal auch Heimweh, aber sie hat wenigstens ihre Schwestern, die lieb zu ihr sind.«

»Du hast Alicia.«

»Ja«, sagte Leonora tonlos. »Ich habe auch meine Schwester.«

Sie konnte ihr nicht erklären, dass Alicia sie behandelte, als wären sie nicht einmal verwandt. Es hätte ihre Mutter nur traurig gemacht.

»In den Weihnachtsferien kommt ihr ja nach Hause. Stell dir vor, vier lange Wochen. Wir werden ein richtiges englisches Weihnachtsfest feiern. Ich zeige Mercedes, wie der Weihnachtspudding und Fleischpasteten zubereitet werden, und wir packen unsere Geschenke mit Großmutter und Großvater unter dem Weihnachtsbaum aus. Es dauert nicht mehr lange. Nur zehn Wochen. Die vergehen sehr schnell, und bevor du dich's versiehst, bist du schon zu Hause.«

»Aber danach muss ich wieder fort. Ich hasse Abschiednehmen«, sagte sie.
»Ich weiß, mein Schätzchen. Denk jetzt nicht darüber nach. Nachts erscheinen einem die Probleme immer viel größer. Jetzt bist du bei mir, und ich liebe dich sehr. Über alle Maßen. Versuch, an hübsche Dinge zu denken.«
Also versuchte Leonora, an hübsche Dinge zu denken, während Audrey an ihrer Stelle an alle möglichen Widerwärtigkeiten dachte. An die Trennung, an die Heimkehr in eine ausgehöhlte Ehe und ein leeres Haus. An die langen Jahre voller Verabschiedungen am Flughafen und kostbare gemeinsame Augenblicke, die viel zu schnell verflogen. Ach, Cecil, dachte sie, was hast du nur getan?

Am nächsten Tag regnete es. Leonora konnte die Zeit nicht genießen, weil die Minuten so schnell verstrichen und den Nachmittag mit der schmerzlichen Fahrt zurück zur Schule näher brachten. Sie klebte an ihrer Mutter und redete kaum, während Alicia im Wohnwagen der Zigeuner saß und sich von Ravena ein ums andere Mal die Zukunft weissagen ließ.
Audrey versuchte, Leonora aufzumuntern, indem sie in einem Schuhkarton einen kleinen Garten einrichtete, mit Moos vom Hausdach und kleinen Blumen, die sie im Schutz eines riesigen Schirms draußen im Regen gesucht hatten. Das Kind begann zu lächeln, als es damit beschäftigt war, die einzelnen Teile aufzukleben und Aluminiumfolie auf den Boden des Kartons anzubringen, was einen Teich darstellen sollte. Cicely buk Schokoladenkekse zum Tee und ließ die Zwillinge die Teigschüssel ausschlecken, um die sie mit Barley rangelten, der entschlossen war, noch vor ihnen seine feuchte Hundeschnauze hineinzustecken.
Die Trennung war grauenhaft. Leonora weinte, und Alicia zog ein finsteres Gesicht, weil sie wieder einmal auf sie Acht geben musste. Audrey, aus ihrer ersten Erfahrung klug geworden, ver-

abschiedete sich diesmal rasch, schluchzte aber im Auto während des gesamten Rückwegs und auch noch im Flugzeug nach Buenos Aires. Bei ihrer Ankunft am dortigen Flughafen waren ihre Augen so verquollen, dass sie kaum zu erkennen war. Sie hätte nicht einmal im Traum ahnen oder sich vorstellen können, was sich während ihrer Abwesenheit in ihrem Heim zugetragen hatte.

Zwanzig

Als Audrey aus dem Wagen stieg und wie einen Spuk den vertrauten Klang des Klaviers vernahm wie das Echo einer fernen Erinnerung, glaubte sie zunächst, es wäre nur Einbildung, hervorgerufen durch Erschöpfung und Traurigkeit. Eine grausame Illusion, die ihr das Herz zerriss und die Hoffnung verhöhnte, die sie immer noch nährte, obwohl sie um die Unmöglichkeit ihrer Wünsche und Träume wusste, die nichts weiter waren als Illusionen. Sie blieb stehen und lauschte, konnte ihren Ohren nicht trauen und wollte es doch so gern glauben. Sie warf einen Blick auf ihren Mann, der bereits den Kofferraum öffnete, um das Gepäck auszuladen. Den Blick auf das Haus gerichtet, strebte sie wie eine Traumwandlerin darauf zu, voller Angst vor dem, was sie drinnen erwartete. Wenn Louis zurückgekehrt ist, dachte sie, hätte Cecil es mir doch gesagt. Diese Überzeugung weckte Zweifel und Enttäuschung, und dennoch blieb immer noch ein Fünkchen Hoffnung.

Als sie eintrat, wurde die Musik lauter. Die Melodie war unverkennbar. Es war ihre Melodie. Die Vergissmeinnicht-Sonate. Audreys Knie zitterten, ihre Gefühle überwältigten sie, sodass sie Angst hatte, sich zu verraten, indem sie in Tränen ausbrach. Sie hörte Cecil hinter sich auf dem Weg, und das trieb sie weiter. Sie wagte nicht, sich umzudrehen und ihn zu fragen, wer dort Klavier spielte, weil ihre Stimme womöglich ihren plötzlichen inneren Aufruhr hätte verraten können.

Cecil stieg die Treppe empor, um das Gepäck in Audreys Zimmer zu bringen, und Audrey blieb an der Tür zum Wohnzimmer stehen, in dem Louis am Klavier saß und die Finger über die

Tasten hüpfen ließ, die sie in Gedanken an ihn so oft berührt hatte.
Offenbar spürte er ihre Nähe, denn er hörte auf zu spielen und drehte sich um. Sie sahen einander an, einen Augenblick lang, der der Zeit zu trotzen schien. In diesem Augenblick schätzten sie einander nervös ab, Louis auf der Suche nach einem Zeichen der Zuneigung, das ihm verriet, ob sie ihn noch liebte, Audrey voller Angst, Zorn in diesem abwesenden Blick zu entdecken. Sie fühlte sich schuldig. Sie war mit seinem Bruder verheiratet, während doch Louis der Mann war, den sie hätte heiraten sollen. Louis jedoch roch die eheliche Unzufriedenheit im Alkoholatem seines Bruders und erkannte sie in Audreys strengem Haarknoten, der ihre Lebensfreude und Vitalität im Griff zu haben schien. Während der vierzehn Tage seiner Anwesenheit hatte Louis einen ziemlich düsteren Eindruck von der Ehe seines Bruders gewonnen. Alles hätte so anders sein können.
Als Audrey ein zärtliches Lächeln zustande brachte, benötigte Louis keine weitere Ermutigung. Er stand auf, zog sie in seine Arme, drückte ihr einen Kuss auf die Schläfe und flüsterte ihr ins Ohr, dass er sie immer noch begehrte, sie immer noch liebte und immer lieben würde. »Louis, bitte«, flehte sie und stieß ihn von sich, als die Treppenstufen unter Cecils Schritten knarrten.
»Wie hat er dich so zerbrechen können?«, flüsterte Louis, das Gesicht verzerrt von Mitleid und Schmerz, und nahm ihr Gesicht zwischen die Hände.
Mit Tränen in den Augen wandte Audrey den Blick ab. Sie sehnte sich so sehr nach seiner Umarmung, denn nur in seinen Armen fand sie Geborgenheit. Doch ihnen blieb keine Zeit. Cecil tauchte in dem Moment auf, als Louis sich von Audrey löste.
»Louis sollte eine Überraschung für dich sein«, sagte er und trat an seiner Frau vorbei ins Wohnzimmer, um sich einen kräftigen Schluck Whisky einzuschenken. Audrey folgte ihm, riss sich los vom Anblick des Mannes, den niemals wiederzusehen sie

gefürchtet hatte. Sie war hilflos, wusste nichts zu sagen, versuchte, sich so normal wie möglich zu verhalten.
Cecil schien nichts von der Funken sprühenden Spannung in der Luft zu bemerken. »Es war eine Riesenüberraschung für mich, das kann ich dir sagen. Eines Tages stand er plötzlich vor der Tür, etwa eine Woche nachdem du mit den Mädchen abgereist warst. Ohne Vorwarnung. Etwa genauso, wie er uns seinerzeit verlassen hat.« Er sah zuerst seinen Bruder, dann seine Frau an. In dem darauf einsetzenden lastenden Schweigen zündete er sich eine Zigarre an.
»Wo wohnt er?«, fragte Audrey, zu verängstigt, um sich direkt an Louis zu wenden.
»Bei uns«, antwortete Cecil und ließ das Eis in seinem Glas kreisen. Sein Gesicht war ernst und unbeweglich. »Es stört dich doch nicht, oder?« Er blickte sie von unten herauf an.
Audrey geriet in Panik, schüttelte jedoch den Kopf. »Natürlich nicht. Hat er Mummy und Daddy schon getroffen?«
Louis nahm auf einem der Sofas Platz, von wo aus er Audrey besser sehen konnte. Sie hockte sich auf die Armlehne des anderen. Ihm fiel auf, wie viel älter sie mit dem streng zurückgenommenen Haar wirkte. Das Mädchen in ihr war offenbar völlig verschwunden.
»Ich habe deine Eltern und Tante Edna gesehen«, erklärte er. »Alle sind ein wenig älter geworden, aber ansonsten dieselben geblieben.«
»Henry hat als Willkommensgruß im Club eine Dinnerparty für Louis veranstaltet«, sagte Cecil. Mit weicherer Stimme fügte er hinzu: »Rose möchte einen Gedenkgottesdienst für Isla abhalten lassen, weil Louis jetzt zurück ist, aber sie wollte damit bis zu deiner Rückkehr warten.«
Audrey senkte den Blick. Es war so viel während ihrer Abwesenheit geschehen. »Ich verstehe«, sagte sie. »Das fände ich sehr schön.« Sie sah nervös zu Louis hinüber und spielte mit dem Riemen ihrer Handtasche. »Wie lange bleibst du?« Sie heftete

den Blick auf das glänzend braune Leder, damit er nicht verriete, wie sehr sie sich wünschte, dass Louis bliebe. Cecil leerte sein Glas und stand auf, um es nachzufüllen. Nur mit äußerster Willenskraft konnte er das Zittern seiner Hände unterbinden.
»Ich weiß nicht. Ich habe keine festen Pläne.«
»Wenn er bleibt, wird er Nelly heiraten müssen«, scherzte Cecil und setzte sich wieder. Die betäubende Wirkung des Alkohols setzte ein, und sein Schmerz quälte ihn nicht mehr so sehr. »Denn Nelly glaubt, sie wäre der Grund für seine Rückkehr.« Er lachte leise.
»Nelly?« Audrey rang nach Luft.
»Hilda ist wild entschlossen. Bisher ist lediglich Agatha verheiratet, und Nelly kommt ein bisschen in die Jahre.«
»Wir waren neulich bei Hilda zum Dinner eingeladen«, führte Louis mit einem Seufzer aus. »Natürlich hat sie mich neben Nelly platziert. Das arme Mädchen, die Natur hat sie nicht sehr freundlich behandelt, wie? Aber sie hat ein angenehmes Wesen. Im Gegensatz zu ihrer Mutter.«
Das alles war zu viel für Audrey. Sie stand auf und rieb sich die Stirn. »Ich bin furchtbar müde«, erklärte sie. »Nehmt es mir nicht übel, wenn ich jetzt ein Bad nehme und ein wenig ruhe. Cecil, bitte entschuldige mich bei Mercedes. Ich suche sie noch vor dem Mittagessen auf. Ich habe einen Brief von Alicia für sie.«
»Natürlich, meine Liebe. Kann ich sonst noch etwas für dich tun?«
Sie schüttelte den Kopf und lächelte unsicher. »Nein, danke. Wenn ich ein bisschen geschlafen habe, wird es mir besser gehen.« Auf dem Weg zur Tür blieb sie plötzlich stehen und drehte sich todtraurig um. »Es ist sehr still hier im Haus, nicht wahr?«, sagte sie bedrückt.
Louis sah seinen Bruder an, der in sein leeres Glas starrte. Der Aschenkegel seiner Zigarre fiel auf den Teppich.

In ihrem Schlafzimmer schloss sie Zuflucht suchend die Tür hinter sich ab und ließ ein Bad ein. Sie hatte Angst vor der Rückkehr in ein leeres Haus gehabt. An ihre Töchter konnte sie kaum denken, ohne dass ihr die Tränen kamen. Die Trennung hatte so wehgetan, und fast genauso schmerzhaft war es, England hinter sich lassen zu müssen, wo sie die Kinder wenigstens in ihrer Nähe gewusst hatte. Doch Louis' Anwesenheit war ein viel größerer Schock gewesen als die leeren, stillen Zimmer der Zwillinge. Mit einer traurigen Heimkehr hatte sie gerechnet, Louis jedoch hatte sie nicht erwartet.

Sie ließ sich in das Vollbad sinken und spürte, wie das Wasser ihre vor Kummer verkrampften Muskeln entspannte. Warum war Louis nicht wütend auf sie? Wie konnte er mit ihr und Cecil, die Mann und Frau waren, zusammensitzen und lächeln, als empfände er nichts? Was erhoffte er sich von seiner Rückkehr? Sie betastete den goldenen Ring an ihrer linken Hand. Sie war verheiratet. Alles hatte sich verändert, nur nicht ihr Herz.

Vom Baden wurde sie schläfrig, und als sie schließlich unter die Bettdecke schlüpfte, fiel sie so rasch in einen tiefen Schlaf, wie sie es unter diesen Umständen nie für möglich gehalten hätte.

Ein leises Klopfen an der Tür weckte sie nach einiger Zeit. Sie schlug die Augen auf und sah auf die Uhr. Es war zwei Uhr am Nachmittag. »Audrey, es ist Zeit zum Mittagessen«, sagte Cecil und versuchte, die Tür zu öffnen. »Warum hast du dich eingeschlossen?«

»Habe ich die Tür abgeschlossen?«, fragte sie zurück, als wäre es ein Versehen gewesen.

»Darf ich hereinkommen?«

»Natürlich«, antwortete sie und stand auf.

»Du siehst schon viel besser aus«, bemerkte er, als sie ihn einließ. »Deine Wangen haben wieder etwas Farbe bekommen. Fühlst du dich auch besser?«

»Viel besser«, antwortete sie wahrheitsgemäß. »Der Schlaf hat

tatsächlich heilsame Wirkung.« Sie zog die Vorhänge zurück und ließ den strahlenden Frühlingssonnenschein ins Zimmer.
»Louis hat die unglaublichsten Abenteuer erlebt«, berichtete Cecil, setzte sich ans Fenster und sah zu, wie seine Frau das Bett aufschüttelte.
»Tatsächlich?«
»Ja, er war in Mexiko und hat dort acht Jahre lang Kindern Musikunterricht erteilt.«
»Darin ist er sicherlich gut«, sagte sie. Dann fiel ihr wieder ein, dass Louis unten war, und ihre Haut prickelte vor Aufregung.
»Nein, meine Liebe, das wirklich Erstaunliche darin ist, dass die Kinder taub waren.«
Audrey sah ihren Mann verständnislos an. »Taub?«
»Genau. Für mich selbst war es ebenfalls schwer zu glauben. Doch Louis hat mir erklärt, dass er sie anwies, die Augen zu schließen und mit den Fingern ihre Gefühle auszudrücken. Ich schätze, so spürten sie die Vibrationen oder Ähnliches. Louis hat ein paar Ausschnitte aus den dortigen Zeitungen mitgebracht. Er war die Sensation dort drüben. Augenscheinlich hat es ihm mächtig gut getan.«
Audrey lächelte und spürte ein Flattern im Magen, als sie daran dachte, wie sie und Louis zum ersten Mal zusammen Klavier gespielt hatten. Er hatte sie auf die gleiche Weise unterrichtet.
»Ich wusste schon immer, dass er ein besonderer Mensch ist«, sagte sie leise.
Cecil biss die Zähne zusammen; in seiner Wange zuckte ein Muskel. »Ja, du wusstest es«, sagte er vorsichtig, ohne den Blick von ihr zu wenden. »Tja, inzwischen halten ihn alle anderen hier auch für etwas Besonderes.«
»Tatsächlich?« Audrey schlüpfte in weiße Hosen und eine weiße Bluse, setzte sich dann an ihren Frisiertisch, wo sie ein dezentes Make-up auflegte und ihr Haar in einem glänzenden Knoten bändigte.
»Nun ja, er ist in den Rang eines romantischen Helden der alten

Zeit aufgestiegen. Selbst die Krokodile, oder was von ihnen noch übrig ist, haben ihn mit offenen Armen aufgenommen. Mütter drängen ihm ihre Töchter auf, und er wird so häufig eingeladen, dass er kaum einmal zu Hause ist.«

»Wie mich das freut«, sagte Audrey. Und doch spürte sie die Enttäuschung wie einen Messerstich. Wie wankelmütig die Menschen doch sind, dachte sie traurig. Hätten sie ihn damals, als er nach Hurlingham kam, so geliebt, wären wir längst glücklich verheiratet.

Als Audrey aufstand, bemerkte sie, dass Cecil sie mit einem seltsamen Gesichtsausdruck musterte. Sie lächelte ihn an und furchte die Stirn. Er erwiderte ihr Lächeln, doch es konnte die Angst, die seine Züge verzerrte, nicht verbergen.

»Du siehst wunderhübsch aus, meine Liebe«, sagte er leutselig und riss sich zusammen, doch in seinen Augen war eine Traurigkeit, die sie vorher nie bemerkt hatte.

»Danke«, antwortete sie schon auf dem Weg zur Tür.

»Schön, dass Louis zurückgekommen ist, nicht wahr?«

»Oh ja.« Sie versuchte, ihrer Stimme einen gleichmütigen Klang zu geben, als wäre Louis ein x-beliebiger Schwager, der ihnen nach zwölf Jahren einen Besuch abstattete.

»Ich finde, es ist durchaus angebracht, ihm zu Ehren einen Gedenkgottesdienst für Isla abzuhalten, oder nicht?«

»Doch.« Sie ahnte, dass seine Fragen auf etwas anderes abzielten, als an der Oberfläche erkennbar war, aber vielleicht war es nur eine Eingebung ihres schlechten Gewissens. »Isla hätte es so gewollt.«

»Aber er hat sich gut erholt. Wollen wir hoffen, dass er hier ein nettes englisches Mädchen kennen lernt und heiratet.«

»Ja, das wäre schön«, erwiderte sie gepresst und trat in den Flur hinaus.

Schweigend stiegen sie die Treppe hinunter. Audrey widerstand dem Drang, vom Absatz aus einen Blick zu Alicias und Leonoras Zimmern zu werfen, und Cecil, der sich im Lauf des vergangenen Monats an die Leere im Haus gewöhnt hatte, verspürte diesen Drang nicht einmal mehr. Audrey empfand die Nähe ihres Mannes in ihrem Rücken wie einen lastenden Schatten. Am Flughafen hatte sie ihn mit der gleichen kühlen Höflichkeit begrüßt, mit der sie ihn verlassen hatte, und der Ausdruck der Enttäuschung, der sein freudiges Gesicht verdüstert hatte, war ihr nicht einmal aufgefallen. Ihr Kuss war förmlich und unbeholfen ausgefallen, und das Gespräch während der Heimfahrt hatte sich vorwiegend um die Kinder und die neue Schule gedreht. Audreys Stimme war erfüllt von Verbitterung, klagte ihn an wegen seiner Gemeinheit und Gefühllosigkeit. Sie konnte nicht über die Zwillinge reden, ohne in Tränen auszubrechen, und hatte erst aufgehört zu weinen, als sie das Thema wechselten und über Cicely und Marcel und die Zigeuner sprachen. Cecil hatte noch nie von Marcel gehört, und die Cicely, die Audrey ihm vor Augen führte, war ihm fremd.

»Kennst du diesen Marcel?«, wandte Cecil sich an Louis, als sie am Mittagstisch saßen. Es war noch nicht warm genug, um draußen zu speisen, doch die Fenstertüren waren weit offen, und mit der frischen Brise wehten die Gartendüfte ins Zimmer. Louis war kaum fähig, den Blick von Audrey zu lösen, die im Schlaf aufgeblüht zu sein schien. Ihre Augen waren nicht mehr verquollen und trüb, sondern blitzten lebhaft, und ihre rosigen Wangen verrieten, dass sie sich seines Blicks sehr deutlich bewusst war.

»Ja, ich habe im vergangenen Jahr eine Weile bei Cicely gewohnt«, antwortete Louis. »Was nicht heißt, dass ich Marcel oft zu sehen bekommen habe. Er verbrachte den Großteil seiner Zeit in seinem Atelier mit Malen oder im Bett mit Cicely.«

»Gütiger Gott«, rief Cecil aus und erstickte fast an seiner Suppe. »Das darf doch nicht wahr sein!«

»Cicely ist nicht mehr die Frau, die du mal gekannt hast, Cecil«, erklärte Louis mit einem leisen Lachen. Audrey fragte sich, wie es möglich war, dass Louis so gute Laune hatte. Warum war er nicht böse auf sie und verbittert seinem Bruder gegenüber? Es ergab einfach keinen Sinn.

»Sie war früher ein Ausbund an altmodischer Tugend und genauso phlegmatisch wie Papa. Kann ein Mann eine Frau so verändern?« Cecil tupfte sich mit der Serviette die Mundwinkel ab. Audrey senkte den Blick auf ihre Suppentasse.

»Ja, ein Mann kann eine Frau verändern. Entweder ehrt und liebt er sie, sodass sie gedeiht wie eine Pflanze in der Sonne, oder er verletzt sie und lässt sie verdursten, sodass sie verwelkt und stirbt.«

Audrey spürte wieder Louis' Blick und dachte an Tante Ednas Sonnenschein Harry. »Marcel liebt Cicely nicht, er begehrt sie, und das sind zwei sehr verschiedene Dinge. Sie haben aber die gleiche Wirkung. Sie hat alle Hemmungen abgeworfen und ist völlig verändert.«

»Er liebt sie nicht?«, fragte Audrey, ohne aufzublicken.

»Nein, ich glaube nicht«, erwiderte Louis. »Er hat ein Dach über dem Kopf, gutes Essen und guten Sex. Alles gratis. Er ist Künstler; wichtig ist ihm einzig und allein seine Kunst. Nein, ich glaube, er nutzt Cicely aus.«

»Ich fand ihn ein bisschen unheimlich«, gestand Audrey und sah ihren Mann an, da sie schließlich nicht immer nur in ihre Suppe starren konnte. »Er schlich ständig im Dunkeln herum, sah alles und lauschte. Er war wie ein Spion.«

»Für wen hat er denn spioniert, meine Liebe?«, fragte Cecil.

»Für sich selbst. Ich weiß es nicht«, antwortete sie, und dann fanden ihre Augen wie von selbst Louis' Blick, und dieser war ihr vertraut, vertrauter als der Blick irgendeines anderen Menschen auf der Welt, und sie brauchte keine Worte, um ihm mitzuteilen, was sie dachte. Er verstand sie. Sie spürte, wie sich die Leere in ihrem Inneren langsam wie mit warmem Honig füllte, und sie hätte lachen mögen, weil sie kurz zuvor noch so traurig war und jetzt so glücklich. Louis' Mundwinkel zuckten, als wollte er lächeln, und sie riss sich von seinem Anblick los.

Cecil saß da und trank viel zu viel Wein, sodass der Kopf ihm so schwer wurde wie sein Herz. Er beobachtete seine Frau und überlegte, ob er sich diese Intimität zwischen ihr und seinem Bruder nur einbildete oder ob womöglich der Alkohol ihm Wahnvorstellungen bereitete.

»Meine Liebe, ich fahre heute Nachmittag in die Stadt«, sagte er, leerte sein Glas und beobachtete mit blutunterlaufenen Augen aufmerksam die Reaktion der beiden.

»Du gehst wieder zur Arbeit?«

»Ja.« Seine Stimme war ausdruckslos. Audrey bemühte sich, Enttäuschung zu zeigen, doch der Hauch von einem Lächeln huschte über ihr Gesicht.

»Bist du zum Abendessen zurück?«, fragte sie.

»Ja, zum Abendessen.« Er seufzte schwer und stand auf. »Ich überlasse Louis deinen fähigen Händen.« Den rätselhaften Tonfall bemerkte sie nicht, weil Louis' Blick sie ablenkte.

»Ach, Louis hat sicher genug zu tun. Außerdem muss ich auspacken und Mercedes besuchen. Mummy kommt mit Tante Edna und Tante Hilda zum Tee.«

»Gut«, sagte Cecil. »Ich gehe dann jetzt.« Er gab Audrey einen Kuss auf die Wange. Diesmal erstarrte sie nicht, furchte aber die Stirn. Er verhielt sich so sonderbar. Vielleicht war sie aber auch nur überreizt wegen ihres schlechten Gewissens. Oder es lag am Alkohol. Ihr war nicht entgangen, wie viel er getrunken hatte.

Audrey flüchtete in die Küche, wo Mercedes mit dem Abwasch beschäftigt war. Loro hockte auf dem Wasserhahn und übte die neuesten Sprüche, die er aufgeschnappt hatte. »Merchi, meine Schöne, Merchi, meine Schöne. Du riechst gut.«

Mercedes schlug mit einem nassen Lappen nach ihm, doch das schreckte ihn nicht ab. »Merchi, meine Schöne …«

»Mercedes«, sagte Audrey, als sie eintrat.

»Señora, wie geht es meinen Mädchen?«, fragte sie und trocknete sich die Hände an der Schürze ab. Mercedes lächelte selten, und zum Endes eines Satzes ließ sie die Melodie immer absinken, als resignierte sie vor der Schlechtigkeit der Welt.

»Ich habe einen Brief von Alicia für dich.«

»So ein liebes Mädchen. Ich wusste doch, dass sie ihre alte Freundin nicht vergessen würde.«

»Natürlich nicht. Und Leonora lässt dich lieb grüßen.«

»Sind sie glücklich?«, fragte sie, zuckte mit den Schultern und runzelte die Stirn. »Wie können sie denn so fern der Heimat glücklich sein?«

»Ich weiß«, antwortete Audrey und reichte ihr mit einem ernsten Nicken den Brief. »Aber sie sind glücklich dort. Alicia wird es dir geschrieben haben.«

»Alicia lässt sich von nichts berühren. Dagegen ist Leonora so verletzlich. Ich weiß, dass sie ihre Mutter vermisst, ich fühle es.« Sie schlug sich mit der Faust an die Brust.

»Ich vermisse die beiden auch. Aber sie kommen ja bald zurück. Wir werden alle zusammen ein wunderschönes Weihnachtsfest feiern.«

»Und dann?« Sie ging, den Brief in der Hand, zum Küchentisch. Loro tauchte ins Seifenwasser und planschte fröhlich.

»Du riechst gut!«, krächzte er. »Ha ha ha!!!« Im Glauben, er meinte sie, zog Audrey die Augenbrauen hoch und ging hinaus.

Louis spielte Klavier. Eine leichtfüßige Melodie, passend zur Jahreszeit, die vor dem Fenster erblühte. Audrey holte tief Luft und trat ins Zimmer. Er hörte nicht auf zu spielen. Sie blieb beim Klavier stehen, stützte sich auf das polierte Holz und sah zu, wie seine Finger über die Tasten tanzten. Sie roch den vertrauten Duft seines Körpers und war überwältigt von Sehnsucht und Begehren. Es war, als wäre er nie fort gewesen, als hätte das fatale Gespräch in der Kirche nach Islas Begräbnis nie stattgefunden, als hätte sie nicht Cecil, sondern Louis geheiratet und als wären sie jetzt zusammen in ihrem Haus. Es erschien ihr so natürlich, als wäre es so vorgesehen.

»Du fragst dich, warum ich nicht böse bin«, sagte er leise. Dann sah er sie an und zog fragend die Augenbrauen hoch.
»Warum bist du nicht böse?«, fragte sie. Er spielte weiter, denn seine Finger wurden nicht von seinem Verstand gesteuert und bedurften keiner Konzentration.
»Warum sollte ich böse sein? Du liebst mich. Ich bin der glücklichste Mensch auf der Welt.«
Audrey senkte lächelnd den Blick. »Aber ich habe deinen Bruder geheiratet.«
»Ich habe dich verlassen.«
»Du hast mir gefehlt.«
»Du hast mir auch gefehlt. Jahrelang hat mir das Herz geblutet.«
Audrey klappte behutsam den Klavierdeckel zu. Er zog die Finger zurück. Sie schluckte schwer, ihr Gesicht nahm einen Ausdruck feierlichen Ernstes an. »Mir blutet das Herz noch immer, Louis«, flüsterte sie und schämte sich, von diesem Schmerz zu sprechen.
»Ich weiß.« Er stand auf und zog sie in die Arme. Sie schlang die ihren um seine Hüften und legte den Kopf an seine Schulter. Er fühlte sich warm und weich und beschützend an. Dann spürte sie, wie er die Nadeln aus ihrem Haar zog, sodass ihre Locken sich lösten und über ihren Rücken rieselten. Er griff in die Fülle, atmete ihren weiblichen Duft und spürte sie seidig an seiner Wange. »Ach, Audrey«, seufzte er. »Für diesen Augenblick habe ich jede Minute während der letzten zwölf Jahre gelebt. Jetzt lebe ich wieder.«
»Warum hast du nicht auf mich gewartet?«
»Weil ich wusste, dass es nicht klappen würde, und weil ich es nicht ertragen hätte, dir nahe zu sein und dich doch nicht haben zu können.«
»Aber Louis«, protestierte sie, doch dann fiel ihr das Gespräch mit Cicely ein. Louis kam nicht damit zurecht, dass irgendetwas nicht nach Plan verlief. Sie löste sich von ihm und blickte ihm ins Gesicht. »Ich habe nie aufgehört, dich zu lieben. Als du fort-

gingst, hast du einen Teil von mir mitgenommen, den wichtigsten Teil, ohne dich war ich nicht vollständig. Und dann hat Cecil ... Cecil ...«

»Ich weiß. Cecil blieb zuverlässig und loyal, all das, was ich hätte sein sollen. Ich habe dich verlassen, als du mich am nötigsten brauchtest, und das tut mir Leid. Aber ich kann nicht aus meiner Haut. Ich kann es nur später bedauern.«

»Dann nimmst du es mir nicht übel?«

»Nein, ich nehme es dir nicht übel«, sagte er, und ein strahlendes Lächeln breitete sich auf seinem Gesicht aus. Sie erwiderte es und berührte sein Gesicht mit großer Zärtlichkeit, so, wie eine Mutter ein Kind liebkost, wie eine Frau ihren Liebsten liebkost.

»Ich bitte dich um Vergebung.«

»Die hast du. Ich habe dir schon längst vergeben.« Sie lachte und schmiegte sich wieder an ihn. »Ich bin so froh, dass du zurückgekommen bist. Ich brauche dich so. Ich muss dir so viel erzählen.«

»Komm morgen mit mir hinaus aufs Land«, schlug er vor. »Hier erstickt man ja.«

»Was sagen wir Cecil?«

»Er erfährt nichts davon. Er wird ja arbeiten.«

»Wir werden ihm aber erklären müssen, wo wir waren.«

»Warum? Ihr sprecht doch ohnehin kaum miteinander. Er wird annehmen, du wärst bei deiner Mutter oder deiner Tante gewesen. Wahrscheinlich fragt er nicht einmal.«

»Mir wird schon etwas einfallen«, erwiderte sie optimistisch.

»Gut. In Mexiko habe ich einen Mann kennen gelernt, der nicht weit von der Stadt entfernt eine *estancia* besitzt. Wir können in wenigen Stunden dort sein.«

»Dürfen wir ihm vertrauen?«

»Vertraue mir, meine Liebste«, sagte er und sah sie trunken vor Glück an. Dann küsste er sie. Sein Mund war weich, und sie ließ sich gegen ihn sinken und drückte ihn an sich, so dass ihre Herzen im Takt zu der Musik in ihren Seelen schlugen. Audrey hatte nicht das Gefühl, etwas Verbotenes zu tun. Sie war verheiratet und ihrem Mann stets treu gewesen. Aber in Louis' Armen fühlte sie sich am richtigen Ort.

»Hast du dich an Cecils Seite geborgen gefühlt?«, fragte Louis, und Audrey antwortete ihm wahrheitsgemäß.

»Mir kam es immer vor wie ein Kompromiss. Ich habe ihm meine Hand gegeben, aber nicht mein Herz. Mein Herz hat immer nur dir gehört.«

Er küsste sie wieder und schloss die Augen. Jetzt tanzten sie wieder auf dem Kopfsteinpflaster in Palermo unter einem sternenübersäten dunkelblauen Himmel. Er hatte davon geträumt, sie wieder in den Armen zu halten, und er hatte die Hoffnung nie aufgegeben. Solange er noch hoffen konnte, lebte er. Solche Macht haben Träume. Doch die Träume fingen eben erst an. Er hatte das Gefühl, die ganze Welt erobern zu können. Er glaubte wirklich, mit Audrey an seiner Seite die Schwerkraft überwinden und zum Mond fliegen zu können. Nichts war mehr außerhalb seiner Reichweite, nicht einmal eine Zukunft mit der Frau, die er liebte.

Einundzwanzig

»Meine liebe Audrey«, rief Tante Edna glücklich und zog die Nichte an ihren weichen Busen. In den vergangenen paar Jahren hatte Ednas Haar die graue Färbung eines Jungschwans angenommen, und sie trug es jetzt locker hochgesteckt, sodass lose Strähnchen wie Federn ihr Gesicht und ihren Nacken umspielten. Sie war auch dicker geworden. Abgesehen von ihrer Familie war gutes Essen schließlich ihre größte Freude.

»Es ist schön, wieder zu Hause zu sein«, sagte Audrey mit einem zufriedenen Seufzer und erwiderte die Umarmung.

»Komm, wir setzen uns draußen hin, es ist so ein schöner Tag«, schlug Tante Edna überschwänglich vor.

»Wenn dir nicht zu kalt wird.«

»Kalt, bei diesem Sonnenschein? Liebes Mädchen, du bist offenbar noch erschöpft von der Reise.« Tante Edna folgte ihr hinaus in den Garten, wo Louis auf der Veranda im Schatten stand. »Hallo, Louis, mein Lieber.«

Louis lächelte strahlend, und Edna fragte sich, warum ihr in der Zeit, als er noch im Club von Hurlingham gewohnt hatte, nie sein umwerfender Charme aufgefallen war.

»Ich habe heute Vormittag schon ein wenig geschlafen«, erklärte Audrey. »Mir geht es schon viel besser. Außerdem wäre es eine Schande, dieses herrliche Wetter zu verschlafen.« Sie lachte perlend und hüstelte dann völlig grundlos. Tante Edna kniff die Augen zusammen und blickte in das strahlende Gesicht ihrer Nichte. Sie sah nun wirklich nicht aus wie eine Frau, der man die Kinder genommen hatte. Im Gegenteil, ihre Augen glänzten und ihre Wangen waren rosig überhaucht. In erster Linie aber stach der Tante ihr Haar ins Auge, das nicht mehr trotzig zu einem straffen Knoten gewunden war, sondern in diesen glänzenden Korkenzieherlocken, deretwegen sie von jeher so bewundert worden war, offen über die Schultern fiel. Einen Augenblick lang glaubte Edna, sie hätte sich vielleicht mit Cecil versöhnt, andererseits brauchte sie aber nur Audreys und Louis' Verhalten zu beobachten, um zu wissen, dass ihre strahlende Erscheinung überhaupt nichts mit ihrem Mann zu tun hatte. Und plötzlich ergab alles einen Sinn. Louis war wegen Audrey fortgegangen, nicht wegen Isla! Rückblickend lag es auf der Hand. Isla hatte sich ja nie für Männer interessiert. Abgesehen davon, dass sie zu jung war für die Liebe, hatte die Liebe sie auch nie heimgesucht. Edna erinnerte sich an Audreys schmerzerfülltes Klavierspiel und an Louis' Musik, die sämtliche Gäste des Clubs zur Verzweiflung getrieben hatte. Hoffentlich war sie der einzige Mensch mit genug Klarsicht, um dem Geheimnis auf die Spur zu kommen.

Am Tisch, den Mercedes bereits gedeckt hatte, schenkte Audrey Tee ein und berichtete ihrer Tante von Colehurst House und von der Begeisterung der Zwillinge. Zu ihrer Beruhigung sah Edna, wie Audreys strahlender Blick sich trübte vor Traurigkeit, wenn sie über ihre Kinder sprach. »Leonora liebt Schlaffi den Hasen, sie nimmt ihn mit, wohin sie auch geht. Ich glaube, er begleitet sie sogar zum Unterricht.«

Tante Edna lachte leise. »Ist das denn erlaubt?«

»Oh ja, es ist eine wunderbare Schule«, schwärmte Audrey, während sie Louis aus den Augenwinkeln beobachtete. Er stand auf der Veranda und betrachtete sie mit zärtlichem Blick. Audrey wusste ihre innere Erregung kaum zu bändigen und war erleichtert, als Tante Hilda und Nelly am Gartentörchen erschienen.

»Audrey«, rief Tante Hilda erfreut. »Wie schön, dich wieder bei uns zu haben.« Audrey war verblüfft über die untypische Herzlichkeit ihrer Tante, doch dann fiel ihr Nellys Schwärmerei für Louis wieder ein.

»Hallo, Nelly«, sagte sie und küsste die teigige Wange ihrer Cousine. »Ich glaube, Alicias ganze Klasse hat sich riesig über dein *dulce de leche* gefreut.«
Nelly lachte nervös und lächelte Louis an. Sie hatte kein Wort von dem, was Audrey gesagt hatte, überhaupt wahrgenommen.
»Du musst von diesem Kuchen kosten, Hilda«, rief Edna. »Nelly, komm, setz dich zu mir.«
Aus ihren kleinen Augen schickte Nelly Blicke zwischen Louis und ihrer Tante hin und her. Louis stand immer noch auf der Veranda und machte keineswegs den Eindruck, als beabsichtige er, sich zu ihnen zu setzen. Nelly lächelte scheu und setzte sich unbeholfen auf die äußerste Kante des Stuhls neben Edna. Audrey gab vor, nichts von den Absichten ihrer Cousine zu wissen, und nahm an ihrer Seite Platz.
»Ist es nicht schön, dass Louis nach Hurlingham zurückgekehrt ist?«, fragte Hilda, die gar nicht daran dachte, Audrey nach dem Befinden der Zwillinge zu befragen.
Es war mehr als deutlich, dass sie nur gekommen war, um Louis ihre unverheiratete Tochter auf einem Silbertablett anzubieten.
»Ja, schön«, erwiderte Audrey vorsichtig. Tante Edna schlürfte ihren Tee und wünschte sich, ihre Schwester würde einsehen, dass nur ein ausgesprochen großzügiger Mann sich in Nelly würde verlieben können, und um sich mit Hilda als Schwiegermutter abzufinden, müsste dieser Mann noch um einiges großzügiger sein. Hilda und Nelly waren neuerdings unzertrennlich. Wohin Nelly auch ging, Hilda folgte ihr verstohlen wie ein Vampir, verzweifelt darauf bedacht, die Zukunft ihrer Tochter zu sichern, bevor allzu helles Tageslicht ihr fortschreitendes Alter verriet und ihr versagt blieb, was jeder Frau zustand. Hildas Meinung nach konnte Louis nicht einfach nur zurückgekommen sein, um Islas Grab zu besuchen, nein, sie behauptete, er wäre gekommen, um sich eine Frau zu suchen. Wenn er Isla nicht haben konnte, musste ihre Cousine genügen. Hilda kniff

die Lippen zusammen, um ihre Ambitionen zu verbergen, und genehmigte sich ein schmales Stück Kuchen.
»Louis«, sagte sie mit einem dürren Lächeln. »Sie müssen uns viel öfter besuchen. Es ist doch sinnlos, seine Zeit in einem Haus zu vertun, in dem es keine unverheirateten Mädchen zu Ihrer Unterhaltung gibt. Wirklich, ich kann mir vorstellen, dass Audrey und Cecil eine furchtbar langweilige Gesellschaft sind.« Sie lachte, doch ihr Scherz war von den anderen nicht gut aufgenommen worden. »Oh weh, das habe ich doch überhaupt nicht ernst gemeint«, versuchte sie zu retten, was zu retten war. Nelly warf ihr einen wütenden Blick zu, und Audrey senkte das Gesicht über ihre Teetasse, um ihre Erheiterung zu verbergen. Louis hätte auch am liebsten gelacht, beherrschte sich aber, um die alte Dame nicht zu beleidigen, die sich sichtlich schämte.
»Nimm noch von dem Kuchen«, schlug Edna vor und hielt das Messer hoch.
»Wissen Sie, ich glaube, ich hätte gern ein Stück«, sagte Louis, kam zum Tisch und setzte sich neben Audrey. »Mercedes ist eine großartige Bäckerin und Köchin. Ich glaube, ich habe noch nirgends so gut gegessen, nicht einmal im Club.«
»Das gute Fleisch hat mir in England gefehlt«, sagte Audrey. »Man weiß gar nicht, wie gut es hier ist, bevor man irgendwo anders Fleischgerichte gekostet hat.«
»Stimmt«, pflichtete Hilda ihr bei. »Ein Leben lang jammert man nach England und vergisst darüber ganz, wie gut es hier ist, direkt unter unserer Nase.«
»Es gibt viel Gutes, das für Argentinien spricht«, sagte Louis. »Ich bin in den letzten zehn Jahren viel herumgekommen und weiß, wovon ich rede.«
»Ich würde gern mal eines Tages England besuchen«, meldete sich Nelly zu Wort. Da sie seit ihrer Ankunft keinen Laut von sich gegeben hatte, erschrak sie beim Klang ihrer eigenen Stimme und errötete heftig.
»Das sollten Sie tun«, erwiderte Louis, und sein sanfter Blick

rötete ihre Wangen noch mehr. »Frauen sollten etwas von der Welt zu sehen bekommen.«

»Unbedingt«, rief Hilda aus. »Nichts ist so unattraktiv wie eine Frau mit beschränktem Horizont.« Da glaubte sie, ein absichtsvolles Glimmen in Louis' Blick zu bemerken, und fasste Mut. Vielleicht würde Louis persönlich Nelly die große weite Welt zeigen. »Nelly ist ganz versessen auf Abenteuer«, fuhr sie fort. Nelly verabscheute kaum etwas so sehr wie Abenteuer. Es dient einem guten Zweck, sagte Hilda zu sich selbst, um ihre Lüge zu rechtfertigen.

Schließlich kam Rose, und nachdem sie ihre Tochter in die Arme geschlossen und sich eifrig nach den Zwillingen erkundigt hatte, besprach man den Gedenkgottesdienst für Isla. »Ich finde, da Louis jetzt wieder hier ist, wäre es schön, wenn wir alle zusammen ihrer gedenken würden«, sagte Rose. »Kein Tag vergeht, an dem wir nicht alle an sie denken. Es täte der Gemeinde insgesamt gut, in Worte zu fassen, was wir alle im Herzen empfinden.« Liebevoll richtete sie ihren Blick auf Louis und fügte hinzu: »Lieber Louis, ich habe all diese Jahre auf die Gelegenheit gewartet, dich über deine Freundschaft mit meiner Tochter zu befragen. Ich hatte geglaubt, alles über sie zu wissen, weiß aber inzwischen, dass sie mich keineswegs in allen Dingen ins Vertrauen gezogen hat. Ich will damit nicht sagen, dass ich alle Einzelheiten wissen möchte, aber ich würde gern erfahren, wie glücklich sie war, bevor sie starb. Ich bin dir dankbar dafür, dass du ihr so viel Glück geschenkt hast. Sie war immer sehr beschwingt, aber nie so beschwingt wie in jenen Sommermonaten, die sie mit dir geteilt hat. Ich hoffe, meine Fragen bekümmern dich nicht. Ich habe bis heute damit gewartet und gründlich nachgedacht. Aber ich würde mich freuen, wenn du einige von meinen Wissenslücken füllen könntest.«

Louis schluckte heftig und wich Audreys besorgtem Blick aus, der nun in stummer Panik auf ihn gerichtet war. Tante Hilda versteifte sich, denn die Erinnerung an Isla half Nellys Anliegen

in keiner Weise weiter. Schweigen legte sich wie Nebel über die Gruppe, bis sie alle Gefahr liefen, darin zu verschwinden.
Louis ergriff Audreys Hand. Audrey fuhr zusammen und sah ihn angstvoll an. Dies war nicht der richtige Augenblick, um die Wahrheit auszusprechen. Nicht nach all diesen Jahren. Louis wandte sich ihr zu und lächelte sie voller Zuversicht an. Vertrau mir, schien er sagen zu wollen. »Audrey stand Isla sehr nahe. Ich weiß von meinem Bruder, wie lange sie gebraucht hat, um sich mit ihrem Tod abzufinden. Ich liebe Audrey wie eine Schwester, und ich will ihr nicht noch weiteren Schmerz bereiten.«
»Wie feinfühlig von dir, Louis. Aber Audrey will es auch hören, nicht wahr, Audrey?«, sagte Rose.
Audrey nickte. Sie spürte, wie Louis ihre Hand drückte, und verstand in der stummen Kommunikation, dass er Halt bei ihr suchte. Er wollte ihre Unterstützung. Doch Audrey war sich auch bewusst, dass sie sich, wenn sie die Fortführung dieser Scharade betrieb, erneut auf eine Affäre einlassen würde. Dieses Mal stand so viel mehr auf dem Spiel. Sie war verheiratet und sie musste an ihre Kinder denken. Trotzdem erwiderte sie zustimmend den Druck seiner Hand. Sie liebte ihn so sehr, dass ihr keine andere Wahl blieb.
Louis war entschlossen, so wenig wie möglich zu lügen, und deshalb begann er, indem er die Züge Islas hervorhob, die er an ihr bewundert hatte. »Sie hat immer gesagt, was sie dachte«, sagte er, und der begierige Gesichtsausdruck der Mutter Islas spornte ihn an. »Sie war impulsiv und eigenwillig und immer eine wunderbare Quelle des Frohsinns. Ihr Leben war nur kurz, aber es war glücklich.«
Rose verlangte offenbar mehr.
»Als ich Isla zum ersten Mal sah, war ich hingerissen von ihrer Schönheit. Deine Töchter sind beide sehr schön, Rose«, sagte er vorsichtig.
Rose sah Audrey an und lächelte dankbar, während Hilda Nelly

musterte und sich wünschte, sie könnte etwas gegen deren dünnes braunes Haar unternehmen.

»Am meisten aber habe ich ihre Art bewundert, niemals vorzugeben, etwas anderes zu sein, als sie war. Sie war überschwänglich und sehr lebhaft. Sie wird schmerzlich vermisst, und sie wird uns immer fehlen.«

»Aber wann haben diese Rendezvous stattgefunden?«, fragte Rose ungeduldig.

»In eurem Haus. Sie spielte sehr gut Backgammon und ausgezeichnet Bridge. Es war eine völlig unschuldige Freundschaft, Rose. Eine, die gerade erst im Begriff war aufzublühen.« Dann seufzte er, und der verlegene Ausdruck wich aus seinem Gesicht, das nun bleich und durchsichtig erschien.

Tante Edna, die bisher eifrig damit beschäftigt gewesen war, die restlichen Krümel von ihrem Teller zu picken, hob den Kopf und hörte zu, denn plötzlich klang Louis' Stimme ruhig und sehr traurig. Audrey spürte, wie seine Hand feucht von Schweiß wurde.

»Die Liebe hat mich hier festgehalten, und die Liebe hat mich dann fortgetrieben. Denn als die Liebe nicht mehr war, stellte ich fest, dass ich nicht ohne sie leben konnte. So ging ich fort als halber Mensch, denn der Teil von mir, zu dem mein Herz gehörte, blieb hier zurück, bei ihr. Ich habe jahrelang in Mexiko von der Erinnerung an meine Liebe gelebt, habe versucht, sie in den Augen anderer Frauen zu finden, doch es ist mir nicht gelungen. Jeder einzelne Versuch misslang, denn die Augen, die mich ansahen, waren nicht die tiefen, stillen Seen, die mich unablässig heimsuchten, sondern die seichten Augen einer Fremden. Verstehst du, Rose, es gibt nur eine einzige Frau, die für mich bestimmt ist. Gott hat sie für mich auserwählt. Ihretwegen hat er mich nach Argentinien geführt. Und in dem Augenblick, als ich sie zum ersten Mal sah, wusste ich, dass unsere Seelen einander verbunden sind. Ich wusste, dass sie mich versteht, wie mich kein Mensch zuvor verstanden hat. Das größte Wunder von allen war, dass sie mich ebenfalls liebte. Sie liebte mich wirklich.« Er hielt inne und senkte den Blick.

Rose wischte sich eine Träne von der Wange, und Edna war so gerührt, dass sich in ihrem Gesicht rote Flecken abzeichneten. Sie warf einen Blick auf Audrey und wusste, dass Louis von ihr, nicht von Isla, sprach.

»Ich wollte fortbleiben, weil ich wusste, dass ich es in Argentinien ohne sie nicht ertragen hätte. Also bin ich nach meiner Zeit in Mexiko eine Weile umhergereist, bevor ich nach England zurückkehrte. Dort wohnte ich bei meiner Schwester Cicely und erfuhr, dass Audrey und Cecil geheiratet hatten. Es war ein Schock für mich, weil mir klar war, dass ich nie in diesen Genuss kommen würde. Die Ehe mit der geliebten Frau ist wohl das größte Geschenk auf Erden. Doch mir wird es versagt. An diesem Punkt beschloss ich zurückzukommen. Ich musste mich meinen Dämonen stellen. Ich musste mir beweisen, dass meine Träume nicht sinnlos waren, dass sie eine Bedeutung hatten. Also bin ich zurückgekommen, um mein Herz wiederzufinden, das ich vor zwölf Jahren verloren hatte. Und was habe ich gefunden?« Er hob den Blick und sah Rose an.

»Was hast du gefunden?«, fragte sie mit zitternder Stimme.

Er beugte sich vor. »Sie hat es immer noch. Sie besaß es immer und wird es immer besitzen.«

Hilda hielt den Atem an. »Du kannst dich doch nicht in alle Ewigkeit an einen Geist fesseln, Louis«, sagte sie. Der Blick ihrer schwarzen Augen huschte zu Nelly, und sie spürte, wie die Enttäuschung in Form einer Hautrötung an ihrem Hals hinaufstieg. »Es ist sinnlos, in der Vergangenheit zu leben.«

»Ich fürchte, Sie verstehen nicht, Hilda«, sagte Louis sanft. »Ich fürchte, Sie wissen nichts von der Macht der Träume.«

»Aber ich«, flüsterte Audrey und ließ seine Hand los. Sie faltete die ihren im Schoß, für den Fall, dass ihnen anzusehen war, wie sehr sie brannten. »Ich verstehe die Macht der Träume, Louis. Auch du besitzt ihr Herz für immer. Für immer.«

Rose tupfte sich die Augen mit dem Taschentuch und lächelte Louis dankbar an. »Das war das Schönste, was ich je im Leben gehört habe. Isla konnte sich glücklich schätzen, dich zu lieben. Danke.«

»Also«, sagte Edna und holte tief Luft. »Wann soll der Gedenkgottesdienst stattfinden, Rose?«

»Am Samstagabend. Ich möchte gern, Louis, dass du einen Text liest.«

»Natürlich«, erwiderte er.

»Und du auch, Audrey.«

Audrey nickte.

»Es soll eine Feier für ihr Leben sein. Trauer will ich nicht. Wir haben genug getrauert. Es ist an der Zeit, Gott zu danken und daran zu denken, wie viel Freude sie uns allen geschenkt hat.«

Es war schon Abend, als Rose und ihre Schwestern aufbrachen. Cecil war von der Arbeit zurückgekommen und fand sie noch alle ins Gespräch vertieft um eine erkaltete Teekanne und eine leere Kuchenplatte versammelt vor. Audrey bedankte sich bei ihnen für den Besuch und begleitete sie bis zum Tor. Tante Hilda hatte sich nicht einmal dazu herabgelassen, auf Wiedersehen zu sagen, und Nelly war den Tränen so nahe, dass sie nicht sprechen konnte. Rose jedoch umarmte Audrey herzlich und sagte: »Gib Acht auf Louis, meine Liebe, ja? Er ist mir sehr wichtig.« Doch Tante Edna flüsterte kaum hörbar: »Islas Augen waren nie tiefe, stille Seen.«

Audrey öffnete schon den Mund zu einer Erklärung, aber ihre Tante tätschelte ihr die Hand und lächelte traurig. »Dein Geheimnis ist bei mir gut aufgehoben, liebes Mädchen, aber sei vorsichtig. Du bewegst dich auf gefährlich schwankendem Boden. Das kann nur mit Kummer enden.« Dann gesellte sie sich wieder zu ihren Schwestern, und gemeinsam entfernten sie sich die Straße entlang.

Cecil bemerkte auf Anhieb, dass seine Frau das Haar offen trug,

und äußerte sich beim Abendessen dazu. »Du siehst hübsch aus, Audrey. Die Frisur lässt dich um Jahre jünger aussehen.«
Audreys Wangen röteten sich, und sie dankte ihm für das Kompliment. Dann sah sie ihn mit ihren sanften grünen Augen fest an, und plötzlich erinnerte sie ihn wieder an das Mädchen, in das er sich vor vielen Jahren verliebt hatte.
»Manchmal muss man einfach weitergehen«, sagte sie leise und lächelte ihn an. »Ich bin nicht mehr in Trauer.« Sie bezog das natürlich auf Louis, doch Cecil verstand ihre Worte anders und glaubte, sie spräche von den Zwillingen. Er bemerkte ihr strahlendes Aussehen und ihre Beschwingtheit, und ein vorsichtiger Optimismus erwachte in seinem Herzen. Vielleicht war sein Verdacht unbegründet. Sogleich meldete sich sein Gewissen, weil er Schlechtes über seine Frau gedacht hatte.
»Ich fahre morgen aufs Land hinaus«, sagte Louis. »In Mexiko habe ich einen Mann kennen gelernt, der westlich von der Stadt eine *estancia* besitzt. Den möchte ich besuchen.«
»Gute Idee«, erwiderte Cecil leutselig. Er fühlte sich stark dank Audreys guter Stimmung. Dann überraschte er sich selbst. »Fahr doch mit, Audrey!«, schlug er vor. Wenn sie Ablenkung hatte, würde sie nicht so viel über die Abwesenheit ihrer Kinder nachgrübeln.
»Oh, ich habe hier genug zu tun«, wehrte sie leise ab.
»Unsinn. Du hast hier überhaupt nichts zu tun. Ein Tag draußen in der Pampa wird dir gut tun.«
Sie blickte Louis an.
»Cecil hat Recht. Du kannst nicht den ganzen Tag zu Hause sitzen und die Heimkehr der Kinder planen. Du solltest stattdessen über die Ebene galoppieren und ein herzhaftes Steak essen.« Er lachte.
»Gut«, gab sie nach. »Kannst du dir nicht freinehmen, Cecil, und auch mitkommen?«, fügte sie aus Freundlichkeit und Schuldbewusstsein hinzu.
Cecil lächelte sie dankbar an und strich über ihre Hand. »Nein,

meine Liebe, das geht nicht. Aber fahr du nur mit Louis und amüsier dich gut.«
»Ich bringe sie heil und gesund nach Hause zurück«, versprach Louis, sah dabei aber Audrey an, und seine Augen sagten noch so vieles mehr.
Cecil klopfte seinem Bruder herzhaft auf die Schulter. »Ich verlasse mich darauf«, sagte er und zündete sich eine Zigarre an. »Wenn man seinem eigenen Bruder nicht mehr vertrauen kann, wem dann?«

Audrey war müde, als sie zu Bett ging. Der Tag war körperlich und psychisch anstrengend gewesen. Sie dachte an Tante Ednas geflüsterte Worte und hätte gern gewusst, wie sie dem Geheimnis auf die Spur gekommen war. Hoffentlich ahnte niemand außer ihr etwas davon. Lächelnd erinnerte sie sich an Louis' zu Herzen gehende Rede über die Liebe. Sie hatte ihm dafür danken wollen, war aber nicht ein einziges Mal mit ihm allein gewesen. Einstmals hatten sie sich mit Hilfe kleiner in den Ziegelsteinen des Bahnhofs versteckter Briefchen verständigt. Jetzt mussten sie auf passende Gelegenheiten warten, aber morgen hatten sie den ganzen Tag für sich, und sie freute sich so sehr darauf, dass sie glaubte, vor Aufregung keinen Schlaf zu finden.
Als Cecil das Zimmer betrat, sah sie ihn verblüfft an. Er stand da und überlegte, ob er bleiben oder sich lieber zurückziehen sollte. Ihre Miene war undeutbar, doch sie trug das Haar immer noch offen. Die Locken fielen in duftiger Pracht auf ihre Schultern. »Ich möchte dir eine gute Nacht wünschen«, sagte er und hoffte auf einen ermutigenden Blick von ihr. Doch sie saß im Bett und sah ihn ausdruckslos an. Resigniert senkte sie dann den Blick.
»Cecil, ich bin schrecklich müde. Ich finde, wir lassen besser alles so, wie es vor meiner Abreise war. Wenigstens heute Nacht.« Sie hob den Blick nicht, weil sie es nicht ertragen hätte, sein vor Enttäuschung errötendes Gesicht zu sehen.

»Natürlich. Ich möchte ohnehin noch eine Weile lesen und weiß ja, dass das Licht dich stört.«
»Danke.«
»Nun, dann gute Nacht.« Er schickte sich an zu gehen.
Audrey plagte plötzlich das schlechte Gewissen. »Cecil?«
»Ja?«
»Bekomme ich keinen Kuss?«
Seine Freude war bemitleidenswert, und ihr tat das Herz weh. Er kam zu ihr und gab ihr einen leichten Kuss auf die Wange.
»Gute Nacht, Cecil.«
»Gute Nacht, Audrey. Träum etwas Schönes.« Sie sah ihm nach, als er ging. Er hatte ja keine Ahnung, wie schön ihre Träume waren.
Audrey löschte das Licht und kroch unter die Bettdecke. Eine warme Brise spielte raschelnd in den Vorhängen und füllte den Raum mit Gartendüften. Audrey fragte sich, ob Louis wohl wach lag und an sie dachte, und es drängte sie, zu ihm zu gehen. Doch sie konnte das Risiko, ertappt zu werden, nicht eingehen, und außerdem konnten sie den folgenden Tag ja ganz nach ihren Wünschen zubringen. Sie dachte an ihre geheimen Tänze in Palermo, an die verstohlenen Küsse unter dem Kirschbaum und an den schmerzhaften Verlust, als ihre Träume sich nicht erfüllten. Sie schauderte unter dem Gedanken, ihn noch einmal zu verlieren, und in der stillen Einsamkeit ihres Zimmers schwor sie sich, ihn jetzt nie wieder fortzulassen.

Zweiundzwanzig

Am nächsten Morgen, als die flamingorosafarbene Morgendämmerung einem klarblauen Himmel wich, brachen Audrey und Louis zu ihrer Landpartie auf. Der Wind griff in ihr offenes Haar und ließ es flattern, und Audrey sah Louis von der Seite an und wusste, dass er Recht gehabt hatte, was die Macht der Träume betraf. Hiervon hatte sie geträumt, und die Träume waren wahr geworden.

Als hätte er ihre Gedanken gelesen, streckte er die Hand aus und ergriff die ihre. Sie lächelten zufrieden und lehnten sich entspannt zurück, während die geschäftige Stadt zu schäbigen Häusergruppen ausdünnte, bis nur noch die lange, leere Straße blieb, die sich durch die endlose Ebene zog. Der Himmel wölbte sich über ihnen, und sie waren wie berauscht von einem herrlichen Gefühl der Freiheit. Herden mahagonifarbener Ponys weideten im hohen Gras, Kühe trotteten umher und warfen die Köpfe herum, um lästige Fliegen abzuwehren.

Audrey schaute sich um und erinnerte sich an ihre Abreise nach England, als sie aufs weite Meer hinausgeblickt und ihre kleine Welt in Beziehung zu den endlos vor sich ausgebreiteten Möglichkeiten gesehen hatte. Jetzt empfand sie ganz ähnlich die Verlockung der endlosen Weite – hier konnte man sich verirren und nie wieder heimfinden.

»Woran denkst du?«, fragte Louis.

»Daran, wie groß die Welt ist und wie klein wir dagegen sind.«

»Und wie unbedeutend. Manchmal muss man einen Berggipfel erklimmen, um sich daran zu erinnern.«

»Oder auf das riesige Meer hinausblicken.«

Er lächelte sie an, und vor Glück kribbelte es in ihrem Bauch.
»Solch ein Anblick ist es, der Träume entstehen lässt, meine Liebste«, sagte er, und sie drehte sich zu ihm um und sah ihn traurig an.
»Das weiß ich jetzt. Ich wollte, ich hätte es schon früher gewusst. Aber damals konnte ich nicht über Hurlingham hinausschauen.«
»Es ist nicht wichtig. Nichts ist mehr wichtig, denn jetzt bist du hier bei mir.« Und er beteuerte noch einmal: »Ich liebe dich, Audrey, und ich werde dich immer lieben.«

La Magdalena lag wie eine blühende Oase inmitten der fruchtbaren Pampa. Aus der Ebene erhob sich eine Vielzahl von hohen Bäumen, in deren Zweigen Vögel sangen. Mit dem Geruch von Pferden und Leder trieb der Duft von Eukalyptus durchs Fenster ins Auto. Sie fuhren die lange, staubige, von üppig belaubten *paraísos* gesäumte Zufahrt hinauf. Eine Hundemeute nahm sie in Empfang, und Audrey dachte an Cicelys Hunde, die so viel wohlgenährter und gepflegter waren als diese dürren Mischlinge, die den Wagen umkreisten und ihre Ankunft mit lautem Bellen verkündeten.
Sie hielten unter den Bäumen an, und eine dunkelhäutige Bedienstete in rosaweißer Tracht kam geschäftig aus dem Haus, brachte die Hunde zum Schweigen und scheuchte sie ungeduldig mit beiden Armen fuchtelnd weg.
»*Buen día,* Señor Forrester, Señor Ribaldo erwartet Sie auf der Terrasse«, sagte sie auf Spanisch und verzog den Mund zu einem zahnlosen Lächeln.
Das Haus war weißgelb, im Kolonialstil erbaut und hatte ein Dach aus verblichenen grünen Ziegeln. Es war alt und benötigte einen frischen Anstrich, doch die Mauern waren von Jasmin überzogen, in dem die Bienen summten, und trotz des schäbigen Aussehens hatte es einen großen Charme und viel Charakter. Das Dienstmädchen führte sie auf die Terrasse, auf der ein

drahtiger Mann in den Siebzigern saß und Kaffee trank. Er trug graue, an den Knöcheln geknöpfte Gaucho-Hosen mit Bundfalten und einem breiten, mit Silbermünzen verzierten Gürtel. Die Füße steckten in fadenscheinigen Espadrilles, und die darüber freiliegende Haut war braun und trocken wie die Erde.

Als er Louis sah, stemmte er sich aus seinem Sessel hoch und lächelte erfreut. »Louis, mein Freund! Wie schön, dich wiederzusehen.« Er zog den jungen Mann in seine Arme und klopfte ihm freundschaftlich auf den Rücken. Dann musterte er Audrey mit blitzenden braunen Augen und zog bewundernd die aschgrauen Brauen hoch.

»Und das ist dann wohl die Frau, von der du mir erzählt hast.«

Audrey wurde rot.

»Gaitano, das ist Audrey Forrester, meine Schwägerin«, erklärte Louis.

Gaitano nickte, und Mitleid glitzerte in seinen alten Augen. »Ah, ich verstehe. So schön und so unerreichbar. Es ist immer eine Freude, eine solche Schönheit anzuschauen.« Er gab Audrey einen Kuss, und ihre Wange prickelte noch eine ganze Weile danach von seinem Stoppelbart. »Kommt, lasst uns etwas trinken. Dann lasse ich euch jungen Leute allein, damit ihr euch meine Farm ansehen könnt, bevor wir uns zum Mittagessen wiedersehen. Mein Gaucho, El Chino, bereitet ein köstliches Grillfest für euch vor, und Constanza hat den Nachtisch zubereitet. Heute soll ein besonderer Tag sein. Das Leben ist eine Abfolge von Augenblicken, und ich wünsche mir, dass ihr beide diesen Augenblick in Erinnerung behaltet. –

Louis hat dir sicher erzählt, dass wir uns in Mexiko kennen gelernt haben«, wandte Gaitano sich an Audrey, setzte sich wieder und griff nach seiner Kaffeetasse. »Er ist ein außergewöhnlicher junger Mann. Kannst du dir vorstellen, tauben Kindern Musikunterricht zu geben? Aber taube Menschen hören mit dem Herzen; viele andere dagegen hören nur mit den Ohren und sind taub für die Musik in ihren Herzen.«

Audrey sah Louis an und lächelte stolz. »Louis ist wirklich außergewöhnlich«, bestätigte sie. »Er hat mich auf eine Weise Klavier spielen gelehrt, wie ich es noch nie zuvor erlebt hatte.«
Gaitano nickte wissend. »Ja, aber du hattest die Töne schon gespürt. Du musstest nur noch lernen, sie zu spielen.«
»Mag sein.« Sie lachte leise. »Spielen Sie auch Klavier, Gaitano?«
Der Alte schmunzelte wehmütig. »Ich spüre die Töne, habe aber zu viel Angst, sie zu spielen. Denn wenn ich einmal damit anfinge, würde ich nie wieder aufhören. Das ist eine große Gefahr für mich. Ich habe in meinem Leben zu viel gesehen, um derartige Emotionen beherrschen zu können. Argentinien ist ein Land des Aufruhrs. Ich fürchte, die Töne meiner inneren Melodie wären nicht sehr angenehm. Im Himmel werde ich spielen, sofern Gott mir so viel Paradies zugesteht. Aber jetzt wollen wir auf Louis und sein Talent anstoßen.« Er hob seine Kaffeetasse, und Audrey hob ihr Saftglas. Danach ließ Gaitano sie allein und schlurfte durch den Park zu El Chino, der sich im Schatten eines Eukalyptusbaums mit dem Grill zu schaffen machte.
»Was für ein wunderbarer Mann«, sagte Audrey auf dem Weg zu einer kleinen Ansammlung von Schuppen, wo ein paar junge Gauchos Ponys für sie gesattelt hatten.
»Er ist taub«, sagte Louis.
»Taub?« Audrey war verblüfft.
»Völlig taub. Er hört kein einziges Wort.«
»Man merkt es ihm nicht an«, rief sie bewundernd aus.
»Nein. Er ist seit vielen Jahren taub, wurde aber nicht taub geboren. Er kam nach Mexiko, um mich kennen zu lernen. Ein Freund von ihm hatte einen Artikel über mich gelesen und diesen Gaitano zu mir geschickt. Wir haben uns auf Anhieb angefreundet.«
»Aber ihm hast du nicht das Klavierspielen beigebracht?«
»Er sagte, er wäre zu alt. Ich glaube, er hatte Angst, dass er zusammenbrechen würde, wenn er seine Gefühle herausließe. Musik hat manchmal diese Wirkung. Man frisst alle Gefühle in

sich hinein, hält sie unter Verschluss und völlig unter Kontrolle, und dann bedarf es nur einer schlichten Melodie, und alles bricht aus einem hervor, und es hört nicht auf, bis alle Emotionen sich Bahn gebrochen haben.«

»Armer Gaitano. Hat er eine Frau?«

»Er hatte Frau und Kinder, aber seine Frau ist verstorben, und die Kinder leben auf der ganzen Welt verstreut. Ich glaube, er war ein harter Mann.«

»Und wer sorgt für ihn?«

»Constanza und El Chino vermutlich. Er kommt gut zurecht.« Audrey ergriff Louis' Hand. »Du hast ihm von uns erzählt, nicht wahr?«

»Ich musste mit jemandem reden. Einem anderen hätte ich es nicht sagen können. Gaitano hat immer gesagt, wenn ich je zurück nach Argentinien käme, müsste ich ihn hier besuchen. Er hat dich auf Anhieb erkannt.«

»Dann hast du mich treffend geschildert.«

»Es war nicht schwer, denn dein Gesicht ist in meinem Gedächtnis eingebrannt.«

»Offen getragene Locken«, sagte sie und lachte.

»Nein«, erwiderte er ernst, blieb stehen und zog sie in seine Arme. »Ovales empfindsames Gesicht, sehnsüchtige blaue Augen, weiche, durchscheinende Haut und volle Lippen, ein großzügiger Mund. Der Mund einer Dichterin.« Er legte die Hand um ihr Kinn und küsste ihre Lippen. »Aber das Kostbarste verbirgst du in deinem Inneren, und das kann außer mir niemand sehen.«

Sie stiegen auf ihre Ponys und ritten gemächlich über die Ebene. Die Mittagssonne stand jetzt hoch am Himmel, aber es war nicht zu heiß, sondern angenehm warm. Um sie herum lag die Pampa endlos und flach da, nur hier und da unterbrochen durch eine Baumgruppe, die eine Farm anzeigte, und den sie überragenden lebenswichtigen Wassertank. Muntere *vizcachas*, eine Art Präriehase, versteckten sich im hohen Gras und hoben sich kaum vom Boden ab, bis das Hufgetrappel der sich nähernden Pferde sie vertrieb. Ihr unbeschwertes Hakenschlagen ließ vermuten, dass es sich in der Pampa gut leben ließ.

Nach ein paar Meilen hielten sie unter den gummiartigen Ästen eines großes Ombu-Baums und ließen ihre Ponys im Schatten ausruhen. »Weißt du, der Ombu ist der einzige Baum, der ursprünglich zur Pampa gehört. Alle anderen wurden importiert und von Siedlern gepflanzt«, erklärte Louis und setzte sich ins Gras.

»Er ist unglaublich schön, nicht wahr?« Audrey nahm an seiner Seite Platz.

Er zog sie an sich und gab ihr einen Kuss auf die Schläfe. »Dieser Augenblick ist ein großes Geschenk, Audrey. Hier zu sein mit dir, inmitten dieser endlosen Ebene. Es ist wie im Paradies. Wir können ganz wir selbst sein, und ich kann dir mit lauter Stimme sagen, dass ich dich liebe, ohne Angst vor Lauschern haben zu müssen.« Sie lachte, als er es in den Himmel hinauf schrie. »Ich liebe dich, Audrey Forrester, ich liebe dich, ich liebe dich, ich liebe dich.«

»Hör auf!«, rief sie und wischte sich die Augen. »Du bist ein dummer Junge.«

»Aber ich bin *dein* dummer Junge.«

»Ja, der bist du.« Dann sagte sie sehr ernst: »So hätte es von Anfang an sein müssen. Dir fühle ich mich näher als irgendwem sonst, und ich habe dich so lange nicht gesehen.«

»Ich weiß, und doch ist es, als hätten wir uns erst gestern das letzte Mal gesehen. Das ist wahre Freundschaft, und, Audrey, ich möchte, dass du meine Geliebte bist. Ich hätte dich gern zur Frau, aber in allererster Linie bist du auch meine geliebte Freundin.«

»Ich habe Cecil nur geheiratet, weil ich glaubte, dich nie wieder zu sehen. Ich dachte, du wärst für immer fort, Louis. Aber ich habe nie aufgehört, dich zu lieben.«

»Ich weiß, Liebste. Quäl dich nicht«, sagte er weich. »Ich war verletzt und wütend, als ich es erfuhr, aber schließlich war ich es, der dich verlassen hat.«

»Warum bist du fortgegangen?«, fragte sie kopfschüttelnd und dachte daran, wie weh ihr sein augenscheinlicher Egoismus getan hatte.

»Weil mit Islas Tod alles anders geworden war. Du sahst sogar verändert aus. So fern, so starr. Der Kampfgeist war aus dir gewichen. Mir war klar, dass du die Pflicht über die Liebe stellen würdest. Mir war klar, dass du dich den Wünschen deiner Eltern nicht widersetzen könntest. Mir war klar, dass es vorbei war.«

»Aber es hätte nicht vorbei sein müssen. Vielleicht, mit der Zeit ...«, tastete sie sich leise vor.

»Nein, auch nicht mit der Zeit. Es ist wirklich Ironie des Schicksals, dass sie jetzt, da sie glauben, Isla hätte mich geliebt, wünschen, ich wäre ihr Schwiegersohn.«

»Das macht mich so wütend. Wenn ich nicht mit Cecil verheiratet wäre ...«

»Aber du bist mit ihm verheiratet.«

»Vielleicht könnte ich ...«

»Audrey«, unterbrach er sie streng. »Ich verlange jetzt nichts mehr von dir. Den Fehler habe ich früher einmal gemacht. Lass uns einfach wie zwei Blätter im Wind für den Augenblick leben, ohne Entscheidungen zu treffen oder Pläne zu schmieden. Ich will dich nicht noch einmal verlieren.«

»Du wirst mich nicht verlieren. Oh Gott, Louis, du wirst mich nicht verlieren, ich verspreche es dir.«

Er drückte sie an sich und küsste sie, ließ Träume Wirklichkeit werden, die sich während der langen Jahre des Wartens abgenutzt hatten. Sein Kuss war zart und leidenschaftlich und traurig, und beide dachten an ihr Gespräch unter dem Sternenhimmel vor dem Hurlingham Club, als die vergängliche Schönheit des Augenblicks sie in ihren Bann gezogen und in eine bittersüße melancholische Stimmung versetzt hatte. Doch seine

Küsse wischten die vergangenen zwölf Jahre der Einsamkeit und des Kummers fort, die sie vor ihrer Zeit hatten altern lassen.

Sie galoppierten zurück nach La Magdalena, und der Wind nahm ihr Lachen mit, sodass die Vögel, die in den hohen Platanen Schatten suchten, Flügel schlagend aufstoben und die Strauße auf der Grasebene das Weite suchten. Sie genossen das Gefühl der Freiheit, und ohne an morgen oder die Sorgen von gestern zu denken, lachten sie hemmungslos und schrien ihre Begeisterung zum Himmel hinauf.
Das Mittagessen fand im Schatten eines fadenscheinigen Sonnenschirms, mit Blick auf die endlose Pampa, auf der Terrasse statt. El Chino bediente den Grill unter dem Eukalyptusbaum, und seine kleinen braunen Augen blitzten vor Stolz. Er hatte das Rind erst am Morgen geschlachtet, und das Fleisch lag frisch und zart säuberlich auf dem Grill aufgereiht. Er beugte sich darüber und wendete die Steaks, und Audrey bemerkte das reich verzierte Messer in seinem breiten Silbermünzengürtel. Wie herrlich großspurig diese Gauchos doch auftraten! Gaitano reichte ihr eine riesige Holzplatte, und sie wählte ein großes Stück von dem zarten Fleisch. »Das reicht ja für eine ganze Armee«, bemerkte sie, als El Chino ihr das Fleisch mit einem dicken Stück geröstetem Brot auf den Teller legte.
»Es reicht für die Gauchos und Constanza«, erwiderte Gaitano. »Aber ich hoffe, dass ihr euch noch einen Nachschlag holt. Wir sind sehr stolz auf unsere Herden.«
»Leben Sie immer hier draußen?«, fragte sie.
»Ich gehe heutzutage nicht mehr in die Stadt. Ich bin zu alt, und mich plagen zu viele Erinnerungen. Hier ist es still und friedlich. In Buenos Aires brodelt es, und ich betätige mich nicht mehr in der Politik. Das habe ich schon vor langer Zeit aufgegeben, Gott sei Dank. Die Politik bringt nichts als Unheil. Nicht nur in diesem Land. Heute bevorzuge ich das einfache Leben und bin glücklich damit. Komm, setz dich und lass es dir schmecken.«

Audrey mochte Gaitano. Sie konnte mit ihm über sich selbst reden, da er nichts über ihre Herkunft wusste und nichts von dem, was sie enthüllte, über die Grenzen der *estancia* hinausdringen würde. Er wusste durchaus, dass er einem heimlichen Liebespaar Unterschlupf bot, doch er spielte niemals auf ihre Affäre an, sondern betrachtete sie höchstens mit Mitgefühl, als erlebte er durch sie die Liebe, die er nicht einmal in seiner Jugend in dieser Weise erfahren hatte.
Audrey merkte, dass er nicht verstand, was sie sagte, wenn ihre Lippenbewegungen ihm entgingen. Deshalb achtete sie darauf, erst zu sprechen, wenn er ihr ins Gesicht sah, und dann wurde seine Miene sanft, und er neigte den Kopf auf die Seite und schenkte ihr mit liebevollem Lächeln seine ungeteilte Aufmerksamkeit. Es war wie eine Befreiung, Louis' kleine Zeichen der Zuneigung offen und ohne Scham genießen zu dürfen, wenn er zärtlich ihre Hand berührte oder ihr eine lange Haarlocke zurückstrich, die ihr ins Gesicht gefallen war. Er handelte ganz natürlich, ohne nachzudenken, und doch wusste sie, dass er jeden noch so geringen Kontakt genauso bewusst wahrnahm wie sie, weil seine Hände ihre Haut versengten und vor Erregung prickeln ließen.
Nach dem Essen hielt Gaitano im Haus Siesta. Audrey wurde plötzlich verlegen, wusste nicht, wohin mit ihren Händen und ihren Blicken. Der ganze Nachmittag lag vor ihnen, lange, freie Stunden, und jetzt waren sie allein. Louis spürte ihr Unbehagen und verstand sie. Er verschränkte seine Finger mit ihren. »Lass uns schwimmen gehen, am Pool in der Sonne liegen und schlafen. Uns bleibt noch der ganze Tag, und ich will keinen Augenblick mit unangenehmen Gefühlen vergeuden.«
Audrey nickte, trotz seines Verständnisses froh, dass sie ihren Widerwillen, ihre Beziehung in einem fremden Haus weiter auszubauen, nicht erklären musste. Sie wünschte sich sehr, dass er mit ihr schliefe. Aber nicht hier. Noch einmal forschte sie in seinem Blick und fragte ihn stumm, wieso er sie so gut verstand,

doch seine glitzernden Augen verbargen ihre aufgewühlte Tiefe hinter einer glücklichen Fassade.
Sie lagen umschlungen im Gras beim Pool, der grün von Algen war und an den einst säuberlich gemauerten Rändern bröckelte. Im Halbschatten der Bäume lag er vergessen und verkommen da, denn Gaitano war zu alt zum Schwimmen, und nur die Kinder der Gauchos kamen zum Spielen hierher, wenn die Hitze unerträglich wurde. Eine große Gardenie streckte ihre geöffneten Blüten der Sonne entgegen und verströmte ihren süßen Duft, während Bienen auf der Suche nach Pollen umhersummten.
Audrey und Louis schwammen im trüben Wasser, um sich abzukühlen, und unterhielten sich dann leise, bis sie im Sonnenschein einschliefen. Ihr Schlaf war ruhig und zufrieden, und als sie aufwachten und einander in den länger werdenden Abendschatten sahen, wurden sie erneut überwältigt von Melancholie und dem Wissen, dass der Tag sich neigte und sie heimkehren mussten. Sosehr sie die schönen Stunden auch festzuhalten versuchten, sank die Sonne doch hinter die Bäume, und die Luft wurde kühler.

Constanza hatte auf der Terrasse den Teetisch gedeckt, und Gaitano hatte seine Siesta beendet. Er spürte auf Anhieb ihre ernste Stimmung, denn der Verlust eines Sinnes hatte einen anderen verstärkt und geschärft. Da er Louis kannte und Audrey gut verstand, schlug er vor, den Tee im Haus zu nehmen. »Ich möchte euch etwas zeigen«, sagte er.
Sie folgten ihm in das dunkle Wohnzimmer und blinzelten, um ihre Augen an das Dämmerlicht zu gewöhnen.
Das Zimmer roch alt und nach Mottenkugeln und war voll gestellt mit Bücherregalen. Doch Audrey wie auch Louis bemerkten gleich das Klavier, das unter Stapeln von Papieren fast gänzlich verborgen war.
»Es hat meiner Frau gehört«, sagte Gaitano mit einer Hand-

bewegung in Richtung des Instruments. »Meine Kinder wollten es nicht. Mögt ihr für mich spielen?«
Audrey sah Louis bestürzt an, da Gaitano doch völlig taub war. Gaitano spürte ihre Verwirrung, legte die Hand aufs Herz und lächelte versonnen. »Ich höre mit dem Herzen, Audrey. Mit dem Herzen.« Und er setzte sich erwartungsvoll.
Louis zögerte nicht. Er zog einen Stuhl heran, da der Schemel für beide nicht ausreichte, und fing an zu spielen.
Gaitano legte den Kopf in den Nacken und lachte leise, als hätte er die Melodie erkannt.
Audrey nahm Platz und legte die Finger auf die Tasten. Louis nickte ihr zu, und sein Gesicht strahlte plötzlich vor Begeisterung. Sie holte tief Luft, denn das letzte Mal, als sie ihre Melodie gespielt hatte, war ihr Herz schwer wie Blei gewesen. Jetzt aber spielte sie sie mit einer Mischung aus Freude und Traurigkeit, denn das Lied stand für eine Liebe, die nur im Schatten blühen durfte.
Gaitano betrachtete sie mit feuchten Augen. Er hätte so gern mit den Ohren gehört, aber ihm blieb nur sein Herz, und auch das ließ ihn von Tag zu Tag ein bisschen mehr im Stich.
Als für Audrey und Louis die Zeit zum Aufbruch kam, war auch er traurig, und er umarmte sie, als wären sie seine Kinder. »Kommt bitte wieder«, bat er. »Wann immer ihr wollt. Ich bin immer hier.« Sie versprachen es, und es war ihnen ernst. La Magdalena bot ihnen Zuflucht vor ihrer eigenen erstickenden Welt, und sie würden gern zurückkommen.
Schweigend fuhren sie die staubige Straße entlang zurück, denn das Herz war ihnen schwer. Sie versuchten an Dinge zu denken, auf die sie sich freuen konnten, und mussten sich ins Gedächtnis rufen, dass sie ja immer noch einander hatten. Sie hielten sich bei den Händen und hörten Radiomusik, während die ländliche Gegend allmählich von den Häusern der Stadt abgelöst wurde. Zurück ließen sie die Ausgeglichenheit der schlafenden Pampa und die Illusion ihrer Freiheit, während sie sich wieder auf die

Irreführung ihrer Umgebung einstellen mussten. An diesem Abend würde Audrey einen neuen Vorwand finden müssen, um ihren Mann aus dem Ehebett zu verbannen, und Louis würde allein schlafen, gequält vom Duft ihrer Haut, der ihm noch anhaftete. Und sie würden sich nacheinander sehnen, getrennt nur von den Wänden des Hauses und ihrer eigenen Vernunft. Doch Wände ließen sich niederreißen, und die Vernunft konnte außer Acht gelassen werden.

Als die Tage vergingen und der Gedenkgottesdienst für Isla näher rückte, wusste Audrey, dass es nicht mehr lange dauern würde, bis sie sich ihm hingab. Es war unvermeidlich, und sie war bereit.

Dreiundzwanzig

Auf Islas Beerdigung hatte Louis ganz hinten in der Kirche gesessen. Zwölf Jahre später, zu ihrem Gedenkgottesdienst, saß er ganz vorn. Er wie auch Audrey waren sich der Tatsache bewusst, dass diese Feier zum Gedenken an Islas Leben nur auf Grund ihres Lügengewebes stattfand, und beide fühlten sich entschieden unwohl dabei. Audrey versuchte, sich einzureden, dass ihre Mutter ohnehin nur des kleinsten Vorwands bedurft hätte, um auf diese Weise ihrer Tochter zu gedenken. Sie hätte sicher etwas anderes gefunden, wenn Louis nicht wieder aufgetaucht wäre. Doch Audrey wusste auch, wie schlecht man allgemein von ihr denken würde, wenn die Wahrheit ans Tageslicht käme. Einer außerehelichen Affäre wegen zu lügen war schlimm genug, aber Isla war tot und konnte sich nicht mehr rechtfertigen. Es war beschämend, noch dazu in einer Kirche. Audrey betrachtete das Kruzifix auf dem Altar, angestrahlt vom Sonnenlicht, das durch die bleiverglasten Fenster fiel, und tröstete sich halbwegs mit dem Gedanken, dass sie bisher noch keinen Ehebruch begangen hatte, wenngleich auch das nur noch eine Frage der Zeit war. Sie befand sich eindeutig auf dem Weg zur Hölle, doch der Weg war noch lang, und sie war bereit, ihr Leben mit Louis jetzt zu genießen und später dafür zu bezahlen, auf welche Weise auch immer Gott sie dafür zu bestrafen gedachte.

Sie saß in derselben Reihe wie ihre Eltern und Brüder zwischen Louis und ihrem Mann. Es war recht eng, denn die Jungen waren keine Kinder mehr, doch es störte Audrey nicht, denn so konnte sie sich verstohlen an Louis schmiegen, ohne dass jemand etwas von den geheimen Botschaften merkte, die sie austauschten. Sie betrachtete das hübsche Gesicht ihres Bruders Albert. Er war jetzt ein Mann, hatte kaum noch Ähnlichkeit mit dem dünnen Kind, das Kartenhäuser baute, damit Isla sie mit einem frechen Handstreich wieder zerstörte. Sie sah zu ihren anderen Brüdern, ein Stück weiter in der Bankreihe, hinüber, und ihr Heranwachsen verdeutlichte ihr mehr als alles andere, wie schnell die Zeit verging. Als Kind war ein Jahr ihr lang erschienen; jetzt war ein Jahr vorüber, bevor sie überhaupt die Zeit gefunden hatte, es zu genießen.

Cynthia Klein war im vorigen Herbst heimgegangen und auf dem Friedhof in der Stadt neben ihrer Freundin Phyllida Bates begraben worden. Nur Diana Lewis und Charlo Blythe waren von dem einstmals so furchterregenden Quartett übrig geblieben, und sie waren nur noch geschrumpfte Versionen ihrer früheren Erscheinung. Diana war schwerhörig, aber zu stolz, um es einzugestehen, deshalb redete sie die Leute in Grund und Boden, sodass sie keine Chance hatten, etwas zu sagen, und sie selbst nicht zuhören musste. Ihr Mund war kaum noch zu erkennen, so sehr war er eingesunken vor lauter Desillusionierung, denn wenn man niemals lächelt, vergisst man, wie es geht, und wenn man nur negative Gedanken hegt, sieht man entsprechend mürrisch aus.

Im Gegensatz zu ihr hatte Charlo sich ihre silberhaarige Würde bewahrt; sie hatte zumindest einen Anlass, glücklich zu sein. Obwohl der alte Colonel sich gelegentlich in der Vergangenheit zu verirren schien, bot er ihr Gesellschaft, und Charlo musste sich nie einsam fühlen. Sie und Diana sprachen kaum noch miteinander, denn Charlo interessierte sich nicht mehr so für Klatsch wie in früheren Zeiten. Sie hatte ihr Glück gefunden, und glückliche Menschen sind freundliche Menschen.

Diana setzte sich hinter Tante Hilda und ihre vier Töchter und schimpfte leise vor sich hin, weil niemand mit ihr redete. Ihr fiel auf, dass Nelly noch blasser als gewöhnlich war und ihre hängenden Mundwinkel denen ihrer Mutter glichen. Diana hätte gern gewusst, ob ihr Unglücklichsein mit Louis zusammenhing. Trotz allem, was inzwischen über ihn geredet wurde, hielt sie noch genauso wenig von ihm wie damals, als er nach Hurlingham kam. Eine heimliche Affäre mit Isla zu unterhalten war kein einem Gentleman angemessenes Benehmen. Diana beugte sich vor und spähte hinüber zu der Bankreihe, in der Cecil neben seiner Frau saß. Na, das ist mal ein anständiges junges Paar, sagte sie zu sich selbst. Audrey war stets über jegliche Kritik erhaben gewesen, wogegen Isla erst mit ihrem Tod in diesen glücklichen Zustand erhoben worden war. Gott mochte wissen, was aus ihr geworden wäre, wenn sie länger gelebt hätte. Sie schniefte und schlug das Gesangbuch auf. Louis hielt eine Rede. »Wie ausgesprochen unpassend«, knurrte sie leise. Dann bemerkte sie ihre tiefroten Finger und fuhr entsetzt auf. Überall war Blut! Sie musste sterben. Sie war schon im Begriff, in Ohnmacht zu fallen, als ihr einfiel, dass sie am Vormittag gemalt hatte. »Gott sei Dank!«, rief sie laut. »Ich bin noch nicht tot!«

Nelly drehte sich um und sah sie finster an. Hilda stieß ihr den Ellbogen in die Rippen, und Nelly blickte wieder nach vorn.

»Sie ist verrückt, Nelly, völlig verrückt. Beachte sie gar nicht, sonst treibt sie es noch toller«, flüsterte Hilda.

Diana fächelte sich Luft zu. Der Tod machte ihr Angst, und je näher sie ihm rückte, desto größer wurde ihre Angst.

Als der Gottesdienst begann, fing Audrey einen Blick von Emma Letton auf, die bei ihrem Mann und ihren drei Kindern saß. Ein plötzlicher Schmerz durchzuckte sie bei dem Gedanken an ihre eigenen Kinder in weiter Ferne, und sie lächelte der Freundin traurig zu. Emma erwiderte das Lächeln voller Mitgefühl, denn sie verstand Audreys Verzweiflung. Schließlich beging man den Gedenkgottesdienst für ihre Schwester, eine Erinnerung an Islas Tod, so gut diese Geste auch gemeint sein mochte, und außerdem hatte man ihr Alicia und Leonora genommen. Emmas Blick wanderte weiter zu Louis, der hoch aufgerichtet und stolz neben ihr stand, und Emma fragte sich unwillkürlich, ob er womöglich auch noch einen Beitrag zu der Bürde auf den Schultern ihrer lieben Freundin geleistet hatte.

Audrey bemühte sich verzweifelt, die Nähe ihrer Schwester in der Frühlingssonne und der duftenden Brise zu spüren, und behielt die Altarkerzen fest im Auge, für den Fall, dass wieder eine auf geheimnisvolle Weise verlöschte. Doch falls Islas Geist unter den Gästen weilte, gab er sich nicht zu erkennen, höchstens in der Erinnerung der Anwesenden, als sie in Wort und Gesang des von Energie sprudelnden Kindes gedachten, das ihnen allen am Herzen gelegen war und dann so plötzlich von ihnen ging, dass sie auch nach zwölf Jahren noch den Schmerz spürten.

Als Louis vor der Gemeinde stand, um ein von Rose ausgewähltes Gedicht vorzutragen, spürte Audrey, wie ein leises Rascheln der Bewunderung durch die Schar der Andächtigen ging, das wie eine Welle auch auf sie in der ersten Bank übergriff und ihren Zorn weckte. Wie wankelmütig die Menschen sind, dachte sie wieder einmal, und wie wankelmütig ich selbst war. Hätte ich doch nur den Mut gehabt, meinem Herzen zu folgen.

Sie beobachtete Louis voller Entschlossenheit. Seine Hände zitterten während seines Vortrags, und er hob nicht ein einziges Mal den Blick aus dem Buch, aus Angst, sich zu verhaspeln, oder vielleicht auch aus Angst, man könnte die Lügen in seinen Augen lesen. Audreys Herz wurde weit vor Liebe und der unerschütterlichen Entschlossenheit, mit Louis eine gemeinsame Zukunft zu bauen, komme, was da wolle.

Als er zu Ende gelesen hatte, kehrte er auf seinen Platz zurück und blickte unter seiner zerzausten Haartolle hervor über die Reihen von Menschen hinweg. Audrey lächelte ihn zärtlich an, als er sich setzte, und Cecil nickte ihm brüderlich-freundlich zu, doch sein Gesicht blieb ernst. Dann sahen die beiden Männer sich einen Moment lang fest in die Augen, und Audrey hätte gern gewusst, welche Botschaft sie austauschten.

Plötzlich wurde Louis rot, und er senkte schuldbewusst den

Blick, wieder einmal durch den herausfordernden Blick seines Bruders in seinem Selbstbewusstsein getroffen. Doch seine Beschämung hielt nicht lange an, denn er spürte Audreys warmen Körper an seinem, was ihn von der finsteren Musterung durch seinen Bruder ablenkte. Dann folgte ein Gebet, und sie knieten nieder, schlossen die Augen und versuchten, sich auf die Worte des Vikars zu konzentrieren, doch Audrey und Louis sahen nur noch einander.

Erst zum Ende des Gottesdienstes, als sie die Kirche verließen, fiel Audreys Blick auf die Stuhlreihen im hintersten Teil des Gotteshauses, inzwischen unbesetzt und in Schatten getaucht, denn das Sonnenlicht reichte nicht bis hierher. Ihr wurde die Kehle eng beim Gedanken an jenes letzte unglückselige Gespräch mit Louis. Die Erinnerung daran tat weh. Plötzlich trübten Tränen ihren Blick, und ohne einen Gedanken daran zu verschwenden, ob Cecil neben ihr oder weit hinter ihr ging, schlang sie die Arme um Louis. Sie spürte, wie er sich versteifte, denn schließlich bewegten sie sich in der Öffentlichkeit, und sein Bruder ging direkt hinter ihm. »Ich will dich nicht noch einmal verlieren«, flüsterte sie ihm ins Ohr. »Genau an dieser Stelle habe ich dich vor zwölf Jahren verloren, und die ganze Zeit über habe ich darunter gelitten. Bitte verlass mich nie wieder; ich würde es nicht noch einmal überleben.«

Louis drückte sie an sich und flüsterte zurück: »Ohne dich gehe ich nirgendwohin. Ich warte bis zu meinem Tod auf dich, wenn es sein muss.«

Sie löste sich schluchzend von ihm. Er blickte sich um. Audrey folgte seinem Blick und sah, dass Cecil sich näherte, in ein leises Gespräch mit Rose und Henry vertieft. Er warf ihr einen forschenden Blick zu, und sie antwortete mit einem schmalen Lächeln, um anzuzeigen, dass es ihr gut ging, wenngleich sie ein wenig weinen musste. Er wandte sich ab und setzte das Gespräch mit ihren Eltern fort. Doch ein Schatten fiel über sein Gesicht, als ihn wieder einmal das Misstrauen überfiel.

Sämtliche Gäste wurden zu einem Drink in die Canning Street eingeladen, und das Haus war erfüllt von Festtagsstimmung, nicht, wie vor zwölf Jahren, von düsterem Schmerz. Tante Hilda betrachtete Louis voller Abneigung, während Nelly jede seiner Bewegungen verfolgte, obwohl der ganze Raum sie von ihm trennte. Tante Ednas fröhliche Art sorgte für gute Unterhaltung, trotz der schwindelerregenden Übelkeit, die sie ergriff, wenn sie an Audrey und Louis und den Vulkan, auf dem sie tanzten, denken musste. Ihr entging auch nicht, wie Cecils Hände zitterten, während er unerhörte Mengen von Alkohol in sich hineinschüttete. Er war doch früher ein so selbstbewusster, strahlender junger Mann, dachte sie traurig. Was ist nur aus Cecil Forrester geworden?

Emma Letton setzte sich zu Audrey aufs Sofa, während ihre Kinder umhertobten, abgestellte Weingläser austranken und sämtliche *empandas* verspeisten. »Sie fehlen dir ganz schrecklich, nicht wahr?«, fragte sie und legte Audrey tröstend die Hand auf den Arm.

»Oh ja«, erwiderte sie. »Sosehr ich auch versuche, mich abzulenken, ich muss doch immerfort an sie denken. Was soll ich denn jetzt tun? Die Kinder waren mein Leben, und jetzt habe ich nichts mehr.«

»Ich würde genauso empfinden, wenn Thomas unsere Kinder ins Ausland schicken würde. Ich wäre am Boden zerstört.«

»Es liegt an der Stille. An dieser schrecklichen Stille. Ich fühle mich so allein.«

»Warum bekommst du nicht noch ein Kind?«

»Wie bitte?«

»Aber ja. Du bist doch noch jung. Wie wär's mit einem Jungen?«

»Damit Cecil ihn ebenfalls fortschicken kann? Ich glaube nicht, dass ich all das noch einmal ertragen könnte.«

»Natürlich kannst du das.«

»Ich möchte keinen Ersatz für Alicia und Leonora. Sie würden sich an den Rand gedrängt fühlen.«

»Ich glaube eher, sie würden sich freuen.«
»Dann kennst du Alicia längst nicht so gut, wie ich angenommen habe!« Audrey lachte. »Sie wäre wütend, und Leonora wäre tief gekränkt. Das könnte ich ihnen nicht antun.« Außerdem, hätte sie gern hinzugefügt, ist es ja nicht nur so, dass Cecil und ich aneinander vorbeileben. Nein, wir sehen uns ja kaum.
Plötzlich ertönte Musik über das Stimmengewirr hinweg. »Wer spielt da?«, fragte Emma, denn von ihrem Platz aus konnten sie das Klavier nicht sehen.
»Louis«, antwortete Audrey.
Emma seufzte verträumt. »Er spielt wunderschön«, hauchte sie.
Die Gespräche verstummten vor Ehrfurcht, während die Musik den Raum erfüllte.
Zum ersten Mal hörte Audrey Louis ein konventionelles Stück spielen, das Warschauer Konzert. Er spielte es so emotionsgeladen, dass sich nach und nach alle einen Sitzplatz suchten, gebannt lauschten und sich von der Musik entführen und anrühren ließen. Alle waren ergriffen von Addinsell und Louis' tief empfundener Interpretation.
»Warum hat er solche Stücke nicht auch damals im Club von Hurlingham gespielt?«, fragte Charlo ihren Mann in weithin hörbarem Flüsterton.
Der alte Colonel hob die Schultern. »Ein feiner Bursche, zweifellos«, flüsterte er ebenfalls viel zu laut zurück, und Charlo konnte ihm nur zustimmen. Louis war nicht derselbe Mann, der nach Islas Tod fortgegangen war. Er wirkte unbeschwerter.
Audrey fing Cecils Blick auf, der beobachtete, wie sie Louis beobachtete. Sie wandte sich ab. Es würde nicht mehr lange dauern, bis sie die Ehe brach, und auf Grund ihres schlechten Gewissens war es ihr fast unerträglich, ihn anzusehen. Er blickte auf seinen Bruder und ließ resigniert die Schultern hängen.

Es war spät, als Audrey genauso leise wie seinerzeit, als Louis sie unter dem Kirschbaum im Obstgarten erwartete, durch die

Dunkelheit schlich. Doch jetzt hatte sie so viel mehr zu verlieren. Getrieben von der düsteren Erinnerung an jenes schicksalhafte Gespräch in der Kirche ging sie auf Zehenspitzen, um ihren Mann nicht zu wecken, und klopfte leise an Louis' Zimmertür. Sie musste angestrengt lauschen, denn ihr Herzschlag dröhnte ihr in der Stille des Flurs so laut in den Ohren, dass sie kaum etwas anderes hörte. Sie dachte an den Tag auf dem Lande, als sie allein miteinander waren, und an ihre Verlegenheit, weil sie in eine derartige Situation geraten war. Doch an diesem Abend erschien es ihr gut und richtig, trotz ihres Mannes, der fest schlief und nicht ahnte, dass seine Frau den ersten entschlossenen Schritt von ihm fort tat. Im Wissen um ihre Verworfenheit zauderte sie vor der Tür und versuchte, nicht an ihren Mann oder ihre Kinder zu denken, sondern sich Islas ermutigendes Lächeln vorzustellen. »Hab den Mut, deinem Herzen zu folgen, Audrey«, hatte sie gesagt, und ihre Stimme hallte über die Jahre hinweg wider, um Audrey an die Vergänglichkeit des kostbaren Lebens zu erinnern und daran, dass die Liebe das größte Geschenk unter dem Himmel war. Audrey wollte nicht mehr für andere leben, sondern für sich selbst. Hatte sie sich das nach so viel Schmerz nicht verdient?

Die Tür öffnete sich langsam und geräuschlos, und Audrey schlüpfte ins Zimmer. »Ich will nicht mehr allein sein. Ich brauche dich«, flüsterte sie.

»Ich wusste, dass du heute kommen würdest.« Louis nahm sie in die Arme und küsste sie auf die Stirn.

»Woher wusstest du es, wenn ich es selbst doch nicht einmal ahnte?«

»Auf Grund dessen, was du in der Kirche gesagt hast. Ich will auch nicht mehr allein sein.«

»Es war mein Ernst, Louis. Diesmal werde ich dich nicht verlieren. Ich weiß nicht, wie wir es bewerkstelligen sollen, aber ich will nicht mehr ohne dich sein. Ich will es einfach nicht.«

Sie legten sich ins Bett und umschlangen einander. Sie hatte

erwartet, nervös zu sein, sie hatte schließlich bisher mit niemandem außer ihrem Mann geschlafen, doch Louis' Zärtlichkeiten waren so vertraut, dass sie das Gefühl hatte, schon tausend Mal so intim mit ihm gewesen zu sein und die Liebe mit jedem Mal noch stärker empfunden zu haben.
Sein Kuss war heiß und doch zart, und die ganze Zeit über betrachtete er sie mit diesem in die Ferne gerichteten Blick, der für sie nicht mehr in die Ferne gerichtet wirkte, da die Traumwelt, in der er lebte, sie ebenfalls aufgenommen hatte. Ihre Sinne wurden überflutet vom würzigen Duft seiner Haut, dem leisen Kratzen seiner Bartstoppeln an ihrer Wange, von seinem Körper an ihrem, so nah, als wollte er mit ihrer Seele verschmelzen.
Hinterher wurde ihr bewusst, dass sie im Grunde noch nie zuvor geliebt hatte. Zwar hatte sie die körperliche Verbundenheit mit Cecil auf eine freundschaftliche Art oft genossen, doch mit Liebe hatte es nie etwas zu tun gehabt. Liebe lernte sie erst mit der Geburt ihrer Kinder kennen. Doch mit Louis machte sie Liebe, badete in ihr, roch sie, hüllte sich darin ein und wurde selbst zu Liebe. Nie im Leben hatte sie sich so gewürdigt gefühlt. Sex war nicht mehr sexuell, sondern spirituell, und sie empfand es als Gnade, die körperliche Liebe in ihrer reinsten Form erleben zu dürfen. »So hätte es immer sein können«, sagte sie und schmiegte sich an ihn, und die frische Brise, einzige Zeugin ihrer Vereinigung, kühlte ihren erhitzten Körper.
»Und so wird es jetzt immer sein, das verspreche ich dir«, antwortete er, während er mit den Locken spielte, die ihr über die Schultern fielen. Eingehüllt von ihrer Liebe glaubten beide daran, dass es möglich sein könnte.

In den darauf folgenden Wochen nahmen sie die sich bietenden Gelegenheiten wahr, wenn Cecil arbeitete oder in seinem Bett schlief. Sie ritten über die Pampa, während Gaitano ihnen von der Terrasse aus nachblickte. Sie tanzten im Wohnzimmer, wenn Mercedes so mit Oscar beschäftigt war, dass sie nichts merkte, und sie spielten Klavier, wenn die Abendschatten lang und länger wurden, und füllten die kostbaren Stunden wieder mit jener süßen Melancholie, die ihnen inzwischen so vertraut war wie ein alter, treuer Freund.

Sosehr die Liebe Audrey auch umfangen hielt, sie machte sie doch nicht blind. Ihr war klar, dass ihr Mann zu viel trank. Wenn er abends nach Hause kam, roch er nach Alkohol und griff gleich wieder zur Flasche, bevor er noch ein Wort gesagt hatte. Er blieb nicht mehr an ihrer Schlafzimmertür stehen, um Audrey hoffnungsvoll anzuschauen, bereit, den Riss in ihrer Ehe zu kitten oder ihn in der Dunkelheit wenigstens zu vergessen. Nach dem Abendessen zog er sich in sein Büro zurück und überließ seinen Bruder und seine Frau dem Klavierspiel, als wüsste er, dass er betrogen wurde, hätte aber nicht die Kraft, ihnen entgegenzutreten.

Und Audrey ließ die Dinge treiben, weil sie wusste, dass ihre Ehe in dem Moment, da sie darüber sprachen, gescheitert wäre. Sie wünschte sich sehnsüchtig, mit Louis durchzubrennen, aber in wenigen Wochen kamen die Zwillinge zum Weihnachtsfest nach Hause. Sie musste ihre Entscheidung aufschieben, bis die Mädchen wieder in der Schule waren. Louis drängte sie nicht und verlangte auch nicht von ihr, dass sie über ihre Zukunft sprachen.

»Wir wollen nur für den Augenblick leben«, sagte er. Audrey tat ihm nur zu gern den Gefallen.

Vierundzwanzig

Cicely ließ die Zwillinge nur ungern zu Weihnachten nach Argentinien reisen. Sie hatte sie in den Ferien und auch gelegentlich am Besuchswochenende gern bei sich gehabt. Leonora hatte Panazel und Florien im Garten geholfen, hatte Blumenzwiebeln gepflanzt und Obst gepflückt, während Alicia darauf bestanden hatte, ihre Freundin Mattie mitzubringen, von der Cicely nicht viel hielt. Mattie war arrogant und launisch. Alicia pflegte mit ihr irgendwo im Umkreis des Hofes zu verschwinden und allerlei Unheil anzurichten. Cicely hatte die Mädchen einmal ertappt, als sie Florien in Verlegenheit brachten. Es störte sie nicht unbedingt, denn der Junge war durchaus in der Lage, sich seiner Haut zu wehren. Aber die Mädchen waren ein hässliches Duo. Sie ignorierten Leonora weitestgehend, und wären die Zigeuner nicht gewesen, hätte Cicely etwas dagegen unternommen. Leonora aber war ganz zufrieden, wenn sie in den Wohnwagen spielen und Mashas Geschichten lauschen konnte. »Ich wäre gern eine Zigeunerin«, sagte sie. »Ich würde so gern in einem Wohnwagen wohnen und den ganzen Tag im Garten arbeiten. Das ist ein herrliches Leben.« Alicia und Mattie hatten höhnisch darüber gelacht und hochmütig die Nasen gerümpft.

»Du bist so anspruchslos«, hatten sie sie erbarmungslos aufgezogen. »Wir beide wollen etwas aus uns machen, berühmt werden, nicht wie ein blöder Zigeuner auf der Wiese sitzen und die Welt an uns vorbeirauschen lassen.«

Zu Cicelys Verwunderung blickte Leonora nach wie vor mit entsagungsvoller Verehrung zu ihrer Schwester auf. Offenbar nahm sie Alicia ihre Boshaftigkeit nicht übel, wenngleich sie oftmals sichtlich gekränkt war. Würdevoll kämpfte sie dann um Haltung und wedelte im übertragenen Sinne mit dem Schwanz – wie Barley.

Leonora war Cicely sehr ans Herz gewachsen. Sie war ein liebenswertes Kind, im Gegensatz zu ihrer Schwester kein bisschen verwöhnt. So liebevoll Audrey ihre Kinder auch großgezogen hatte, ungewollt hatte sie Alicia doch verdorben. Alicia waren alle körperlichen Vorzüge in die Wiege gelegt worden, und doch hatte Leonora den größten Vorteil von allen, nämlich ein liebenswertes Wesen.

Der Abschied von Alicia war Cicely nicht sonderlich schwer gefallen, doch als sie hinaus in den Garten blickte und nur Panazel und seinen Sohn in den Rabatten arbeiten sah, sehnte sich ihr Herz nach dem unscheinbaren kleinen Mädchen mit dem empfindsamen Gesicht und dem sanften Lächeln, das sich weiter nichts wünschte als das einfache Leben einer Zigeunerin. Barley vermisste Leonora ebenfalls. Gewöhnlich lag er im Gras, beobachtete sie in ihren lehmverschmierten Jeans und Gummistiefeln und wartete darauf, dass sie ihn auf einem langen Spaziergang durch Wald und Feld mitnahm. Jetzt wirkte er entwurzelt, folgte wohl Cicely auf Schritt und Tritt, war aber eindeutig nicht zufrieden damit.

Cicely hatte die Mädchen zum Flughafen gebracht und ins Flugzeug gesetzt. Beide waren vor Aufregung völlig aus dem Häuschen und tobten herum wie junge Hunde. Sie hatte Alicia scharf zurechtweisen müssen, weil sie Leonora verspottete, die Schlaffi, den Hasen, im Handgepäck mit ins Flugzeug nahm. »Du kannst manchmal richtig böse sein«, sagte sie gereizt. »Und wenn du böse bist, siehst du ausgesprochen hässlich aus.« Sie hoffte, dass Alicias Angst vor der Hässlichkeit eine Wirkung zeitigen könnte. Alicia war furchtbar eitel.

Jetzt war sie wieder daheim, und im Haus war es still und kalt. Sehr kalt. Sie machte Feuer, zog mehrere Pullover übereinander an und lief im Zimmer umher, um sich warm zu halten. Nur Marcel war der Luxus einer Gasheizung gestattet, denn sonst beschwerte er sich, dass er, um den Pinsel einzutauchen, zuerst das Eis auf dem Wasserbecher zerbrechen musste. »Mit erfrorenen Händen kann ich nun mal nicht malen, *mon amour*«, klagte er und sah sie aus seinen dunklen, gallischen Augen beschwörend an. »Und ich kann nicht jedes Mal, wenn ich vor Kälte zittere, erwarten, dass du mich wärmst. So gern ich dich auch den ganzen Tag lang lieben möchte, würde mich doch meine brachliegende Kreativität nicht zur Ruhe kommen lassen.« Cicely sehnte sich nach den Nächten, wenn seine Kreativität brachliegen durfte, doch tagsüber verlangte er, in Ruhe gelassen zu werden, damit er arbeiten konnte. Woran er arbeitete, wusste sie nicht. Manchmal fragte sie sich, ob er überhaupt arbeitete.

Audrey, Tante Edna und Rose holten die Zwillinge am Flughafen von Buenos Aires ab. Es war ein heißer Dezembertag, so schwül, dass sie sich zur Kühlung Luft zufächeln mussten. Sie standen im Sonnenschein auf der Dachterrasse und sahen zu, wie das Flugzeug sich von weiter nichts als einem silbernen Schimmer in der Ferne in den großen, kraftvollen Airbus verwandelte, der die geliebten Mädchen nach Hause brachte.
Audrey hatte die Tage gezählt und ihnen täglich geschrieben, selbst, als die Briefe ihre Töchter in England gar nicht mehr erreichen konnten, weil ihre Heimkehr kurz bevorstand. Louis bot ihr willkommene Ablenkung, aber sie vergaß die Mädchen nie, nicht eine Sekunde lang. Stets sah sie ihre kleinen Gesichter vor ihrem inneren Auge, und ihre Seele sehnte sich still nach ihnen, selbst wenn sie in den Armen des Geliebten lag.
Als Leonora ihre Mutter sah, brach sie in Tränen aus und warf sich in ihre Arme. Die Reise war lang und ermüdend gewesen, und Alicia hatte die ganze Zeit über geschmollt, nachdem Cicely sie in die Schranken gewiesen hatte.

Audrey drückte sie zärtlich an sich und gab ihr einen liebevollen Kuss auf die Stirn. Erleichtert stellte sie fest, dass Leonora noch genauso duftete wie früher. Leonora brachte vor lauter Glückseligkeit keinen Ton hervor. Sie klammerte sich an ihre Mutter wie ein Äffchen, selbst noch als Audrey Alicia umarmte, und sie ließ sie auch auf der Heimfahrt im Wagen nicht los. Nichts konnte sie jetzt von ihrer Mutter trennen. Sie hatte sie schmerzlicher vermisst, als sie sich hatte eingestehen wollen, und jetzt wollte sie sie spüren, um sich zu vergewissern, dass sie Wirklichkeit war und dieselbe Mutter wie die, von der sie geträumt hatte. Alicias Stimmung hob sich, sobald sie Publikum hatte. Tante Edna steuerte den Wagen, Rose saß im Beifahrersitz und Audrey auf dem Rücksitz zwischen den Zwillingen. »Froggie, unsere Französischlehrerin, hat so schlimmen Mundgeruch, dass wir ihr Zahnpasta in die Teetasse getan haben«, erzählte Alicia und kicherte.

»Aber sie heißt doch nicht in Wirklichkeit Froggie?«, rief Audrey, überglücklich, ihre Töchter wieder bei sich zu haben.

»Nein, eigentlich heißt sie Madame Duval, aber hinter ihrem Rücken nennen wir sie Froggie. Sie isst zu viel Knoblauch. Und wir haben ständig Mitternachtspartys, genauso wie in den Büchern. Leo macht nicht mit, sie hat Angst. Sie ist eine Musterschülerin.«

»Das hoffe ich doch«, bemerkte Tante Edna. Sie hätte am liebsten noch hinzugefügt, dass sie nur auf Grund von Alicias Ungezogenheit überhaupt nach England geschickt worden waren.

»Ich habe so viel von eurem Kunstclub gehört, Leonora. Was für eine schöne Aufgabe!«, begeisterte sich Rose. Leonora hatte sich an ihre Mutter gekuschelt, lutschte am Daumen und rieb ihre Nase an Schlaffis Plüschohren.

»Gussie bringt Donnerstagnachmittags Tee und Kuchen mit«, sagte sie leise. »Ich mag Gussie.«

»Na ja, offensichtlich mag sie dich auch.«

»Ich hasse Kunst. Ich bin sehr gut in Sport, sagt Miss Pole«,

mischte sich Alicia ein. »Wisst ihr, da gibt es einen Stalljungen namens Larry, und der lispelt. Wisst ihr, was lispeln ist?«
»Natürlich«, sagte Audrey.
»Er kann Alicia nicht aussprechen, er sagt immer Alischia.« Sie lachte herzlich. »Mattie sagt, er kann nicht richtig sprechen, weil er geistig zurückgeblieben ist.«
Leonora wusste, wie furchtbar Alicia und Mattie den Jungen quälten, aber sie dachte nicht daran, ihre Schwester zu verraten. Zum Glück war Larry ein ungewöhnlicher Bursche, der nicht merkte, dass die Mädchen gemein zu ihm waren, sondern die Aufmerksamkeit, die er bei ihnen erregte, genoss.
»Scho, Alischia, ich schattle dann Schalty für dich«, fuhr Alicia höhnisch fort. Rose und Tante Edna fanden das kein bisschen lustig, Audrey jedoch drückte Alicia an sich und gab ihr einen Kuss auf die Schläfe.
Zu Hause wartete Mercedes mit Loro und Oscar auf der Türschwelle. Alicia kreischte vor Aufregung und kletterte, so schnell sie konnte, aus dem Wagen.
»Mein liebes Kind«, seufzte die alte Köchin. »Du bist bestimmt fünf Zentimeter gewachsen!«
»Hast du meine Briefe bekommen?«, fragte Alicia und schlang die Arme um Mercedes' mollige Taille.
»Natürlich. Da drüben in England scheint ihr ja zumindest richtig schreiben zu lernen.«
»Das ist noch längst nicht alles. Ich kann Französisch sprechen, weißt du?«
»Wozu soll das gut sein?«
»Ich kann mich mit Franzosen unterhalten.«
»Denen solltest du um jeden Preis aus dem Wege gehen«, riet Mercedes mit ihrer trägen Stimme und dachte an den französischen Matrosen, mit dem sie einmal im Hafen geschmust hatte. Es war eine kurze, aber fruchtbare Affäre, denn neun Monate später war Tomas auf die Welt gekommen, mit dunkler Haut und schmachtendem Blick.

Oscar trug Loro auf der Schulter und fütterte ihn mit Sonnenblumenkernen, damit er still blieb und nichts von der heißen Affäre verriet, die er inzwischen mit Mercedes unterhielt.
Cecil hörte den Tumult und kam nach draußen. In der Hand hielt er ein Glas Whisky, und sein Lächeln, einstmals so strahlend und ehrlich, wirkte nun schlaff und unglücklich. Er küsste erst Alicia, dann Leonora auf die Stirn und tätschelte beide, wie Cicely es getan hatte, als sie sie zum ersten Mal am Bahnhof abholte.
Rose und Tante Edna waren sich im Klaren über Cecils Alkoholproblem, hielten es jedoch nicht für angebracht, sich einzumischen. Rose verstand nicht, was ihn dazu trieb, Trost in der Flasche zu suchen, Tante Edna allerdings schon. Falls Louis in Hurlingham blieb, musste sie in aller Stille mal ein ernstes Wort mit ihrer Nichte sprechen. Louis lebte nun schon seit Wochen in ihrem Haus. Das war ihrer Meinung nach äußerst ungünstig, und ihr Mitleid galt Cecil, der Audrey liebte, seit er sie zum ersten Mal gesehen hatte. Natürlich war ihre Nichte böse auf ihn, weil er ihre Töchter ins Internat geschickt hatte, aber Ehebruch war nun doch nicht die angemessene Strafe dafür. Das brachte nur Unglück, und letztendlich würden die Kinder am meisten darunter leiden.
Edna beobachtete Audrey in ihrem unübersehbaren Glück. In erster Linie war sie Mutter, in zweiter Linie Ehefrau. Edna hätte gern gewusst, welchen Platz Louis einnahm und was die beiden planten. Sie konnten schließlich nicht immer so weiterleben. Vielleicht, so dachte sie hoffnungsvoll, kommt sie jetzt, da die Mädchen zurück sind, wieder zu Verstand und beendet die Affäre. Audrey ist ein kluges Mädchen, am Ende wird sie doch das Richtige tun.
Alicia verschwand mit Mercedes in der Küche, während Leonora ihrer Mutter gemeinsam mit ihrem Vater, ihrer Tante und ihrer Großmutter auf die Terrasse folgte. »Erzähl schon, Leonora, wie gefällt es dir in Colehurst House?«, bat Cecil. Audrey

schenkte die geeiste Limonade ein, die Mercedes auf dem Tisch bereitgestellt hatte, und reichte ihrer Tochter ein Glas, das diese durstig leerte.
»Gut«, antwortete sie.
»Fein. Und Tante Cicely?«
»Ich mag sie sehr.«
»Das freut mich.«
»Auf ihrer Wiese wohnt eine Zigeunerfamilie. Sie helfen im Garten und bei der Ernte, und ich helfe auch mit.«
»Fein.«
»Sie haben alle so merkwürdige Namen«, berichtete Leonora, und ihre Augen blitzten fröhlich. »Panazel, Masha, Florien und Ravena ...«, begann sie, und dann erzählte sie alles über ihre neuen Freunde und auch, dass sie Zigeunerin werden wollte, wenn sie groß war.
Cecil hörte seiner Tochter nur mit halbem Ohr zu; er konzentrierte sich auf seine Frau. Sie sah wunderschön aus, rosig überhaucht vor lauter Glück. Jetzt tat es ihm Leid, dass er die Mädchen fortgeschickt hatte. Seine Absichten waren die allerbesten gewesen, und er bot ihnen die beste Erziehung, die man für Geld bekommen konnte, aber dass er dafür seine Frau geopfert hatte, war die Sache trotzdem nicht wert. Seit seiner Ankündigung, dass er die Zwillinge nach England schicken wollte, war ihre Beziehung gestört. Im Grunde bestand die Beziehung kaum noch. Ohne jeden Zweifel zog Audrey die Gesellschaft seines Bruders der seinen vor. Wie weit die beiden gingen, konnte er nur raten. Er war nicht dumm, sondern sah die Dinge realistisch. Und er hoffte, dass sie noch rechtzeitig zu ihm zurückfand. Er würde ihr alle Zeit lassen, die sie brauchte, wie er es immer getan hatte. In der Zwischenzeit fühlte er sich einfach besser, wenn er etwas getrunken hatte. Das linderte den Schmerz und nährte seine Hoffnungen. Während seiner Soldatenzeit hätte er den Feind gestellt, doch dieser Feind hatte etwas in seiner Gewalt, das er nicht bedroht wissen wollte. Audreys Herz. Deshalb steckte er

den Kopf in den Sand wie der bekannte Vogel Strauß und hoffte, dass sich alles von selbst klären würde.

Louis, der den Tag mit Gaitano verbracht hatte, um Audrey Zeit für ihre Kinder zu lassen, erschien pünktlich zum Abendessen. Die Zwillinge nahmen ihn kaum wahr, bevor er anfing, Klavier zu spielen. »Bring mir das bei!«, verlangte Alicia, als ihre Mutter ihr erklärte, dass Louis in Mexiko Musik unterrichtet hatte.

Leonora, die in der Schule mit dem Klavierunterricht begonnen hatte, zeigte ihm, was sie schon konnte, wobei ihre kleinen Finger aufgeregt über die Tasten holperten. Doch Louis war entzückt. »Du wirst eine sehr gute Pianistin, Leonora. Jetzt versuch dies mal«, sagte er, setzte sich neben sie und schlug einen Akkord an. »Und dann das hier«, fügte er hinzu, spielte einen weiteren Akkord, und bald saßen sie Seite an Seite auf dem Schemel und spielten vierhändig.

»Jetzt ich, jetzt ich!«, schrie Alicia und hüpfte von einem Fuß auf den anderen. »Ich will Klavier spielen lernen. Warum habe ich in der Schule keinen Unterricht wie Leo?«

»Weil du nicht wolltest«, erwiderte ihre Mutter.

»Aber jetzt will ich. Bleibt Louis während der Ferien hier?«, fragte sie hoffnungsvoll.

»Ich weiß nicht, da musst du ihn schon selbst fragen.«

»Bleibst du?«

»Wenn du das möchtest«, sagte er und lachte leise.

»Nur, wenn du mir das Klavierspielen beibringst«, antwortete sie ernst.

»Einverstanden. Wenn deine Eltern nichts dagegen haben, dass ich etwas vom Weihnachtspudding abbekomme.«

Audrey lachte unbeschwert, Cecil erstarrte, doch Leonora und Alicia waren begeistert.

»Tante Cicely hat Pudding und Fleischpasteten für uns gemacht. Es wird ein richtiges englisches Weihnachtsfest«, er-

klärte Leonora aufgeregt. »Der Weihnachtsmann kommt sogar den weiten Weg bis hierher, wisst ihr?«
»Schön zu wissen«, sagte Louis. »Habt ihr schon euren Wunschzettel geschrieben?«
»Wunschzettel?«, wiederholten die Zwillinge wie aus einem Munde.
»Nun ja, ihr müsst einen Wunschzettel schreiben und ihn dann im Kamin verbrennen. So kommt er bei den kleinen Helfern des Weihnachtsmanns an, und die sorgen dafür, dass ihr die gewünschten Geschenke auch bekommt. Aber nur, wenn ihr sehr brav gewesen seid. Wart ihr denn brav?«
»Oh ja!«, erwiderten sie. Alicia war klar, dass sie nicht sonderlich brav gewesen war, aber wenn der Weihnachtsmann genauso war wie die Leute, die sie bisher kannte, würde sie trotz allem die Geschenke bekommen, die sie haben wollte.
»Na, worauf wartet ihr noch? Holt Stifte und Papier, dann können wir es gleich erledigen. Wir dürfen keine Zeit mehr verschwenden«, wies er sie eindringlich an.
Die beiden Mädchen eilten ein Stockwerk höher, und Louis sah Audrey an. Sie erwiderte seinen Blick voller Zärtlichkeit. So hätte sie eigentlich Cecil anschauen müssen. Doch sie hatte Cecil schon lange keinen zärtlichen Blick mehr gegönnt.

Mercedes musterte den schwarzen Klumpen, Weihnachtspudding genannt, und runzelte die dichten Brauen. Etwas Derartiges hatte sie noch nie gesehen. Und es war schwer. Wie eine Kanonenkugel. Genauso viel Schaden kann es auch anrichten, dachte sie und ließ das Ding mit einem dumpfen Schlag auf die Anrichte plumpsen. Loro in seinem Käfig kreischte: *»Te quiero, te adoro, te amo …«*, und gab sein Bestes, um ein schweres Atmen zu imitieren. Da riss Mercedes der Geduldsfaden. Oscars Liebeserklärungen konnte sie hinnehmen, weil sie rührend waren. Sie erinnerten sie an ihre Jugend, als sie unter einem schweren, gut aussehenden Matrosen oder unter einem dünnen

Laufburschen gelegen und den leeren Versprechungen gelauscht hatte, die dieser mit geschlossenen Augen und unter heftigem Keuchen abgegeben hatten. Und sie hatte daran geglaubt. Jetzt hörte sie sich solche Versprechungen wohl an, gab aber keinen Heller mehr darauf. Dieses Keuchen beinhaltete nichts Romantisches oder Rührendes. Es war zu fleischlich, zu tierisch, und diesmal war Loro zu weit gegangen.

Zielstrebig schritt sie zum Käfig, in dem Loro in postkoitaler Erschöpfung umherhüpfte. »Ahhhhh ...«, gurgelte er.

»Loro, mir reicht's!«, schrie Mercedes und öffnete das Türchen. »Ich rupfe und koche dich bei lebendigem Leib, wart's nur ab.« Loro wehrte sich, als ihre braune Hand nach ihm griff und ihn an seinem dürren Hals packte. Alicias Vorschlag, ihm einen Spiegel in den Käfig zu hängen, hatte Wirkung gezeigt, denn jetzt war sein Gefieder wieder dicht und glänzend. Mercedes aber war das alles in diesem Moment gleichgültig, sie wollte ihn ein für alle Mal loswerden.

Auf dem Herd stand ein Topf mit kochendem Wasser, und Mercedes ließ den schreckensstarren Vogel im Dampf darüber baumeln. Loro stieß ein ersticktes Keuchen aus, fixierte sie mit Augen, die ihren eigenen grausamen Ausdruck spiegelten, und erwartete den Tod. Doch im Kern war Mercedes eine weichherzige Frau, die es nicht fertig brachte, einem anderen Lebewesen Schmerz zuzufügen, ganz gleich, wie gereizt sie war. Resignierend ließ sie die Schultern hängen und befreite den Vogel aus dem heißen Dampf. »Du bist ein saudummes Geschöpf. Dich für deine Dummheit zu bestrafen ist nicht recht. Gott hat dich nun mal so geschaffen. Aber was er sich dabei gedacht hat, weiß nur er allein. Trotzdem sind alle Geschöpfe Gottes heilig, sogar du.« Und sie setzte ihn zurück in seinen Käfig, wo er sein Gefieder schüttelte und sich schmollend in eine Ecke verzog.

Mercedes wandte sich wieder der schwarzen Kanonenkugel zu und erinnerte sich an Señora Forresters Instruktionen. Morgen war Weihnachten, und das Ding hier sollte es zum Nachtisch geben.

Alicia und Leonora erwachten am frühen Morgen mit dem schönen Gefühl, dass sie voll gestopfte Strümpfe an den Fußenden ihrer Betten erwarteten. Leonora richtete sich auf, Schlaffi, den Hasen, im Arm, und zog den großen Wollstrumpf näher zu sich heran, um ihn in Augenschein zu nehmen. Er war unwiderstehlich. Bis oben hin voll mit säuberlich in Seidenpapier gewickelten Geschenken.

Alicia leerte ihren Strumpf auf der Bettdecke aus und fing an, das erste Geschenk auszupacken. »Du darfst sie jetzt noch nicht öffnen!«, rief Leonora entsetzt. »Wir müssen sie auf Mummys und Daddys Bett auspacken!«

»Ich öffne ja nur ein einziges«, entgegnete sie und warf das Papier auf den Boden. »Ein Haarreifen.« Sie rümpfte die Nase. »Ich finde, der passt besser zu dir.«

»Gefällt er dir nicht?«

»Mummy hätte sich aber wirklich was Besseres ausdenken können.«

Leonora war enttäuscht darüber, dass Alicia nicht wenigstens vorgab, an den Weihnachtsmann zu glauben. Sie selbst wusste auch, dass es ihn nicht gab und dass ihr Vater die Strümpfe auf ihr Bett legte, bevor er schlafen ging. Doch der Zauber dieser Tradition rührte sie an, und sie wäre gern noch klein und unwissend gewesen. Alicia fand das Spielchen überzogen. »Ich wüsste gern, warum sie dieses Theater inszenieren. Schließlich sind wir keine Kinder mehr«, nörgelte sie.

»Weil es ihnen Freude macht«, erklärte Leonora.

»Und um ihnen Freude zu machen, müssen wir so tun, als wüssten wir nicht, dass sie es sind, die uns beschenken?«

»Ja.«

»Das finde ich blöd«, höhnte sie. »Aber ich spiele trotzdem mit, wenn auch nur aus einem einzigen Grund.«

»Und der wäre?«
»Wenn sie wissen, dass wir nicht mehr an den Weihnachtsmann glauben, kriegen wir vielleicht gar keinen Strumpf mehr, und ich liebe nun mal Geschenke.«
»Aber keine Haarreifen.«
»Im Strumpf sind ja noch andere Dinge. Wie spät ist es? Können wir nicht schon zu ihnen gehen und sie wecken? Es ist schon hell draußen.«

Es war sechs Uhr morgens. Der Morgen dämmerte bereits und färbte den Himmel golden, und in den Bäumen wimmelte es von Vögeln, die die kühle Morgenluft nutzten, bevor die mittsommerliche schwüle Hitze unerträglich wurde und sie sich tiefer im Laub verbargen.
Audrey lag neben ihrem Mann, den sie ins Ehebett zurückgebeten hatte, um den Kindern eine intakte Gemeinschaft vorzuspiegeln. Cecil war dankbar dafür und hoffte, dass es wieder zur Gewohnheit geworden wäre, wenn die Mädchen zurück ins Internat mussten. Im Grunde wusste Audrey, dass die Zwillinge sich nichts dabei gedacht hätten, wenn sie ihren Vater im Ankleidezimmer schlafen hätten sehen. Er hatte schon häufig dort genächtigt, und sie hätte zur Entschuldigung immer vorbringen können, dass sein Schnarchen sie störte. Nein, der eigentliche Grund dafür, dass sie ihn in ihr Bett zurückgerufen hatte, war der, dass sie ihre eigenen nächtlichen Ausflüge unterbinden musste. Sie konnte das Risiko nicht eingehen, von den Kindern mit Louis ertappt zu werden, und ihr fehlte die Kraft, ihm zu widerstehen. Wenn Cecil bei ihr schlief, hatte sie keine Gelegenheit, hinaus auf den Flur zu schlüpfen. Sie beklagte ihren Mangel an Willenskraft, doch eine andere Möglichkeit sah sie nicht. Und wieder einmal wurde Cecil von Zweifeln geplagt. Hatte er seine Frau falsch eingeschätzt?
Louis hatte gekocht vor Wut, als Audrey ihm sagte, dass Cecil für die Dauer der Anwesenheit ihrer Kinder wieder ihr Bett

teilen würde. Er hatte den ganzen Tag auf Gaitanos Ranch verbracht und seinen Zorn mit einem scharfen Ritt über die Pampa abreagiert. Er war nicht wütend wegen der Nächte ohne Audrey, sondern weil er sich vorstellte, dass sein Bruder an seiner Stelle in Audreys Armen läge, und er konnte diesen seiner Meinung nach so hässlichen Betrug nicht ertragen. Entweder die frische Landluft oder aber Gaitanos Klavier hatte dann seinen Zorn verrauchen lassen, und bei seiner Rückkehr am Abend verrieten sein strahlendes Lächeln und seine blitzenden Augen doch wieder seine Hoffnungen. Audrey liebte ihn, und nur das zählte. Doch auch er lag wach, als die Morgendämmerung den leeren Platz an seiner Seite im Bett sichtbar werden ließ, wo Audrey gelegen hatte, und er fragte sich, wie lange es noch dauern mochte, bis sie ihre Liebe endlich nicht mehr verbergen mussten.

Audreys Gedanken bewegten sich irgendwo außerhalb von Zeit und Raum, als sie plötzlich unsanft in die Gegenwart zurückgerufen wurde. Es klopfte leise an der Tür, die sich dann öffnete und den Blick freigab auf zwei kleine, vor Aufregung glühende Gesichter. Ihr Herz jubelte vor Freude, sie richtete sich auf und winkte die Mädchen herein.

Cecil stöhnte, als die Mädchen zwischen seine Frau und ihn ins Bett kletterten, ihre Strümpfe zu sich heranzogen und sie auf unvergleichliche Weise in ihren Elternpflichten vereinten. Leonora bettete Schlaffi, den Hasen, liebevoll aufs Kissen, bevor sie nach dem ersten Geschenk griff. Alicia schüttete den Inhalt ihres Strumpfes über ihren Vater aus und zerrte mit ungeduldigen Fingern am Geschenkpapier.

Cecil schloss die Augen und schlief seinen Kater aus, während Audrey sich leise zu jedem Geschenk äußerte, jede Sekunde genoss in dem Wissen, dass die Ferien bald vorüber waren und sie ihre Kinder wieder gehen lassen musste.

Zu Mittag versammelte sich die ganze Familie zum Weihnachtsessen. Henry und Rose erschienen mit Geschenken beladen, die sie unter Audreys Baum niederlegten, den die Kinder mit selbst gebastelten Weihnachtssternen geschmückt hatten. Tante Edna begleitete sie, und ihr Doppelkinn zitterte vor Belustigung, trotz der Sorge, die sie jedes Mal befiel, wenn sie Audreys und Louis' versonnene Blicke sah.
Tante Hilda hatte Nelly offenbar gezwungen mitzukommen, denn sie war noch blasser als sonst, und ihre Augen waren gerötet vom Weinen. Mürrisch trat sie über die Schwelle und konnte Louis kaum ansehen, ohne dass ihr die Tränen in die Augen stiegen.
Albert stand rauchend am Klavier, während Louis zwischen den Zwillingen auf dem Schemel saß und mit ihnen sechshändig Weihnachtslieder spielte. Die jüngeren Brüder, George und Edward, lagen auf dem Rücken im Sonnenschein und unterhielten sich über Mädchen und Fußball, denn die Gespräche der Eltern und Tanten auf der Terrasse fanden sie todlangweilig.
»Ich freue mich auf den Weihnachtspudding deiner Schwester«, sagte Tante Edna zu Cecil und leckte sich gierig die Lippen.
»Ich auch«, antwortete er. »Er weckt bestimmt sehnsüchtige Erinnerungen an mein Elternhaus.«
»Ihr hättet Mercedes' Gesicht sehen müssen, als ich ihr zeigte, wie er gekocht wird«, sagte Audrey und lachte. »Ich glaube, so etwas hat sie in ihrem ganzen Leben noch nicht gesehen.«
»Immerhin brauchte sie ja den Teig nicht zuzubereiten«, meldete sich Tante Edna wieder, und beim Gedanken ans Mittagessen lief ihr das Wasser im Mund zusammen.
»Der wäre ihr wohl auch gründlich misslungen«, warf Tante Hilda säuerlich ein.
»Der Pudding wird uns wunderbar schmecken«, versicherte Audrey. »Leonora hat ihn in ihrem Gepäck den weiten Weg von England her mitgebracht. Es ist der schwerste Pudding, den ihr je gesehen habt. Das arme Kind.«

»Apropos, wollen wir jetzt essen?«, schlug Cecil vor, und Audrey nickte.
»Kommt, Jungs, Zeit zum Essen«, rief sie ihren Brüdern zu und gab dann den Klavierspielern Bescheid. Louis hob den Kopf und lächelte sie liebevoll an. Sein Blick schien zu sagen: Ich wollte, wir wären allein draußen in der Pampa. Audrey neigte den Kopf auf die Seite und erwiderte sein Lächeln. Doch ihr Herz war bereits zerrissen.

Sie saßen an dem langen Tisch, den Mercedes unter den Bäumen im hintersten Winkel des Gartens gedeckt hatte. Die Hitze war so drückend wie Hildas schlechte Laune und Nellys unerwiderte Liebe, doch falls es jemandem auffiel, ließ er es sich nicht anmerken. Alle sprachen begeistert dem Truthahnbraten zu. Audreys Blick ruhte auf ihren Töchtern. Leonora saß zwischen Tante Edna und ihrem Großvater, streng behütet von Schlaffi, dem Hasen, der hinter dem Wasserkrug hervorlugte. Alicia hielt Hof und unterhielt Albert mit Geschichten, die immer unerhörter wurden, je deutlicher er sie mit seinem herzlichen Lachen ermutigte.
Beim Anblick ihrer Tochter wurde Audreys Herz weit vor Liebe, und dann sah Leonora sie an, und auf ihrem kleinen Gesichtchen blühte ein Lächeln auf, das Lächeln eines Kindes, das mit unverbrüchlicher Sicherheit weiß, dass ihm die bedingungslose Liebe seiner Mutter gehört.
Cecil beobachtete seine Frau. Er beobachtete sie unablässig, denn sie war das Zentrum seines Seins. Wie ein makelloser Apfel im Wipfel des Baumes blieb Audrey für ihn unerreichbar. Nur auf dem Papier gehörte sie zu ihm.
Er dachte an jenen Abend in Uruguay, als sie sich einverstanden erklärte, seine Frau zu werden. Im Nachhinein hatte ihre Zusage einen Makel, denn er fragte sich immer und immer wieder, ob sie ihn je geliebt hatte. Er leerte sein Glas und griff nach der Weinflasche.

Mercedes kam mit einer großen Silberplatte über den Rasen.
»Ah, der Weihnachtspudding!«, rief Tante Edna und rieb sich voller Vorfreude auf Cicelys berühmten Nachtisch aus Brandybutter und Sahne die Hände.
»Weiß Gott, eine Köstlichkeit«, stimmte Henry ihr zu. »Und du hast ihn aus dem fernen England hierher gebracht. Kluges Mädchen«, sagte er zu Leonora.
»Ich habe ihr beim Tragen geholfen«, schaltete Alicia sich ein, bestrebt, einen Anteil an dem Lob zu ergattern.
»Ja, du bist genauso klug«, sagte Rose und drehte sich erwartungsvoll zu Mercedes um. Als sie näher kam, rissen alle entsetzt die Augen auf. Auf dem Tablett lag der Weihnachtspudding, nicht als ordentlicher runder Ball, wie es sich gehörte, sondern völlig zerbröselt.
»Gütiger Himmel, was hast du denn damit angestellt?«, kreischte Tante Hilda, denn Audrey brachte vor Überraschung keinen Ton heraus. Mercedes, die äußerst selten errötete, nahm die Farbe der Kirsche an, die zwischen den Krumen lag. Sie furchte die Stirn und schüttelte den Kopf.
»Señora«, sagte sie an Audrey gewandt. »Ich habe alles genauso gemacht, wie Sie es mir gezeigt haben. Aber als ich den Pudding aufs Tablett legte, bemerkte ich ein metallisches Glitzern. Nun ja, ich kann doch nicht zulassen, dass eines der Kinder sich an einem Stück Metall verschluckt, und deshalb habe ich es behutsam mit einem Messer herausgeholt. Es war eine Münze. Man stelle sich vor, eine Münze! Und dann entdeckte ich noch eine und noch eine. Schließlich musste ich den gesamten Pudding auseinander nehmen und habe dabei zwanzig Münzen gefunden. Zwanzig Münzen, *imagináte*! Wie die in den Pudding gekommen sind, weiß Gott allein.«
Angesichts dieser Erklärung brach Louis in lautes Gelächter aus. Er lachte so sehr, dass er sich krümmte und sich den Bauch halten musste. Alicia und Leonora stimmten ein, und schließlich lachten alle bis auf Tante Hilda und Nelly. Mercedes sah die

Gesellschaft an, als hätte sie Wesen von einem anderen Stern vor sich.

»Ist schon gut, Mercedes«, tröstete Audrey sie und biss sich auf die Lippen, um nicht erneut herauszuplatzen. Wenn Mercedes schmollte, konnte es Tage dauern. »Der Pudding schmeckt deshalb genauso gut. Tante Edna, greif doch zu!«

Fünfundzwanzig

Die Weihnachtsferien vergingen; Wochen schrumpften zu Tagen, bis die Rückkehr der Zwillinge nach England nicht mehr nur ein verschwommenes Datum am fernen Horizont darstellte, sondern sich als feststehender Tag in ihr Bewusstsein brannte. Frühmorgens unternahmen sie lange Ausritte, bevor die Mittagshitze sie zwang, Abkühlung im Swimming-Pool zu suchen. Abends spielten sie Tennis mit den anderen Kindern im Club. Leonora betrachtete sie voller Neid, wohl wissend, dass Alicia und sie die Osterferien wie auch die englischen Sommerferien bei Tante Cicely in England verbringen mussten. Mit ihrer Schwester konnte sie nicht über ihre Ängste reden, denn Alicia sehnte sich in die Schule zurück und schien ihre Eltern überhaupt nicht zu vermissen.

Während die Zwillinge an Sportfesten, Partys und Turnieren im Club teilnahmen, genoss Audrey nur seltene, flüchtige Momente des Alleinseins mit Louis. Ihre Hoffnungen köchelten in ihren Herzen, leise, unmerklich, bis sie zum Siedepunkt gelangten und sich nicht mehr ignorieren ließen.

Zielstrebig trat Louis in Audreys Schlafzimmer ein. Cecil war zur Arbeit, und bis auf Mercedes, die nachmittags Siesta hielt und erst zur Teezeit wieder aus ihren Erinnerungen auftauchte, war das Haus leer. Audrey räumte die Kleidung, die Mercedes gewaschen hatte, in die Schränke und war tief in Gedanken an eine imaginäre Zukunft versunken, in der sie, Louis und die Zwillinge eine glückliche Familie im Märchenland waren. Sie glaubte, Louis wäre den ganzen Tag außer Haus, und war überrascht, als sein leidenschaftliches Gesicht im Türspalt erschien.

»Ich dachte, du wärst bei Gaitano«, sagte sie, als er sie in die Arme nahm.
»Ich bin frühzeitig zurückgekommen. Wir müssen miteinander reden, und neuerdings finden wir höchstens mal ein paar Minuten Zeit füreinander.« Seine Stimme brach, und sein Gesicht wurde fahl. »Audrey, ich kann so nicht weiterleben.«
Sie lächelte traurig und strich über die tiefen Furchen auf seiner Stirn. »Ich weiß, Louis. Aber was sollen wir denn tun?«
»Lass uns zusammen durchbrennen. Wenn die Zwillinge wieder in England sind. Wir stoßen dort zu ihnen. Fangen ein gemeinsames Leben an, du, ich und die Mädchen. Dann brauchst du sie nicht mehr zu vermissen und mich auch nicht.«
Sie zögerte. »Ich kann es Cecil nicht erklären«, sagte sie. »Ich schreibe ihm, lege ihm meine Situation schriftlich dar. Ich konnte mich nie gut mit ihm unterhalten. Sein gekränktes Gesicht ertrage ich einfach nicht. Trotz unserer Zwistigkeiten mag ich ihn sehr. Ich liebe ihn nur nicht so wie dich.«
»Wir nehmen das Flugzeug und klären alles andere, wenn wir in England sind.« Er sah den Schatten des Zweifels auf ihrem Gesicht und fügte nachdrücklich hinzu: »Du kannst nicht immerzu nur für andere Menschen leben. Eines Tages sind deine Eltern tot, und du bleibst mit Cecil zurück und mit einem Pflichtgefühl, das keinen Sinn mehr hat.«
»Du hast Recht.«
»Ich verlange doch nicht, dass du deine Kinder verlässt, Liebste. Das würde ich nie von dir erwarten oder wünschen. Sie sind die wichtigsten Menschen in deinem Leben, und das verstehe ich. Sie hätten überhaupt gar nicht erst fortgeschickt werden dürfen.«
Audrey dachte daran, das Land verlassen zu müssen, in dem sie aufgewachsen war und sich heimisch fühlte, doch dann erinnerte sie sich rasch an das Gefühl der Freiheit, das sie auf der *Alcantara* erlebt hatte, als sie zum Horizont der unbegrenzten Möglichkeiten hinausblickte.

»Ich habe Angst«, gestand sie und lehnte ihren Kopf an seine Brust. »Ich liebe dich und bin bereit, alles für dich aufzugeben. Aber trotzdem habe ich Angst.«

»Ich weiß«, flüsterte er, streichelte ihr Haar und küsste ihre Stirn. »Ich selbst habe auch Angst.«

»Tatsächlich?«

»Ja, ich habe Angst, dich noch einmal zu verlieren.«

»Ach, Louis«, seufzte sie. »Jetzt verlierst du mich nie mehr, ich schwöre es dir.«

Sie planten die Reise und wanderten in ihren Träumen übers Meer nach England, doch sie wagten jetzt noch nicht, darüber hinaus zu denken, denn dahinter lag alles in einem ungewissen Nebel.

Als hätte Tante Edna geahnt, was sie planten, verabredete sie mit ihrer Nichte ein Treffen im Club, während die Zwillinge mit ihrem Onkel Albert und dessen Freundin Susan ausritten. Audrey war völlig arglos hinsichtlich der Absichten ihrer Tante und begrüßte sie herzlich. Doch Edna bemerkte ihr etwas gequältes Lächeln und war fest entschlossen, der Sache auf den Grund zu gehen.

»Dann fliegen die Zwillinge also in ein paar Tagen zurück nach England«, begann sie und schenkte sich und Audrey Tee ein. »Sie werden mir sehr fehlen.«

»Ich kann es nicht ertragen«, antwortete Audrey traurig. »Erst in einem Jahr kommen sie wieder nach Hause. Ein Jahr von der Familie getrennt zu sein – das ist eine lange Zeit.«

»Und das alles nur für eine gute Ausbildung.« Edna schnaubte missbilligend.

»Ich kann mir nicht vorstellen, dass eine gute Ausbildung diese lange Trennung wert ist. Aber ich werde länger in England bei Cicely bleiben. Vielleicht suche ich mir dort eine eigene Wohnung.« Sie zögerte, suchte sorgfältig nach den richtigen Worten. »Ich will Cicely nicht belasten.«

»Du belastest sie bestimmt nicht, meine Liebe. Und außerdem ist England nicht deine Heimat.«
»Nein, das nicht. Aber meine Kinder werden dort sein. Sie sollen sich dort heimisch fühlen. Irgendwann sind sie sicherlich in England mehr zu Hause als hier.«
»Leonora ist ein entzückendes kleines Mädchen. Sie ist sehr lieb, und ich mag sie von Herzen.«
»Ja, sie ist ein liebes Kind«, pflichtete Audrey ihr voller Stolz bei. »Sie hat nicht die Vorzüge ihrer Schwester …«
»Und auch nicht ihren Charakter, Gott sei Dank. Eine Alicia reicht nun wirklich«, warf Edna bekümmert ein. »Sie ist leider ein bisschen hübscher, als gut für sie ist.«
»Sie ist wirklich schön, nicht wahr?«
»Aber Leonora hat den angenehmeren Charakter.«
Im ersten Augenblick wirkte Audrey gekränkt, und Edna fiel ein, dass Mutterliebe oftmals blind ist. Audrey war sich Alicias narzisstischer Art überhaupt nicht bewusst oder wollte sich ihrer nicht bewusst sein. »Alicia macht dir viel Freude, natürlich«, fuhr sie diplomatisch fort. Sie war schließlich nicht gekommen, um über die Kinder zu reden. »Sieht so aus, als hätten sich beide eng an Louis angeschlossen.«
Als Louis' Name fiel, färbten sich Audreys Wangen tiefrot. Sie senkte den Blick und spielte mit ihrem Gebäckstück. »Er hat ihnen Klavierunterricht gegeben. Sie himmeln ihn an«, erwiderte sie.
»Er kann gut mit Kindern umgehen.«
»Er ist ja selbst ein großes Kind. Daher versteht er Kinder.«
»Wie wenig er seinem Bruder ähnelt«, bemerkte Tante Edna vorsichtig.
»Ja«, erwiderte Audrey verhalten.
Die Unterhaltung geriet ins Stocken. Takt gehörte nicht eben zu Ednas Stärken, sie wurde ungeduldig, wenn sie um den heißen Brei herumschleichen musste, kam lieber gleich auf den Kern der Sache und sagte, was sie dachte. Sie holte tief Luft und stellte

ihre Teetasse ab. »Was hast du jetzt vor, meine Liebe? Du kannst wohl nicht einfach so weiterleben, oder?«

»Ich weiß es nicht«, wich Audrey aus. Sie erinnerte sich an die Bemerkungen ihrer Tante auf der Türschwelle am Tag ihrer Rückkehr aus England. Es war sinnlos, so zu tun, als wüsste sie nicht, worüber Edna redete.

»Will Louis hier bleiben?«

»Ich glaube, er plant, zurück nach England zu gehen.«

»Ah.« Tante Edna seufzte wissend. Ein lastendes Schweigen breitete sich aus, bevor sie ihre Nichte voller Mitgefühl ansah und fortfuhr: »Deshalb willst du dir auch in England eine Wohnung suchen.«

Audrey öffnete den Mund zu einer Entgegnung, doch ihre Tante beachtete sie nicht und redete einfach weiter. »Du kannst nicht zwei Leben leben, Audrey. Was sollen die Zwillinge denken, wenn sie erfahren, dass du in England mit Louis zusammenlebst? Das müsste ihnen doch äußerst sonderbar erscheinen, wie? Würdest du Cecil informieren oder ein Leben im Verborgenen führen?«

»Tante Edna, du siehst das völlig falsch«, wehrte sich Audrey, doch ihre Tante neigte den Kopf zur Seite und kniff die Augen zusammen.

»Mein liebes Mädchen, ich bin nicht von gestern. Ich habe auch gelebt und geliebt. Ich weiß, wie es ist, jemanden zu lieben und ihn dann zu verlieren.«

»Harry, der Sonnenschein«, sagte Audrey und rührte mit dem Silberlöffel in ihrer Teetasse.

»Der liebe Harry. Ich habe ihn mehr geliebt als das Leben selbst, und ich habe ihn verloren. Er kommt nicht zu mir zurück. Ich weiß, wie weh das tut.« Sie legte ihre warme Hand auf Audreys Unterarm. »Liebes Kind, ich möchte damit sagen, dass man sich erholt und weiterleben kann. Zuerst ist es, als würde das Herz nie wieder heilen. Du irrst in deiner ureigenen Hölle umher, in die niemand Einblick hat. Kein Mensch weiß, wie sehr du leidest. Aber die Zeit heilt alle Wunden. Du liebst Louis von ganzem Herzen, und du hattest ihn verloren. Ich verstehe sehr wohl, dass du ihn jetzt, da er zurückgekommen ist, nicht noch einmal verlieren willst. Doch inzwischen steht so viel mehr auf dem Spiel. Du musst an Cecil und an die Kinder denken. Scheidung ist ein so schmutziges Wort, und der Schmutz bleibt an dir hängen, ganz gleich, in welchem Winkel der Erde du dich aufhältst.«

Eine Träne fiel in Audreys Teetasse, und sie sprach sehr leise. »Ich habe Cecil geheiratet, weil Mummy und Daddy es von mir erwarteten, und nach Islas Tod wollte ich nur, dass sie wieder glücklich sind. Ich habe das Richtige getan. Ich habe ihn ihretwegen geheiratet. Aber ich habe nie aufgehört, Louis zu lieben. Jetzt liebe ich ihn mehr denn je. Verstehst du nicht, dass ich eine zweite Chance bekommen habe?« Sie blickte ihre Tante bekümmert an, doch Edna schüttelte nur den Kopf.

»Nein, das hast du nicht. Louis ist eine Versuchung, der du um jeden Preis widerstehen musst. Sonst bringst du nur Unglück über alle, die dich lieben. Kannst du darauf dein Glück aufbauen?«

Audrey entzog ihr ihren Arm und senkte niedergeschlagen den Kopf. »Ich kann nicht nur für andere Menschen leben«, sagte sie.

»In der Liebe muss man Opfer bringen, meine liebe Audrey. Du hast deine Wahl getroffen, und es war die richtige Wahl. Cecil liebt dich. Er ist ein guter, ehrlicher Mann, und behaupte nicht, dass du ihn nicht magst. Vielleicht liebst du ihn nicht auf die gleiche Art wie seinen Bruder, aber er bedeutet dir durchaus viel. Du bist eine einfühlsame junge Frau, und ich verstehe dich. Du hast dir ein Leben mit Cecil aufgebaut, und du hast zwei wunderbare Töchter. Für sie trägst du Verantwortung. Cecil hat seine Gefühle geopfert, um ihnen die beste Erziehung angedeihen zu lassen, die für Geld zu bekommen ist. Jetzt musst du deine Liebe zu Louis opfern, um ihnen Beständigkeit und Stolz zu geben. Wie sollen sie ihren Kopf hoch tragen können, wenn du mit ihrem Onkel durchbrennst? Was würden ihre Freundinnen dazu sagen? Was meinst du wohl, wie sehr es ihnen das Herz zerreißen würde? Bilde dir bloß nicht auch nur eine Sekunde lang ein, dass dein Handeln keine Auswirkung auf deine Umgebung haben würde. Bring Schande über dich selbst, wenn du das unbedingt willst, aber tu diesen zwei unschuldigen Kindern so etwas nicht an. Du bist ihnen eine Zukunft frei von Schande schuldig.«

Noch eine Träne tropfte in Audreys Tee. Sie wollte nichts mehr hören. Ihr Gewissen hatte sie gemahnt, und sie hatte nicht darauf gehört. Jetzt wünschte sie nur noch, dass Tante Edna endlich ginge und sie mit ihren Gedanken und Hoffnungen allein ließe, die sich rasend schnell aufzulösen begannen wie ein wunderschönes Traumgebilde.

Ein langes Schweigen setzte ein, bis Tante Edna beim Kellner einen frischen Teller voll Gebäck bestellte. Audrey starrte auf den Teesatz, der sich am Boden ihrer Tasse angesammelt hatte.

»Mein liebes Kind«, sagte Tante Edna schließlich. Ihre Stimme klang sanft und weckte in Audrey erneut den Wunsch zu weinen. Mit Zorn hätte sie sich auseinander setzen können, aber Mitleid machte sie völlig hilflos. »Als du ein kleines Mädchen warst, habe ich mir eine gesegnete Zukunft für dich vorgestellt, denn dir waren ein liebes Wesen und Schönheit zugleich in die Wiege gelegt worden. Isla dagegen hätte das Unheil angezogen, denn sie war von viel komplizierterer Art. Kein Mensch hätte je ahnen können, dass es so kommen würde, wie es jetzt ist. Aber ich kenne dich, mein Kind, und ich habe dich sehr lieb. Deswegen kann ich dir sagen, dass du nicht mit Louis durchbrennen wirst. Dein Pflichtbewusstsein ist zu stark, war schon immer sehr ausgeprägt. Im Großen und Ganzen verändern Menschen sich nicht sonderlich. Nur deine Situation hat sich verändert. Tief im Herzen weißt du, dass du viel zu viel zu verlieren hast. Mir ist klar, dass mein Rat dir nicht willkommen ist. Ich bin die

Stimme deines Gewissens. Aber den Rat gebe ich dir trotzdem.« Sie legte wieder die Hand auf Audreys Arm und blickte ihr fest in die Augen. »Zünde eine Kerze für Louis an und sorge dafür, dass sie nie ausgeht. Aber lass ihn ziehen und verschone dich und deine Familie vor diesem Sturm, der euch allen nur Schaden zufügen kann. Niemand weiß, was die Zukunft bringt, aber es liegt in deiner Hand, sie zu gestalten, für dich und für deine Kinder. Du hast die Wahl. Ich weiß, dass du das Richtige tun wirst.«

Audrey ritt im Galopp über die Ebene. Der Wind zerrte an ihrem Haar und wischte ihr die Tränen ab, noch bevor sie ihre Wangen berührten. Sie war wütend. Wütend auf Tante Edna, weil sie ihre eigenen heimlichen Zweifel in Worte gefasst hatte, wütend auf sich selbst, weil sie ihnen erlegen war. Gedanken an Louis, an ihre Kinder und an Cecil jagten sich in ihrem Kopf und prallten im Kampf ihrer widerstreitenden Gefühle aufeinander. Was hätte Isla getan? Sie wusste es. Isla hätte das hübsche Näschen in die Luft gereckt und wäre längst mit dem Mann ihrer Liebe durchgebrannt. Sie hätte ihn gar nicht erst gehen lassen. Und Cecil hätte sie ganz bestimmt nicht geheiratet. Und hätte sie es doch getan, hätte sie den größten aller Skandale heraufbeschworen, wäre schließlich mit Louis durchgebrannt und hätte es den Zurückbleibenden überlassen, die Scherben aufzulesen und ihre gebrochenen Herzen zu pflegen. Alle hätten es überlebt. So war das eben. Man überlebte. Warum war sie nicht wie Isla?

Die Worte ihrer Tante hallten in ihren Ohren nach, und so schnell sie auch ritt, sie konnte ihnen doch nicht entfliehen. *Ich weiß, dass du das Richtige tun wirst.* Und wenn sie es nicht tat? Was dann? Als sie in den endlosen Himmel und über die weite, offene Ebene blickte, spürte sie, wie ihr Kummer sich lichtete und ein schwindelerregendes Gefühl der Entschlossenheit von ihr Besitz ergriff. Sie hatte immer noch selbst die Wahl. Sie liebte Louis, und ihr Leben lag noch vor ihr. Sie wollte nicht in einer unglücklichen Ehe verschmachten. Man würde sich noch über sie wundern. Menschen verändern sich eben doch, dachte sie rebellisch. Mir reicht es, immer nur die vernünftige Schwester zu sein. Ach, Isla, wenn du mich hörst, dann hilf mir doch, so zu werden wie du.

Später am Tag, als sie Louis bei Tisch gegenübersaß und den Erzählungen der Zwillinge von ihrem Tag im Club zuhörte – wie Leonora beim Eierlaufen gewonnen und Alicia Pfeffer in den Wassereimer gestreut hatte, in dem die Kinder Äpfel beißen sollten –, wusste sie, dass sie die richtige Entscheidung getroffen hatte. Sie liebte alles an ihm, so sehr, dass ihre überströmende Zärtlichkeit schmerzte. Sie liebte seine unergründlichen melancholischen Augen, deren Blick immer so abwesend wirkte, weil er die Welt in anderen Farben sah als alle anderen. Sie liebte es, wie seine Hände manchmal grundlos zitterten und seine Finger zuckten, als suchten sie das imaginäre Klavier, auf dem er unablässig spielte. Sie liebte seinen Mund, der sich plötzlich zu einem strahlenden, mitreißenden Lächeln verziehen und ebenso schnell wieder traurig werden konnte und den Aufruhr eines Herzens spiegelte, das anders war als andere. Sie liebte den Mann in seinem Inneren, den außer ihr niemand verstand, und er liebte sie mit der gleichen Inbrunst wie sie ihn. Als sie ihn jetzt wieder ansah, erwiderte er ihren Blick, und sein Gesicht strahlte vor Liebe und Dankbarkeit, weil sie ihm geschworen hatte, dass sie ihm niemals wieder verloren gehen würde, nie wieder.

Schließlich war der Tag der Abreise für die Zwillinge gekommen. In fieberhafter Aufregung sprang Alicia aus dem Bett, während Leonora noch tiefer unter die Decke ihrer Mutter kroch und weinte. Sie war untröstlich, auch noch, als Tante Edna und ihre Großmutter mit Geschenken beladen, die sie nach England mitnehmen durften, zum Frühstück kamen.

Cecil hatte sich verabschiedet, bevor er wie gewöhnlich mit der Bahn in die Stadt zur Arbeit fuhr, und Audrey kochte innerlich und fragte sich, wie er es übers Herz bringen konnte, an einem solchen Morgen zur Arbeit zu gehen. Doch sie beklagte sich nicht, denn schließlich war ja Louis da, der Leonora in die Arme nahm und mit ihr durchs Zimmer tanzte, bis ein zaghaftes Lächeln auf ihre Lippen trat. Das war allerdings vor der Suche nach Schlaffi dem Hasen.

Schlaffi, der Hase, war verschwunden, und Leonora weigerte sich, zum Flughafen aufzubrechen, bevor sie ihn gefunden hatte. Das gesamte Haus wurde bei der Suche nach Leonoras unersetzlichem plüschig braunen Kuscheltier auf den Kopf gestellt. »Ich gehe nicht ohne Schlaffi«, schluchzte sie. Sie liebte ihn mit der Inbrunst eines Kindes, das lange Monate von Freunden und Familie getrennt gewesen war.

»Irgendwo muss er doch sein!«, rief Audrey gereizt. Sie brach fast zusammen unter der Belastung des bevorstehenden Abschieds von ihren Töchtern und der Vorbereitung der geplanten Flucht mit Louis am folgenden Tag.

»Kannst du ihr nicht einen neuen Hasen kaufen?«, wandte Alicia sich an Tante Edna.

»Aber natürlich«, schwindelte sie. »Da, wo er herkommt, gibt es noch viele seinesgleichen.«

»Aber ich will keinen anderen. Ich will Schlaffi. Ohne mich wird er so traurig sein«, jammerte Leonora.

Alicia verdrehte die Augen. »Er ist doch nur ein Spielzeug«, sagte sie mürrisch.

»Gar nicht! Er ist mein Freund«, erwiderte Leonora mit einer Wildheit, die ihre Schwester verblüffte.

»Ich habe ihr Schlafzimmer zweimal durchsucht«, erklärte Rose kopfschüttelnd. »Keine Ahnung, wo er stecken könnte. Liebes, hast du ihn vielleicht in den Club mitgenommen?«

Leonora schüttelte den Kopf. »Gestern Abend war er noch da«, sagte sie. »Er schläft immer bei mir im Bett.«

»In meinem Bett ist er nicht«, seufzte Audrey. »Oje, was machen wir jetzt bloß?«
»Wahrscheinlich taucht er wieder auf, sobald du fort bist«, sagte Louis tröstend. »Wir geben gut auf ihn Acht, und ich bringe ihn dir persönlich, wenn ich nach England fliege.«
»Versprochen?« Leonora schniefte und wischte sich die Nase am Ärmel ab.
Louis kniete nieder und zog das bebende Kind in seine Arme. »Ich versprech's dir«, sagte er und küsste ihr tränennasses Gesicht. »Bei mir ist er gut aufgehoben.«
So ließ sich Leonora überreden, ohne Schlaffi den Hasen nach England zu fliegen. Audrey, Edna, Rose und Louis standen auf der Dachterrasse des Flughafens und winkten den Mädchen nach. Edna und Rose waren in Tränen aufgelöst, während Audrey blass und sorgenvoll zusah, wie Alicia, den Arm um Leonora gelegt, über den Asphalt zum Flugzeug ging. Kurz darauf tauchten ihre Gesichter in den kleinen runden Fenstern der Maschine wieder auf. Audrey konnte nicht sehen, ob Leonora weinte, wusste es aber trotzdem, und die Kehle wurde ihr eng. Louis legte ihr die Hand auf den Rücken; mehr konnte er nicht tun, um sie zu trösten, ohne Verdacht zu erregen. »Du siehst sie bald wieder«, flüsterte er, als das Dröhnen der Motoren seine Stimme übertönte. Sie nickte ihm wortlos zu. Wenn alles nach Plan liefe, würde sie die Mädchen schon in wenigen Tagen wiedersehen. Warum war sie dann so unglücklich?
In der Nacht lag sie im Dunkeln neben ihrem Mann. Sie lauschte seinem rhythmischen Atmen und versuchte, nicht an den Schmerz zu denken, den sie ihm zufügen würde. Er hatte zu viel getrunken, und sein Atmen wurde schwerer und ging schließlich in lautes Schnarchen über. Er trank inzwischen gewohnheitsmäßig und unkontrolliert. Ihm war nicht bewusst, dass das Gift, das seine Leber anschwellen ließ, auch seinen Charakter veränderte. Er war zunehmend aufbrausend und unbeständig. Audrey war es aufgefallen, aber sie war viel zu sehr mit den Kin-

dern und mit Louis beschäftigt, um darüber nachzudenken. Was ging es sie schließlich an? Sie wollte ihn ja verlassen.
Als Cecil sich am nächsten Morgen auf den Weg ins Büro machte, gab er seiner Frau einen Kuss auf die Wange und redete leise und gereizt mit seinem Bruder, bevor er die Tür öffnete und in den Sonnenschein hinaustrat. Louis und Audrey blieben allein zurück. Sie sahen einander unruhig an, zu angespannt, um lächeln zu können. »Ich gehe jetzt packen«, sagte sie und nagte an ihrer Unterlippe. Louis zog sie plötzlich hinter die Tür und küsste sie.
»Wir treffen uns mittags am Flughafen«, flüsterte er eindringlich. »Was unternimmst du wegen Cecil?«
»Ich schreibe ihm einen Brief und hinterlege ihn im Flur.«
»Gut.«
»Ich habe Angst«, gestand sie mit zitternder Stimme.
»Ich auch. Aber alles wird gut, wenn wir erst im Flugzeug sitzen.«
»Hoffentlich.«
»So muss es sein. Audrey, Liebste, wir sind füreinander bestimmt. Die Liebe ist stärker als wir beide.«
»Ich weiß. Aber ich habe trotzdem solche Angst.«
»Wovor?«
»Davor, dass ich jemandem wehtu.«
»Sie werden es überleben, Audrey. Du tust es für dich selbst, und es steht dir zu.« Er drückte ihr einen Kuss auf die Stirn. »Vergiss deine Träume nicht, Audrey, Liebste, und vergiss nicht, dass du das Zentrum meiner Träume bist.«
In diesem Moment hörten sie Mercedes' Schritte im Flur. Sie war auf dem Weg ins Esszimmer, um den Tisch abzuräumen. Sie lösten sich voneinander, und Louis ging hinüber zum Klavier, setzte sich und begann zu spielen. Wieder einmal spielte er das Stück, das er für Audrey komponiert hatte. Audrey ließ ihn allein und ging in ihr Zimmer, um die Dinge, die sie mitnehmen wollte, in einen kleinen Koffer zu packen. Wenig später hörte sie

die Tür schlagen und wusste, dass Louis gegangen war. Erst am Flughafen würde sie ihn wiedersehen. Dort würden sie den ersten Schritt in ihr neues gemeinsames Leben tun. Ohne länger nachzudenken, begann sie zu packen.

Was packt man ein, wenn man ein neues Leben beginnt? Was nimmt man mit? Audrey wusste es nicht. Sie entschied sich für ein paar Kleidungsstücke, ihren Waschbeutel und ein paar wertlose Sentimentalitäten wie Fotos von Isla, die getrocknete Blüte von ihrer Begräbnisfeier und das kleine Gebetbuch, das ihr Vater ihr geschenkt hatte, als sie noch ein Kind war. Dann setzte sie sich aufs Bett und überlegte, wie sie die nächsten paar Stunden vor ihrem Aufbruch zum Flughafen verbringen sollte.

Plötzlich sah sie zwei braune Ohren, die unter der Fensterbank hervorlugten. Ihr Herz begann heftig zu klopfen, als sie Leonoras geliebten Schlaffi-Hasen erkannte. Der Schweiß trat ihr auf die Stirn, als sie das Plüschtier aufhob. Es wirkte fehl am Platze in ihren Händen, die unwillkürlich zu zittern anfingen. Sie presste den Hasen an ihr Gesicht, schloss die Augen und weinte. Inzwischen zitterte sie so sehr, dass ihre Beine sie nicht mehr tragen wollten, und sie brach auf dem Teppich zusammen, zitternd vor Schmerz. Es war sinnlos, sich noch länger etwas vorzuspielen. Sie würde den Plan nicht durchführen. Ihre Kinder kamen immer an erster Stelle. Sie musste Louis ziehen lassen.

Wenn ein Herz bricht, geschieht es lautlos. Es gibt keine äußerlichen Symptome, keinen Ausschlag, keine Verletzungen. Nur eine merkwürdige Ruhe, die sich ausbreitet, wenn alle Tränen vergossen sind und die Stimme nicht mehr fähig ist, den Kummer in die Stille hinauszuheulen, und eine Resignation, die die Sinne betäubt wie ein Gift. Denn wie sollte man sonst weiterleben? Menschen überleben gegen ihren Willen.

Audrey setzte sich an ihren Schreibtisch und begann zu schreiben. Nicht an Cecil, wie geplant, sondern an Louis. Sie zögerte, den Füllfederhalter schreibbereit auf dem Papier, und überlegte, wie sie es ausdrücken sollte, wohl wissend, dass es ihn zerbrach, ganz gleich, wie sie es formulierte. *Verzeih meinem schwachen Geist. Ich werde nie aufhören, dich zu lieben. Niemals.* Sie schob Schlaffi, den Hasen, der nass war von ihren Tränen, mit dem Brief in einen Umschlag und versiegelte ihn. Mit fahlem Gesicht verließ sie das Haus und fuhr zum Flughafen.

Am Flughafen angekommen, hielt Louis in der Eingangshalle Ausschau nach Audrey. Dann sah er auf die Uhr. Es war noch früh. Eine Viertelstunde zu früh. Er war nervös. Er schnippte gereizt mit den Fingern und wühlte in seiner Hosentasche nach einem Taschentuch, mit dem er sich die schweißnasse Stirn abwischte. Ein paar Minuten später beschloss er, die Flugtickets am Schalter abzuholen, um sich zu beschäftigen. Auf dem Weg zum Schalter glitt sein Blick von einem Gesicht zum anderen in der Erwartung, jeden Moment Audreys vertrautes Lächeln wie einen Sonnenstrahl aus dem Gedränge brechen zu sehen.

»Ah, Mr. Forrester«, sagte die stark geschminkte Dame mit Lippen so scharlachrot wie ihre seidene Krawatte. »Hier sind Ihre Tickets, und da ist ein Päckchen für Sie abgegeben worden.« Louis' Gesicht wurde weiß wie die Wand. Er erkannte Audreys Handschrift auf Anhieb. Mit heftig klopfendem Herzen riss er den Umschlag auf und entnahm ihm Schlaffi, den Hasen, und einen Brief. Er brauchte ihn nicht zu lesen, er wusste auch so, was er enthielt. Das kümmerliche Aussehen des Hasen verriet mehr, als ihr Brief ihm hätte sagen können. Trotzdem las er mit verschwimmendem Blick ihre Zeilen. *Verzeih meinem schwachen Geist. Ich werde nie aufhören, dich zu lieben. Niemals.* Ihm war plötzlich die Kehle wie zugeschnürt, er war nicht fähig, seinen Schmerz zu beherrschen. Die geschminkte Dame starrte ihn bestürzt an. Sie hatte noch nie einen erwachsenen Mann weinen gesehen.

Sechsundzwanzig

Als Cecil an diesem Abend heimkam und nach der Whiskykaraffe griff, küsste er seiner Frau die kalte Wange, ohne zu ahnen, dass er sie um Haaresbreite verloren hätte. »Wo ist Louis?«, fragte er, gewohnt, Louis' Klavierspiel zu hören, die glühenden Wangen und die kaum verhohlene Begeisterung seiner Frau zu sehen, wenn er nach Hause kam. Erst jetzt bemerkte Audrey die Bitterkeit in seinem Tonfall.

»Er ist fort«, erwiderte sie, griff nach einer Zeitschrift und ging zu der Tür, die in den Garten führte. Cecil folgte ihr.

»Was heißt das, er ist fort?«, fragte er in der Annahme, dass Louis von nun an im Club wohnen wollte.

»Er ist zurück nach England geflogen.« Sie schluckte und holte tief Luft. Sie hatte den ganzen Tag über immer mal wieder geweint. Hatte gehofft, er würde kommen, um sie zu holen, es sich dann anders überlegt und gehofft, er wäre ins Flugzeug gestiegen und abgereist. Erst nach einem ausgedehnten Bad war es ihr gelungen, ihre Haltung wiederzufinden, um sich ihrem Mann und dem ersten Tag vom Rest ihres Lebens stellen zu können.

»Er hat sich nicht einmal verabschiedet«, stammelte Cecil. Der Alkohol hatte schon begonnen, seine Wortgewandtheit, für die er so bewundert wurde, zu untergraben.

»Doch, er hat sich verabschiedet. Ich habe ihm Schlaffi, den Hasen, mitgegeben, damit er ihn Leonora bringt«, erklärte sie bemüht beiläufig und versuchte, die Verzweiflung in ihrer Stimme zu kaschieren. Sie schlenderte hinaus in den Sonnenschein und fing an, mit abgewandtem Gesicht welke Blüten aus den Stauden zu rupfen.

»Ah, du hast ihn gefunden. Das freut mich.«
»Ja. Leonora wird überglücklich sein.«
»Ich möchte wissen, warum er so überstürzt abgereist ist«, wunderte sich Cecil und setzte sich auf die Terrasse.
»Du kennst deinen Bruder besser als ich«, erwiderte sie. »Auch beim letzten Mal ist er ganz plötzlich gegangen.« Cecil erstarrte und beobachtete mit schmalen Augen, wie sie traurig wie ein Schatten im Garten umherwanderte.
»Ich verstehe«, sagte er.
Es war ein tiefes Stöhnen. Er leerte sein Glas. »Dann werden wir ihn wohl längere Zeit nicht sehen.«
Audrey kämpfte mit den Tränen. Jetzt brachte sie kein Wort mehr hervor. Um nicht reden zu müssen, entfernte sie sich bis in den hintersten Winkel des Gartens und tat so, als würde sie welke Blüten rupfen, obwohl dort gar keine Blumen standen, nur Farne und immergrüne Pflanzen. Cecil stand auf und zog sich ins Haus zurück. Sie war froh, dass er sie in Ruhe ließ.
Es war kein Zufall. Trotz seiner trunkenen Benommenheit wusste Cecil, dass er jeden Grund hatte, dankbar zu sein.

Tante Edna war die Erste, die sich im Haus blicken ließ, als sich die Nachricht von Louis' erneuter plötzlicher Abreise in der Gemeinde verbreitete. Es war schon Abend, und Audrey wollte früh zu Bett gehen. Der unverhoffte Besuch ihrer Tante erstaunte sie genauso wie Cecil. »Wem verdanken wir das Vergnügen?«, fragte er, und sein rotes Gesicht verzog sich zu einem schlaffen Lächeln.
»Wo ist Audrey?«, fragte sie mit rauer Stimme, denn Cecils betrunkener Zustand ließ darauf schließen, dass sie, wie angekündigt, mit Louis abgereist war. Mit heißen Fingern griff sie sich an die Kehle und setzte sich.
»Sie ist oben, geht zu Bett. Sie ist müde und hat Sehnsucht nach den Zwillingen«, erklärte er ausdruckslos.
»Ah.« Erleichtert seufzte sie auf. »Ich gehe dann zu ihr.«

»Wie du möchtest. Ich fürchte allerdings, dass sie heute Abend nicht sehr gesprächig ist. Sie ist ziemlich erschöpft.«

Tante Edna bemerkte den Zorn in seiner Stimme und fragte sich, wie viel er wusste.

Sie fand Audrey in ihrem Schlafzimmer, wo sie auf der Fensterbank saß und mit leerem Blick in den Garten starrte. Sie eilte zu ihr und schloss ihre am ganzen Körper zitternde Nichte in ihre Arme. »Mein liebes Kind«, sagte sie leise und drückte Audrey an sich. »Ich weiß, es tut weh, aber du hast das Richtige getan. Du bist sehr, sehr tapfer. Kein Mensch außer mir weiß, wie tapfer und mutig du warst.«

Audrey barg das Gesicht am Busen ihrer Tante und schluchzte.

»Es wird noch eine Weile wehtun, aber mit der Zeit vergeht der Schmerz, bis du kaum mehr spürst als ein dumpfes Sehnen. Mein Herz sehnt sich immer noch nach Harry. Aber ich leide nicht mehr.«

»Was ist der Sinn eines Lebens ohne Liebe?«, fragte sie im Flüsterton. »Welchen Zweck hat das alles?«

»Du hast deine Kinder, die du lieben kannst.«

»Aber sie sind nicht hier.« Ihre Worte waren kaum hörbar.

»Du kannst sie besuchen.«

»Wie? Ein paar Wochen hier, ein paar Wochen da? An wen können sie sich wenden, wenn sie unglücklich sind? Mit wem reden sie über ihre Ängste und Sorgen? Irgendwer wird in ihrem Leben meinen Platz einnehmen. Wozu bekommt man Kinder, wenn man sie nicht selbst großziehen darf?«

»Audrey, das ist dummes Geschwätz. Du musst dich zusammenreißen.« Tante Edna packte sie bei den Oberarmen und sah ihr streng in die Augen.

»Das kann ich nicht.« Audrey erwiderte den Blick ihrer Tante. »Ich kann es einfach nicht.«

»Ich weiß, dass Cecil dir noch etwas bedeutet. Selbst wenn du es dir nicht eingestehst. Mein Kind, er liebt dich so sehr. Schau ihn doch an! Sieh dir an, was du ihm angetan hast. Er trinkt zu viel.

Er verliert sein Selbstvertrauen. Er war so ein großartiger junger Mann. Er braucht dich. Verstehst du das nicht?«

»Er hat mich fortgetrieben.«

»Du musst es versuchen. Ihr gehört ein Leben lang zusammen.«

Audrey stöhnte und senkte den Kopf.

»Denk an das alte Sprichwort: ›Es ist besser, eine große Liebe zu verlieren, als nie geliebt zu haben.‹ Mir wären acht Jahre meiner Liebe zu Harry lieber als ein Leben mit jemandem, der mir nichts bedeutet. Du hast etwas Einzigartiges erlebt und die Liebe in ihrer ganzen Fülle gekostet. Wir können nicht immer alles haben. Sei dankbar für deine Kinder. Manche Frauen sind unfruchtbar, andere verlieren ihre Kinder, wie deine Mutter Isla verloren hat. Konzentrier dich nicht auf das, was du verloren hast, sondern denke an das, was du besitzt, und halte es fest.« Ein mitfühlendes Lächeln trat auf ihr sanftes Gesicht. »Du kannst dich jetzt entweder in deinem Kummer suhlen oder das Beste aus deinem Schicksal machen. Du hast die Wahl. Heute hast du das Richtige getan, und mit der Zeit wirst du froh darüber sein. Morgen solltest du anfangen, deine Ehe zu retten und Louis hinter dir zu lassen.«

Doch Audreys Schmerz war noch zu frisch, um über ihre Ehe nachdenken zu können, und es war zu früh, Louis hinter sich zu lassen. Als ihre Tante gegangen war, kroch sie ins Bett und schlief.

Es war dunkel, als Cecil ins Ankleidezimmer trat. Er schaltete das Licht ein und zog leise die Tür hinter sich zu, um seine nebenan schlafende Frau nicht zu wecken. Er ging zum Frisiertisch. In dem großen ovalen Spiegel sah er sein eigenes Abbild und rieb sich bekümmert das Kinn. Er sah alt und verkommen aus. Die Tränensäcke hingen faltig unter seinen Augen, deren Weißes trüb und gelblich war. Sein Gesicht war gerötet, die Haut grobporig, sein Mund zu einer ewigen Grimasse verzogen. Er sah eindeutig krank aus. Seufzend griff er nach der in Leder gebundenen Bibel, in der er neuerdings Trost fand. Dann öffnete er eine der Schubladen unter dem Spiegel und entnahm ihr einen kleinen Schlüssel. Er hielt peinlichst Ordnung, und so befand sich jedes Ding an seinem Ort. Schließlich griff er nach der kleinen braunen Kiste aus Walnussholz, in der er wichtige Dinge aufhob, und setzte sich damit in seinen Lehnstuhl. Er schlug die Bibel an der Stelle auf, die mit einem goldenen Bändchen gekennzeichnet war, und begann zu lesen. Er las bis in die frühen Morgenstunden, und mit jedem Vers fand er neue Kraft und Zuversicht. Doch ganz besonders ein Vers veranlasste ihn, grübelnd sein Kinn zu reiben, schwer zu seufzen und das vergangene Jahrzehnt objektiv unter die Lupe zu nehmen. Dieser Vers sprach ihn mehr als alle anderen an und haftete in seinem Gedächtnis, sodass er fast zu einem Mantra wurde, das er immer und immer wieder still vor sich hin sagte. Als die Morgendämmerung den Himmel erhellte und die Vögel mit ihrem Gesang den Beginn des neuen Tags verkündeten, drehte er den Schlüssel im Schloss des Walnussholzkästchens und entnahm ihm ein zusammengefaltetes Blatt Papier. Er schlug es auseinander und überflog die dort geschriebenen Zeilen. Louis' Tinte war im Lauf der Jahre ein wenig verblasst, doch die Worte hatten nichts von ihrer Schlagkraft verloren. Cecil griff nach einem Füllfederhalter und übertrug den Bibelvers unten auf das Blatt. Er betrachtete den Brief eine Weile, faltete ihn dann und legte ihn zurück in das Kästchen. Er verschloss es und verstaute den Schlüssel wieder an seinem angestammten Ort.

Die nächsten paar Wochen vergingen langsam. Audrey fand Trost in der alltäglichen Routine des häuslichen Lebens. Sie erfand immer neue Aufgaben, um die leeren Stunden füllen zu können. Die Zeit schleppte sich dahin, als wären die Zeiger der Uhr mit Bleigewichten des Schmerzes beschwert, und der Himmel wurde grau und gewittrig und ertränkte die Ebene in schweren Regengüssen. Die Schwüle war erstickend. Audrey schwitzte ihren Kummer und ihre Verzweiflung aus, indem sie all ihre Energie auf Tafelsilber und Messingbeschläge und das Aufräumen von alten Schränken verwandte und all die nie getragenen Kleider, die sich im Lauf der Zeit angesammelt hatten, in Kisten für die Wohlfahrt verpackte. Dann ging sie zum Friseur und ließ sich ihre üppige Lockenpracht abschneiden.

Schließlich spielte sie ein letztes Mal die Vergissmeinnicht-Sonate. Einem Ritual folgend, das nur sie kannte, rückte sie den Schemel zurecht, setzte sich, hob den Deckel und legte die Finger leicht auf die Tasten. Sie schloss die Augen und holte drei Mal tief Luft. Mit jedem Ausatmen spürte sie, wie die Anspannung nachließ und sie sich endlich von den körperlichen Symptomen des gebrochenen Herzens befreite. Die seelischen Wunden jedoch würden niemals verheilen. Langsam begannen ihre Finger, über die Tasten zu tanzen.

Vor ihrem inneren Auge sah sie sich selbst als junges Mädchen, dessen Herz die erste süße Liebe erlebte und zum ersten und einzigen Mal völlig in ihren Bann geriet. Sie sah Louis' schönes Gesicht und die Verletzlichkeit in seinen Augen, die seine selbstbewusste Ausstrahlung Lügen strafte. Sie stellte sich sein strahlendes, einnehmendes Lächeln vor, bevor die Enttäuschung seine Fröhlichkeit und seine Hoffnung ausgelöscht hatte, und erlebte noch einmal seinen Kuss, der die materielle Welt auflöste und sie in die unfassbare Welt gemeinsamer Träume entführte. Als sie dann aus ihrer feierlichen Meditation erwachte, schloss sie den Klavierdeckel. »Soll es als Staubfänger dienen«, sagte sie leise zu sich selbst. »Denn ich werde nie wieder darauf spielen.«

Als Audrey schon glaubte, sie würde nie mehr ans Ende dieses schwarzen Tunnels der Verzweiflung gelangen, bescherte das Schicksal ihr ein Geschenk, mit dem sie niemals gerechnet hätte. Ein Kind von Louis. Sie stellte fest, dass sie schwanger war, und sie legte die Hand auf ihren Leib, und mit einer für sie völlig untypischen Unverfrorenheit lächelte sie voller Zärtlichkeit. Ihr vormals wie abgestorbener Geist belebte sich und bebte vor Aufregung. Ein Teil von Louis wuchs in ihrem Leib. Ein Teil von ihm würde immer bei ihr sein und, so Gott wollte, würde nichts und niemand ihn ihr nehmen können. Dieses Kind sollte nicht ins Ausland zur Schule geschickt werden. Sie hatte ihre Lektion gelernt. Sie würde es nicht noch einmal zulassen. Empfangen mit der reinsten Liebe auf Erden würde dieses Kind etwas Besonderes sein. Durch Gottes Gnade wurde ihr eine neue Zukunft geschenkt. Eine Zukunft randvoll mit Glück und Freude. Jetzt blickte sie nicht mehr in einen Abgrund hinunter, sondern auf einen endlosen Horizont unbegrenzter Möglichkeiten. Es wird ein Mädchen, sagte sie zu sich selbst, und ich werde es Grace nennen.

Erst als sie eine Zeit lang in dieser wunderbaren Wendung ihres Schicksals geschwelgt hatte, dachte sie an ihren Mann. Ihr Lächeln wich einer besorgten Miene, während sie überlegte, was sie ihm sagen sollte. Sie würde ihm die ganze Wahrheit offenbaren müssen. Es führte kein Weg daran vorbei. Er würde wissen, dass es nicht sein Kind war, denn sie konnte sich schwerlich auf eine unbefleckte Empfängnis berufen. Sie hatte schreckliche Angst. Nicht vor seiner Zurückweisung oder vor seinem Zorn, sondern davor, ihm wehtun zu müssen.

Es war schon spät, als Cecil heimkehrte. Müde und mit hängenden Schultern schritt er den Weg zur Haustür entlang. Audrey war so in ihren eigenen Kummer verstrickt gewesen, dass der seine ihr nicht auffiel. Er wirkte gebrochen und niedergeschlagen, und ihr Herz öffnete sich ihm. Sie stand im Flur und kaute an den Fingernägeln, als er eintrat. Sein Gesichtsausdruck veränderte sich nicht. Er blickte sie nur gleichmütig an, als wäre er es leid, sie zu lieben, ohne Gegenliebe zu empfangen. Als wäre er es leid, es zu versuchen.

»Wir müssen miteinander reden«, sagte Audrey.

»Gut«, erwiderte er resigniert. Falls sie ihm sagen wollte, dass sie ihn verlassen würde, hätte es ihn nicht verwundert. Er folgte ihr ins Wohnzimmer und griff, wie jeden Abend, gedankenlos nach dem Whisky, unfähig, die Gewohnheit zu durchbrechen, selbst wenn er es gewollt hätte. Er ließ sich in einen Lehnstuhl fallen und nahm einen großen Schluck aus seinem Glas. »Nun, was hast du mir zu sagen?«

Audrey seufzte. Sie wusste nicht, wie sie ihre Neuigkeit behutsam übermitteln, wie sie diesen schweren Schlag abmildern sollte.

»Ich erwarte ein Kind«, erklärte sie mit starrer Miene.

Er sah sie lange an, ohne etwas von seinen Gefühlen preiszugeben, wenngleich seine Wangen sich röteten, als wäre er geschlagen worden.

»Ich verstehe«, sagte er schließlich.

»Ich schulde dir eine Erklärung«, hob sie an.

»Du brauchst nichts zu erklären, Audrey.« Er hob die Hand, um ihr Schweigen zu gebieten. Sie gehorchte widerspruchslos und sah zu, wie er aufstand und sich an den Kaminsims über der leeren Feuerstelle lehnte. Er starrte ins Dunkel, dachte an den Bibelvers und schöpfte Kraft daraus. Jetzt musste er sich der unvermeidlichen Realität von Audreys Affäre mit seinem Bruder stellen. Sein Verdacht war von Anfang an gerechtfertigt gewesen. Doch sie hatte ihn nicht verlassen; sie hatte Louis gehen lassen, aus welchem Grund auch immer. Schaudernd erinnerte er sich an jenen Morgen, als er Louis' Verschwinden bemerkte und seinen Brief fand. Jetzt bot sich ihm eine Gelegenheit, sein eigenes Fehlverhalten wieder gutzumachen und die Schuldgefühle, die ihn seitdem quälten, zu mildern. Audrey hatte ihn an einen Scheideweg geführt. Er konnte den bisherigen Weg mit ihr und ihrem Kind weitergehen oder sie verlassen und seinen Weg allein fortsetzen. Er hatte die Wahl. Doch er musste keine Entscheidung treffen. Er stand auf und straffte die Schultern. Er fühlte sich gestärkt, wie man es erlebt, wenn man selbstlos und gütig handelt. »Wir bekommen noch ein Kind. Wir dürfen uns

glücklich schätzen«, sagte er schließlich und wandte sich, Entschlossenheit im Blick, Audrey zu.
Audrey sah ihn fassungslos an, und er ging zu ihr, neigte sich zu ihr herab und küsste sie. Sie zuckte zusammen, ihr stockte der Atem, und sie sah ihn immer noch staunend an und wusste nichts zu sagen.
»Hast du deine Mutter schon angerufen?«
Sie schluckte und rang um Fassung. Doch plötzlich brach sie vor Beschämung in Tränen aus. Sie schüttelte den Kopf. »Nicht traurig sein, Audrey, ein Kind ist ein Geschenk. Das ist kein Anlass für Tränen, sondern zur Freude.«
»Es tut mir so Leid«, stammelte sie.
Doch er gab vor, es nicht gehört zu haben. »Ich schlage vor, dass du jetzt gleich deine Mutter anrufst, damit sie teilhat an der freudigen Nachricht.«
»Aber Cecil ...« Sie setzte erneut zu einer Erklärung an.
»Und die Zwillinge müssen erfahren, dass sie einen kleinen Bruder oder eine kleine Schwester bekommen. Sie werden überglücklich sein, oder vielmehr, Leonora wird sich riesig freuen.«
Audrey sah ein, dass es sinnlos war, sich zu wehren, lehnte sich zurück ins Polster und wischte sich mit dem Blusenärmel die Tränen ab.
»Wie fühlst du dich?«, fragte Cecil.
»Grauenhaft«, antwortete sie und schniefte.
»Ich meine körperlich.«
»Ich bin nicht krank, Cecil. Nur meine Seele ist krank.«
»Geh heute am besten früh schlafen. Ich schlafe in meinem Ankleidezimmer. Morgen früh wird es dir besser gehen.« Er ging zur Tür, drehte sich dort noch einmal um und sah sie aus stumpfen Augen, die einstmals gestrahlt hatten vor Liebe, fest an. »Manche Dinge sind zu schmerzhaft, um ihnen ins Angesicht zu sehen, Audrey. Und wenn man sich sehr anstrengt, kann man sich vielleicht einreden, dass sie nie geschehen sind.« Er hob das

Kinn und fuhr ganz leise fort: »Du trägst *mein* Kind, Audrey. Mehr haben wir nicht zu besprechen. Es ist *unser* Kind, und wir werden es gemeinsam großziehen. Ich will nie wieder darüber reden, nie wieder. Und ich will meinen Bruder nie wiedersehen, solange ich lebe, nicht in dieser Welt und auch nicht in der anderen.«

Audrey blickte ihm nach, als er das Zimmer verließ, und erinnerte sich plötzlich, dass sie ja atmen musste.

Sie wusste nicht, ob sie ihren Mann je geliebt hatte, doch von diesem Augenblick an bewunderte sie ihn über alle Maßen. Offenbar hatte er von Anfang an von ihrer Affäre gewusst. Er hatte sie nie zur Rede gestellt. Er hatte seinen Bruder immer anständig behandelt. Und jetzt hatte er das Edelste vollbracht, was ein Mann nur tun konnte: Er hatte sich entschieden, Louis' Kind als sein eigenes anzunehmen. Audrey weinte erneut, dieses Mal vor Dankbarkeit.

Grace wurde in der Stadt im Krankenhaus *The Little Company of Mary* geboren, wie ihre Schwestern und vor ihnen ihre Mutter. Aber im Gegensatz zu allen Säuglingen, die der Arzt je zuvor gesehen hatte, kam Grace mit einem Lächeln auf den hübschen rosa Lippen zur Welt. Sie hatte einen wissenden Blick in ihren Augen, den Augen einer alten Frau, die schon alles gesehen hat. Sie schrie nicht wie Alicia und sie wimmerte auch nicht wie Leonora, sondern betrachtete ihre Mutter voller Neugier und streckte die kleine Hand nach ihrem Gesicht aus. Audrey ergriff das Händchen und küsste es, während ihr die Tränen übers Gesicht liefen und auf das Neugeborene tropften. »Soll ich Ihren Mann rufen?«, fragte der Arzt. Doch Audrey schüttelte den Kopf.

»Ich hätte gern noch ein wenig Zeit allein mit Grace«, sagte sie. »Nur ein paar Minuten, dann können Sie ihn holen.« Der Arzt ging und ließ sie im Bett sitzend zurück, gebannt von den Zügen ihres Babys, die das Gesicht des Mannes, den sie liebte, spiegelten. »Du bedeutest mir mehr als sonst irgendjemand auf der Welt«, flüsterte sie, und das Kind blinzelte zufrieden zu ihr auf. »Du wirst nie erfahren, wer in Wahrheit dein Vater ist, aber das ist nicht wichtig, weil dein sanftes Wesen ein Teil von ihm ist und immer sein wird. Du wirst sein Andenken in deinem Lächeln und in deinen Augen bewahren, die den seinen so ähnlich sind, und du wirst glücklich sein, weil ich dich lieben werde, auch in Vertretung deines Vaters. Ich werde dich für uns beide lieben, mein Liebling. Und Cecil wird dich auch lieben, auf seine Art. Ich werde dich nie enttäuschen, Grace, und dich nie im Stich lassen, wie ich deinen Vater und deine Halbschwestern im Stich gelassen habe. Das verspreche ich dir.«

Als Cecil das Baby sah, bemerkte er sogleich die große Ähnlichkeit mit Louis und wusste instinktiv, dass die kleine Grace ihm immer fremd bleiben würde, wie ihr Vater. Grace hatte den gleichen abwesenden Ausdruck in den Augen und noch etwas mehr, etwas, das Louis nie besessen hatte, einen wissenden Blick, der beunruhigte, als könnte er ihm bis tief in die Seele schauen. Cecil schüttelte den Kopf und lachte. Wie konnte ein Baby, kaum älter als zwanzig Minuten, mit so viel Bewusstheit ausgestattet sein? Es war unmöglich, er war verrückt, sich so etwas einzubilden. Er wandte sich ab und sah seine Frau an. Sie lächelte zögernd, doch Cecil erwiderte ihr Lächeln nicht. Er fragte nach ihrem Befinden und ging dann fort, um ihre Mutter anzurufen. Noch immer liebte er Audrey mehr als alles auf der Welt, doch sie hatte sein Vertrauen zerstört und seine Zuneigung verhöhnt. Was ihn am meisten quälte, war die Frage, die jetzt an seinem Herzen nagte: Hatte sie ihn je geliebt? Er wagte nicht, sie zu fragen, aus Angst vor ihrem Geständnis, dass sie es nie getan hatte.

Grace war tatsächlich ein besonderes kleines Mädchen. Alicia und Leonora kamen nur einmal im Jahr, und zwar zu Weihnachten, nach Argentinien, und so wuchs ihre kleine Schwester quasi als Einzelkind auf, verhätschelt von ihrer Mutter und geduldet von ihrem Vater, verwöhnt von ihrer Großmutter und Großtante Edna, die entzückt waren über ein weiteres Kind, das sie lieben durften.

Als Grace zu einem geschmeidigen, ätherischen Mädchen mit langem weißblonden Engelshaar und der Leichtfüßigkeit einer Elfe heranwuchs, neidete Alicia ihr ihren Charme und stieß sie herum, aber im Gegensatz zu Leonora war Grace immun gegen ihre Gemeinheiten. Sie lächelte ihre Schwester nur mitleidig an, als könnte sie in die dunkelsten Winkel ihres Wesens blicken und voraussehen, welche Kämpfe sie noch würde bestehen müssen.

Leonora hätte sie gern geliebt, doch Grace war ihr zu fern. Grace brauchte keine Freundschaft, nur die Luft zum Atmen und den Garten, um darin zu spielen, denn er war, wie sie erzählte, voll von Elfen. Auch Leonora war nicht gegen Eifersucht gefeit und litt, wenn sie sah, wie ihre kleine Schwester in die Arme ihrer geliebten Mutter flog, die sonst nur Augen für sie gehabt hatte. Als sie am Ende der Ferien nach England zurückkehrte, litt sie bei dem Gedanken an ihre Mutter an einer anderen Art von Heimweh. Denn ihr Zuhause war nicht mehr so wie früher, die Liebe ihrer Mutter galt nicht mehr ausschließlich Alicia und ihr. Grace war anders, und diese Andersartigkeit trennte sie wie ein Ozean, denn sosehr Leonora sich auch bemühte, sie kam Grace nicht näher.

So wuchs Grace in der unwirklichen Atmosphäre von Hurlingham auf, wo ihre Mutter mit ihr unter duftenden Eukalyptusbäumen Picknicks veranstaltete, über die Ebene ritt und auf Gaitanos Ranch, La Magdalena, Straußen jagte. Sie lehrte sie alles über die wilden Präriehasen und die Pflanzen und Blumen, die auf der fruchtbaren Pampa wuchsen, und hörte zu, wenn ihre Tochter ihr von den Geistern berichtete, die sie auf ihrem Lebensweg begleiteten.

»Wir alle haben einen Schutzengel, der auf uns aufpasst«, erklärte Grace ihrer Mutter. »Meiner ist groß, hat braune Haut und trägt Federn im Haar. Er heißt Totem. Ich habe viele Freunde in der Welt der Geister und bin nie allein.«

Audrey glaubte ihr, denn wann immer ihr im Haus etwas verloren ging, brauchte sie sich nur an Grace zu wenden, die dann ihren Engel befragte, und sogleich fand sich der vermisste Gegenstand wieder ein. Audrey hörte sie nach dem Gutenachtkuss in ihrem Schlafzimmer die Ereignisse des Tages und ihre Ansichten rekapitulieren, als teilte sie das Zimmer mit einer Freundin. Grace jedoch hatte keine Freundinnen, nur ihre Mutter und die Geister, die in ihrer Phantasie zu leben schienen.

Grace besaß eine natürliche Begabung fürs Klavierspielen und reizte ihre Lehrerin, die jeden Montag zu ihr kam, bis aufs Blut, indem sie ein Stück, getreulich den Noten folgend, begann, um dann plötzlich zu improvisieren, ihre Finger tanzen zu lassen, als folgten sie ihrem eigenen Willen. Sie spielte wunderbar nach Gehör, und die Lehrerin brauchte stets ein Weilchen, bis sie merkte, dass Grace eine Melodie während des Spielens erfand, die jedoch in Stil und Tonlage kaum vom Original abwich. Sie konnte Mozart, Bach und Beethoven bis zur Perfektion imitieren und genauso rasch zu einer eigenen Komposition überwechseln, der ›Musik der Geister‹, wie sie es nannte, die, wie sie behauptete, im Wohnzimmer tanzten, wenn sie spielte. Die Lehrerin schüttelte dann ungeduldig den Kopf und behauptete, es gäbe keine Geister, worauf Grace erwiderte: »Liebe Miss Horner, das sagen Sie nur, weil Sie sie nicht sehen können.« Und einmal warf sie den Kopf in den Nacken und lachte zum Entsetzen der armen Miss Horner, die diese merkwürdige Schülerin einfach nicht verstand. »Da in der Ecke hockt ein kleines Wesen und grinst mich wegen meiner Unverschämtheit an. Wir sollten ein bisschen Tempo zulegen, damit es seine kleinen Beinchen schwingt!«

Miss Horner blieb nur ein paar Monate, und als die nächste Lehrerin kam, riet Audrey ihrer Tochter eindringlich, ihre kleinen

Freunde geheim zu halten, weil nicht jeder sie so gut verstehe wie ihre Mutter.

Grace war ein glückliches Kind. Sie lachte viel, denn offenbar gab es nichts, was ihr Angst machte. Sie spürte instinktiv, dass unfreundliche Menschen unglücklich waren; ob nun verbittert, neidisch oder hasserfüllt, all diese Emotionen entstanden gewöhnlich aus Kummer und Selbstverachtung, und sie reagierte darauf nicht aggressiv, sondern mitleidig, was für ein so kleines Kind ziemlich ungewöhnlich war. Sie litt nicht unter all den Zweifeln, die Kinder gewöhnlich hegen, denn für all ihre Fragen standen ihre Freunde, die Engel, zur Verfügung, und auch Audrey war immer für sie da. Grace war selbstgenügsam und unabhängig, verschwand oftmals stundenlang, wie ihre Mutter es in ihrer Kindheit zu tun pflegte, und kam dann lächelnd nach Hause zurück und schüttelte unbeschwert ihre langen Locken aus.

Abends, wenn ihre Mutter sie zu Bett gebracht und geküsst hatte, erschien ihr ein wunderschöner Geist mit langen Locken und einem zärtlichen und zugleich schelmischen Lächeln. Das Mädchen setzte sich an ihr Bett und strich mit der Hand über Graces kleines Gesicht, während sie sie voller Liebe betrachtete. Grace liebte diese Stunde und berichtete von ihren Gedanken und Ideen, und das Geistwesen hörte ihr geduldig zu, bevor es sie mit einem sanften Kuss auf die Stirn in den Schlaf schickte.

Cecil begegnete Grace mit Vorbehalten, denn sie schien durch ihn hindurchzusehen. Er fing an, seine Whiskyflaschen zu verstecken und Wodka zu trinken, welcher keine Fahne verursachte, denn Grace pflegte ihn mit ihren großen, alles sehenden Augen zu mustern und zu sagen: »Daddy, wenn du öfter lächeln würdest, bräuchtest du diese Medizin gar nicht, die du ständig einnimmst. Ein Lächeln kann alles heilen.« Cecil kam Grace nicht nahe, denn sie schien ihn nicht zu brauchen. Und im Nebel seiner Trunkenheit erinnerte sie ihn unablässig an Louis.

Auch Audrey dachte an Louis, wann immer sie ins Gesicht ihrer Tochter blickte. Sie wünschte sich, dass er das göttliche Geschöpf, das sie zusammen hervorgebracht hatten, sehen könnte, und sie musste sich immer wieder ermahnen, dankbar zu sein, für den kleinen Teil von ihm, den sie für sich hatte, und nicht mehr zu verlangen. Sie weinte, wenn sie allein oder im Theater war, denn in der Dunkelheit, wenn niemand sie sah, flossen die Tränen bereitwillig. Wenn das Orchester spielte, dachte sie an Louis und seine Liebe zur Musik, die Grace geerbt hatte, und sie fühlte sich ihm nahe, obwohl sie nie gemeinsam das Colón besucht hatten. Sie kaufte sich Platten mit traurigen Tangoliedern, die sie spielte, wenn Cecil nicht zu Hause war und Mercedes schlief. Dann schloss sie die Vorhänge, tanzte durchs Zimmer und stellte sich vor, in den Frühlingstagen ihrer Liebe unter den Jacarandabäumen in Louis' Armen zu liegen.

Grace wuchs mit den plötzlichen Melancholieausbrüchen ihrer Mutter auf und gewöhnte sich daran. Sie versteckte sich im Flur und beobachtete sie durch den Türspalt oder, falls die Tür geschlossen war, durchs Schlüsselloch. Liebend gern war sie Zeugin dieses einsamen Tanzens. Es war geheimnisvoll und barg etwas Düster-Unheimliches, denn ihre Mutter achtete sehr darauf, dass sie allein war, und das Romantische daran rührte Grace ans Herz. Oft weinte ihre Mutter, wenn sie tanzte, und auch ihre Tränen waren geheimnisvoll, denn sooft Grace auch ihre Geisterfreunde nach dem Grund dieser Traurigkeit befragte, erhielt sie doch keine Antwort.

Audrey wusste nicht, dass sie beobachtet wurde, und sie ahnte nicht, wie sehr ihr Tanzen das Kind beeindruckte. Grace fragte sie nie nach dem Grund, denn sie wusste, wenn sie zugab, sie beobachtet zu haben, würde ihre Mutter mit dem Tanzen aufhören, und ihr Instinkt sagte ihr, dass sie tanzen musste. Es ging um ihr Überleben.

Das Faszinierendste von allem aber war das kleine in Seide gebundene Büchlein, das ihre Mutter in ihrer Wäscheschublade verborgen hielt. Wenn Audrey es hervorholte und zum Füllfederhalter griff, versuchte Grace zu lesen, was sie darin geschrieben hatte. Ihre Mutter war blass bei solchen Anlässen, und ihre Augen glitzerten oft genauso wie während ihres Tanzes der Tränen. Lange Zeit saß sie dann grübelnd da, und Grace beobachtete sie, bis sie ihre Neugier kaum noch beherrschen konnte.

Eines Tages, als ihre Mutter ausgegangen war und Mercedes in der Küche einen Kuchen backte, schlich Grace in Audreys Schlafzimmer und öffnete die Schublade, die das geheime Büchlein barg. Da lag es unter Seidenhemdchen und Strümpfen. Grace ergriff es mit zitternden Fingern. Unvermittelt spürte sie die Traurigkeit und Enttäuschung, die es ausströmte, und ihr Herz wurde schwer. Sie holte tief Luft und versuchte, Abstand zu wahren; manchmal gereichte ihre Gabe ihr selbst zum Nachteil.

Es war ein kostbares kleines Büchlein. Die Seide war tiefrot und grün, verwoben mit Bildern von blauen Blumen, die glänzten wie Engelshaar. Es fühlte sich weich an und war mit grüner Kordel verschnürt, die an den Enden verknotet war und seidige Quasten bildete.

Grace setzte sich unters Fenster und löste behutsam die Kordel. Einen Augenblick lang verließ sie fast der Mut. Sie wusste, dass es ungehörig war, in die geheime Welt ihrer Mutter einzudringen. Wäre das Buch für Graces Augen bestimmt gewesen, hätte ihre Mutter es ihr gezeigt. Doch die Neugier trieb sie an. Sie schlug das Büchlein auf und fand auf der ersten Seite einen merkwürdigen Titel, den sie nicht verstand. »Die Vergissmeinnicht-Sonate.« Stirnrunzelnd betrachtete sie die in der sauberen Handschrift ihrer Mutter geschriebenen Worte, doch der Sinn wollte sich ihr nicht offenbaren. Natürlich wusste sie, dass ein Vergissmeinnicht eine Blume war, und die Blumen auf dem seidenen Buchdeckel konnten durchaus Vergissmeinnicht darstellen. Doch sie spürte instinktiv, dass eine tiefere Bedeutung hinter dem Wort steckte, die ihr verborgen blieb. Sie schlug die Seite um und hoffte, in den folgenden Worten Aufschluss zu finden, doch sie sah nichts außer den Klecksen, wo ihre Mutter mehrfach versucht hatte, einen Satz zu beginnen, und Tränenspuren. Sie seufzte enttäuscht und blätterte zurück zu dem sonderbaren Titel. »Die Vergissmeinnicht-Sonate«, las sie. Was bedeutete das?

III. TEIL

Siebenundzwanzig

England, 1971

Florien saß unter einem Apfelbaum im Obstgarten und betrachtete die von der Abendsonne in goldenes Licht getauchte Mauer. Mit dem fernen Dröhnen der Mähdrescher wehte der Wind den Duft von heißen Stoppelfeldern und moderndem Laub herüber, und der blasse wässrige Himmel gemahnte an den Winter und die bevorstehenden farblosen Monate. Er nahm einen Apfel aus dem Korb an seiner Seite, randvoll mit den Früchten, die er für Mrs. Weatherbys Vorratskammer gepflückt hatte, und biss hinein. Sein Vater pflegte zu sagen, die Äpfel, an denen bereits Wespen und Bienen genagt hätten, wären die besten, und er hatte Recht, denn dieser Apfel schmeckte süßer als jeder andere, den er zuvor gekostet hatte, und er war übersät von kleinen von hungrigen Insekten hineingefressenen Löchern. Träge schweiften seine Gedanken zu Leonora und Alicia Forrester.

Leonora hatte ihm den ganzen Tag lang geholfen. Sie war jetzt eine etwas üppige Siebzehnjährige mit schmaler Taille und großen schwellenden Brüsten und einem runden Hinterteil. Ihr Gesicht war nicht mehr ganz so nichts sagend, reflektierte vielmehr ihr sanftes Wesen in einem offenen, entwaffnenden Lächeln und in den freundlichen blauen Augen. Sie schien nicht viel Wert auf ihr Aussehen zu legen. Ihr braunes Haar trug sie zu einem Pferdeschwanz gebunden, ihre Figur verbarg sie unter weiten Blusen und Pullovern, und sie machte sich lieber die Hände bei der Gartenarbeit schmutzig, als Zeit mit Maniküre und Make-up zu vergeuden. Mit Leonora konnte er reden. Sie war lieb und einfühlsam. Er wusste, dass sie für ihn schwärmte. Er erkannte es an ihren glänzenden Augen und ihren ständig errötenden Wangen.

Alicia war völlig anders. Inzwischen war sie es, die seine Gedanken Tag und Nacht beherrschte. Mit teuflischem Charme zogen ihr spöttisches Lächeln und ihr scharfer Witz ihn in ihren Bann, demütigten ihn, um ihm im nächsten Moment wieder zu ermutigen, sodass er nie wusste, woran er bei ihr war.

Nachts lag er schweißnass da, ihre kantigen Züge vor Augen, brodelnd vor Enttäuschung und Liebe und Hass und all den widerstreitenden Emotionen, die sie in seinem Herzen weckte und die ihn verwirrten und beschämten, weil sie ihm so wichtig war. Er hätte sie gern gegen eine Mauer gedrängt und gewalttätig genommen, damit sie aufhörte, so eingebildet zu lächeln und ihn mit den schmalen Augen einer Verführerin anzusehen. Dann wieder wollte er sie zärtlich lieben, ihr stahlhartes Wesen schmelzen und unter der harten Schale den weichen, mitfühlenden Kern entdecken. Er sehnte sich danach, sie verwundert über ihre eigene Fähigkeit, zu lieben und Lust zu spenden, seufzen zu hören. Er träumte davon, eine verletzliche junge Frau mit Ängsten und Hoffnungen wie alle anderen auch zu entdecken. Doch Alicia war nicht wie alle anderen. Sie hatte offenbar keine Gefühle.

Alicia hatte keine Lust, im Garten zu helfen. Die Natur langweilte sie, die Zigeuner ebenfalls. Sie waren provinziell und arm. Sie würde zumindest einen Herzog heiraten und in einem riesigen Herrenhaus leben. Tante Cicely langweilte sie ebenfalls und zwang sie, in der Küche zu arbeiten, was sie verabscheute, weil sie sich ungern die Hände mit Mehl und Hühnerfleisch schmutzig machte. Sie erkannte, dass Marcel ihre Tante ausnutzte, die immer noch so verzaubert von ihm war, dass sie es gar nicht bemerkte. Wenn Cicely nicht hinsah, flirtete Alicia mit ihm, um ihre Theorie zu beweisen, doch zu ihrer Demütigung lächelte Marcel, der ihr altersmäßig näher stand als ihre Tante, nur ironisch und tat ihre Annäherungsversuche mit einem lässigen Pinselstrich ab. »Kleines Mädchen, wenn du jemanden verführen willst, dann geh und verführe die Zigeuner. Sie würden dankbar sein, schließlich haben sie außer den Rüben nichts und niemanden, mit dem sie sich unterhalten könnten«, sagte er mit seinem starken französischen Akzent. Alicia schwor Rache. Wie konnte er es wagen, so mit ihr zu reden? Aber vielleicht hatte er Recht; es wäre bestimmt ein Spaß, einen Zigeuner zu verführen.

Alicia wusste, dass Leonora in Florien verliebt war, und das machte ihren Plan noch reizvoller. Sie beobachtete die beiden bei der Gartenarbeit, wobei sie übers Wetter, den Boden und die Ernte plauderten und unbeschwert wie vertraute Freunde miteinander lachten. Der Wunsch, sich zwischen die beiden zu drängen, war einfach unwiderstehlich. Sie wusste, dass Florien sie begehrte; er war schließlich auch nur ein Mann, und die wenigsten Männer waren wie Marcel. Sie war sicher, jeden zu bekommen, den sie haben wollte, war fest überzeugt von ihren Reizen. So lag sie da im Herbstsonnenschein, aß Schokolade und beobachtete ihre Beute, im Wissen, dass er ihre Blicke spürte. Das allein schon reichte, um ihr einen Schauer der Erregung über den schönen Körper zu jagen.

Sie hatte bisher noch keine sexuellen Erfahrungen gemacht. Unberührtheit war ein hässliches Wort, schmeckte nach Unerfahrenheit und Verletzbarkeit. Sie wollte ihre Jungfräulichkeit so schnell wie möglich loswerden, und Florien war sehr attraktiv. Er war groß und kräftig und hatte dunkles, glänzendes Haar und dunkle, misstrauische Augen, die unter seinen Stirnfransen glühten. Er war mürrisch und schweigsam, genau wie die düsteren Helden der Mills & Boon-Romane, die in der Schule herumgereicht wurden, aber es mangelte ihm erheblich am Allerwichtigsten. Er war arm und würde wohl kaum jemals reich werden, geschweige denn berühmt, und er war schlicht unfähig, jemals

einen bedeutenden Titel oder Status zu erringen. Deshalb war er nur für das eine gut.
»Ein zauberhafter Abend, nicht wahr?«, sagte sie, setzte sich zu ihm ins Gras, nahm einen Apfel aus dem Korb und biss hinein. Er antwortete nicht, sah sie nur mit leerem Blick an. »Wo ist deine kleine Helferin?«, fragte Alicia.
»Leonora?«
»Ja, die Gartenzwergin, wo ist sie?«
»Mit Mrs. Weatherby zum Gartenzentrum gefahren«, erwiderte er und fragte sich, was sie von ihm wollte, denn ihre Augen blitzten absichtsvoll.
»Sie kaufen doch wohl nicht noch mehr Zwiebeln und Knollen ein?« Sie lachte und stellte erfreut fest, dass sein mürrischer Gesichtsausdruck sich ein wenig belebte. »Du verbringst den ganzen Tag auf den Knien und gräbst im Dreck. Kann sie dich nicht mal einen Mähdrescher fahren lassen oder dir eine andere weniger schmutzige Arbeit zuweisen?«
»Ich arbeite am liebsten im Garten. Mähdrescherfahren ist langweilig.«
»Aber es ist männlicher, und du bist ein Mann.«
Er wandte den Blick ab. Er war gewohnt, dass sie mit ihm flirtete und ihn dann verscheuchte wie eine lästige Fliege. Und er hatte keine Lust, sich demütigen zu lassen. »Gib mir deine Hand«, verlangte sie plötzlich.
Er lachte leise und schüttelte den Kopf. »Was willst du damit?«
»Ich möchte sie fühlen.« Sie lachte wieder. »Sei nicht so schüchtern, ich beiße nicht.« Ihm blieb keine Wahl. Er reichte ihr die Hand. Sie ergriff sie und strich mit den Fingern leicht über die raue Haut. Ihm wurde heiß, als er sich unwillkürlich vorstellte, wie es wäre, wenn sie seinen gesamten Körper so streichelte. »Siehst du, du hast eine richtige Bauernhand. So herrlich rau. Kannst du damit meine weiche Haut fühlen, oder ist sie zu grob dafür?«
Seine Wangen glühten vor Beschämung, er entzog ihr die Hand

und kämpfte gegen die Erregung, die sich in seiner Hose rührte. Er nahm sich noch einen Apfel, um seine Hände zu beschäftigen.

»Du bist blöd«, schimpfte er und biss in den Apfel.

»Nein, wirklich nicht, Florien. Ich bin neugierig. Wenn du eine Frau liebst, kannst du sie mit diesen Händen spüren?«

»Das geht dich nichts an.« Ihre Kühnheit erstaunte und erregte ihn gleichzeitig.

»Wenn du mit diesen Händen meinen Körper streicheln würdest, könntest du spüren, wie zart meine Haut ist? Ich achte sehr auf gute Hautpflege. Jeden Abend nach dem Baden massiere ich ein Hautöl ein, und ich schlafe nur in Seide. Hier«, sagte sie und streckte ihm ihren Arm entgegen. »Fühl mal, wie glatt sie ist.«

»Worauf willst du hinaus?«, fragte er böse und zog die dunklen Brauen zusammen. »Ich will deine Haut nicht fühlen. Du kannst sie für dich behalten.«

»Das ist doch nicht dein Ernst.« Sie gab sich gekränkt. »Ich weiß, ich bin dumm, aber das ist wohl so, wenn man verliebt ist, oder? Das habe ich jedenfalls gehört. Und ich war noch nie verliebt.«

Florien traute seinen Ohren nicht. Ihre Worte ließen die Situation plötzlich in einem völlig anderen Licht erscheinen. Er blickte sie fest an, entwaffnet von ihrer augenscheinlichen Verletzlichkeit. Sie erwiderte seinen Blick mit feuchten Augen und lächelte süß, so wie andere Frauen auch lächeln, und sein Herz wurde weit vor Freude. Sein Verstand riet ihm, vorsichtig zu sein, doch das Blut rauschte ihm bereits so drängend durch die Adern, dass er die leise Stimme der Vernunft nicht mehr hörte. »Ich war auch noch nie verliebt«, sagte er impulsiv, in ein Netz von Sicherheit gelockt, das nur zu leicht zerreißen konnte.

»Ich habe versucht, meine Gefühle zu ignorieren, Florien, denn Tante Cicely würde mir den Kopf abreißen. Sie würde sagen, ich wäre zu jung für die Liebe. Aber ich will dich. Ich will dich jetzt.« Sie biss sich auf die Unterlippe, denn ihr selbst kamen ihre Worte unbeholfen vor. In den Büchern, die sie las, aber längst schon leid war, sprachen Frauen auf diese Art über die Liebe. Über diesen lächerlichen Kampf gegen ihre Gefühle. Sie war wohl ein bisschen zu schnell auf Sex zu sprechen gekommen, vermutete sie, doch Florien war so verblüfft von ihrer Liebeserklärung, dass es ihm nicht auffiel.

»Ich liebe dich auch«, erwiderte er, wandte sich ihr zu und ergriff ihre Hände. »Ich habe auch versucht, meine Gefühle zu ignorieren, aber dein Gesicht quält mich bei Tag und Nacht. Ich bekomme dich nicht heraus aus meinen Gedanken. Du bist anders als alle anderen. Du bist wunderbar.«

Dieser plötzliche Ausbruch erheiterte Alicia. Sie wollte nur mit ihm schlafen, und er machte ihr praktisch einen Heiratsantrag. Sie hatte die Tür einen kleinen Spalt geöffnet, und er hatte sie gleich aus den Angeln gehoben.

»Und wohin gehen wir jetzt?«, fragte sie mit unterdrücktem Kichern.

»Was?«

»Wohin gehen wir, damit wir allein sind?«, wiederholte sie und hoffte, nicht zu schnell vorwärts zu preschen. Wie Männer sich mit den lästigen Balzritualen aufhalten konnten, war ihr unbegreiflich. Ihr war durchaus bewusst, dass sie die Führung übernahm und sich benahm wie ein Mann, was Florien wahrscheinlich nicht gefiel. Deshalb beschloss sie, vorsichtshalber noch einmal von Liebe zu reden. »Ich liebe dich, Florien, dich allein. Ich möchte dir ganz nahe sein. Möchte dein Herz an meinem Herzen spüren, deinen Körper an meinem. Ich möchte mich dir hingeben. Ich möchte, dass du mir die Unschuld nimmst und mich zur Frau machst.« Diesmal war sie hingerissen von ihrer Rede und noch viel hingerissener von der Reaktion des Zigeuners. Er sprang auf.

»Komm mit«, sagte er und nahm ihre Hand. Er führte sie durch den Obstgarten zu einer Tür in der Mauer, die zu einer Ansammlung von Scheunen und Wirtschaftsgebäuden führte. Sie

erstickte ihr Lachen und bemühte sich mit einigem Erfolg, die Rolle des verletzlichen jungen Mädchens in der Verwirrung der ersten Liebe zu spielen. Florien war so verblüfft über sein Glück, dass er die Brüche in ihrer Vorstellung nicht bemerkte.
Er führte sie in eine Scheune voller Heuballen. Goldene Balken von Licht drangen durch die Ritzen im Holz und ließen das Heu in den roten und gelben Farben der Abendsonne leuchten. Mit klopfendem Herzen stieg Florien auf die Ballen bis unter das Dach, wo er eine heimliche, süß duftende Liebeslaube vorfand.
»Bist du sicher?«, fragte er und streichelte Alicia mit zärtlichen Blicken.
Alicia lächelte mädchenhaft und nickte. Sie versuchte, sich Leonoras Reaktion in ihrer Lage vorzustellen. Sie würde stumm bleiben, schloss sie unfreundlich und verhielt sich entsprechend.
Florien wusste, was er zu tun hatte. Er hatte mit genug Mädchen geschlafen, um den Körper einer Frau zu kennen, und doch war er nervös. So nervös, dass ihm womöglich die Erektion versagt geblieben wäre, hätte ihn nicht Alicias heller, sich windender Körper stimuliert. Mit halb geschlossenen Augen lag sie im Heu, während er sie küsste und entkleidete, sie streichelte und bewunderte. Sie räkelte sich wie eine Katze in der Sonne und schnurrte mit der Wonne einer lustbereiten Frau.
Sie war sich ihrer Anziehungskraft sicher, und im Gegensatz zu anderen Mädchen zeigte sie keine Angst und keine Hemmungen, sondern überließ sich Florien mit einem halb belustigten Lächeln. Florien war zu sehr damit beschäftigt, ihren Körper und sein großes Glück zu genießen und bemerkte daher nicht das verächtliche Glitzern in ihren Augen. Er war sicher, dass sie ihn liebte, denn warum sonst hätte sie ihm ein so großes Geschenk gemacht? Ihre Unschuld. Sie hatte ihn ausgewählt, und er jubelte innerlich.
Alicia stellte fest, dass sie Spaß am Sex hatte. Es war nicht nur körperlich lustvoll, sondern auch ein neues Machtspiel, in dem sie die Siegerin sein konnte. Es amüsierte sie, dass Männer sich

so leicht verführen ließen. Ihr war schon längst klar geworden, dass in einer von Äußerlichkeiten regierten Welt Schönheit eine mächtige Waffe war, doch jetzt erkannte sie, dass in dieser Art Kriegsführung das Einsetzen von Sex der Macht einer Atombombe entsprach. Männer verloren wegen Sex den Verstand. Ihre fleischlichen Gelüste schwächten sie, und sie verachtete sie wegen ihrer Schwäche und war entschlossen, diese zu ihrem Nutzen auszubeuten. Während sie in seinen Armen lag und er ihre Stirn küsste und ihr Haar streichelte, ihr beteuerte, wie sehr er sie liebte und wie schön das Zusammensein mit ihr gewesen war, träumte sie von dem Reichtum und dem Ansehen, die sie mit der Schönheit ihres Körpers erlangen würde. Das Lächeln einer zufriedenen Katze lag auf ihrem Gesicht.

Florien war am Boden zerstört, als Alicia zurück ins Internat musste. »Nur noch ein Jahr«, verhöhnte sie ihn. »Dann liegt ein ganzes langes gemeinsames Leben vor uns.«

»Ich werde niemals eine Frau so lieben wie dich, Alicia.« Er griff nach dem Christophorus-Medaillon, das er stets um den Hals trug. »Das möchte ich dir schenken«, sagte er und blickte sie aus feuchten Augen an.

»Was ist das?«, fragte sie und rümpfte die Nase. »Ist es hübsch? Zeig mal her.« Sie wog das goldene Kettchen in der Hand und kam zu dem Schluss, dass es ihr außerordentlich gut gefiel.

»Es wird dir Glück bringen.«

»Prima!«, rief sie und hob ihr Haar an, damit Florien ihr das Schmuckstück um den Nacken legen konnte. Er hakte den Verschluss ein und küsste die weiße, gewöhnlich unter ihrem Haar verborgene Haut. Sie kicherte.

»Ich liebe dich wirklich«, sagte er und seufzte glücklich.

»Ich weiß, Florien. Du bist furchtbar lieb«, erwiderte sie aalglatt.

»Wann kommst du zurück?«

»In ein paar Wochen. Dann folgen die Halbjahrsferien, dann

Weihnachten, und da fliege ich heim. Du musst uns ein neues Liebesnest suchen für die Zeit, wenn die Heuballen aufgebraucht sind.«
»Keine Sorge, ich finde ein kuscheliges Plätzchen für uns. Im Winter wärmen wir uns gegenseitig.«
»Sicher«, sagte sie, bemüht, wenigstens ein bisschen Begeisterung zu zeigen. Sie hielt nicht viel von Liebesgeflüster und wusste auch, dass sie nicht besonders gut war in der romantischen Disziplin. Allerdings war ihr klar, dass er sie nicht mehr so schätzen und vielleicht nicht mehr unbegrenzt zur Verfügung stehen würde, wenn sie das Spielchen nicht mitspielte.
Leonora war Floriens schlecht verhohlene Liebe zu ihrer Schwester durchaus nicht verborgen geblieben. Es schmerzte sie, weil sie ihn ehrlichen Herzens anbetete und sich innigst wünschte, er möge ihre Gefühle erwidern. Doch wie gewöhnlich trug sie Alicia nichts nach. Sie akzeptierte die Überlegenheit ihrer Schwester auf allen Gebieten und zog sich bereitwillig zurück. Alicia war schön, begabt und charmant, besaß alles, was sie nicht aufwies, und Leonora war ihr treu ergeben. Wenn Alicia Florien haben wollte, würde sie sich an ihrem Glück freuen und alles tun, um die Beziehung zu fördern.
Doch die ihr eigene Großzügigkeit verlangte ihren Preis. Sie war nicht gefeit gegen den Schmerz, den sie mit sich brachte, denn wieder einmal war sie ausgeschlossen, unbeachtet, isoliert. Sie sehnte sich nach Hause und nach der Sicherheit der bedingungslosen Liebe ihrer Mutter, während sie doch wusste, dass sie erwachsen genug sein müsste, ohne ihre Mutter auszukommen. Außerdem musste Audrey sich ja um ein etwas ungewöhnliches siebenjähriges Mädchen kümmern. Wären Tante Cicely, deren Zuneigung zu ihr fast so bedingungslos war wie die ihrer Mutter, und der Garten, die Felder und Wälder, in denen sie die Nähe einer höheren Macht spürte, nicht gewesen, hätte sie sich sehr einsam auf der Welt gefühlt.
Leonora unternahm gern lange Spaziergänge mit Barley und den

anderen Hunden in der Umgebung der Farm. Der Anblick der weiten Felder, die sich vor ihr erstreckten und in sanft gewellte Hügel übergingen, machte ihr Mut und verhinderte, dass sie in Selbstmitleid versank. Dort draußen unter dem freien Himmel fragte sie nach der Bedeutung von Leben und Tod im Zusammenhang mit dem Zyklus der Jahreszeiten und erfuhr, dass das Glück darin bestand, die Dinge zu akzeptieren, wie sie nun mal waren, und nicht zu versuchen, sie zu bekämpfen. Denn der Winter schmolz mühelos in den Frühling hinein, und der Frühling erblühte zum Sommer, um sich schließlich mit Anmut der rotgoldenen Palette des Herbstes zu unterwerfen. Was sein wird, wird sein, dachte sie, und diese Resignation hatte auch ihr Gutes. Leonora beschloss, ihr Leben nicht mit der Jagd nach materiellen Gütern zu vertun, denn was machte ihr mehr Freude als dieses stets sich wandelnde Panorama? Sie wusste instinktiv, dass nichts so wichtig war wie die Liebe und das Leben, und beides fand sie im ländlichen Dorset. Ihre Zukunft war mit der Natur verbunden, denn in der Natur fühlte sie sich geborgen. Sie war zu bescheiden, um Floriens Liebe zu verlangen, träumte aber trotzdem von ihr. So stellte sie sich manchmal vor, das Leben einer Zigeunerin zu führen, im Garten zu arbeiten, zu pflanzen, zu pflücken und einzutopfen. Nichts hätte ihr besser gefallen, als sich in einem hübsch bemalten Wohnwagen ein Heim zu schaffen, ein paar kräftige Pferde ihr Eigen zu nennen und Kinder zu haben, die am Lagerfeuer spielten. Angesichts von Floriens Verliebtheit in ihre Schwester erschienen ihr diese Träume fast so flüchtig wie der Rauch der brennenden Stoppelfelder, der sich über die Wälder erhob. Doch sie gab sich Mühe, sich von ihrem brechenden Herzen nicht unterkriegen zu lassen. Solange sie auf dem Land lebte, sagte sie sich, konnte sie gar nicht unglücklich sein.

Am Ende des zweiten Schulhalbjahres kehrten die Zwillinge zu Weihnachen zurück nach Argentinien. Florien zog sich hinter seine Stirnfransen zurück und trauerte, und Cicely blieb erneut zurück und vermisste Leonoras ernstes Gesicht und ihre stille Gesellschaft. Alicia dagegen fehlte ihr in keiner Weise, und Panazel, Masha und Ravena empfanden genauso. Nur Florien wälzte sich rastlos in seinem heißen Bett, und seine Träume ließen die Kissen erglühen.

Grace war mittlerweile sieben Jahre alt und in der ganzen Gemeinde beliebt. Sie spielte Karten mit Colonel Blythe, der inzwischen so alt war, dass er die Jahre nicht mehr zählte, und obwohl er nahezu taub war, hörte er oft diese seltsame Melodie, die einstmals in seine Psyche eingedrungen war und ihn nie mehr verließ. Sein Herz war butterweich geworden, und er schämte sich nicht, es einzugestehen.

Grace tanzte im weißen Tutu, das Tante Edna aus Seide und Tüll für sie genäht hatte, für Charlo und brachte das Publikum zum Weinen, wenn ihre Finger behände über Klaviertasten tanzten. Aber nichts unterhielt die Leute besser als der Zaubertrick, den sie beherrschte.

»Zeig deinen Schwestern, was du kannst«, forderte Audrey sie voller Stolz auf.

»Sie ist unglaublich klug«, schwärmte Tante Edna und butterte ihr Hörnchen. Edna war inzwischen so dick, dass sie allein das Sofa füllte. Deshalb hatte Audrey sich einen der Lehnstühle als Platz erwählt, und die Zwillinge saßen auf dem Kaminsims.

»Unterhältst du dich etwa immer noch mit Elfen?«, fragte Alicia boshaft.

»Aber natürlich«, antwortete das Kind kopfschüttelnd über das Unverständnis ihrer Schwester. »Sie reden unablässig mit mir. Wenn du die Ohren spitzen würdest, könntest du sie auch hören.«

Alicia verdrehte die Augen. »Also, was ist nun mit diesem Trick?«, fragte sie mit einem tiefen Seufzer.

»Sie lässt sich einen Gegenstand von einer ihr unbekannten Person geben und kann dann jede Menge über diesen Menschen

berichten«, erklärte Tante Edna, die sich über alle Maßen für diese sonderbare Gabe ihrer Großnichte begeistern konnte.
»Oh ja, zeig es uns, Grace«, bat Leonora freundlich. »Was sollen wir ihr geben?«, wandte sie sich an ihre Mutter. »Es wäre doch sinnlos, ihr etwas zu geben, was uns gehört.«
»Ich habe hier ein Geschenk von jemandem«, sagte Alicia und löste das Kettchen von ihrem Nacken.
»Wie hübsch, meine Liebe!«, rief Tante Edna. »Aber verrate nichts, kein Sterbenswörtchen. Grace wird uns alles über den Menschen sagen, der dir das Kettchen geschenkt hat, nicht wahr, Grace?«
Grace nahm das Kettchen in ihre kleinen Hände und schloss die Augen. Sie konzentrierte sich darauf, alle Gedanken aus ihrem Kopf zu verbannen. Sie hatte die Begabung, die Welt ausschließen zu können, und so hörte sie Alicias zynische Bemerkungen gar nicht.
Allmählich tauchten wie auf einer Kinoleinwand Bilder vor ihrem inneren Auge auf.
»Ich sehe eine wunderschöne grüne Wiese mit hübschen Wohnwagen und ein paar Pferden«, begann sie.
Leonora stockte der Atem. Sie wusste sofort, wem das Kettchen einmal gehört hatte.
Alicias Wangen wurden feuerrot, doch jetzt war es zu spät, ihr Schwesterchen am Reden zu hindern.
»Die Wohnwagen sind bunt bemalt. Ich glaube, sie gehören Zigeunern, wie die in Großmutters Märchenbuch. Ich höre den Namen, Florien. Was für ein sonderbarer Name. Er hat dunkles Haar und braune Augen und er sieht sehr traurig aus. Ich spüre seinen Schmerz. Der arme Florien, er ist schrecklich unglücklich. Jetzt sehe ich eine Scheune voller Heu. Dort ist es gemütlich und warm, und alles ist in goldenes Licht getaucht. Die Sonne geht wohl gerade unter. Dort, wo er lebt, ist es sehr schön, ganz hügelig, völlig anders als hier.«
»Schon gut, ich denke, das reicht!«, unterbrach Alicia. Doch

Grace beachtete sie gar nicht und fuhr auf ihre köstlich unschuldige Weise fort.

»Florien ist in Alicia verliebt, und sie fehlt ihm so. Sein Herz steht in Flammen. Er kann nicht schlafen und nicht arbeiten. Er sitzt nur herum und ist unglücklich.« Dann lachte sie und schlug die Augen auf. Sie sah Leonora an, die weiß wie die Wand geworden war.

»Sei nicht so traurig, Leo. Du wirst einmal sehr, sehr glücklich.«

Leonora runzelte die Stirn und errötete verlegen. Niemand sprach, doch alle blickten von Alicia zu Leonora. Alicia schluckte krampfhaft, doch ihre Kehle war wie ausgedörrt. Graces Gabe hatte sie so erschüttert, dass sie jetzt vor Angst und Staunen zitterte. Sie entriss ihr das Kettchen und wickelte es sich um die Finger. »So, so, dann ist Florien also in mich verliebt«, sagte sie. »Ich habe das Kettchen zwar als Geschenk angenommen. Aber ich erwidere seine Liebe nicht.«

»Mein liebes Kind, natürlich ist er in dich verliebt. Du bist eine sehr schöne junge Frau«, sagte Tante Edna. »Grace hat also Recht?«

»Sie hat sich noch nie geirrt«, sagte Audrey, nahm Grace in die Arme und küsste sie. »Du bist sehr klug, mein Liebling.«

»Wenn du die Zukunft voraussagen kannst, dann sag mir, wen ich mal heirate«, verlangte Alicia, nachdem sie ihr Selbstbewusstsein wiedergefunden hatte.

Doch Grace schüttelte den Kopf, sprang vom Knie ihrer Mutter und hüpfte hinaus in den Sonnenschein.

»Sie missbraucht ihre Gabe nicht für Weissagungen«, erklärte Audrey. »Sie hat ihre Lektion gelernt, als sie Nelly wissen ließ, dass sie niemals heiraten würde. Nelly spricht seitdem nicht mehr mit ihr.«

»Aber das hindert ihre Mutter nicht daran, sie jedem jungen Mann vorzustellen, der den Club besucht. Welch eine Demütigung für das arme Mädchen.« Tante Edna seufzte.

»Ich glaube nicht an das Schicksal«, sagte Alicia und warf den

Kopf in den Nacken. »Jeder hat sein Schicksal selbst in der Hand, und ich weiß ganz genau, wie das meine aussehen soll.«

Audrey musterte sie versonnen. »Das habe ich auch einmal geglaubt, Liebes, aber man bekommt nicht immer das, was man will.« Sie fing einen Blick ihrer Tante auf. Edna lächelte voller Mitgefühl. Sie war froh, dass es ihr gelungen war, Audrey Jahre zuvor zum Bleiben überredet zu haben, und sie wusste, dass Audrey ebenfalls froh war. Es war ein schmerzliches Opfer für sie gewesen, aber alles hatte sich zum Besten gewendet. Schließlich war aus der Versöhnung mit Cecil die hinreißende Grace entstanden, und Grace war ein ganz besonderes Mädchen.

Achtundzwanzig

Cecil und Audrey schienen beide festgelegte Rollen in einem Theaterstück zu spielen. In der Öffentlichkeit zeigten sie ihr schauspielerisches Können, und nur, wenn sie allein waren, ließen sie die Masken fallen. Allein Grace wusste um die Qualen, die ihre Eltern litten. Sie beobachtete ihre Mutter bei ihrem Tanz der Tränen und ihren Vater, wenn er heimlich trank, denn sie hatte die Fähigkeit, geräuschlos wie eine Katze durchs Haus zu schleichen und mit den Schatten zu verschmelzen. Doch ihre übersinnlichen Fähigkeiten reichten nicht aus, um den Grund für den Kummer der Eltern zu erfassen, was angesichts von Graces großer Begabung ungewöhnlich war. Offenbar wollte die Vorsehung nicht, dass sie in den privaten Schmerz ihrer Eltern vordrang.

Grace ließ sich von der Übellaunigkeit und den plötzlichen Wutausbrüchen ihres Vaters nicht beeindrucken. Sie wirkte wie losgelöst, als wäre Kummer nur etwas, was andere, erdverbundenere Menschen erfuhren. Als beherrsche sie selbst ihre Gefühle, statt sich von ihnen beherrschen zu lassen. Sie brauchte nichts von ihrem Vater. Sie brauchte keine Gute-Nacht-Geschichten, auf denen Leonora und Alicia früher bestanden hatten. Sie lag lieber im Dunkeln und sang leise für sich selbst, sprach mit ihren Geisterfreunden oder schaute sich die Bilder in Cecils National-Geographic-Sammlung an. Das beunruhigte Cecil, der seine jüngste Tochter nicht im Geringsten verstand. Was ihn am meisten erschreckte, war jedoch ihr Gesichtsausdruck, wenn sie ihn anschaute. Den Kopf auf die Seite geneigt, ein mitleidiges Lächeln auf den Lippen und Augen, die ihn alles verstehend anblickten. »Daddy«, sagte sie einmal, als er sie anschrie, weil sie ihm nachspioniert hatte. »Mit deinem Zorn tust du nur dir selbst weh, weißt du? Wenn du nicht so viel von diesem Hexengebräu trinken würdest, wärst du viel glücklicher.« Cecil hatte entnervt den Kopf geschüttelt, war aus dem Zimmer gestürzt und hatte das Kind, müde seufzend wie eine alte Dame, allein zurück gelassen.

»Mummy«, sagte Grace später, als sie ihre Mutter lesend im Garten antraf. Audrey legte das Buch nieder und streckte die Arme aus. Grace kletterte auf ihren Schoß und kuschelte sich an sie. »Warum ist Daddy so unglücklich?« Audrey wirkte plötzlich sehr niedergeschlagen. So eine Frage hatte Grace ihr noch nie gestellt.

»Er ist nicht unglücklich, mein Schatz. Manchmal lässt er sich einfach zu sehr vom Leben unterkriegen.«

»Doch, er ist unglücklich. Dieses Hexengebräu macht ein Ungeheuer aus ihm. Ich mag es nicht, wenn er dich anbrüllt.«

»Ach, das macht mir doch nichts aus. Ich bin daran gewöhnt.« Sie streichelte dem Kind übers Haar und gab ihm einen Kuss auf die Stirn.

»Ich will nicht, dass du traurig bist. Manchmal bist du traurig, nicht wahr?«

»Jeder Mensch ist manchmal traurig.«

»Ich nicht.«

»Da hast du großes Glück.«

»Warum bin ich anders?«, fragte sie unvermittelt.

»Du bist nicht anders, mein Liebling. Du bist etwas Besonderes.«

»Aber niemand, den ich kenne, sieht Elfen und Geister.«

»Du hast eine besondere Gabe. Der liebe Gott hat dein inneres Auge geöffnet und dir die Fähigkeit verliehen, das nicht Sichtbare zu sehen. Hab keine Angst davor. Du kannst dich glücklich schätzen, denn du wirst dich nie einsam fühlen.« Lächelnd erinnerte sie sich daran, wie während Islas Begräbnisfeier die Altarkerzen verloschen waren. »Ich hatte einmal eine Schwester namens Isla. Sie ist schon als junges Mädchen gestorben. Ich war sehr traurig, denn ich habe sie über alles geliebt. Auf ihrer Begräbnisfeier habe ich gespürt, dass sie in der Kirche gegenwärtig war. Sehen konnte ich sie nicht, aber gefühlt habe ich sie ganz deutlich. Und plötzlich, als ob sie sich ärgerte, dass kein Mensch sie sah, blies sie zwei der Kerzen auf dem Altar aus. Das war typisch für Isla; sie war oft ein sehr ungezogenes Mädchen. Verstehst du jetzt? Du bist gar nicht so anders. Isla hat sich mir an jenem Tag zu erkennen gegeben. Du hast Glück, du kannst immerzu Geister sehen. Ich habe Isla nur einmal ›gesehen‹.«

»Wie war Isla?«, wollte Grace wissen.

»Sie hatte langes blondes Haar, das ihr in glänzenden großen Locken über Schultern und Rücken fiel, und blitzende grüne Augen. Auf ihren Lippen lag stets ein schelmisches Lächeln, und sie lachte gern. Sie hätte dich sehr geliebt.«

»Ich glaube, sie ist die Dame, die jeden Abend auf meiner Bettkante sitzt. Sie streichelt mein Gesicht und küsst mich auf die Stirn, und sie ist sehr schön und lieb. Ich freue mich immer schon auf sie, wenn ich zu Bett gehe.«

Audrey zweifelte keine Sekunde an den Worten ihrer Tochter; sie war zu oft Zeugin ihrer merkwürdigen Begabung geworden, um noch skeptisch zu sein. Sie blinzelte, weil Tränen in ihren Augen brannten, und nahm Grace fest in die Arme.

»Diese Geisterfreundin ist ganz sicher Isla, mein Liebling. Sie wacht über dich. Ich wollte, ich könnte sie auch sehen«, sagte sie mit heiserer Stimme. Sie saßen noch lange eng umschlungen da, und Audrey dachte an Isla, bis ihre Gedanken zu Louis abschweiften. Als sie den Blick auf das Gesicht ihres Kindes senkte, sah sie, dass Grace eingeschlafen war.

Zurück in England machte Alicia sich einen Spaß daraus, mit Floriens Herzen zu spielen. Es war eine neue Art des Zeitvertreibs und ausgesprochen unterhaltsam. Sie lockte ihn in die

Scheune, um zärtlich mit ihm zu schlafen, ihm alle möglichen Versprechungen ins Ohr zu flüstern und unter Tränen und Seufzern ihre Liebe zu beteuern, um ihn dann später links liegen zu lassen. Ein paar Tage später ging sie dann wieder freundlich auf ihn zu, sofern es ihr in den Kram passte. Florien hielt sich mühsam rudernd in diesem grausamen Meer über Wasser, ließ sich von den Wogen umherschleudern, ertrank aber nicht, weil ihn am Horizont ruhige Gewässer erwarteten, nach denen er sich so sehr sehnte, dass er nicht unterging.

Leonora sah schweigend zu, wie Florien blasser und dünner wurde. Sie sagte nichts, wenn er die falsche Zwiebel im Garten setzte oder den Hühnern das Schweinefutter gab, denn sie verstand ihn. Sie selbst litt und war nicht recht bei der Sache. Sie wusste, was Alicia im Schilde führte, denn sie hatte erlebt, wie Alicia in Argentinien mit all den Jungen geflirtet und sie an der Nase herumgeführt hatte wie der Rattenfänger von Hameln. Sie hätte Florien gern aufgeklärt und ihn von seiner Qual erlöst, doch sie war Alicias Schwester, und wie ihre Mutter immer sagte, musste eine Familie zusammenhalten, denn: ›Blut ist dicker als Wasser‹. Wie üblich nahm sie ihrer Schwester nichts übel. Leonora bedauerte die Männer, die ihr Herz an sie verloren, und konnte auch ihnen nichts übel nehmen. Sie nahm Floriens Liebe als unvermeidlich hin, aber ihr Herz sehnte sich dennoch nach ihm.

Das Jahr verging schnell, und bald schon verließen die Zwillinge Colehurst House endgültig. Audrey erwartete, dass sie nach Argentinien zurückkehrten, doch zu ihrer Überraschung und Traurigkeit wollten beide in England bleiben, Leonora, weil sie Florien liebte, Alicia, weil sie die Gesellschaft in England vornehmer fand und in Hurlingham keine reichen Herzöge oder Prinzen zum Heiraten zur Verfügung standen. Dann starb Henry.

Es geschah ganz plötzlich. Ein Herzinfarkt mitten in der Nacht, und er starb im Schlaf, ohne etwas zu merken. Rose war außer sich vor Schmerz. Henry war ihr Seelengefährte gewesen, sie

hatte ihn ihr Leben lang geliebt. Cecil, Audrey und Grace eilten sofort zu ihr und fanden Tante Edna und Tante Hilda im Speisezimmer vor, die Rose bei der von Kerzen beschienenen Totenwache Gesellschaft leisteten. Als Grace den Leichnam ihres Großvaters auf dem Tisch aufgebahrt liegen sah, lächelte sie ihre Großmutter an und sagte: »Jetzt ist er bei Isla, nicht wahr?«
Rose war dankbar für die kindliche Zuversicht und brach erneut in Tränen aus. »Du hast völlig Recht, Liebes. Es macht mich so glücklich, mir vorzustellen, dass sie beisammen sind. Nicht mehr lange, dann schließe ich mich ihnen an. Was für eine Freude, sie wiederzusehen«, sagte sie und wischte sich die Tränen ab.
»Hätte er doch bloß Herbert mitgenommen«, zischte Hilda Edna zu.
»Oft leben die Menschen, die einem am wenigsten bedeuten, immer weiter und weiter und weiter«, erwiderte Edna. »Der liebe Henry war ein guter Mensch. Ich kann sehr gut verstehen, warum Gott ihn wieder bei sich haben will. Da fürchte ich, dein Mann bleibt dir eher noch eine ganze Weile erhalten.« Und du uns auch, dachte sie boshaft. Mit zunehmendem Alter verlor sie mehr und mehr von ihrer Toleranz.
Nach Henrys Tod beschloss Cecil, dass es an der Zeit war, nach England zurückzukehren. Diesmal reagierte Audrey völlig anders. »Das ist das Beste«, sagte sie. »Schließlich haben die Zwillinge in England ihre Heimat gefunden, und wir müssen endlich wieder eine Familie sein. Alle zusammen. Grace kennt ihre Schwestern kaum, und das ist eine Schande.«
»Ich bin so froh, dass du meine Meinung teilst«, erwiderte er ernst. Er lächelte in der letzten Zeit kaum noch.
»Meine Mutter und Tante Edna und Hurlingham werden mir fehlen. Aber sie sind ja nicht aus der Welt, und die weite Reise ist auch nicht mehr so beschwerlich. Ich glaube, ich könnte lernen, England zu lieben.«
»Ja, du wirst England lieben. Es ist herrlich dort. Ich denke, wir brauchen einen neuen Anfang, Audrey.«

Sie blickte zu ihm auf und lächelte spärlich. Er hatte Recht, sie konnten nicht weiterleben, indem sie sich das Leben schwer machten. Audrey mit ihren Erinnerungen, Cecil durch seinen übermäßigen Alkoholgenuss. »Sobald wir englischen Boden betreten, rühre ich keinen Tropfen Alkohol mehr an«, beteuerte er.

Audrey senkte den Blick. »Und ich werde meine Erinnerungen zurücklassen.«

Sie sahen einander voller Verwunderung an. Es war das erste Mal seit vielen Jahren, dass sie richtig miteinander geredet hatten.

Der Tod vermacht den Hinterbliebenen oftmals ein erstaunliches Geschenk: die Wertschätzung des Lebens. So erging es auch Audrey und Cecil. Sie beide saßen beim Begräbnis zusammen und dachten an die zahlreichen Begräbnisse, an denen sie schon teilgenommen hatten, und wie tief jedes einzelne sie erschüttert hatte. Audrey gedachte ihres Vaters, den sie geliebt hatte, und hoffte, Grace möge Recht haben damit, dass es ein Leben nach dem Tod gab und er jetzt mit Isla und Tante Ednas Sonnenschein Harry in einem wunderbaren Paradies zusammen war. Sie fuhr zusammen, als Cecil ihre Hand ergriff. Es erinnerte sie an die Zeit vor vielen Jahren, als Cecil während der Aufführung der *Giselle* im Teatro Colón ihre Hand genommen hatte. Diesmal ignorierte sie die Geste nicht. Sie drückte seine Hand, und Tränen schimmerten in ihren Augen. Es war an der Zeit, Louis für immer aufzugeben. Sie würde Argentinien und all diese Erinnerungen hinter sich lassen. Die Kirschbäume und den Bahnhof, den Club von Hurlingham und das Kopfsteinpflaster von Palermo, Gaitanos Ranch und sein stummes Verständnis, das die Erinnerung an Louis am Leben erhielt. Das Glück lag in ihrer Hand, und sie hatte die Wahl. Entweder lebte sie in der Vergangenheit und blieb unglücklich, oder sie versuchte, ihre frühere Zuneigung zu Cecil wiederzubeleben. Auf den Winter folgt stets der Frühling, sagte sie sich, und wenn es auch

noch kalt draußen war, stand der Frühling doch schon vor der Tür.
Es war an der Zeit, sich einzugestehen, dass sie eine Schuld an Cecils Alkoholproblem trug. Mit ihrer Hilfe konnte er sich vielleicht auch retten. Sie sah ihn voller Mitgefühl an und drückte noch einmal seine Hand. Wie edel hatte er sich verhalten. Er war bei ihr geblieben, als sie die Ehe gebrochen hatte, und hatte dann etwas getan, wozu nur wenige Männer den Mut aufgebracht hätten: Er hatte das Kind eines anderen Mannes wie sein eigenes großgezogen. Was ihn betraf, war Grace ganz selbstverständlich seine dritte Tochter, und er behandelte sie nicht anders als die Zwillinge. Wie hätte sie all das nicht schätzen sollen? »Ich habe dir sehr wehgetan«, flüsterte sie.
Etwas blitzte in seinen Augen auf, doch er legte den Finger auf die Lippen. »Schschsch«, warnte er. »Man könnte uns hören.«
»Ich möchte einen neuen Anfang machen.« Diesmal nickte er ihr zu und wandte dann den Blick ab. Der Alkohol hatte seine Sinne schon so beeinträchtigt, dass er nicht sicher war, ob diese Worte Wirklichkeit waren oder nur seiner Einbildung entsprangen. »Ich möchte mir dein Verzeihen erarbeiten«, fuhr sie im Flüsterton fort.
Cecil war so tief bewegt, dass er nicht antworten konnte.

Eines musste Audrey noch erledigen, bevor sie nach England aufbrachen. Mit Grace zusammen stieg sie in die Bahn zur Innenstadt.
»Wohin fahren wir?«, fragte Grace und blickte glücklich aus dem Fenster.
»An einen ganz besonderen Ort, den du sehen sollst, bevor wir abreisen.«
»Wird er mir gefallen?«
»Aber sicher. Es ist schön dort, ganz zauberhaft. Hinterher gehen wir ein Eis essen, wenn du magst.«

»Hmm«, schwärmte sie begeistert. »Ich kann es kaum erwarten, die Zigeuner zu sehen.«
»Nun, Daddy hat in der Nähe von Tante Cicelys Farm ein Haus gekauft. Du kannst sie also so oft sehen, wie du möchtest.«
»England wird mir gut gefallen«, sagte sie. Doch ihre heimliche Angst behielt sie für sich. Zum ersten Mal in ihrem Leben verspürte sie überhaupt etwas wie Angst. Nicht vor dem Leben in einem fremden Land, das fand sie vielmehr spannend, aber sie fürchtete, die Geister würden sie nicht begleiten. Sie fragte ihre Mutter nicht, ob es in England auch Geister gab, denn sie würde die Antwort sowieso nicht wissen. Und ihre Geisterfreunde wollte sie nicht fragen, aus Angst, sie könnten nein sagen, und dann würde sie sehr traurig sein. So musste sie einfach abwarten, was geschah. Doch die Möglichkeit, dass Isla abends nicht mehr kommen und ihr einen Gute-Nacht-Kuss geben würde, verstörte Grace aufs Äußerste.
Audrey und Grace kamen in Palermo an. Der Ort hatte sich verändert seit der Zeit, als sie hier mit Louis getanzt hatte. Das kleine Lokal war fort, und stattdessen stand dort jetzt ein Speiserestaurant. Der Platz war unverändert, war immer noch eingefasst von Jacarandabäumen, die kurz vor der Blüte standen, und umgeben von heruntergekommenen Gebäuden mit staubigen Fenstern. Doch sie sahen sie an wie Fremde, denn zu viele Jahre waren vergangen; sie erkannten Audrey nicht mehr. Nur die geisterhafte Tangomusik aus einem Grammophon wehte von irgendwoher zu ihr, oder war es nur der Wind, der in alten Erinnerungen raschelte?
Grace sprach kein Wort, als ihre Mutter mitten auf dem Platz stand, in Gedanken an eine andere Ära versunken. Sie schaute sich lediglich um und fragte sich, was das Besondere an diesem Teil der Stadt sein mochte. Er war alt und schäbig und traurig. Sie spürte die Vibrationen, und Melancholie spülte über ihr Herz. Der Platz war eingehüllt in einen Nebel der Nostalgie, und Grace verstand intuitiv, dass es einen Zusammenhang mit

dem Tanz der Tränen ihrer Mutter gab. Sie hob den Blick zu ihr und sah, dass sie auch jetzt weinte. Trotzdem wollte sie den Augenblick noch nicht zerstören. Weinen war sehr heilsam, das sagte jedenfalls die Großmutter. Also ließ sie ihre Mutter weinen und schlenderte weiter, wobei sie wie eine Lokomotive dampfenden Atem in die Winterluft blies und dann den Wolken nachblickte.

Audrey stand ganz still da und schwelgte in Erinnerungen. Zum letzten Mal rief sie sich ins Gedächtnis, wie es war, als sie in Louis' Armen auf diesem Platz getanzt hatte. Das Kitzeln seiner Bartstoppeln an Stirn und Schläfe zu spüren, sich an ihn zu schmiegen und nur für den Augenblick zu leben. »Ach, Louis«, seufzte sie laut, »ich werde nie aufhören, dich zu lieben, aber um weiterleben zu können, muss ich dich hinter mir lassen.« Es folgte ein lastendes Schweigen, und dann ertönte wieder die verwehte Tangomusik. »Grace, hörst du die Musik?«, fragte Audrey.

Grace kam hüpfend zu ihr und neigte den Kopf auf die Seite. Sie furchte die Stirn. »Was für Musik?«

»Diese Musik. Hörst du sie nicht?«

»Hier ist keine Musik, Mummy«, sagte Grace lachend und hüpfte wieder, schnaufend wie eine Lokomotive, über den Platz.

Audrey lächelte, denn sie hörte die Musik immer noch, und später, als sie zu Bett ging, hörte sie sie erneut. Erst als sie in England angekommen waren, verstummte sie, und Audrey wusste, dass ein altes Leben zu Ende war und ein neues begann. Es war Zeit für einen neuen Anfang.

Gleich als Grace den Fuß auf englischen Boden setzte, schaute sie sich auf dem Flughafen nach Geistern um. Sie entdeckte keinen, und ihr Herz begann zu klopfen. Plötzlich überkam sie ein bisher unbekannte Gefühl: Panik. Wie ein Hund, der seinem eigenen Schwanz nachjagt, drehte Grace sich um die eigene Achse, verzweifelt bemüht, irgendein nebelartiges Wesen zu

finden. Sie sah nichts außer Leuten mit Koffern, die alle ausgesprochen diesseitig wirkten.
Cecil winkte Tante Cicely zu, die hinter der Sperre auf sie wartete, um sie nach Dorset zu fahren. Grace war den Tränen bedenklich nahe. Sie blinzelte heftig, um ihren Kummer zu verbergen. Sie wünschte, sie hätte den Mut gehabt, die Geister zu fragen, dann wäre sie wenigstens vorbereitet gewesen. Und sie hätte Gelegenheit gehabt, sich zu verabschieden.
»Hallo, Grace, ich bin Tante Cicely«, sagte Cicely und beugte sich zu dem Mädchen herab.
Grace reichte ihr die Hand.
Audrey sorgte sich. Ein so trauriges Gesicht war völlig untypisch für Grace. »Ist alles in Ordnung, mein Schatz?«, fragte sie mit sanfter Stimme.
Grace verzog den Mund. Sie sah an Tante Cicely vorbei und streckte ihre Hand dem Mann entgegen, der sie so freundlich anlächelte. Tante Cicely blickte zur Seite und sah dann wieder Grace an.
»Schön dich kennen zu lernen, Onkel Hugh«, sagte sie, ohne zu lächeln.
»Hugh?« Cicely rang nach Luft und blickte Cecil an.
»Schätzchen, wen begrüßt du denn da?«, fragte Cecil.
Plötzlich lag ein begeistertes Lächeln auf Graces Gesicht. »Du bist ein Geist!«, rief sie und lachte Hugh an. Hugh lächelte zurück und verschwand. Grace blickte um sich. »Totem!«, rief sie und klatschte in die Hände. »Ach, Mummy, ich dachte schon, ich hätte sie alle zurückgelassen. Ich bin ja so glücklich!«
Audrey legte den Arm um ihre Tochter und lächelte auf sie herab. »Ich erkläre das später«, sagte sie und blinzelte ihrer Schwägerin zu.
»Darauf bestehe ich«, antwortete diese ein wenig erschrocken. »Wenn sie Hugh gesehen hat, mag ich gar nicht daran denken, wen sie in meinem schwindsüchtigen alten Haus sonst noch alles sieht.«

Am Abend gab Audrey ihrer Jüngsten einen Gute-Nacht-Kuss und strich ihr zärtlich über die weiche Wange. »Sobald unser neues Haus fertig ist, mein Schatz, ziehen wir ein, und du bekommst ein eigenes Zimmer.« Sie lächelte das kleine Mädchen zärtlich an, das ihr so viel Glück schenkte, und sie spürte die Liebe heiß am ganzen Leib.

»Ich bin so froh, dass die Geister mitgekommen sind«, sagte Grace und lächelte zu ihrer Mutter auf.

»Aber natürlich sind sie mitgekommen. Sie bewegen sich ja problemlos von einem Ort zum anderen, und ein Ozean ist gar nichts für sie.«

»Ich weiß. Trotzdem hatte ich Angst.«

»Du hättest es mir sagen sollen.«

»Wenn ich das nächste Mal Sorgen habe, sag ich's dir.«

»Gut, denn dafür bin ich schließlich da.«

»Ich habe dich wirklich sehr lieb, Mummy«, sagte sie plötzlich und blickte ihrer Mutter fest in die Augen.

Audrey stockte der Atem, denn Grace hatte gewöhnlich keinen Hang zur Sentimentalität. Sie beugte sich über sie und nahm sie in die Arme.

»Ach, Liebling, das ist das Schönste, was du mir je gesagt hast. Ich habe dich auch lieb, sehr, sehr lieb.« Sie hielten einander noch eine Weile umschlungen, und Audrey dankte Gott in stummem Gebet dafür, dass er ihr Grace geschenkt hatte, während Grace die warme Geborgenheit der mütterlichen Umarmung genoss. Dann bettete Grace ihren Kopf wieder aufs Kissen.

»Ich hoffe, Isla gibt mir auch noch einen Gute-Nacht-Kuss«, sagte sie. »Du hattest mal genauso lange Haare wie sie, nicht wahr?«

»Das stimmt. Aber jetzt bin ich zu alt dafür.«

»Du bist wunderschön.«

»Du auch. Aber du hast eine seltene Gabe, Liebling, denn innerlich bist du noch viel schöner.« Sie schwankte einen Moment in Gedanken daran, dass Cecil das früher oft zu ihr gesagt hatte.

Als sie aus dem Zimmer ging und die Tür hinter sich geschlossen hatte, verweilte sie noch kurz, bis sie hörte, wie Grace ihre Geisterfreunde begrüßte.
»Wusste ich doch, dass ihr kommen würdet«, sagte sie. »Weil ihr ja wisst, dass ich euch brauche.«
Audrey lächelte versonnen und seufzte. Sie liebte ihre drei Kinder gleichermaßen, und doch war ihre Liebe zu Grace entschieden intensiver. Alicia und Leonora waren jetzt junge Frauen, doch Grace war noch ein Kind und würde sich immer etwas Kindliches bewahren. Das war das Vermächtnis ihres Vaters. Für die materielle Welt war sie nicht geschaffen, und Audrey hielt es für ihre Pflicht, sie vor dieser Welt zu beschützen, solange es ihr möglich war.
Sie begab sich ins Erdgeschoss, wo Leonora und Alicia sich in der Küche mit Tante Cicely und ihrem Vater unterhielten. Leonora lag mit Barley auf dessen Bohnensack, und der Hund blickte sie mit den undurchdringlichen Augen eines alten Mannes an. Um Nase und Brauen herum war er sehr weiß geworden. Alicia lümmelte im Lehnstuhl am Herd, trank Coca-Cola und knabberte Chips. Sie blickte zu ihrer Mutter auf, als diese die Küche betrat, und musste plötzlich an Mercedes denken. »Mummy, war Merchi sehr traurig beim Abschied?«, fragte sie.
»Du kennst doch Mercedes«, antwortete Audrey und zog die Augenbrauen hoch. »Sie konnte nie ihre Gefühle zeigen. Aber ich glaube schon, dass sie traurig war. Vergiss nicht, sie ist alt, und es war an der Zeit, dass sie sich zur Ruhe setzte und sich pflegte. Sie lebt jetzt mit Oscar zusammen.«
Alicia lachte herzlich. »Das überrascht mich nicht. Er war schon immer heiß auf sie. Was ist aus diesem hässlichen Papagei geworden?«
»Ach, Loro.« Audrey lachte leise. »Er ist wohl gestorben.«
»Wie ist er gestorben?«, fragte Leonora vom Bohnensack her. Ihre Hand auf Barleys Kopf hielt inne, und er stupste sie mit seiner feuchten Nase an.

»Er ist in einen Topf mit kochendem Wasser gefallen.«
Beide Mädchen starrten ihre Mutter erschrocken an. Cicely hörte auf, die Bolognese-Soße zu rühren, und drehte sich um. »Was für ein scheußlicher Tod«, sagte sie. »Das erinnert mich an den Fasan, der eines Abends ins Haus geflogen kam. Als ich in die Küche kam, briet er schon zusammen mit dem Hähnchen auf der Pfanne. Natürlich wäre es mir lieber gewesen, wenn er zuvor gerupft worden wäre.«
Cecil musterte seine Schwester forschend. Er hatte Cicely nicht so unterhaltsam in Erinnerung. Als er später Marcel kennen lernte, der sich herbeiließ, zum Abendbrot aus seinem Dachzimmer-Atelier herabzukommen, verstand er Cicelys Verwandlung. Ein Blick in den Spiegel sagte ihm kurz darauf, dass auch er selbst sich verändert hatte, und nicht unbedingt zum Vorteil.
Er ging mit seiner Frau zu Bett, und beide lagen da und starrten in die Dunkelheit und in ihre Zukunft, die ihnen plötzlich erschreckend ungewiss erschien. »Ich bin in einem alten Haus wie diesem aufgewachsen«, sagte er. »Wir haben oft Verstecken gespielt. Papa nannte das Spiel aus einem mir unbekannten Grund ›Frecher Ollie‹. Das Haus war ein Labyrinth von Fluren und Zimmerchen, wie geschaffen fürs Versteckspiel. Man konnte für Stunden verschwinden, ohne entdeckt zu werden.«
Er hätte beinahe hinzugefügt, dass Louis sich oft so klug versteckte, dass sie ihn immer noch suchen mussten, wenn das Spiel längst zu Ende war. Irgendwann hatten sie einfach aufgehört zu suchen und ließen ihn schmoren, bis er aus freien Stücken hervorkam, hungrig und müde, weil er das Abendessen und die Schlafenszeit verpasst hatte. Aber er wollte nicht, dass Audrey an Louis dachte. Das lag jetzt hinter ihnen. Er nahm ihre Hand und dachte an das, was sie in der Kirche gesagt hatte. Sie entzog sie ihm nicht.
»Erzähl mir mehr von deiner Kindheit, Cecil«, flüsterte sie.
Während er zu einer lebhaften Schilderung ansetzte, spürte sie,

wie er näher an sie heranrückte, bis sie eng aneinander geschmiegt lagen wie in den frühen Zeiten ihrer Ehe. Als sie ihm vorsichtig ihre Zuneigung zu erkennen gab, wuchs Cecils Zuversicht. Er erinnerte sich des Mannes, der er einmal gewesen war, und schwor sich mit wilder Entschlossenheit, diesen Mann wiederzufinden. Er war noch irgendwo vorhanden, unter den Bruchteilen des vormals furchteinflößenden Soldaten. Er hörte das ferne Echo der Lobreden, mit denen dieser nach seinen glorreichen Kriegserfolgen überhäuft worden war, und er schickte sich an, aus seinem langen Winterschlaf aufzuwachen.

Er wälzte sich herum und küsste Audrey. Zuerst war sie verblüfft. Sie lag einen Augenblick reglos da, wie erstarrt vor Angst. Doch ganz allmählich erwärmte sie sich für seine Zuwendung, bis sie schließlich ihren lang praktizierten Widerstand aufgab. Sie schlang die Arme um seinen Nacken und wurde wieder zu seiner Frau. Und angesichts seiner zärtlichen Liebe erinnerte sie sich all der Gründe, weswegen sie ihn überhaupt geheiratet und so lieb gewonnen hatte. Er hielt sie ehrfürchtig in seinen Armen und liebte sie mit der Zärtlichkeit eines Mannes, der trotz allen Schmerzes, trotz aller Demütigungen nie zugelassen hatte, dass böse Gefühle seine Liebe zerstörten. Stets hatte er gehofft, dass die Affäre, wenn er sie einfach nicht zur Kenntnis nahm, irgendwann zu Ende gehen würde. Sein Instinkt hatte Recht behalten.

Neunundzwanzig

Ich liebe dich nicht mehr«, sagte Alicia zu Florien. Sein Gesicht wurde fahl vor Fassungslosigkeit, nur seine Ohren glühten heiß, was seine innere Pein verriet. Ihm fehlten die Worte. Er war im Begriff gewesen, um ihre Hand anzuhalten.

Seit der Entlassung aus der Schule war Leonora bei Tante Cicely angestellt. Als Entgelt für die Gartenarbeit hatte sie freie Kost und Logis. Wenngleich ihre Eltern kaum zwanzig Minuten entfernt ein Haus in einem kleinen Dorf am Meer gekauft hatten, fand sie es doch praktischer, bei ihrer Tante zu wohnen.

Alicia hatte ein Jahr in einem Institut für höhere Töchter in der Schweiz verbracht, wo sie Skifahren, Französisch und die hohe Kunst der Verführung gelernt hatte, in der sie mit Florien in der Scheune in Dorset schon reichlich Erfahrung gesammelt hatte. Reiche, attraktive Männer aus aller Welt studierten am le Rosay in Morges und hatten durchaus auch anderes im Sinn als nur Algebra.

Florien wartete. Er versteckte sich in seinem Schmerz hinter seinen Stirnfransen, redete wenig und lächelte kaum noch. Selbst Leonora konnte nicht zu ihm vordringen. Ihr Herz blutete Tag für Tag, Tropfen für Tropfen, während sie zusah, wie der Blick seiner schwarzen Zigeuneraugen durch sie hindurchging und Alicia suchte, die sein ganzes Denken beherrschte und ihn mit dunklen Verlockungen hypnotisierte.

Leonora gab vor, es nicht zu bemerken, wenn er sie ignorierte oder sie barsch anfuhr, doch später rollte sie sich dann in ihrem Bett zusammen und leckte ihre Wunden wie ein Hund. Ihr war klar, dass sie hätte gehen sollen, irgendwohin, wo sie nicht jeden

Tag an seine Zurückweisung erinnert würde, aber sie brachte es nicht fertig. Wenn sie schon seine Liebe nicht bekam, so hatte sie hier doch wenigstens seine Gesellschaft, und das war besser als gar nichts.

Sie hätte so gern mit ihrer Mutter über ihren Seelenschmerz geredet, wusste jedoch, dass sie sie nicht verstehen würde. Sie hatte niemals so geliebt, solche Sehnsucht empfunden, und außerdem waren Jahre vergangen, seit sie sich ihr zuletzt anvertraut hatte. Zwischen ihnen herrschte nicht mehr diese Offenheit von früher. Grace hatte Leonoras Platz eingenommen.

Als Alicia zurückkam, braun gebrannt und schöner denn je, holte sie Florien ab, als wäre er ein Haustier, das sie den Nachbarn in Pflege gegeben hatte. Sie liebten sich noch einmal in der Scheune und im Brunnenhaus, bis Alicia dieser primitiven Örtlichkeiten überdrüssig war und lieber den Wald und die Wiesen aufsuchte, um unter freiem Himmel mit ihm zu schlafen.

Sobald Florien seine Schwermut überwunden hatte, wurden seine Augen wieder blank, und ein strahlendes Lächeln trat auf sein Gesicht und färbte seine Wangen rosig. Dank seiner Glückseligkeit nahm er auch Leonora und seine Umgebung wieder wahr. Doch er dachte nicht an Leonora, wenn er mit ihr redete oder lachte. Er war trunken vor Liebe und Glück – Alicias wegen.

Doch auch Leonora blühte auf. Es war nicht wichtig, dass nicht sie der Grund war, wenn er jetzt freundlich plauderte und grundlos lachte. Wenn er nur glücklich war, war sie es auch.

Das Landleben langweilte Alicia. Es gab überhaupt nichts zu tun. So zog sie nach London zu ihrer Freundin Mattie in deren große elterliche Wohnung in Kensington. Mattie wagte es nicht, Miete zu fordern; sie wusste, dass ihre Freundin den Vorschlag übel nehmen würde. Alicia war gewohnt, geschenkt zu bekommen, was immer sie sich wünschte. Sie hatte diese besondere Wirkung auf die Menschen. Selbst Ladenbesitzern fiel es schwer, von einer so schönen jungen Frau Geld zu verlangen, und oft genug machten sie ihr Geschenke. Alicia wusste, wann sie sich großmütig zeigen musste, verschwendete aber sonst keinen Gedanken daran. Ihre Laune wechselte ohne Vorwarnung von Begeisterung zu Gereiztheit. Es gab keinen Grund für ihre Launenhaftigkeit. Sie lebte von Adrenalin. Ohne Aufregungen versank sie in Langeweile und ließ es die Menschen, die ihr am nächsten waren, büßen.

Es wäre ein Leichtes für Alicia gewesen, mit Florien Schluss zu machen. Sie sah ihn nur an den Wochenenden und ein wenig öfter im Sommer, wenn es in der Stadt zu stickig wurde. London wimmelte von jungen Männern, die gute Partien und auf der Suche nach schönen Frauen zum Heiraten waren, und Alicia wurde hofiert wie eine Prinzessin. Sie spielte mit allen, nahm sich ihr Vergnügen, wie es ihr gerade passte, wich ihnen aus, wenn sie ihrer überdrüssig war.

Doch Florien blieb eine konstante Größe in ihrem unbeständigen Leben. Gegen ihren Willen fing sie an, ihn zu mögen. Mit seinem Selbstbewusstsein bildete sich seine Persönlichkeit heraus. Alicia entdeckte, dass er mehr zu bieten hatte als die heißblütig dunkle Schönheit seines Zigeunererbes. Er war geistreich und verspielt, intelligent und einfühlsam. Alicias Liebe reichte nur für sich selbst, ihr blieb nicht viel zum Verschenken übrig, auch nicht für Florien. Doch er hatte etwas an sich, das sie anzog, sodass sie wie eine Brieftaube pünktlich jedes Wochenende nach Dorset zurückkehrte. In den Armen ihrer mondänen Liebhaber in der Stadt beschloss sie immer wieder, ihren Freund vom Lande aufzugeben. Trotzdem war es ihr noch nicht gelungen. Bis jetzt.

»Tut mir Leid, Florien. Ich liebe dich einfach nicht mehr«, wiederholte sie. Es war Frühling, die Wälder hallten wider von Vogelgesang, Laub und Pflanzen grünten, die Glockenblumen boten einen weichen Teppich, auf den das Paar sich betten konnte. Sie hatten nicht miteinander geschlafen, weil Alicia sich nicht wohl fühlte. Sie begehrte Florien, doch er war zu arm. So einfach war das.

»Oh, doch«, erwiderte er kopfschüttelnd, nicht fähig zu begreifen, wie sie so plötzlich anderen Sinnes werden konnte. »Ich bin dir nicht vornehm genug, das ist alles.« Sie hörte seinen groben, ländlichen Dialekt und wand sich innerlich. Niemals würde sie ihr Leben mit ihm teilen können, denn das seine führte nirgendwohin. Sie träumte von privaten Jachten und Flugzeugen. Vom rasanten Leben der Reichen und Berühmten. Von all den Türen, die den Privilegierten offen standen. Urlaub an der Französischen Riviera, Skifahren in St. Moritz, Einkaufen in Paris.

Sie blickte ihn voller Bedauern an. Er würde ihr fehlen, aber er hatte Recht. Er war nicht vornehm genug für sie.

»Florien, darum geht es nicht. Du bist lieb, aber wir sind einfach nicht füreinander geschaffen. Ich will mehr Zeit in London verbringen. Es ist so unpraktisch.«

»Dann komme ich nach London.«

Sie lachte. »Wo willst du denn wohnen?« Sie legte ihre Hand auf seine, doch er entzog sie ihr. »Es war eine schöne Zeit. Wir haben Spaß miteinander gehabt. Aber alles Schöne hat einmal ein Ende.«

Er sah sie bekümmert an, und ihr wurde klar, dass ihre Worte schnippisch klangen. Sie setzte eine Miene auf, die der seinen entsprach, und seufzte tief, wie Frauen es tun, wenn sie nicht wissen, was sie sagen sollen.

»Du hast ja keine Ahnung, was ich empfinde, Alicia. Ich liebe dich. Ohne dich kann ich nicht leben.« Er schluckte, obwohl ihm die Kehle zugeschnürt war und die Last der Gefühle auf seinem Herzen ihn zu ersticken drohte. Mit glasigen Augen sah er sie an, und seine Mundwinkel zuckten, als kämpfte er gegen den Drang zu weinen. »Ich dachte, du wärst zu tiefen Gefühlen fähig. Aber jetzt muss ich einsehen, dass ich mich geirrt habe. Du empfindest nicht wie andere Menschen. Du bist zu egoistisch, um etwas an dich herankommen zu lassen, weil du es nicht erträgst, verletzlich zu sein oder leiden zu müssen. Ich habe dich in mein Herz gelassen, und jetzt kann ich trotz all deiner Fehler nicht mehr ohne dich leben.«

Alicia zuckte mit den Schultern. »Was soll ich tun?«

»Ich wollte dich bitten, meine Frau zu werden«, sagte er mit dünner Stimme und dachte daran, wie prachtvoll dieser Frühlingstag als Kulisse für seinen Antrag gewesen wäre.

»Nun, meine Antwort hast du«, sagte sie gereizt. »Ich kann nicht immer wieder sagen, dass es mir Leid tut, und andere Worte dafür gibt es nicht. Es tut mir Leid, es tut mir Leid, es tut mir Leid.«

Sie stand auf, klopfte sich die Jeans ab und rückte das seidene Tuch zurecht, das einer ihrer Verehrer ihr geschenkt hatte.

»Das war's dann?«, fragte Florien und sah sie verwundert blinzelnd an. »Das bekomme ich als Dank für meine Liebe zu dir?«

»Was hast du erwartet?«, fragte sie, stemmte die Hände in die Hüften und schüttelte zornig den Kopf.

»Ich weiß es nicht. So etwas jedenfalls nicht.«

»Na, wenn du es nicht weißt, wie soll ich es dann wissen? Gott, Florien, ich habe gerade unsere Beziehung beendet. Was willst du jetzt noch? Einen Orden?« Er fuhr zurück, als hätte sie ihn geschlagen. »Ich fahre jetzt zurück nach London. Heirate Leonora, sie ist eher dein Typ, und im Gegensatz zu mir möchte sie gern eine Zigeunerin sein«, sagte sie und stapfte durch die Glockenblumen davon.

»Ich dachte, wir hätten eine gemeinsame Zukunft«, protestierte er und folgte ihr.

Mit flammendem Blick fuhr Alicia herum. »Hör zu, Florien. Ich habe dich nie geliebt, verstanden? Ich habe dich begehrt. Du hast mir Spaß gemacht. Du bist ein guter Liebhaber. Ich hatte reichlich Liebhaber. Du glaubst doch hoffentlich nicht eine Sekunde lang, ich hätte mich, als ich in der Schweiz oder in London war, für dich aufgespart? Nein, ich habe mir Liebhaber genommen, wann immer mir danach war. Jede Menge. Sie alle haben mich genauso befriedigt wie du. Der einzige Unterschied bestand darin, dass ich dich mochte. Du warst mehr als ein Körper für mich, Florien. Mit dir konnte ich lachen. Wir hatten Spaß zusammen. Das heißt aber doch nicht, dass ich mein ganzes Leben mit dir verbringen will. Wir schreiben die siebziger Jahre, um Himmels willen.«

Florien sah ihr nach, wie sie durchs Gras stapfte, bis sie seinen Blicken entzogen war. Mit offenem Mund und hervorquellenden Augen stand er da. In seinem ganzen Leben war er nie so gedemütigt worden. Hatte sich nie so benutzt und dann weggeworfen gefühlt. Er war zu wütend, um zu weinen. Stattdessen tobte er wie ein gereiztes Tier im Käfig, trat nach Bäumen und hämmerte mit den Fäusten gegen die Rinde. Schließlich sank er schwitzend und erschöpft zu Boden, schlug die Hände vors Gesicht und heulte. Er fühlte sich völlig ausgehöhlt, als hätte Alicia sein Inneres ausgelöffelt und nur die Haut zurückgelassen. Er hasste sie mit all seiner Kraft, und doch ist der Hass nur das andere Gesicht der Liebe. Als er sich etwas beruhigt hatte, wurde ihm klar, dass er, wenn er sie vorher geliebt hatte, jetzt völlig von ihr verzehrt wurde.

Florien zog sich in seine Welt der Schwermut zurück. Er lächelte nicht mehr, und Leonora wurde wieder zur Seite geschoben. Sie wusste, was passiert war, wenngleich weder Alicia noch Florien je ein Wort darüber verloren. Florien ging es so schlecht, dass Leonora hoffte, er und Alicia würden sich wieder vertragen. Dann wäre er wenigstens glücklich und würde auch Leonora wahrnehmen. Doch die Wochen dehnten sich zu Monaten, und bald war ein Jahr vergangen, ohne dass sie Alicia noch einmal gesehen hätten.

Im nächsten Jahr, als die Glockenblumen den Wald erneut wie ein riesiges blaues Heer eroberten, begann Florien wieder zu sprechen. An den Tag, an dem Alicia ihn verschmäht hatte, erinnerte er sich, als wäre es gestern gewesen. Die Wunde war noch offen und blutete. Doch seine Gesundheit hatte Schaden ge-

nommen. Er war blass und schmal geworden, und sein glänzendes schwarzes Haar begann sich zu lichten.
Eines Tages jedoch riss sein eigenes, verhärmtes Gesicht, das ihm aus dem Spiegel entgegenblickte, ihn aus seiner Starre. Voller Entsetzen betrachtete er dieses fremde Gesicht mit dem inzwischen bärtigen Kinn und dem gequälten Ausdruck in den Augen. Hätte Alicia ihn so gesehen, sie hätte ihn nicht erkannt. Viel schlimmer noch: Sie hätte ihn verachtet, weil er sich so gehen ließ. Wenn er sie zurückgewinnen wollte, musste er sich rasieren, Körperpflege betreiben und aussehen, als würde er das Leben ohne sie genießen. Niemand achtete einen Mann, der sich nicht selbst achtete.
Leonora war schockiert, als sie ihn das nächste Mal sah. Nicht genug damit, dass sein Gesicht glatt rasiert und sauber war, nein, er lächelte sogar. »Lass uns ansehen, was wir im letzten Herbst gepflanzt haben«, lud er sie ein und ging mit ihr ums Haus herum. Leonora fühlte sich unbehaglich. Bestimmt war ihre Schwester zurückgekommen. Warum hätte er sonst so viel Aufwand getrieben? Er hatte ein ganzes Jahr lang nicht gelächelt.
Bald jedoch wurde ihr klar, dass seine plötzliche äußerliche Veränderung wie auch sein heiteres Wesen einzig und allein auf seine eigene Initiative zurückzuführen waren. Offenbar hatte er den Entschluss gefasst, sein Leben wieder in die Hand zu nehmen.
Und dann, als Leonora anfing, die sich vertiefende Freundschaft mit Florien richtig zu genießen, verkündete Cicely plötzlich, dass die Zigeuner fortziehen wollten. »Aber Florien hat kein Wort zu mir gesagt«, rief Leonora bestürzt.
»Das liegt daran, dass er noch immer von deiner Schwester träumt«, erwiderte Cicely mit geschürzten Lippen. Über den Masochismus der Männer, die sich mit Alicia einließen, konnte sie nur staunen. Sie waren Alicia nicht gewachsen; sie war stärker und widerstandsfähiger als sie alle zusammen. Immer würde

sie ihnen gegenüber im Vorteil sein, denn sie hatte kein Herz, das brechen konnte.

»Wann hat Panazel es dir gesagt?«

»Heute Morgen.«

»Wohin ziehen sie?«

»Ich weiß es nicht. Sie sind jahrelang hier gewesen, vielleicht brauchen sie einfach mal Tapetenwechsel.«

Es war spät am Abend. Die Sonne versank hinter den reifenden Maisfeldern, und in der warmen Küche duftete es nach Fleischpastete. Leonora hockte an ihrem gewohnten Platz am Boden bei den Hunden. Ihre lehmverschmierte Gärtnerkleidung hatte sie vor dem Abendessen abgelegt. Sie warteten darauf, dass Marcel aus seinem Atelier auftauchte.

»Was meinst du, wird Florien auch fortgehen?«, fragte Leonora. Sie gab sich Mühe, ihre Traurigkeit zu verbergen, doch ihre Stimme brach. Um es zu kaschieren, hustete sie, stand auf und schenkte sich ein Glas Wasser ein.

»Er ist erwachsen. Er kann tun und lassen, was er will«, antwortete Cicely und goss die Erbsen ab. »Ihm gefällt es hier doch, oder?«

»Ja, ich glaube schon. In den vergangenen Monaten war er auf jeden Fall schon viel fröhlicher.«

»Ich wollte, das könnte ich von Marcel auch behaupten.« Cicely seufzte. »Er ist schon so lange in grüblerischer Stimmung, dass ich gar nicht mehr weiß, wann er zuletzt gelächelt hat.« Nach einem Blick auf die Uhr trat sie zurück an den Gasherd.

»Marcel grübelt doch immer. Das ist sein selbst gewähltes Image. Er ist wie eine Karikatur.« Leonora lachte. »Aber er ist sehr attraktiv.«

»Weißt du, wegen seines Aussehens habe ich mich zuerst in ihn verliebt. Das war beinahe unumgänglich. Doch als ich ihn dann näher kennen lernte, stellte sich fest, dass unter der heißblütigen gallischen Schale ein sehr weicher Kern schlummert. Unsere Beziehung ist reichlich unkonventionell. Er ist jung, er könnte mein Sohn sein. Am Ende wird er wahrscheinlich mit einer Frau seines Alters durchbrennen, aber dann habe ich die Zeit mit ihm immerhin bis zur Neige genossen.«

»Sag das nicht, Tante Cicely«, rief Leonora. »Er kann sich glücklich schätzen, dich zu haben. Er selbst sollte vielmehr Angst haben, dass du mit einem Mann in deinem Alter durchbrennen könntest.«

Tante Cicely lachte leise. »Du liebe Zeit, ich bin fast sechzig!«

»Und trotzdem noch jung und attraktiv. Die Liebe hört nicht auf, nur, weil du sechzig bist. Daddy ist Mitte fünfzig, und für ihn und Mummy ist die Liebe nie verdorrt. Ich glaube, sie wird schöner, je älter man wird.«

»Du bist so optimistisch, mein Schatz«, sagte sie. Dann schüttelte sie den Kopf. »Fangen wir an. Wenn der melancholische Lord Byron dort oben nicht rechtzeitig zum Abendbrot erscheinen kann, muss er sich damit abfinden, dass sein Essen kalt wird.« Sie sah Leonora an und lächelte versonnen. »Ich mag mich, wenn ich mit ihm zusammen bin, und das ist mir das Wichtigste.«

Schweigend begannen sie zu essen. Leonora fürchtete, Florien könnte mit seiner Familie abreisen, Cicely ärgerte sich still über Marcels Fernbleiben vom Abendbrottisch.

In all den Jahren hatte er ihr niemals eines seiner Bilder gezeigt. »Meine Kreativität ist so schwer greifbar«, sagte er immer und schloss die Tür hinter sich. Cicely führte dieses Verhalten auf seine Schüchternheit zurück, doch in letzter Zeit fragte sie sich immer häufiger, ob er überhaupt jemals etwas malte. Er war so mürrisch und geistesabwesend geworden. Florien hatte zumindest aus seiner Schwermut zurückgefunden, Marcel jedoch war so tief in seine schwarze Stimmung versunken, dass Cicely ihn kaum noch erkannte.

Nach dem Abendessen ging Leonora zu Bett. Sie schlief allerdings kaum, denn in ihrem Kopf drehte es sich wie eine Mühle, die all ihre Hoffnungen zu Staub zermahlte. Was sollte aus ihr werden, wenn Florien fortging?

Als sie am Morgen zum Frühstück kam, waren die Hunde außer Rand und Band und jagten einander um den Küchentisch herum. Verwundert kämpfte sie sich zur Dose mit den Hundekuchen vor und warf ihnen ein paar Leckerbissen zu, damit sie sich beruhigten. Als dann ihre Tante mit verquollenen Augen und fleckigem Teint erschien, wusste Leonora, dass etwas passiert war.

»Er ist fort«, klagte Cicely und ließ sich in den Lehnstuhl am Herd fallen. »Kein Wunder, dass er nicht zum Abendbrot gekommen ist. Er hat den Dachboden völlig ausgeräumt, bis auf ein Bild, das an der Wand lehnte. Ich habe es noch nicht angesehen, ich bringe es nicht fertig.«

»Und du bist sicher, dass er fort ist?«, fragte Leonora, hockte sich neben sie und legte die Hand auf den Arm ihrer Tante.

Cicely lächelte zynisch. »Schätzchen, er hat seine Siebensachen gepackt und ist abgehauen, ohne jeden Zweifel. Und zwar nicht, um mal kurz Urlaub zu machen, glaub mir.«

»Und er hat nie etwas in der Richtung verlauten lassen?«

Cicely schüttelte den Kopf und weinte noch ein paar Tränen. »Wir haben in letzter Zeit kaum noch miteinander gesprochen. Er war immer so verdrießlich. Ich dachte, wenn ich es gar nicht beachte, hört es von selbst wieder auf. Hat es auch. Und zwar ganz und gar.« Sie lachte freudlos. »Wie dumm ich doch war zu glauben, dass er mich liebte. Er hat mich nie geliebt. Er liebte meine Kochkunst und meine Waschmaschine. Es war bequem für ihn.«

»Sei nicht so hart zu dir selbst, Tante Cicely. Du warst viel mehr als das. Er ist einfach eine miese Ratte.«

»Ja. Hätte ich das nur früher gewusst. Aber er hat mir das Gefühl gegeben, jung und attraktiv zu sein. Nach Hughs Tod habe ich mich wie eine alte Frau gefühlt. Eine steife, konservative alte Schabracke. Marcel war wie der Prinz in ›Dornröschen‹: Ein

Kuss, und ich erwachte zu neuem Leben.« Sie holte tief Luft und blickte ihre Nichte müde an. »Was geschieht bloß mit mir? Meine herrlichen Zigeuner verlassen mich auch.«
Leonora bereitete ihrer Tante, die in ihr Taschentuch weinte, eine Tasse Kaffee. Plötzlich sah Cicely so alt aus, wie sie war, als hätte Marcel ihre Jugendlichkeit mit sich genommen. Leonora hätte gern gewusst, wohin er gegangen und warum er so plötzlich abgereist war. »Hat er keinen Brief hinterlassen?«
»Nichts.«
»Vielleicht hat er mit diesem Gemälde eine Botschaft hinterlassen«, überlegte Leonora, zog einen Stuhl zu ihrer Tante heran und setzte sich zu ihr.
»Meinst du?«
»Na ja, warum sonst hat er es als einziges zurückgelassen? Alle anderen hat er doch mitgenommen, oder?«
»Welche anderen? Ich bezweifle, dass er allzu viel gemalt hat, während er sich bei mir durchfuttern konnte. Was er dort oben getrieben hat, geht niemanden etwas an.«
»Wann hast du ihn zuletzt gesehen?«
»Gestern beim Mittagessen.«
»Er hat kein Wort geredet«, erinnerte Leonora sich.
»Kein Wort.«
»Aber er war immer so verdrießlich. Er unterhielt sich nicht, er sonderte höchstens Monologe ab.«
Cicely lachte in ihren Kaffee. »Weißt du, Leonora, du bist wirklich klug. Alicia mag ja die Schönheit geerbt haben, aber du hast den Verstand mitbekommen.«
»Danke«, antwortete Leonora und wünschte sich, Gott hätte die Schönheit ein bisschen gerechter verteilt. Wenn sie nur ein wenig hübscher wäre, hätte Florien sich vielleicht doch in sie verliebt.
»Und weißt du noch etwas?«
»Was?«
»Du wirst von Tag zu Tag hübscher, weil dein Wesen sich in

deinen Zügen manifestiert. Alicia wird eines Tages so hart aussehen, wie ihr Herz beschaffen ist. Wart's ab. Die Schönheit kann die Jugend nur überdauern, wenn man auch einen schönen Charakter hat. Ich rede jetzt offen mit dir, weil ich krank vor Kummer bin. Ich konnte deine Schwester nie leiden. Sie ist ein Ekel und war es schon immer.«

»Sie ist kein schlechter Mensch. Nur selbstsüchtig. Aber ich liebe sie trotzdem«, verteidigte Leonora ihre Schwester.

»Ich weiß. Deine rosarote Brille …«

»Sie ist meine Schwester. Wir wurden zusammen ins Internat geschickt, sie war die einzige Verwandte, die ich hatte.«

»Du Arme.«

»Nichts da. Sie ist schön und talentiert.«

»Was hat das eine mit dem anderen zu tun? Sie ist gemein und egoistisch. Sie war immer nur eklig zu dir, und du hast alles hingenommen. Wenn nötig, würde sie ihre eigene Großmutter verkaufen und dich auch!«

Leonora jedoch lächelte nur wie jemand, der sich seines Urteils völlig sicher ist. Sie hat dich verhext!, dachte Cicely. Und bekam eine Gänsehaut.

Sie rannte die Treppe zum Dachboden hinauf und ließ Leonora, den sehr alten, fast blinden Barley kraulend, vor dem Herd zurück. Mit vor Aufregung stolperndem Herzen hastete Cicely in Marcels kleines Atelier. Ihr graute vor dem, was sie dort finden würde. Sie drückte die Klinke herunter und trat ein. Das Zimmer roch nach ihm, nach diesem süßen Duft Frankreichs gemischt mit einer kräftigen Mischung aus Farben und Leinwand, Staub und abgestandener Luft, denn er hatte kaum jemals das Fenster geöffnet. Einen Augenblick blieb Cicely stehen, sah sich in dem Raum um, stellte sich vor, wie er dort im Abendlicht arbeitete. Ihr Blick blieb an dem Bild hängen, das an der Wand lehnte. Es war groß, auf harte Leinwand gemalt. Sie biss auf ihrem Daumennagel herum und wagte kaum zu atmen. Denn sie ahnte, was das Bild zeigte. Falls Leonora Recht hatte und Marcel das Gemälde zurückgelassen hatte, um ihr eine Botschaft zu übermitteln, dann konnte sie nur beten, dass ihre Befürchtungen gegenstandslos waren. Langsam ging sie auf das Bild zu.

Mit zitternden Händen ergriff sie das Bild und ließ es zu Boden fallen. Ihr stockte der Atem. In köstlicher Hemmungslosigkeit räkelte sich da Alicias schimmernder Körper, so nackt, wie Gott sie geschaffen hatte. Cicely wurde eiskalt bei dem Anblick. Sie glaubte nicht eine Sekunde lang, dass das Gemälde Marcels Phantasie entsprungen sein könnte. Es war kein Phantasieprodukt. Sie erinnerte sich des Zeitpunkts von Alicias Abreise und stellte fest, dass er mit Marcels beginnender Schwermut zusammenfiel. Konnte es sein, dass Alicia nicht nur Florien, sondern auch Marcel verführt hatte? Warum nicht gleich auch noch Panazel? Vor Cicelys innerem Auge erhob sich Alicia dräuend wie Medusa, das Haar ein Gewirr von sich windenden Schlangen, ihre Augen ausgestattet mit der Macht, jeden in ihren Bann zu ziehen, der es wagte, sie anzusehen.

Cicely hätte es ertragen, wenn Marcel sie irgendwann wegen einer jüngeren Frau verlassen hätte, doch dass er sie wegen Alicia verließ, ging über ihre Kraft. Mit einem einzigen Tritt stach ihr Fuß durch die Leinwand und verwandelte Alicias schönes, selbstzufriedenes Gesicht in ein ausgezacktes Loch.

Dreissig

Florien wollte nicht mit seiner Familie fortziehen. Er wusste, wenn er ginge, würde er Alicia nie wiedersehen, und seine Seele brannte noch immer im Feuer ihrer eigenen Hölle, das an jenem Tag auf den Heuballen, als sie sich zum ersten Mal liebten, entzündet worden war. In dem Augenblick, als er seinen Bart abrasierte, hatte er sich im Stillen geschworen, dass er sie zurückgewinnen würde. Ganz gleich, wie lange es dauerte und was immer er tun musste, um ans Ziel zu gelangen, sie würde zu ihm zurückgekrochen kommen und ihn um Verzeihung bitten. Doch während Florien seine Gedanken und Absichten auf Alicia konzentrierte, entging ihm, dass sich sein Herz mehr und mehr Leonora ergab. Leonora, die immer zur Stelle war. Leonora, deren Zuneigung so bedingungslos war wie die von Cicelys Hunden. Er nahm ihre Freundschaft als selbstverständlich hin, wie eine alte Decke, auf deren Wärme Verlass war. Sie ritt mit ihm über die Hügel von Dorset, genoss Sonnenaufgang und Sonnenuntergang und die Freuden der stets sich wandelnden Landschaft mit ihm. Sie verstand ihn, aber in erster Linie fühlte er sich prachtvoll durch sie.

Florien saß am Rande des Ackers auf dem Traktor und wartete darauf, dass der Mähdrescher die Getreideernte ablud. Die Hitze war unerträglich. Es war Mittag, und nicht ein Wölkchen störte das perfekte Himmelsblau. Florien hatte sein Hemd ausgezogen, und sein gebräunter Oberkörper glänzte feucht, aber heiß war ihm immer noch, und er sehnte sich nach Mrs. Weatherbys Swimming-Pool. Dann hörte er Leonoras vertraute

Fahrradklingel, als sie mit einem Korb voll kaltem Bier herannahte. Er dachte an die Abreise, und sein Herz tat weh. Wie sehr er Leonoras Gesellschaft vermissen würde!
Sie stieg auf den Traktor, reichte ihm eine Bierdose und zog ein Paket Kekse aus der Tasche ihres Overalls. Sie lächelte nicht. Stattdessen sah sie ihn mit ihren großen, traurigen Augen an und fragte zaghaft, ob es stimmte, dass er fortgehen wollte. »Ich fürchte, ja«, antwortete er tonlos und beobachtete sie genau. »Dad möchte weiter hinauf nach Norden ziehen.«
»Aber es ist so schön hier, und du bist doch glücklich, oder?« Tränen glitzerten in ihren Augen.
»Ich liebe diese Gegend. Ich will nicht fort«, sagte er und riss die Bierdose auf.
»Wann will Panazel denn aufbrechen?«
»Nach der Ernte.«
»Kannst du nicht bleiben?«
Er blickte in Leonoras ovales, empfindsames Gesicht und spürte eine merkwürdige Regung im Herzen, wie Eis, das langsam auftaute. Er sah ihr lange in die Augen. Zum ersten Mal sah er sie wirklich, nicht als unscheinbares Mädchen, sondern als liebenswert und schön, und er fragte sich, warum ihm das noch nie aufgefallen war. Sie senkte den Blick, denn ihr Selbstbewusstsein verließ sie in diesem intimen Moment. So hatte er sie noch nie angesehen.
»Weißt du, erst wenn man im Begriff ist, etwas zu verlieren, begreift man, wie viel es einem bedeutet«, sagte er ganz leise. Er wischte sich mit einem schmutzigen Lappen den Schweiß von der Stirn.
Leonora nahm an, seine Worte bezögen sich auf die Farm ihrer Tante. »Du gehörst längst hierher«, entgegnete sie.
Er sah sie unter seinen dichten Wimpern hervor an. »Ich habe nicht von Holholly Grange gesprochen«, sagte er, ohne zu lächeln. Er war zu verdutzt und verwirrt von diesem fremdartigen Gefühlsansturm.

Leonora wurde tiefrot im Gesicht. »Ich ... ich bring dir später mehr Bier. Du wirst gebraucht«, stammelte sie und wies mit einem Kopfnicken auf den ausgefahrenen Arm des Mähdreschers, der auf seinen Fahrer wartete.
Florien drehte den Zündschlüssel, und der Motor rasselte wie das kehlige Lachen eines alten Mannes.
Leonora kletterte vom Traktor und stieg auf ihr Fahrrad. Während sie die Wirtschaftswege entlangradelte, überlegte sie, wovon er gesprochen haben mochte, wenn nicht von Tante Cicelys Farm. Er konnte doch nicht sie gemeint haben, oder?
Als sie zu Hause ankam, war sie zu der Überzeugung gelangt, dass er unmöglich sie gemeint haben konnte. Er war krank vor Liebe zu ihrer Schwester gewesen. Wie dumm, auch nur einen Augenblick lang zu glauben, er hätte sie, Leonora, lieb gewinnen können. Sie schüttelte den Kopf, um derartig optimistische Gedanken zu verscheuchen, und fing an, in den Rabatten Unkraut zu jäten und Zuckererbsen für Tante Cicelys Küche zu pflücken. Bohnen mussten gepalt, Himbeeren und Rhabarber geerntet werden. Mit Leonoras Hilfe war Tante Cicelys Gemüsegarten zu einem veritablen Füllhorn gediehen, und kaum etwas bereitete Leonora so viel Freude wie die Arbeit draußen im Sonnenschein, untermalt vom geruhsamen Summen der Mähdrescher und dem leichtherzigen Gezwitscher der Vögel. Doch jetzt drehten sich alle möglichen Gedanken und Träume in ihrem Kopf und störten die träge Ruhe des Nachmittags. Falls Florien fortginge, würde er alles, was ihr auf der Farm lieb und teuer war, mit sich nehmen. Nichts würde je wieder so schön sein wie jetzt, denn selbst wenn der Himmel grau war, vibrierte das Land vor Herrlichkeit, nur, weil er da war. Sie würde es nicht ertragen. Zum ersten Mal in ihrem Leben beneidete sie Alicia und empfand gleichzeitig eine Abneigung gegen sie. Sie hatte Floriens Liebe besessen und einfach weggeworfen.

Während der Erntezeit arbeitete Leonora unverdrossen im Garten, doch sie fand immer noch Zeit, Florien kaltes Bier und Kekse aufs Feld zu bringen, und oft saß sie bei ihm auf dem Traktor, wenn er zur Farm fuhr, um das gedroschene Korn abzuladen. Sie bemerkte eine Veränderung in seinem Wesen, wollte aber nicht die Hoffnung nähren, dass ihre Freundschaft sich zu etwas Tiefergehendem entwickeln könnte. Er sprach nie von Alicia, und inzwischen sah er Leonora mit wachem, aufmerksamem Blick an, nicht mehr durch sie hindurch auf das schattenhafte Bild seiner früheren Geliebten. Er nahm sich Zeit für Leonora. Er befragte sie über sich selbst, ihre Gefühle, ihre Träume und ihre Erinnerungen an Argentinien. Und zum ersten Mal hörte er richtig zu.

Eines Abends, als die Erntezeit sich dem Ende zuneigte, lag sie neben ihm und blickte zu den Sternen auf, während das Lagerfeuer leise flackerte und schließlich verlosch. Sie erzählte von den goldenen Tagen ihrer frühen Kindheit in Hurlingham, von ihrem Heimweh in Colehurst House und von der Entdeckung ihrer leidenschaftlichen Liebe zur Natur. »Ich möchte nirgendwo anders sein als hier. In der Stadt würde ich ersticken.«

»Ich auch«, stimmte Florien ihr zu. »Ich hasse den Lärm und den Abgasgestank.«

»Das Chaos, alle laufen durcheinander, und keiner hat Zeit für den anderen.«

»Ich habe immer nur auf dem Lande gelebt. Woanders wäre ich verloren.«

»Wohin willst du ziehen, Florien?«, fragte Leonora und spürte wieder den längst vertrauten Schmerz in der Brust.

»Als ich noch ein Junge war, sind wir in Yorkshire von Farm zu Farm gezogen. Dorthin möchte Dad jetzt zurückkehren.«

»Aber warum?«

Florien seufzte abgrundtief. »Er ist so viele Jahre bei Mrs. Weatherby geblieben, weil er sie mag und die Arbeit immer Freude gemacht hat. Aber, weißt du, sie wird die Farm verkaufen.«

»Nein, das wusste ich nicht«, hauchte sie entsetzt.
»Sie wird es dir nicht gesagt haben, weil es dich ja gar nicht betrifft. Das Haus behält sie, aber dieser Nachbar, der ihr Land bestellt, will es jetzt kaufen. Er ist ein Großgrundbesitzer. Die Landwirtschaft bringt nun mal nur Geld ein, wenn man viel Land besitzt. Deine Tante hat nicht viel.«
Leonora verfiel in Schweigen und blickte traurig zum glitzernden schwarzen Himmel auf. »Marcel hat sie verlassen«, sagte sie leise.
»Ich weiß. Und sie sieht ganz elend aus.«
»So fühlt sie sich auch.«
»Warum ist er denn gegangen?«
»Wahrscheinlich aus dem gleichen Grund, aus dem dein Vater nach Norden ziehen will. Tapetenwechsel.«
»Er hätte ihr Sohn sein können.«
»Aber sie hat ihn geliebt.«
»Die Liebe ist eine merkwürdige Sache, wie?«
Plötzlich empfand Florien etwas, was ihm noch nie zuvor begegnet war. Es war nicht die heiße Glut, die Alicias dämonische Aura ihm eingeflößt hatte, es waren auch nicht seine beharrlichen Besitzansprüche, die ihn ständig umgetrieben hatten, sondern etwas Sanftes, Warmes, Trauriges. Schweigend lagen sie Seite an Seite, während er sich zu erklären versuchte, was da über ihn gekommen war, und Leonora über ihre ungewisse Zukunft nachdachte. Zaghaft griff er nach ihrer Hand.
Leonora wagte kaum zu atmen oder mit der Wimper zu zucken, aus Angst, sie könnte den Augenblick zerstören. Sie schloss die Augen und ermahnte sich, dass er ihr nichts weiter anbot als seine Freundschaft. Mehr wagte sie nicht zu erhoffen. Sie ließ ihm ihre Hand und schluckte das Verlangen herunter, das ihr in Form eines verzweifelten Schreis in die Kehle stieg. Doch Florien war, wie Paulus auf dem Weg nach Damaskus, erleuchtet worden. Das Licht erfüllte ihn, weckte den Wunsch, vor Glück laut zu lachen, sich diesem in Demut zu Füßen zu werfen, sich

ihm zu ergeben. Er wälzte sich auf die Seite und blickte Leonora in die Augen. Dann küsste er sie. Leonora war so überrumpelt, dass sie starr wie ein Holzklotz liegen blieb.

Als Florien sich von ihr löste und in ihr Gesicht hinabblickte, stellte er fest, dass es aufgeblüht war wie eine Blume in der Sonne. Im goldenen Schein des verlöschenden Feuers sah Leonora wunderschön aus, als hätte sein Kuss sie verwandelt wie der Kuss eines Prinzen im Märchen.

Leonora lächelte zärtlich und scheu zu ihm auf, und ihre Liebe gab ihm so viel Kraft, dass er sich fühlte wie Herkules. Während Alicia ihn entmannt hatte, erfüllte Leonora ihn mit Selbstvertrauen, und als er sie erneut küsste, bestand für ihn kein Zweifel mehr an ihrer Liebe. Vielmehr war er überzeugt, dass sie ihm ihre Liebe aus vollem Herzen schenkte. Und diesmal reagierte Leonora, indem sie die Arme um seinen Nacken schlang und seinen Kuss erwiderte.

»Oh, Leonora, ich war ja so dumm«, rief er nach einer Weile, strich mit den Lippen zärtlich über ihre Schläfen und roch den Duft der Natur in ihrem Haar.

»Du bist überhaupt nicht dumm«, flüsterte sie überglücklich.

»Jetzt nicht mehr. Jetzt werde ich nie wieder dumm sein.«

»Oh doch. Das ganze Leben ist ein Lernprozess. Glaub nicht, dass du dein Examen schon bestanden hast.« Sie lachte unbeschwert, als er sein bartstoppeliges Kinn in ihrer Halsbeuge vergrub.

»Wie konnte ich dich nur übersehen, Leonora? Ich begreife es einfach nicht.« Er schüttelte den Kopf und sah ihr in die Augen. »Du liebst mich schon immer, nicht wahr?«

Sie nickte. »Und ich werde dich ewig lieben.«

»Ich liebe dich, Leonora. Ich habe geglaubt, Alicia zu lieben, aber jetzt erkenne ich den Unterschied.« Er nahm ihre Hand und legte sie auf die Stelle, an der sein Herz pochte. »Der Unterschied liegt hier.« Überwältigt von dem verzweifelten Wunsch, die verlorene Zeit wieder einzuholen und sicherzustellen, dass

er nie mehr ohne Leonora sein musste, bat er sie, seine Frau zu werden. Zu ihrer beider Überraschung wirkte sein Antrag völlig richtig und natürlich.
»Ja, ich werde gern deine Frau«, antwortete sie und blinzelte gegen die übermächtige Freude. »Ich kann nicht glauben, was da mit mir geschieht. Ich liebe dich schon so lange und habe mich inzwischen daran gewöhnt, dass meine Liebe nicht erwidert wird.«
»Das sollst du nie wieder denken. Meine Lebensaufgabe soll sein, dich glücklich zu machen.«
»Ach, Florien, ich habe dich nicht verdient.«
»Wie sehr du dich da irrst! Du warst immer freundlich zu mir, von dem Moment an, als wir uns als Kinder kennen lernten. Deine Freundlichkeit werde ich nie vergessen. Außerdem haben wir die gleichen Vorlieben. Wir lieben das Landleben, den Garten, die Natur, Hunde, Pferde. Wir lieben dieses wunderschöne alte Haus deiner Tante. Wir lieben die Weite und die Freiheit, die das Zigeunerleben uns bietet. Uns steht alles offen. Wir brauchen nur unseren Wohnwagen und unsere Pferde. Wir hassen die Stadt, den Lärm und den Smog. Siehst du, wir sind die zwei Seiten einer Münze. Du bist keine Zigeunerin, aber ich werde eine aus dir machen.«
Leonora hatte das Gefühl, vor übergroßem Glück platzen zu müssen. »Wann hältst du um meine Hand an?«, fragte sie.
»Wie bitte?«
»Du musst den Segen meines Vaters einholen.«
Plötzlich wurde Florien kalt. Seine Träume zerfielen vor seinen Augen zu Staub. Ihr Vater würde nie gestatten, dass Leonora einen Zigeuner heiratete.
Leonora ahnte seine Gedanken. »Daddy wird dir die Erlaubnis geben. So, wie Alicia es treibt, wird er froh sein, dass wenigstens eine von uns in den Hafen der Ehe einläuft. Und was das Zigeunerleben betrifft: Solange ich glücklich bin, ist es ihm gleich, wie ich mein Leben gestalte.« Sie wollte hinzufügen, dass sie ihren

Vater kaum kannte, da sie ihn immer nur für ein paar Wochen pro Jahr gesehen hatte. Er hatte keinen Einfluss mehr auf sie.
»Bist du sicher?«
»Ganz sicher. Nicht um Daddy, sondern vielmehr um Alicia mache ich mir Gedanken.« Bei diesen Worten wurde Florien wieder warm ums Herz.
»Meinst du, sie hat etwas dagegen?«
»Ich fürchte, ja. Sie ist sehr besitzergreifend. Auch, wenn ihr euch jetzt nicht mehr liebt, warst du doch einmal ihr Geliebter. Es wird ihr keine Ruhe lassen.«
»Was sollen wir tun?«
»Nichts«, antwortete sie entschlossen.
Florien verlangte eine nähere Erklärung, doch Leonora war zu loyal, um auch nur ein böses Wort über ihre Schwester zu äußern. Stattdessen sagte sie schlicht: »Wir müssen beide sehr lieb zu ihr sein.«
»Sie wird kommen, um dich zu besuchen, nicht wahr?«, fragte er hoffnungsvoll.
»Natürlich. Sobald sie von unseren Plänen hört, kommt sie her. Sie ist gerade aus Antibes zurück, wo sie mit ihrem neuesten Verehrer Urlaub gemacht hat. Seinen Namen weiß ich nicht mehr; sie wechselt ihre Liebhaber ja so rasend schnell. Da ist es im Grunde sowieso sinnlos, sich irgendwelche Namen zu merken. Wenn sie den Urlaub genossen hat, wird sie sich für uns freuen. Falls sie des armen Mannes überdrüssig ist, wird sie schäumen vor Wut. Wollen wir hoffen, dass sie glücklich ist. Wenn Alicia glücklich ist, kommt man besser mit ihr aus.«
Die Vorstellung, dass Alicia mit einem anderen Mann zusammen war, ließ Florien erstarren vor Bitterkeit, doch er gab sich Mühe, seinen Zorn nicht zu zeigen. Er dachte an ihre im Wald so beiläufig hingeworfenen Worte: »Ich habe mir Liebhaber genommen, wann immer mir danach war. Jede Menge.« Diese Worte wucherten immer noch irgendwo am Grunde seines Stolzes. Er hoffte, die Verlobung mit ihrer Schwester würde ihr

wehtun. Er hoffte, sie würde bedauern, sich von ihm getrennt zu haben. Er hoffte, sie würde ihn zurückhaben wollen, denn jetzt war es zu spät. Er wollte sie nicht mehr, aber er wollte Rache.

Am nächsten Morgen borgte Leonora sich Tante Cicelys Wagen, um an die Küste zu ihren Eltern zu fahren. Sie hatte die Tante brennend vor Neugier verlassen, denn Cicely hatte Leonora nie so schön und strahlend vor Glück gesehen. Sie ahnte, dass es mit Florien zusammenhängen musste. Nur ein Mann konnte eine Frau dermaßen zum Strahlen bringen. Sie wusste es. So hatte sie auch einmal gestrahlt. Wenn sie sich jetzt im Spiegel sah, fühlte sie sich an ein altes, verknöchertes Reptil erinnert. Aber Reptilien sind Überlebenskünstler.

Leonora folgte der schmalen Straße, die sich wie ein sanftes Bächlein durch das Dorf schlängelte. Die hübschen Häuser waren weiß verputzt und strotzten vor Kletterrosen mit Schmetterlingen, Geißblatt mit Bienen, und am Himmel über dem Meer, wo es Fische und Klippen mit Nistplätzen gab, schwebten kreischende Möwen. Die Luft war frisch und schmeckte nach Salz.

Cecils und Audreys Häuschen befand sich am Ende des Dorfs an einem schmalen Sandweg, der zum Strand führte. Im Dorf war es still, nur eine dicke rötliche Katze lag schlafend im Sonnenschein auf einem Fensterbrett.

Als Leonora den Wagen vor dem Haus parkte, hüpfte Grace zur Tür hinaus, übermütig wie einer von Tante Cicelys Hunden.

»Gracie!« Leonora lachte und nahm ihre kleine Schwester in die Arme. »Warum bist du nicht in der Schule?«

»Ich hatte Bauchweh, und Mummy hat gesagt, ich darf zu Hause bleiben«, erklärte das Kind und lächelte mit schelmischen blauen Augen zu Leonora auf.

Leonora schüttelte den Kopf. »Du bist ganz schön ungezogen«, sagte sie. Aber es störte sie nicht, dass ihre Mutter Grace viel zu sehr verwöhnte, denn schließlich würde *sie* ja heiraten. Sie trat ins Haus und ging durchs Wohnzimmer hinaus in den Garten.

Als Audrey sie sah, wusste sie sofort, dass etwas Dramatisches geschehen war. Wie schon Tante Cicely erkannte auch sie in Leonoras strahlendem Aussehen den Glanz der Liebe. Sie legte ihre Obstschere nieder und erhob sich, um ihre Tochter zu begrüßen.

»Du siehst umwerfend aus, Liebling. Was ist passiert?«

»Setz dich lieber«, riet Leonora ihr glücklich und nahm neben ihrer Mutter auf der Bank Platz. »Wo ist Daddy?«

»Er ist in die Stadt gefahren, um Material zu kaufen. Er will ein Spielhäuschen für Grace bauen.«

»Gut, dann sag ich es dir zuerst. Ich kann nicht warten, ich bin viel zu aufgeregt.«

Audrey neigte sich ihr zu und ergriff in Erwartung der Neuigkeiten Leonoras Hand.

»Florien will mich heiraten«, sagte sie, und Tränen traten ihr in die Augen. »Ich weiß vor Glück gar nicht, was ich mit mir anfangen soll.«

Audrey nahm ihre Tochter in die Arme und drückte sie so fest an sich, dass sie beide kaum noch Luft bekamen. »Liebling, das ist ja eine wunderbare Neuigkeit«, rief sie und war selbst zu Tränen gerührt.

»Ich kann es selbst kaum glauben.«

»Du liebst ihn wohl sehr, nicht wahr?«, fragte Audrey, rückte ein Stück von Leonora ab und streichelte das Gesicht ihres Kindes mit Blicken, in denen Herbstlicht leuchtete.

»Ich liebe ihn so sehr, dass es schmerzt.«

»Das kenne ich. Aber es ist ein süßer Schmerz. Das wunderbarste Gefühl auf Erden. Näher können wir dem Himmel hier nicht kommen, und kein Mensch hat es so verdient wie du.«

»Ich bin so glücklich, Mummy, dass ich immerzu weinen möchte. Ist das normal?«

Beide lachten, und Audrey erinnerte sich ihrer intensiven Gefühle, als Louis ihr Herz gewonnen hatte, und mit einem plötzlichen Schmerz sehnte sich ihr Körper wieder nach ihm.

»Es ist das Normalste auf der Welt. Du hast großes Glück, mein Schatz. Du heiratest den Mann, den du liebst. Wahrscheinlich ahnst du gar nicht, wie viele Menschen niemals die wahre Liebe erleben. Sie suchen ihr Leben lang danach, bis diese Suche zur eigentlichen Triebkraft ihrer gesamten Existenz wird. Doch die Liebe ist für sie nie greifbar. Das Leben ist ein Glücksspiel, und wenn man es am wenigsten erwartet, teilt es oft die überraschendsten Karten aus.«

»Ich habe nie damit gerechnet, dass Florien meine Liebe erwidern könnte.«

»Du warst geduldig, und deine Geduld ist belohnt worden.«

»Ging es dir auch so, als du Daddy kennen gelernt hast?«, fragte Leonora. Über die Beziehung zu ihrem Vater hatte sie nie mit ihrer Mutter gesprochen, doch da sie jetzt im Begriff stand zu heiraten, wurde sie neugierig.

Audrey zögerte. »Dein Vater ist der edelste Mann, den ich kenne. Er ist ein guter Mensch. Ich wusste, dass ich mich glücklich schätzen konnte, von ihm geliebt zu werden. Wenn man jung ist, sehnt man sich nach Abenteuern und Aufregung, doch ich habe im Laufe meines Lebens die leiseren Dinge, die nicht so ins Auge fallen, schätzen gelernt. Unsere Liebe war nie ein knisterndes Feuerwerk, aber es ist eine tiefe, zärtliche Liebe. Dein Vater ist ein guter Mensch.«

Leonora wollte ihrer Mutter von den überwältigenden, berauschenden Gefühlen erzählen, die in ihrem Inneren sprudelten, doch sie fürchtete, ihre Mutter würde sie nicht verstehen.

Als Cecil aus der Stadt zurückkehrte, erwartete Grace ihn schon auf der Zufahrt, wo sie im Sonnenschein saß und mit den Elfen spielte, die um die hellen Kletterrosen an der Hausfront tanzten. Er sah Leonoras Auto und zog fragend die Augenbrauen hoch.

»Leo ist mit Mummy im Garten. Sie hat Neuigkeiten für dich.«

»Ich hoffe, es sind gute Neuigkeiten«, sagte er und hob die Kiste, in die das Spielhäuschen verpackt war, vom Rücksitz.

»Natürlich. Ich habe schon immer gewusst, dass Leo glücklich wird.« Sie stand auf und ging zu ihm. »Ist das mein Haus?«

»Aber sicher.«

»Es ist ja flach.«

»Es wird nicht mehr flach sein, wenn ich es aufgebaut habe.«

»Du bist so klug, Daddy.«

»Deine Tante Cicely hatte als kleines Mädchen auch so ein Spielhaus. Du kannst deine Geister darin einsperren.« Er lachte leise und ging an Grace vorbei in die Eingangsdiele.

»Geister können durch Mauern gehen, du Dummer.«

»Ich wollte, ich wäre ein Geist.«

»Du wirst bald einer sein, denn du bist ja schon sehr alt.«

Cecil lachte über die unverblümten Worte des Kindes. Seit der Umzug nach England die Gespenster der Vergangenheit ausgetrieben hatte, hatte sich eine Nüchternheit eingestellt, die seinen Blick klärte, und er hatte angefangen, Grace auf eine völlig neue Art zu lieben. Er kämpfte nicht mehr darum, sie zu verstehen, sondern akzeptierte ihre Andersartigkeit und lernte, darüber zu staunen, statt sie zu fürchten. Weil sie nur halbtags in der Stadt zur Schule ging, konnte er ihr bei den Hausaufgaben helfen. Sie saßen dann zusammen am Küchentisch, während Audrey das Abendbrot bereitete, sprachen über die Könige und Königinnen von England, über Mathematik und Biologie. Alles faszinierte sie, und je mehr er ihr erklärte, desto mehr wollte sie wissen. Sie zeigte ungeheuerliche Wissbegier und wurde des Lernens nie müde. Endlich hatte Cecil eine Rolle gefunden, die zu ihm passte; er glaubte nicht an ihre Elfen und Geister, konnte jedoch ihren Lerneifer befriedigen. Mit Stolz und Freude sah er zu, wie sein kleines Mädchen unter seiner Betreuung wuchs; nur Audrey erkannte, dass auch er wuchs, und zwar in Bezug auf sein Selbstbewusstsein, denn auch er blieb nicht unberührt von Graces besonderem Zauber.

Als Leonora ihm ihre Neuigkeit mitteilte, stellte er die Kiste ab und klopfte seiner Tochter fest auf den Rücken. »Welch gute

Nachricht«, sagte er, doch sein ausdrucksloser Ton verriet sein Unbehagen. Audrey verstand seine Sorgen auf Anhieb und stellte sich unwillkürlich vor, was die Krokodile zu dieser Geschichte gesagt hätten. Doch Louis hatte sie den Wert der Liebe gelehrt, und sie war bereit, für ihre Tochter zu kämpfen. Allerdings war sie fest überzeugt, dass es nicht nötig sein würde.

»Cecil«, sagte sie und lächelte ihn beruhigend an. »Leonora und Florien lieben einander. Sie sind zusammen aufgewachsen, und das Leben in Holholly verleiht ihnen eine gemeinsame Basis.«

»Ich liebe ihn, Daddy. Ich liebe ihn schon immer«, sagte Leonora.

»Sie sind vom Schicksal füreinander bestimmt, Daddy«, mischte Grace sich auf ihre unbeschwerte Art ein und hüpfte, die Kiste im Auge behaltend, von einem Fuß auf den anderen. »Ich weiß es schon seit Jahren, aber ich habe mir geschworen, niemandem mehr die Zukunft vorauszusagen, nachdem ich Nelly geweissagt hatte. Glaub mir, ich weiß es.«

»Ich denke ja nur an deine Zukunft, Leonora. Ihr beide stammt aus sehr unterschiedlichen Verhältnissen. Habt ihr lange und gründlich über diesen Schritt nachgedacht?«

»Das ist nicht nötig«, sagte sie und lächelte ihre Mutter strahlend an.

»Er ist Zigeuner«, gab Cecil zu bedenken und rieb sich das Kinn.

»Und ich werde zur Zigeunerin. Daddy, ich bin glücklich. Was willst du mehr?«

Cecil blickte wieder seine Frau an. Er ließ die Schultern hängen und schüttelte den Kopf. »Meine liebe Leonora, ich würde meine Vaterpflichten vernachlässigen, wenn ich diese Fragen nicht stellte. Wenn du glücklich bist, bin ich es auch. Ihr habt meinen Segen.« Wenn er lächelte, zeigte sich immer noch ein Abglanz seines einst so strahlend schönen Gesichts.

»Danke!«, rief Leonora und fiel ihm um den Hals. Seine Meinung war ihr bedeutend wichtiger, als sie angenommen hatte.

»Darf ich Brautjungfer sein?«, fragte Grace, die immer noch um die Kiste herumstrich.
»Du mitsamt deinen Elfen«, antwortete Leonora.
»Prima. Ich werde in meinem Ballettröckchen durch die Kirche tanzen.«
Audrey lächelte, und Leonora lachte nachsichtig über ihr Schwesterchen.
»Ich werde Zigeunerin«, sagte sie. »Ich werde mitten auf einer Wiese in einem hübschen Wohnwagen leben.«
»Zu meiner Zeit hielt der Mann beim Vater des Mädchens um ihre Hand an«, bemerkte Cecil.
»Aber Cecil. Wir leben in den siebziger Jahren, um Himmels willen«, erwiderte Audrey. »Zu unserer Zeit war alles anders. Florien ist Zigeuner. Die Zigeuner haben wahrscheinlich ihre eigenen Regeln«, fügte sie hinzu und stellte sich vor, dass sie womöglich wie ein Hippie-Pärchen im Wald heiraten wollten.
»Er ist zu schüchtern, dich um meine Hand zu bitten. Aber er wünscht sich auch deinen Segen.«
»Den habt ihr, Liebling«, rief ihre Mutter entzückt. »Ihr habt unser beider Segen. Niemand verdient es so wie du, richtig glücklich zu sein.«
In diesem Moment prustete Grace vor Lachen. Alle wandten sich ihr zu und sahen sie verwundert an. »Worüber lachst du, Schätzchen?«, fragte Audrey.
Grace verdrehte die Augen. »Alicia kommt heute nach Hause, und sie wird sehr, sehr böse sein.« Dann wandte sie sich lebhaft ihrem Vater zu. »Soll diese Kiste hier stehen bleiben, oder baust du mir nun meinen Palast, Daddy?«

Einunddreissig

Grace hatte Recht. Alicia schäumte vor Wut. Doch sie war viel zu durchtrieben, um vor ihren Schwestern und Eltern ihren Ärger zu zeigen. Stattdessen gratulierte sie Leonora und umarmte sie, wenn auch unterkühlt, und dann fuhr sie zu Tante Cicely, um Florien zur Rede zu stellen.

»Du liebst sie doch gar nicht!«, rief sie höhnisch, als sie ihn schließlich auf seinem Traktor gefunden hatte, wo er auf das Entladen des Mähdreschers wartete. Triumph glitzerte in seinen Augen, als er in ihr wütendes Gesicht blickte.

»Doch, ich liebe sie. Ich liebe sie mehr, als ich dich je geliebt habe«, sagte er. Er wehrte sich gegen den Drang, sie an den Schultern zu packen und ihren unverschämten Mund zu küssen, denn ihre Haut war feucht von Schweiß und braun gebrannt von ihrem Frankreich-Urlaub. Der Blick ihrer blauen Augen durchbohrte ihn, und er verzauberte ihn immer noch, trotz ihres hässlichen Charakters. Er wandte sich ab und sah über das Getreidefeld hinweg, auf dem der Mähdrescher sich bedächtig durch ein goldenes Weizenmeer pflügte.

»Du begehrst mich nach wie vor, stimmt's?«, sagte sie und lächelte boshaft. »Du kannst mich haben, wenn du willst.«

»Ich will dich nicht, Alicia. Ich hatte dich als Junge, und jetzt bin ich erwachsen.«

Sie lachte verächtlich, und er wand sich innerlich. Sie hatte immer noch die Fähigkeit zu bewirken, dass er sich so klein fühlte wie eines der Getreidekörner auf dem Boden des Traktors. Er dachte an den Tag, als sie ihn veranlasst hatte, das Huhn zu töten, und er fühlte sich genauso gedemütigt wie damals.

»Rede dir nichts ein«, erwiderte er auf ihr Lachen.
Ihre Miene wurde weicher, und sie rückte näher an ihn heran. »Das brauche ich nicht, Florien«, sagte sie leise. »Du siehst noch besser aus, als ich dich in Erinnerung hatte. Und du bist stärker. Die Arbeit auf dem Hof tut dir gut. Reden wir nicht mehr über Liebe.«
»Ich denke, du solltest jetzt gehen«, sagte er matt. Doch mit einer flinken Bewegung setzte sie sich rittlings auf seinen Schoß. Sie lachte wieder, als sie durch seine Jeans hindurch seine Erregung spürte.
»Du willst das nicht?« Sie kicherte und bewegte sich auf ihm. »Du kannst dein Begehren nicht verstecken, Florien.«
Florien fühlte sich so erniedrigt, dass er die Beherrschung nur wiederfinden konnte, indem er sie brutal nahm. Er packte sie grob im Nacken und küsste sie. Sie erwiderte den Kuss siegessicher, erregt von seiner Wut und Kraft. Sie wusste um die Macht ihrer Verführungskünste, aber es erregte sie immer wieder, sie in solch kleinen Eroberungen wie dieser unter Beweis zu stellen. Es störte sie nicht, dass sie den Verlobten ihrer Schwester nahm, denn die Gefühle anderer hatten ihr nie etwas bedeutet. Sie dachte nur an ihren Triumph über Leonora und all die anderen Frauen, denen sie die Männer genommen hatte. Allmächtig fühlte sie sich, und ihr Mund verzog sich zu einem eitlen Lächeln. Sie erhob sich auf die Knie, damit Florien den Reißverschluss seiner Hose öffnen konnte, und lachte vor Vergnügen, als er ihr den Slip herabzog und in sie eindrang. Floriens Gefühl der Demütigung nahm noch zu, als sie ihn wild ritt und sich auf ihm wand wie eine Schlange. Er konnte sie nicht kontrollieren, genauso wenig wie das warme, prickelnde Gefühl, das sich seiner Gliedmaßen bemächtigte und seinen Verstand umnebelte, sodass er sich nur noch des nahenden Höhepunkts und einer überwältigen Gier nach Alicia bewusst war. Sie hatte die Arme um seinen Kopf geschlungen, und sein Gesicht war zwischen ihren schweißnassen Brüsten vergraben. Er inhalierte

ihren Duft und fuhr mit der Zunge über ihre Haut, schmeckte Salz und Parfüm und etwas Animalisches, das ihr allein eigen war.

Erst, als es vorüber war, meldete sich das schlechte Gewissen. Der Mähdrescher hatte bereits den Ladearm ausgefahren, und er musste den Traktor starten und lenkte ihn unsicher über das Feld. Er blickte zurück und sah Alicia glücklich über die Stoppeln zu ihrem Auto hüpfen. Ihre langen braunen Beine glänzten unter ihrem blauen Minirock, ihre Locken wippten im Wind. Sein Herz klopfte immer noch heftig, seine Lenden schmerzten. Sein Körper war befriedigt, doch er verspürte ein maßloses Schuldgefühl und bittere Reue.

Als Alicia den Weg zur Hauptstraße entlangfuhr, entdeckte sie Tante Cicely auf der Gegenspur, die vom Dorfladen zurückkam, wo sie die frisch gelegten Eier abgegeben hatte. Alicia fuhr an den grasbewachsenen Wegesrand, um ihre Tante vorbeizulassen. Sie nagte an ihrer Unterlippe und hoffte, Tante Cicely möge nicht anhalten, um mit ihr zu reden.

Doch als Cicely sie sah, stoppte sie den Wagen und stieß die Tür auf. Alicia holte tief Luft.

»Ich glaube, du bist mir einige Erklärungen schuldig, meine Liebe«, sagte Tante Cicely böse. Alicia stellte verblüfft fest, wie stark ihre Tante gealtert war.

»Falls es Marcel betrifft …«

»Natürlich betrifft es Marcel!«

»Ich habe ihn nicht gebeten, nach Frankreich zu kommen. Er tauchte urplötzlich am Strand auf«, sagte Alicia und zuckte mit den Schultern.

»Er tauchte in Frankreich auf?« Tante Cicely rang nach Luft.

»Frag mich doch nicht, schließlich war er dein Liebhaber. Hör zu«, sagte sie beinahe herablassend, »er hat bei verschiedenen Gelegenheiten versucht, mich zu verführen, als ich noch bei dir wohnte. Um Gottes willen, ich war ein Kind! Ich habe ihn jedes Mal abgewiesen. Und dann, als ich mit meinen Freunden am

Strand von Antibes lag, taucht er plötzlich auf und schwört mir ewige Liebe und solchen Unsinn.«

»*Mein* Marcel?«

»Ja, *dein* Marcel.« Sie seufzte gereizt. »Ich habe ihm empfohlen, nach Hause zu fahren. Ich wollte ihn nicht.«

»Und was hat er getan?«

»Ich weiß es nicht. Ich nahm an, er wäre zu dir zurückgekehrt.«

Cicely zögerte und blickte über das Feld hinweg. »Tut mir Leid, dass er fort ist«, sagte Alicia. »Aber ich versichere dir, seine Abreise hatte nichts mit mir zu tun.«

Tante Cicely dachte an das Gemälde, das jetzt ein brutales Loch aufwies, an der Stelle, wo vormals Alicias Gesicht gelächelt hatte.

»Entschuldige«, bat sie gepresst. Sie traute Alicia nicht, aber Marcel war Künstler, Phantasie war Bestandteil seiner Arbeit. Ihr blieb nichts anderes übrig, als die Beteuerungen ihrer Nichte für bare Münze zu nehmen. Sie blickte in Alicias schönes Gesicht. Es war eine grausame, erbarmungslose Schönheit. »Er hat vermutlich nicht gesagt, wohin er gehen wollte.«

»Nein. Aber du solltest ihn dir nicht wieder herwünschen, Tante Cicely. Er ist ein Nichtsnutz, und ich glaube auch nicht, dass seine Bilder etwas taugten. Hast du je eines gesehen?«

»Leider ja«, erwiderte sie. »Eines hat er zurückgelassen, aber ich mache ein Freudenfeuer daraus, sobald ich ein Streichholz in die Finger bekomme. – Schön, dass Leonora und Florien sich gefunden haben«, wechselte sie das Thema. Sie bemerkte Alicias höchst unattraktiven Ausdruck von Selbstzufriedenheit und das gekünstelte Lächeln auf ihrem Gesicht.

»Sie sind das ideale Paar«, sagte sie. »Leo hat schon immer vom Zigeunerleben geträumt und möchte gern in so einem hässlichen kleinen Wohnwagen leben. Nicht mal eine Katze hat darin Platz. Aber wenn es sie glücklich macht ... Pferde und Herumzigeunern und das alles.«

»Genau.« Ihr Tonfall gefiel Tante Cicely gar nicht. »Und was ist mit dir?«
»Noch nichts Besonderes in Aussicht«, antwortete Alicia. »Bis ich den einzig Richtigen finde, erfüllen Männer halt ihren Zweck.« Sie lachte leise und dachte an all die exotischen Länder, die sie dank der Scheckhefte ihrer Liebhaber bereist hatte.
Tante Cicely zog eine Augenbraue hoch, doch Alicia lachte nur. »Wir leben in den siebziger Jahren«, sagte sie, als wäre das eine Erklärung für ihre Einstellung.
»Nun ja, amüsier dich nicht zu sehr, sonst versäumst du die wichtigen Dinge im Leben.«
Alicia verdrehte die Augen. »Du und Mummy!« Sie seufzte tief und schüttelte den Kopf. »Das Leben war noch nie so schön.«
Als sie weiterfuhr, dachte sie daran, wie der liebeskranke Marcel am Strand von Antibes aufgetaucht war. Was für einen lächerlichen Anblick hatte er geboten. Sie hätte mit ihm geschlafen, hätte er sie nicht ein Jahr zuvor abgewiesen. Er hatte die Gelegenheit verpasst. Der Dummkopf. Wie eine lästige Fliege hatte sie ihn verscheucht, und er hatte sie angefleht, es sich zu überlegen, hatte ihr ewige Liebe geschworen und behauptet, er könne ihretwegen weder essen noch schlafen. »Mein Leben ist völlig aus dem Ruder gelaufen«, sagte er verzweifelt, während er sich anschickte, den Strand entlang davonzugehen. »Ich habe deine Tante, die ich liebte, eines Phantoms wegen verlassen.« Und wegen des Gemäldes konnte er auch nie zu ihr zurückkehren.

Der Hochzeitstermin wurde auf den 29. Oktober festgelegt. Audrey staubte ihre Nähmaschine ab und nähte für Leonora ein exquisites Kleid aus elfenbeinfarbener Seide, bestickt mit Gänseblümchen und Efeu, und ein Elfenkostüm für Grace, die Brautjungfer. Panazel schenkte seinem Sohn einen seiner Wohnwagen, damit Florien und seine Braut ihr neues Leben auf der Wiese beginnen konnten, wo sie sich kennen gelernt hatten, und Tante Cicely versprach, sie weiterhin zu beschäftigen, wenn sie die Farm verkauft hatte, denn das ihr verbleibende Land musste bestellt werden, und sie fühlte sich dafür zu alt und ausgebrannt, nachdem Marcel sie allein gelassen hatte.

Niemand wusste von Floriens Zusammenstoß mit Alicia auf dem Traktor, und niemand wünschte sich mehr als er, es wäre nie geschehen. Er gab sich alle Mühe, ihr aus dem Weg zu gehen. Doch seine Schuld mahlte in seinem Gewissen wie der Stößel in einem Mörser.

Leonora war so glücklich, dass ihr Gesicht eine ganz eigene Schönheit ausstrahlte. Nicht die scharfe, alles verschlingende Schönheit ihrer Schwester, sondern eine Weichheit der Züge und eine Heiterkeit des Ausdrucks, eine insgesamt stillere Schönheit.

Nachdem der Sommer dem Herbst gewichen war, unternahm Audrey lange Spaziergänge am Strand. Grace ging zur Schule, und Cecil arbeitete jetzt in der nahe gelegenen Stadt in einer kleinen Finanzierungsgesellschaft. Er verdiente wenig im Vergleich zu seinem Gehalt in Buenos Aires, aber dafür war das Leben in England billiger.

Audrey dachte über ihr neues gemeinsames Leben nach. Zu ihrer Überraschung stellte sie fest, dass es ihr nicht schwer fiel, England zu lieben. Die welligen Hügel und der Flickenteppich der Wiesen waren so grün und leuchtend, die Sonnenuntergänge waren flamingorosa und der Himmel von einer zarten wässrigen Farbe, als hätte der Regen das Blau ausgewaschen. Stück für Stück nahm diese sanfte Landschaft ihr Herz gefangen. Audrey lebte in Cicelys Nähe und sah Leonora, sooft sie wollte, und an den Wochenenden kam Alicia meistens zu Besuch. Allerdings vermisste sie ihre Mutter, und der Tod ihres Vaters schmerzte sie immer noch. Sie dachte häufig an Tante Edna; auch sie fehlte ihr. Doch das Opfer war gering, angesichts ihrer geretteten Ehe. Dort, wo ihre Tante zu viel wusste und sie ständig an ihre Schwäche erinnert hätte, wäre das alles unmöglich gewesen.

In der frischen Luft Englands hatte sie eine zweite Chance bekommen. Sie hatte sich bemüht, ihrem Mann zu verzeihen, dass er ihre Töchter, als sie noch klein waren, fortgeschickt hatte, und dafür war sie belohnt worden. Sie konnte nicht behaupten, dass sie nie an Louis dachte. Doch Cecil war ein guter Ehemann. Audrey wusste, dass sie das Richtige getan hatte. Mit jedem Tag kam sie ihm wieder näher und gewann ein bisschen mehr Abstand zu Louis, sodass der Trennungsschmerz inzwischen nur noch ein dumpfes Gefühl war, das sie leicht verdrängen konnte. Sie hatte ihren Schwur, die Vergissmeinnicht-Sonate nie wieder zu spielen, gehalten, und wenn auch manchmal ihre Finger zuckten und sich nach den so vertrauten Noten sehnten, war doch der Umstand, dass sie dem Drang widerstand, ein gewichtiger Teil des Heilungsprozesses.

Sie tanzte nicht mehr und hatte ihr kleines, in Seide gebundenes Büchlein endgültig weggeschlossen. Nur Grace erinnerte sie unablässig an Louis, doch in Cecils Augen gehörte sie zu ihm, und Audreys Bewunderung für ihren Mann wuchs, wann immer sie die beiden zusammen sah, so verschieden und doch vereinigt als Vater und Tochter. »Ihr Kopf ist in den Wolken bei den Engeln und anderem Unsinn«, sagte Cecil oft, »aber ich muss sie schließlich nicht verstehen, um sie zu lieben.« Und Audrey liebte ihn dafür, dass er Grace liebte.

Der Morgen der Hochzeit war gekommen. Leonora erwachte vibrierend vor Aufregung, Florien war krank vor Gewissensbissen und Nervosität, und Alicia konnte einfach nicht glauben, dass er den Schritt tatsächlich tun würde. An jenem Tag auf dem Traktor hatte sie ihn genommen. Doch jetzt traf die bevorstehende Hochzeit sie wie ein Schlag vor den Kopf, und ihr wurde beim Aufstehen so schwindlig, dass sie sich setzen musste, um die Übelkeit zu überwinden. Sie war sich Floriens Liebe sicher. Sein Herz gehörte ihr seit dem Tag ihres Kennenlernens, und sie war überzeugt, es festhalten zu können, bis sie bereit war, es zurückzugeben. Und sie war dazu nicht bereit. Heute ging er mit ihrer Schwester den Bund der Ehe ein. Sie lief ins Bad und übergab sich.

Leonora badete und zog das Kleid an, das ihre Mutter für sie genäht hatte, und selbst Alicia, deren Gesicht fahl war wie der Oktoberhimmel, musste zugeben, dass sie wunderschön aussah. Grace hüpfte in ihrem Elfenkostüm im Zimmer umher und reizte Alicia, indem sie ihr mit ihrem Zauberstab auf den Rücken klopfte und vorgab, sie in eine Kröte zu verwandeln. Cecil erschien im Anzug an der Schlafzimmertür und ließ den Blick voller Stolz auf seiner Familie ruhen. »Du siehst hinreißend aus, Leonora«, sagte er und gab ihr einen Kuss auf die Stirn. »Es wird mir eine Ehre sein, eine so schöne Braut zum Altar zu führen. Hoffentlich weiß Florien sein Glück zu schätzen.«

»Natürlich weiß er das, Daddy«, erwiderte sie und lachte unbeschwert. »Und ich kann mich glücklich schätzen, weil er mich heiratet.«

Alicia biss sich auf die Zunge. Sie wusste, dass sie mit ein paar gut gewählten Worten allen den Tag verderben konnte.

»Grace, hör auf zu hüpfen, mir wird ganz schwindlig. Sag du's ihr, Mummy«, beschwerte sie sich. Alicia war es nicht gewohnt, dass Leonora im Mittelpunkt des Interesses stand, und es gefiel ihr ganz und gar nicht.

»Grace, setz dich doch bitte für ein paar Minuten ruhig hin«, bat ihre Mutter sanft. »Sonst bist du müde, bevor die Feier anfängt.«

Grace ließ sich gehorsam aufs Bett fallen, berührte Alicia aber noch ein letztes Mal mit ihrem Zauberstab.

»Böse Fee«, zischte sie mit verengten Augen.

Alicia wurde rot. »Wenn ich heirate, will ich eine riesige Hochzeit«, sagte sie schnell. Graces Gabe verunsicherte sie. Es war, als könnte das Kind in ihre Seele blicken und all ihre düsteren Geheimnisse erkennen.

»Falls du den Prinzen oder Herzog deiner Träume heiratest,

bekommst du bestimmt eine große Hochzeit«, sagte Audrey und lachte. »Leonora wünscht sich aber eine schlichte Feier, nicht wahr, mein Schatz?«
»Nur mit der Familie«, bestätigte Leonora. »Schade, dass Großmutter und Tante Edna nicht hier sind. Aber es war nett, dass sie uns ein Telegramm geschickt haben. Mercedes hat einen merkwürdigen Gruß geschickt.«
»Was schreibt sie denn?«, fragte Alicia. Ihrer Meinung nach war Mercedes ausschließlich ihre Freundin gewesen.
»Ich wusste schon immer, dass du glücklich wirst.«
»Was soll das heißen?«, schmollte Alicia. »Dass *ich* nicht glücklich werde?«
»Aber nein, Liebes«, mischte Audrey sich ein.
Cecil schüttelte den Kopf, äußerte sich aber nicht zu Alicias Ichbezogenheit. »Wenn du heiratest, Alicia, schickt sie dir wahrscheinlich den gleichen Gruß«, sagte er und rückte vor dem Spiegel seine Krawatte zurecht. Er sah auf die Uhr. »Also, ich denke, es ist Zeit für euch, zur Kirche aufzubrechen. Leonora und ich kommen nach.«
Leonora lächelte ihren Vater an. Es war nicht schlimm, dass sie das Gefühl hatte, ihn kaum zu kennen, denn heute war ihr Hochzeitstag, und er sollte sie dem Bräutigam zuführen.
Audrey nickte und musterte ihn in seinen glänzend polierten Schuhen und dem frisch gebügelten Anzug. Er sah genauso attraktiv und vornehm aus wie auf dem Fest zu ihrem achtzehnten Geburtstag in Hurlingham, nur älter. Sein Haar war inzwischen grau geworden, und seine Augen verrieten mit den Falten in den Winkeln, den schweren Lidern und einem gewissen müden Ausdruck, dass die letzten zehn Jahre problematisch für ihn gewesen waren. Trotzdem sah er gut aus. Besser sogar als je zuvor, denn jetzt war die glänzende Fassade eines arroganten Offiziers dem Ausdruck von Erfahrungstiefe gewichen. Das Alter ließ ihn weicher erscheinen, und das Schicksal hatte ihn Demut gelehrt. Er hob den Blick und fing den ihren auf. Sie lächelte mit einer

Zärtlichkeit, die er als Stolz auffasste. Im Gegensatz zu seinem Bruder konnte er Audreys Gedanken nicht lesen. Doch er erwiderte ihr Lächeln, überschwemmt von unbekannten Gefühlen angesichts seines kleinen Mädchens, das in seiner Abwesenheit zu einer jungen Frau geworden war. Dann tippte Grace ihn mit dem Zauberstab an, und seine Nachdenklichkeit verflog. »Vergiss mich nicht, Daddy«, sagte sie fröhlich. »Ich gehe auch mit zum Altar.«

Alicia versuchte, Florien auf sich aufmerksam zu machen, doch er ignorierte sie demonstrativ. Sie saß mit ihrer Mutter und Tante Cicely in der ersten Bankreihe und war vor Übelkeit kaum in der Lage, den Blumen- und Kerzenschmuck wahrzunehmen. Mit Gedankenkraft wollte sie ihn zwingen, sie anzusehen, doch seine Schuld lastete zu schwer. Er war im Begriff, im Angesicht Gottes zu geloben, dass er Leonora lieben und achten werde. Die Zehn Gebote hingen in großen goldenen Lettern über dem Altar. Die Worte brannten sich in seine Seele. Er senkte den Blick, und Schweißperlen traten ihm auf Stirn und Nase. Er hatte etwas Schreckliches getan, und er hasste sich selbst dafür mehr als Alicia.

Die Orgel begann zu spielen, und Leonora erschien am Arm ihres Vaters unter dem Kirchenportal, dicht gefolgt von Grace mit ihrem Zauberstab. Zaghaft hob Florien den Blick. Er sah sie näher kommen, das Gesicht hinter einem durchsichtigen, mit Lilien bestickten Schleier verborgen. Er spürte, wie in Alicia in der Bank ihm gegenüber die Eifersucht brannte, wie sie sich wünschte, er würde kneifen, was seinen Entschluss, sich nicht ablenken zu lassen, nur noch festigte.

Dann war Leonora an seiner Seite. Mit schweißnassen Händen hob er ihren Schleier. Zu seiner Verwunderung fiel alle Angst von ihm ab. Er betrachtete die junge Frau, die immer seine Freundin gewesen war, und heiße Zärtlichkeit strömte durch seine Adern. In ihren Augen leuchtete die Liebe, und er lächelte

sie an und fragte sich im Stillen, wie er so grausam hatte sein können, ihr Vertrauen zu verraten.
Alicia beobachtete sie. Was Liebe war, würde sie wohl niemals wissen, aber in diesem Augenblick erkannte sie verzweifelt, dass Florien ihr über alle Maßen viel bedeutete. Plötzlich, in diesen wenigen Minuten, da Braut und Bräutigam einander gelobten, sich zu lieben, bis der Tod sie schied, wurde Alicia klar, dass ihre Gefühle für Florien keineswegs nur auf Sex und Besitzgier begründet waren. Ja, sie hatte ihn begehrt, und ja, sie hatte ihn keiner anderen gegönnt. Doch jetzt empfand sie etwas viel Mächtigeres und Unkontrollierbareres als Begehren. Krank vor Übelkeit und ein wenig verloren sank sie auf der Holzbank in sich zusammen und senkte den Kopf. Sie hatte nie geglaubt, dass er Leonora tatsächlich heiraten würde.

Nach der Hochzeit fuhr Alicia zurück nach London, ohne sich von ihrer Schwester und ihrem frisch angetrauten Mann zu verabschieden. Sie brachte es nicht über sich. Gleich nach ihrer Ankunft rief sie einen ihrer reichen Liebhaber an und verbrachte nach dem Dinner eine hitzige Nacht in seinem Bett, um sich zu beweisen, dass Florien ihr nicht wichtig war.
Florien richtete sich glücklich im Eheleben ein, doch in den Winkeln lauerten Alicias Schatten und erinnerten ihn an seinen Betrug und an seine Fleischeslust für sie, die nie ganz gestorben war. Es hatte Leonora gekränkt, dass Alicia ohne Abschied gegangen war, und sie war traurig, weil Alicia nicht nach Dorset kam, um sie zu besuchen. Doch sie sagte nie ein böses Wort über sie. Sie fand Entschuldigungen und tat die Gleichgültigkeit ihrer Schwester mit einem Lachen ab. Florien hätte gern gewusst, ob sie auch so großzügig gewesen wäre, wenn sie etwas von Alicias Betrug geahnt hätte. Er hatte weder den Mut noch den Willen, ihr alles zu gestehen, wenngleich die Beichte ihn sicherlich erleichtert hätte.
Als Florien am Rande der Verzweiflung angelangt war, weil

seine Besessenheit von Alicia nicht nachließ, wurde Leonora schwanger. Er freute sich an ihrem wachsenden Umfang und dem beschwingten Schritt, der verriet, wie glücklich sie war. Er entdeckte seinen Beschützerinstinkt. Aus Angst, dass die Gartenarbeit dem Kind schaden könnte, verbot er ihr, Gegenstände zu tragen, die schwerer waren als ein Huhn.

Audrey begann, nach den Mustern ihrer Mutter Babyschühchen zu stricken, und Rose, die sich nach dem Krieg geschworen hatte, nie wieder zu stricken, machte für Leonora eine Ausnahme und klapperte doch wieder mit den Nadeln.

Grace legte die Hand auf den Leib ihrer Schwester und sagte die Geburt eines Jungen voraus. Niemand zweifelte an ihren Worten, und so wurden die Schühchen in Hellblau gestrickt.

Als Audrey Alicia die Neuigkeit mitteilte, kochte sie eine Woche lang vor Wut, bevor sie den Mut aufbrachte, nach Dorset zu fahren, um ihrer Schwester zu gratulieren. Bei ihrer Tante angekommen, ging sie um das Haus herum zu der Wiese, auf der Leonoras blitzblank gehaltener Wohnwagen stand, der Inbegriff ländlicher Schlichtheit. Zu ihrer Überraschung wurde sie nicht von Leonora empfangen, sondern von Florien, der gerade ein Moses-Körbchen für sein Kind flocht. Er war so in seine Arbeit vertieft, dass er Alicia erst bemerkte, als sie bereits vor ihm stand und einen kalten Schatten über das Gras warf. Er blickte auf und errötete heiß. »Ich will Leo besuchen«, sagte Alicia barsch. »Wo ist sie?«

»Bei deinen Eltern«, erwiderte er und sah sie bestürzt an.

»Dir sollte ich wohl auch gratulieren. Wie hast du das geschafft?« Sie blickte ihn hochmütig an.

»Was?«

»Hast du an mich gedacht, während du mit ihr geschlafen hast?« Florien legte sein Werkzeug nieder und erhob sich, verwundert über ihren boshaften Ausbruch.

»Fahr zurück nach London und nimm deine Verbitterung mit«, sagte er.

»Vielleicht fahre ich aber auch zu Mummy und erzähle dort alles über unser heimliches Rendezvous im letzten Sommer. Oder würde das deine glückliche Ehe zerstören?«

»Was willst du, Alicia?« Seine Frage erschreckte sie, denn im Grunde wusste sie selbst nicht, was sie wollte.

»Ich dachte, vielleicht willst du alles gleichzeitig haben«, erwiderte sie und lächelte hinterhältig. »Du hast doch nicht vergessen, wie es ist, mit mir zu schlafen, oder?« Zu ihrer Befriedigung sah sie einen Funken von Verlangen in seinen Augen aufblitzen.

»Ich bin sehr glücklich mit Leonora. Unsere Beziehung ist schon lange vorbei.«

»Aber du träumst immer noch von mir.«

Florien war hilflos angesichts ihres plötzlich veränderten Tonfalls. Sie hatte Recht, er träumte immer noch von ihr. Oft wachte er in den frühen Morgenstunden schweißgebadet und voller Abscheu vor sich selbst auf, weil er zuließ, dass diese entsetzliche Frau ihn so in Besitz nahm.

Florien schüttelte den Kopf und setzte sich wieder. Er griff nach seinem Werkzeug und machte sich wieder an die Arbeit. »Ich finde, du solltest gehen«, sagte er ruhig, ohne zu ihr aufzublicken. »Du bist nicht willkommen.«

»Ich komme wieder«, sagte sie mit einem Kichern und ging über die Wiese zurück in dem Wissen, dass er ihr nachsah und der Funke in seinen Augen heller brannte denn je.

Im März zogen Leonora und Florien in Tante Cicelys Haus ein, weil es im Wohnwagen für die werdende Mutter zu kalt und zu beengt war, und außerdem gab es kein Telefon für den Fall, dass mitten in der Nacht die Wehen einsetzten. In Tante Cicelys Haus war es nicht sehr viel wärmer, aber es bot doch zumindest mehr Platz, und dort konnten sie sich stets an einen gedeckten Tisch setzen. Cecil hatte das Paar mit einiger Mühe überreden können, eines von Tante Cicelys Arbeiterhäuschen zu mieten und dort zu wohnen, wenn das Baby auf der Welt war. »In einem Wohnwagen kann man kein Kind großziehen«, sagte er. Leonora war sehr enttäuscht, bis ihre Mutter ihr vorschlug, den Wohnwagen im Garten aufzustellen, damit das Kind darin spielen konnte. »Grace liebt das kleine Häuschen, das Cecil für sie gebaut hat, über alles«, fügte sie hinzu.

»Ich glaube, die Wehen haben eingesetzt«, sagte Leonora zu Florien. Es war sechs Uhr abends, und sie ließ sich ein heißes Bad einlaufen. Sie legte die Hand auf ihren bloßen Leib und lächelte Florien an. »Ich hatte schon den ganzen Tag über gelinde Schmerzen, doch jetzt kommen sie ziemlich regelmäßig. Alle vier bis fünf Minuten. Ich habe auf die Uhr gesehen.«

»Soll ich die Hebamme rufen?«, fragte Florien, von der Angst getrieben, das Kind könnte gleich kommen und er brächte nicht den Mut auf, es auf die Welt zu holen.

»Sag ihr, die Wehen hätten begonnen. Aber es wird noch Stunden dauern«, erwiderte sie ruhig. »Das erste Kind lässt sich immer viel Zeit, habe ich mir sagen lassen.«

»Darfst du jetzt noch baden?«

»Aber sicher.« Leonora lächelte ihn liebevoll an und streichelte sein besorgtes Gesicht. »Mir geht's gut. Ich bin nur aufgeregt. Unser Kind kündigt sich an.«

»Hoffentlich kommt er nicht, bevor die Hebamme eintrifft!«

»Nein«, sagte sie und strich über ihren Leib. »Es wird noch eine Weile dauern.«

»Ich sage Tante Cicely Bescheid und rufe auch deine Mutter an.«

Leonora stieg in die Badewanne, und das warme Wasser linderte den Wehenschmerz ein wenig. Als Audrey kam, erfolgten die Wehen bereits im Abstand von drei Minuten. Leonora hatte gelernt, die Schmerzen wegzuatmen, lag keuchend auf dem Bett und umklammerte die Hand ihrer Mutter, während Florien nervös im Zimmer auf und ab ging, bis die Hebamme eintraf.

Mary war eine sanfte, etwas schwammige Irin mit offenem Gesicht und ermutigendem Lächeln. »Kein Grund zur Sorge, ich bin ja da, und alles wird gut«, sagte sie milde. Als die Fruchtblase schließlich platzte, verließen Tante Cicely und Audrey auf Leonoras Bitte hin das Zimmer. Sie tätschelten ihr die Hand und wünschten ihr Glück, und beide sahen genauso verängstigt aus wie Leonora selbst.

Florien wollte sich auch zurückziehen, doch Leonoras angstvolle Stimme rief ihn zurück. »Lass mich nicht allein, Florien. Wir stehen das gemeinsam durch.« Also blieb Florien. Zuerst fühlte er sich hilflos. Die Wehen wurden stärker, und jedes Mal, wenn er sah, wie die schmerzhaften Kontraktionen den Körper seiner Frau packten, hielt er sie fest, verzweifelt bemüht, ihr Leiden zu lindern, obwohl ihm klar war, dass er nichts tun konnte, außer ihr moralische Unterstützung zu geben. Doch im weiteren Verlauf der Wehen fühlte er sich bald gebraucht, denn Leonora umschlang seine Hüften und schrie ihren Schmerz in sein Hemd hinein. Er legte die Arme um ihren Kopf, streichelte ihr Haar und empfand eine nie geahnte Intensität der Liebe und Verzweiflung. »Du bist so tapfer«, sagte er und küsste sie auf die Schläfe. »Du bist so tapfer.«

Die Stunden vergingen wie im Flug, während Wehe auf Wehe folgte, bis Leonora kaum noch Luft holen konnte, weil die Wehen letztlich ohne Pause ineinander übergingen.

Wenn die Eröffnungswehen schon furchtbar waren, waren Leonora wie auch Florien doch in keiner Weise auf die halbe Stunde der Presswehen vorbereitet, denn so eifrig das Kind auch auf die Welt drängte, ließ es sich doch reichlich Zeit. Leonora presste und betete und schrie vor Verzweiflung, während Florien weinte und sich voller Panik den Tod von Mutter und Kind ausmalte. Als der kleine Junge endlich ans Licht der Welt kam, rot und blau und zitternd, weinten beide erneut, überwältigt von Ehrfurcht und Achtung vor dem Wunder des Lebens.

Mary hüllte den Kleinen in ein Handtuch und legte ihn seiner Mutter in die Arme. Florien zitterte immer noch unter dem Eindruck der wohl schlimmsten Stunden seines Lebens. Er setzte sich auf die Bettkante und überließ einen Finger dem festen Griff seines Sohnes. »Sieh nur, Liebste, er hält mich fest.« Leonora errötete vor Staunen und Freude, denn bisher hatte Florien sie stets nur bei ihrem Vornamen genannt.

»Du hast ›Liebste‹ zu mir gesagt«, sagte sie und schmiegte den Kopf an ihn.

Er vergrub sein Gesicht in ihrem Haar und küsste sie dann. »Du bist ja auch meine Liebste«, erwiderte er mit rauer Stimme. »Ich habe dich nie so sehr geliebt wie jetzt. Und meine Bewunderung ist noch viel größer. Du warst so stark und tapfer. Du hast meinen Sohn auf die Welt gebracht, und wir werden ihn lieben und versorgen und ihm das Beste geben, was wir zu bieten haben. Ich glaube, ich bin ein anderer Mensch geworden.«

»Ich auch«, flüsterte sie und neigte sich herab, um das feuchte Gesicht des Babys zu küssen. »Nichts wird mir je so wichtig sein wie mein Kind.«

»Wie wollen wir ihn nennen?«

»Wie möchtest du ihn denn nennen?«

»Panazel, nach meinem Vater.«

Leonora lächelte. »Kleiner Panazel.« Sie seufzte und küsste das Kind erneut. »Du wirst mit dem Namen deines Großvaters gesegnet. Du bist ein ganz besonderer kleiner Junge.«

Als Alicia sich das nächste Mal von ihren zahlreichen gesellschaftlichen Verpflichtungen losriss, um nach Dorset zu fahren, hatten Leonora und Florien sich bereits in ihrem neuen Häuschen eingerichtet. Der kleine Panazel schlief in einem nach Puder und Lavendel duftenden Zimmer in seinem Moseskörbchen, und Leonora huschte geschäftig im Haus umher, um es zu einem warmen Nest umzugestalten. Florien nahm Alicia an der Haustür, die er gerade weiß anstrich, in Empfang. Zu ihrem Missvergnügen lächelte der Schwager sie an wie eine entfernte Bekannte. Der Funke der Begierde war erloschen, um nie wieder aufzuglühen, und Alicia begriff, dass es Leonora irgendwie gelungen war, sein rebellisches Herz zu erobern. »Geh nur hinauf und schau ihn dir an«, sagte er lächelnd. »Er ist das süßeste Geschöpf auf Gottes weiter Welt.«

»Wie ich höre, nennt ihr ihn Panazel«, bemerkte Alicia.

»Nach meinem Vater und meinem Großvater. Wenn er auch nicht in einem Wohnwagen lebt, fließt doch Zigeunerblut in seinen Adern.«

Leonora freute sich, ihre Schwester zu sehen, nahm sie herzlich in die Arme und drückte sie fest an sich. »Wo warst du nur so lange?«, rief sie. »Komm mit, du musst dir Panazel anschauen.«

Alicia folgte ihrer Schwester die Treppe hinauf und stellte sogleich fest, dass ihre Figur noch sehr zu wünschen übrig ließ. Sie sah immer noch schwanger aus. Das verlieh Alicia ein gewisses Gefühl der Befriedigung, doch es hielt nicht lange vor. In dem Augenblick, als sie ihren Neffen sah, glaubte sie, eine Hand würde sich um ihr Herz krallen. Sie hockte sich nieder und spähte in das Körbchen. Panazel schlief in der Glückseligkeit eines innig geliebten Kindes und war schöner als jedes andere Kind, das sie je gesehen hatte. Seine Haut war hell und durchscheinend und wies einen feinen Schimmer auf. Zwar waren seinen Augen geschlossen, doch Alicia sah die dichten braunen, lang geschwungenen Wimpern und die vollen rosa Lippen, auf die gelegentlich ein zitterndes unbewusstes Lächeln trat.

»Er ist hinreißend«, sagte sie leise. »Du kannst dich so glücklich schätzen.« Zum ersten Mal in ihrem Leben wurde ihr bewusst, dass Leonora alles besaß, was sie, Alicia, sich wünschte. Mercedes hatte Recht gehabt, und über die Jahrzehnte hinweg hallten ihre Worte in Alicias Ohren wider, um sie an ihre Irrwege zu erinnern. »Leonora wird ihr Glück machen, denn ihr Gesicht kann niemanden trügen.« Alicias Gesicht hatte viele Menschen getrogen, am meisten aber sie selbst.

Zweiunddreissig

Die folgenden acht Jahre waren für Leonora eine helle Freude, für Alicia ein vager Nebel und für Grace, die von allem, was ihre kleine Welt zu bieten hatte, bezaubert und begeistert war, ein unaufhörliches Abenteuer. Als sie verkündete, dass sie einen Studienplatz am Trinity College in Dublin erhalten hatte, war niemand so überrascht wie ihre Mutter, die immer geglaubt hatte, sie interessiere sich mehr für Elfen als für die Wissenschaft. »Philosophie hat eine ganze Menge mit Märchen zu tun«, erklärte Grace und lächelte belustigt über ihre Mutter.

»Aber es ist so weit fort«, klagte Audrey.

»Nur ein kurzer Flug, Mummy. Ich kann sogar zu den Wochenenden nach Hause fliegen.«

Doch Audreys Sorge galt nicht nur der Entfernung. Louis lebte in Dublin.

»Trinity College in Dublin«, schwärmte Tante Cicely, inzwischen Mrs. Anthony Fitzherbert, nachdem sie den benachbarten Landbesitzer geheiratet hatte, der im Jahr nach der Abreise der Zigeuner ihre Farm gekauft hatte. Anthony, ein leutseliger, weichherziger Mann, stets in Tweed und Kaschmir gekleidet, hatte ihr ihre Jugend zurückgegeben, ihren Glauben an die Liebe und ihre heiß geliebte Farm. Sie lächelte jetzt abgeklärt wie eine Frau, die durch das Feuer der Liebe gegangen und mit versengtem, aber noch schlagendem Herzen daraus hervorgetreten war, dankbar für die Zuneigung eines weniger leidenschaftlichen, dafür aber treueren Mannes. »Wie herrlich. Dublin ist eine wunderschöne Stadt. Sie wird dir gefallen.« Sie hörte auf, einen ihrer Hunde zu bürsten, um die Haare aus den Borsten zu zupfen, die sie dann ins Gras warf. »Prima Nistmaterial für die Vögel. Schade, dass die Nestbau-Zeit gerade vorüber ist. Jetzt fliegen sie nur herum.«

»Warst du schon mal in Dublin?«, fragte Grace und streckte sich auf dem Rasen in der Sonne aus.

»Ja, zwei Mal schon. Um deinen Onkel Louis zu besuchen.«

»Onkel Louis?«

»Du weißt schon, dieser etwas seltsame Onkel, über den nicht gesprochen wird.«

»Der Leonora Klavierunterricht gegeben hat?«

»Ja, der. Der Verrückte.«

»Was macht er in Dublin?«

Grace wusste zwar, dass ihr Vater einen Bruder hatte, doch sein Name wurde kaum erwähnt, und nirgendwo standen Fotos von ihm, abgesehen von dem Schwarzweißdruck auf Tante Cicelys Klavier.

»Er war jahrelang Musikdirektor. Jetzt ist er im Ruhestand. Lebt im College. Ehrenhalber und so.«

»Was treibt er den ganzen Tag?«

»Schreit vermutlich die Leute an.« Tante Cicely lachte in Gedanken an seine Unhöflichkeit und fing wieder an, den Hund zu bürsten. »Er ist ein zänkischer Alter. Aber wenn er dich interessiert, kannst du ihn ja mal besuchen. Dann fällt er hintenüber vor Staunen.«

»Warum besucht ihn sonst niemand? Schließlich gehört er zur Familie.«

Cicely lehnte sich zurück, blickte ins Leere und suchte nach den richtigen Worten. »Er hat sich mit deinem Vater überworfen. Vor vielen Jahren. Schon vor deiner Geburt. Ich weiß nicht, worum es dabei ging. Eine Zeit lang hat er bei deinen Eltern in Argentinien gewohnt. Er liebte die Schwester deiner Mutter, Isla, die tragischerweise so jung an Meningitis gestorben ist. Ich glaube, das hat deine Mutter nie verwunden. Wenn ich's mir recht überlege, Louis wohl auch nicht.«

»Ist er älter als du und Daddy?«
»Nein, acht Jahre jünger als dein Vater. Cecil ist jetzt fünfundsechzig, dann dürfte Louis etwa siebenundfünfzig sein. Doch er wirkt bedeutend älter. Er hatte ein ziemlich unglückliches Leben. Er ist anders als andere Menschen. Aber vielleicht kannst du ihn sanfter stimmen. Das würde ihm gut tun.«
»Hat er nie geheiratet?«
»Ich habe nie geglaubt, dass es möglich wäre, sein Leben lang nur einen Menschen zu lieben. Diese Art von Romantik liegt mir nicht. Aber ...« Sie seufzte tief und ein bisschen versonnen. »Louis hat sein Leben lang nur *eine* Frau geliebt. Er ist nie über sie hinweggekommen. Und er hat nie eine andere angesehen.«
»Das ist ja furchtbar traurig. Jeder Mensch hat es verdient, zu lieben und geliebt zu werden. Sonst würde die Welt sich nicht mehr drehen.«
Tante Cicely lachte. Sie hatte Grace nie so recht verstanden. »Besuch ihn und muntere ihn auf. Ihr beide werdet euch prima verstehen, denn ihr lebt ja beide irgendwo da oben in einem Wolkenkuckucksheim. Seltsam, dass ihr euch noch nicht kennt.«
»Mummy will nicht, dass ich nach Dublin gehe.«
»Das liegt daran, dass deine Schwestern seinerzeit nach England zur Schule geschickt wurden. Deine Mutter hat schrecklich daran gelitten, aber dein Vater war der Meinung, ihnen die beste Erziehung geben zu müssen, die man mit Geld bezahlen kann. Und er hatte Recht. Wäre Leonora nicht nach England gekommen, hätte sie Florien nicht kennen gelernt, und du weißt ja selbst, wie glücklich die beiden sind. Dieser kleine Panazel ist traumhaft. Zum Fressen süß. So ein hinreißender kleiner Bursche. Und frech. Ich liebe ihn wahnsinnig. Sein Bruder und seine Schwester sind auch süß, aber ich hatte von Anfang an eine Schwäche für Panazel. Weißt du, er ist in meinem Haus zur Welt gekommen. Daher habe ich das Gefühl, ein Recht auf ihn zu haben.«

»Weißt du, Alicia wird nie im Leben glücklich sein.«
Tante Cicely hielt beim Bürsten inne. »Schätzchen, so etwas sollst du nicht sagen.«
»Keine Angst, Alicia oder Mummy gegenüber würde ich so was nie äußern. Den Fehler habe ich einmal mit meiner Cousine Nelly begangen, als ich noch klein war. Sie hat nie wieder ein Wort mit mir geredet. Aber ich weiß eben, dass Alicia nicht glücklich wird. Sie jagt nach dem Unmöglichen. Greift nach einer Wolke, die sie niemals festhalten kann. Nicht einmal Alicia kann eine Wolke halten.«
»Eines Tages wird sie ganz bestimmt sesshaft.«
»Oh, sie wird viele, viele Liebhaber haben. Aber keiner ist ihr gut genug. Immerzu wird sie unzufrieden sein. Allmählich sieht man es ihrem Gesicht schon an.«
Wieder einmal hatte Grace Recht. Alicias Wesen begann, sich in ihren Zügen zu zeigen wie ein Geschwür, sodass sie mit ihren ständig herabgezogenen Mundwinkeln mürrisch und verkniffen wirkte. Leonora dagegen wurde mit jedem Tag hübscher. Sie war nicht schlank oder mondän, sondern bodenständig und strahlend wie ein reifer Pfirsich. Sie erzog ihre drei Kinder mit Liebe und Begeisterung und unterrichtete sie über Gottes großen Garten, der ihr so am Herzen lag. Sie halfen ihr bei der Apfel- und Pflaumenernte, pflückten mit ihr zusammen Brombeeren und Schlehen, um sie in der Stadt auf dem Markt zu verkaufen, und im Sommer veranstalteten sie Picknicks am Feldrain, sodass ihr Vater vom Traktor springen und mit ihnen essen konnte, bevor er wieder davonstob, um den Mähdrescher zu entladen. Ihr Leben war schlicht, aber sie hatten alles, was sie brauchten, und das Wichtigste von allem besaßen sie im Überfluss: Liebe. Im Vergleich zu ihnen besaß Alicia nichts.

Audrey verging vor Sorge, sobald Grace ihrem Blickfeld entzogen war. »Sie ist nicht wie andere Kinder, Cecil, sie ist ein

Kind im Körper einer jungen Frau«, sagte sie am Abend nach Graces Abreise nach Dublin.
Cecil legte sein Buch neben sich aufs Bett und wandte sich seiner Frau zu. »Sie ist bedeutend tüchtiger, als du glaubst. Sie hat keineswegs nur Engel und Elfen im Kopf, glaub mir.«
»Ach, ich weiß doch, dass sie nicht völlig in den Wolken schwebt, aber sie ist so kindlich. Ich glaube nicht, dass sie schon bereit ist für die Realität.« Sie griff nach der Dose mit Handcreme auf ihrem Nachttisch.
»Sie muss einen Versuch unternehmen, wie soll sie es sonst wissen?«, erwiderte er, indem er seine Brille absetzte.
»Ich möchte sie so gern vor allem beschützen.« Sie lächelte wie um Entschuldigung bittend, um zu zeigen, dass sie sich ihrer Schwäche bewusst war.
»Du wolltest auch Alicia und Leonora vor allem beschützen. Grace ist unsere Jüngste, da ist es nur natürlich, dass du sie bei dir behalten möchtest.«
»Meinst du damit, ich will nicht zulassen, dass sie erwachsen wird?«
»Du hast das Heranwachsen der Zwillinge nicht miterleben können. Das war meine Schuld«, erwiderte er leise.
»Ach, Cecil. Ich mach dir wirklich keine Vorwürfe. Das alles ist doch Schnee von gestern.« Sie streichelte seine Hand. »Nein, aber Grace hat etwas so Ätherisches an sich. Ich habe das Gefühl, sie braucht mich mehr als die anderen beiden.«
»Weißt du, Audrey«, sagte er und schüttelte nachsichtig den Kopf. »Du und Grace, ihr habt ein ganz rührendes Verhältnis zueinander. Aber ehrlich gesagt: Sie ist stärker als Alicia und Leonora zusammengenommen.«
»Meinst du?«
»Ich weiß es. Schau sie doch an. Ihre Überzeugungen sind unerschütterlich. Sie weiß, dass eine andere Welt auf uns wartet, wenn wir sterben. Wenngleich ich selbst mir dessen nicht so sicher bin, ist es für jemanden meines Alters doch sehr tröstlich,

ihre Überzeugung zu sehen. Dadurch hat sie auch einen großen Vorteil anderen Menschen gegenüber. Sie braucht niemanden, weil sie so in sich selbst ruht. Das ist eine Gnade. Sie ist nicht verletzbar. Sie ist nicht zu erobern. Sie wird nie etwas gegen ihre Überzeugung tun, nur, um sich anzupassen, sie wird nie aus alberner Schwärmerei eine Dummheit begehen. Nein, ich glaube, Grace ist Gott irgendwie näher als wir anderen Menschen, und deswegen erscheint sie uns kindlich. Es ist, als wäre ihr bewusst, dass das Leben nur ein Zwischenstadium ist. Sie nimmt es nicht übermäßig ernst. Ich hätte nie gedacht, dass ich einmal so etwas über Grace sagen würde, aber früher hat sie mich an den Rand der Verzweiflung getrieben. Mit den Jahren habe ich gelernt, sie zu verstehen. Sie wird ihren Weg gehen. Daran glaube ich ganz fest.«

Audrey sah ihn mit sanftem Blick an, der ihre Bewunderung für ihn spiegelte. Es erstaunte sie immer wieder, dass er Grace tatsächlich liebte wie ein eigenes Kind. »Du hast mich wunderbar getröstet. Ich werde heute Nacht gut schlafen.«

»Und ich auch. Denn, meine Liebe, wenn du glücklich bist, bin ich es auch.«

Sie küsste seine faltige alte Wange und wusste, dass er es ernst meinte.

Doch in dieser Nacht träumte sie seit vielen Jahren zum ersten Mal wieder von Louis und erwachte mit den Tönen der Vergissmeinnicht-Sonate im Ohr.

Mit der Unbeschwertheit eines Menschen, der das Leben als herrliches Abenteuer betrachtet, lebte Grace sich im College ein. Mit kindlicher Neugier suchte sie in allen das Gute, entwaffnete ihre Kommilitonen und Dozenten mit ihrer Offenheit und dieser Einzigartigkeit, von ihrer Mutter als Jenseitigkeit bezeichnet, die sie von den anderen unterschied. Sie schwebte mit der gleichen Geistesabwesenheit, die sie schon von ihren früheren Klassenkameraden isoliert hatte, durch die Universität, und wenngleich sie recht beliebt war, schloss sie doch keine engeren Freundschaften. Sie schien niemanden zu brauchen.

Grace fühlte sich wohl am Trinity College. Sie besaß einen unstillbaren Wissensdurst und saugte alles Neue mit einer Begeisterung auf, als wäre sie ihr Leben lang jeglicher Bildungsmöglichkeit beraubt worden. Die Universität regte sie dermaßen an, dass sie des Nachts kaum Schlaf fand, nicht wegen ihrer Geisterfreunde, die sie oft mit ihren Spielen am Schlafen hinderten, sondern weil ihr all die Fragen im Kopf umherschwirrten, die sie noch stellen wollte. Sie konnte ihre Ungeduld kaum zügeln. Sie schloss sich der Don Juan Society an, die sich jeden Donnerstag abends in einem Pub traf und bei Bier und Pasteten über Gedichte diskutierte, sowie der Oliver Society, in der sie ihr naturgegebenes Schauspieltalent entdeckte. Das wunderte ihre Eltern nicht, hatte sie doch ihr Leben lang Theater gespielt. Doch ihre ganz besondere Gabe brachte ihr größere Berühmtheit ein als ihr Bühnentalent. Nachdem sie ein paar Studenten mit der Genauigkeit ihrer Vorhersagen in Erstaunen versetzt hatte, wurde sie, wo sie ging und stand, belagert von Leuten, die ihr Uhren und Armbänder in die Hand drückten, bis sie sich schließlich gezwungen sah, ihre Deutungen auf zwei pro Tag zu beschränken. Auf Grund der bitteren Lektion, die ihre Cousine Nelly ihr erteilt hatte, weigerte sie sich, in die Zukunft zu blicken.

Nach ein paar Wochen in Dublin fasste Grace den Entschluss, ihren eigenbrötlerischen Onkel Louis zu besuchen. Er war nicht schwer zu finden. Offenbar kannte ihn jeder. »Du bist seine Nichte?«, fragte man und lachte verwundert, wenn sie nach ihm fragte. »Er ist total verrückt. Außer, wenn er Klavier spielt, dann ist er göttlich.« Solche Bemerkungen verstärkten noch ihre Neugier.

Sie ließ sich den Weg zu seiner Wohnung in einem wunderschönen alten Hinterhof weisen, der sich wohl seit hundert Jahren nicht verändert hatte. Die kleine Eingangstür war in eine verwitterte Ziegelmauer eingelassen und umgeben von Unmengen

spät blühender Rosen, die hier besser zu gedeihen pflegten als irgendwo sonst.
Grace hielt den Atem an und klopfte. Keine Antwort. Sie wartete, steckte die Nase in eine Rosenblüte und schnupperte. Sie duftete ungewöhnlich süß. Schließlich hörte sie schlurfende Schritte, und dann wurde der Riegel zurückgeschoben. Sie hatte mit einem Monster gerechnet, doch vor ihr stand nun ein alter Mann mit langem grauen Haar, das ihm wirr bis auf die Schulter fiel, und den sanftesten blauen Augen. Er sah überhaupt nicht verrückt aus.
»Was kann ich für Sie tun?«, fragte er mit tiefer, rauer Stimme. Er musterte sie fragend, als hätte er sie schon einmal gesehen und wüsste nicht, wo.
»Ich bin deine Nichte, Grace Forrester«, sagte sie selbstbewusst. »Audreys und Cecils Tochter.«
Er starrte sie an, als wäre sie ein Geist, und seine bleichen Wangen nahmen eine krankhafte rote Färbung an.
»Ja, Cicely sagte mir, sie hätten noch eine Tochter bekommen«, murmelte er, schüttelte verwundert den Kopf und rieb sich das Kinn. »Dann komm mal rein.« Während er sie eine enge Treppe hinaufführte, drehte er sich ständig zu ihr um und sah sie an. »Du bist deiner Mutter wie aus dem Gesicht geschnitten«, bemerkte er versonnen, als sie im Wohnzimmer im ersten Stock angelangt waren. Es war klein und dunkel, und alles war von einer feinen Staubschicht überlagert. Louis wirkte nervös, denn er knetete die langen Finger auf seinen Knien, und seine Mundwinkel zuckten.
»Tatsächlich?«, erwiderte Grace, die seinen plötzlich so traurigen Blick bemerkt hatte. »Das verstehe ich als Kompliment.«
»Es ist auch als Kompliment gemeint. Das größte Kompliment, das ein Mann machen kann. Ich bewundere deine Mutter. Mehr, als du dir vorstellen kannst.«
Grace entfernte ein paar lose Manuskriptseiten vom Sofa und setzte sich.

»Entschuldige die Unordnung. Ich bekomme heutzutage nicht mehr oft Besuch.«

»Warum nicht? Ich habe mir sagen lassen, du könntest ganz hinreißend Klavier spielen. Du solltest andere an deinem Talent teilhaben lassen.«

»Spielst du Klavier?«

»Ja«, antwortete sie fröhlich. Jeden anderen hätte sein eindringlicher Blick beunruhigt, doch Grace fürchtete sich vor nichts und niemandem. Sie fand ihn anziehend, denn sie spürte eine tiefe Unrast in seiner Seele und wusste instinktiv, dass sie ihm irgendwie helfen konnte.

»Und wie geht es deiner Mutter?«, fragte er und setzte sich auf einen Stuhl, der nur noch drei Beine hatte. Das fehlende wurde durch einen Stapel Bücher ersetzt.

»Ihr geht es gut. Allerdings ist sie nicht sehr glücklich darüber, dass ich in Dublin studiere.« Sie lachte leise, so unschuldig und hinreißend, dass Louis unwillkürlich lächelte. Er konnte sich nicht erinnern, wann er das letzte Mal gelacht hatte. Sein Gesicht war zu einer Grimasse erstarrt, an die er sich so gewöhnt hatte, dass er Angst hatte, sie abzulegen. Doch Grace entwaffnete ihn. Wenn er lächelte, veränderte sein Gesicht sich völlig, so, als hätte er das Licht eingeschaltet und das düstere kleine Zimmer in ein Konservatorium verwandelt. Und es tat gut. Sein Lächeln überrumpelte Grace, und eine so begabte Hellseherin wie sie wurde nur höchst selten überrumpelt.

»Spielt sie noch Klavier?«

»Nie.«

»Früher hat sie gespielt, weißt du?«

»Ja. Aber Leonora spielt Klavier und erinnerte sich daran, wie du ihr in Buenos Aires Unterricht gegeben hast. Sie hat einen Zigeuner namens Florien geheiratet, und sie haben drei Kinder.«

Er schüttelte den grauen Kopf und rieb sich das stoppelige Kinn. Grace fiel auf, dass die Spitzen seiner Wimpern weiß waren, wie von frühem Raureif überrascht.

»Wie die Zeit vergeht. Erst im Zusammenhang mit Kindern wird einem bewusst, wie die Jahre verfliegen. Ohne sie würde ich glauben, die Monate welkten einfach langsam dahin. Aber nein, ich bin alt, und die Jahre haben mich hinter sich gelassen.«

»Du liebe Zeit, Onkel Louis, du bist doch nicht alt. Du siehst nur alt aus, weil du unglücklich bist.«

Wieder lächelte Louis. »Deine Unverblümtheit hast du aber bestimmt nicht von deinem Vater geerbt.«

»Ich sage, was ich denke. Es ist sinnlos, die Wahrheit zu verschweigen, sofern die Liebe einen motiviert, die Wahrheit auszusprechen.«

Er runzelte die Stirn. Ihre Einzigartigkeit war unwiderstehlich. Grace blickte sich im Zimmer um und entdeckte das Klavier, halb verborgen unter unordentlichen Manuskriptstapeln.

»Bist du gern Musikdirektor gewesen?«, fragte sie.

»Ich unterrichte gern Musik«, antwortete er mit einem Seufzer. »Die Musik ist meine größte Freude. Allerdings gehen mir die Regeln und Bestimmungen eines Instituts wie diesem auf die Nerven und schränken mich in meiner Freiheit ein. Aber der Beruf hat mir bis heute ein Auskommen und ein Dach über dem Kopf gegeben.«

»Du warst nie verheiratet?«

»Du stellst viele Fragen.«

»Ich bin neugierig, Onkel Louis. Du warst ein schöner Mann, als du jung warst. Ich habe auf Tante Cicelys Klavier ein Foto von dir gesehen.«

»Sie kann überhaupt nicht spielen.«

»Nun ja, ehrlich gesagt, ich habe sie nie spielen gehört.«

»Weil sie es nicht kann, die alte Eule.«

»Die Schimpfwörter, die sie für dich findet, sind viel schlimmer«, sagte sie lachend.

»Darauf möchte ich wetten. Hat Marcel sie inzwischen verlassen?«

»Mein Gott, du bist ja gar nicht mehr auf dem Laufenden!«,

wunderte sie sich. »Marcel hat sie verlassen, was nicht allzu schlimm war, denn sie hat dann ihren Nachbarn geheiratet. Anthony Fitzherbert. Du würdest ihn mögen.«
»Warum sollte ich ihn mögen? Und du kennst mich doch gar nicht.« Seine Miene wirkte jetzt wieder gereizt, als wollte er sie herausfordern.
Doch Grace lächelte nachsichtig. »Ich weiß. Aber mir kommt es so vor, als würde ich dich kennen.«
Louis sah sie mit offenem Mund an.
Grace sah ihm fest und voller Mitgefühl und Verständnis in die Augen, und der Blick glich dem ihrer Mutter aufs Haar.
»Also, was kannst du spielen?«, fragte Louis, stand steifbeinig auf und schlurfte zum Klavier.
»Was immer du willst. Aber ich finde es langweilig, nach Noten zu spielen. Ich improvisiere lieber.«
»Ach ja?«, sagte er gedehnt. »Zeig's mir.«
Grace setzte sich ans Klavier und hob den Deckel. Louis reichte ihr ein handgeschriebenes Notenheft. Sie legte es auf den Notenständer und begann zu spielen.
Zuerst legte sie nur wenig Gefühl in die Melodie, folgte nur mechanisch den Noten. Dann schloss sie plötzlich die Augen und ließ ihre Finger einen anderen Lauf nehmen, wenn auch im Stil des Originals.
Louis war verblüfft. Er kannte niemanden, der so spielte – nur er selbst konnte so spielen.
Als sie zum Ende kam, waren seine Augen feucht von Tränen. »Ich bin ein alter Mann, und du hast mir eine große Freude bereitet«, sagte er rau. Doch dann sah er sie wieder mit dieser merkwürdigen Eindringlichkeit an und fragte sehr leise: »Wie alt bist du, Grace?«
»Achtzehn«, antwortete sie.
»In welchem Monat bist du geboren?«
»Im Oktober.«
»Im Oktober«, wiederholte er gedehnt und nickte. »Im Okto-

ber also.« Die Wahrheit traf ihn wie ein Schlag vor den Kopf, und er musste sich setzen.
»Fehlt dir was, Onkel Louis?«, fragte sie.
»Spiel noch was. Irgendwas. Du spielst so schön, es bricht mir das alte Herz«, sagte er mürrisch mit erstickter Stimme und wedelte mit seinen langen Fingern. »Spiel einfach.«
Also spielte sie. Sie spürte seinen Schmerz und ließ zu, dass das Mitgefühl ihre Finger führte, sodass die Musik die Schwere in seiner Seele spiegelte und ihn befähigte, sie nach und nach loszulassen. Es war erst der Anfang eines Heilungsprozesses, der Monate dauern würde, doch Grace hatte großes Talent, und als sie sein Haus verließ, fühlte er sich auf seltsame Weise leichter. »Deine Rosen sind wunderschön«, sagte sie beim Abschied. Dann schlug sie ihr inneres Auge auf und sah das Gewimmel von Geistwesen, die in den Sträuchern tanzten. Sie lachte. »Sie mögen deine Musik«, bemerkte sie noch. »Kein Wunder, dass die Rosen hier besser gedeihen als irgendwo anders.«
»Wer mag meine Musik?«, fragte er.
»Na, die Geister«, antwortete sie, als müsste jeder sie sehen können.
Er schüttelte den Kopf und sah ihr nach, als sie beschwingten Schritts davonging. Es lag schmerzhaft auf der Hand: Sie war keineswegs Cecils Tochter.

Louis ging zurück ins Haus. In seinem kleinen Wohnzimmer hing noch ein Hauch vor ihrem Duft, dem süßen Duft von Jugend und Optimismus, gemischt mit einer Spur Zitrone. Er setzte sich ans Klavier, legte die Finger auf die Tasten, holte tief Luft und setzte wieder die gewohnte griesgrämige Grimasse auf. Langsam, wie um sein geduldiges Leiden zu reflektieren, spielte er die Melodie, die er für Audrey komponiert hatte. Er schloss die Augen, und der Raureif an den Spitzen seiner Wimpern glitzerte vor Kummer. Immer wieder spielte er das Stück. Er wollte nie vergessen oder die Hoffnung aufgeben müssen. Kein

Wunder, dass Audrey die Jahre ohne ihn hatte überleben können: Grace war ein Teil von ihm, den er bei ihr zurückgelassen hatte.

In der Nacht hatte er einen Traum. Er konnte sich nicht erinnern, wann er das letzte Mal geträumt hatte. Schon vor Jahren hatte er den Willen dazu verloren. Doch in dieser Nacht träumte er von Grace. Er saß auf einer Wiese voller Butterblumen. Die milde Abendsonne badete ihn in warmem, goldenem Licht, und er war erfüllt von Frieden. Und Grace war bei ihm, ihr Lachen wie das Sprudeln eines nahen Baches, das ihn innerlich so leicht machte, dass er über dem Gras schwebte. Halb wollte er am Boden bleiben, halb sehnte er sich danach zu fliegen. Und Grace lachte und lachte, und er wurde leichter und leichter …

Am Morgen erwachte er, nicht mit der üblichen Schwermut im Herzen, durch die das Aufstehen für ihn zur schwersten Aufgabe des ganzen Tages wurde, sondern mit einer Begeisterung, die ihm zusammen mit seinen Träumen und seinem Lächeln irgendwann im Lauf der Jahre verloren gegangen war. Er hoffte, dass Grace ihren Besuch wiederholen würde. Er hoffte es inbrünstig. Er badete und rasierte sich und rieb sich aus einer uralten Flasche, klebrig von Staub und Vernachlässigung, Aftershave ins Gesicht. Es war nicht leicht, ein sauberes Hemd zu finden, doch ganz unten in der Schublade stöberte er eines auf, das ein bisschen zu klein war, aber frisch gewaschen und gebügelt von der Wirtschafterin, die einmal wöchentlich zu ihm kam. Dann trat er hinaus in den frühen Morgensonnenschein, um im Laden an der Ecke die Zeitung und Milch zu kaufen.

Als er zurückkam, saß Grace in verwaschenen Jeans und einer leuchtend gelben Bluse auf seiner Türschwelle. Neben ihr stand ein Korb voller Lebensmittel. »Guten Morgen, Onkel Louis«, begrüßte sie ihn fröhlich. »Ich lade dich zu einem Picknick ein. Es ist ein herrlicher Tag, und ich habe Brot und Pastete, eine Flasche Wein und ein paar Tomaten gekauft.«

Louis war so verblüfft, dass ihm die Worte fehlten.

Grace wartete eine Antwort gar nicht erst ab. Sie stand auf und folgte ihm durch die Haustür. »Heute habe ich vorlesungsfrei, aber trotzdem möchte ich so vieles fragen. Da dachte ich, du könntest mir vielleicht helfen.«

»Was studierst du denn?«, wollte er wissen.

»Philosophie«, antwortete sie.

»Ach, in der Philosophie gibt es keine befriedigenden Antworten, nur Fragen.«

»Aber ist es nicht aufregend zu entdecken, wie viele Fragen sich stellen? Wir könnten bis in alle Ewigkeit Fragen stellen. Wollen wir uns irgendwo auf einer Wiese niederlassen? Es wird schön warm heute. Altweibersommer. Wir sollten die schönen Tage nutzen, bevor der Herbst kommt. Übrigens, ich mag dein Aftershave.«

Louis fand Grace erfrischend unberechenbar. Ein kleines Lächeln zuckte um seine Mundwinkel, als sie in seinem alten Morris Minor aufs Land hinausfuhren, wo die Straßen schmal und kurvenreich waren und die grünen Wiesen üppig und einladend, gesäumt von grauen Natursteinmauern, die Jahrhunderten von Wind und Regen widerstanden hatten. Grace unterhielt ihn mit ihren Geschichten aus Argentinien und erinnerte ihn an Tante Hildas Hässlichkeit und die Heiratswut ihrer Tochter Nelly, bis er laut lachen musste. »Vermisst du Argentinien?«, fragte er und wischte sich die Augen.

»Bei der Abreise dachte ich, ich würde Heimweh bekommen. Aber jetzt gehöre ich hierher. Eines Tages möchte ich zurück nach Argentinien. Natürlich wird dann alles ganz anders sein. Großmutter ist vor einigen Jahren gestorben, und dann auch Großtante Edna. Großtante Hilda lebt noch irgendwo, sie ist so alt, dass sie wahrscheinlich zu Stein geworden ist. Das Wesen eines Menschen zeigt sich irgendwann in seinen Gesichtszügen, es führt kein Weg drum herum, deshalb ist sie inzwischen bestimmt versteinert. Aber ich möchte gern noch einmal nach Argentinien, der Erinnerungen wegen.«

Sie fanden ein kleines Wäldchen, an dessen Saum ein Bach floss, und ließen sich auf einer alten Decke nieder, die Louis in einer Truhe im Flur seines Hauses gefunden hatte. Die Sonne schien durch das Laub und malte Muster aufs Gras, die sich bewegten wie durch ein Kaleidoskop betrachtet. Grace schlüpfte aus ihren Schuhen und streckte die Beine aus. »Siehst du all die Waldgeister?«, fragte sie und lachte in kindlichem Entzücken. »Was für ein schönes Plätzchen. Gut, dass wir es gefunden haben.«

»Wer uns so sieht, muss uns für verrückt halten«, bemerkte Louis und lachte leise. »Mich hat man mein Leben lang für verrückt gehalten.«

»Tatsächlich?«

»Ja. Heutzutage bringt man offenbar viel mehr Toleranz für Außenseiter auf. Zu meiner Zeit musste man sein wie alle anderen auch. Es gab sehr starre Regeln.«

»Ich bin von Geburt an anders. Keines von den anderen Kindern hatte Geisterfreunde wie ich. Das heißt, natürlich hatten sie alle welche, wir alle haben Beschützer, aber sie konnten sie nicht sehen. Die Menschen haben Angst davor, an Dinge zu glauben, die sie nicht sehen können.«

»Und das ist äußerst dumm, wenn man bedenkt, dass wir umgeben sind von unsichtbaren, wissenschaftlich nachgewiesenen Dingen, wie Radiowellen zum Beispiel.«

»Hast du dich je gefragt, woher die Welt stammt? Warum du *du* bist? Wenn du nicht du wärst, wer würdest du sein? Was würdest du sein? Würdest du überhaupt sein?«

Als ihr Onkel sie wieder stirnrunzelnd ansah, diesmal vor Belustigung, fuhr sie mit vor Aufregung großen Augen hastig fort: »Die meisten Menschen sind viel zu sehr in der realen Welt gefangen, um sich diese Fragen zu stellen. Sie nehmen Regen und Sonnenschein als Selbstverständlichkeit hin, ohne sich über das *Woher* zu wundern. Warum haben wir, obwohl die Wissenschaft doch all diese klugen Maschinen entwickelt hat, die uns mehr Freizeit verschaffen, wie Geschirrspüler und Waschmaschine, immer weniger Zeit? Gönnst du dir jemals einen Moment, um nur im Gras zu liegen, in den Himmel zu schauen und über die Ewigkeit nachzudenken? Na?«

Louis schmunzelte. »Du hast wirklich viele Fragen.«

»Aber ich habe keine Zeit, sie zu beantworten«, erwiderte sie frustriert.

»Nun«, er seufzte nachsichtig, »fangen wir mit der ersten Frage an. Wie lautete sie gleich?«

»Hast du dich je gefragt, woher die Welt stammt?«

»Oh, das ist schwierig. Öffne mal den Wein, sei so lieb. Der ölt die Rädchen in meinem Verstand, damit sie sich wieder drehen, nachdem sie schon so lange eingerostet sind.«

Louis und Grace lagen auf dem Rücken und blickten hinauf zu den Blättern, die wie Mobiles im Wind tanzten. Sie hinterfragten ihre Existenz mit dem Eifer antiker Philosophen und dem Humor von Studenten, die sich zum ersten Mal auf eine Reise in den Existenzialismus begeben. Der Wein löste ihnen die Zungen und ölte die Kehlen, und sie lachten, bis sie vor Glückseligkeit Bauchweh bekamen. Als die abendlichen Schatten länger wurden, blickte Louis auf seine Uhr und stellte fest, dass es schon Zeit fürs Abendbrot war.

»Ich hätte zwei Körbe mitnehmen sollen, einen fürs Mittagessen und einen fürs Abendbrot, und dann hätten wir uns ein Zelt bauen und die ganze Nacht weiterreden können«, sagte Grace, während sie die Picknickreste einpackte.

Louis lud den Korb in den Kofferraum seines Wagens und wollte gerade einsteigen, als sie ihm ein Sträußchen Butterblumen reichte. »Das hier sind glücklich machende Blumen«, sagte Grace lächelnd. »Stell sie auf dein Klavier. Sie sollen dich ermahnen, nur Melodien des Glücks zu spielen.«

Er nahm den Strauß entgegen und dachte an seinen Traum und an ihr Lachen, das ihn mit Leichtigkeit erfüllt hatte. Seit langer Zeit hatte er sich nicht mehr so erfüllt gefühlt.

Dreiunddreissig

Als die kalten Herbstwinde durch die kürzer werdenden Tage pfiffen und der Altweibersommer sich mit ihren Picknicks in Morgennebel und Frost auflöste, gewann Graces Beziehung zu ihrem Onkel an Tiefe und Kraft. Von Natur aus neigte sie nicht dazu, sich an Menschen zu binden, doch in Louis erkannte sie einen Seelenverwandten, jemanden, der sie verstand, der die Welt mit den gleichen Augen betrachtete wie sie. Sie lagen unter dem Sternenhimmel und hinterfragten die Ewigkeit, sie besuchten Konzerte und weinten an denselben Stellen, sie saßen nebeneinander auf dem Klavierschemel und spielten instinktiv die gleiche Musik, komponierten aus dem Stegreif die Melodien, lachten, wenn Disharmonien auftraten, was nicht oft geschah, und lächelten, wenn ihre Töne so perfekt verschmolzen, als wäre ihre Musik von den Engeln im Himmel komponiert worden. Grace kochte für ihn, zwar nicht gut, aber es störte ihn nicht, weil er ihre Gesellschaft genoss. Seine Grimasse verschliss sich angesichts von so viel Frohsinn, und die Spontaneität, die einst das Herz einer rebellischen jungen Frau bezaubert hatte, kehrte zurück, um deren Tochter in ihren Bann zu ziehen.

Dann hörte sie ihn eines Tages ein Musikstück spielen, das sie noch nie vernommen hatte. Sie lag vor dem Kaminfeuer auf dem Sofa und arbeitete an einem Essay, während Louis träge auf dem Klavier klimperte. Es war früh im Dezember, und der Regen ging allmählich in Hagel über, der mit eisigen Fingern an die Fensterscheiben klopfte. Den Vormittag hatten sie mit der Besprechung des Themas und der Entwicklung einer überzeugenden Argumentation verbracht, sodass Grace jetzt nur noch einmal alles durchlesen und vertiefen musste. Sie las gern, während Louis Klavier spielte, und oftmals setzte sie sich wortlos zu ihm, um eine Pause einzulegen. Plötzlich jedoch begann er, eine traurige Melodie von solcher Schönheit zu spielen, dass ihr am ganzen Körper fröstelte, als wäre das Fenster aufgeflogen und ließe den Winter ins Zimmer. Sie legte ihr Buch zur Seite und konzentrierte sich ganz auf die Musik. Dann wälzte sie sich auf die Seite und betrachtete Louis, Kummer in den sonst so fröhlichen großen Augen. Er spielte mit dramatischer Emphase. Es war, als erfassten die Schwingungen ihn mit solcher Macht, dass er selbst zu der Musik wurde, die er spielte. Grace beobachtete ihn gebannt, versuchte zu begreifen, was er dachte und warum dieses Musikstück so anders war als alles, was sie sonst von ihm hörte. Schließlich stand sie auf, ging leise zu ihm und legte ihm die Hand auf die Schulter. Als er die Berührung spürte, öffnete er die Augen und blinzelte, als wäre er aus tiefstem Schlaf gerissen worden. Seine Hände hielten inne, er holte tief Luft und kam langsam zu sich. Die Farbe kehrte in seine Wangen zurück, und er lächelte kläglich.

»Das war die bezauberndste Musik, die ich je gehört habe, Onkel Louis. Für wen hast du das Stück komponiert?«

Louis zögerte, überlegte sehr sorgfältig, was er sagen sollte. Er dachte an ihre Bemerkung, dass es immer besser wäre, die Wahrheit zu sagen, sofern das Motiv Liebe war. Doch er liebte sie zu sehr, um ihr die Wahrheit zu sagen. Es stand ihm nicht zu. Wenn Audrey ihr die Wahrheit nicht gesagt hatte, dann hatte er nicht das Recht dazu.

»In der Nacht, als Isla starb, regnete es so wie jetzt«, sagte er leise, und Grace glaubte zu verstehen.

»In der Nacht, als sie starb?«, fragte sie leise.

»In der Nacht, als sie starb«, wiederholte er. »In der Nacht, als ich als gebrochener Mann Argentinien verließ.«

»Ach, Louis«, flüsterte sie im vollen Empfinden seiner Traurigkeit. »Es tut mir so Leid.« Sie setzte sich zu ihm und schlang die Arme um seinen Nacken. Während sie eine Träne an seinem Pullover abwischte, wurde ihr plötzlich bewusst, dass sie sich im Grunde gar nicht so sehr von anderen Menschen unterschied. Louis hatte sie Mitgefühl gelehrt. Sie empfand nun nicht mehr, dass sie die Welt durch eine trennende Glasscheibe betrachtete. Sie fühlte sich nicht mehr losgelöst. Sie spürte alles, als hätte sie es selbst erlitten.

»Warum wird mir so traurig zu Mute?«, fragte sie.

Louis nahm sie in die Arme und drückte sie mit überwältigender Zärtlichkeit an sich. »Weil schöne Dinge uns immer traurig machen«, erklärte er, und es war wie ein Déjà-vu-Erlebnis.

»Warum?«

»Weil wir sie nicht für immer festhalten können.«

»Ich habe noch nie eine solche Melancholie empfunden. Deine Musik hat mich tief bewegt, Onkel Louis. Ich zittere.«

»Hier ist mehr im Spiel als irdische Mächte, Grace. Diese Musik hat Zauberkraft, glaub mir.«

»Ja, das glaube ich dir. Bringst du mir bei, sie zu spielen?«

Louis löste sich von ihr und sah sie ernst an. »Wenn du mir versprichst, diese Melodie nie zu Hause zu spielen.«

»Warum?«

»Sie soll unser Geheimnis sein, Grace. Versprich es mir, Grace.«

»Ich verspreche es«, sagte sie. »Unsere geheime Melodie.«

Als Grace zu Weihnachten nach Hause kam, wusste sie instinktiv, dass sie nicht über ihre Freundschaft mit ihrem Onkel reden durfte. Sie erzählte ihren Eltern von ihren Seminaren und von den Professoren, die ihren Studien Leben einhauchten. Sie erzählte von den Konzerten und Theatern, die sie besucht hatte, und von den Wochenenden auf dem Lande. Doch mit keinem Wort erwähnte sie den Freund, mit dem sie all dies geteilt hatte. Nur Tante Cicely weihte sie ein, denn mit irgendjemandem musste sie reden.

Grace erkannte mit Erschrecken, dass ihr Vater alt wurde. Vorher war es ihr nie aufgefallen, doch jetzt zeigte die Zeit deutliche Spuren. Er war auch dünner geworden. Seine Wangen waren hohl, und die Knochen zeichneten sich deutlich unter der Haut ab. Er war blass, die Augen waren glanzlos. Sie fragte sich, wie er, ohne dass sie es bemerkt hatte, so hatte verfallen können. War sie tatsächlich so geistesabwesend, so geblendet von ihrer Elfenwelt, dass sie nicht sah, wie ihr Vater vor ihren Augen dahinsiechte?

Cecil lebte nun seit acht Jahren im Ruhestand. Er beschäftigte sich im Garten, las Bücher über Militärgeschichte und begleitete Audrey auf Spaziergängen am Strand. Er freute sich seiner Enkelkinder, die ihn täglich mit ihrer Mutter besuchten, und einer sich vertiefenden Freundschaft mit seiner Schwester und Anthony Fitzherbert, der ihm entschieden mehr zusagte als der mürrische Marcel. Er hatte seinen Ruhestand genossen, doch jetzt war er müde. Er wünschte sich, mit der gleichen Überzeugung wie Grace an ein Leben nach dem Tod glauben zu können. Das Ende machte ihm nach wie vor Angst. Im Krieg hatte er den Tod nicht gefürchtet. Als Soldat war er bereit gewesen, sein Leben fürs Vaterland zu opfern. Er hatte sich gegen das eisige Tor des Todes gestemmt und war als Kriegsheld heimgekommen, dem Ungewissen entronnen, im Glauben, ein solcher Sieg verliehe ihm die Unsterblichkeit. Jetzt waren mit dem Alter nicht nur seine Knochen, sondern auch diese Überzeugungen morsch geworden.

»Du siehst eindeutig krank aus«, sagte Cicely zu ihrem Bruder, als sie im Wohnzimmer am Kamin saßen und darauf warteten, dass Audrey und Grace von ihrem Rundgang über die Farm zurückkehrten.

»Ich bin nur müde, das ist alles«, sagte er und paffte seine Zigarre.

Anthony senkte die *Farmer's Weekly*, beugte sich vor und stocherte im Feuer, das Rauch ins Zimmer entließ. »Das ist die

Kälte. Die stört den Kreislauf in unserem Alter«, sagte er aufgeräumt.
»Also wirklich, Liebling, du bist gut zehn Jahre jünger als Cecil. Cecil ist ein Urgestein.«
»Danke, Cicely«, erwiderte Cecil mit einem leisen Lachen.
»Entschuldige, Lieber. Ich sollte mein Gift für meinen anderen verrückten Bruder aufbewahren. Ist es nicht schön, dass Grace ihn so sehr mag?«
Cecil nahm die Zigarre aus dem Mund und furchte die Stirn. »Mir gegenüber hat Grace kein Wort über Louis gesagt«, erklärte er verwundert. »Ich wusste wohl, dass sie ihn besuchen wollte, aber…«
»Mein Lieber, sie haben sich richtig angefreundet. Sie besuchen Konzerte, veranstalteten Picknicks zusammen. Sie verbringt mehr Zeit mit ihm als mit sonst jemandem. Sie sagt, sie braucht keine anderen Freunde. Sie muss wohl seine besten Seiten ans Tageslicht befördert haben, denn als ich ihn zum letzten Mal gesehen habe, war er ein griesgrämiger alter Tropf.«
Cecil kaute auf seinem Zigarrenstummel. »Was hat Grace sonst noch gesagt?«, fragte er nachdenklich.
»Wahrscheinlich traut sie sich nicht, seinen Namen zu erwähnen. Ich habe ihr nämlich erzählt, dass ihr beide euch vor langer Zeit zerstritten habt.«
»Tatsächlich?«
»Aber natürlich, Cecil«, erklärte sie und hatte ein schlechtes Gewissen, als würde sie ein Geheimnis verraten. »Es war nicht recht, sie nach Dublin ziehen zu lassen, ohne ihr zu sagen, dass ihr Onkel dort lebt. Sie tragen den gleichen Namen. Er wohnt auf dem Campus, und soviel ich weiß, ist er in Dublin stadtbekannt. Irgendjemand hätte die zwei miteinander bekannt gemacht. Habe ich etwas Unrechtes getan?«
»Nein, nein. Du hast ja Recht. Außerdem ist er ihr Onkel. Blut ist dicker als Wasser, und so weiter und so fort.« Wieder lachte er leise und paffte vor sich hin, doch im Inneren war er krank vor

Eifersucht. Louis hatte das Herz seiner Frau gestohlen, und jetzt war er im Begriff, auch noch das seiner Tochter für sich zu beanspruchen. Er schluckte krampfhaft, und ihm stockte der Atem, sodass er husten musste.

»Wirklich, Cecil, du siehst richtig krank aus.«

»Leg eine andere Platte auf, Cicely«, fuhr er sie ungewollt an. Dann sah er Audrey und Grace am Fenster vorübergehen. »Ah, sie sind zurück. Gut.«

»Wir sind endlos lange spazieren gegangen. Draußen ist es schon dunkel«, berichtete Grace glücklich. Ihre Wangen glühten vor Kälte. »Mummy, erzähl Daddy von dem Sonnenuntergang. Er war wirklich überwältigend.«

»Dort oben auf dem Hügel. Ich schwöre, die untergehende Sonne hat das ganze Land mit Honig übergossen. Und der Himmel war so rot, als würde er brennen«, schwärmte Audrey.

Cecil bemerkte, dass ihre Augen wund und wässrig waren. Wahrscheinlich ging draußen ein scharfer Wind.

»Und rosa«, ergänzte Grace.

»Und rosa. Es war, als hätte der liebe Gott dieses Schauspiel extra für uns inszeniert.«

»Wie schön«, sagte Cecil mit gespielter Begeisterung. »Ich wäre gern dabei gewesen.« Dann legte er den Arm um Grace und küsste sie auf die Schläfe. Sie sah ihn verwundert an. Er zeigte gewöhnlich keine Gefühle, und diese Geste überraschte sie.

Audrey sah es ebenfalls, und ein Schatten der Sorge fiel über ihr Gesicht, doch sie verdrängte ihre Gefühle und folgte den anderen hinaus in die Halle.

»Kommt doch morgen Abend zum Essen zu mir«, schlug Cicely vor. »Es ist doch Unsinn, den ganzen Tag auf der Farm herumzulaufen und dann nach Hause fahren und kochen zu müssen. Ich brate ein Hühnchen.«

»Wenn's Hühnchen gibt, sage ich für Mummy und Daddy zu«, antwortete Grace lächelnd.

»Wir kommen gern«, sagte Audrey, immer noch erschüttert von

der Zärtlichkeit, mit der Cecil seiner Tochter die Schläfe geküsst hatte.
Cicely blickte dem davonfahrenden Auto nach und wandte sich dann zu ihrem Mann um. »Ich glaube, Cecil ist sehr krank.«
»Ja, er sieht schlecht aus.«
»Ich hasse Geheimnisse«, brauste sie plötzlich auf. »Wirklich, ich hasse Geheimnisse. Und Cecil und Audrey haben entschieden zu viele davon. Ich weiß nicht mehr, was ich sagen darf und was nicht.«
»Liebling, vergiss es. Cecil war nicht verärgert.«
»Er war gekränkt. Gott weiß, warum. Den Zwillingen gegenüber war er nie so besitzergreifend.«
»Grace ist anders, das sieht jeder. Er will einfach nicht, dass sein griesgrämiger kleiner Bruder seinem kostbaren Töchterchen zu nahe kommt. Wenn er sich, wie du sagst, mit ihm zerstritten hat, ist das nur natürlich.«
»Ach, zum Teufel damit«, rief Cicely und ging weiter zur Küche. »Er wird darüber hinwegkommen. Er muss. Louis und Grace sind aus demselben Holz geschnitzt.«

Als sie allein auf dem Hügel waren, hatte Audrey ihre Tochter nach Louis gefragt. Ihre Neugier hatte schließlich doch die Oberhand gewonnen. Graces Antwort hatte sie genauso verblüfft wie später dann Cecils zärtlicher Kuss.
»Zuerst war er ein trauriger alter Mann, gepeinigt von der Vergangenheit, ein Gefangener seiner Erinnerungen. Doch nach und nach lebte er auf. Jetzt ist er mein bester Freund. Wir unternehmen viel zusammen. Wir haben ständig etwas zu lachen, diskutieren über Philosophie, spielen Klavier und ruhen gemeinsam aus. Ich weiß, dass Daddy sich mit ihm entzweit hat, aber das hat doch nichts mit mir zu tun, oder?«
»Aber nein«, erwiderte Audrey, schob die Hände in die Taschen und zog die Schultern hoch. »Ich bin froh, dass du ihn glücklich machst.«

»Ja, das gelingt mir. Zu Anfang hat er kaum gelächelt.« Sie hielt inne, während Audrey sich fragte, ob es schaden könnte, wenn sie ihre Tochter weiter ausfragte. Vielleicht war es besser, Louis zusammen mit der Vergissmeinnicht-Sonate und ihrem in Seide gebundenen Büchlein in der Vergangenheit zu belassen. Doch sie versuchte, sich ihn als alten Mann vorzustellen, was ihr nicht gelang, und so fuhr sie fort.

»Wie ist er so?«

Grace lachte. Die Frage erschien ihr absurd, da Audrey doch nach Tante Cicelys Worten in Buenos Aires mit ihm unter einem Dach gelebt hatte. Ob er sich so sehr verändert hatte?

»Er hat langes graues Haar, das er nicht eben häufig kämmt. Es sieht immer ein bisschen zerzaust aus. Er gibt sich Mühe, ordentlich auszusehen, aber es klappt einfach nicht«, berichtete sie lächelnd. »Er ist groß und stark, wie ein Bär. Ein lieber, kuscheliger Bär. Er ist nicht so knochig wie Daddy, sondern eher weich, und er hat ganz erstaunliche blaue Augen, deren Ausdruck in Sekundenbruchteilen von traurig zu glücklich wechseln kann. Man weiß nie, was er als Nächstes tut. Er kann urplötzlich wegen eines Musikstücks zu weinen beginnen und im nächsten Moment über etwas lachen, was ich gesagt habe. Aber auch wenn er lacht, ist doch immer etwas sehr Trauriges in seinen alten Augen. Seine Wimpern sind weiß und glitzern, als wären sie gefroren, wie kleine Eiszapfen. Er ist ein genialer Musiker, spielt wunderbar Klavier. Ich arbeite in seinem Wohnzimmer fürs Studium, wenn er spielt. Er komponiert auch, weißt du? Ich übrigens auch, aber er hält seine Kompositionen inzwischen auf Papier fest. Das ist eine Art Hobby. Er sagt, als junger Mann hat ihm die Disziplin gefehlt, seine Melodien aufzuschreiben. Er hat sehr viel Talent.« Sie seufzte in liebevollen Gedanken an ihn. »Er ist nicht wie Daddy und Tante Cicely.«

»Nein, er ist ganz anders«, pflichtete ihre Mutter ihr bei, und Grace entging die Versonnenheit, unter der Audreys Stimme brach.

»Ich bin froh, Onkel Louis kennen gelernt zu haben. Er ist sehr lieb zu mir.«
Audrey war zu bewegt, um etwas zu sagen. Das Gesicht vom goldenen Schein des Sonnenuntergangs übergossen, blickte sie über das Tal hinweg, das vor ihnen lag. Als Grace sich ihr zuwandte, sah sie Tränen in den Augen ihrer Mutter.
»Oh, Mummy! Dieser Anblick?«, fragte sie und hakte sie unter.
Audrey nickte, denn der Kloß in ihrem Hals verbot ihr zu sprechen.
»Schöne Dinge wecken immer die Melancholie in uns«, fuhr Grace fort und drückte den Arm ihrer Mutter, ohne sich der Bedeutung ihrer Worte bewusst zu sein. »Weil wir sie nicht für immer festhalten können.«
Ihre Erinnerungen überwältigten sie, und Audreys Schultern zuckten. Grace nahm an, die Tränen ihrer Mutter galten dem prachtvollen Himmel. »Wir müssen Daddy von diesem Sonnenuntergang erzählen. Er hätte ihm gefallen. Schade, dass er uns nicht begleitet hat.«
Doch Audrey war dankbar für diesen Augenblick auf dem Hügel, den sie nur mit ihrer Tochter teilte. Es war ein sehr intimer Moment, an dem Cecil keinen Anteil haben konnte. Audrey sah über das dunkler werdende Tal hinweg und stellte sich gemäß Graces Beschreibung Louis' Gesicht vor. Sie wusste, dass sie es mit eigenen Augen nicht mehr sehen würde.

Am nächsten Tag glaubte Grace sich allein im Haus. Ihr Vater war zum Gartencenter gefahren, um Weihnachtssterne zu kaufen, ihre Mutter besuchte Leonora und ihre Enkelkinder. Sie setzte sich ans Klavier, so schuldbewusst wie ein Schulmädchen, das nicht auf den Lehrer hört, und legte die Finger auf die Tasten. Sie dachte an das Versprechen, das sie Louis gegeben hatte, aber, so beschwichtigte sie ihr Gewissen, sie war ja allein, und es juckte ihr ganz schrecklich in den Fingern, diese Melodie zu spielen.

Leise begann sie, die eindringliche Weise, die er ihr beigebracht hatte, zu spielen. Zuerst ganz leise, für den Fall, dass ihre Mutter ungehört zurückkam oder ihr Vater mit Pflanzen an der Tür auftauchte. Doch allmählich umrankten die Töne sie wie Efeu, bis ihr nichts mehr bewusst war als das weite Feld der Träume, das sich ihr öffnete. Unwillkürlich schloss sie die Augen und ließ sich von der Musik davontragen. Und sie schwebte weit fort, an einen unbekannten Ort, wo sie – das spürte sie – nicht heimisch war, der sie aber trotzdem mit Sehnsucht erfüllte. Sie sah die endlosen Ebenen Argentiniens, auf denen ein junger Mann und eine junge Frau den Straußen hinterhergaloppierten. Die Sonne ging unter und badete die Pampa unter dem goldenen Himmel in bernsteinfarbenes Licht. Die Schönheit dieser Szene trieb ihr die Tränen in die Augen. Das junge Paar wirkte irgendwie rührend. Ihre Freude war unterlegt mit Kummer. Sie empfand beider Hoffnungen und spürte ihre Träume, als wären es ihre eigenen. Als sie versuchte, tiefer in diese Vision einzudringen, riet ihr Instinkt ihr plötzlich, die Finger von den Tasten zu nehmen. Sie öffnete die Augen im selben Moment, als ihre Mutter wutentbrannt den Klavierdeckel zuklappte.

Grace war so schockiert, dass sie in Tränen ausbrach. Sie sah zu ihrer Mutter auf, deren Gesicht leichenblass geworden war.

»Ich will nie wieder hören, dass du dieses Stück spielst. Nie wieder«, schrie sie. »Hast du mich verstanden?« Sie rieb ihre zitternden Hände. Es war, als hätte sie sich am Klavier verbrannt. Angstvoll blickte sie ihre Tochter an. Als sie ihre eigene Furcht in Graces Augen gespiegelt sah, brach auch sie in Tränen aus. Sie legte die zitternden Finger über ihren Mund und sank auf die Knie. »Entschuldige! Es tut mir so Leid«, flüsterte sie, erschreckt über die Wildheit ihrer Reaktion. »Ich wollte dir nicht wehtun. Es tut mir so Leid, Grace.«

»Ach, Mummy! Was habe ich denn getan?«, schluchzte Grace, kniete sich ebenfalls auf den Boden und schlang die Arme um ihre Mutter. »Mir tut es auch Leid.« Sie hielten sich fest umschlungen, während die Vergissmeinnicht-Sonate noch in ihren Ohren nachhallte. Schließlich legte Audrey beide Hände um das Gesicht ihrer Tochter und wischte ihre Tränen ab. Sie schüttelte den Kopf und presste verzweifelt die Lippen aufeinander.

»Dein Vater stirbt, Grace.«

Graces Augen weiteten sich wie die eines verschreckten Wilds im grellen Scheinwerferlicht. Fassungslos starrte sie ihre Mutter an. Ihr war durchaus aufgefallen, wie dünn und blass ihr Vater war. Doch sie war nie auf den Gedanken gekommen, dass er schwer krank sein könnte.

»Er stirbt?«, wiederholte sie in der Hoffnung, vielleicht doch falsch verstanden zu haben.

Audrey nickte. »Er hat Krebs, Liebling. Wir werden ihn verlieren.«

Grace schmiegte sich an ihre Mutter und barg das Gesicht an ihrem Hals. »Warum hast du mir nichts gesagt?«, fragte sie. »Wie lange ist er schon krank?«

»Zwei Monate, zwei Jahre ... Ich weiß es nicht. Aber der Krebs ist überall. Deinem Vater bleibt nicht mehr viel Zeit. Wir wollten dir keine Angst machen.«

»Aber, Mummy, er ist mein Vater. Du hättest es mir sagen müssen.«

Audrey löste sich von ihr und hockte sich auf den Teppich. »Liebling, dein Vater ist ein stolzer Mann. Er will sich nicht von allen bemuttern lassen. Von mir am allerwenigsten.«

»Wissen Alicia und Leonora Bescheid?«

»Ich habe es ihnen noch nicht gesagt.«

»Du musst es ihnen sagen. Mein Gott, wir sollten jetzt alle für ihn da sein. Erst wenn ein Mensch stirbt, wissen wir so richtig, wie sehr wir ihn lieben. Wir dürfen nicht bis dahin warten, um ihm zu zeigen, wie viel er uns bedeutet.«

»Mein Schatz, du bist so lieb«, sagte Audrey nachdenklich. Ihr fiel auf, dass Grace nicht mehr so geistesabwesend war, seit sie in Dublin lebte.

Grace las die Gedanken ihrer Mutter. »Es ist nicht recht, so sehr in den Wolken zu schweben, dass man auf Erden zu nichts nütze ist«, erklärte sie mit einem kläglichen Lächeln. »Das hat Louis mich gelehrt.«
Audrey schob Grace eine Locke, die sich gelöst hatte, hinters Ohr und lächelte sie zärtlich an. »Erwähne Daddy gegenüber kein Wort von deinem Onkel, Liebes. Er ist so schwach.«
»Ich verstehe. Schon gut«, erwiderte sie. »Sagst du ihm, dass ich über seine Krankheit informiert bin?«
»Ich werde es ihm sagen.«
»Und weihe auch die Zwillinge ein. Mir ist sein Stolz gleichgültig. Das Mindeste, was wir tun können, ist, jetzt für ihn da zu sein.«
Audrey nickte und nahm Grace wieder in die Arme.
»Spiel etwas anderes, Liebling. Etwas, was nicht so traurig ist. Die Melodie hat mich einfach aus der Fassung gebracht. Entschuldige.«
»Ich will etwas Optimistisches spielen«, sagte Grace und nahm wieder auf dem Schemel Platz. »Optimistische Schwingungen lassen Daddy gesunden.« Sie fragte sich, warum ihr sechster Sinn sie im Stich gelassen hatte.

Doch die Monate vergingen, und nichts ließ Cecil gesunden, auch nicht Graces Musik oder ihre Gebete. Seine Gesundheit welkte wie Bäume im Herbst, die nach und nach ihre Blätter abwerfen, bis die Zweige kahl und leblos sind. Es sollte so sein. Das Schicksal hatte ihn ans Ende seiner Reise geführt, und die Geisterwelt erwartete ihn. Aber er hatte Angst.
»Ich wollte, ich könnte wie du ins Jenseits blicken, Grace«, sagte er von seinem Bett aus. »Dann könnte ich mir sicher sein.«
Audrey umhegte und pflegte ihn mit all ihrer Liebe und Zärtlichkeit, während Grace auf der Bettseite ihrer Mutter bei ihm saß und versuchte, ihm zu erklären, dass der Tod im Grunde nichts anderes als ein Heimkommen wäre.

»Das Leben ist wie ein Theaterstück. Der Tod ist lediglich der Abgang von der Bühne. Du ziehst dein Kostüm aus und kehrst dahin zurück, wo du hergekommen bist. Der Tod ist nicht das Ende. Glaub mir. Ich weiß es.«

»Ich fand dich schon immer ein bisschen verrückt, Grace. Ich wollte, ich könnte dir glauben.« Er lachte leise, musste dann husten und verzog das Gesicht.

»Ach, Daddy, hast du schlimme Schmerzen?«

»Nein, Grace«, erwiderte er. »Die Zauberpillen deiner Mutter vertreiben den Schmerz meistens. Ich werde im Rausch sterben.«

»Zu viele Zigarren«, sagte Audrey, nahm das Teetablett vom Bett und ging zur Tür.

»Zigarren haben nicht das Geringste mit meiner Krankheit zu tun«, wehrte Cecil mürrisch ab. »Ich bin ein alter Mann, das ist alles.« Er hustete wieder. »Audrey, bleib noch ein Weilchen. Ich möchte Grace etwas sagen.«

Audrey wurde blass. Sie hatte geahnt, dass dieser Moment kommen würde, und ihr Herzschlag geriet ins Stolpern, nicht nur aus Angst vor der Reaktion ihrer Tochter, sondern weil es bedeutete, dass der Tod sehr nahe war. Das Tablett zitterte in ihren Handen, als sie kehrtmachte und es auf der Kommode abstellte. Sie zwang sich zu einem Lächeln und nahm im Lehnstuhl an Cecils Bett Platz.

»Was willst du ihr sagen, Lieber?«, fragte sie, und ihre Nackenmuskeln verkrampften sich unter dem angestrengten Bemühen, ihre Angst zu verbergen. Die letzten paar Wochen hatten sie all ihre Energie gekostet. Sie war müde. Doch sie erkannte an dem Schimmer in seinen Augen, dass er Grace die Wahrheit sagen wollte.

Cecil ergriff die Hand seiner Tochter und sah sie mit kampfmüdem Blick an. Monatelang hatte er mit sich gerungen, ob er ihr die Wahrheit hinsichtlich der Vaterschaft sagen sollte oder nicht. Sosehr es auch geschmerzt hatte, als Cicely ihm von

Graces Freundschaft zu Louis erzählte, hatte er seinem Bruder doch schon lange verziehen. Jetzt lag er im Sterben und wollte seine Angelegenheiten geregelt hinterlassen. »Ich gehe jetzt von euch«, begann er theatralisch und wusste nicht, wie er es ihr erklären sollte. Er hoffte seltsamerweise, dass seine Eröffnung Grace glücklich machen würde.
Audrey senkte angstvoll den Blick.
»Deine Mutter und ich sind nicht immer glücklich gewesen«, sagte er vorsichtig.
»Das weiß ich, Daddy.« Grace lachte. »Jede Ehe hat ihre Höhen und Tiefen.«
»Aber deine Mutter hat vor deiner Geburt ihr Herz an einen anderen Mann verloren.«
Grace kniff die Augen zusammen und blickte auf den gesenkten Kopf ihrer Mutter. »Weiter«, bat sie leise.
Cecil seufzte, und seine Wangen glühten, um dann plötzlich wieder alle Farbe zu verlieren.
»Sie hatte eine kurze Affäre, und in dieser Zeit, mein Liebling, wurdest du gezeugt.«
Grace sah ihn entsetzt an. Plötzlich fühlte sie sich isoliert, als gehörte sie zu keinem Menschen. »Dann bist du nicht mein Vater?«
Cecil schüttelte den Kopf. »Nicht dein leiblicher«, antwortete er und versuchte, die nüchternen Tatsachen auszusprechen, ohne sein brechendes Herz zu beachten. Graces Augen glänzten; sie wich sichtlich zurück.
»Wer ist es dann?«, fragte sie.
Cecil blickte Audrey an. Sie hob den Kopf und neigte ihn, wie um Entschuldigung bittend, zur Seite.
»Louis«, antwortete sie mit dünner Stimme. »Dein Onkel Louis.«

Grace erhob sich langsam vom Bett und ging schweigend zum Fenster. Sie dachte an ihren Onkel, und jetzt verstand sie seine Traurigkeit. Er hatte Isla nicht geliebt. Von Anfang an hatte er ihre Mutter geliebt. Auf Anhieb begriff sie das Ausmaß dieser tragischen Affäre. Plötzlich ergab auch der Tanz der Tränen ihrer Mutter einen Sinn. Grace verstand den Alkoholismus ihres Vaters als Folge seines Unglücklichseins. Das unterkühlte Verhältnis ihrer Eltern, während sie sich bemühten, sich mit ihrer Situation abzufinden. Ihr gegenseitiges Verstehen, als sie die Vergangenheit hinter sich ließen und beschlossen, nach England zu ziehen und einen Neubeginn zu wagen. Plötzlich war ihr alles völlig klar.

Kein Wunder, dass sie und Louis einander so ähnlich waren. Er ist mein Vater, dachte sie fassungslos. Er ist mein Vater und er weiß es. Er wusste es von Anfang an. Sie seufzte tief auf und lehnte sich gegen die Fensterscheibe.

Audrey stand auf und trat zu ihrem Mann. Sie ergriff seine ausgestreckte Hand und lächelte ihn unter Tränen an. Doch beide sprachen kein Wort. Sie wussten ja, was der jeweils andere dachte. Cecil fühlte sich, als hätte er gerade seine Tochter fortgegeben, und Audrey, die wusste, was ihn das Geständnis gekostet hatte, drückte seine Hand. Beide beobachteten Graces Reaktion. Doch sie blieb lediglich am Fenster stehen und blickte nach draußen. Bemühte sich, mit dieser schockierenden Eröffnung fertig zu werden. Doch zu ihrer Überraschung empfand sie, sosehr sie sich auch um irgendwelche Empfindungen bemühte, kaum etwas außer Überraschung. Nichts änderte sich. Trotz allem stand sie immer noch im Schlafzimmer ihrer Eltern am Sterbebett ihres Vaters.

Sie drehte sich zu ihren Eltern um, die angstvoll warteten, was nun geschehen würde, nachdem sie den Geist aus der Flasche gelassen hatten. Grace schüttelte den Kopf. Cecil hielt den Atem an.

»Louis ist nicht mein Vater«, sagte sie gleichmütig. »Du bist und bleibst mein Daddy. Dass Louis mein Erzeuger ist, ändert nichts an den vergangenen achtzehn Jahren. Du hast mich als deine Tochter großgezogen und geliebt. Ich liebe dich als meinen

Vater. Du bist der einzige Vater, den ich hatte, und ich will keinen anderen. Du bist und bleibst mein Vater.«

Audreys Schultern begannen zu beben wie an jenem Tag auf dem Hügel, und Cecil lächelte seine Tochter an, wie er noch nie gelächelt hatte. Sein Gesicht rötete sich vor Stolz und Dankbarkeit, und er streckte ihr seine Hand entgegen. Mit schimmernden Augen ergriff Grace sie und hob sie an die Lippen. »Ich liebe dich, Daddy. Ich liebe dich so sehr, dass es mich innerlich ganz ausfüllt, wie mit warmem Honig«, sagte sie, und ihre Stimme brach, sodass sie nicht fortfahren konnte. Sie sahen sich in völliger Übereinstimmung an, denn die Liebe ist eine Brücke, die selbst zwischen den verschiedenartigsten Menschen eine Verbindung herstellt. Dann glitt sein Blick an ihr vorbei, und Cecil lächelte erkennend. Grace folgte seiner Blickrichtung und bemerkte sofort die verschwommenen Gestalten einer Frau und eines Mannes, die gekommen waren, um ihren Vater mit sich ins Jenseits zu nehmen. »Jetzt noch nicht, Daddy. Ich muss dir noch so vieles sagen«, schluchzte sie. »Warum wird mir erst jetzt, da ich dich verliere, klar, wie wichtig du für mich bist?«

Audrey warf ihr einen verständnislosen Blick zu und schaute dann in das zufriedene Gesicht ihres sterbenden Mannes.

Grace sah fasziniert und traurig zugleich zu, wie der Geist ihres Vaters sich im Bett aufrichtete und in die ausgestreckten Arme seiner Mutter und seines Lieblingsonkels Errol glitt. Er drehte sich um und lächelte ihr zu, denn jetzt wusste er wie sie, dass die Menschen im Jenseits erwartet wurden.

Grace wischte sich mit der Hand übers Gesicht. »Leb wohl, Daddy. Eines Tages sehen wir uns wieder«, sagte sie leise und sah ihm nach, bis er mit dem Sonnenlicht verschmolz, das jetzt durch das vereiste Fenster fiel.

Graces Knie zitterten so sehr, dass sie sich setzen musste. Sie sah die sterbliche Hülle ihres Vaters auf dem Bett liegen und hätte sich fast darüber gewundert.

Audrey streichelte seine Hand und schüttelte fassungslos den

Kopf. »Es ging so schnell. Heute Morgen fühlte er sich noch recht gut«, sagte sie mit tief gefurchter Stirn.

»Er ist fort, Mummy.« Grace schluchzte und lächelte ihrer Mutter zu. »Schau dir sein Gesicht an. Sieht er nicht richtig glücklich aus?«

Audrey streichelte seine Züge mit einem liebevollen Blick. »So glücklich habe ich ihn nie zuvor gesehen.« Sie sah ihre Tochter voller Mitleid an. »Es tut mir Leid.«

»Es muss dir nicht Leid tun. Wie gesagt, in meinem Leben hat sich nichts geändert. Die Vergangenheit kannst du nicht verändern, auch nicht mit einer derartigen Eröffnung. Du hast also Louis geliebt. Mit mir hat das nichts zu tun.« Sie lächelte wieder. »Erzählen wir es lieber nicht den Zwillingen. Niemand braucht davon zu wissen außer dir, mir und Louis.«

»Louis?«, fragte Audrey.

»Er weiß es«, stellte sie sachlich fest. »Ich weiß, dass er es weiß. Am erstaunlichsten finde ich die Tatsache, dass ich es nicht wusste. Über alle anderen weiß ich anscheinend so viel, nur nicht über mich.«

»Gottes Wege sind uns oft unbegreiflich«, sagte Audrey und küsste Cecils Hand. Sie drückte die Lippen auf seine Haut, die sich noch warm und weich anfühlte. »Ja, sie sind unbegreiflich.«

Vierunddreissig

Oktober 1984

Ich fühle mich betrogen«, sagte Alicia. Sie saß, die Arme vor der Brust verschränkt, in dem Sessel, der früher ihrem Vater vorbehalten war. »Du hattest mir gerade erst gesagt, dass er todkrank war, Mummy, und jetzt ist er nicht mehr. Tot. Ich konnte mich nicht mehr von ihm verabschieden.«

»Ich auch nicht«, sagte Leonora traurig.

»Er hat es so gewollt. Er wollte, dass um seinen Tod kein großer Wirbel veranstaltet wurde.«

»Trotzdem fühle ich mich betrogen und schrecklich traurig«, fuhr Alicia fort und wischte sich mit dem Handschuh eine Träne von der Wange.

Grace verdrehte die Augen. Alicia hatte ihr gegenüber wiederholt geäußert, dass sie sich ihrem Vater nie sonderlich nahe gefühlt hatte. Als sie ein Kind war, musste er ständig arbeiten, dann, als sie in England zur Schule ging, hatte sie ihn nur einmal im Jahr, zu Weihnachten, gesehen. »Kaum die richtigen Bedingungen für eine enge Beziehung«, hatte sie wörtlich gesagt. Jetzt allerdings war die Gelegenheit für einen theatralischen Auftritt unwiderstehlich. Sie saß da in ihrem schwarzen Beerdigungskostüm, als stünde eine Londoner Cocktailparty bevor. Sie war noch immer unverheiratet, jagte immer noch ihrem flüchtigen Traum nach und erreichte doch nichts.

Alicia war immer schön gewesen, und ihre Jugend hatte jeden bösen Zug unter weicher Haut und einem makellos unschuldigen Ausdruck verborgen. Mit dem Schwinden ihrer Jugend traten auch die düsteren Seiten ihres Wesens nach und nach in den schärferen Zügen und den schmaleren Lippen des früher großzügigen Mundes zu Tage. Noch besaß sie eine eisige Schönheit. Eine Schönheit wie in Stein gemeißelt, nach der man sich umdrehte und die Bewunderung hervorrief. Doch die Verbitterung hatte sie verzerrt und ihr den Lebenssaft entzogen, was sie kalt und furchteinflößend erscheinen ließ.

Leonora dagegen, deren Schönheit schon immer von innen geleuchtet hatte, strahlte nun eine milde Lieblichkeit aus, denn ihr sanftes Wesen hatte ihre vormals eher nichts sagenden Züge geprägt. Grace bewunderte sie, weil sie so glücklich war. Sie strebte nicht nach mehr, als sie hatte, und begehrte nicht, was andere besaßen; Florien und ihre Kinder waren alles, was sie brauchte, und natürlich die samtigen Wiesen des ländlichen Dorset. Nach Graces Worten bestand ihr einziger Makel in ihrer blinden Vergötterung ihrer Zwillingsschwester. Sosehr Alicia auch mehr und mehr zu einer Karikatur ihrer selbst wurde, sah Leonora sie doch noch immer genauso, wie sie als Kind gewesen war, und das änderte sich nicht, ganz gleich, was Alicia trieb. Sie würde sie stets bewundern.

Und was war mit ihr?

Grace, zum Begräbnis ihres Vaters schwarz gekleidet, wartete auf den Beginn der Feierlichkeiten, doch ihrer Meinung nach befand er sich nicht in dem Sarg, der auf dem Friedhof in die Erde gesenkt werden sollte, sondern schwebte als pure Gedankenkraft frei in der Geisteswelt. Sie wusste es, sie hatte ihn entweichen gesehen, und sie hatte sich verabschiedet. Seitdem dachte sie häufig an Louis. Es erschien ihr keineswegs seltsam, dass er ihr leiblicher Vater war. Sie waren einander so ähnlich. In gewisser Weise freute es sie. Als teuren Freund liebte sie ihn bereits, und jetzt war er ihr noch näher gerückt. Doch das änderte nichts an den vergangenen achtzehn Jahren und der unermesslichen Güte Cecils, der das Kind seines Bruders wie ein eigenes aufgezogen hatte, trotz der ehebrecherischen Liebe, der Grace entstammte. Er würde ihr fehlen.

»Ah, Florien«, sagte Audrey, als ihr Schwiegersohn ins Zimmer trat.
»Guten Tag, Audrey«, erwiderte er in mitfühlendem Tonfall. Er nickte Alicia knapp zu, bevor er sich an seine Frau wandte. »Leonora, die Kinder warten im Wagen. Bist du bereit?«
»Wir sehen uns dann«, verabschiedete Leonora sich von ihrer Mutter und ihren Schwestern, die darauf warteten, dass Anthony und Cicely sie mit ihrem Auto abholten. Als alle fort waren, wandte Alicia sich ihrer Mutter zu.
»Jemand sollte Leo nahe legen, mal ein bisschen abzunehmen. Sie würde viel besser aussehen, wenn sie ein paar Pfund weniger auf den Rippen hätte.«
»Schätzchen, Florien mag sie so, wie sie ist«, erwiderte ihre Mutter.
»Und ich auch«, fügte Grace hinzu. Alicia lehnte sich mit einem Seufzer zurück. Sie fühlte sich nie wohl, wenn sie sich mit ihrer kleinen Schwester in einem Raum befand; etwas in ihrem Blick war ihr unheimlich.
Endlich hinkte Cicely auf ihren hochhackigen Schuhen ins Zimmer. »Entschuldigt die Verspätung, ich bin über einen von diesen verflixten Hunden gestolpert. Hab mir den Knöchel verstaucht. Trotzdem, das Leben geht weiter. Seid ihr alle fertig? Ihr seht aus wie drei Amseln.«
Audrey erhob sich steif. Sie fühlte sich alt, obwohl sie erst Anfang fünfzig war. Doch in den Knochen und im Herzen fühlte sie sich alt. Cecils Präsenz im Haus war so mächtig gewesen, dass es ihr ohne ihn leer vorkam, obwohl ihre Töchter bei ihr waren. Es hallte wider von seiner Abwesenheit und es war kalt.
»Ein schöner Tag für ein Begräbnis«, sagte sie.
»Herrlich, nicht wahr?« Cicely humpelte voran in den Flur.

»Daddy ist im Geiste hier«, bemerkte Grace. »Ich kann ihn spüren.«
Alicia seufzte gereizt. »Grace, um Himmels willen, er ist tot.«

Der Himmel ist beinahe zu bezaubernd für einen Tag wie diesen, dachte Audrey, als der Sarg in die Erde hinabgelassen wurde. Das muss die Art von Schönheit sein, die die Natur einem Heiligen vorbehält.

Es war, als hätte der Himmel weit die Arme ausgebreitet, um Cecil willkommen zu heißen. Wäre sie empfindsam genug gewesen, hätte sie bestimmt die Engel singen und die himmlischen Trompeten blasen gehört. Doch dort im Sarg lag der armselige Leichnam Cecil Forresters, und niemand außer Gott und ihr kannten das ganze Ausmaß seiner Güte.

Audrey ließ Graces Hand los, trat vor, den silberhaarigen Kopf mit der Würde erhoben, die sie viele beschwerliche Jahre hindurch gestützt hatte, und ließ eine einzelne weiße Lilie auf den Sarg fallen. Sie flüsterte hastig ein Gebet und hob den Blick zur schwindenden Sonne, die hinter den Bäumen unterging und lange schwarze Schatten über den Friedhof warf. In diesem Augenblick kehrte plötzlich die Farbe zurück in ihre Wangen, und sie griff sich an den Hals, als hätte sie Angst zu ersticken. Zuerst fürchtete sie, einen von Graces Geistern zu sehen, denn vor der untergehenden Sonne wirkte er wie ein Scherenschnitt und schien zwischen den Bäumen hindurch auf sie zuzuschweben. Sie kniff die Augen zusammen, um ihn besser sehen zu können. Ihr Herz begann zu rasen, ihr Atem stockte, und einen Moment lang glaubte sie, ohnmächtig zu werden.

Er war gekommen. Sie senkte den heißen Kopf und taumelte nach rückwärts, wo Grace die Arme nach ihr ausstreckte, um sie zu stützen.

Da er die plötzliche Schwäche der Witwe als ganz natürlichen Ausdruck ihres Schmerzes begriff, brachte der Vikar die Begräbnisfeier mit einem überstürzten Segen zum Ende und überließ die Familie taktvoll ihrer Trauer.

»Fehlt dir was, Mummy?«, flüsterte Grace ihrer Mutter zu. Audrey löste sich von ihr und spähte angestrengt zu den Bäumen hinüber. Grace folgte der Blickrichtung ihrer Mutter und furchte die Stirn. »Was siehst du denn da?«, fragte sie bestürzt, denn sosehr sie sich auch bemühte, konnte sie doch nichts entdecken, und Geister gaben sich Grace gewöhnlich immer zu erkennen.

»Geh und tröste Alicia, Liebes«, bat Audrey und tätschelte ihrer Tochter geistesabwesend den Arm. »Mir fehlt nichts, ich brauchte nur ein bisschen Luft zum Atmen«, fügte sie mit rauer Stimme hinzu und ging zielstrebig davon.

Grace warf einen Blick zu ihren Schwestern auf der anderen Seite des Grabs hinüber. Alicia hatte aufgehört zu weinen. Ihr Publikum hatte sich zerstreut, die Vorstellung hatte keinen Sinn mehr. Leonora lächelte schmal, als sie Graces Blick auffing, und deutete mit einem Schaudern an, dass es kalt und dunkel wurde und die Zeit zum Aufbruch gekommen war.

Als Grace bei ihren Schwestern angelangt war, starrte Leonora bestürzt zu ihrer Mutter hinüber. »Wer ist der Mann, mit dem sie sich unterhält?«, fragte sie.

Die drei Schwestern beobachteten in der blauen Dämmerung ihre Mutter, die in einiger Entfernung am anderen Ende des Friedhofs stand und mit einem Mann redete, der ihnen bekannt vorkam.

»Weiß der Himmel«, seufzte Alicia und zuckte mit den Schultern. »Hoffentlich hält sie sich nicht so lange auf. Es wird kalt.« Sie entnahm ihrer Handtasche eine Zigarette und zündete sie an, in der Hoffnung, dass ihr dadurch wärmer würde.

»Weißt du, wer er ist, Grace?«, fragte Leonora.

Grace hob ihre langen weißen Finger an die Lippen und zeichnete verwundert die Konturen ihres Mundes nach. »Das ist Onkel Louis«, antwortete sie bedächtig.

Alicia stieß gereizt den Atem aus. »Oh, ich erinnere mich an ihn. Der verrückte Onkel, den alle totschweigen«, sagte sie geziert. Alicia hatte nicht die Geduld, sich um irgendjemanden außer sich selbst Gedanken oder Sorgen zu machen. »Kommt, wir gehen rüber. Mal sehen, ob er tatsächlich so verrückt ist.«

»Nein, lasst sie in Ruhe«, gebot Grace. »Sie haben einiges nachzuholen.«

Leonora sah ihre Schwester verblüfft an, doch Alicia war heilfroh, den Friedhof verlassen und ins Haus ihrer Mutter zurückkehren zu können. Sie lachte kehlig. »Das soll mir recht sein. Mir ist kalt. Der verrückte Onkel Louis ist mir im Grunde herzlich gleichgültig. Gehen wir nach Hause und wärmen uns auf. Tante Cicely und Anthony werden sicher auf sie warten.«

Als Louis Forrester aus den Schatten auf sie zukam, hatte Audrey das Gefühl, die langen Jahre würden sich wie Nebel auflösen. Sie stützte sich auf einen Grabstein, um nicht zu wanken.

Louis trug einen schlichten Anzug unter einem schwarzen Mantel und dazu einen schwarzen Hut, der ihm schief auf dem Kopf saß, und er hatte immer noch den gleichen unverwechselbaren Gang, leicht tänzelnd, als hörte er unablässig den melancholischen Rhythmus des Tango als Echo aus einem anderen Leben vor langer Zeit, als er noch jung war und jemanden hatte, für den er tanzen konnte. Als er näher kam, erkannte Audrey den sanften Ausdruck in seinen blauen Augen und die dahinter liegende Sehnsucht, kaum verhohlen, als wäre er bei ihrem Anblick nicht mehr fähig, Gefühle zu unterdrücken, die im Laufe der Zeit nur noch stärker geworden waren. Und jetzt war er hier, als wäre er über Jahrzehnte hinweggeschritten, und brachte in seinem Lächeln und seinem Geruch Erinnerungen mit sich, und das Einzige, was sich geändert hatte, waren die naiven Erwartungen der Jugend, die hinter den tiefen Stirnfurchen verschwunden waren.

Er blieb einen Augenblick stehen und blickte Audrey an, verschlang die Feinheiten ihres Gesichts, die er während der einsamen Tage des Wartens, aus denen Jahre und Jahrzehnte geworden waren, in sich getragen hatte. Jetzt hatte das Warten ein Ende.

»Du bist nicht böse«, sagte er, zog die Hände aus den Taschen und ließ sie nervös mit den Fingern schnippend sinken. Audrey sah ihn mit sanftem Blick an, und er bemerkte, dass das Alter ihren Augen den Glanz, aber nicht die Zärtlichkeit genommen hatte, und er wollte Audrey an sich ziehen und mit ihr tanzen, wie damals, als sie jung waren und ihre Musik noch nicht entdeckt war.

»Cecil war ein guter Mensch«, sagte sie. Sie sah seine Lippen zucken und hätte die Worte gern zurückgenommen. Doch sie wusste sonst nichts zu sagen. Sie war sich ihrer Gefühle nicht mehr sicher. »Ich werde alt.« Sie seufzte, wie um ihre Taktlosigkeit zu entschuldigen.

»Ich auch«, erwiderte er und lächelte leise. »Aber ich habe nicht vergessen, wie man tanzt.« Mit jener Impulsivität, die vor vielen Jahren ihr zögerndes Herz erobert hatte, ergriff er ihre kalten Hände und trat näher an sie heran. Beide zuckten unter dem erschreckenden Gefühl des Körperkontakts zusammen, sahen einander an und wussten nicht weiter. Audrey senkte angstvoll den Blick, dachte an ihren Mann, den sie eben begraben hatte, und konnte die Beschämung nicht ignorieren, die sie überkam, als Louis' warme Berührung den Funken in ihrem Herzen entzündete, der in den neunzehn Jahren ihrer Trennung nie ganz verloschen war.

»Hast du vergessen, wie man tanzt?«, fragte er leise.

Audrey hob den tränenfeuchten Blick, und ihre bleichen Lippen zitterten, denn die Vergangenheit verwirrte sie plötzlich. Einstmals war alles so klar gewesen.

»Ich habe es nicht vergessen«, antwortete sie in einem Flüstern, das der Wind davontrug. »Ich habe nur für eine Weile meine Tanzschuhe weggeräumt.«

Er seufzte, als die Jahre sich auflösten und sie wieder vereint waren, vereint unter dem roten *ceibo*-Baum und den hellvioletten Jacarandas auf den laubüberwölbten *plazas* von Buenos Aires und sich zu den Melodien ihrer Liebe in ihrem Inneren wiegten.

»Hallo, Louis«, sagte Cicely und humpelte auf das Paar zu. »Wie Grace mir erzählte, brüllst du nicht mehr herum.«
Louis schüttelte den Kopf unter dem Gewicht der lebendig gewordenen Erinnerungen und lächelte seine Schwester an.
»Grace würde ich niemals anbrüllen«, antwortete er, wandte sich zur Seite und heftete den Blick wieder auf Audrey. »Grace ist etwas Besonderes.«
Audrey hielt seinem Blick stand, sie wollte ihm mit den Augen sagen, dass Grace alles wusste. Sie hatte ihm so viel zu erzählen. Doch Cicely ließ nicht locker.
»Komm doch mit zu mir nach Holholly Grange«, schlug sie vor. »Anthony kennt dich noch gar nicht.«
»Ich habe ein Zimmer in einer Frühstückspension genommen«, erklärte er. »Dort gibt es fließend warmes Wasser und eine Heizung.« Er lächelte verschmitzt.
Cicely war nicht beleidigt. Sie zuckte mit den Schultern. »Wie du willst.« Sie blickte die beiden an. »Was stehen wir hier herum und frieren? Bei dir zu Hause gibt es Tee, nicht wahr, Audrey?«
Audrey nickte.
»Nun, denn. Ihr beide könnt in meinem Wagen mitfahren.«

Audrey saß schweigend da, während Cicely ihren Bruder über Dublin ausfragte. Sie betrachtete Louis' Profil und konnte kaum glauben, dass er neben ihr saß. Dass sie nicht allein waren, störte sie nicht, denn sie war ihm trotzdem ganz nahe. Nach so vielen Träumen waren sie wieder vereint, doch dieses Mal war alles anders. Zum ersten Mal in ihrem Leben war ihnen der Weg freigegeben. Sie waren im Reich der unbegrenzten Möglichkeiten angelangt. Sie wusste, dass Louis das Gleiche dachte. Deswegen war er gekommen.

Als sie zu Hause ankamen, reichte Leonora bereits Canapés herum und schenkte Tee ein. Klein-Panazel tobte mit seinem Bruder und seiner Schwester im Wohnzimmer zwischen den Gästen umher, ahnungslos, dass eine Beerdigung eine feierliche Angelegenheit war. Für ihn war der Tod nichts anderes als der Wechsel der Jahreszeiten, weiterer Beachtung nicht wert. Sein Großvater würde ihm fehlen wie etwa der Sommer, und er war noch zu klein, um Trauer zu kennen.

Alicia stand am Kamin und rauchte, ihr Gesicht noch immer halb hinter dem Schleier verborgen. Sie behielt Florien unablässig im Auge, wie eine alte Löwin, die gierig ihre Beute beobachtet, aber weiß, dass sie nicht mehr schnell genug ist, um sie zu erlegen.

Grace hatte auf ihren Onkel Louis gewartet. Sie hatte sich kaum auf etwas anderes konzentrieren können, sondern nur auf die Tür geblickt, um jedes Mal enttäuscht zu sein, wenn sie sich öffnete und jemand anderes eintrat. Als er schließlich kam, stürzte sie ihm mit hemmungsloser Freude entgegen. Sie wollte sich ihm in die Arme werfen, als etwas in ihrem Inneren sie zurückhielt – ein plötzliches Gefühl des Unbehagens, als ihr Instinkt sie ermahnte, dass es im Hause ihres Vaters am Tag seiner Beerdigung ungehörig wäre.

Louis spürte ihren Rückzug und legte ihr tröstend die Hand auf den Arm. »Schön, dich zu sehen, Grace«, sagte er. Sie lächelte ihn herzlich an, voller Dankbarkeit für sein Verständnis.

»Ich habe so gehofft, dass du kommst«, sagte sie.

»Wir hatten unsere Meinungsverschiedenheiten, aber Cecil war mein Bruder.«

»Ich weiß. Er freut sich bestimmt über dein Kommen. Nichts führt die Menschen enger zusammen als der Tod.«

Louis nickte, entledigte sich seines Mantels und seines Huts und legte beides auf einen Sessel. »Ich wollte, ich hätte früher von seiner Krankheit erfahren.« Er seufzte und schnippte nervös mit den Fingern.

»Er wollte es nicht«, erklärte Grace. »Er wollte in Würde sterben.«

»Cecil verfügte über ein hohes Maß an Würde.«

»Ja, wirklich.«

»Warst du in seiner letzten Stunde bei ihm?«

»Ja«, sagte sie und blickte ihn mit ihren unergründlichen, wissenden Augen fest an. »Er hat sein Haus bestellt, wie Sterbende es zu tun pflegen.« Wieder nickte er verstehend. Dann öffnete sich sein Gesicht wie eine der Sonne zugewandte Blume. Sie sahen einander an, als betrachteten sie beide zum ersten Mal ihr Spiegelbild. Einen kurzen Moment lang schien die Welt um sie herum sich in Zeitlupe zu drehen, während sie im luftleeren Raum schwebten und einander voller Staunen in die Augen blickten. Keiner von beiden wusste etwas zu sagen, nicht nur, weil diese Erkenntnis die mit Spinnweben überzogene Truhe mit den Geheimnissen ihrer Vergangenheit öffnete, sondern auch, weil in diesem Haus ihr Verhältnis zueinander nicht erwähnt werden durfte. Schließlich sprach Louis mit tiefer, leiser Stimme, die selbst für Grace kaum vernehmbar war.

»Er war ein guter Mensch«, sagte er, und niemand außer Grace, Louis und Audrey wusste, in welchem Ausmaß er gut gewesen war.

Als die Gäste sich endlich verabschiedet hatten und Tante Cicely sich von ihrem Mann ins Auto hatte helfen lassen, weil sie wegen ihres verstauchten Knöchels hinkte und außerdem zu viel Wein getrunken hatte, lud Audrey Louis ein, zum Abendessen zu bleiben. »Du, Grace und ich werden allein sein«, sagte sie. »Alicia ist zurück nach London gefahren; sie mag das Landleben nicht, und Leonora musste heim, um die Kinder ins Bett zu stecken.«

»Ich bleibe gern«, sagte er und sah ihr tief in die betrübten Augen.
»Ich würde gern ein Bad nehmen und mich umziehen. Die Kälte ist mir bis in die Knochen gedrungen.«
»Tu das. Grace wird mir Gesellschaft leisten.«
Audrey ließ ihn im Wohnzimmer zurück und stieg die Treppe hinauf. Ihre Beine waren bleischwer, die Gelenkte schmerzten. Doch der größte Schmerz war in ihrem Herzen. Verwirrt rieb sie sich die Stirn. Louis war zu ihr gekommen. Davon hatte sie geträumt, und niemand wusste mehr über die Macht von Träumen als sie. Ohne zu wissen, was sie trieb, betrat sie Cecils Ankleidezimmer. Sein Geruch hing in der Luft, als ob er noch lebte. Er klebte an den Wänden und Polstern und beschwor das Gesicht des Mannes herauf, gegen den sie sich so viele Jahre gewehrt hatte, bis sie mit Hilfe ihrer Willenskraft und vielleicht auch einer Macht, die größer war als sie, lernte, ihn zu lieben, wie sie es nie für möglich gehalten hatte. Es war nicht die besessene Liebe, die sie für Louis empfunden hatte, sondern eine viel stillere, aus großer Achtung geborene. Cecil war tot, aber noch dermaßen präsent, dass sie sich aufs Bett setzen musste, um seine Nähe zu empfinden. Eine solch intensive Erinnerung hielt wohl nicht ewig vor; selbst das Andenken an einen lieben Menschen verblasst.
Dann begann sie, seine Hinterlassenschaft zu sichten. Cecil hatte alles aufbewahrt. Schachteln voller Münzen, Schubladen voll alter Briefe, Stapel von beschriebenen Blättern, Bücher und Souvenirs – alles sorgsam geordnet, wie es seiner Natur entsprach. Dieses Zimmer war seine Zuflucht gewesen, und hier hatte sie ihn nie gestört. Jetzt nahm sie jeden einzelnen Gegenstand in die Hand, betrachtete ihn liebevoll, erinnerte sich an ihn anhand all der merkwürdigen Dinge, die er aufbewahrt hatte, denn selbst die kleinste Münze strahlte etwas von seinem Wesen ab. Sie fand Peso-Scheine aus Argentinien, seine Eintrittskarte fürs Colón anlässlich ihrer ersten Verabredung, einen Stadtplan

von Buenos Aires, den silbernen Füllfederhalter, den ihr Vater ihm am Morgen ihrer Hochzeit geschenkt hatte, und alte Zeitungen, so abgenutzt und so zerfleddert, als hätte er sie hundert Mal durchgeblättert. Sie lächelte zärtlich, während sie alles sehnsüchtig in Augenschein nahm, mit dem Staub die Jahre fortwischte und die Vergangenheit noch einmal erlebte.
Dann stieß sie auf eine glänzend polierte Kiste aus Walnussholz. Sie war massiv und schwer und schimmerte wie neu. Offensichtlich war sie von großer Bedeutung, denn sie stand auf der Kommode, jederzeit griffbereit. Audrey versuchte, das Kästchen zu öffnen, aber es war abgeschlossen. Ihre Neugier war geweckt; sie suchte nach dem Schlüssel. Cecil, militärisch geschult, hielt strengste Ordnung, und so fand sie den silbernen Schlüssel in der kleinen Schublade unter dem ovalen Spiegel, nicht weit vom Standort des Kästchens. Mit zitternden Händen öffnete sie es und fand ein säuberlich gefaltetes, vergilbtes Blatt Papier. Aufgewühlt von diesem Fund, der sicherlich ein Geheimnis beinhaltete, stellte sie das Kästchen zur Seite und entfaltete den Bogen. Als sie die Zeilen las, geriet ihr Herz ins Stolpern, und ein kalter Schauer lief ihr über den Rücken. Es war unverkennbar Louis' Handschrift, und der Brief war datiert auf den 24. Juni 1948, den Tag, an dem Isla begraben wurde.

Cecil, warum quälen die Frauen uns so? Ich habe Audrey mein Herz geschenkt, und sie hat es genommen. Wir haben uns geliebt mit der Ausschließlichkeit zweier Menschen, deren Schicksal in den Sternen vorgezeichnet ist. Wir sind gegen den Wind gesegelt in der Hoffnung, der Wind würde drehen und wir könnten frei sein, einander in aller Offenheit zu lieben, doch wer hätte ahnen können, aus welch grausamer Richtung der Wind dann wehen würde? Isla ist gestorben und hat Audreys Herz mit sich genommen. Schande über mich, der ich Isla den so schlecht gewählten Zeitpunkt ihres Dahinscheidens übel nehme. Ich kann nicht mehr in Argentinien bleiben, wenn Audrey nicht mir gehören will. Der Schmerz ist unerträglich. Ich versenke meine Träume ins Wasser und kehre erst zurück, wenn die Gezeiten sich zu meinen Gunsten ändern. Bis zu diesem gesegneten Tag warte ich ruhelos irgendwo in Mexiko, wo niemand von Audreys Zauber weiß. Verzeih uns unsere gnadenlose Scharade. Wir wollten nie verletzen, wollten uns nur verbergen. Du und ich, wir sind beide der Liebe zum Opfer gefallen. Louis.

Audreys vom Fieber getrübter Blick fiel schließlich auf die Zeilen, die Cecil unter den Brief geschrieben hatte:

Und wenn du betest, vergib, falls jemand an dir schuldig wurde: auf dass der Vater im Himmel auch dir deine Sünden vergeben möge.

Audrey starrte auf die Worte. Glühende Scham befiel sie, und bald war ihr Blick so getrübt, dass sie nicht weiter lesen konnte. Cecil hatte von Anfang an von ihrer Affäre gewusst. Er musste auch gewusst haben, dass Louis sie am Klavier erwartete, als sie aus England zurückkam, nachdem sie die Zwillinge ins Internat gebracht hatte. Er hatte es wohl hingenommen, aber die Hoffnung nie aufgegeben. Was ihr den größten Schmerz bereitete, war jedoch die Tatsache, dass er vergeben hatte. Der Edelmut ihres Mannes rührte sie wieder einmal tief an, doch diesmal hinterließ er einen unauslöschlichen Eindruck.

In diesem Augenblick des Erwachens klang vom Klavier im Erdgeschoss die Vergissmeinnicht-Sonate zu ihr herauf. Mit ihren melancholischen Tremoli und hypnotischen Wiederholungen drang die Melodie in Audreys Bewusstsein und ließ sie schwindeln. Sie hielt sich die Ohren zu, um die Töne auszuschalten, die einst der musikalische Ausdruck ihrer Liebe waren, aber jetzt keinen Platz mehr in ihrem Leben hatten. Sie verletzten das Andenken an Cecil. An Cecil, der nie aufgehört hatte, sie zu lieben, auch nicht während der Monate, Jahre, als sie von seinem Bruder geträumt, sein Kind empfangen und die Trennung von Cecil geplant hatte, um ein neues Leben am anderen Ende der Welt zu beginnen. Jetzt unterstrich die Vergissmeinnicht-Sonate Cecils Güte, seine Geduld und seinen Schmerz, und Tränen der Reue brannten auf ihren Wangen. Ja, er hatte diesen prachtvollen Himmel verdient, dieses Flamingo-Rosa und die Streifen von Rot und Gold. Cecil Forresters Seele hatte mehr als das verdient. Viel mehr. Er hatte ein Recht auf ihre Treue. Im Leben hatte sie ihn nicht geachtet, im Tod jedoch wollte sie ihm Ehre erweisen. Louis' selbstsüchtige Liebe erschien ihr plötzlich blass im Vergleich zu der tiefen Liebe ihres Mannes.

Mit unsicheren Schritten eilte sie die Treppe hinunter, und die Musik wurde lauter und lauter, hallte wie ein Schrei in ihren Ohren.

Als Louis ihr aufgewühltes Gesicht und die brennenden Augen sah, hörte er auf zu spielen; ein Schatten fiel über sein Gesicht. Sie reichte ihm den Brief. Grace sah vom Sofa aus zu und wagte kaum zu atmen. Er las die Zeilen, und das Schweigen dröhnte so laut wie zuvor die Musik. Dann hob er den Blick, erfüllt von tiefer Traurigkeit. Er verstand. Cecils Tod hatte ihn und Audrey nicht befreit, sondern für immer getrennt. Wie sollten sie ihre Liebe neu beginnen angesichts dieser Selbstaufopferung?

Er stand auf, zog seinen Mantel an und setzte sich, wie es seine Art war, den Hut schief auf den Kopf. Dann ging er auf Audrey zu, ohne den Blick, der wieder abwesend, aber nicht mehr verloren wirkte, von ihrem gequälten Gesicht zu nehmen. Und er nahm sie in die Arme, küsste sie auf die Wange und genoss zum letzten Mal den Duft ihrer Haut, die Nähe ihres Körpers, der sich einst mit dem seinen zu der Melodie der Liebe in ihrem Inneren gewiegt hatte, einer Liebe, von der sie glaubten, sie würde niemals sterben. Er liebkoste ihr Gesicht, dieses Gesicht, das er niemals vergessen würde. Dann ging er. Sie hörten die Tür zufallen und schauderten, als ein kalter Wind ins Zimmer fegte und

sie allein ließ. Alles, was blieb, war die Spannung, die in der Luft hing, und ein beinahe greifbares Gefühl des Verlusts.
Grace sah ihre Mutter an und blickte dann zur Tür, einen ernsten, bekümmerten Ausdruck in den Augen. Als sie sich Audrey wieder zuwandte, nickte diese ihr langsam, wortlos zu. Grace benötigte keine weitere Ermutigung. Sie sprang vom Sofa und lief hinaus auf die Straße. »Louis!«, rief sie ihm nach. »Louis!«
Der Wind nahm ihren Ruf mit, und Louis blieb stehen und drehte sich um. Er sah sie durch die Dunkelheit laufen, und ein zaghaftes Lächeln trat auf sein Gesicht. Er schien so dankbar für ihr Kommen zu sein, dass sie ihm um den Hals fiel. Es hatte angefangen zu nieseln, und sein Mantel fühlte sich nass an ihrem Gesicht an. »Das ist nicht das Ende, Louis, sondern der Anfang«, sagte sie und schmiegte ihre Wange an seine Schulter. »Auf den Winter folgt immer der Frühling, nicht wahr?«
Louis brachte vor Rührung kein Wort hervor. Er legte die Hand auf ihren Kopf und küsste ihre Stirn, wohl wissend, dass seine Tränen in ihr Haar tropften. Dann wich sie ein wenig zurück und sah ihn mit den Augen eines Kindes an. »Was mit dir und Mummy begonnen hat, setzt sich mit mir fort. Ich liebe dich. Du bist jetzt mein Vater.«
Louis schluckte den Kloß herunter, zu dem sich seine aufgewühlten Gefühle in seiner Kehle zusammengeballt hatten. Er hätte so viel sagen mögen, fand jedoch keine Worte. Mit unsicherer Hand strich er über ihr Gesicht, im Bewusstsein, dass er das letzte Mal geweint hatte, als ihm damals am Flughafen klar wurde, dass Audrey für immer für ihn verloren war. Jetzt vergoss er keine Tränen der Traurigkeit, sondern der Freude. Grace war sein Kind. Sie würde ihn nie verlassen. Sie sahen einander lange an, unfähig, Worte zu finden, die ausdrückten, was sie beide empfanden. Stattdessen begann Louis, eine Melodie zu summen. Grace lauschte verzückt, so lange, bis sie mitsummen konnte. Zuerst nur zögernd, dann immer zuversichtlicher, als

sie die Melodie erkannte. In der samtenen Dunkelheit der leeren Straße standen sie aneinander geschmiegt und summten zusammen eine neue Sonate, eine Sonate der Zukunft, die jetzt mit ihren ersten entschlossenen Schritten über das nasse Pflaster begann.

Als Grace nach Hause kam, saß ihre Mutter auf dem Klavierschemel und strich über die Tasten, die noch vibrierten von der Musik, die Louis gespielt hatte. Grace setzte sich zu ihr und lehnte den Kopf an ihre Schulter.
»Die Vergissmeinnicht-Sonate«, sagte sie.
Audrey nickte. »Wie kannst du das wissen?«, fragte sie, denn der Name gehörte ihr allein.
»Ich habe dich früher oft durch den Türspalt beim Tanzen beobachtet. Ich nannte es deinen Tanz der Tränen. Ich habe nicht gewusst, warum du ihn tanzt. Aber ich wusste instinktiv, dass ich dich nicht stören durfte. Ich hatte solche Angst, du könntest aufhören, und ich habe es geliebt, dir zuzusehen. Und dann holtest du eines Tages ein wunderschönes in Seide gebundenes Büchlein hervor. Du hast etwas aufgeschrieben und dann versucht, auf der nächsten Seite weiterzuschreiben, doch es gelang dir nicht. Als du einmal nicht zu Hause warst, konnte ich meine Neugier nicht mehr zügeln. Ich habe das Büchlein gesucht und hineingesehen.«
»Die Vergissmeinnicht-Sonate.« Audrey lächelte versonnen.
»Ein paar Punkte und eine Tränenspur.«
»Ich habe die Geschichte nie aufgeschrieben.«
»Aber vielleicht tust du es eines Tages.«
»Ja, vielleicht.« Dann seufzte sie schwer und schloss behutsam den Klavierdeckel. Sie wandte sich ihrer Tochter zu und sah sie voller Mitgefühl an. »Aber dann wird es nicht Louis' Geschichte sein, sondern Cecils. Ich werde ›Die Vergissmeinnicht-Sonate‹ für *ihn* schreiben.«

Danksagung

Ich möchte meine Cousine, Anderly Hardy, und meine Freundin Sue Nicholas, die beide das Glück hatten, in Hurlingham in Argentinien aufzuwachsen, meiner tief empfundenen Dankbarkeit versichern. Dank ihrer lebhaften Beschreibungen und glasklaren Erinnerungen ist es mir gelungen, diesen kleinen Winkel des englischen Volkstums, der sich seit ihrer Kindheit so spektakulär verändert hat, zum Leben zu erwecken. Auch meiner Mutter möchte ich für ihre Geschichten danken, meinem Vater für seine Weisheit und meiner Tante Naomi für ihre beständige Ermutigung und für ihr Interesse. Dr. Stephan Sebag Montefiore MD und seine Frau April leisteten mir unschätzbare Hilfe in medizinischen und psychologischen Fragen, was dazu beitrug, meine Personen mit Leben zu füllen. Meine Lektorin, Sue Fletcher, hat einen Orden verdient für ihre sorgfältige Bearbeitung und ihre vernünftigen Ratschläge, und meiner Agentin Jo Frank gebührt ein Dankeschön, weil sie in ihrer Unterstützung so wunderbar hingebungsvoll und unerschütterlich ist. Ohne meine Freundin Kate Rock würde ich überhaupt nicht schreiben, deshalb schulde ich ihr eine Unmenge Dank. Schließlich möchte ich ganz besonders meinem Mann Sebag für seinen weisen Rat und seine grenzenlose Begeisterung danken, denn immer, wenn meine Phantasie sich erschöpft, ist er zur Stelle, um sie wieder anzuregen.

Santa Montefiore
Der Geisterbaum

Roman

Als junges Mädchen glaubt Sofia Solanas, verwöhnte Tochter einer argentinischen Großgrundbesitzerfamilie, fest an die magischen Kräfte des Ombu-Baums. In seine Rinde ritzt sie ihre geheimsten Wünsche, im Schatten seiner Äste findet sie ihre große Liebe. Doch der Mann, den sie sich erwählt hat, ist nicht der Richtige für sie …

»Ein Buch, bei dem man Raum und Zeit vergisst.«
Westdeutsche Allgemeine Zeitung

Knaur Taschenbuch Verlag

[illegible]

[illegible]

[illegible]

[illegible]

Die Lichter von Dublin

Roman

[illegible]

Roman

[illegible]

Wenn das Meer den Himmel berührt

Roman

[illegible]

[illegible]

Roman

Knaur Taschenbuch Verlag

GROSSE GEFÜHLE BEI KNAUR

SHEILA O'FLANAGAN
Die Träumerin
Roman

ANNE DOUGHTY
Vertrautes fremdes Land
Roman

MAEVE BINCHY
Rückkehr nach Irland
Roman

ASHLEY CARRINGTON
Insel im blauen Strom
Roman

DEBORAH SMITH
Füreinander bestimmt
Roman

Knaur Taschenbuch Verlag